他方世界

Little, Big

a
novel by
John Crowley

[美] 约翰·克劳利 —— 著

魏靖仪 —— 译

湖南文艺出版社
HUNAN LITERATURE AND ART PUBLISHING HOUSE

博集天卷
CS-BOOKY

雅众文化 出品

谨以作者的爱献给林达，
她是第一位知道的人。

德林克沃特和毛斯家族族谱

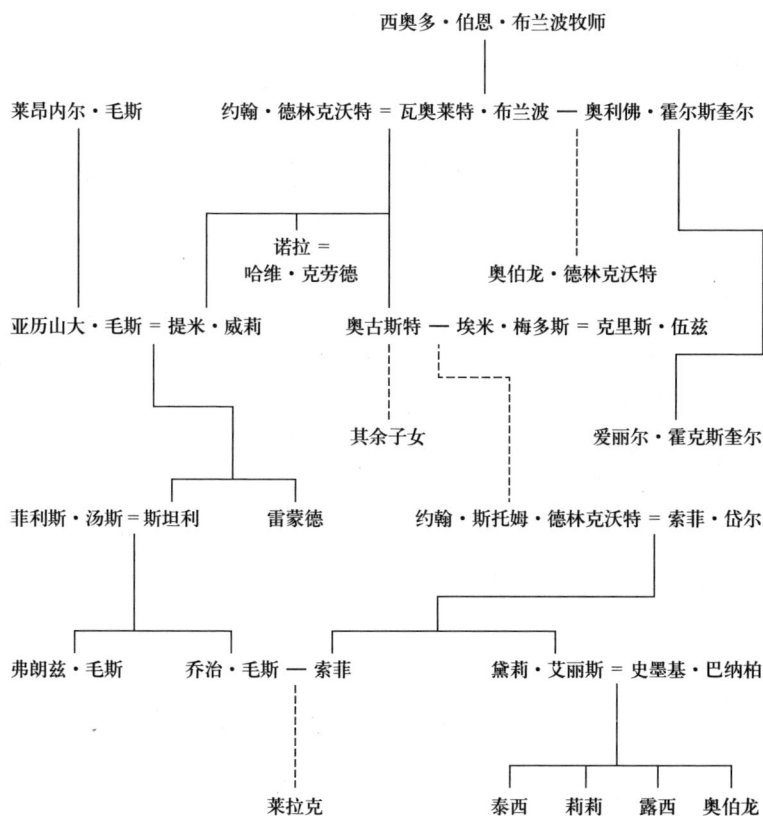

西奥多·伯恩·布兰波牧师

莱昂内尔·毛斯　　　约翰·德林克沃特 ＝ 瓦奥莱特·布兰波 — 奥利佛·霍尔斯奎尔

诺拉 ＝
哈维·克劳德　　　　奥伯龙·德林克沃特

亚历山大·毛斯 ＝ 提米·威莉　　　奥古斯特 — 埃米·梅多斯 ＝ 克里斯·伍兹

其余子女　　　　　　　爱丽尔·霍克斯奎尔

菲利斯·汤斯 ＝ 斯坦利　　　雷蒙德　　　约翰·斯托姆·德林克沃特 ＝ 索菲·岱尔

弗朗兹·毛斯　　　乔治·毛斯 — 索菲　　　黛莉·艾丽斯 ＝ 史墨基·巴纳柏

莱拉克　　　　　　泰西　　莉莉　　露西　　奥伯龙

主要名词含义

爱丽尔·霍克斯奎尔（Ariel Hawksquill）：Hawksquill 意为"鹰羽"。

奥伯龙（Auberon）：中世纪民间传说中仙王之名。

奥古斯特（August）：意为"八月"。

贝里（Berry）：意为"浆果"。

伯德家（the Birds）：意为"鸟"。

布洛瑟姆（Blossom）：意为"花朵"。

布朗尼（Brownie）：苏格兰与英格兰民间传说中的棕仙，会帮人做家务。

巴德（Bud）：意为"花蕾"。

布什（Bush）：意为"灌木丛"。

克劳德家（the Clouds）：意为"云"。

黛莉·艾丽斯（Daily Alice）：Daily 意为"每日"。

岱尔家（the Dales）：意为"溪谷"。

菲什医生（Dr. Fish）：Fish 意为"鱼"。

沃德博士（Dr. Word）：Word 意为"词语"。

德林克沃特家（the Drinkwaters）：意为"饮水"。

艾基伍德（Edgewood）：意为"边境森林"。

弗勒德家（the Floods）：意为"洪水"。

弗劳尔家（the flowers）：意为"花"。

福克斯家（the Foxes）：意为"狐狸"。

弗雷德·萨维奇（Fred Savage）：Savage 意为"原始的"。

希尔家（the Hills）：意为"山丘"。

约翰·斯托姆·德林克沃特（John Storm Drinkwater）：Storm 意为"暴风雨"。

朱尼珀家（the Junipers）：意为"刺柏"。

莱克家（the Lakes）：意为"湖泊"。

莱拉克（Lilac）：意为"丁香"。

梅多斯家（the Meadows）：意为"草地"。

毛斯家（the Mouses）：意为"老鼠"。

努恩家（the Noons）：意为"正午"。

欧西恩（Ocean）：意为"海洋"。

平克家（the Pinks）：意为"粉红色"。

罗宾·伯德（Robin Bird）：Robin 意为"旅鸫"。

罗素·艾根布里克（Russell Eigenblick）：Russell 源自盎格鲁—诺曼语，意为"红发的"。

史墨基·巴纳柏（Smoky Barnable）：Smoky 意为"烟状的"。

斯帕克（Spark）：意为"火花"。

石东家（the Stones）：意为"石头"。

西尔维（Sylvie）：意为"林仙"，其小名泰坦尼娅（Titania）为《仲夏夜之梦》中仙后之名。

昂德希尔（Underhill）：意为"山下"。

瓦奥莱特·布兰波（Violet Bramble）：Violet 意为"紫罗兰"，Bramble 意为"刺藤"。

威德家（the Weeds）：意为"野草"。

沃尔夫家（the Wolfs）：意为"狼"。

伍兹家（the Woods）：意为"树林"。

目　录

第二部　北风哥哥的秘密

第三部　老秩序农场

第五部　记忆之术

第六部　精灵议会

而后，当他们想起人类其实源自大地（"你本是尘土，仍要归于尘土。"），他们就爱把自己想象成大地上的泡泡。独自在田野里无人看见时，他们就尽可能轻盈地蹦蹦跳跳，大喊："我们是大地的泡泡！大地的泡泡！大地的泡泡！"

——弗洛拉·汤普森，《雀起乡》

第一部
艾基伍德

第一章

男人是男人，但人类却是女人。

——切斯特顿

20世纪的某个六月天，有个年轻男子从"大城"出发，徒步前往一个他只闻其名却不曾去过的地方。该地名为艾基伍德，有可能是座城镇，也可能只是个地名。男子名叫史墨基·巴纳柏，正要到艾基伍德成婚；他之所以走路而不搭车，是因为他要到那里去就得遵守这项条件。

从某处到他方

尽管他一大早就从城里的住处出发，却到近中午才行经一条人迹罕至的步道，越过大桥，来到河流北岸那些有名称却无明显分界的城镇。他花了一整个下午穿越这些取着印第安名的地方，通常无法跟着那些川流不息、横行霸道的车辆直线前进；他从一区来到另一区，往巷弄间和商店里张望。虽然有骑脚踏车的孩子，行人却寥寥无几，哪怕是当地人；他不禁猜想这些地方的人过着什么样的生活（在他看来似乎极度边缘化），尽管孩子是够愉快了。

正规的商业大道和住宅街区逐渐变得凌乱，像大森林的外围树木会愈来愈稀疏一样；杂草丛生的荒地，开始像林间空地般穿插其间；不时出现一片片满是尘埃、发育不良的树林和脏乱的田野，立着的告示牌上载明可改建为工业园区。史墨基心里反复玩味最后几个字，因为他

3

似乎确实置身这样的地方：一座工业园区，就在沙漠和农地之间。

他在一张长凳前停下脚步，众人可以在这里搭上从"某处"到"他方"的公交车。他坐下来，放下背上的小包包，拿出自己做的三明治（这又是另一项条件）和加油站送的彩色路线图。他不确定条件里是否有禁止使用地图这一项，但前往艾基伍德的指示并不清楚，因此他还是摊开了地图。

好了。这条蓝线似乎就是他刚才走过的干荒碎石路，两侧都是无人的砖厂。他把地图转过来，让这条线和面前的路一样跟长凳成平行（他向来不大会看地图），结果在左手边遥远的那一头发现了目的地。艾基伍德这名字并没真的印在上面，但它确实就在这里的某处，落在图说中最不显眼的记号所标示出来的五座城镇之间。所以喽。有一条大大的双红线通往那一带，还傲然附上交流道出入口，但他不可能走那条路。更近处则有一条粗蓝线（史墨基总觉得所有南下进城的车流都走蓝线、出城的才走红线，就像血管系统一样），还有一条条微血管似的支线通往沿途的小城镇。他目前身处的这条细得多的笔直蓝线就是支线之一；八成会有商业活动朝这里转移，工具城、美食城、家具世界、地毯村。好吧……但不远处也有一条几乎看不出来的黑色细线，他原本以为此路不通，但是不对，它一直断断续续延伸下去，乍看之下仿佛是制图师将之遗忘在纠结的路线之间，但到了北方的空旷地带又见清晰，直驱史墨基知道的一个城镇，而且很靠近艾基伍德。

就走这条吧，它看起来像是人行步道。

他在地图上以手指测量自己走了多远，再量量还要走多远的路（比刚才的路程远得多），接着背起背包、把帽子斜戴以遮挡太阳，再次踏上旅程。

长饮

他走在路上时没怎么去想她，尽管两年前爱上她以来，她就一直在他心里。他心头经常浮现他俩初遇的那个房间，有时一想起来就跟当时一样满心惶恐，但通常是既庆幸又幸福。想起乔治·毛斯手拿酒杯、嘴叼烟斗，将他那两个高挑的表妹介绍给他：有她本人，还有她背后那个害羞的妹妹。

毛斯家族位于市内的宅邸是整栋大楼里最后一户有人住的房子，一切就是发生在三楼的书房内。直棂窗上贴着硬纸板，门口、吧台和窗户之间走道上铺的深色地毯已经让人踩到褪色。就是那个房间。

她很高。

她身高将近六英尺，比史墨基还高了几英寸，她刚满十四岁的妹妹也已经跟他一样高。她们的小礼服很短，闪闪发光。她穿红色，妹妹穿白色，裹在长腿外的长丝袜熠熠生辉。奇怪的是她们尽管如此高挑，却害羞得很，尤其是妹妹，她面露微笑却不愿跟史墨基握手，只见她转身躲到姐姐背后。

真是纤细的女巨人。乔治温文尔雅地展开介绍时，姐姐朝他瞥了过去。她笑容青涩，一头玫瑰金波浪头发，卷度恰到好处。乔治说她名叫黛莉·艾丽斯。

他握住她的手，抬起头。"好长的一饮。"[1] 他说，结果她笑了出来。她妹妹也笑了，乔治·毛斯则弯身往他膝上拍了一下。史墨基不懂哪里好笑，只好露出纯洁又愚蠢的微笑看着大家，始终没松开手。

那是他人生中最快乐的一刻。

无名

在那间书房里认识黛莉·艾丽斯·德林克沃特之前，他的人生并不特别快乐，却刚好适合展开这场追求。他父亲跟继室只有他一个孩子，他出生时父亲已年近六十。当他母亲发现巴纳柏家的万贯家财早已被他父亲败得所剩无几，后悔当初根本不该嫁进来、更不该生下小孩

---

1. 好长的一饮（a good drink of water），俚语，意为"细高个儿"。"一饮"与黛莉·艾丽斯的姓氏"德林克沃特"（Drinkwater，意为"饮水"）接近，故众人发笑。本书主要人名、地名多有特殊意义，书末附有中英文对照及解释，以供参考。

后，就恨恨地离开了。这对史墨基而言是桩惨事，因为所有的亲人当中，最有特色的人就是母亲了。尽管她离去时他还只是个孩子，但他年老时，所有的血亲当中，他能轻而易举忆起的只有她的脸。史墨基自己遗传了一大半巴纳柏家族的虚无气息，只有一小部分承袭母亲的具体感：看在认识他的人眼里，那是一种实在的气质、一种存在感，笼罩在某种隐隐约约的不存在感当中。

巴纳柏家是大家庭。他父亲跟原配共生了五个儿女，全都住在"I"开头的州里一些不知名的城市郊区。史墨基在大城里的朋友向来分不清这些城市，而史墨基自己有时也会搞混。由于子女们公认父亲有很多财产，而且从来没有人清楚他打算如何处理，所以父亲可以随时到子女家去做客。自从太太离开后，他决定卖掉史墨基出生的那栋房子，带着这个幼子、前前后后几只没有名字的狗和装书的七个特制箱子，轮流寄住在其他孩子家。巴纳柏是有学识的人，但他专精的领域太冷僻，没能帮他创造多少话题，也完全无法改善他与生俱来的无特征感。他较大的儿女都把那几箱书视为麻烦，就像洗衣服时把他的袜子跟他们的衣物混在一块儿一样。

（后来史墨基习惯在上厕所时，试图厘清他那些同父异母的兄姐到底分别住在哪一州的哪个城市里、房子各是什么样子。也许是因为往日在他们家上厕所的时候，他觉得自己最为平庸，平庸到近乎隐形；反正他会坐在那里将哥哥姐姐和侄甥们在脑海中不断交互切换，试着把每个人的脸跟某座前廊或某块草坪搭配起来；因此到了晚年时，他总算把一切弄清楚了，并从中获得一种单调的乐趣，跟解字谜游戏一样，连心中那份疑虑也相同——万一他猜出来的字不是作者设计的答案怎么办？只是他永远不会在下周的报纸上找到解答。）

巴纳柏并没有因为妻子离去而变得郁郁寡欢，只是变得更加了无特征而已。对他较大的儿女而言，父亲先是融入了他们的生活，接着又从中消失，似乎愈来愈感受不到他的存在。他具体的内涵就是他的学识，而他也只把它传授给了史墨基而已。由于父子俩居无定所，史墨基从没上过正规学校，等到有一个"I"开头的州政府得知史墨基这些年来在父亲身边的遭遇时，他也早已过了强制入学的年纪。就这样：十六岁的史墨基懂的是古典时期与中世纪的拉丁文、希腊文、一点旧式数学，也会拉一点小提琴。除了父亲那些皮革装订的古典著作之外，他没看过多少书，但多少可以精准背出维吉尔[1]两百行的诗句，还写得一手完美的斜体字。

他父亲就是那年去世的，似乎因为把所有的学问都传授给儿子而油尽灯枯。此后史墨基又漂泊了几年。他找工作很难，因为他没有所谓的学历；最后他在一家寒碜的商职学校（他事后回想认为应该是位于南湾）学会了打字，成了个职员。他在三座不同城市的郊区住了一段时间，每个郊区的名字都相同，而每个地方的亲戚都会以不同的名字来称呼他，像是比如他自己的名字、父亲的名字、史墨基等，由于最后这个名字太符合他的特质，一叫就沿用至今。二十一岁时，一家不知名的储蓄银行将父亲的一笔遗产补交给他，他因此搭上巴士来到了大城，并且立刻将亲戚居住的城市抛诸脑后，连人也一并遗忘。多年后，他还得将他们的面孔跟草坪一一搭配起来，才能重新唤起回忆。一抵达大城，他就满怀感激，完全投身其中，像一滴雨水落入大海。

名字与号码

他住的房子原本是牧师寓所，隶属于后面那栋备受尊敬但也饱受破坏的古老教堂。从他的窗口可以看见教堂的附属墓园，安息在那里的净是一些取着荷兰名字的男子。每天早上，突如其来的车声都会把他吵醒，接着他便去上班，始终未能像从前那样在中西部火车的轰隆声中照睡不误。

他在一个宽敞的白色房间里工作，各种细小的声音都会传上天花板，形成某种古怪的回音。倘若有人咳嗽，天花板本身仿佛也会满怀

---

1. 维吉尔（Virgil，公元前70年—公元前19年），古罗马诗人，代表作为《埃涅阿斯记》（*Aeneid*）。

歉意，捂着嘴咳上一声。史墨基每天就在那里拿着放大镜检视一行又一行微小的印刷字，仔细检视每个名字和后面的电话地址，再跟每天送到他手上那一沓又一沓卡片上的姓名、电话、地址进行比对，若有不符合的地方就用红笔做记号。

那些名字一开始对他毫无意义，跟电话号码一样了无特征。一个名字只有在字母顺序排错的时候才会变得显眼（这是无可避免的意外），再来就是计算机犯下愚蠢错误的时候，而史墨基的职责就是找出这些错误。（在史墨基看来，计算机犯错的概率之小还比不上它那诡异的蠢行来得令人印象深刻；举个例子，计算机不会分辨"St."这个缩写什么时候代表"街"、什么时候代表"圣"，因此当你指示它把这些缩写还原时，它往往会面不改色地变出"第七圣烧烤酒吧"和"万街教堂"。）但几周下来，史墨基每天晚上都在大城里闲逛，从一个街区走到另一个街区（殊不知大多数人天黑后就不会出门），所以他已开始熟悉这些环境和它们的界线、等级、酒吧和门廊。也因为这样，那些透过放大镜浮现眼前的名字也开始有了面孔、年纪、心态。那些公交车上、火车上和糖果店里的人，那些在廉价公寓的走廊上互相叫嚣的人、目瞪口呆看着车祸现场的人、跟服务生或女店员吵架的人以及服务生和女店员本身，都纷纷从那脆弱的书页上穿透而出。"书"本身已愈来愈像一部关于大城的壮阔史诗，写满各种事件、悲剧和骗局，变化无常又充满戏剧性。他发现有顶着古老荷兰姓氏的寡妇住在大道上管理着丈夫留下的地产，儿子不外乎都叫"斯蒂尔"或"埃里克"之类的，担任室内设计师，住在波希米亚区。他还读到有个大家庭住在一处他曾经路过的脏乱街区里，专取听起来很像希腊文的古怪名字，每当他在名册上找到他们，总会发现他们的成员不断增增减减（最后他认定他们是吉卜赛人）。他发现有些男人的妻子或青春期女儿都有情人专用的私人电话，而男人则放肆使用自己公司的电话。他开始怀疑那些只写名字首字母和中间名的人，因为他发现他们全都是账单催缴员，不然就是办公地址跟住家地址相同的律师，再不然就是兼差卖二手家具的市政府执法人员。他发现几乎每一个叫辛格尔顿以及每一个叫辛格尔特里的都住在北边的黑人市区，男人全都以历任总统的名字来命名，女人的名字全都珠光宝气（珍珠、红宝、欧珀、珠儿），后面再得意地加上一个"太太"。他想象她们住在狭小的公寓里，身材庞大、肤色黝黑发亮，独立抚养很多衣冠整洁的孩子。这些人他全都认识：从小店招牌中有好几个"A"的骄傲锁匠，到最后那个名叫阿基米德·齐齐道提的独居老学者（在他简陋的公寓里读希腊文报纸）。每当一个小小的名字和号码从他的放大镜下浮现，像被浪潮卷上沙滩的漂流物一般诉说自身的故事，史墨基会倾听，看看卡片，发现两者相符，然后将卡片翻面，把放大镜移往下一则故事。坐在他旁边的校对员发出一声悲叹。天花板也咳了一声。接着天花板就哈哈大笑，引得大家抬起头来。

一个新进的年轻人刚刚笑了。

"我刚才发现，"他说，"这里竟然有一家'吵桥棍棒与枪支俱乐部'。"他笑岔了气，史墨基很惊讶大家的沉默竟然没能让他安静下来。"你没听懂吗？"他转向史墨基，"那座桥铁定会很吵！"史墨基突然跟着笑了起来，他俩的笑声传到了天花板，在那里握了握手。

他名叫乔治·毛斯，总是穿着宽松长裤，配上宽版背带，每天下班时都会披上一件巨大的毛料斗篷，然后把长长的黑发从领子里拨出来，跟女孩子一样。他有一顶跟斯文加利[1]一样的软毡帽[2]，眼睛也很像他：深邃、令人慑服、幽默。不过乔治不出一周就被炒了鱿鱼（白色房间里的每个人都因此松了一口气），但那时他跟史墨基已经一拍即合，成为知交。

城市老鼠

有了乔治这个朋友，史墨基展开了一段有点放荡的生活，会喝点酒、嗑点药。乔治将他的穿着打扮与谈吐方式改造成大城风格，并且介绍"马子"给他。没多久，史墨基的了无特色裹上了一层包装，就像包上绷

---

1. 斯文加利（Svengali），英国小说《特丽尔比》（*Trilby*）中的人物，邪恶的催眠术大师。
2. 软毡帽（trilby），根据《特丽尔比》改编的戏剧在伦敦首演时，演员戴了这种款式的帽子，由此得以迅速流行，在20世纪60年代成为最受欢迎的男帽。

带的透明人，不再有人老是撞到他，坐公交车时也不再有人一屁股坐到他的大腿上，却一句道歉也没有（他认为会发生这些状况是因为大多数人都很难注意到他的存在）。

至少他在毛斯一家人眼里是存在的，而除了他的新帽子和那一身新行头之外，他更感激乔治带他认识这既有特色又热情的一家人。毛斯家族的人刚来到大城时就建了一排楼房，至今大半都还归他们所有，而他们就住在最后一栋。有时史墨基会在那里坐上好几个小时，看着他们争辩、笑闹、开派对、穿着卧室拖鞋跑出去、企图自杀、吵闹和解，却都没有人注意到他的存在，但接着雷叔叔或弗朗兹或妈妈就会惊讶地抬起头说："史墨基在这里啊！"然后他就会露出微笑。

"你乡下有什么表亲吗？"有一次史墨基这么问。当时他们正在乔治最喜欢的旧旅馆酒吧里喝着皇家咖啡，等待一场暴风雪过去。结果他还真的有。

一见钟情

"他们信仰很虔诚。"乔治对他眨了下眼，把他从那些咯咯笑的女孩身旁带开，前去见她们的父母德林克沃特医生和夫人。

"我没在执业。"医生说。他满脸皱纹，顶着毛茸茸的头发，虽然不带笑容，却散发着某种小动物般的愉快感。他不像他太太那么高。德林克沃特太太跟史墨基握了握手，要求他叫她索菲，身上缀满花边的披肩颤动不已。而她又不像她女儿那么高。"岱尔家族的人都很高。"她说着，出神凝视上方，仿佛可以在那里看见他们大家似的。她把自己的姓氏赐给了她那两个高大的女儿：艾丽斯·岱尔·德林克沃特和索菲·岱尔·德林克沃特，但也只有她自己会这么叫她们。小时候有个孩子为艾丽斯·岱尔取了个小名叫黛莉·艾丽斯，结果这么一叫就习惯了，因此她俩现在就成了黛莉·艾丽斯和索菲，没有其他名字，只是任何人都看得出她们有岱尔家的血统。大家都转过去看她们。

不论她们信什么宗教，显然没有教条禁止她们跟弗朗兹·毛斯一起吸烟斗（他就坐在她们脚边，因为整张沙发都被她们占据了）、喝妈妈送上的朗姆潘趣酒，或掩嘴偷笑（应是在笑她们自己的私密对话而不是嘲笑弗朗兹的蠢话），跷起脚时也毫不忌讳在闪闪发光的裙子底下露出一双修长大腿。

史墨基持续观望。尽管乔治·毛斯教他要像个大城男子一样别害怕女性，但江山易改本性难移，因此他继续观察。手足无措了好一阵子后，他总算强迫自己踏过地毯走向她们。他极度渴望自己不要扫人兴致（乔治老是对他说："看在老天爷的份上，别扫兴！"），因此他在她们脚边坐下，脸上带着僵硬的笑容，姿态有些古怪，仿佛一碰就要碎了似（而他也确实如此，因为当黛莉·艾丽斯转过来看着他时，那种让她看见的感觉令他眩晕不已）。他常习惯用拇指和食指翘着酒杯旋转，快速摇动冰块让饮料冰凉。此时他老习惯又犯了，因此杯中的冰块咔咔作响，仿佛摇铃要大家注意似的。众人安静下来。

"你常来这里吗？"他说。

"不，"她平静地说，"不常来大城。偶尔才来，就是爸爸有生意或……其他事情的时候。"

"他是个医生。"

"不算是，现在不是了。他现在是作家。"她面带微笑，而她身旁的索菲又开始咯咯笑起来，因此黛莉·艾丽斯继续说话，仿佛想看看自己这严肃的表情可以撑多久。"他写一些动物的故事，给儿童看的故事。"

"哦。"

"他一天写一篇。"

他看着她含笑的眼眸，是酒瓶般清澈的褐色。他开始有种怪异的感觉。"应该不是很长的故事吧。"他说着吞了吞口水。

发生了什么事？他当然是恋爱了，一见钟情。他以前也谈过恋爱，而且每次都是一见钟情，却从来没有过这样的感觉，仿佛他内心有一种东西正不断无情地膨胀。

"他的笔名是桑德斯。"黛莉·艾丽斯说。

他假装努力回忆这个名字，但其实是在思考自己为什么会有如此怪异的感觉。此时那份膨胀感已经蔓延至双手，他就这样望着它们躺在他穿着格子裤的腿上，看起来十分沉重。他将笨重的手指交缠起来。

"真不简单。"他说，结果两个女孩都笑了，史墨基也跟着笑了。这种感觉令他想笑。不可能是因为抽烟的缘故，因为他一抽烟就会感觉轻飘飘而近乎透明。这次的情形恰恰相反。他愈是看她，这种感觉就愈发强烈，而她愈是看他，他就愈发感到……什么？有那么安静的一刻，他俩就这样凝视彼此，于是史墨基恍然大悟：不只是他对她一见钟情而已，她对他也是一见钟情。两种状况加在一起，造就了这样的效果：他的不存在感已经治愈。不只是像乔治·毛斯那样把它遮掩起来而已，而是彻彻底底治愈。就是这种感觉。仿佛她在他体内注入了玉米淀粉：他已经开始变得浓稠有形了。

年轻的圣诞老人

他从狭窄的后梯下楼，前往整栋房子唯一能用的洗手间，站在那里望着那面斑驳的大镜子。

好吧。谁会想到呢？镜中的脸并不陌生，又好像是第一次看到。那是一张坦然的圆脸，圣诞老人年轻的时候应该就是这副长相：有点严肃，蓄着深色的髭须，圆圆的鼻子，眼睛周围还有鱼尾纹，虽然他还未满二十三岁。整体而言就是一张开朗的脸，眼神还有点懵懂彷徨、有点苍白空洞，他猜想这份空缺恐怕永远也不会填满。但已经够了。事实上这已是一场奇迹。他对着这个刚认识的自我点头微笑，离开前还回头再瞥了一眼。

他从后梯上楼时，突然在转角处碰到正要下楼的黛莉·艾丽斯。此时他脸上已不再挂着愚蠢的微笑，而她也不再咯咯偷笑。两人靠近时都放慢了脚步，她侧身勉强从他身旁挤过，没有继续下楼，反倒回过头来看着他。这时史墨基站在比她高一阶的位置，两人的头部高度刚好适合拍吻戏。因此他吻了她，心脏因害怕与狂喜而怦怦跳，脑袋因强烈的笃定而嗡嗡作响。她予以回应，仿佛自己的笃定也获得证实，而透过她的发丝、双唇与环抱他的修长手臂,史墨基的小型智慧宝库里,从此又增添了一项价值不菲的宝藏。

此时上方的楼梯传来一阵声响,吓了他俩一跳。是索菲,她正瞪大眼睛,咬着嘴唇站在上面。"我要去上厕所。"她说,随即以跳舞般的轻盈步履掠过他们身旁。

"你不久就要走了吧。"史墨基说。

"就是今晚。"

"什么时候会回来?"

"我不知道。"

他再次抱紧她,第二次的拥抱平静而笃定。"我刚才很害怕。"她说。"我知道。"他说,内心一阵狂喜。天啊,她还真高大。若没有楼梯让他垫高,要怎么搞定她?

海岛

由于史墨基从小到大都不受青睐,因此他总认为女人是根据一些他完全不懂的法则在挑选对象,要不就是像君王一样随性,要不就跟评论者一样依据个人品位。他一直认为一个女人会选择他还是选择别人,都是宿命,是种躲不过的即时结果。因此他对她们大献殷勤,像谄媚者一样等着受到注意。而那天深夜,当他站在毛斯家的前廊时,他发现事实并非如此。他想着,她们(至少她的)内心其实也充满了同样的热情与疑虑,就跟我一样害羞且欲望高涨。而两人即将拥抱的刹那,她心头也跟我一样小鹿乱撞,我知道的。

他在前廊驻足良久,反复玩味这份珍贵的认知,嗅着从海洋那边吹来的风(这在大城里不常发生)。他可以闻到潮水糅合着海岸与岩屑的味道,又酸又咸、苦中带甜。此时他才意识到大城毕竟是一座海岛,一座很小的岛。

一座海岛。而你若住在那里,这么基本的事实你有可能一忘就是好几年。但事实摆在眼前,令人惊异却又真切。他从前廊走下街道,整

13

个身体都如雕像般坚硬实在，脚步声回荡在人行道上。

通信

她的地址是"艾基伍德，就这样。"乔治·毛斯说，而他们没有电话。史墨基别无选择只好坐下来，带着一种几乎已从世上绝迹的执着，准备透过信件传达爱意。他厚厚的情书都寄到艾基伍德这个地方，往往还没等到回信就又写了一封，因此他们的信件会在邮局里交会，所有真正的情书都是如此。她把信件全数保留，用一条薰衣草色的缎带系好。结果多年以后她的孙子发现了这沓情书，从中读到了老一辈不可思议的激情。

"我发现了一座公园，"他有棱有角的黑色字迹这么写道，"入口处的柱子上有一块牌子，上面写'毛斯 德林克沃特 石东 1900 年'。指的是你们吗？公园里有一座小小的四季凉亭，还有雕像，所有步道都九弯十八拐，没办法直接走到中央，就算一直走一直走，最后还是会走回原地。那里的夏天非常接近尾声（你在城市里不会注意到这点，除非身处公园之中），有种苍老又尘埃满布的感觉，而且公园很小；但一切都让我想起你。"仿佛有什么东西不会令他想起她似的。"我找到了一沓旧报纸。"她这么写，这封信跟他的信同时寄出（两个送信的卡车司机在晨雾缭绕的公路上相遇时，还坐在蓝色驾驶座上互相挥手），"里面有一些漫画，描述一个做梦的男孩。漫画就是他的梦境，他的'梦土'。梦土很美，皇宫和游行队伍总是不断倒塌、消失，不是变得太大，就是仔细一看就变成了另一种东西，你知道的，就像真正的梦境，只是全部都很美。克劳德姑婆说她把它们保存下来是因为作者石东先生曾是大城里的建筑师，跟乔治的曾祖父还有我的曾祖父一样！他们是'学院派'建筑师。梦土非常地'学院派'。石东先生是个酒鬼（克劳德姑婆是这么说的）。梦里的男孩总是一副既爱睡又惊讶的模样。他让我想起你。"

一开始他们都很含蓄，但后来就愈来愈直接，因此当他们终于在

14

旧旅馆的酒吧里重逢时（窗外正下着大雪），两人都怀疑是不是有哪里搞错了，自己的信是不是全寄错了，寄给了眼前这茫然又紧张的陌生人。这种感觉一闪而过，但有一段时间他们还是习惯像写信一样，轮流发表长篇大论（因为他们只知道这种沟通方式）。雪转变成雪暴，皇家咖啡逐渐变冷。此时她说出口的一句话刚好插入了他的话里，而他也有一句话恰好落在她的话中间，于是他们终于开始对话，欣喜若狂，仿佛他们是第一个发现个中诀窍的人。

"你们一家人一直自己待在那里，不会觉得……呃……无聊吗？"练习了一会儿后史墨基这么问。

"无聊？"她很惊讶。她似乎从来不曾有过这种想法。"不会呀。又不是只有我们而已。"

"噢，我的意思不是……他们是什么人？"

"谁？"

"那些……跟你们一起的人。"

"哦。这个嘛，以前有很多农夫。最早是苏格兰移民。姓麦克唐纳、姓麦格雷戈、姓布朗的人都有。如今没那么多农场了，但还是有一些。现在那里很多人应该都算是我们的亲戚吧。这种事你也知道。"

其实他不算知道。他俩同时陷入沉默，接着又同时开口，然后又同时沉默。史墨基说："房子很大吗？"

她微笑道："非常大。"褐色眼睛在灯光下显得水汪汪，"你会喜欢的。大家都喜欢，连乔治也是，他却说他不喜欢。"

"为什么？"

"他一天到晚迷路。"

史墨基不禁发笑。乔治这个探路者、经常穿梭于暗夜街道的人，竟然会在一栋普通的房子里迷路。他试图回想自己是否曾在哪封信中提过城市老鼠跟乡下老鼠的笑话。她说："我可以告诉你一件事吗？"

"当然。"他不知为何心跳加快。

"我们相遇的时候我就已经认识你了。"

"什么意思？"

15

"我是说我认出了你。"她垂下浓密的玫瑰金色睫毛，迅速偷瞄了他一眼，然后环视一下昏暗的酒吧，仿佛怕别人听到似的。"我听说过你这个人。"

"乔治说的。"

"不是不是。很久以前，在我小的时候。"

"听说过我?"

"好吧，不完全算是。或者其实就是，但我直到遇见了你才恍然大悟。"她抱着双肘，靠在格子桌布上，倾身向前，"那时我九岁，或十岁。下了很久的雨。然后有天早上我到'公园'里去遛斯帕克——"

"什么?"

"斯帕克是我们以前养的狗。而'公园'就是，你知道吗，周围那一带。吹来一阵微风，感觉雨快停了。我们都湿透了。接着我朝西方望去，发现那里有一道彩虹。我记得我母亲说过的话：'早晨西天出现彩虹，天气就会奇好无比。'"

他完全能够想象她当时的模样：穿着黄色的雨衣和宽口雨靴，头发比现在更细更卷。他不知道她怎会晓得哪边是西边，他自己到现在都还会认错方向。

"那是一道彩虹，但是很鲜明，看起来就好像通到了……那里，你知道吧，就在不远处，我可以看见那片草地，闪闪发光，沾满了各种色彩。天空变辽阔了，你知道，就是下了很久的雨之后放晴的那种感觉，一切好像都变近了。彩虹的末端很近，而我只想走过去站在中间，然后抬起头，让全身沾满色彩。"

史墨基笑了。"那恐怕很难。"他说。

她也笑了，然后低下头，用手背遮住嘴巴，这个动作在他看来似乎已经熟悉得令人心动。"当然喽，"她说，"好像永远都抵达不了。"

"你是说你——"

"每次你以为快到了，它就会跑得更远，还移了位；这时你若跑过去，就会发现它又挪回了原本的位置。我跑得力竭汗喘，却一点也没有靠近。但你知道这时候该怎么办吗——"

16

"掉头走开。"他说，很惊讶听见自己这么回答，但又很确定这就是答案。

"当然。实际做起来没那么容易，但——"

"不，我不这么认为。"他已经不笑了。

"——但只要方法正确——"

"不，等等。"他说。

"——正确的话，那么……"

"听着，彩虹不会真的碰到地面，"史墨基说，"不会，真的不会。"

"在'这里'确实不会。"她说，"现在听我说。我让斯帕克带路。我交给它去选择，因为它不在乎，但我在乎。只需踏一步，转过身，接着你猜怎么着。"

"我猜不到。你全身洒满色彩吗？"

"不。不是那样。你在外面时会看到里面充满色彩；所以，在里面时——"

"你看到外面充满色彩。"

"没错。整个世界都是色彩，好像糖果做的——不，好像彩虹做的。眼睛看得到的地方全是七彩的，像光线一样柔美。你会想跑过去探索。但你一步也不敢踏出去，因为那一步有可能会是错的——所以你就只是一直看一直看。接着你会想：我终于来到了这里。"她已陷入沉思。"终于。"她又轻声重复了一次。

"那么，"他开口，然后吞了吞口水，再继续说，"我跟这有什么关系呢？你刚才说有人告诉过你……"

"是斯帕克，"她说，"或某个像它那样的人。"

她细细盯着他看，因此他试图挤出一个愉快倾听的表情。"斯帕克是狗。"他说。

"没错。"她似乎不愿再说下去。她拿起汤匙，看着自己在凹面上上下颠倒的微小倒影，然后放下汤匙。"或者某个像它那样的人。好啦，这不重要。"

"等等。"他说。

"只维持了一分钟而已。我们站在那里的时候，我认为……"她小心翼翼，不去看他——"我认为斯帕克说了……"她抬头望着他。"很难相信吗？"

"哦，是啊。确实很难相信。"

"我还以为不会呢。至少对你不会。"

"为什么对我不会？"

"因为，"她只手托腮，神情有些难过，甚至有点失望，令他完全说不出话来，"因为你就是斯帕克提到的那个人。"

假装

可能只是因为他已经完全辞穷了，所以在那一刻（或者应该说，那一刻之后的下一刻）史墨基脱口说出了他苦思了一整天的困难问题（或敏感提议），措辞甚至没有修饰。

"好啊。"她说，依然托着腮，但脸上已浮现一个崭新的笑容，就像早晨出现在西边的彩虹。因此当他们借着大城灯火形成的假曙光看出外头干爽的雪已经堆得老高、甚至堆上他们的窗台时，他们就只是缩在干爽的床单下聊天（旅馆的暖气系统竟因突来的寒冷而故障）。他们还没合过眼。

"你在说什么？"他说。

她笑了，脚趾贴在他身上。他有种古怪的感觉，有点眩晕，奇怪的是他打从青春期之后就不曾有过这种感觉了，但它确实存在：感觉自己充盈无比，饱满得连手指和头皮都在发麻（检查一下可能甚至还在发光）。任何事情都是可能的。"只是在假装，对吧。"他说。她笑着翻过身，两人的身体紧紧交缠。

假装。小时候，每当有人发现埋在地下的东西（一个棕色瓶子的颈部、一把生锈的汤匙，甚至是一颗留有古老钉痕的石头），他们就会说服自己此物年代久远。打从乔治·华盛顿还在世的时候就有了。甚至更早。它不仅神圣，而且价值连城。他们靠集体意志相信这是真的，但也心照不宣：像在假装，但又不同。

"你看吧？"她说，"一切都是注定的。而且我那时就知道了。"

"但是为什么？"他说，既狂喜又痛苦，"你怎能如此确定？"

"因为这是个'故事'。而'故事'是会成真的。"

"但我不知道这是故事。"

"置身故事里的人是不会知道的，没有例外。但故事就是存在。"

小时候的某个冬夜，他第一次见识到月晕现象。当时他寄住在一个同父异母的兄长家，这位兄长是个半吊子信徒。他抬头盯着那个巨大、冰冷、几乎横过半个夜空的光环，渐渐确定这是世界末日的征兆。他在位于郊区的院子里兴奋地等待寂静的夜晚分崩离析，心底却又明白不会发生这种事；知道这世界没有任何事情不对劲，也不会有任何像这样的惊奇。那天晚上他梦见了天堂：天堂是座黑暗的游乐场，狭小又沉闷，只有一座铁打的摩天轮永无休止地旋转，外加一排死气沉沉的摊位供信徒作乐。他醒来时松了一口气，从此以后再也不相信自己的祷告，反倒毫无怨怼地替哥哥念了祷词。只要她开口，他也愿意跟着她祷告，乐意之至，但据他所知她根本不祷告。反之，她要求他同意一件事，偏偏这件事是如此古怪、如此地与他熟知的这个普通世界格格不入、如此……他笑了出来，啧啧称奇。"这简直是童话故事。"他说。

"可能吧，"她困倦地说，把手伸到背后拉过他的手，让他环抱住自己，"可能吧，你要这么说的话。"

他知道他若想前往她去过的那个地方，他就必须相信；知道他若相信就必定到得了，即便它不存在，即便它是假的。他的手沿她修长的身躯往下滑，结果她轻轻出了个声，往他身上紧紧贴过去。他努力唤起那份荒废已久的古老意志。倘若她真的去过那个地方，那么他绝对不想被抛下；他只想永远像现在这样跟她紧紧相依。

人生短暂，抑或漫长

艾基伍德的一个五月天，黛莉·艾丽斯来到树林深处。有一道瀑布从高耸的岩壁间倾泻而下，在底部凿出一座深潭，而她就坐在潭边一块滑亮的岩石上。水流毫不止息，从裂隙间冲进水塘里，喃喃说着话，内容不断重复，但总是充满乐趣。尽管全都听过了，黛莉·艾丽斯还是侧耳倾听。她看起来就像汽水瓶上的女孩画像，只是没那么纤细，也没有翅膀。

"鳟鱼爷爷，"她对着水潭说，接着又说了一次，"鳟鱼爷爷。"她等了等，没有任何回应，因此她拿起两颗小石子丢进冰凉光滑的水里。石子互相撞击，在水中形成了一种宛如遥远枪响的声音，比在空气里缭绕得更久。此时一条巨大的白色鳟鱼从岸边某个长满水草的洞里游了出来，是条有白化病的鱼，没有斑点也没有条纹，粉红色的大眼睛十足严肃。瀑布造成的阵阵涟漪让它的身影抖动不已，巨大的眼睛似乎不断眨动或泛着泪光（鱼会哭吗？她已不止一次这么问自己了）。

唤起它的注意后，她开始诉说自己秋天的大城之行。她在乔治·毛斯家认识了一位男子，并且立刻明白他就是多年前斯帕克的预言中她会"找到或创造出来"的那个人。"你冬眠的时候，"她害羞地说，一边用手轻抚石英岩的纹理，面带微笑却不直视它（因为谈论的是她的爱人），"我们，呃，我们又见了一次面，而且定了终身——你知道——"她看见它抖了一下鬼魅般的尾巴，知道这个话题令人痛苦。她在冰凉的岩石上伸展她修长的身躯，托着下巴、眼神明亮地用一些热情洋溢的模糊词汇描述了史墨基这个人，但这条鱼似乎还是兴致缺缺。她不予理会。那个真命天子必定是史墨基，不可能是别人。"你不觉得吗？你不同意吗？"接着更小心地问，"他们会满意吗？"

"不知道。"鳟鱼爷爷阴郁地说，"谁猜得透他们心里在想什么呢？"

"但你说过……"

"我只是信差，姑娘。别期望从我这里知道更多。"

"好吧。"她决定豁出去了，"我不会一直等下去。我爱他。生命短暂。"

"生命，"鳟鱼爷爷哽咽似的说，"很漫长。太漫长了。"它小心翼翼地转动鱼鳍，然后尾巴一摆，游回了它的藏身处。

"还是告诉他们我来过吧，"她对着它的背影大喊，声音几乎被瀑布声掩盖，"告诉他们我尽了本分。"

但它已经走了。

她写信给史墨基："我要结婚了。"害他站在信箱旁一阵心寒，直到意识到她指的就是他。"克劳德姑婆已经用牌仔细算过了，每一部分都算过一次，日子必须是仲夏那天，而你必须照做。拜托拜托，务必非常小心地按照这些指示进行，否则我不知道会有什么后果。"

就是因为这样，史墨基才会用这种方式踏上前往艾基伍德的路：徒步而不搭车，用旧的而不是新的背包装他的结婚礼服，携带自制而不是买来的食物，且必须找到或求得一个过夜的地点，不得花钱住宿。

大牌既出

他不知道工业园区竟会突然转变成乡间。时值傍晚，他已经转向西方，脚下的道路也变得老旧破损，像只旧鞋般补着颜色深浅不一的沥青。道路两侧都是田野和农场。他走在既不算道路旁也不算农场里的树篱下，不时有层层阴影落在身上。路边常有的丛丛杂草在水沟边和篱笆旁摇曳，茂密而蓬乱，覆着尘土，是人类和车辆的朋友。他听见的车声愈来愈少。那些嗡嗡的引擎声总是随着上下坡忽大忽小，接着突然轰隆一声从旁狂飙而过，惊诧、强劲、迅速，让杂草狂乱地猛抖一阵，随即再次减弱成一阵遥远的嗡嗡声，终至消失。然后就只剩下唧唧虫鸣和他自己的脚步声。

有很长一段时间他都在爬坡，但此时他已来到顶端，看见一片辽阔的仲夏田野。他脚下这条路从中穿越，行经草原、牧野，绕过长着树木的丘陵，先是消失在一座山谷里（山谷旁有一座小镇，教堂尖塔刚好从一片绿意中冒出来），接着又再次出现，成一道纤细的灰色线条，朝青翠山峦蜿蜒而去。此时太阳刚好在圆滚滚的云朵伴随之下落入山坳。

就在这时候，有个女子在遥远艾基伍德的门廊上翻出了一张名叫"旅途"的大牌。牌面上有个"旅者"，背着背包，手持坚实的拐杖；还有"太阳"，尽管它要起要落从来都不是自己决定。翻出来的一张张

21

纸牌旁放着一个碟子，有一根咖啡色的香烟躺在里头冒着烟。她移开碟子，把"旅途"放进所属的位置，然后又翻了另一张牌。这回是"主人"。

当史墨基抵达第一座起伏平缓的山丘脚下时，道路开始向上攀升。他置身一片阴影之中，太阳已经下山。

朱尼珀家

整体而言，他宁愿找个地方睡觉也不想去求人借宿，因此他带了两条毯子。他甚至想过要找一座谷仓过夜，就像书里（他的书）的旅人一样，但他路过的谷仓似乎不只是"私有财产"而已，还物尽其用，挤满了大型动物。事实上，随着暮色渐浓、田野朦胧，他已经开始有点寂寞，因此当他在山脚下看见一间小屋时，他朝篱笆走了过去，一边思忖该如何提出那个他认为铁定很奇怪的要求。

那是栋白色小屋，周围种满了一丛丛长青植物。绿色的荷兰门[1]旁的花架上长着刚绽放的玫瑰。漆成白色的石头标示出门前小径；逐渐转暗的草坪上有一只小鹿吃惊地盯着他看，一动不动，有小矮人盘腿坐在蘑菇上，再不然就是抓起宝物溜走。大门上挂着一块粗糙的告示牌，上面烙着"朱尼珀寓"等字样。史墨基解下门闩，打开大门，寂静中于是响起一阵小小的铃铛声。荷兰门的上半截打开后，黄色灯光流泻而出。一个女人的声音说："是敌是友？"接着是一阵笑声。

"朋友。"他说着朝门走去。空气里有一股不可能错认的杜松子酒味道。门里的女子是那种中年可以维持很久的人，史墨基看不出她的确切年纪。她稀疏的头发可能是灰色也可能是棕色，戴着猫眼形状的眼镜，微笑着露出假牙。她交叉的双臂丰腴且长着雀斑。"噢，我可不认识你。"她说。

"我想知道，"史墨基说，"走这条路是不是可以前往一座名叫艾基伍德的城镇呢？"

1.荷兰门（Dutch door）为分成两截的门，上下两部分可分别开关。

22

"我没法告诉你，"她说，"杰夫？你可以告诉这位年轻人艾基伍德要怎么去吗？"里面的人说了一个他听不到的答案，接着门开了。"进来吧，"她说，"待会儿就知道了。"

房子小巧整洁，塞满了东西。有一只垂垂老矣的长毛狗在他脚边嗅来嗅去、哈哈喘着气。他撞上一张竹编电话桌、碰到一个放装饰品的柜子、踩上一张小地毯，然后从一道狭窄的拱门跌进客厅，里面弥漫着玫瑰、桂油香水和去年冬天残余炉火的味道。杰夫放下报纸，把他穿着拖鞋的脚从垫子上抬起来。

"艾基伍德？"他咬着烟斗问道。

"艾基伍德。有人告诉我要这样走。"

"你搭便车吗？"杰夫精瘦的嘴唇像一条鱼般张开，吐出一阵烟，他怀疑地端详着史墨基。

"不，我其实是走路来的。"壁炉上方挂着一个画框。里头写着：

我会住在路边的
一栋房子里，
与人类为友。
玛格丽特·朱尼珀，1927 年

"我要去那里结婚。"

啊……他们似乎这么说。

"好吧。"杰夫站起来，"玛吉，把地图拿来。"

那是一张乡村地图之类的东西，比史墨基的精细得多。他知道的那些城镇如星座般排列在上面，轮廓清晰，但还是没有艾基伍德。"应该就在这些城镇附近。"杰夫取来一根粗短的铅笔，发出"嗯"的一声，然后说："咱来瞧瞧。"接着就以那五座城镇的中心点勾勒出一颗五角星。他用铅笔敲了敲五角星中央那个五边形，然后对史墨基扬了扬眉毛。史墨基猜测这是种古老的读图技巧。他发现有条若隐若现的路横过那个五边形，跟他刚才走过的这条路相连，而这条路的终点就在田溪这边。

"嗯哼……"他说。

"我大概只能告诉你这么多了。"杰夫说着再次卷起地图。

"你打算走一整夜吗?"玛吉问。

"哦，我带了铺盖。"

玛吉看着他绑在背包上那两条不甚舒适的毯子，噘起了嘴。"我猜你应该一整天都没吃东西吧。"

"哦，我有……你知道……三明治，还有一个苹果……"

厨房里堆满了一篮篮鲜艳得难以置信的水果，有蓝葡萄、红褐色的苹果和状似丰臀的水蜜桃。玛吉从火炉上端来一盘又一盘热腾腾的菜肴，全部吃完后，杰夫又在红宝石色的小酒杯里斟了香蕉酿的烈酒。这就对了：他不再婉拒他们的招待，于是玛吉"整理好长沙发"，让史墨基裹着一条咖啡色的印第安毛毯睡在上头。

朱尼珀一家人离开后，他并没有立刻睡着，而是躺在沙发上环视房间。房里只有一盏直接插在插座上的夜灯亮着，形状是一幢长满玫瑰的小屋。他借着这光线看见杰夫的槭木椅子，他总觉得上面那种橘色的扶手垫看起来很好吃，像光滑的硬糖果。他看见波纹状的窗帘在带有玫瑰气息的微风中飘动。他听见那只长毛狗在睡梦中发出叹息。他又发现了另一个画框。虽然无法确定，但他觉得上面写着：

让我们快乐的事物
也会带来智慧。

他陷入梦乡。

第二章

你也许有注意到我不会把这两个词连起来。

我会写"乡间的住处",而非"乡间住处"。这是故意的。

——维塔·萨克维尔－韦斯特[1]

当太阳带着一种音乐似的声响从她东边的窗子射进来时,黛莉·艾丽斯一如往常地醒了过来。她踢开饰有图案的被子,全身赤裸躺着晒了一会儿太阳,用触觉唤醒自己,发现眼睛、膝盖、乳房和玫瑰金头发全都完整如初留在原位。接着她站起来伸伸懒腰,把最后一丝睡意从脸上抹去,然后在床边的一方阳光里跪下来祷告,这是她打从会说话以来每天早上都会做的事:

> 噢,伟大的辽阔的美丽的奇妙的世界
>
> 奇妙的水围绕着你
>
> 绮丽的草长在你胸前
>
> 噢,世界啊,你打扮得真美丽。

---

1. 维塔·萨克维尔－韦斯特(V. Sackville-West, 1892—1962),英国小说家、诗人、园艺家,经常在作品中描写肯特郡的乡村风景。

哥特风浴室

祈祷完后，她调整了一下曾祖母传下来的长长立镜，照出自己全身，然后问了那个跟往常一样的问题。今天早上的答案是"很好"（她有时会得到模棱两可的答案）。她穿上一件棕色长袍，踮起脚尖转了一圈，让磨损的裙摆飞扬，然后小心翼翼走进还很寒冷的大厅。她行经父亲的书房，听见他那把古老的雷明顿猎枪在那里咔啦咔啦地诉说老鼠和兔子的冒险故事。她打开妹妹索菲的房门。索菲躺在纠结的床单间，像婴儿一样握着拳头睡觉，一根长长的金发横过她张开的双唇。早晨的阳光刚照进这个房间，于是索菲不甚甘愿地动了一下。大多数人睡着的模样都有点怪，有些陌生，仿佛不是同一个人，但索菲却是睡着的时候最像她自己，而且她很爱睡觉，任何地方都能睡，连站着也能睡。黛莉·艾丽斯停在那里看了她一会儿，猜不透她又到哪儿冒险去了。好吧，待会儿就能听她细细道来了。

螺旋状大厅的另一端就是哥特风浴室，对她而言，整间房子里就只有这间浴室的浴缸够长。由于在房子的转角处，太阳还没晒到浴室；彩色玻璃窗黯淡无光，冰凉的瓷砖地板令她禁不住踮起脚尖。怪兽形状的水龙头仿佛患了肺结核似的咳了几声，接着房子深处的水管才决议给她一点热水。这突来的水流产生了某种效果，因此她撩起咖啡色的裙摆，坐在那有点像主教宝座的马桶上，托着下巴望着蒸汽从那棺材似的浴缸中袅袅升起，突然又有了睡意。

她冲了马桶，一大堆顽固的水在一声哗啦巨响中被带走后，她就解开腰带、褪去衣服，颤抖了一下，随即小心地踏进浴缸。哥特风浴室已经雾气弥漫。这种哥特风其实比较像森林而非教堂，拱形的天花板如树枝交会般在黛莉·艾丽斯头顶上方交缠，到处都有常春藤、树叶、卷须和藤蔓的雕刻，形成永不止息的生动姿态。狭窄的彩绘玻璃窗上，如卡通般鲜艳的树木图案上结了一滴滴水珠，遥远的猎人与模糊的田野图案上也是。当太阳懒懒升起、把十二扇玻璃窗都照亮时，从浴缸里飘起的水雾蒙上了一层宝石般的色彩，此时黛莉·艾丽斯就仿佛躺在一片中世纪森林中的池子里。这个房间是她曾祖父设计的，玻璃却是出自另一人之手，他的中间名叫"康福"，而黛莉·艾丽斯确实感觉到无比舒服。她甚至唱起歌来。

跨越异境

就在她洗澡唱歌的同时，她的新郎醒了过来，不仅双脚酸麻，还惊异地发现自己的肌肉竟然因为昨天的路程而痛得这么厉害。当她在长方形的厨房里吃早餐，跟忙碌的母亲一起拟定计划时，史墨基攀上了一座阳光明媚的山巅，进入一座山谷。当黛莉·艾丽斯和索菲透过相互贯穿的大厅呼喊对方的名字、医生望着窗外寻找灵感时，史墨基正站在一个交叉路口，那里有四棵老榆树，如同四个正在交谈的严肃老人。有一块路牌写着"艾基伍德"，指向一条林荫隧道下的泥土路，正当他踏上这条路，一边左右张望猜测接下来会发生什么事时，黛莉·艾丽斯和索菲就在房里准备黛莉·艾丽斯隔天要穿的衣服，同时索菲也说出了她的梦。

索菲的梦

"我梦见我学到了一种方法，可以把我不想花的时间存起来，等到需要的时候再领出来。例如等待看病的时间，或从某个你不想去的地方回来的时间，或等公交车的时间，反正就是一些没用的琐碎时段。好吧，基本上就是把它们折叠起来，就像折破盒子一样，让它变得比较省空间。其实只要抓到诀窍就很容易了。我说我学到这个方法时，大家都一副不足为奇的样子，妈妈只是点头微笑，仿佛每个人到了一定年纪就理应学会这些东西。只要沿着皱褶处撕开，把它们折平就好，小心别弄丢任何一片。爸爸还拿来一个巨大的大理石纹信封，让我把它们全部装进去，而他拿给我时，我想起自己曾在家里看过这种信封，还猜想它们是做什么用的。好奇怪，竟然会在梦里编造出一些回忆来解释整

27

个故事。"索菲一边说话，手指一边飞快地处理一块裙摆，而黛莉·艾丽斯无法听清楚索菲的每一句话，因为说话时她咬着大头针。那个梦反正很难听懂，索菲每讲完一件事，黛莉·艾丽斯立刻就会忘记，仿佛是她自己在做梦似的。她拿起一双缎面鞋，又放下，然后来到她凸窗外的小阳台。"后来我开始害怕，"索菲说，"我手边有了一个沉闷的大信封，里头塞满不快乐的时光，而我不知道在我有需要时，究竟该如何把里面的时间拿出来使用，而不会让所有沉闷的东西跟着跑出来。我似乎最初就不该开始的。况且……"黛莉·艾丽斯俯瞰着门前的路，是条棕色车道，中央松软隆起处长了一排杂草，全在树荫下迎风摇曳。车道尽头有一对门柱，顶端各嵌着一颗球，就像灰色的石头橘子。就在这时候，一名"旅者"出现在大门前，踌躇不前。

她心头一阵翻腾。由于她一整天心情都平静无比，所以她认定他是不会来了；认定自己的心已经知道他今天不会出现，所以没理由七上八下、因期待而怦怦乱跳。结果她却吓了一跳。

"接着一切全乱成了一团。好像全部的时间都拆开、摊平、收了起来，但我已经停手，接下来都是它自己发生的。最后就只剩下可怕的时间，从大厅走下来的时间、半夜醒来的时间、无所事事的时间……"

黛莉·艾丽斯任由心脏继续狂跳，因为她反正也无法自已。下方的史墨基逐渐接近，速度很慢，仿佛带着敬畏，而她无法判断他是在敬畏什么。当她确定他已经看见她时，她解开了棕色长袍的腰带，将衣服从肩上褪去。它沿着她的手臂和手腕滑下，于是她感受到树叶的阴影和阳光在她皮肤上跳动，时而冰凉时而温暖。

误入歧途

他腿上一阵燥热，从脚跟开始沿着小腿往上传递，仿佛因为旅途上不断摩擦而变热了似的。晒昏的脑袋在正午的烈日下嗡嗡作响，他的右大腿一阵尖锐的刺痛。但他已置身艾基伍德，毋庸置疑。他沿着小径走向那幢巨大的多角屋时，明白自己没必要跟门廊上的老妇人问路，因为他已经到了。再走近一些时，黛莉·艾丽斯在他眼前现身。他站在那里看得出神，手里还拎着那个沾满汗水的背包。他不敢回应（因为门廊上还有个老太太），但他的目光也无法移开。

"很美，对吧？"老妇人终于说了。他涨红了脸。她直挺挺地坐在她的孔雀椅上，对他微笑，身旁有一张小小的玻璃桌，她正在玩单人牌。"我说很美吧。"她提高音量重复了一次。

"没错！"

"没错……这么优美。我很高兴你从车道走上来第一眼看见的就是它。窗框是新的，但阳台跟所有的石材都是原件。你到门廊上来吧？这样子很难讲话。"

他再次往上瞟，但艾丽斯已经不见了，只剩沉浸在阳光中的童话风格屋顶。他登上有柱子的门廊。"我是史墨基·巴纳柏。"

"嗯。我是诺拉·克劳德。请坐？"她熟练地收好牌，装进绒布袋，再把绒布袋放进雕花盒子里。

"对我提出那些条件的人，"他说着，在一把吱吱作响的柳条椅子坐下，"是否就是您呢？西装啦、走路啦……那一大堆的。"

"噢，不。"她说，"我只是发现了它们而已。"

"是一种考验喽。"

"也许吧。我不知道。"她似乎对这说法感到意外。她从胸前的口袋（上面别着一条整洁而无用的手帕）里取出一根褐色的香烟，然后在鞋底上擦着一根厨房用的火柴。她穿着一件薄裙，花色很适合老太太，但史墨基倒是从没看过这么浓烈的蓝绿色，没看过交织如此紧密的叶子、小花和藤蔓：仿佛把一整天的收获全织了进去。"综观全局，我倒觉得是防患未然。"

"哦？"

"为了你自己的安全。"

"唔，这样啊。"他们静静地坐了一会儿，克劳德姑婆平静而面露微笑；史墨基满怀期待。他不禁猜想怎么没有人带他进去跟大家见面。他感受到阵阵热气从自己的领口冒出来，意识到今天是周日。他清了

29

清喉咙："德林克沃特医生跟太太上教堂了吗？"

"哦，可以这么说吧。"奇怪的是他每说一句话，她的反应就好像从没想过有这种事似的。"你信教吗？"

他一直很害怕这个问题。"这个嘛。"他开口。

"女人向来比较容易相信，对吧？"

"可能吧。我的成长环境里没有什么人信。"

"我母亲和我远远比我父亲和我兄弟更能感受到信仰。但他们可能也比我们更为信仰所苦。"

他不知该怎么回答，也无从分辨她之所以这么仔细盯着他，究竟是因为在等他回答，还是纯粹因为她近视。

"我侄儿德林克沃特医生也一样，不过当然啦，还有动物，他确实很注意动物。他非常关心动物。别的他似乎都不在乎。"

"所以算是某种泛神论者了？"

"噢，不，他没那么蠢。他好像只是——"她挥了挥拿着香烟的手，"——不会注意到那些。啊，谁来了？"

有个女子骑着脚踏车出现在大门前，戴着一顶巨大的宽边帽。她穿着一件衬衫，跟克劳德姑婆的裙子花色相同但更加鲜艳，还穿着一条宽松的牛仔裤。她不熟练地跳下脚踏车，从车篮里取出一只木桶。当她把宽边帽拨到后面时，史墨基认出了她正是德林克沃特太太。她走上前，在阶梯上重重坐下。"克劳德，"她说，"我每次都说这是我最后一次请教你采莓子的问题了。"

"巴纳柏先生跟我，"克劳德姑婆愉快地说，"正在讨论宗教问题。"

"克劳德，"德林克沃特太太阴郁地说，一边搔着脚踝，脚上是一双大趾处有点磨损的轻便运动鞋，"克劳德，我走错路了。"

"你的桶子是满的啊。"

"我走错路了。那个桶啊，天杀的，我开头十分钟就装满了。"

"哦。这就对了嘛。"

"你没说我会走错路。"

"我没问啊。"

三人安静了片刻。克劳德姑婆在抽烟，德林克沃特太太一脸出神，搔着脚踝，史墨基于是有了充分的时间去猜想克劳德姑婆为什么不是说"你没问"（他并不介意德林克沃特太太没跟他打招呼，老实说他根本没注意到这点，因为他从小到大都被当成透明人，已经习惯了）。"至于信仰问题嘛，"德林克沃特太太说，"问问奥伯龙吧。"

"啊，你看吧。那人不信教。"克劳德姑婆接着对史墨基说，"我们说的是我哥哥。"

"他整天只想着那件事。"德林克沃特太太说。

"是啊，"克劳德姑婆若有所思地说，"没错。好啦，你看吧。"

"你信吗？"德林克沃特太太问史墨基。

"他不信。"克劳德姑婆说，"当然了，还有奥古斯特。"

"我小时候没受过什么宗教熏陶。"史墨基咧嘴而笑，"我猜我应该算是多神论者吧。"

"什么？"德林克沃特太太说。

"诸神啊。我受的是古典教育。"

"你得从某处开始。"她一边回答一边将她那桶野莓里的叶子和小虫挑出来。"应该不会再有这些恶心的东西了吧。明天就是仲夏了，感谢。"

"我弟弟奥古斯特，"克劳德姑婆说，"也就是艾丽斯的祖父，可能信教了。他离开了，不知道跑哪儿去了。"

"是传教士吗？"史墨基问。

"哦，是的。"克劳德姑婆说，再次露出第一次听到这种说法的模样，"是啊，应该是吧。"

"她们应该穿好衣服了。"德林克沃特太太说，"我们不如进去吧。"

虚拟卧室

那是扇老旧的大纱门，木头的部分打了孔，经过轻微的变色处理，创造出夏天的感觉。纱门下半部因为孩子们多年来的鲁莽碰撞而外突。当史墨基握着陶瓷门把拉开门时，生锈的弹簧发出了嘎吱声。他跨过门坎，进入屋内。

挑高且上过蜡的前厅里有一股清凉夜气的味道，还有去年冬天的炉火和铜柄壁橱里薰衣草囊的香气，还有什么？蜡、阳光、校准过的季节：当纱门在他身后吱吱呀呀地关上时，外头的六月天也顺便进来了。楼梯在他面前向上攀升，转了个半圆抵达二楼。他的新娘就站在第一个转角处，阳光穿透一扇尖拱窗洒在她身上。她赤着脚，穿着一条拼贴牛仔裤。索菲就站在她身后，已经长了一岁但还是没有她姐姐那么高，她身上穿着薄薄的白裙，戴着很多戒指。

"嗨。"黛莉·艾丽斯说。

"嗨。"史墨基说。

"带史墨基上楼，"德林克沃特太太说，"他住虚拟卧室。而且他肯定想洗个澡。"她拍拍他的肩膀，因此他踏上第一级阶梯。多年以后，他常时而悠闲，时而痛苦地揣测自己是否打从踏进那屋里就从来不曾真正离开过。但当下那一刻，他只是上楼跟她会合，狂喜自己在走过这趟漫长且古怪至极的旅程之后终于抵达目的地，而且她就在那里迎接他，棕色的眼睛里满载着承诺。她接过他的背包，牵起他的手，带领他来到凉爽的楼上（但也许那一刻的快乐就是这趟旅程唯一的目的，即使如此，这个理由也已经够充分；他别无所求）。

"我该洗洗澡。"他有点喘不过气地说。她低下头在他耳边说："我会把你舔干净，像猫一样。"索菲在他们身后咯咯笑。

"这是大厅。"艾丽斯说着用手抚摸深色的护墙板。她一边走一边轻拍玻璃门把。"爸妈的房间。爸爸的书房——嘘……这是我房间——看到没有？"他向内窥探，结果多半只能看到立镜里的自己。"这是虚拟书房。从这排楼梯走上去就是旧的太阳系仪。左转，再左转。"门厅似乎是个同心圆，史墨基猜不透所有房间是怎么从中衍生出来的。"到了。"她说。

房间的形状很难界定，天花板在其中一个角落急转直下，让房间的一端比另一端低矮，而那里的窗户也比较小。房间看起来似乎比实际大，或者说实际上比看起来的小，他无法判定是哪种。艾丽斯把他

32

的背包扔到床上，那是张窄床，铺着夏天的圆点被单。"浴室就在大厅那里。"她说，"索菲，去放点水吧。"

"有淋浴间吗？"他问，想象着清凉的水洒在身上的感觉。

"没有，"索菲说，"我们想把水管换新，但已经找不到……"

"索菲。"

索菲关上房门，留下他俩。

她先是想品尝他脖子上和锁骨上的汗水，接着换他解开她绑在胸部底下的衬衫衣角。接着两人就因为迫不及待而忘记要轮番安静地渴求着对方，像海盗分享着寻觅已久、想象已久、藏匿已久的宝藏。

有围墙的花园

中午时，他们独自坐在房子背正面的花园里吃花生酱苹果三明治。

"背正面？"

苍翠的树木从花园的灰色围墙上方探出头，像撑着手肘的平静观众。他们坐在角落里的一张石桌旁，就在山毛榉的树荫下，桌上还残留着过去几个夏天被压扁的毛毛虫痕迹。他们的纸餐盘放在厚实的石桌上显得薄弱又不耐久。史墨基努力吞咽，他吃不惯花生酱。

"原本这里才是房子的正面。"黛莉·艾丽斯说，"但接着他们就建造了花园和围墙，所以背面就变成正面了。"她跨坐在长板凳上，拿起一根树枝，同时用小指头把一根被风吹进嘴里的闪亮发丝勾了出来。她在泥地上迅速画出一颗五角星。史墨基看了看它，接着又看看她勒紧的牛仔裤。"不是很准确，"她说着斜睨了那颗星星一眼，"但差不多就像这样。你看，这房子每一面都是正面。它是一间样品屋。记得我信中跟你提过我曾祖父吗？他把这栋房子盖成一种样本组合，这样人们就可以过来从每个不同的面看它，再决定自己想要的是哪一种房子。就是因为这样，内部才会这么疯狂。因为它实际上是很多栋房子互相交叠在一起，只有正面露在外头。"

"什么？"他一直在看她说话，却没在听。她看出这点，笑了出来。

33

"你看。有没有？"她说。他朝她手指的方向望去，看见房屋的背正面。风格严峻的古典式外观，覆盖着常春藤；灰色的石头上仿佛溅着深色的泪痕，有着高耸的拱窗。他认出了古典柱式里的对称元素；粗面石工、柱列、柱脚。有个人带着忧郁的气息从其中一扇窗户向外眺望。"现在来吧。"她用大大的牙齿咬了一大口三明治，然后拉着他的手沿建筑物的那一面走过去。它仿佛舞台布景般折叠了起来。原本看似平板的东西凸了出来，原本凸出来的东西凹了下去；柱子变成了半露柱后消失。如同小孩常玩的那种转一转就从哭脸变成笑脸的图案，房子的背正面也慢慢改变，因此当他们抵达对面的围墙回头张望时，房子已经变成愉快的仿都铎式，有着深邃弯曲的屋檐和紧挨在一起的帽状烟囱。二楼有一扇窗户是打开的（窗格里有一两片玻璃是彩绘玻璃），索菲站在那里挥着手。"史墨基，"她大喊，"你吃完午餐得去书房里跟爸爸谈谈。"她留在窗口，双手抱胸靠在窗台上微笑看着他，仿佛很高兴带来这个消息。

"噢，啊哈。"史墨基心不在焉地回应。他走回石桌旁，房子也变回了罗马式。黛莉·艾丽斯正在吃他的三明治。"我要跟他说什么?"她耸耸肩，嘴里塞满东西。"万一他问我有什么前途怎么办?"她掩嘴而笑，就像她在乔治·毛斯书房里那时候一样。"噢，我总不能告诉他，我在校对电话簿吧。"他面临的重大压力如鸟儿般栖上了他肩头，偏偏把这份压力加在他身上显然是德林克沃特医生的责任。他突然犹豫不决，心生疑虑。他看着他身材高大的爱人。他到底有什么前途呢? 可不可以跟医生解释说他女儿一口气治愈了他的不存在感，这样就够了呢? 可不可以说，婚礼一完成（不管他们要他立下什么样的宗教誓约），他就只想跟别人一样，从此过着幸福快乐的日子?

她取出折叠小刀，削着一颗青苹果的皮，果皮形成了一条卷曲的缎带。她就有这种才华。他能带给她什么?

"你喜欢小孩吗?"她说，始终不曾将目光从苹果上移开。

房子与历史

书房里很暗。根据一种古老的哲学，炎炎夏日就是要把房子封闭起来才能保持凉快。它确实很凉快。德林克沃特医生不在书房里。透过挂着窗帘的拱窗，他瞥见黛莉·艾丽斯和索菲在花园里的石桌旁聊天，因此他感觉自己就像一个因为不乖或身体不好而关在家里的男孩。他紧张地打了个哈欠，看看附近摆了哪些书；看来这些沉重的书柜已经很久没有人碰过了。有一套套布道书，还有一册册乔治·麦克唐纳、安德鲁·杰克逊·戴维斯和斯韦登堡[1]等人的著作。有一套医生撰写的儿童故事书，排了好几码那么长，外观漂亮、装订粗糙，书名常常重复。还有一些装帧精美的古典书籍堆在一尊头戴桂冠的无名胸像旁。他取下一本苏维托尼乌斯[2]的书，结果一本塞在书本之间的小册子也被他带了下来。它已年代久远，磨损严重且变了色，里头附有珍珠光泽的凹版印刷插图，书名叫《州北房屋及其历史》。他小心翼翼地翻动书页，不去损毁装订处的旧黏胶，看见开满黑色花朵的昏暗花园、一幢盖在河中小岛上的无顶城堡，还有一栋用啤酒桶建造的房子。

他抬起头，翻到下一页。黛莉·艾丽斯和索菲已经不见了，风把纸餐盘从桌面上吹起，以芭蕾舞姿旋转，直到落到地面。

这时出现了一张照片，是两个人坐在一张石桌前喝茶。男人看起来就像诗人叶芝，身穿浅色的夏季西装，系着圆点领带，头发浓密雪白，眼镜上有太阳的反光，所以看不清他的眼睛。女人较年轻，戴着一顶白色宽边帽，深邃的五官陷入帽缘的阴影里，可能因为突然动了而显得有些模糊。他们身后就是史墨基身处的这栋房子，而两人旁边有一个小小的身影，大约只有一英尺高，头戴一顶尖尖的帽子，脚上一双

---

1. 乔治·麦克唐纳（George MacDonald，1824—1905），苏格兰小说家、诗人，其童话与奇幻小说对托尔金、C. S. 刘易斯、W. H. 奥登等人均有重大启发；安德鲁·杰克逊·戴维斯（Andrew Jackson Davis，1826—1910），美国招魂术研究者，也是社会运动者；斯韦登堡（Emanuel Swedenborg，1688—1722），瑞典科学家、哲学家、神学家、神秘主义者。

2. 苏维托尼乌斯（Suetonius，约60—122），罗马帝国时期历史学家，著有《罗马十二帝王传》（*De Vita Caesarum*）。

尖尖的鞋子，正朝那女子伸出他小小的手。女子也许看见了他，正准备牵起他的手，但也可能不是这样（很难判断）。他不似人类的宽大五官似乎也因为突然动了而糊成一团，而且似乎长着一对薄纱似的昆虫翅膀。照片标题这么写："约翰·德林克沃特与德林克沃特夫人（瓦奥莱特·布兰波）；精灵。艾基伍德，1912年"。照片底下的正文是：

"本世纪初的疯狂建筑物里，最怪异的莫过于约翰·德林克沃特的'艾基伍德'，但它最初根本不是为了耍疯而设计的。其历史必须追溯到德林克沃特于1880年出版的《乡间宅邸建筑》。这本迷人且影响力十足的维多利亚式居家建筑概论让年轻的德林克沃特一举成名，他后来加入了知名的毛斯与石东景观建筑团队。1894年，德林克沃特设计了艾基伍德，算是他那本知名著作里所有插图的综合体，将很多栋不同风格与大小的房屋合而为一，简直笔墨难形。它还能呈现出逻辑与秩序的一面（或几面），就证明了德林克沃特的能力（虽然已经在走下坡）。1897年，德林克沃特娶了年轻的英国女子瓦奥莱特·布兰波为妻，婚后就受到妻子全面性的影响。他的妻子是神秘主义牧师西奥多·伯恩·布兰波之女，本身是个迷人的唯灵论者。她的思想也渗入了后来再版的《乡间宅邸建筑》，因为他在当中加入愈来愈多神智学与唯心论哲学，却没有删除任何原本的内容。第六版，也就是最后一版（1910年）必须靠私人出资，因为商业出版社已不再愿意接手，里面依然保有1880年版本所有的插图。

"这些年来，德林克沃特一家人集结了一群思想相近的人，有艺术家、美学家、厌世的善感之人。这个秘教打从一开始就有种亲英派的味道，感兴趣的宾客包括诗人叶芝、J. M. 巴里[1]，几个知名插画家，还有那些'诗意人物'，他们在大战爆发前的美好氛围中得以生存，但在今日的严酷环境里已经消失无踪。

"有趣的一点是，该地区当时历经了一种全面性的人口流失，但这些人却从中获得了好处。艾基伍德周围那五座城镇里的贫穷自耕农纷

---

1. J. M. 巴里（J. M. Barrie, 1860—1937），苏格兰作家、剧作家，著有《彼得·潘》。

纷出走，前往大城和西部，而那些逃避经济现实的温和派诗人刚好接收了他们的房子。残留的这一小群人会在国家最需要的时候成为'拒服兵役者'也许不令人惊讶，而他们那些奇怪又无解的谜题会销声匿迹，也同样不令人意外。

"德林克沃特的后代至今依然住在那栋房子里。据说有一栋疯狂无比的避暑宅邸坐落在那片（非常广大的）土地上，但房子和土地都拒绝外人参观。"

精灵？

德林克沃特医生的建议

"我们该谈一谈，对吧？"德林克沃特医生说，"你想坐哪里？"史墨基选了一张镶有扣子的皮革扶手椅。德林克沃特医生在长沙发上坐下，摸了摸他毛茸茸的头发，吸了口气，然后开场似的咳了咳。史墨基等他提出第一个问题。

"你喜欢动物吗？"他问。

"这个嘛，"史墨基说，"我认得的动物不多。我父亲很喜欢狗。"德林克沃特医生点了点头，仿佛有点失望。"我一直住在城市里，再不然就是郊区。我喜欢在早上听鸟叫。"他顿了一下。"我读过你的故事，我觉得它们……很写实。"他微笑了一下，随即意识到那是个可怕至极的谄媚微笑，但医生似乎没注意到。他只是长长地叹了口气。

"我想，"他说，"你应该明白自己在做什么吧。"

此时换史墨基开场似的清了清喉咙。"噢，先生，我当然知道自己没办法让艾丽斯，呃，过那种她习惯的气派生活，或者至少还得再等一阵子。我在……做研究。我受过良好教育，不算很正式，但我正试着善用我的……我的知识。我可能会教书。"

"教书？"

"古典文学。"

医生这段时间一直仰头凝视着排满书籍的高耸书柜。"嗯。这房间总让我毛骨悚然。我妈常说：'去跟书房里那男孩聊聊吧。'除非逼不得已，否则我绝不进来这里。你刚才说你教什么？"

"噢，我还没开始教。我……正要开始。"

"你会写字吗？我的意思是用手写字？那对教书很重要。"

"哦，会的。我写得一手好字。"沉默。"我有一点钱，一笔遗产……"

"哦，钱啊。别担心钱。我们很有钱。"他对史墨基咧嘴一笑。"跟克洛伊索斯[1]一样有钱。"他向后靠去，将他小得出奇的手按在穿着法兰绒长裤的膝盖上。"大部分是我祖父留下来的，他是个建筑师。此外还有我的钱，写故事赚来的。而且我们一直都能获得良好的建议。"他用一种几乎有点像怜悯的奇怪眼神看着史墨基。"什么没有，好建议肯定有。"接着他伸直双腿、拍拍膝盖、站起身，仿佛自己刚才也给了一个良好的建议。"好吧，我该走了。晚餐时间见喽？很好。别累坏了，明天还很多事等着你呢。"由于太急着离开，说到最后这句话时他人已经走出了门外。

乡间宅邸建筑

他已经注意到它们了，就放在德林克沃特医生刚才坐的长沙发后面的玻璃柜里。他爬上沙发，转动插在锁里的钥匙打开了门。总共有六册，跟那本导览手册里写的一样，从薄到厚整齐地排列着。周围还横七竖八堆放其他书籍或印刷物。他抽出最薄的那本，大约只有一英寸厚。《乡间宅邸建筑》。凹版印刷的封面上斜斜印着"质朴"的维多利亚式字体，饰有树枝和叶子。是枯叶般的橄榄色。他迅速翻阅厚重的书。有垂直式建筑[2]，全型或改良型都有。有意大利风格别墅，适合盖在开阔的田野或乡间。还有都铎风和改良式新古典风，简朴地分别印在两页上。小屋、庄园，各自坐落在白杨或松树、喷泉或山峦之间，还有访客小小的黑色

---

1. 克洛伊索斯（Croesus，公元前 595 年—公元前 546 年），公元前 6 世纪吕底亚的国王，以富有著称。

2. 垂直式（perpendicular），英国哥特式建筑第三时期的建筑特征，强调垂直线条。

身影（抑或是来宣示主权的骄傲屋主？）他觉得倘若所有的照片都印在玻璃上，那么他只要把它们全部叠在一起、对准射进窗口的那道满是尘埃的阳光，艾基伍德就会完整浮现。他稍微读了一下内文，里头仔细列出了尺寸、视觉设计、既完整又好笑的账目记录（周薪十元的石匠，非但作古已久，技巧与秘诀也跟着进了坟墓）。奇怪的是，书中还说明了哪种房子适合哪种个性、哪种行业的人。他把书放回去。

他抽出第二本，几乎是第一本的两倍厚。上面写着"第四版，利特尔－布朗，波士顿，1898 年"。里面有张卷首画，是悲伤的德林克沃特肖像，用软铅笔绘成。史墨基隐约认出了艺术家那个带有连字符的双名。写满了字的扉页上有一段题词：我起身，再将之拆除。雪莱。照片都是一样的，但多了一组图表，上面全是平面图，史墨基完全看不懂上面的标注。

第六版就是最后一版，是装帧精美的厚重大书，运用新艺术风格的淡紫色。书名的字体仿佛要长出四肢似的延伸出卷曲的线条，整体而言仿佛映照在一座傍晚时分开满荷花、泛着涟漪的荷塘上。这次的卷首画不是德林克沃特本人而是他妻子，是一张很像素描的照片，有炭笔画的烟熏感，五官模糊。也许这不是什么艺术效果；也许她就像史墨基一样并不总是完全存在，但她很美。书中还有题诗、书信、一大堆序言、前言和绪论，红字黑字都有。接着又是那些小屋，跟往常一样，只是这回看起来既落伍又突兀，就像被卷进现代潮流里的一座平凡小镇。仿佛瓦奥莱特的抄写员努力在那一页又一页转化成文字的抽象概念上保持某种理智（随着书愈来愈厚，字体也愈来愈小），因此大约每隔一页，眉批上就会出现注解，此外还有题词、章节标题，以及所有那些能把一段文字转换成一个物件的相关事物，净是些清晰、富有逻辑、却不值一读的东西。卷尾的空白页后面还附了一张图纸或地图，折了好几折，事实上还颇有厚度。纸质很薄，因此史墨基一开始不知该如何把它摊开。他先试了一个方向，结果有道古老的折痕就这样嘶的一声微微裂开，他抽搐了一下，重新尝试。他瞥见某些部分，看出那是一张巨大的设计图，但设计的是什么呢？最后他终于把它全部摊开了。图正面朝下搁在他腿上，他只需把它翻过来就好。但此时他却停下不动，不确定自己是否真的想知道上面是什么。我想你应该知道自己在做什么吧，医生这么说过。他把它从边缘掀起。由于年代久远、纸质细致，它就像飞蛾翅膀般轻轻飘起，一道阳光从背面穿透，于是他瞥见了写满注解的复杂图像。他把它放下来研究。

与此同时

"她到底会不会去，克劳德？"妈妈问，而克劳德姑婆回答："好啦，好像不会。"但她不肯再多说，只是坐在桌子另一端，香烟在阳光下释出朦胧烟雾。妈妈正在做馅饼，面粉一路沾到手肘，尽管她喜欢把这称作不花脑筋的工作，但事实却非如此。事实上，她发现自己思路最清晰、想法最敏锐的时候往往就是烹饪时；她可以在身体忙碌的情形下完成其他时候做不到的事，例如将她的烦恼编排列队，每一队都由一份希望主导。有时她会在煮饭时突然想起遗忘已久的诗歌，或用先生、孩子、先父或她尚未出生但已能清晰预见的孙辈（有三个已毕业的女孩和一个清瘦忧郁的男孩）的语言说话。她对天气了如指掌。她把玻璃馅饼盘放进呼呼吐着热气的烤箱内，说不久就会有场暴风雨。克劳德姑婆没有回应，只是叹口气、吸口烟，用一条小手帕擦擦她满是皱纹的脖子上的汗，然后将它仔细塞回袖子里。"晚点就会清朗很多了。"她说完随即缓缓走出厨房，穿越大厅回到她的房间，看能不能在晚餐前小睡一会儿。她曾在这张宽大的羽毛床上跟哈维·克劳德度过短短几年同枕共眠的时光。躺下前她望向了山丘，确实看见有白色的积云往那里集结，带着胜利的姿态节节攀升。索菲无疑是对的。她躺在那里想：至少他是来了，而且没有造成任何冲突。其余的事她就不知道了。

与此同时，戴着低顶宽边帽的德林克沃特医生气喘吁吁地在"老石墙"旁停下脚步。这道围墙，也就是那片长满昆虫的多岩之地，分隔了"绿野"和"老牧野"，一路通到荷塘边缘。血压造成的嗡嗡声逐渐退去，因此他开始听得见他唯一关注的那出戏码：唧啾不停的鸟语、不成调的蝉鸣，以及上千生物进进出出的窸窣声。人类曾经插手于这块土地，但现在多半已经退离。他可以在荷塘对岸的远方看见布朗家谷仓的屋顶，知道这片牧野已遭那家人遗弃，而这道古墙正是他们所留下的遗迹。景色因人类事业的进驻而变化多端，多出了大大小小的房屋、绵延的围墙、阳光明媚的牧野、池塘。医生认为这似乎才是"生态"一词的真义，他不时会在大城报上看到这个词在那些密密麻麻的专栏里遭到误用。当他坐在一块长着青苔的温暖岩石上聚精会神时，一阵微风吹来，告诉他傍晚时分就会有一朵来自山间的云在此地化成雨水落下。

同时，约翰·德林克沃特和瓦奥莱特·布兰波的两个曾孙女就躺在索菲房里那张宽大的羽毛床上。黛莉·艾丽斯隔天要穿（这辈子可能只穿这么一次）的浅色长裙小心翼翼地挂在衣柜外，在衣柜门上的镜中映出一模一样的倒影，背对着背。裙子下方和周围也缀满配件。索菲和姐姐赤身裸体，躺在午后的暑热中。索菲的手扫过了姐姐汗湿的身侧，因此黛莉·艾丽斯说："哎，真的太热了。"却觉得妹妹沾在她肩上的泪水更加滚烫。她说："不久就会轮到你。你会选中一个人，也可能被人选中，到时候你也会成为六月新娘。"但索菲说："我永远不会，永远不会。"接下来的话艾丽斯就听不到了，因为索菲把脸埋在姐姐的脖子上喃喃低语。索菲说的是："他永远不会理解、永远不会看见，他们永远不会让他得到跟我们一样的东西。他会跑到不该去的地方、看见不该看的东西，永远看不出哪里有门、哪里该转弯。等着看好了，你尽管等着看。"就在这一刻，克劳德姑婆也在思考这件事，想着他们若等一等不知会看到什么。她们的母亲也感受到这点，但不是出自普通的好奇心，而是在刺探各种可能性。史墨基则以为此时是周日的休息时间，于是独自留在那满是尘埃的黑暗书房里，将整张图在面前摊开。而就在这一刻，这件事也让他浑身战栗，如一道火焰般蹿起、永不止息。

第三章

山脚下住着一个老太太，

她若还在人间，就依然住在那里。

上个世纪末一个愉快的夏天，约翰·德林克沃特以看房子的名义到英国进行了一趟徒步之旅。某天傍晚，他来到柴郡一栋红砖造的牧师宅邸大门前。他迷路了，而且还搞丢了导览手册，因为几小时前他在一座磨坊旁吃午餐时，手册不小心掉进磨坊的水槽里。现在他饿了，而不管英国乡间有多么安全可爱，他还是不禁感到不安。

古怪的内部

牧师宅邸里有一座无人照料、杂草丛生的花园，蝶儿在茂密的玫瑰丛间飞舞，鸟儿则在多瘤而姿态跛崖的苹果树上啁啾跳跃。树杈上坐着一个人，刚好点燃一根蜡烛。为什么是蜡烛？那是一名白衣少女，正用双手护着蜡烛，火光忽隐忽现。她说（但不是对他说）："怎么了？"烛火瞬间熄灭。他说："不好意思。"她从树上迅速敏捷地爬下来，因此他赶紧站得离大门远些，以免在她过来跟他说话时显得无礼莽撞。但少女没有过来。此时从某处（或者说是从每一个角落）传来一阵夜莺的歌声，停顿了一下，接着又开始。

他不久前才来到一个十字路口（不是真正的十字路口；虽然过去这一个月来，他也面临过不少抉择，必须决定要向下前往水边，还是往上越过山丘，但他发现这些历练对处于人生十字路口的他并无多大

42

帮助）。他熬过了一年，设计出一栋巨大的摩天楼，必须在尺寸与用途容许的前提下，尽可能让外观看起来像座 13 世纪的教堂。他把第一份设计图草稿送去给客户时，原本是把它当成一个玩笑、一种狂想，甚至是一种消遣，理应会遭到退件，但那客户没看出他这点心思，言明就要他的摩天楼盖成这种样子，就要它成为一座商业教堂。而约翰·德林克沃特没料到的是，连那状似洗盆的黄铜信箱他也要，还有那些克吕尼式的古怪浅浮雕（描绘小矮人在打电话或阅读收报机上的纸带），还有位于建筑物高处、根本不会有人看到的怪兽滴水嘴，而且怪兽脸上就长着跟客户本人一样的凸眼睛和草莓鼻（但那家伙连这点都看不出来）。客户认为没什么是他办不到的，所以现在一切都要完全按照德林克沃特的设计去进行。

这项计划不断拖延的同时，他差点就经历一场转变。就差一点，幸而他成功避掉了。那似乎是种非自身的东西，呼之欲出却又说不上来。一开始他是注意到有种东西迂回侵入了他忙碌但规律又充满古怪白日梦的生活：只是一些抽象的字眼，但却会突然浮现脑海，就好像有个声音将它念出来似的。其中一个是"多样性"。还有一天，当他坐在大学俱乐部里望着窗外的蒙蒙烟雨时，浮现的是"组合"二字。一旦说出口，这个概念就会占据他全部的心思，一路蔓延到他的工作场所和会计室，让他陷入瘫痪，无法将心思放在人称"昙花一现"的事业上，将构思已久的下一步付诸行动。

他感觉自己正缓缓陷入一场漫长的梦境，也可能正从一场梦中醒来。不管是前者还是后者，他都不希望发生。为了抵抗，他开始对神学感兴趣。他阅读斯韦登堡和奥古斯丁的作品，而最能抚慰他的莫过于阿奎那：他几乎可以感受到这位众人眼中的"天使博士"正在一字一句完成他的伟大著作《神学大全》。他后来才知道阿奎那临终前竟把自己写的一切视为"一堆稻草"。

一堆稻草。德林克沃特坐在"毛斯、德林克沃特暨石东建筑事务所"开着天窗的长形办公室内，瞪着他建造的那些高塔、公园和豪宅的黑白照片，心想"只是一堆稻草"。就像《三只小猪》中第一只小猪盖的那栋最不持久的房子。不管追他的那只大野狼是什么，必须要有个更坚固的地方让他躲藏。他那年已经三十九岁。

合伙人毛斯发现尽管他已经在绘图板前耗了好几个月，商业教堂的具体设计图却毫无进展；发现他其实只坐在那里心不在焉地乱画一些内部设计古怪的小屋，一画就是好几个小时。因此送他出国去休养一阵子。

古怪的内部……有条小径从大门直通装着扇形窗的牧师宅邸旁门，他看见小径旁放着一台机器（或一个花园装饰品），是一个放在脚架上的白色球体，周围环绕着生锈的铁环。某些铁环已经松脱，掉在花园小径上，上面有杂草遮蔽。他推了推大门，结果门咿呀一声打开了。屋里有一片光线在移动。而当他沿着杂草丛生的小径走上前时，门里传来了一个声音。

是他

"我们不欢迎你。"布兰波博士说（因为此人正是他），"你已经不再是了。是你吗，弗雷德？我应该在大门上加个锁的，现在的人真没礼貌。"

"我不是弗雷德。"

他的口音让布兰波博士停下来思考。他提起油灯。"那你是谁？"

"只是一个旅人。我恐怕迷了路。你没有对讲机。"

"当然没有。"

"我无意贸然闯进来。"

"小心那个老旧的观星仪。都解体了，变成一个恐怖的陷阱。你是美国人？"

"是的。"

"哦，好吧，进来吧。"

女孩已经不见了。

陌生的幽暗巷道

两年后，约翰·德林克沃特困倦地坐在"大城神智学学会"暖气过强、灯光昏暗的房间内（他从没想过自己会跑到这里来，但他确实就在这里）。学会举行了一系列演讲，讲者是各方智士，有灵媒也有天衣派信徒，而德林克沃特发现等候学会选择的讲者名单上也有西奥多·伯恩·布兰波博士，主讲"大世界中的小世界"。一看到这个名字，他脑中就不由自主浮现苹果树上的那个女孩，光芒在她双掌间熄灭。发生什么事了？他再次想起她走进昏暗餐厅里时的模样。牧师没有介绍她是谁，因为他根本不愿意中断话题。他只是点点头，把一堆发霉的书和一沓沓系着蓝色带子的纸张推开，挪出空间让她把发黑的茶具组和一盘烟熏鲑鱼放下。她有可能是女儿、被监护人、用人、囚犯（甚至有可能是守卫），因为就算表达得很含蓄，布兰波博士的思想也真是够古怪执迷的了。

"帕拉切尔苏斯[1]认为——"他说着，停下来点烟斗，因此德林克沃特抓到空档问："那位小姐是令爱吗？"

布兰波往后瞄了一眼，仿佛德林克沃特看到了一个他不知道的布兰波家族成员似的。接着他点点头，随即继续："你知道，帕拉切尔苏斯……"

她主动送来了白波特酒和红波特酒。全都喝完时，布兰波博士已经很激动，开始提起自己的私事，例如他因为执意说出自己知道的真相而被剥夺了牧师资格。现在他们还会跑来嘲笑他，把铁罐绑在他狗的尾巴上，那只可怜的笨狗！她又送来威士忌和白兰地。最后德林克沃特终于豁了出去，直接询问她的名字。"瓦奥莱特。"她说，却没直视他。最后布兰波博士终于带他去就寝，他会亲自带路也是为了让德林克沃特继续听他说话。但其实他已经完全听不懂布兰波博士在说什么了。"在时间构成的房子里还有由房子组成的房子。"黎明前惊醒时，他发现自

---

1. 帕拉切尔苏斯（Paracelsus，1493—1541），文艺复兴时期的医生、炼金术士。

己大声说着这句话，喉咙疼痛不已。他刚梦见了布兰波博士和善的脸。他打翻了放在床边的大水壶，有一只蜘蛛气恼地从里面爬出来，因此他站在窗前，将那冰凉的陶瓷贴在脸颊上，喉际的干渴并未获得纾解。他望着在花边般的树木间随风飘动的一团团雾气，看着最后的萤火虫消失。他看见穿着浅色长裙的她赤脚从谷仓回来，两手各提着一桶牛奶，但不管她多么小心翼翼前进，还是有一滴滴牛奶溅到地面。就在清明无比的一刻，他忽然领悟到，他将着手打造一栋房子。而一年又几个月之后，这栋房子就成了艾基伍德。

此时在纽约，她的名字竟然出现在眼前。他原本还以为自己再也见不到她了。他登记了那堂课。

他知道她会陪同父亲一起来，他一看到那名字就知道了这点。他知道她会变得更加楚楚动人，知道她从不修剪的头发会比两年前更长。但他却不知道她来时已怀有三个月身孕，孩子的爹是弗雷德·雷纳德或奥利佛·霍克斯奎尔或哪个不受欢迎人士（他从没问过名字）；没想到她跟他一样也老了两岁，也来到了她自己艰难的十字路口、走过了一条条陌生的幽暗巷道。

称之为门吧

"帕拉切尔苏斯认为，"布兰波博士这么告诉神智学者，"宇宙里充满了力量和灵体，但不完全是非物质的。管它们是什么，也许是比普通世界更纤细、更难摸到的材料。空气和水里都充斥着这种东西，我们的周围也到处都是，所以我们只要动一动（他把修长的手在空气里轻轻挥了一下，扰乱他吐出来的烟）就可以拨走数千之多。"

她坐在门边灯照不到的地方，有点无聊、有点紧张，或两者皆是。她手托着腮，灯照亮了她阴暗的手臂下缘，使之呈现一片金黄。她的眼睛深邃而阴郁，两道眉毛连成一线，也就是从鼻子顶端一直延伸过去，浓密而未经修剪。她没看他，或者该说，她对他视而不见。

"帕拉切尔苏斯把它们分成了水精、树精、气精和火精。"布兰波博士说，"按照我们的意思，就是人鱼、精灵、仙子和小妖。四大元素各有对应的灵体：人鱼属水、精灵属地、仙子属风、小妖属火。正因如此，我们才会统一以'元灵'来称呼它们，非常井然有序。帕拉切尔苏斯是条理分明的人。但这个理论却是错的，因为它毕竟是建立在错误的基础上，认为世界是由风、火、地、水这四种元素构成——这是科学史上一个古老的、天大的错误。现在我们当然已经知道元素有九十几种，而且旧有的四大元素根本不在其中。"

他这么一说，会场里较激进或较支持蔷薇十字教派的听众起了一阵骚动，因为他们至今仍然十分重视四大元素。而这场演说又非成功不可，布兰波博士拿起身旁的水杯喝了几大口，清了清喉咙，随即试着提出他讲稿中较惊人或较具启发性的部分。"真正的问题在于，"他说，"倘若这些'元灵'不是好几种，而是如我所相信的只有一种而已，那么它们为什么会以这么多种不同的面貌显现？各位先生女士，它们确实会显现，这点毋庸置疑。"他饶有深意地望向女儿，很多人也跟着他望过去，毕竟布兰波博士的概念是因为她的实验才变得有分量。她微微一笑，似乎在众人的眼光下畏缩了起来。"好了。"他说，"我们整合了各种不同的实验，有些出自神话寓言、有些是近代透过观察得知的，结果发现这些元灵可以分成两大类，而且有各种不同的大小和密度（如果可以这么说的话）。

"有两种不同的类型：一种轻盈、美丽、脱俗，另一种丑陋、土气、矮小。这其实是性别之分。这些灵体的性别差异比人类还大很多。

"至于体型上的差异则另当别论了。有哪些不同呢？若是以气精或小妖的形态出现，往往只有一只大型昆虫或一只蜂鸟的大小，传说住在树林里，跟花朵有关。人们编造出很多滑稽的故事，说它们使用洋槐刺做的矛，驾着坚果壳制成、由蜻蜓拉的马车云云。但也有身高一到三英尺、没有翅膀、形体完整的娇小男女，习性较接近人类。还有让人类神魂颠倒且似乎可以跟人类交合的仙女，身材跟人类女子相当。此外还有骑着高大骏马的仙人战士，报丧女妖、鬼怪、食人魔等都属此类，体型比人类大上许多。

"这一切该如何解释?

"这些灵体居住的世界并不是我们这个世界。它们的世界完全是另一个世界,而那个世界就套在我们这个世界里面。就某种角度而言,它就像是这个世界的完整镜像,其地理形态只能以'漏斗状'来形容。"他为了制造悬疑效果而顿了一下。"我这么说的意思是,另外那个世界是由一系列同心圆组成,愈是深入里面的世界,世界就愈大。愈往里面去,空间就愈大。这套同心圆的每一个圆里都藏着一个更大的世界,直到中心点时,就变得无限大,至少是非常非常大。"他又喝了一口水。每当他试图解释这一切,这一切就会逐渐离他远去。那完美的清晰度、那份勉强可以理解的完美悖论(有时就如银铃一般在他心中鸣响)是如此难以表达——老天爷,也许根本无法表达。他面前那些不为所动的人还在等着他继续说明。"我们人类其实就住在这个倒过来的漏斗最外圈那个最大的圆里。帕拉切尔苏斯是对的:我们的一举一动都有这些灵体相伴,但我们看不到它们不是因为它们无形,而是因为在这里,它们根本小到肉眼看不见!

"我们这个世界的圆周内侧有许许多多通道(姑且就称之为门吧)可以通往下一个更小,同时也更大的世界。这里的居民就像幽灵鸟或鬼火那么大。这是最常见的经验,大部分人都只进入过第一层而已。下一层的圆周更小,所以门更少,因此人们无意间跨越的机会也更小。那里的居民会以仙童或小矮人的样貌出现,但这种状况相对少见。再往里面进去就以此类推:那些灵体若要长到跟我们一样的体型,势必是居住在那些广大的内圈里,但这些圆圈太小了,所以我们一天到晚从上方跨过却浑然无所觉,也从未真正进入;但也许在古老的英雄年代要进去比较容易,所以才会有许多发生在那里的英雄传奇。最后,那个最大的世界,那片无穷之地,那个中心点,也就是仙境,各位先生女士,诸多英雄在那里骑马横越无垠无涯的土地,航向一片又一片的海洋,可能性无穷无尽。噢,但那个圆小到一扇门也没有。"

他坐在那里,筋疲力尽。"现在,"他嘴里叼着已经熄灭的烟斗,"在我展示某些数学与地志学上的证据前,"他拍了拍身旁那一大沓乱糟糟的纸张和贴了标签的书，"你们应该要知道有些人天赋异禀，几乎可以随心所欲进入我刚才言及的那些小世界。你们若要求我提出第一手证据来支持我的整体论点，我女儿瓦奥莱特·布兰波小姐……"

听众窃窃私语（他们就是为了这个而来的），转向坐在红罩台灯旁的瓦奥莱特。

但女孩已经不见了。

无穷的可能性

找到她的人是德林克沃特。她正缩着身子坐在学会和楼上那家律师事务所之间的楼梯转角处。当他走向她时，她一动不动，只是眼珠骨碌碌地审视他。他本想点燃她头顶上那盏瓦斯灯，但她碰了碰他的小腿："不要。"

"你不舒服吗？"

"不是。"

"害怕？"

她没回答。他在她身旁坐下，握住她的手。"好啦，乖孩子，"他用慈父般的口气说，但却震颤了一下，仿佛有股电流从她手中窜入他掌心，"你知道，他们不会伤害你，不会缠着你……"

"我并不害怕。"她缓缓说道，"一切不过是一场马戏。"

"不怕。"她究竟几岁？十五岁，还是十六岁？必须这样生活——十五岁？十六岁？由于靠近了些，他发现她正轻声哭泣，幽深的眼睛里形成了豆大的泪珠，在浓密的睫毛旁颤动一下，随即一滴滴滚下脸颊。

"我觉得他好可怜。他讨厌逼我这样做，但他还是做了，因为我们已经走投无路。"她说得很简洁，仿佛她说的是"因为我们是英国人"一样。她没有放开他的手，也许她根本没注意到。

"我可以帮你。"这句话冲口而出，但他反正觉得自己面对她时根本别无选择。自两年前那天薄暮他对苹果树上的她惊鸿一瞥以来，所有的苦苦相思如今仿佛缩成一粒尘埃，飘然远去。他必须保护她，他

49

要带她走、带到某个安全的地方，某个……她不愿再说话，而他则无法再说话。他知道自己建构完善的人生，四十年来精心打造装潢过的人生，根本挡不住自己的不满；他感受到世界分崩离析，地基滑动、出现巨大的裂痕，整个大厦坍塌了，他几乎听得见那悠长的声响。他吻着她脸颊上温暖、咸咸的泪水。

转过屋角

他们所有的行李都已经堆在门口等着让用人搬去归位，布兰波博士也已经在宽阔的大理石前廊上一张舒适的椅子坐定。此时约翰·德林克沃特对瓦奥莱特说："你们也许可以去房子附近逛逛。"

前廊的锥形柱子上方长着丁香花，虽然时值初夏，剔透的绿叶却早已经遮住他想介绍的景观：宽阔的草坪与年轻的植物、一座凉亭，还有远方那片水塘，上方立着一座美轮美奂、风格古典的拱桥。

布兰波博士拒绝他的提议，已经从口袋里取出一本八开大小的书。瓦奥莱特则低声同意（在这么气派的地方她必须端庄，她原本还以为会有木屋跟红皮肤的印第安佬的，她真的毫无概念）。她挽起他的手（真是强壮的建筑师之手，她心想），两人随即越过崭新的草坪，踏上一条碎石子路，每隔一段距离就有一对狮身人面石雕立在两旁守护着小径。（这些狮身人面像是他意大利石匠朋友的作品，此时他们正在帮事务所合伙人毛斯先生的大城宅邸进行装潢，他们在整栋建筑物的正面雕满了一串串葡萄和诡异的脸孔。这些雕像是用软质石材迅速雕成的，不大经得起时光的摧残，但那都是后话了。）

"你们想待多久就待多久。"德林克沃特说。那场演讲草草结束后，他虽然害羞但仍首度坚持邀请他们到谢里餐厅用餐，当时他就已经说过这句话。后来，他到简陋而散发着臭气的旅馆大厅接他们时，又说了一次。第三次是在中央大车站，深蓝色的天花板上绘有闪闪发光的巨大黄道带，而且方向还是错的（布兰波博士无法不去注意这点）。最后，当她在火车上点着头打瞌睡时，他又说了一次。

但她想待多久？

"你人真好。"她说。

"你会住很多不同的房子，"昂德希尔太太曾经这么告诉她，"你会四处漂泊，在很多不同的房子里居住。"她一听就哭了，或者说每当她在车上、船上和等候室里想起这件事，不知道究竟多少房子才算"很多"、到底要等多久才能在一栋房子里安身立命时，她就会流泪。铁定要很久，因为打从六个月前离开柴郡以来，他们就一直住在旅馆和客栈里，而且似乎还会一直持续下去。到底还要多久？

他们像在踏步似的沿着一条整齐的石子路走上去，向右转，又踏上另一条路。德林克沃特发出了一个声音，表示他即将打破沉默。

"我对你这些……呃……实验，很有兴趣。"他说。他诚恳地举起手掌。"我无意刺探，更不想让你难过，如果聊这些话会让你难过就算了。我只是很有兴趣而已。"

她沉默不语，反正她只能告诉他说那一切都过去了。有那么一刻她感觉心头一空，而他似乎有所感应，因为他非常轻柔地按了一下她的手臂。"其他的世界，"他梦幻地说，"是世界里的世界。"他把她带到修剪过的曲线形树篱旁，在一张小长凳上坐下。远处就是结构复杂的房屋正面，在傍晚的夕阳下呈暗黄色，十分独特，看在她眼里显得严峻但又带着微笑，就像她在父亲的卷首插画上看过的伊拉斯谟[1]画像。

"呃，"她说，"那些想法是爸爸的想法，世界中的世界等想法都是。我自己是不知道。"

"但你去过。"

"是爸爸说我去过。"她跷起腿，双手交握以遮住棉布裙子上一个已经洗不掉的褐色污渍。"我从没想过会变成这样。我只是告诉过他……那一切，我遭遇的一切。因为我想逗他开心。想告诉他不会有事，所有的问题都是故事的一部分。"

"故事？"

---

1. 伊拉斯谟（Erasmus, 1466—1536），文艺复兴时期人文主义思想家暨神学家。

她变得谨慎。"我的意思是我从没料到会变成这样。离开家，离开……"它们，她差点就说出口。

但历经了神智学学会的那个晚上后（压垮她的最后一根稻草！）她已忍无可忍，决定从此再也不提及它们。光是失去它们就已经够糟糕了。

"布兰波小姐，"他说，"拜托。我绝对不会穷追猛打，追问你的……你的故事。"那不是真话。他为之着迷。他必须知道这个故事、了解她的内心。"在这里不会有人打扰你。你可以好好休息。"他指向种在草坪上的黎巴嫩雪松。吹过树梢的风听起来就像孩童的牙牙低语，隐约暗示它们长大后会发出多么雄浑严肃的声音。"这里很安全。这地方就是为了安全而建的。"

尽管似乎觉得拘束，但她确实感受到某种宁静。倘若把它们的事告诉父亲是个天大的错误，倘若那只会害他着魔而不是安心、害得他俩像两个巡回布道者（或许说是一个吉卜赛人和一只会跳舞的熊更为贴切）般居无定所，在阴郁的演讲厅与会议室里娱乐那些疯狂人士来赚取生活费（事后还在那里数钱，老天！），那么休息与遗忘就是最好的收益了。超越了他们的预期。只是……

她焦躁地站起身，沿着小径走向一个从屋角突出来的厢房，它设计得有点像座舞台，有一系列拱门。"这栋房子，"她听见他说，"其实是为你建造的。就某种角度而言。"

她穿过拱门，绕过了屋角。原本那个厢房的简单外壳突然在眼前展开，转变成漆着白漆的美式风格，花团锦簇、满是花边般的镂花装饰。这是个全然不同的地方，仿佛伊拉斯谟掩着严峻的脸偷笑。她不禁笑出声，打从告别她的英国花园以来，这是她第一次笑。

他几乎是跑步赶了过来，因为他发现这个惊喜而咧嘴微笑。他把草帽推到脑后，开始激动地聊起这栋房子和他自己的事，大脸上迅速闪现各种不同的情绪。"不寻常，一点也不寻常，"他笑道，"里面没有一样东西是寻常的。例如这里，这里原本该是一座菜园的，你看，任何人都会在这里设置一座菜园，但我却在这里种满了花。厨师不愿意种菜，而园丁很会种花，却说他连西红柿都种不活……"他指向一座漂亮的水泵房。"这里跟我父母花园里的一模一样,"他说,"而且很实用。"接着他又指向门廊上方镂空的内外四心桃尖拱,上面爬有宽阔的葡萄叶。"这是蜀葵。"他说着带她过去看,有些大黄蜂已经在那里忙了。"有些人认为蜀葵是杂草。我可不这么认为。"

"下面的人小心头啊!"上方传来带有爱尔兰口音的声音。楼上有一个女佣打开了一扇窗,在阳光下抖着一根拖把。

"她是个很棒的女孩。"德林克沃特说着指了指楼上。"很棒的女孩……"他望向瓦奥莱特,神情再次变得梦幻,而她也抬头看着他。尘埃如同达那厄[1]的金雨般在阳光下洒落。"我想,"他严肃地说,手中的竹杖像个钟摆般在他身后摇来摇去,"我想你应该觉得我很老。"

"你的意思代表你那么想。"

"但我不老,你知道的。我并不老。"

"但你认为,你预期……"

"我的意思是我以为……"

"你应该说'我猜'。"她说,跺了一下小脚,一只蝴蝶因而从一朵石竹花上飞了起来。"美国人都说'我猜',不是吗?"她故意装出乡下人的低音:"我猜该把牛群带回来了。我猜没派代表就不必缴税——噢,你知道的啦。"她弯腰闻闻花朵,他也跟着她弯下身子。阳光晒在她裸露的手臂上,花园里的昆虫发出哼哼嗡嗡的声音。

"好吧。"他说。她听出他的口气突然大胆了起来。"就说我猜吧。我猜我爱上了你,瓦奥莱特。我猜我想要你永远留在这里。我猜……"

她知道他即将拥她入怀,所以沿着铺有石板的花园小径,从他的身边逃开。她的身影消失在房子的下一个屋角。他任由她离去。别让我走,她心想。

刚刚发生了什么事?她放缓脚步,发现自己置身一座幽暗的山谷内。她已经来到屋后的阴影中。一片倾斜的草坪通往下方一条安静的

---

1. 达那厄(Danae),希腊神话中阿尔戈斯国王阿克里西俄斯的女儿,宙斯曾化为金雨与她幽会,生子珀耳修斯。

53

小溪，而小溪对面有一座山丘陡然升起，长满锐利的松树，像一筒筒。她在紫杉木间停下，不知该朝哪个方向去。身旁的房子就跟那些紫杉林一样灰暗阴沉。一根根粗壮的石柱支撑着坚硬且似乎毫无作用的束带层，呈现出沉重的压迫感。她该怎么办？

此时她瞥见了德林克沃特，白色的西装在这圈石头回廊里显得苍白。她听见他的靴子踏在石砖上的声音。

风突然转向，吹得紫杉的枝丫朝他指去，但她不愿朝那个方向看，而害羞的他也不发一语。但他靠近了。

"你不该说那些话。"她对着黑暗的山丘说，不愿转向他，"你并不认识我，也不知道……"

"我不知道的事都不重要。"他说。

"噢，"她说，"噢……"她抖了一下，却是因为他的体温。他已经从身后环抱住她，而她则倚靠在他身上。他们就这样一起往下走，澎湃的溪流冒着气泡，流进山边的一座洞穴里，消失无踪。他们可以感受到洞穴潮湿的岩石之气，因此他将她抱得更紧，以防她因寒意而发抖。她在他怀里吐露自己所有的秘密，没流下一滴眼泪。

"那么你爱他吗？"她说完后，德林克沃特问道，"那个对你做出这种事的人？"眼里泛着泪光的人是他。

"不，从没爱过。"这个问题一直都不重要，直到这一刻。她不禁揣测哪种答案对他的伤害会比较大，是爱过还是没爱过（她甚至不完全确定答案为何，但他将永远、永远不会知道）。她觉得自己罪孽深重。但他却宽容地抱着她。

"可怜的孩子，"他说，"迷失的孩子。但你不会再迷失了。现在听我说。如果……"他看着她的脸，但那连成一线的眉毛和浓密的睫毛似乎把世界阻挡在外。"你若能接受我……你知道的，任何污点都无法让我看轻你，不管怎样都是我高攀了你。但你若能接受，我发誓这孩子会在这里出生长大，就像我的孩子一样。"他坚定严肃的脸变得柔和，几乎露出微笑。"我们其中一个孩子，瓦奥莱特。我们很多孩子之一。"

此时她终于流下眼泪，他的善良令她惊异。她以前从没意识到自

54

己的麻烦有多大，但现在他竟自愿拯救她。何其敦厚！连自己的父亲都还没注意到。

但她确实知道自己是迷失了。她可以在这里找到自己吗？她再次离他而去，绕过下一个屋角，来到线条古怪的悬垂式拱廊和紧密的雉堞底下。她把帽子拿在手里，白色的帽带掠过青翠潮湿的草地。她可以感觉他跟在后面，两人中间维持着一段礼貌的距离。

"奇怪，"绕过屋角后她大声说出口，"还真奇怪。"

房子已经从阴郁的灰色石墙转变成活泼的砖墙，红棕相间的色彩让人眼花缭乱，还嵌有漂亮的珐琅瓷砖和白色木条。所有哥特式的沉重元素都被延展、拉长、搓尖、爆炸成忽高忽低的弯曲屋檐、滑稽的烟囱、无用的胖塔楼，歪斜堆砌的砖块形成夸张的弧线。阳光在这里再次露脸，照耀着砖墙、对着她眨眼——仿佛方才黑暗的门廊、无声的溪流和眠梦中的紫杉全是一场玩笑。

"这个，"当约翰背着双手朝她走来时，瓦奥莱特问了，"其实是很多房子，对吧?"

"没错。"他微笑着说，"每一栋都是给你的。"

透过一道滑稽的修道院式拱门，她瞥见父亲的背影。他还坐在那张藤椅上，依然隔着丁香花眺望远方，眼前应该还是那条有狮身人面像的大道和那些黎巴嫩雪松。但从这里望过去，秃头的父亲看起来就像一个在修道院花园里做白日梦的修士。她笑出声。你会四处漂泊，住很多房子。"很多房子！"她牵起约翰·德林克沃特的手，几乎要送到唇边亲吻。她笑着抬头看他，他的脸似乎充满了惊喜。

"真是个大玩笑！"她说，"好多个玩笑！里面也有这么多房子吗?"

"可以这么说吧。"他说。

"哦！带我去看！"她把他拉向白色拱门，铰链是精美的黄铜。简约的前厅上了漆。突然进入阴暗的前厅里时，她感激地吻了他宽大的手掌。

前厅后方有很多扇门。有一长串门拱与门楣，光线从里面洒出来，应是透过一些看不到的窗户照进来的。

"你在里面怎么不会迷路?"瓦奥莱特站在门坎上问。

"其实有时候确实会迷路。"他说,"我证明了每个房间都必须有超过两扇以上的门,却一直无法证明任何房间只要有三扇门就够了。"他等了等,不想催促她。

"说不定,"她说,"你有一天会拼命想着这件事,结果就再也出不来了。"

瓦奥莱特·布兰波把手按在墙上缓缓前进,仿佛盲人一般(但她其实只是感到惊奇而已)。她就这样踏进约翰·德林克沃特为了将她圈住而打造的南瓜壳里,但为了讨她欢喜,他先把它变成了一辆金马车。

把故事告诉我

月亮升起后,瓦奥莱特在一间偌大而陌生的卧室里醒来。她感受到冰凉的月光,听见有人呼唤她的名字。她在床上静静躺了好一会儿,屏气凝神,等待那微小的呼唤再次响起,但它却没再出现。她掀开棉被,爬下床走过地板。打开窗户时,她好像又听见了自己的名字。

瓦奥莱特?

一股夏日气息涌进房里,此外还有很多细小的声音,她无法从中分辨出刚才呼唤她的那个声音。她从行李箱里取出她的大斗篷穿上,踮着脚尖迅速安静地离开了房间。由于她开了一扇窗,有一阵风从楼梯往上蹿,吹得她的白色棉布睡衣飘动不已。

"瓦奥莱特?"

这次是她父亲,在她经过他房间时叫了她一声,人说不定根本还在睡,因此她没回应。

她小心翼翼摸索了好一阵子才找到下楼出门的路(双脚踩在没铺地毯的阶梯与大厅里,感觉愈来愈冷)。当她终于找到一扇两边都有窗户的门,确认外头还是黑夜时,她才意识到自己完全不晓得方位。

有关系吗?

结果门外是那座气派安静的花园。狮身人面像看着她走过,一模一样的脸孔在似水的月光下仿佛会动。鱼塘边缘传来一只青蛙的叫声,但叫的不是她的名字。她继续前进，越过那座鬼魅般的桥，穿过一排白杨树，树的姿态仿佛一颗颗吓得毛发直竖的头颅。后面是一片田野，中间横着一道类似树篱的东西，但又不是真正的树篱，而是一排灌木和沙沙作响的小树，外加一道粗糙的石墙。她沿着这道墙，漫无目标往前走。跟多年后的史墨基一样，她觉得自己也许根本没有离开艾基伍德，只是走进了另一条假的户外走廊而已。

她似乎走了很久。没有听到那些以树篱为家的动物声音，像是兔子、鼬和刺猬等（这里也有这些动物吗？），她不知道它们是没有声音还是不愿出声。她赤脚踩在露水上，一开始觉得冷，接着就麻木了。虽然今晚很温暖，但她还是拉高斗篷盖住鼻子，因为月光似乎让她感到寒冷。

接着，不知怎么的，她开始有了似曾相识的感觉。她抬头望向月亮，结果一看到月亮的笑脸，她就明白自己已经来到一个她从未去过却认识的地方。前方那片长着莎草与繁花的草原隆起形成一座圆丘，上面有一棵橡树和一株荆棘紧紧相依。她加快脚步、心跳加速，知道圆丘旁一定有一条小径绕到后方，通往一间凿在圆丘底部的小屋。

"瓦奥莱特？"

小屋圆圆的窗户里透出灯光，圆圆的门上嵌着一张黄铜的脸，口中咬着一个门环。她一到门前，门就开了。根本没必要敲门。

"昂德希尔太太，"她说，在惊喜与受伤之间颤抖不已，"你怎没告诉我事情是这样发展的？"

"进来吧，孩子，别再问我了。倘若我那时就知道这么多的话，我一定会说出来。"

"我以为……"瓦奥莱特开口，却说不下去。她以为自己再也见不到她、再也见不到他们任何一员，再也不会在黑暗的花园里瞥见发光的身影，看见一张小脸偷偷吸着忍冬花蜜。但这些她都说不出口。昂德希尔太太的小屋是由那棵橡树和那株荆棘的根所构成的，此时被她小小的台灯照亮着。当瓦奥莱特抬头望着纠结的根、吐出长长的一口气以免哭出来时，她吸入了它们生长的气息。"但怎么会……"她说。

娇小驼背的昂德希尔太太看上去仿佛只有一颗包在披肩里的头和

一双穿着拖鞋的大脚。她举起一根几乎跟她的毛线针一样长的手指，以示警告。"别问我怎么会这样，"她说，"但它确实存在。"

瓦奥莱特在她脚边坐下，一切问题都有了答案，或至少已经不重要。只是……"你可以告诉我的，"她说，眼中闪烁着喜乐的泪水，"说我即将进住的那些房子其实是一栋房子。"

"是吗？"昂德希尔太太说。她一边织毛线一边摇着摇椅，棒针上的七彩围巾迅速变长。"过去的时光，未来的时光，"她从容地说，"故事总会说出来的。"

"把故事告诉我吧。"瓦奥莱特说。

"啊，能说的我早说了。"

"太长了吗？"

"比任何故事都长。孩子，必须等到你入土已久，还有你的儿孙也都入土已久，故事才说得完哪。"她摇摇头，"那是常识。"

"结局美好吗？"瓦奥莱特问。这一切她以前就都问过了，但这些却不真的是问题，只是一种交流而已，仿佛她跟昂德希尔太太不断带着赞美把同一个礼物传过来又递回去，每次都表达出惊奇与感恩。

"这个嘛，谁知道呢。"昂德希尔太太说。围巾一行行变长。"那只是一个故事，如此而已。故事只有长短之分。你的故事是我所知道最长的。"有东西（不是猫）开始拉扯昂德希尔太太那饱满的毛线球。"住手，大胆的家伙！"她说，然后从耳朵后面抽出一根毛线针朝它打过去。她对瓦奥莱特摇摇头。"真是片刻不得安宁。"

瓦奥莱特站起来，把手扣在昂德希尔太太耳边。昂德希尔太太靠了过来，一边咧嘴微笑，等着听秘密。

"它们在听吗？"瓦奥莱特耳语。

昂德希尔太太把手指举到唇边。"应该没有。"她说。

"那么老实告诉我吧。"瓦奥莱特说，"你怎会跑到这里来？"

昂德希尔太太吓了一跳。"我？"她说，"你是啥意思呀，孩子？我一直都在这里。移动的人是你！"她拿起她那对窃窃私语的毛线针。"你用脑子想想。"她往摇椅上一靠，椅子下有个东西被夹住而吱吱叫，昂德希尔太太咧嘴，露出不怀好意的一笑。

"真是片刻不得安宁。"她说。

一切都有了答案

婚后，约翰·德林克沃特就从建筑圈淡出。那些原本会请他设计的建筑物，现在看在他眼里都显得沉重、愚钝又无生气，而且瞬间即逝。他仍是公司的一员，众人还是经常征询他的意见，而他的构想与精美的草图（被他的合伙人和工程师团队化为平凡之后）也持续改变着东岸城市的面貌，但它们已不再是他的生命之作了。

他有其他计划。他设计了一种惊人的折叠床，事实上根本是一间完整的卧室，可折叠收藏在一个衣柜之类的东西内，在一套黄铜钩子、杠杆和沉重平衡锤的迅速转换下，只需一秒钟就能变成一张床，让卧室成为卧室。他很喜欢这个构想（卧室中的卧室），甚至申请了专利，但唯一的买主是他的伙伴毛斯；后者位于大城的宅邸内安置了几张，主要是出于人情。接着是他的"宇宙光学仪"：他愉快地花了一年时间跟发明家朋友哈维·克劳德一起研究。约翰·德林克沃特认识的所有人当中，只有亨利能够真正"感受"到地球的自转和它绕着太阳的公转。这宇宙光学仪是个巨大无比、要价惊人的东西，由彩绘玻璃和锻铁打造而成，可呈现出黄道带的星空和它们的动向，还有行星在黄道带内的动向。它确实会动：主人可以坐在里面的绿色豪华座椅上，而随着平衡锤落下、齿轮转动，由彩色玻璃打造的圆顶就会呈现跟真正的天空一样的星体运行轨迹。德林克沃特竟然认为这古怪的玩具在有钱人的市场上会大卖，光从这点就能看出他有多不切实际。

然而奇怪的是，不管他跟世界多么脱节，不管他把多少收入砸在这些计划上，却还是大发利市。他的投资都赚了大钱，他的财产有增无减。

因为受到保佑，瓦奥莱特说。德林克沃特坐在俯瞰"公园"的石桌前喝茶时，他仰望天空。他试图感觉自己受到保佑。他曾试图在瓦奥

59

莱特断言存在的那面防护罩底下休息，嘲笑外面世界的风风雨雨，但内心深处却了无遮蔽，赤裸裸地置身异地。

事实上，随着年华老去，他变得愈来愈担心天气。他搜集各种历书（不管是不是科学的），还每天钻研报纸上的天气预测，虽然那只是一些他不怎么信任的神父所做的猜测。他只是无来由地希望他们预言天晴的时候是对的、预言天气不好时是错的。他特别留意夏日天空，倘若远方出现任何可能会遮蔽太阳或愈积愈大的云朵，他的心情就沉重无比。当天空出现绵羊般无害的蓬松积云时，他从容但会提高警觉，因为它们有可能会突然集结成雷暴云顶，逼得他逃回室内、聆听雨落在屋顶上的单调声响。

（现在似乎就是这种状况：西方已出现云层，而他无力阻止。他总会禁不住朝它们望去，而每看一次它们就叠得更高。空气沉重，似乎摸得到。这么说来暴雨恐怕即将来临了。他很想抵抗。）

冬天他常哭；春天他总是不耐到极点，若是四月时还会下雪，他就愤怒不已。瓦奥莱特提起春天时，指的是个繁花盛开、万物新生的季节，是一种概念。他认为她想象的应该是个晴朗的四月天，或者应该说五月天，因为他发现她对月份特征的概念跟他并不一样：她想的是英国的月份，二月融雪、四月百花齐放，跟这个艰苦的放逐之地并不同步。英国的五月就像这里的六月。而任何美国经验都无法改变她的想法，甚至连边都沾不上，他有时会这么想。

也许地平线上那片乌云是静止的，只是一种装饰，就像他孩子的图画书上那种高高堆在乡村景致后方的云朵。但周遭的空气沉重而瞬息万变，立刻就击破了这个想法。

瓦奥莱特认为"那里"四季如春（他没听错吧？他总得花上好几个小时苦思她谜样的话语，一边参考布兰波博士详细的解说，但他还是无法确定）。然而春天不过是一种转变。所有季节皆然：把一连串紧锣密鼓的日子连接起来，就像心情的转变。她是这个意思吗？还是说，她指的是嫩草与新叶的春季概念，一个始终如一的春分日？根本没有春天。也许那是个玩笑。应该有先例可循。有时他会觉得自己迫切追问所得到的每一个答案都是玩笑。每一季都是春天、每一季都不是春天。"那里"永远是春天。没有什么"那里"。一阵潮湿的绝望感朝他袭来，他知道是一种雷暴般的情绪，然而……

他并非老了就愈来愈不爱她（或者应该说：他老了而她长大），只是他已失去了最初那份狂热的笃定（认定她会"带他前往某处"）。他当初之所以如此肯定，是因为她本身确实去过那里。结果事实是他无法一起去。痛苦过了第一年后，他就明白了这点。接下来几年稍微好些。他为她扮演珀切斯[1]的角色：将她的旅程（那些他自己永远无缘经历的奇幻旅程）告诉世人。他认为她曾暗示若没有他这栋房子，整个"故事"就不会开展；就某种角度而言，这栋房子是开始，可能也是结局，就像杰克建的房子，是一连串连锁反应的开端。他没听懂，但他很满意。

即使过了多年，就算生了三个孩子，已有不知多少春水向东流，每当她突然上前，把一双小手按在他身上对他耳语"去睡觉，老山羊。"（她管他叫"老山羊"是因为他不知羞耻地索求无度），他还是会心跳加速，赶紧上楼去等她。

而瞧他现在拥有什么：放眼看过去，就框在即将形成的高耸云柱之间。

有他的女儿提摩西雅·威廉明娜和诺拉·安杰莉卡，刚去游泳回来。还有他儿子（其实是她儿子）奥伯龙，正背着相机走过草坪，仿佛在搜寻什么可攻击的东西。还有他的小儿子奥古斯特，穿着水手服却从没见过海洋。他的名字是从"八月"来的，因为在那个月份，年岁似乎静止不动、日日晴空万里，他因此得以暂时不去注意天空。此时他望向天际。白云边缘处已染上阴郁的灰色，就像老人悲伤的眼睛般开始下垂。但阳光依然在他前方的地面上、投射出他的影子，伴随着树影。他摇摇报纸、换换双腿姿势。享受吧，享受吧。

他岳父坚信一个人若能看到自己的影子就没办法清楚思考或感受事物，这是他的诸多怪异信仰之一（他也认为上床前照镜子会让人做

---

1. 珀切斯（Purchas，1577—1626），英国圣公会牧师，编纂有游记和探险作品。

噩梦，或至少做扰人的梦。）因此他总是坐在阴影里，再不然就是正对着阳光，例如他现在就坐在"牧神"旁那张锻铁情人椅上，膝盖间夹着一根拐杖，毛茸茸的双手挂着杖头，腰际还有一条金链子在阳光下闪闪发光。奥古斯特坐在他脚边听他说话，但也可能只是礼貌性假装倾听。老先生的声音传到德林克沃特耳里时已变成一阵呢喃，跟其他众多嗡嗡声混在一块儿：蝉鸣、奥托罗推着绕圈圈的割草机、音乐室传来的琴音（诺拉在练钢琴），流泻的音符如同沿着脸颊滚下的泪水。

她说：不见了

她最爱那些琴键的触感，一想起它们是实心的象牙跟黑檀木她就开心。"是什么做的？""实心象牙。"她弹出六音与八音和弦，此时她已没在练习，只是用指尖测试着光滑感。她母亲根本不会发现她现在弹的已经不是戴留斯[1]的作品。她告诉自己说妈妈没有耳朵，尽管她明明可以看见母亲顶着漂亮的耳朵坐在鼓形圆桌旁，托着腮玩她的牌，或至少是在看她的牌。她长长的耳环一动不动，直到她抬起头从牌堆里取了另一张牌。这一动，牵动了一切，耳环摇曳、项链晃动。诺拉离开上蜡的琴凳，走过来看她母亲的作品。

"你该出去走走。"瓦奥莱特头也不抬地对她说，"天气这么热，你跟提米·威莉应该到湖边去的。"

诺拉没说她刚刚才从湖边回来，因为她已经说过一次了，而倘若她母亲当时没听进去，似乎也没有理由再强调。她只是望着母亲摊开来的牌。

"你会盖纸牌屋吗？"她问。

"会。"瓦奥莱特说完继续盯着牌。每当有人对她说话，瓦奥莱特总有本事不去领会当中最明显的意义，反而会听取其他内在回音或逆向层面，这点令她丈夫困惑懊恼不已。他总认为瓦奥莱特对这些平凡

---

1. 戴留斯（Delius，1862—1934），英国作曲家。

问题做出的高深莫测的回答，暗示着她知道某些真相，但却无法明说。在岳父的协助下，他写了一册又一册的研究心得。而孩子们几乎没注意到这点。诺拉等了一会儿，她发现期待中的纸牌屋一直没出现之后，决定忘了这件事。壁炉架上的钟敲了几响。

"啊。"瓦奥莱特抬起头，"他们一定吃过下午茶了。"她揉揉脸颊，仿佛突然醒了过来。"你怎么一句话都没说？咱们去看看还有什么能吃的吧。"

她牵起诺拉的手，穿过落地窗进入花园。瓦奥莱特拿起桌上的宽边帽戴上，但她随即停下脚步，站在那里望着雾气。"空气里那东西是什么？"她说。

"电，"诺拉说着越过了前廊，"奥伯龙说的。"她眯起眼睛。"我这样就看得到，红色跟蓝色的弯曲线条。代表会有暴风雨。"

瓦奥莱特点点头，缓缓走过草坪，仿佛正穿越某种她不熟悉的元素。她丈夫坐在石桌前对她招手。奥伯龙刚拍下一张外公跟宝宝的照片，此时正拿着相机朝桌子走来，示意要母亲入镜。他拍照时很严肃，仿佛是出自责任而非娱乐。她突然有些怜悯他。这种空气！

她坐下来，约翰帮她倒了茶。奥伯龙把相机架在他们面前。那朵巨大的云遮蔽了太阳，约翰满怀怨气，抬头瞪着它。

"噢！看啊！"诺拉说。

"看！"瓦奥莱特说。

奥伯龙的相机快门打开又合上。

"不见了。"诺拉说。

"不见了。"瓦奥莱特说。

前进中的锢囚锋面扫过草坪，扰动发丝，翻起领子和树叶，露出浅色的叶背。它从敞开的房屋正门灌进去，掀起牌桌上的一张牌、吹开钢琴上的五指练习谱。吹得挂在沙发上的围巾流苏飘动不已，窗帘边缘啪啪作响。这阵寒意蹿上二楼和三楼、蹿上数千英尺的高空，在那里，造雨者已经备妥饱满的雨滴，准备扔向他们。

"不见了。"奥古斯特说。

第四章

我落入花朵的陷阱，跌在草地上。

——马韦尔

　　史墨基在一个夏日早晨着装准备结婚。那是一套用发黄的亚麻或羊驼毛制成的白色西装，他父亲向来宣称原本是哈里·杜鲁门总统的，内袋上还绣有他的姓名缩写：HST。一直到考虑拿来当结婚礼服时（礼服必须是旧的），史墨基才意识到这个姓名缩写其实也有可能是别人的名字，只是他父亲一辈子都在开这个玩笑，连进了坟墓都面不改色坚持己见。史墨基对这种感觉并不陌生。他曾猜想自己受的教育是否也出于同一种死后幽默（报复他那负心的母亲？）尽管他自己开得起玩笑，当他站在浴室镜子前为自己扣好袖扣时，他还是觉得有点迷惘，很希望父亲曾以男人对男人的身份给他一些婚礼与婚姻的建议。巴纳柏向来讨厌婚礼、葬礼和洗礼，只要遇上这种事，他就会把袜子、书、狗和儿子全部装箱打包，迅速搬走。史墨基参加过弗朗兹·毛斯的结婚派对、跟有着明眸的新娘跳过舞（她还给了他一个惊人的提议），但那毕竟是毛斯的婚礼，而且两人现在已经分居了。他知道得准备一个戒指，因此拍了拍他装着戒指的口袋。他觉得应该要有个伴郎，但当他写信告诉黛莉·艾丽斯这个想法时，她却回信说他们不相信伴郎这档子事。至于预演呢，她回答："你难道不希望是一场惊喜吗？"他唯一能确定的一点是：在她父亲带她走上红毯前（什么红毯？）他都不能跟新娘见面。因此连去上厕所时都不愿意（也确实没有）往她房间的方向偷瞄（虽然他根本就弄错了她房间的位置）。白色的裤管底下露出了他那双白色便鞋，看上去既笨重又不正式。

杜鲁门的西装

有人告诉他婚礼会在"户外"举行,最年长的克劳德姑婆会带他前往会场。史墨基推测是一间教堂,而克劳德姑婆再次以她那带着惊奇的语调说,是啊,应该正是一间教堂没错。当史墨基终于害羞地走出浴室时,站在楼梯顶端等他的人就是克劳德姑婆。她身材庞大、态度平静,穿着一件六月裙服、胸前别着一束紫罗兰、手里拿着拐杖,让史墨基感到很安心。她跟他一样穿着灰扑扑又耐穿的鞋子。"很好、很好。"她说,仿佛一份希望获得了证实。她透过蓝色的镜片上下打量了一会儿,随即挽起他的手。

夏屋

"我常想,景观园艺师还真有耐心。"穿越她称之为公园的那片莎草原时,克劳德姑婆这么说,"这些大树有一些是我父亲从幼苗种起的,他只能想象后来的效果,知道自己不可能活着看到全部。瞧那棵山毛榉,我年轻时几乎可以环抱住它呢。你知道吗?景观园艺也是有流行趋势的(很漫长的趋势,因为景观的生长时间很久)。杜鹃花,我小时候都叫它嘟卷花,还帮那些意大利人种花。因为维持整齐太难,后来就退了流行,也没有意大利人帮我们修剪了,所以它们愈长愈乱,然后——哎哟!小心你的眼睛。

"你看,原本的设计是这样。若从现在那个有围墙的花园朝这方向看,就能看到许多美景,各式各样的树种,都是为了美感挑选的,看起来就像一群外国使节在大使馆开会,而树木中间就是修剪得短短的草坪,还有花床和喷泉。仿佛随时可能出现一支狩猎队伍,有领主跟贵妇,手上栖着老鹰。再看看现在!已经有四十年没好好照顾了。还是可以看出原本的格局与样貌,但感觉就像在读一封信,噢……一封好久好久以前的信,淋了好久的雨,字迹都模糊了。不知道他会不会难过。他是个井然有序的人。看到了吗?那尊雕像叫'牧神'。不知它多久以后会被藤蔓吞噬、被鼹鼠弄倒？好吧，他能谅解的，会变成这样不是没有原因。没人想要干扰它们喜欢的样子。"

"鼹鼠啊什么的。"

"这尊雕像只是大理石而已。"

"你也许可以把这些——哎哟！——把这些荆棘拔起来。"

她望着他，仿佛他意外提醒了她什么。她清清喉咙，拍了拍胸口。"这是奥伯龙的小路，"她说，"通往夏屋。这不是最直接的路，但奥伯龙应该见见你。"

"是哦？"

所谓的夏屋是两座圆圆的红砖塔，粗短得如同两根大脚趾，中间塞着一只脚，有很多垛口。是故意盖成废墟的样子吗？还是说这真的是废墟？窗户大得不成比例，形状是拱顶窗，装有窗帘。"以前，"克劳德姑婆说，"从屋里就看得见这地方。大家都认为在有月光的晚上，这里非常浪漫……奥伯龙是我母亲的儿子，但不是我父亲的儿子，他算是我同母异父的哥哥。比我大几岁。他当了好几年我们的老师，但他现在身体不好，已经有……噢，一年都没离开夏屋了吧？真可惜……奥伯龙！"

走近一看，他发现此地四周都有人居住的迹象，有厕所、整齐的菜园、工具室，还有一台待命中的割草机。中央锯齿状的门上装有老旧的纱门，还有木板钉成的阶梯，阳光下有张条纹帆布躺椅，就在鸟的戏水盆旁边。椅子上躺着一个矮小的老人，听见有人叫他名字时，他惊跳起来，或至少是不安地起身（他似乎被自己的背带拉得弯腰驼背）。他朝屋子逃去，但动作很慢，已经被克劳德姑婆挡住。"这位是史墨基·巴纳柏，他今天要跟黛莉·艾丽斯结婚。你好歹也过来打声招呼。"她摇摇头让史墨基知道她很不耐烦，然后拉着奥伯龙进入院子。

奥伯龙无处可逃，只好带着欢迎的笑容在门前转身，伸出一只手。"好吧，欢迎，欢迎，嗯哼。"他心不在焉地咯咯笑，就像病痛缠身的老人会不时注意着自己逐渐衰弱的器官。他对史墨基伸出手，但两人的手几乎还没碰上，他就已经坐回躺椅，挥手要史墨基在旁边的长椅上坐下。为什么一进入这个院子，史墨基就觉得阳光变了色？克劳德姑婆

66

在她哥哥身旁坐下，奥伯龙握住她的手。"好啦，怎么了？"她语带纵容。

"别提了，"他低声说道，"别在……"

"他已经是自家人了，"克劳德姑婆说，"从今天起。"

奥伯龙看了看史墨基，依然无声笑着。了无遮蔽！史墨基就是这种感觉。他们还在树林里时，原本有某种东西存在，但一踏进这院子就消失了；他们脱离了某种东西。"要测试很容易。"奥伯龙说着拍了一下自己瘦骨嶙峋的膝盖，站起身来。他搓着手指进了屋内。

"不容易啊。"克劳德姑婆看着万里无云的天空喃喃自语。她已不像之前那么自在。她再次清清喉咙，凝视了一下那个灰色的鸟用澡盆，盆子基座上刻有小妖和精灵的雕像，他们脸上蓄着胡子，仿佛准备把盆子搬走。克劳德姑婆叹了口气。她瞄了瞄扣在胸前的小金表。表的两旁有一对弯曲的小翅膀。时光飞逝。她望向史墨基，露出歉疚的微笑。

"来吧，啊哈，啊哈！"奥伯龙拿着一个罩着黑布的巨大相机走出来。"噢，奥伯龙。"克劳德姑婆说，口气并非不耐，只是觉得没这个必要，况且她对这种事也没什么热忱。但奥伯龙已经把尖尖的脚架插入史墨基身旁的地面，调整胫节让它站直，将那赤褐色的暗箱对准史墨基。

后来奥伯龙拍的最后这张照片在夏屋里的一张桌上放了好多年，旁边还有他的放大镜。影中人是史墨基，身上那套杜鲁门的西装在阳光下熠熠生辉，发丝如火，有半张脸曝光过度。此外还有克劳德姑婆的手肘和戴着耳环的耳朵。还有那个鸟用澡盆：滑石上的雕像是不是多了一张脸？撑着盆子的手臂是不是多了一只？奥伯龙的研究一直没有结果，而多年之后，史墨基的一个儿子掸去这张老照片上的尘埃、重拾奥伯龙的工作时，还是没有结论。什么也证明不了，那只是一张在古老的仲夏阳光下变黑的银盐相纸。

树林与湖泊

他们绕过夏屋，沿着一条凹陷的小径走下去，很快就进入一座枝节缠绕、沉睡中的潮湿树林，像极了那种藏着睡美人的森林。他们进去没多久，旁边就传来一阵窸窣或一阵呢喃，而让史墨基吓一跳的是，前方的小径上突然出现一名男子。"早安啊，鲁迪。"克劳德姑婆说，"这就是新郎。史墨基，这位是鲁迪·弗勒德。"鲁迪的帽子好像刚跟人打过一架，被揍得歪七扭八，上扬的帽缘让鲁迪宽阔而蓄着胡子的脸显得很坦诚。他绿色的外套敞开着，露出大肚皮，把白衬衫撑得紧紧地。"罗里呢？"克劳德姑婆问。

"在后面。"他对史墨基咧嘴一笑，仿佛两人心照不宣分享着一个笑话。他娇小的太太罗里·弗勒德跟他一样倏地现身，此外还有一个穿着宽松牛仔裤的高大女孩，怀中抱着一个挥舞着拳头的巨婴。"这是贝齐·伯德，"克劳德姑婆说，"罗宾。菲尔·福克斯也来了，还有我的两个表亲，石东家的艾夫跟沃尔特，他们的母亲是克劳德家的人。"小径两侧又出现更多人。小径很窄，婚礼宾客两两前进，不时退后或追上来祝福史墨基。"查尔斯·韦恩，"克劳德姑婆说，"汉娜·努恩。莱克家的人呢？还有伍兹那家人？"

小径通往辽阔倾斜的沼泽，旁边就是一座黑暗的湖泊，如护城河般波澜不惊，环绕长满老树的一座岛。树叶在水面上漂荡，他们踩着水洼走下来时，青蛙纷纷逃离。史墨基想起了那本导览手册。

"这座庄园确实很大。"他说。

"愈往里面会愈大。"汉娜·努恩说，"你见过我儿子桑尼了吗？"

有一艘小船越过湖面而来，掀起阵阵涟漪。船首雕成天鹅的形状，不过是灰色的，而且没有眼睛，就像北方传说里黑湖上的黑天鹅。船靠了岸，桨架咯咯作响，史墨基被推上前跟克劳德姑婆一起登船，她还在介绍那些欢笑的宾客。"汉娜是远亲。"她说，"她祖父姓布什，她姑婆嫁给了德林克沃特太太的叔叔，一个姓岱尔的……"她发现他虽然机械式地点着头，但却没在听。她微笑按住他的手。那座满是树荫的湖中岛屿似乎是用千变万化的绿色玻璃做成的，缓缓起伏的坡地上长着桃金娘。岛屿中央有一座圆形凉亭，柱子纤细如手，上面有个线条柔和的圆顶，缀满了绿色花环。一个身穿白衣的高挑女孩跟大伙儿一起站在那里，捧着一束系有缎带的花。

众人七手八脚地扶着他们爬下那艘漏水的天鹅船。岛屿四处都有人群，他们正打开野餐篮、安抚着大声嚷叫的孩子，但似乎没什么人注意史墨基的到来。"瞧瞧谁来了，克劳德。"一个没有下巴的纤瘦男子这么说，他让史墨基想起被导览手册批评得体无完肤的诗人。"是沃德博士！跑哪去了？博士！还有香槟吗？"穿着紧身黑西装的沃德博士脸上满是胡茬，看起来仿佛受到极大的惊吓，装满金色香槟的酒杯颤动不已，气泡汩汩冒起。"真高兴见到你，博士。"克劳德姑婆说，"我想我们无法保证出现奇迹。噢，你静下来嘛，你这家伙！"沃德博士想说话，却呛了一大口，气急败坏。"谁来帮他拍拍背？他不是我们的牧师。"克劳德姑婆偷偷告诉史墨基。"他们来自外界，总是紧张兮兮。我们还能结婚或下葬算是奇迹了。这位是萨拉·平克，还有平克家的小朋友。你们好。你准备好了吗？"她挽起史墨基的手。他们沿着石板路走向凉亭时，传来簧风琴的声音，如泣如诉，他没听过这种音乐，不过似乎因此突然充满了渴望。婚礼宾客听见音乐就纷纷聚集过来，一边窃窃私语，史墨基来到凉亭那低矮陈旧的阶前时，沃德博士也到了，他四下张望，从口袋里捞出一本书。史墨基看见了妈妈和德林克沃特医生，索菲也拿着花束站在黛莉·艾丽斯身后。黛莉·艾丽斯面无笑容，静静看着他，仿佛不认识他似的。他们让他站到她旁边。他的手先是想插进口袋，随即打住，双手在身后交握，接着又换到前面。沃德博士翻了翻书，开始快速说话，语句间不时穿插着酒嗝、颤抖和簧风琴的旋律，听起来就像这样："你是否愿意（嗝）娶这位黛莉·艾丽斯小姐为你的合法妻子不管顺境逆境健康病态贫富贵贱爱她直到老死？"接着他询问地抬起头。

"我愿意。"史墨基说。

"我也愿意。"黛莉·艾丽斯说。

"戒指拿来，"沃德博士说，"现在就请新郎扑倒新娘吧。"

啊……所有宾客发出一声惊呼，随即开始散去，一边低声谈话。

鼻尖触碰

她从前会跟索菲在艾基伍德长长的走廊上玩一种游戏：在还看得到对方的前提下，尽可能远远分开。接着她们会一起小心翼翼缓缓行进，目光从不离开对方的脸。她们同步前进，试着不笑出来，直到两人的鼻尖碰在一起。她跟史墨基的状况就有点像这样，但他是从很远的地方启程而来，远得看不见，自大城而来——不，应该更远才对，从她没去过的地方朝她走来。他登上天鹅船时，她只要一根拇指就能把他遮住。但随着船愈来愈靠近（划船的是菲尔·弗劳尔），此时她已能看见他的脸，知道来者真的是他。他在水边消失了一阵子，接着她周围就传来一阵期待与感谢的低语。他在克劳德姑婆的带领下再次出现，变得愈来愈大，可以看见他膝盖的褶子、那双她深爱的粗壮手掌。他的身影愈来愈大。扣子上插着紫罗兰。她看见他的喉结在动，音乐在此刻传来。当他踏上凉亭阶时，她若定定看着他的脸就看不到他的脚，而她就是这样做。有那么一刻，他脸周围的一切都变暗、变模糊了，他的脸就像一个微笑的苍白月亮般朝她靠近。他走上阶梯，站在她身旁。两人的鼻尖没有碰在一起。以后才会。有可能要花好几年时间，也许永远也没机会。毕竟他们这场婚姻是为了"方便"，但她从来不曾、永远不会、现在或将来都不必告诉他这点，因为正如纸牌所显示的，此刻的她已明白自己非他不嫁，不管纸牌选中的人是不是他、不管那些赐予她这段姻缘的人现在是不是改变了心意。为了拥有他，她愿意反抗他们。况且一开始决定派她去找他的人也是他们！此时她一心只想继续寻找他，想拥抱他、探索他，但那愚蠢的牧师却开始唠唠叨叨。她忽然很气她父母竟然认为非请这家伙来不可。他们说都是为了史墨基，但凭着她对史墨基的了解，她早就知道无此必要。她试着听那男人说话，不禁觉得若能用碰鼻子的方式举行婚礼该有多好：从遥远的两端朝彼此靠近，就像以前在古老的大厅里一样。墙壁和挂画不断从视野边缘滑过，只有索菲的脸始终不变，只是愈来愈大、双眼渐宽、雀斑扩张，变成一颗行星，接着变成月亮，又变成太阳，接着除了直直冲过来的脸庞之外什么也看不到，巨大的眼睛在两人的鼻子悄悄撞在一起的前一刻变成了斗鸡眼。

快乐岛

"有点不真实。"他说。收拾野餐篮时，妈妈忧心地注意到他那套杜鲁门西装沾上青草的污渍。"洗不掉的。"她说。他喝的香槟似乎让这份不真实感变得可以接受，变得正常、甚至是必要的。他坐在那里神情恍惚，平静又快乐。妈妈绑好篮子，却发现草地上还躺着一个餐盘。她把一切重新整理好时，史墨基又带着一种似曾相识的感觉，指出她还漏掉了一把叉子。黛莉·艾丽斯勾起他的手臂。他们已经在岛上绕了好几圈，跟众亲戚好友见面，大家都很热情。"谢谢你。"她介绍史墨基时有人这么说，有些人送她礼物时也会这么说。喝了三杯香槟后，史墨基不禁揣测这种倒着说话的行为模式（克劳德姑婆一天到晚这么做）是否不该视为特例，而是一种普遍的，呃，普遍的……她把头靠在他肩上，于是他俩就这样互相依偎。"真棒。"他自言自语，"发生在户外的事件要怎么称呼？"

"户外活动？"

"是这个词吗？"

"我想是吧。"

"你快乐吗？"

"我想是吧。"

"我很快乐。"

弗朗兹·毛斯结婚时，他跟新娘（她叫什么来着？）去了一家照相馆。除了正式的结婚照以外，摄影师还用自己的道具帮他们加拍了几张搞怪照片：在弗朗兹腿上套了一颗纸浆做的球镣[1]，还鼓励新娘子拿一根擀面杖作势殴打新郎。史墨基发现自己对婚姻的了解好像只有这么多而已，因此大笑出声。

---

1. 球镣在俚语里有"累赘娘们"的意思。

"怎么啦？"艾丽斯问。

"你有擀面杖吗？"

"你是说擀面用的吗？妈妈应该有。"

"那就好。"他哧哧笑个不停。随着杯中的气泡浮起，他横隔膜内也升起一长串笑声。他的笑也感染了她。妈妈双手叉腰站在那里对着他们摇头。此时再次响起那簧风琴的声音，他们因此安静下来，仿佛有只冰凉的手从他们身上拂过，或突然有个声音开始诉说一段遥远的悲伤往事。他从没听过这样的音乐，而他似乎被它攫获了，或者应该是反过来才对：他就像个粗糙之物，磨蹭着这光滑如丝的旋律。他认为这是首退场乐曲，但却记不得自己怎会知道这个词汇。但该退场的似乎不是他跟他的新娘，而是其他人。妈妈叹了长长的一口气，跟整座岛一样暂时陷入沉默。她拿起野餐篮，示意要史墨基别起身，因为他刚才已经百般不愿意地作势起身，准备帮忙她。她亲吻了他俩，微笑转身而去。岛上其他人正朝水边移动，传来阵阵嬉笑声和一声遥远的呼喊。他看见美丽的萨拉·平克在岸边登上了天鹅船，其他人也等着登船离去，有些人拿着酒杯，有个人肩上扛着吉他，鲁迪·弗勒德则挥舞着一只绿色酒瓶。虽然大伙儿是高高兴兴离开，但那音乐和斜阳却让现场充满了忧伤况味，仿佛他们正离开快乐岛前往一个较不快乐的地方，而且必须等到离开了，才会意识到自己的失落。

史墨基把快空了的酒杯斜斜放在草地上，感觉自己从头到脚都是音乐，翻过身去把头枕在黛莉·艾丽斯腿上。这时他刚好瞥见克劳德姑婆站在湖边，跟两个他好像认识但又无法马上认出来的人谈话，不过他倒是很意外在这里看到他们。那男子嘬起嘴吸了吸烟斗，扶着太太登上一艘小船。

他们是玛吉和杰夫·朱尼珀。

他仰头望着黛莉·艾丽斯平静笃定的脸，猜不透为什么日常生活的神秘之处愈深沉，他就愈不想去刺探。"让我们快乐的事物，"他说，"也会带来智慧。"

她微笑点头，像在诉说：是的，这些古老的真理确实不假。

象牙塔内的人生

当父母手挽着手穿过安静的树林时，索菲离开了他们。跟所有刚为第一个孩子举行过婚礼的父母一样，他们也低声谈论方才的事。索菲踏上另一条不明的小径，最后又跑回了原点。夜色开始降临，虽说是"降临"，反倒比较像是从地面升起，染黑了蕨类植物丝绒般的底面。索菲看见日光从她掌中流逝。她的手愈来愈模糊，而她不知为何依然握着的那束花也已凋谢，缓缓陷入黑暗。但她觉得自己的头还飘浮在那升起的黑暗上方，直到前方的小径也变模糊。一阵清凉的夜气袭来，将她完全吞没。接着触及树梢上聒噪的小鸟，让它们一只只全安静了下来，在空中留下一片寂静。天空还是几乎跟中午一样蓝，但小径已漆黑无比，因此她差点绊倒。第一只萤火虫现身。她脱掉鞋子（先屈膝脱掉一只，往前跳了一步，再脱掉另一只），把它们留在一块岩石上，没多想，只是希望露水不会破坏了鞋面上的绸缎。

她不想赶路，但心脏还是不由自主地加速。她衣服上的花边一直被树枝钩住，因此她考虑脱掉衣服，最后还是打消主意。沿着她前进的方向望去，树林是一条柔和的幽暗隧道，满是萤火虫，但若往林木较稀疏的两侧望去，就能看到一片如宝石般由蓝转绿的天际线，缀着一抹淡淡的云。她还意外地在远处看见了房子的屋顶，似乎随着逐渐朦胧的空气而愈来愈远。她放慢速度，沿着隧道朝黑夜前进，喉际升起一阵笑意。

接近岛屿时，她开始感觉自己似乎有了同伴。这并不全然在意料之外，但她还是变得敏感无比，就好像她长了一身毛，毛发被梳得噼啪作响。

这座岛其实不真的是岛，或者说不大算，因为它呈泪滴状，长长的尾巴直逼挹注着这座湖泊的溪流。溪流最窄处刚好从泪滴状的岛屿尾端扫过，因此她很容易就能在这里找到一块块踏脚石。溪水从石头上流过，形成了柔滑如丝的水中枕头，似乎可让她把发烫的脸颊贴在上面。

她来到岛上，站在那座正出神望着其他地方的凉亭前。

是的，他们现在已经围住她，她不禁认为他们的目的应该跟她一样：只是想知道、想看见、想确定。但他们的理由铁定不一样。她说不出自己的理由，而他们的理由应该也没有名字；她似乎可以听见很多没有内容的喃喃低语，无疑只是溪流的水声和她自己耳朵里的嗡嗡声。她小心翼翼且安静地绕过凉亭，听见了一个人类的声音，是艾丽斯，但却听不出内容。接着是一阵笑声，她认为自己似乎明白了它在说什么。她内心升起一阵恐怖、盲目而黑暗的压力，愈来愈沉重，而她还是继续前进，在一个地势较高的地方悄声蹲下，躲在光滑的树丛和一张冰冷的石板凳后面。

傍晚的最后一缕绿色光芒也已消失。那座凉亭仿佛期待已久似的，望着又凸又圆的月亮从树梢升起，月光洒在泛着涟漪的湖面上，穿过柱子后洒在凉亭内那对男女身上。

黛莉·艾丽斯已经把她的白袍挂在一株灌木上，衣袖和裙摆不时在日落后的微风中飘动，常让史墨基透过眼角余光产生某种附近有人的错觉。当时的光线只有尚未全暗的天空、萤火虫、散发磷光的花朵。在这种光线底下他看不到什么东西，只感受得到她修长的躯体躺在他身旁的靠枕上。

"我真的很纯真，"他说，"在很多方面都是。"

"纯真！"她佯装惊讶地说（当然是假装的，他就是因为太纯真才会来到这里，她才会在他身边），"你的表现一点也不纯真。"他俩都笑了。索菲听见的就是这个笑声。"而是不知羞耻。"

"没错，我也不知羞耻。我想那是一体两面。从来没有人告诉过我要对什么感到羞耻。或感到害怕——而那是不必教的。但我已经克服这些了。"透过你，他原本差点说出口，"我有生以来都活在保护之下。"

"我也是。"

但史墨基却觉得倘若黛莉·艾丽斯也能用同样的字眼形容她的人生，那么他自己的人生根本不算受到保护。倘若她那种人生叫受到保护，那么他的人生简直就是毫无遮蔽赤裸裸——他也确实是这种感觉。"我从来没有过童年……不像你。就某种角度而言，我从来没当过儿子。我的意思是我曾经是孩童，却不是个儿子……"

"好吧，"她说，"那我的童年给你好了，如果你想要的话。"

"谢谢你。"他说。而他确实想要，全部都要，一秒不留。"谢谢你。"

月亮升起。他借着突来的月光看见她站起身，仿佛刚做完苦力似的伸伸懒腰，往柱子上一靠，一边心不在焉地抚触自己，一边眺望湖泊对面纠结的黑色树影。她修长的肌肉线条在月光的映照下是一片银白，仿佛不是真实的（但又真实无比，他现在还因为刚才被她压住而微微颤抖）。她举起手臂靠在柱子上，胸部线条和肩胛骨因而向上扬起。她单脚打直支撑体重，另一脚微微弯曲，浑圆的臀部是一对紧致匀称的半球。史墨基极其精准地注意到眼前的一切，不只是感官上的接收，而是毫不保留地攻占。

"我最早的记忆，"她说，仿佛开始兑现刚才答应送他的礼物，但也可能根本毫不相关（不过他还是接受了），"我最早的记忆是一张挂在我房间窗口的脸。那是个夏夜，窗户是开的。窗外有一张黄色的脸，浑圆发亮。它咧嘴微笑，眼神锐利。它兴致勃勃地看着我。我记得我笑了，因为它看起来很邪恶，却露出微笑，让我很想笑。接着窗台上出现一双手，而那张脸，我的意思是那张脸的主人，似乎正从窗口爬进来。我还是没有感到害怕。我听见笑声，所以我也笑了。就在这时候，我父亲进了房间，所以我转过头去，而当我再转回去时那张脸已经不见了。后来我告诉爸爸这件事，他说那张脸是窗外的月亮，窗台上的手是窗帘在微风里飘荡，而我转回去时，云已经遮住了月亮。"

"八成是这样。"

"他看到的是这样。"

"我的意思是很有可能……"

"你想要的，"她转身面对他说着，"究竟是谁的童年？"她的发在月光下闪亮如火，脸孔散发出黯淡的蓝色，有那么一秒极度不像她自己，着实吓人。

"我现在想要的是你的。"

"现在?"

"过来嘛。"

她笑了,走过来跟他一起跪在靠枕上,身躯已在月光下变凉,但还是完整如一。

来去无踪

索菲看着他们交欢。她强烈而明确地感受到史墨基在她姐姐身上造成的各种情绪,但这些情绪都是黛莉·艾丽斯前所未有的。她清楚看见是什么让姐姐的棕色双眸变得专注深沉,或蓦地亮起:她全看到了。就仿佛黛莉·艾丽斯是用某种深色玻璃做成的,原本一直处于半透明状态,此时在史墨基那强光般的爱情照耀下却变得通体透明,没有任何细节是索菲看不到的。她听见他们说话(只是几个字而已),每个字都像水晶铃铛般响亮。她仿佛跟姐姐一同呼吸,而随着呼吸愈来愈急促,艾丽斯就被体内的火焰照耀得更加清晰。这种附身方式很奇怪,索菲无法分辨那份让人喘不过气的狂热究竟是痛苦、是大胆、是羞耻还是什么。她知道自己不可能移开视线,况且就算移开视线她也还是看得到,而且同样清晰。

但这段时间索菲却在睡觉。

在那种睡眠里(她熟悉每一种睡眠,但没有一种叫得出名字),你的眼皮似乎变成透明的,因此你会透过它们继续看着眼睛闭上前的画面。是同一个画面,但又不一样。闭上眼睛前,索菲就已经知道(或感觉到)还有别人也跑来窥探这场结合。到了梦境里,他们就很具体了。他们越过她的头与肩膀张望,鬼鬼祟祟溜到更靠近凉亭的地方,还把娇小的孩子举到桃金娘树顶上观赏这场奇景。他们拍着翅膀停在空中,狂喜不已。他们的低语并未惊扰索菲,因为他们的兴致虽然跟她一样强烈,却完全不一样。她觉得自己是在铤而走险,无法确定是否会溺毙在那些互相冲突的惊奇、热情、羞耻与令人窒息的爱情之间,但她知道周围生物只是在催促那两人完成一件事（不，应该是从旁鼓舞），那件事就是"传宗接代"。

一只笨拙的甲虫从索菲耳边咯咯飞过，惊醒了她。

她周围的生物比她梦境里看见的黯淡许多：有嗡嗡叫的小虫与发光的萤火虫，还有远处的一只欧夜鹰，振着橡皮般的翅膀猎食蝙蝠。

远方的凉亭在月光下显得苍白神秘。她觉得仿佛瞥见了他们肢体的动作。但没有声音；没有任何说得上来的动作，连猜都猜不了。一种完全私密的寂静。

为什么这比她梦中目睹的画面更令她痛苦？

那是一种被排除在外的感觉。纵使现在看不到他们，那种被他俩牺牲的感觉就跟方才在梦境中的一样强烈，而且她一样无法确定自己是否受得了。

嫉妒是清醒时的妒意。不，话也不能那样说。她从来不曾把任何东西当成自己的，而人只有自己的东西被夺走时才会感到嫉妒。嫉妒也不是背叛，这件事她打从一开始就知道了（而且现在知道得更多，甚至超乎他们的想象），人只有在遇上谎言与骗子时才可能遭到背叛。

应该是羡慕吧。但羡慕的是谁？艾丽斯吗？史墨基？还是两者皆是？

她无从分辨。她只知道自己又爱又痛，仿佛刚吞下燃烧的煤炭。

她静悄悄离去，其他生物应该也一样，只是更加安静。

若生为鱼

流入湖泊的那条小溪宛如长长的阶梯般节节下降，源头是宽阔的水潭，潭边是一处高耸的瀑布，从林木间倾泻而下。

一道道月光洒在水潭光滑如丝的水面上，在水里曲折破碎。水面上映着点点繁星，随着瀑布造成的涟漪上下漂动。从潭边望去是这样。但对里头一条几乎已经睡着的巨大白色鳟鱼而言，风景却很不一样。

睡觉？是的，纵使不哭泣，但鱼确实会睡觉。它们最强烈的情绪

77

是恐慌；最悲伤的情绪是苦涩的遗憾。它们睁着眼睛入梦，寒冷的梦境投射在黑绿色的水中。对鳟鱼爷爷而言，这潭活水和那熟悉的环境会随着睡眠的来去而隐没、浮现；当池塘隐没时，它就看见了内在。鱼梦到的通常都是它们清醒时所处的那片水域，但鳟鱼爷爷不一样。它梦到的完全不是鳟鱼的溪流那档子事，但它没有眼皮的眼前却时时浮现水光荡漾的家园，因此它的整个存在都变成了一种假想。每鼓动一次鳃，就是一场满怀睡意的假想。

你若是一条鱼，最棒的生活环境莫过于此。瀑布不断将空气打入水中，因此连呼吸都是享受,恍如置身阿尔卑斯山高耸清新的草原上（假如你不是住在水中）。他们为它提供的这片环境真是太善良体贴了（假如他们确曾考虑过它或他人的幸福与舒适）。这里没有捕食者，竞争者也不多，因为上游跟下游都是多岩的浅溪（虽然一条鱼不大可能知道这点），所以不会有任何体型能跟它匹敌的东西进到这座池塘来，跟它争夺从上方那茂密的树林里掉下来的虫子。他们确实设想周到，倘若他们真曾想过。

然而（它若不是自愿的），这一会是多么适切而严厉的惩罚，多么痛苦的放逐。受困于这液态玻璃中不得呼吸的它，是否注定永远这样游来游去、咬着蚊子？它想对一条鱼而言，那滋味应该就是最美味的梦中佳肴。但你若不是条鱼，这又是什么样的记忆？只是不断吞食一滴滴苦涩的鲜血而已。

说不定就另一方面而言，这一切不过是个故事。不论它这条鱼看起来多么心满意足，或不论它如何心不甘情不愿地习惯了这一切，每隔一段时间都会有个美丽身影出现，往彩虹般的水中窥探，说出一些她铤而走险从邪恶的守密者口中套出来的话。此时它就会从水中一跃而出（踢着腿、高贵的衣袍全部湿透）、喘着大气站在她面前，恢复了原形、破除了魔咒，令坏仙女受挫哭泣。一想到这里，它面前的水中突然浮现一个彩色画面：一条戴着假发、穿着高领外套的鱼张着大嘴站在那里，腋下夹着一封硕大的信。在空气里。这噩梦般的影像一出现（从哪里来的？）它的鳃就会倒抽一口气，暂时清醒过来。一切恢复正常。全是一场梦。

有那么一会，它心怀感激，只想着毫无异状、满是月光的水，别无其他。

当然（它再次陷入梦境）要把自己想象成他们的一员也是可以，一个守密者、诅咒者、邪恶的操控者，基于某些微妙的理由，将它那永恒的神奇智慧藏在鱼的平凡外表之下。永恒，姑且如此假设吧：它确实活过几近无穷的岁月，一直活到了现在（假设当下就是现在，梦愈来愈深沉）；它的年龄已经超越了一条鱼的寿命，甚至超越了一个王子的寿命。它觉得自己仿佛往后（或往前？）朝着最初（或最终？）无限延伸，忽然想不起自己心中念念不忘的那些伟大故事究竟还没发生，还是已经发生过了。但话说回来，也许秘密就是这样保存的，古老的故事就是这样流传的，无法破除的魔咒就是这样形成的……

不。他们知道真相。他们不做猜想。它想起他们身上那种笃定，一张张诉说真相的脸与一只只指派任务的手，平静、毫无表情而美丽，像陷入喉咙深处的鱼钩一样无法抗拒。它像条小鱼般无知。它一无所知，也不想知道——就算他们愿意回答，它也不想去问：八月某一天夜里，是否曾有一个年轻人站在那干燥的岩石上。如同这座水潭曾经突遭雷击，那个年轻人也这样突然变形。想必是因为冒犯了谁，你们有你们的理由，别误会我，这跟我无关。就当作这些记忆都是男子自己的幻想吧。幻想他唯一的最终记忆就是失水窒息地喘着气，手脚突然黏在一起，在空气里抽搐（空气！），而跳进那清凉甘美的水中时，感受到的是一种恐怖的得救感。那才是他的归属，他也永远离不开了。

他现在已想不起发生这一切的起因。他只能在梦中假想这一切确实发生过。

他究竟做了什么事让你如此伤心？

就只是因为"故事"需要一个中间人吗？一个皮条客，而他刚好路过被逮住？

为什么我想不起自己的罪孽？

但此时鳟鱼爷爷已经熟睡，因为它只有睡着时才能做出这一切假设。它睁开的双眼视而不见，四周都是水，但也很遥远。鳟鱼爷爷梦见了自己去钓鱼。

第五章

你的挚爱就是
你真正的遗产，
你所深爱者
必不遭夺。

——埃兹拉·庞德

第二天早上，史墨基和黛莉·艾丽斯收拾好行囊，比史墨基从大城带来的行囊还完备。他们从大厅里那个插满了拐杖和雨伞的大桶里挑出几根多疖的棍棒。德林克沃特医生为他们准备了花鸟识别手册（但他们后来根本没打开）。他们也带了乔治·毛斯送的结婚礼物，是那天早上才寄达的，包裹上写着"在他方拆件"，里面（跟史墨基期待的一样）是一大把压碎的咖啡色杂草，气味浓烈得如同辛香料。

幸运的孩子

大家聚在前廊上为他们送行，提议他们该去哪些地方、有哪些没来参加婚礼的人该拜访。索菲一语不发，但他俩准备转身离去时，她深深吻了他俩，特别是史墨基，仿佛对他说"好了"，然后匆匆离去。

他们走了以后，克劳德姑婆就想透过纸牌追踪他们，尽可能报告他们的旅程。她认为他们应该会经历很多小小的冒险，而她的牌向来最擅长揭露这样的事。因此早餐过后，她就把玻璃桌拉到前廊上的孔雀椅旁，点起当天的第一根烟，整顿好思绪。

她知道他们会先爬上"山丘"，但那是因为他们曾说过。她透过心灵之眼看见他们沿着小径爬上山顶，站在那里眺望早晨的景致：一片苍翠的土地从该郡的中心地带横亘而过，经过了森林与农田。接着他们就会从较荒凉的一侧下山，踏上他俩刚才瞭望的那片土地。

她翻出圣杯与权杖，钱币骑士和剑国王。她猜当他们穿越被阳光晒得花白的平原镇牧野时，史墨基会跟不上艾丽斯大大的步伐。鲁迪·弗勒德的斑纹牛会在那里扬起浓密的睫毛看着他们，小小的昆虫会在他们脚边跳跃。

他们会在哪儿休息？也许会在那条湍急的小溪旁。小溪从那片牧野流过，侵蚀着草丛、在两岸孕育出柳树林。她把名为"布包"的大牌放进牌阵，心想：午餐时间到了。

柳树林稀疏的凉荫下，他们伸直身子躺在地上，看着小溪和它在溪岸上雕琢出来的复杂作品。"你看，"她托着下巴说，"你没看到公寓、河滨别墅和广场吗？一座座完整的皇宫废墟？舞会、宴会、访客？"他跟她一起瞪着那些凹凸的杂草、树根和泥巴，虽有一束束阳光射入，却未能照亮它们。"不是现在，"她说，"要等月亮出来。我的意思是，他们不都是那时候出来玩的吗？你看。"他把眼睛贴在岸上，勉强可以想象。他皱着眉头用力看。要假装。他会努力尝试。

她笑着爬起来，再次背起背包，胸部因而挺起。"我们溯溪而上吧，"她说，"我知道一个好地方。"

于是他们下午就缓缓从山谷里上山。很久很久以前，曾有一条大河从中流过，但后来只剩下这条不知天高地厚的潺潺小溪。他们愈靠近树林时，史墨基不禁猜想艾基伍德是否就坐落在这座树林的边缘。"老天，我不知道。"艾丽斯说，"我从没想过这问题。"

"到了。"她终于说，因为爬了这么长一段路而汗涔涔，"我们以前常来这里。"

那地方就仿佛凿在树林壁上的凹洞。他们脚下的山顶突然凹陷，他觉得自己从没看过这么深沉神秘的"树林"。地面不知为何长满了青苔，却不见森林边缘那种杂乱的植物，例如灌木丛、荆棘和小山杨树。它通往深处，吸引他们走进那窃窃私语的黑暗中，不时有大树发出哼声。

她一进到里面就庆幸地坐下。阴影很深，且随着午后时光的流逝而愈发深沉。这里就像教堂一样寂静且让人平静，也有那些无法解释但崇敬的声音，仿佛从中殿、壁龛和唱诗班的位置传来。

"你有没有想过，"艾丽斯说，"也许树木跟我们一样能够活动，只是动作比较慢？也许我们的一天，从起床到就寝，等同它们的一整个夏季，你懂我的意思吧？说不定它们有漫长的思绪与对话，只是速度太慢，我们听不到。"她把手杖放到一边，卸下背包，汗湿的衣服贴在身上。她缩起因流汗而闪闪发亮的巨大膝盖，把手肘靠在上面。她黝黑的手腕也湿了，金色的细毛沾上潮湿的尘土。"你怎么想？"她开始拉扯高筒靴顶端的鞋带。他看着这一切一语不发，高兴得说不出话。这就像看着女武神在战斗后卸下武装。

她跪坐着奋力脱下皱巴巴且束得紧紧的短裤时，他过来帮忙。

妈妈啪一声扭开克劳德姑婆头上的黄色灯泡时，她的纸牌梦境顿时从暗蓝色变得刺眼且几乎无法解读，但此时她已大抵看出了她这两个侄孙女和侄孙女婿接下来几天的旅程会如何。她说："幸运的孩子。"

"你在这里会瞎掉，"妈妈说，"爸爸帮你倒了一杯雪利酒。"

"他们不会有事。"克劳德姑婆说着收起纸牌，有点吃力地从孔雀椅上爬起来。

"他们不是说过会去树林走走吗。"

"哦，是的，"克劳德姑婆说，"他们会的。"

"听那蝉鸣。"妈妈说，"真吵。"

她挽着克劳德姑婆进屋去。那天晚上他们就用上过蜡的折叠板玩克里比奇牌戏，有根象牙钉不见了，改用一根火柴棒代替。他们不时听见庞大笨拙的六月甲虫撞上纱门的声音。

最终顺序

半夜，奥伯龙在夏屋里醒来，决定起床整理他的照片，理出某种最终的顺序。

他反正不怎么睡觉，也早已过了那种半夜爬起来活动会显得不恰当或有点不道德的年纪。他躺在那里倾听自己的心跳声良久，觉得无聊，于是戴上眼镜、坐起身子。反正也不算晚上了，外公的表显示三点钟，但六格窗玻璃都透露外面的天色不完全是黑的，而是带有一点蓝色。昆虫似乎都睡了，再不久鸟儿就会开始叫。但当下这一刻还颇寂静。

他给煤油灯灌满油，每使一次力就猛喘一阵。这是盏好灯，看上去就是一盏灯的样子，有个百褶灯罩，代夫特陶瓷基座上绘有蓝色的滑冰者。它倒是需要一个新外壳，但他不想换。他点燃它，把火焰转小，悠长的嘶嘶声令他感到安适。它几乎一点燃就一副快要烧完的样子，但其实还可以烧很久。他知道这种感觉。

那些照片其实不需要整理。他已经花了很多时间整理，但他总觉得自己始终没搞懂顺序（既不是按照时间，也不是按照大小或主题类别排列）。有时他似乎觉得它们是从一部电影（或好几部电影）里撷取出来的镜头，镜头跟镜头之间的空白有长有短，倘若能够填满，就能变成一幕幕戏：具有故事性的漫长片段，多样化而动人。但既然缺了这么多镜头，他怎么知道自己手边这些镜头的顺序是对的？他始终不大愿意为了发现某个也许根本不正确的排列顺序，而搅乱现有的参照顺序，毕竟目前这个还算合理。

他取出一个资料夹，标签上写着"接触，1911 至 1915 年"。尽管标签上没写明，但这些是他最早的照片。当然这些不是全部，还有一些被他摧毁的早期失败之作。从前摄影简直像是一种宗教，这句话他百说不厌。一张完美的影像就像神赐的礼物，但一旦犯罪就会立刻受到惩罚。这属于加尔文教派的信条，你永远不知道自己何时做对，但必须时时防范错误。

这是诺拉站在漆着白漆的厨房前廊上，穿着有折痕的白裙和衬衫。

她那双磨损的高筒靴似乎太大了。白色棉布、白色廊柱、黝黑的夏季肤色、浅浅的夏季发色。在晴朗的日子里，漆着白漆的前廊总是明亮得一点影子也没有，因此她的眼睛颜色也显得出奇的浅。她当时十二岁（他看了看照片背面的日期）。不，是十一岁。

好吧，诺拉。是不是可以从诺拉开始（这虽不是情节的开端，却是他照片的开端），然后再像电影一样，等到有别人入镜时，再切换到别人身上？

例如提米·威莉。这张就是了，站在"公园"出口处的X门旁，是同一年夏天，说不定也是同一天。照片不是很清晰，因为她总是动来动去。他叫她不要动，但她八成在说话，说她要去哪里。她手里拿着一条毛巾，说要去游泳。记得把衣服挂在山胡桃树上。这是张完好清晰的照片，只是阳光照到的所有东西都曝光过度：杂草仿佛白色的火焰，她有一只鞋子闪闪发光，手上的戒指灼灼如火。好个轻佻女孩。

他比较爱哪一个？

提米·威莉手腕上挂着小小的皮面柯达相机，是他借给她们的。小心使用，他这么告诉她们。别摔坏了。别把它拆开来看。别弄湿了。

他用食指轻触提米·威莉那连成一线的眉毛（照片里比真人还浓密），突然疯狂地想念起她。他内心突然浮现另一沓后来的照片，仿佛有个荷官在他心中洗牌似的。提米·威莉冬天站在琴房结了霜的窗子前。提米·威莉、诺拉、高大的哈维·克劳德和亚历克斯·毛斯准备在清晨出去捕蝴蝶，亚历克斯穿着七分裤，一脸宿醉。诺拉和狗儿斯帕克。诺拉在提米·威莉和亚历克斯的婚礼上担任伴娘。提米·威莉开心地站在亚历克斯的敞篷小客车上招手，手扶着斜斜的挡风玻璃，头戴着系有缎带的帽子。不久诺拉也跟哈维·克劳德结婚了，但婚礼上的提米·威莉已显得苍白又憔悴，奥伯龙觉得都是因为大城的缘故。接着提米·威莉就走了，没再出现过，移动的相机必须继续跟拍别人。

来剪辑一下吧。但他该如何解释提米·威莉为什么会突然从这群人和庆祝会上消失？若从最早的照片开始，似乎就会不自觉把全部的照片都浏览一遍、不断开枝散叶，却没有任何一张照片可以无须千言万语就道出一整个故事。

狂乱之余，他想把它们全部印成幻灯片，全部叠在一起，愈叠愈多，直到那些幽暗的影像全部重叠在一起，什么也看不到，没有任何光线能透过，但全部都在。

不，不是全部。

因为还有其他分支可循，就像上下对称的树枝与树根，一在明、一在暗。他再次拿起提米·威莉在某扇门前拍的照片，她手腕上挂着相机：这就是分歧点，分别的地点或时间点。

你能找出那些脸吗

他向来认为自己是个理性而有常识的人，注重证据、懂得平衡各方说法，生在一个专出疯狂信徒、女巫和鬼怪狂想者的家族里，简直像个被精灵调过包的孩子。他在师范大学里学到科学方法和逻辑，还收到了一本新的圣经——达尔文的《人类的由来》。事实上，诺拉和提米·威莉的摄影作品冲好晾干之后，他就把它们夹在这本书里。

那天傍晚，诺拉双颊绯红地把相机交给他，兴奋得上气不接下气。出于疼爱，他把相机拿到地下室的暗房内，取出底片、泡在药水里，晾干后冲印出来。"你不能看，"诺拉告诉他，"因为，呃……"她两脚跳来跳去，"有几张照片里的我们——一丝不挂！"他答应了，不禁想起那些来自异域的读信者，读信给客户听时还得塞住自己的耳朵，以免听见内容。

一两张照片中，她们确实全身赤裸站在湖边，他大感兴趣也大为困扰（毕竟是自己的妹妹！）之后他很久都没再细看这些照片。诺拉跟提米·威莉失去兴趣，因为诺拉迷上了瓦奥莱特的旧纸牌，而提米·威莉那年夏天认识了亚历克斯·毛斯。因此照片就这样夹在达尔文的书页之间，面对着条理精密的论据和一颗颗头骨的版画。后来他洗出了一张不可思议而无法解释的照片，是他父母在一个雷声隆隆的日子里拍的。直到这时候，他才又把那些照片找出来仔细端详：用高倍放大镜和阅读用放大镜细细检视。就连玩《圣尼古拉》杂志上那个"找出脸来"的游戏时，他都没这么专注过。

而他确实找到了一张张脸。

在他后来检视的照片里，少有几张像约翰、瓦奥莱特和那神秘客在石桌旁拍的那张照片一样清晰明白。那张照片就仿佛一种刺激、一份承诺，驱使他不断在更加微妙古怪的照片里细细搜查。他是个不带偏见的调查者，不愿宣称自己是因为"天赋异禀"才有幸瞥见那一眼，不认为这就"注定"让他花上一辈子搜寻进一步证据、为那一切不可思议之谜找到某种明确的答案。但效果是一样的。他人生里碰巧没有其他急着处理的事。

一定有个解释，他很肯定这点。是"解释"，不是外公那种世界里的世界之类的虚幻大道理，也不是瓦奥莱特下意识透露的隐晦言语。

他一开始以为（甚至希望）自己是错的：有人作弄了他，让他产生幻觉。除了石桌那张独一无二的照片外（科学上来讲那是个例外，没有参考价值），其余这些难道不会只是一条恰巧弯成指爪形状的藤蔓、一株恰巧被光线照得仿若人脸的白屈菜吗？他知道光线能制造巧妙的惊喜，这些难道不会是同样的道理吗？不，不可能。不管是意外还是刻意的，诺拉和提米·威莉捕捉到了一些正化为鬼怪的生物。这是一只鸟，但抓着树枝的爪子却是一只手，从袖子里伸出来。只要研究得够久，就不会再有任何怀疑。这面蜘蛛网不是蜘蛛网，而是一位女士飘逸的裙摆，她苍白的脸就嵌在深绿色的叶子之间。他为什么没有用分辨率更高的相机？某些照片里它们似乎成群出现，没入模糊的背景中。它们有多大？任何大小都有，再不然就是透视法不知怎的扭曲了。跟他的小指头一样长吗？跟蟾蜍一样大吗？他把它们印成幻灯片、投在布幕上，在前面坐了好几个小时。

"诺拉，你们那天到树林去的时候——"他小心不误导她的答案，"——有没有看到任何……呃，特别值得拍的东西？"

"没有。没什么'特别'的。只是……噢，没什么特别的。"

"我们也许可以再出去，带台好相机，希望能看到什么。"

"噢，奥伯龙。"

他翻阅了达尔文，结果有个假说隐约浮现。虽然还很遥远，但已慢慢接近。

太初洪荒的森林里，经过万古挣扎后，人类终于跟他们的近亲长毛猩猩分了家。人类似乎不止一次尝试变异，但全都失败了，除了偶然出现的不寻常骨头之外，什么也没留下。都是些死胡同。只有人类习得了语言、学会使用火和工具，是唯一存活下来的智慧物种。

真是如此吗？

也许我们的古老族谱里还有一个支脉，原本似乎注定要凋零，但却逃过灭绝的命运存活下来，因为他们也学会了一些技术：同样新奇，却跟他们较粗俗的亲戚（我们）学会的工具制作与生火技术大相径庭。也许他们学会的是隐身、缩小、消失，让人看不到他们。

也许他们也学会了不留痕迹。没有古坟、燧石、雕刻；没有骨头、没有牙齿。

只是现在人类的技术已经追上他们，已经发现了一种迟钝得可以看见他们、并且将之记录下来的眼睛，视网膜是较不糊涂、较难糊弄的珞片和银盐，这种眼睛看到什么就是什么。

他想起人类是花了数千年（甚至是数十万年）才脱离野兽的无知，从那全然的黑暗中创造出这一切技艺。还学会制作陶器（多么惊人），至今依然有些拙劣的碎片混在熄灭千年的火堆和兽骨与人骨之间出土。而假设另外那个物种真的存在，假设真能找到证明他们存在的资料，那么他们一定也花了相同的好几千年精进他们的技术。外公曾讲过一个故事，说英国原本的居民是"小家伙"，后来才被一些手持铁器的入侵者逼得不得不变小，要些神秘把戏，因此他们自古以来就怕铁，争相走避。也许吧！乌龟长出硬壳的时候，斑马也长出了条纹（他翻阅着达尔文缜密严谨的著作）；同理，就在人类如婴儿般摸索时，这些异类也学会了不露形迹的精湛技巧，直到人类这个会耕田、创造、建筑、用武器狩猎的物种不再看得见他们的存在；只听说有些女主人会在窗台上为他们留碗牛奶（但这些故事不见得可信），醉鬼和疯子也看过他们，可能是因为他们在这些人面前无法隐形或不想隐形。

不论是不能还是不想，他们就没在提米·威莉和诺拉·德林克沃特面前隐形。于是她们用柯达相机拍下了他们的照片。

零星窗口

从那时起，摄影对他而言是工具，而不是娱乐，是种手术工具，能让他把谜样的心脏挖出来细细检视。不幸的是，他发现自己无法目睹任何他们存在的进一步证据。

不管多么阴森，他拍到的树林就只是树林而已。他需要一些媒介，这总是让他的工作变得更加棘手。他依然相信（他怎会不相信？）镜头跟后方的银盐胶片是无动于衷的，相机不可能伪造或窜改影像，就如同毛玻璃上不可能凭空出现指纹。但在一些他认为自己只是随意拍照的时候，倘若身边有个人（一个敏感体质的孩子），那么照片里有时就会有脸孔浮现，显示那里有人。也许很不明显，但仔细研究就能看出。

但哪个孩子才对？

要看证据和资料。例如眉毛。他坚信瓦奥莱特连成一线的眉毛跟这个有关，只是并非全部的人都遗传到。奥古斯特就有，又浓又黑地长在鼻子上方，有时还会有几根特别长，像猫的胡须。诺拉遗传了一点点，提米·威莉原本也有，只是长大后就开始定期修拔眉毛了。毛斯家的孩子大多长得像外公，也大多没遗传到，约翰·斯托姆和外公本身也没有相似之处。

奥伯龙自己也没有。

瓦奥莱特说在她的英国老家，人的眉毛若是连在一起，就表示他暴戾又有犯罪倾向，很可能还是个疯子。她对这种说法嗤之以鼻，也觉得奥伯龙的解释方式很好笑，因此虽然最后一版的《乡间宅邸建筑》里有很多百科全书似的解释和异文合成，却完全没有提到眉毛这件事。

好吧。也许眉毛这一切只是他的一种解释方法，说明自己为何被排除在外、为何无法看见他们。他的相机和瓦奥莱特都看得到，诺拉有一段时间也看得到。外公可以花好几个钟头谈论那些小世界，谈论哪些人也许进得去，但提不出任何理由，或说是根本完全没有理由。他会仔细端详奥伯龙的照片，净谈些放大、扩张、特殊镜片之类的东西。虽然不是很确定外公在说什么，但奥伯龙确实用那种方法做了些实验，想找到一扇门。后来外公和约翰坚持把他收在一本小册子里的某些照片拿去出版；"就当作一本给儿童的宗教书。"约翰说，由外公自己编写注释，包括一些他对摄影的看法，但接着又把它从头到尾改写了一遍，因此最后这本书根本无人理会，甚至是（特别是）小孩。奥伯龙始终没有原谅他们。光是要用客观的科学态度看待这整件事就已经够困难了，倘若你没发疯也没被骗、也没有人说你发疯或被骗的话。或至少，愿意发表意见的少数那几人都没这么说的话。

最后他得到一个结论：为了进一步将他排除在外，他们用这种方法（出一本儿童书！）来矮化他的努力。他当初之所以允许他们这么做，是因为他深深感到被孤立。不管就什么角度而言，他都是个"外人"，不是约翰的儿子、不真的是弟弟妹妹的兄长，没有瓦奥莱特的平静心灵，但也不像奥古斯特那样勇敢迷失。没有那种眉毛，没有信仰。他也当了一辈子的单身汉，无妻无子，事实上他几乎算是个处子。

他被排除在那群人之外，也从来不曾得到任何他爱过的人。

此时的他已不再为此痛苦了。他一辈子都在渴望得不到的东西，而这样的一生终究会达到某种平衡，不论是疯狂还是清醒。他无法抱怨。反正他们这里全是遭放逐的人，他们至少还有这个共通点，因此他不羡慕任何人的幸福。他当然不羡慕从这里逃往大城的提米·威莉，更不敢羡慕迷失的奥古斯特。而且他一直都拥有这几扇黑白的窗口，寂静而永不改变，可以从中窥见危机重重的土地。

他合上文件夹（它散发着一股破旧黑色皮革的香气），也跟着打消了为这些照片排序的念头，不管是普通照片还是灵异照片。他打算一切保持原状，小心地分成整齐的章节，只可惜缺乏足够的对照资料。他并没有因为这个抉择而气馁。反正在他的晚年，这是常有的事：总想把一切重新排序，但每次都回归同样的结局。

他耐心地把 1911 至 1915 年收拾好，然后从暗处取出一本硬麻布封皮的巨大相簿。没有标签，因为它不需要标签。里面有很多晚期的照片，是大约十年前或十二年前才开始的，算是他那些最早期作品的指南。里面是另一种形式的摄影，出自他的左手，但他崇尚科学的右手却一直不知道这只左手在做什么。到了最后，重要的却是左手拍出的作品，因为右手已经萎缩了。他变成了左撇子，但也可能他一直都是左撇子。

要说出他什么时候变成科学家比较容易，但要发现他什么时候不再是科学家就很困难了。倘若真有那样的一刻存在，他就是在那一刻被自己残缺的本性背叛了，不声不响就放弃了伟大的科学追求，转而寻找——寻找什么，艺术吗？这本硬麻布封皮相簿里的珍贵影像算是艺术吗？而倘若不是，他又在乎吗？

爱。他敢称之为爱吗？

他把这本册子放在黑色资料夹上面。它就是从这里衍生出来的，像一朵玫瑰，生自一根黑色的刺。

他发现自己的一生都堆在眼前，就在那嘶嘶作响的煤油灯下。一只浅色的夜蛾撞上白色的灯罩死去。

在树林里那座长着青苔的洞穴里，黛莉·艾丽斯告诉史墨基："他常说，咱去树林里看看能看见什么吧。然后他就会拿起相机，有时是小台的、有时是大台的，就是有脚架、用木头跟黄铜制作的那台。然后我们会准备一份午餐，我们常跑到这里来。"

能看见什么

"我们只有炎热晴朗的日子才会来，因为这样索菲和我就可以脱光衣服跑来跑去，说：'看啊！看啊！'但有时如果不是很确定自己真有看到东西，就会说：'噢，不见了……'"

"脱光衣服？你们那时几岁？"

"我不记得了。八岁吧。可能一直到我十二岁都是这样。"

"非得脱光才能看到那些东西吗？"

90

她笑了，声音很低沉，因为她已经伸直身子躺了下来，任由微风吹拂她的身体。她现在也没穿衣服。"脱光并非必要条件，"她说，"只是很好玩。你小时候难道不喜欢脱光吗？"

他记得那种感觉，一种疯狂的喜悦，一种自由，仿佛在脱去衣物的同时也甩开了某种束缚，跟成年人的性爱感官不大一样，却同样强烈。"但有大人在场就不喜欢。"

"噢，奥伯龙不算啦。他不是……呃，他不算大人吧，我猜。其实我们也许是为了他才这么做的。他会变得跟我们一样疯。"

"肯定会。"史墨基沉着脸地说。

黛莉·艾丽斯安静了一会。接着她说："他从来不曾伤害我们。从来、从来不曾逼我们做过什么。提议做点什么的人是我们！但他不愿意。我们都发誓保密，而且也要他发誓保密。他就像……像个精灵，像牧神还什么的。他兴奋我们就跟着兴奋。我们会狂奔、大叫、在地上打滚。再不然就是一动不动地站着，让巨大的嗡嗡声把你填满，直到觉得自己快爆炸了为止。那是种魔力。"

"而你们从来没有说出去。"

"当然没有！其实说了也没关系。反正大家都知道，除了爸妈跟克劳德姑婆之外，但他们反正从来没什么意见。不过我后来跟很多人聊过，结果他们都说：哦！你也一样吗？奥伯龙也带了你去树林里，看他能看见什么？"她又笑了，"我猜他这种做法行之有年了。但我认识的人都不曾感到厌恶。他很会挑人吧，我想。"

"心理创伤。"

"噢，别傻了。"

他抚摸自己，皮肤在月光下泛着珍珠般的光泽，缓缓被微风吹干。"他可曾看过任何东西？我的意思是，除了……"

"没有。从来没有。"

"那你们有吗？"

"我们认为有。"她当然肯定有，她们会在明朗的早晨勇敢上路，一路上期待而机警地左顾右盼。她们会等待某种指示出现，然后同时感应到必须转弯、前往某个她们从没去过却极度熟悉的地方，一个会"牵起你的手"，然后说"我们在这里"的地方。此时你若望向别处，就会看见他们。

接着她们就会在身后听见奥伯龙的声音。虽然是他带她们来的，她们却无法回应或指出来给他看。他把她们像陀螺一样打出去，陀螺却离他而去，踏上自己的路。

索菲？他会这么喊。还是艾丽斯？

近在眼前

除了那盏逐渐衰弱的煤气灯外，夏屋里一片幽蓝。奥伯龙弹着手指在小小的空间里翻箱倒柜。他找到了想要的东西，一个巨大的大理石纹纸信封。他以前有过很多这样的信封，但现在只剩这一个了。很久以前，曾有人把法国铂盐相纸装在里面寄来给他。

他内心升起一阵强烈的痛楚，不比渴望糟糕，但很快就过去了，不像以前的渴望那么难熬。他把硬麻布封皮的相簿装进信封里。他打开那瓶年代久远的墨水（他向来不允许学生用圆珠笔之类的东西写字），然后用他一手教师笔迹写下：给黛莉·艾丽斯和索菲，但现在写出来的字歪七扭八，仿佛放到了水里。似乎有一股巨大的压力在他内心扩大。他又补上一句：非收件人请勿拆阅，本想加个惊叹号，但终究打住，只是将它牢牢封住。至于黑色的资料夹上则没有收件人的名字。反正这资料夹（还有其余的一切）都不能被任何活着的人看到。

他进入庭院。鸟儿不知为何还没开始唱歌。他试着在草坪边缘小解，却没办法，因此他放弃了，跑去坐在沾着露水的帆布躺椅上。

他总是幻想（但从来不曾相信）自己会经历这一刻。他幻想这一刻会发生在那无法捕捉的日暮时分；幻想他放弃了这么多年、变得绝望甚至哀怨之后，会有一个精灵在暮色中出现于眼前，无声无息地自薄暮中现身，丝毫没有惊扰沉睡中的花朵。似乎会是个孩子，无形的肉身散发微光，跟老旧的白金照片里一样，银色发丝在刚刚落下或还没升起的阳光下仿佛烈焰。他不会对它说什么（因为根本说不出话），也许它早就已经死了。但它会对他说话。它会说："是的，你认识我们。是的，只有你一人窥见这一整个秘密。若没有你，别人根本不可能靠近我们。没有你的盲目，他们就不可能看见我们；没有你的寂寞，他们就不会相爱甚至繁衍子孙。要不是你不相信，他们根本不会相信。我知道你一定很难接受世界竟会以这么奇怪的方式运转，但这就是真相。"

树林里

隔天中午，云层已经稳定而缓慢集合，完全遮蔽了天幕，低得仿佛一伸手就能摸到。

他们走在田溪和高地之间的路上，忽高忽低，穿越一片古老的森林。成熟的树木生长得繁密无比，底下的根一定也全纠缠在一块。树枝在头顶上紧紧交缠，看上去仿佛橡树长着枫树的叶子、山胡桃长着橡树的叶子。它们身上长满了令人窒息的大片藤蔓，特别是那些已死树木凹凸不平、满是纤维的树干，倚靠在旁边的老树上，无法倒下。

"真茂密。"史墨基说。

"受到了保护。"黛莉·艾丽斯说。

"什么意思？"

她伸出一只手看看下雨了没，结果掌心被一滴雨击中，接着又一滴。"噢，这里的树从来没被砍过。至少已经一百年没有了。"

雨滴稳稳落下，不疾不徐，跟先前的云一样。这不会是那种来得快去得快的骤雨，应该会下个一整天。"真糟糕。"她说着从背包里取出一顶皱巴巴的黄色帽子戴上，但他们似乎是逃不过淋湿的命运了。

"还有多远？"

"伍兹家的房子吗？不会太远。不过等一等。"她停下来回顾刚才走过的路，再看看前方。史墨基没戴帽子，已经被雨水打得头部有些发痒了。"有一条捷径，"艾丽斯说，"有一条小路可以走，不必绕一大圈。应该就在这附近，如果我找得到的话。"

他们在路边来来回回巡了几趟，却似乎找不到岔路。"说不定他们已经不再维修那条小径了。"他们一边找她一边说，"他们有点奇怪，很孤僻。自己住在这里，几乎什么人也不见。"她在树丛里一个隐约的空隙前停下来："找到了。"史墨基觉得听起来不是很有把握。他们走进去。雨水稳稳落在树叶上滴答作响，声音变得愈来愈连贯，像是一个单音，音量大得出奇，掩盖了他们前进的脚步声。云层下的树林里漆黑如夜，雨水的闪闪银光也没能将它照亮。

"艾丽斯？"

他停下脚步。只有雨的声音。由于他太过专注于小径，已经跟她走散。他肯定也偏离了小径，倘若真有小径存在的话。他又叫了一声，语调自信而不带玩笑，没理由紧张。没有人回应，但这时他就在两棵树中间看见了一条真正的小路，无疑是一条明显的蜿蜒小路。她一定是找到了这条路，因此当他还在爬藤植物之间乱窜的时候，她就已经迅速前进。他沿着小径走下去，身子已湿了大半。艾丽斯应该随时可能出现在前方，但她却没有。小径引导他愈来愈深入树林，似乎无限延展，他看不到它通往何处，但它就一直在那里。最后（由于下着这种雨，实在无法判断过了多久）他终于来到一片长着青草的宽阔空地边缘，周围长着一圈森林巨木，因沾上雨水而变得湿滑黝黑。

空地上矗立着一栋他所看过最古怪的房子，在绵绵细雨里显得很不真实。那是德林克沃特其中一间疯狂小屋的缩小版，但全漆成了彩色，顶着鲜红色的屋瓦，白色的墙壁上满是装饰。没有一英寸不是弯弯曲曲、雕刻过、上过色或饰有纹章。更奇怪的是，它看起来崭新无比。

好吧，一定就是这里了，但艾丽斯呢？迷路的人一定是她，不会是他。他沿着山坡朝小屋走去，穿过一簇簇因为下雨而刚长出来的红白蘑菇。圆形的小门上装有叩门环、窥视孔和黄铜铰链。他一靠近，门瞬间开启，一张尖尖的小脸出现在门边。那双眼睛闪闪发光且流露猜疑之色，但脸上笑容可掬。

"不好意思，"史墨基说，"请问是伍兹宅吗？"

"正是。"那男子说着把门打开些，"你是史墨基·巴纳柏？"

"没错！"他怎么会知道？

"快进来吧。"

要不是只有我们两人，这地方一定会被挤爆，史墨基想。他从伍兹先生身旁走过。伍兹先生似乎戴着一顶条纹睡帽，伸出手对他展示房屋内部，史墨基从没看过这么长、这么扁、关节这么突出的手。"真谢谢您收留我。"他说，结果这娇小男子咧嘴笑得更开，史墨基简直难以相信自己的眼睛。他的嘴若再继续咧下去，那张棕色的脸铁定会从耳朵那里裂成两半。

屋内看起来似乎比实际大，或者说实际上比看起来小，他无法分辨是哪一种。他不知为何突然想笑。屋里有一座神情狡猾的落地大钟，书桌上放着插满白蜡烛的烛台和马克杯，还有一张软绵绵的大床，上面盖着他所看过最花哨、最好笑的拼布棉被。有一张上蜡过后亮晶晶、桌脚上了夹板的圆桌和一个造型嚣张的衣柜。除此之外还有其他三人，舒适地各自占据着一角：一名漂亮女子在低矮的火炉旁忙碌，木制摇篮里躺着一个婴儿，女子每推动摇篮一下，他就像机器玩具一般，发出咕咕声。此外还有一个很老、很老的女士，几乎只看得见她的鼻子、下巴和眼镜，她正坐在角落里的摇椅上快速织着一条长长的条纹围巾。这三人都注意到他来了，但似乎都无动于衷。

"坐下。"伍兹先生说，"说说你的故事吧。"

史墨基整个人异常满心惊喜，内心原本浮现一个小小的声音想说"搞什么鬼"，但随即像踩踏了一团灰尘那样爆开、消失。"这个嘛，"他说，"我原本好像迷了路。我的意思是黛莉·艾丽斯跟我都迷了路，但我现在找到了你们，却不知道她怎么了。"

"是哦。"伍兹先生说。他让史墨基坐在桌旁的一张高背椅上，从橱柜里取出一摞绘有蓝色花朵的盘子，像在发牌似的放在桌上。"来些点心吧。"他说。

仿佛约好了一样，女子从烤箱里抽出一张锡箔纸，上面放着一个热腾腾的十字面包。伍兹先生把面包放在史墨基的盘子上，期待地看着他。面包上的十字不是十字，而是用白色糖霜画出来的一颗五角星。

95

他本想等其他人的面包也一起送上，但香味实在太引人垂涎了，因此他拿起面包，一口气吃个精光。吃起来就像闻起来一样美味。

"我刚结婚。"他说，伍兹先生点点头。"你们也认识黛莉·艾丽斯·德林克沃特。"

"没错。"

"我们相信我们在一起会很幸福。"

"你们对了，但也错了。"

"什么？"

"好吧，你会怎么说呢，昂德希尔太太？幸福地在一起？"

"对了，但也错了。"昂德希尔太太说。

"但怎么会……"史墨基开口，一阵巨大的哀伤袭来。

"这都是故事的一部分，"昂德希尔太太说，"别问我怎么会这样。"

"请说清楚。"史墨基挑战地说道。

"噢，好吧，"伍兹先生说，"不是像那样，你知道的。"他的脸变得严肃而若有所思，一只大手托着下巴，一只手长长的手指敲着桌面。"她给了你什么礼物呢？告诉我们吧。"

问这种问题这还真不公平。她把一切都给了他。她把自己献给了他。她为什么还得给他其他礼物？但就在他这么说的时候，他想起她确实曾在他们的新婚之夜给了他一样真正的礼物。"她给了我，"他骄傲地说，"她的童年。因为我没有自己的童年。她说我随时都可以把她的童年拿来用。"

伍兹先生斜斜看了他一眼。"可是，"他狡猾地说，"她有给你一个袋子把它装起来吗？"他太太（如果那是他太太的话）点了点头，对这一击表示赞同。昂德希尔太太洋洋得意摇着摇椅。似乎连那宝宝都发出一阵咕哝声，仿佛他也得了一分。

"不是那个问题。"史墨基说。自从吃了那个星星面包后，似乎就有阵阵情绪轮番袭来，像季节迅速交替变换。他眼眶里泛起秋天的泪水。"反正也不重要。我不能收下那个礼物。你看——"这很难解释，"——她小时候相信有精灵存在，他们一家人都是，但我一直不相信。我想

96

他们到现在都还相信。这太荒唐了。我怎能相信那种事？我也很想相信啊。我的意思是，我也希望自己可以相信并看过精灵，但我就是没有。倘若我连想都没想过，我又怎能接受她的礼物？"

伍兹先生快速摇着头。"不不不，"他说，"那是个很棒的礼物。"他耸耸肩。"你就只是没有用袋子装起来而已。来吧！我们会送你一些礼物。真正的礼物，绝不藏私。"他掀开镶黑铁的凸顶箱，里面似乎透出微光。"看！"他取出一条长长的项链。"黄金！"其他人都看着史墨基，微笑着对这项礼物表示赞同，期待史墨基惊喜道谢。

"你们人……真好。"史墨基说。伍兹先生把熠熠生辉的项链挂在史墨基脖子上，又绕了一圈，仿佛要勒死他似的。那黄金不像正常的金属那样冰冷，而是像肉身一样温暖。它似乎重重地挂在他脖子上，让他差点站不直。

"还有什么？"伍兹先生说着，环顾四周，手指按在唇上。昂德希尔太太用一根毛线针指向橱柜顶上一个圆形的皮制盒子。"对对对！"伍兹先生说，"这个如何？"他在柜子顶上摸索一番，直到盒子掉下来、被他接住。他打开盒盖。"一顶帽子！"

那是一顶红帽子，帽形很深、材质柔软，周围绑着一条编织带，插着一根白色的猫头鹰羽毛。伍兹先生和昂德希尔太太发出一声"啊……"，然后专注看着伍兹先生把帽子戴到史墨基头上。它像皇冠一样沉重。"不知道黛莉·艾丽斯怎么了。"史墨基说。

"这倒提醒了我，"伍兹先生微笑着说，"最后、最重要而且最好的是……"他从床底下拉出一个褪了色、被老鼠咬得乱七八糟的毡制轻便旅行袋，拿到桌边，温柔地放在史墨基面前。伍兹似乎也悲从中来，用大大的手掌抚摸袋子，仿佛爱不释手。"史墨基·巴纳柏，"他说，"这是我的礼物。就算她想，她也没办法给你。它很旧了，愈旧，容量就愈大。我敢打赌可以装得下……"他突然一阵怀疑，于是打开袋子的交叉扣环往里面看。他咧嘴而笑。"啊，空间可大了。不仅装得下她的礼物，还有小隔间可以装你的不相信，管它还有什么。你会需要它的。"

这个空袋子却是所有礼物里面最重的。

"就这样了。"昂德希尔太太说，落地时钟敲出悦耳的钟声。

"你该走了。"伍兹太太说，宝宝不耐烦地噎了一下。

"艾丽斯发生什么事了呢？"伍兹先生若有所思说道。他在房里转了两圈，时而望着小小的窗口，时而瞄向角落。他打开一扇门，史墨基瞥见门外一片漆黑，听见一声悠长困倦的低语，伍兹先生赶紧关上门。他举起一根手指，灵光乍现地扬起眉毛。他走向角落里那个高耸的衣柜，打开柜门，结果史墨基看到了他先前跟艾丽斯一起走过的那片潮湿森林，还有远处的艾丽斯本人，在午后时光里漫步。伍兹先生示意要他进入衣柜。

"你们人真好。"他说着弯腰进入，"谢谢你们给了我这些东西。"

"不足挂齿。"伍兹先生说，声音听起来既遥远又模糊。衣柜的门在他眼前关上，发出一阵长长的声音，像某种遥远低沉的钟声。他穿过湿淋淋的树丛，不断被树枝打到，不禁开始流鼻涕。

"搞什么鬼。"看见他时，黛莉·艾丽斯这么说。

"我去了伍兹家。"他说。

"我猜也是。瞧你这副模样。"

他脖子周围不知何时缠上了层层藤蔓，顽强的尖刺刮破他的皮肉、勾住他的衬衫。"天杀的。"他说。她笑了，开始掸去他头发里的叶子。

"你是不是摔跤了？怎么会满头叶子？你拿着什么东西？"

"一个袋子，"他说，"现在没事了。"他举起手让她看，却发现自己拿着一个荒废已久的大黄蜂巢，有些地方已经破损，露出内部的条条隧道。一只瓢虫从里面爬出来、飞走，像一滴血。

"飞回家去吧。"黛莉·艾丽斯说。"现在没事了。小径一直在那里。走吧。"

他感受到的沉重负荷来自他湿透了的背包。他很想把它放下。他跟着她沿着一条有车轮痕迹的小路走去，不久就来到一大片满是垃圾的空地，就在一座快要坍塌的泥岸下方。空地中央立着一栋褐色的简陋木屋，屋顶是防水纸，屋子和树林间系着一条湿淋淋的晒衣绳。院子里堆着一些水泥块，上面放着一辆没有轮子的小货车，一只黑白花色的猫在附近晃来晃去，看起来又湿又生气。一个穿着围裙和雨靴的女子站在围着铁丝网的鸡舍旁对他们招手。

"伍兹家人。"黛莉·艾丽斯说。

"嗯。"

然而，就算他们已经坐在那里喝咖啡，跟埃米和克里斯·伍兹闲话家常；就算他的背包已经躺在地上、在亚麻油毡地毯上弄出一摊水渍，史墨基还是觉得有一股重量压在他身上，甩也甩不掉，后来他才慢慢习惯。他认为自己还承受得了。

关于那天接下来发生的事，还有那趟旅程上的其他经历，史墨基后来都不大记得。黛莉·艾丽斯会在无话可说时重提那些事件，仿佛常在思绪空白时温习那趟旅程，而他会回答："噢，对呀。"也许他真的有想起她说的事，但也可能没有。

就在同一天，克劳德姑婆坐在前廊上的玻璃桌旁，一心只想完成追踪，却翻出了一张名叫"秘密"的大牌。正要把它放进牌阵时，她抽了一口气，开始颤抖，眼中突然盈满泪水。妈妈过来叫她吃午餐时，红着眼眶的克劳德姑婆还在讶异自己先前怎么没发现或没料到。她毫不犹豫，也毫不怀疑地告诉了妈妈她刚得知的事。因此当史墨基和黛莉·艾丽斯晒得黝黑、浑身是伤、开开心心返家时，却发现屋子正面的窗帘全拉上了（史墨基不知道这项古老传统）。德林克沃特医生严肃地站在前廊上。"奥伯龙去世了。"他说。

一路上

一群秃鼻乌鸦（史墨基猜想是秃鼻乌鸦）归家时，横越一片多云的寒冷天幕，从一片刚翻过的三月田野上空飞过（他颇确定是三月），逃向对面光秃秃的树林。田野和道路中间有一道篱笆，上面布满了好看的裂缝和节孔。路上有个旅人踽踽独行，看起来有点像多雷[1]插画里

---

1. 多雷（Doré，1832—1883），法国画家、插画师、雕刻家。

的但丁，戴着一顶尖帽。旅人脚边有一排白梗红顶的蘑菇，他脸上露出错愕（或惊奇）的表情，因为最后一朵小蘑菇掀起了红帽子，带着狡猾的微笑从帽缘底下看着他。

"这是原版画。"德林克沃特医生拿着雪利酒杯朝那幅画一指，"是那个艺术家送给我祖母瓦奥莱特的。他是她的仰慕者。"

由于史墨基童年的读物只有恺撒和奥维德，所以他从没看过此人的作品，没见识过这种被剪去了树梢、长着人脸的树，也没见过他晚期精准的画风。史墨基受到的震撼无以名状。画名"一路上"，听起来很像一阵耳语。他啜了口雪利酒。门铃响了（是那种必须转动一把钥匙才会响的门铃，还真吵），接着他就看见妈妈从客厅门外匆匆走过，一边在围裙上擦着双手。

由于受到的打击不像其他人那么大，他帮了不少忙。他跟鲁迪·弗勒德挖了个墓穴，紧邻着德林克沃特家族众人的坟墓。有约翰。瓦奥莱特。哈维·克劳德。那天酷热无比，背负着沉重树叶的枫树上空挂着一团水汽，仿佛那些树在令人眩晕的微风里吐出了阵阵气息。鲁迪熟练地挖出一个洞，汗湿的衬衫黏在硕大的啤酒肚上。虫子纷纷逃离，躲避他们的铲子（也可能是躲避日光）。他们翻出来的清凉黝黑泥土很快就干燥变白。

第二天，参加葬礼的人纷纷抵达，他婚礼上的宾客全数或至少有绝大多数突然现身。有些人还穿着跟婚礼那天一样的衣服，因为他们没料到德林克沃特家这么快又出事了。奥伯龙下葬时没有牧师，也没有祷词，只有簧风琴悠长的安魂曲，这回乐声听起来平静，且不知为何充满了喜悦。

妈妈从门外进来，手里拿着包着锡箔纸的耐热玻璃餐盘。"为什么大家都觉得葬礼过后就是要大吃一顿呢？唉，还挺好心的。"

忠言

克劳德姑婆把湿掉的手帕塞回黑色的袖子里。"我想到所有的孩子。"她说,"每一届的学生,今天全来了。弗兰克·布什和克劳德·贝里就是'大抉择'后第一届的学生。"

德林克沃特医生咬着一根很少用的石南根烟斗。他把它从口中取出,用力瞪视,仿佛很惊讶竟然不能吃。

"大抉择?"史墨基说。

"贝里等人对抗艾德董事会。"医生严肃地说。

"我猜现在可以用餐了,"妈妈探头进来说,"家常便饭。把你们的酒杯也拿来吧。酒也拿来,史墨基,我要再来一杯。"索菲满脸泪痕地坐在餐桌前,因为她准备餐具时不假思索就帮奥伯龙也准备了一份。他从前每周六都会过来吃饭,而今天正好是周六。"我怎么忘得了,"她用一张餐巾盖住自己的脸,"他这么爱我们……"她快速跑了出去,脸上还覆着餐巾。史墨基似乎打从来到艾基伍德以后就很少看到她的脸,通常只看到她离去的背影。

"他最爱你们两个。"克劳德姑婆拍了拍黛莉·艾丽斯的手。

"我也许该上楼看看索菲。"妈妈说,却不甚坚定地站在门边。

"坐下吧,妈妈。"医生轻声说,"现在时机不对。"他帮史墨基弄了碗马铃薯色拉,葬礼后人家送来的慰问食物里,光是马铃薯色拉就有三碗。"好吧。贝里等人。已经是三十年前的事了……"

"你真没时间概念。"妈妈说,"应该是四十五年前吧。"

"随便啦。我们这地方真的鸟不生蛋,但我们也懒得去麻烦州政府帮我们处理小孩的事,所以我们自己在这里开了一间小小的私立学校。一点也不贵。后来才发现我们的学校似乎必须符合'标准'。州的标准。当然啦,孩子跟大家一样都会读书写字,也学了数学,但'标准'规定他们还得学历史,还有公民课,鬼才知道那是什么,还有其他一大堆我们根本不认为有必要的东西。毕竟你只要识字,书本的世界就在你眼前,你若想读,就会去读。你若不想读,就算有人逼着你读,也是读过就忘。我们这里的人又不是不学无术,我们只是对于该学习哪些事,自有一套看法,或者应该说有很多套不同的看法,偏偏我们重视的东西,学校几乎都没教。"

"所以呢,后来我们的小学校就被迫关闭,所有的孩子都到外面去上了几年的学……"

"他们说我们的'标准'没办法让学生适应外面的真实世界。"妈妈说。

"外面的世界哪里真实了?"克劳德姑婆恼怒地说,"我最近看到的都没什么真实感。"

"我们说的是四十年前啊,诺拉。"

"从那时开始,也没变得更真实。"

"我上过一阵子公立学校,"妈妈说,"似乎没那么糟糕。只是你每天都得在固定时间到校,不分季节、不分天气。而且每天都得等到同一时间才能离开。"她语带惊奇,回想这段往事。

"至于像公民课那些课程怎么样呢?"黛莉·艾丽斯问,一边在桌下偷偷捏了捏史墨基的手,因为答案是个令人肃然起敬的重要论点。

"你知道吗?"妈妈对史墨基说,"公民课的事我一件都不记得。一件都不记得。"

史墨基眼里的"教育系统"正是这个样子。他认识的大部分孩子都是一离开那些(对他而言)很神秘的讲堂就把学过的东西忘得一干二净。"天啊,"他常说,"你们该去跟我爸上课。保证你每样东西都记得。"但另一方面,若被问起学校的活动,例如效忠誓约、植树节或航海家亨利王子,他就一无所知了。他们都觉得他很怪,倘若他们有注意到他的话。

"所以克劳德·贝里的爸爸因为拒绝让他上公立学校而招来了麻烦,后来变成一件诉讼案,"克劳德姑婆说,"一路告到了州立最高法院。"

"让我们的银行账户大失血。"医生说。

"最后我们赢了。"妈妈说。

"因为,"克劳德姑婆说,"我们宣称那是基于宗教理由。就像门诺教派中的严紧派，你知道他们吗？"她露出狡猾的微笑。"宗教理由。"

"那是个里程碑式的抉择。"妈妈说。

"但却没有人听说这件事，"医生擦擦嘴巴，"我想法院也被自己的判决吓了一跳，所以封锁了消息。不想招致揣测、引起公愤，可以这么说，但我们从那时起就没再遇上麻烦了。"

"我们有良好的建议。"克劳德姑婆说着垂下眼睑，他们全都默默同意。

因为不知情，史墨基又拿过一杯雪利酒，开始谈论"标准"里一个他知道的漏洞（就是他自己）；就算没上学，他还是受到了更为优质的教育，而且无怨无悔。此时德林克沃特医生突然拍了一下桌子，就像法官在敲槌子，然后喜滋滋看着史墨基，双眼因为灵光乍现而闪亮着。

如何

"怎么样呢？"当天晚上躺在床上时，黛莉·艾丽斯这么说。

"什么？"

"爸爸提议的事啊。"

由于闷热无比，他们身上只盖了条被单，过了午夜才开始有阵阵微风吹来。她修长白皙的身躯形成了山丘与溪谷，她每动一下就形成一番截然不同的景致。"我不知道。"他觉得呆滞且无法思考，昏昏欲睡。他试着想出一个较清楚的答案，却陷入了梦乡。她再次不安换了姿势，他这才又醒来。

"怎么啦？"

"我在想奥伯龙。"她小声说道，用枕头擦了擦脸。他把她搂进怀里，因此她把脸埋在他的肩窝里小声啜泣。他轻触她的头发，安抚地拨弄她的发丝直到她睡着，她最爱这样，跟猫一样。她入睡后，他反而躺在床上瞪着闪闪发光的天花板，讶异自己竟然无法入睡，因为他从没听说过夫妻之间的睡意是可以转移的（这项规则可没写在任何婚姻契

103

约上）。

好吧，他觉得怎么样？

他在这里已经受到收留与领养，离开似乎已经不可能了。由于之前不曾讨论过他俩的未来，所以他自己也从没思考过：事实上他根本不习惯去想自己的未来，因为他向来连自己的现在都弄不清楚。

但他现在已经有了身份，他必须抉择。他小心翼翼地把手枕在脑后，尽量不去惊动刚睡着的她。倘若他现在已经成为一个"人"，那么他是哪种人呢？从前他了无特征，什么都是、什么都不是，但他现在会发展出一些特质、一种个性，有所喜好也有所厌恶。那么他想不想住在这间房子里，在他们的学校教书呢？当一个……呃，有信仰的人（他猜他们会这样说）？这适合他的个性吗？

他望着身边的黛莉·艾丽斯模糊雪白的身影。他若有个性，也是拜她所赐。而他若是个角色，八成也只是个小角色：演的是别人故事（他卷入的这个荒唐故事）里面的小配角。上场、退场、念念台词。这角色究竟是满腹牢骚的教师还是什么人物似乎不怎么重要，时间到了自会决定。好吧。

他细细审视自己的思绪，看看是否有什么怨怼之情。他确实有些怀念自己消失的无特征性，怀念当中蕴含的无限可能，但他也感受到她在他身边的气息，还有周围一整栋房子的气息。最后他终究随着这个节奏进入梦乡，什么也没决定。

当艾基伍德的影子在月光下悄悄从这一头挪到另一头时，黛莉·艾丽斯梦见自己站在繁花盛开的田野中，小山丘上长着一棵橡树和一株荆棘，枝叶如手指般紧紧交缠。大厅另一端，索菲梦见自己的手肘上有一扇小门，开了一条缝，风从那里吹进来，吹在她的心坎上。德林克沃特医生梦到自己坐在打字机前写下这段文字："有一只很老很老的昆虫住在地上的一个洞里。某年六月，它戴上它的夏季草帽，用只剩下一半的手拿了它的烟斗、拐杖和灯笼，尾随蠕虫和树根爬上楼梯，进入了天蓝色的夏季。"这对他似乎意义非凡，他醒来后却一个字也记不得，怎么想都想不起来。他身旁的妈妈梦到丈夫不在书房里，而是

104

跟她一起在厨房里。她不断从烤箱里拉出一张张烤饼干用的锡箔纸，上面有一个个圆形的咖啡色糕饼，而当他问她这些是什么时，她说："岁月。"

第二部
北风哥哥的秘密

第一章

维吉尔笔下的牧羊人终于认识爱神，

结果发现他心如铁石。

———约翰逊

约翰·德林克沃特于 1920 年去世后，瓦奥莱特始终无法接受、甚至无法相信纸牌为她指出的命运：她还会独活三十余年。很长一段时间，她都隐居在楼上的房间里。那年她突然对大部分食物都失去了胃口，精灵般的纤瘦身材因此变得更加瘦削，再加上一头浓密的深色头发过早斑白，使她乍看之下显得苍老又脆弱。但她实际上并没有变老，往后数年之间，她的皮肤光滑如昔，一双水汪汪的深色眼睛也跟约翰·德林克沃特上个世纪第一次见到她时一样，充满了幼兽般的纯真。

隐退与活动

那是个很棒的房间，面朝很多方向。其中一个角落里有个半圆顶的小空间（内侧只有半圆，但外侧的圆是完整的），有窗户，她在那里放了一张钉有扣子的大躺椅。此外就是她的床，挂着薄纱帘子、盖着凫绒被、缀满象牙色的花边，她那素未谋面的母亲当年就是用这些东西装饰她自己那不幸福的新床。深红色的巨大桃花心木书桌上面堆满了约翰·德林克沃特的文件，她原本想整理一下，也许拿去出版（他很爱出版东西），但最后还是让它们在鹅颈状的黄铜台灯之下继续堆着。还有那只已经裂开的拱顶皮箱，那些文件当初就是装在这口箱子中带过来的，多年后又会被塞回皮箱里去。火炉边有几张脱了线的绒布扶手椅，绒毛已经磨损但依然舒适。此外还有些小东西——纯银和玳瑁制的梳子和刷子、彩绘八音盒、她那叠奇怪的纸牌。在她的儿孙和访客的记忆里，这些小东西就是房间里的主要家什。

除了奥古斯特，瓦奥莱特的子女对于母亲隐退一事都毫无怨言。反正她本来就常恍神，每天都心不在焉，所以这似乎只是恍神状态自然的延续。除了奥古斯特，他们全都毫不批判地深爱着她，争相帮她送上简单的食物（但她通常都没吃）、生火、读信给她听，也抢着告诉她新消息。

"奥古斯特帮他的福特找了个新用途，"奥伯龙跟她一起浏览他拍的照片，"他拆下一个轮子，把埃兹拉·梅多斯的锯子绑在上面，发动引擎后，那把锯子就会转动，可以用来锯木头。"

"希望他们不要开太远。"瓦奥莱特说。

"什么？噢，不是啦。"他笑出来，想象她脑子里那个画面：一辆装有齿轮的福特T型车在树林里横冲直撞、一路砍倒树木。"不，那辆车架在一堆圆木上，所以只有轮子转动，车子不会跑。只是用来锯木头，不是拿来开的。"

"哦。"她伸出纤细的手摸摸茶壶，看看是不是还热着。"他很聪明。"她说，却仿佛另有所指。

那主意很聪明，却不是奥古斯特想出来的。他在一本有插图的机械杂志上读到这种做法，于是说服埃兹拉·梅多斯试试看。结果事实证明，操作起来比杂志上的描述还辛苦，因为得在驾驶座爬上爬下调整锯子的转速；引擎遇上树疖转不动时，必须动用曲柄；还得在震天响的噪声里扯开嗓门与埃兹拉互吼：什么？你说什么？况且奥古斯特对锯木头根本没什么兴趣。但他热爱他的福特，只要是这辆福特办得到的事他都会让它做，例如目中无人沿着铁路颠簸前进，或像装了四个轮子的尼金斯基[1]一样在冻结的湖面上滑行旋转。埃兹拉虽然一开始抱着怀疑，

---

1. 尼金斯基（Nijinsky, 1890—1950），俄国芭蕾舞演员、舞剧编导。

但他至少不像家人或弗劳尔家一样对亨利·福特的经典之作嗤之以鼻。他们在埃兹拉的院子里大兴土木，不止一次把正在做家事的女儿埃米从屋里引出来。有一次她手里拿着条抹布，心不在焉地擦拭一个沾着白点的黑锡炒菜锅，一边瞪大眼睛看；还有一次则手上和围裙上都沾着面粉。锯子的传送带断了，疯狂噼啪作响。奥古斯特熄掉引擎。

"好了，埃兹拉，你看看。瞧瞧那堆木材。"那堆新鲜的黄色木头切割得很粗糙，有些地方还被锯子磨出咖啡色的焦痕，散发着树脂与糕饼般的甜味。"你用手锯的话，恐怕得要锯上一个礼拜才能锯这么多的分量。你觉得怎么样？"

"还可以。"

"你觉得呢，埃米？不错吧？"她笑了，看起来有些害羞，仿佛他赞美的是她。

"全都还可以啦。"埃兹拉说。"快进去，饭桶。"这是对埃米说的，她的表情随即转变为受创之后的傲气，看在奥古斯特眼里跟刚才的微笑一样甜美。她甩头离去，故意慢慢走，这样看起来才不至于像是被赶走的。

埃兹拉不发一语地帮他把福特的轮子装回去。奥古斯特觉得是一种不领情的沉默，但也可能是因为这个农夫怕自己一开口，就得谈到酬劳问题。他倒不必担心这点，因为奥古斯特跟所有古老故事里的小儿子不一样，知道自己不能因为完成了一项不可能的任务（一个下午就锯完好几百英尺长的木板）就要求他把美丽的女儿嫁给他。

奥古斯特沿着熟悉的道路开回去，一路上掀起熟悉的尘土，强烈感受到他的车和这深沉的夏天是多么相像（虽然旁人都觉得这样说很矛盾）。他稍微调整一下油门，把草帽扔在旁边的座位上。傍晚若是天气好，他就打算到一些他知道的地方去钓鱼。他忽觉一阵开心，这阵子他常有这种感觉：第一次是在刚买车的时候，那时他打开了状似蝙蝠翼的引擎盖，看见了引擎和驱动系统，和他自己的器官一样质朴又实用。他觉得自己对世界的认知终于能够充分运用在生活上：真实世界和他对世界的认知是一体的。他把这种感觉称为"长大"。确实很像

111

在成长，但在狂喜时刻，他却禁不住猜想自己是不是变成了一辆福特，或者说变成了福特本人，因为奥古斯特认为世上没有任何工具或人物能够如此平静、果决而完美；这么有能力与自给自足。他若能变成福特，夫复何求？

大家似乎一心想破坏他的计划。他告诉老爹（他只有独处或跟埃米在一起时才称他老爹，从来不曾当着约翰的面这么叫）说这地区需要的是一家加油站，帮人加油、维修、贩售福特汽车，还摊开他从福特公司弄来的印刷物，说明成立一个经销处需要多少资本（他没提议自己担任代理商，他知道自己只有十六岁，还太年轻，但他只要能加加油、修修车就非常开心了）。结果他父亲只是笑笑，连五分钟都没考虑。他坐在那里点着头听奥古斯特解释，纯粹只是因为他疼爱儿子，喜欢宠爱他。接着他说："你想不想要有自己的车？"

哦，当然想。但奥古斯特知道自己做出这项提议的态度虽然跟大人一样严谨，但他还是被当成了孩子。他父亲净对些幼稚得古怪的东西感兴趣，但此刻他却露出微笑，仿佛奥古斯特的提议只是孩子的疯狂愿望，因此只打算买部车来安抚他。

但他并未受到安抚。老爹根本不懂。战前的状况不一样，那时大家都很无知。只要你想，就可以去树林里散步、编故事、说你看到了东西。现在可没借口了。现在知识就在那里等着你，真正的知识，知道世界如何运作、该如何操作它。没错，就是操作。"福特 T 型车的操作者会发现发动车子既简单又方便。操作方式是这样的……"于是奥古斯特吸收了这些既合理又合宜的知识，借此遮盖他那疯狂混乱的童年，就像在衣服外面套上防尘衣，然后把扣子全部扣上。

好主意

"你需要的是新鲜空气，"那天下午他这么告诉母亲，"我载你出去兜兜风。来吧。"他牵起她的手，想把她从躺椅上拉起来。尽管她伸出了手，他俩却都明白她不会起身，而且铁定不会去兜风，因为同样的事之前就上演过好几次。"你可以穿暖一点，况且以这附近的路况，时速不可能超过十五英里……"

"噢，奥古斯特。"

"别跟我'噢，奥古斯特'了。"他说，允许母亲拉自己坐在她身旁，但拒绝让她亲吻脸颊。"你也知道你身体根本没问题，我的意思是，不是真的有什么问题。你只是在耍忧郁。"明明就还有兄姐，但竟然得由他这个幼子来板着脸孔对母亲说话，仿佛劝导一个闷闷不乐的孩子。这点令他很恼怒，但她倒是不以为意。

"告诉我锯木头的事吧，"她说，"小埃米也在吗？"

"她不小了。"

"是啊，是啊，的确不小了。她真漂亮。"

他猜自己的脸应该红了，而且她应该也看到了。他觉得很尴尬，觉得自己很下流：竟然让母亲发现他对女孩子动了心。其实少有女孩子是他不心动的，而大家都知道真相：当他随口提到自己晚上可能会到梅多斯家或弗劳尔家坐坐时，连他姐姐们都会露出会心的微笑，帮他扯掉领子上松脱的线头，把他那头跟母亲一样浓密蓬乱的头发梳好。"听着，妈，"他有点独断地说，"仔细听我说。在爸爸……你知道……去世之前，我们讨论过加油站，还有经销商的事。他不是很赞同，但那是四年前的事了，我那时年纪还小。我们可以再谈谈吗？奥伯龙认为这是个很棒的主意。"

"真的？"

奥伯龙没有反对，但话说回来，奥古斯特跟他讨论这件事情时，他是躲在他那亮着红光的隐蔽暗房里，隔着门板说话。"当然。你知道的，不必多久就人人有车了。每个人都有。"

"噢，老天爷。"

"你不能逃避未来。"

"是是，确实不可能。"她望向窗外沉睡中的午后，"没错。"她领悟了某种意义，但却不是他想表达的意义。他取出表看了看，想把她拉回现实。

"那么，好吧。"他说。

"我不知道。"她说。她看着他的脸，但不是为了理解或沟通，而是仿佛把他的脸当成了一面镜子：那般空白、那般梦幻。"我不知道，亲爱的。我想如果约翰不赞同……"

"那是四年前的事了，妈。"

"是吗，是四……"她努力回想，再次握起他的手。"他最疼你了，奥古斯特，你知道吗？我的意思是你们每个他都爱，但……噢，你不觉得他最清楚状况吗？他一定全想过了，一切他全都考虑过了。噢，不，亲爱的，他若不赞同，那我也不该改变他的决定，真的。"

他突然站起来，把手用力插进口袋。"好啦，好啦。只是别把责任推到他身上，就这样。你根本不喜欢这主意，你对汽车这种简单的东西有恐惧，而且你反正从来都不希望让我拥有什么。"

"噢，奥古斯特。"她开口，随即用手捂住嘴巴。

"好啦，"他说，"那么我就告诉你吧，我打算离开。"他突然一阵哽咽，这出乎他的意料，他原本以为自己只会感受到叛逆与胜利。"可能会去大城。我不知道。"

"你是什么意思？"她声音微弱，像个孩子开始领悟一件可怕的大事，"你是什么意思？"

"噢，说真的。"他在她身旁绕圈子，"我是个成年人了。你觉得呢？你以为我会一辈子在这屋里晃来晃去吗？噢，我不会的。"

任何二十岁的年轻人都有可能说出这番话，任何正常人都会有这种不满。因此他看见她脸上那震惊又无助的痛苦表情时，顿觉困惑、理智受挫，这种感觉如岩浆般翻腾不已。他冲向她的椅子，在她面前蹲下。"妈，妈，"他说，"怎么了？到底是怎么了？"他吻了吻她的手，却像是愤怒地咬了她一口。

"我只是很害怕……"

"不不，你尽管告诉我这哪里可怕了。想更上层楼，想变得……变得正常，这哪里可怕了？究竟有什么不对——"岩浆已经喷发，此时他已经不想克制了，也无法克制，"——提米·威莉到大城去究竟有什么不对？她丈夫住在大城里，而她爱他。这房子有好到任何人都不能希望离开吗？就算结了婚也不行？"

"房子这么大。大城又这么远……"

"好吧，那奥伯龙想从军又是哪里不对了？战争爆发，大家都去当兵了。你难道要我们大家都永远当你的小宝宝？"

瓦奥莱特没说话，睫毛上却颤巍巍地挂着豆大的泪珠，像个孩子。她突然非常想念约翰。她可以对他倾吐所有难以言喻的看法和她感受到的各种知识与盲点，就算他无法真正领会，他还是会洗耳恭听。她可以从他身上得到建议、警告、概念，那些她自己永远做不出来的聪明抉择。她抚摸着奥古斯特那头纠结卷曲、任何梳子都梳不开的头发，说："但你知道的啊，亲爱的，你知道的。你记得的，对吧？你记得吧？"

他哀号了一声，把脸靠在她膝上，她继续轻抚他的头发。"还有汽车，奥古斯特——他们会怎么想？那噪声，那臭气。那种——那份狂妄。他们会怎么想？你若逼走了他们怎么办？"

"不，妈，拜托别再说了。"

"他们很勇敢，奥古斯特，你记得你小时候吧，出现胡蜂那次，你记得那个小家伙多勇敢吧。你也看见了。万一……万一这激怒了他们，难保他们不会做出什么，噢，什么可怕的计划……他们有这本事的，你知道他们有。"

"我那时只是个小孩。"

"你全忘了吗？"她说，却不像是在对他说，反而像是在问她自己，质疑她刚刚观察到的一件怪事。"你们大家真的都忘了？是这样吗？提米也忘了吗？你们大家都忘了？"她托起奥古斯特的脸细细审视。"奥古斯特？你是忘了吗，还是……你不能、你不能忘，你若忘了……"

"如果他们不介意呢？"奥古斯特挫败地说，"如果他们根本就不介意呢？你怎能如此确定他们会介意？他们有他们自己的世界，不是吗？"

"我不知道。"

"外公说……"

"噢，天哪，奥古斯特，我不知道。"

"好吧，"他说着从她手中挣脱，"那我就去问吧。我去征求他们的同意。"他站起来。"我若取得了他们的同意，那么……"

"我不认为他们可以。"

"好吧，如果可以呢？"

"你怎能确定？噢，别去，奥古斯特。他们也许会撒谎。不，答应我你不会去。你要去哪里？"

"去钓鱼。"

"奥古斯特？"

注意事项

奥古斯特离去后，她眼眶里再次泛起泪水。她不耐地把滚烫的泪滴从脸颊上拭去。流泪是因为她无法解释：她所知道的一切都无法说出口，找不出对的词汇，她一旦试着描述，说出口的话听起来就像谎言或蠢话。他们很勇敢，她这么告诉奥古斯特。他们也许会撒谎，她这么说。但这都不是事实。他们不勇敢，也无力撒谎。这种事只有对小孩说的时候才是真的，如同你告诉孩子"外公走了"，但事实上外公已经死了，不会再有什么外公来或走。而孩子说：外公去了哪里？这时你就会想出比第一个答案稍微不真实的答案，以此类推。但你对他说的话是很诚恳的，而他也懂了，至少跟你一样。

只是她的孩子已经不再是孩子了。

这么多年来，她不断尝试把自己知道的事化成约翰能懂的语言，一种成人的语言，就像一面捕风用的网子，捕捉一切的"意义"、"意图"和"决心"。噢，多么伟大的好男人！在智慧、不厌其烦的专注、有条不紊的心智与对细节的注意能发挥作用的范围内，他几乎能够了解一切。

但其实并没有"意义"，或是"意图"，也没有"决心"。用那种方式看待它们就仿佛试图看着镜子做事：不管怎么努力，你的手就是会做出相反的事，移远而不是靠近、向左而不是向右、前进而不是后退。

116

她有时觉得去想它们其实就是这么回事：看着镜中的自己。但那又是什么意思？

她不希望子女永远是小孩。这个国家似乎充满了急着长大的人，而尽管她自己从来没有过长大的感觉，她倒也不想阻止别人长大。她只是害怕：她的孩子若忘了那些小时候知道的事，就会有危险。这点她很肯定。什么危险？她又能怎么警告他们？

没有答案，一个也没有。心灵和语言所能表达的一切，会根据提问方式变得更加明确。约翰曾问她：精灵真的存在吗？没有答案。因此他继续努力，问得更详细、更委婉，也更加明确精准，但还是没有答案，只有愈来愈完整的问题。奥伯龙曾说生命也是这样演化的，长出四肢、生出器官、发展出关节，以愈来愈复杂，但也愈来愈简洁特化的方式运作、存在，直到那个臻于完美的问题终于了解自己没有答案，一切就结束了。最终版本就是如此，约翰至死都没有等到答案。

然而她确实知道一些事。暗红色的桃花心木书桌上放着约翰的黑色打字机，像古老甲壳动物般、瘦骨嶙峋、披着硬壳。为了奥古斯特、为了他们大家，她应该把自己知道的说出来。她走向打字机坐下，像钢琴师一样，若有所思地把手指放在上面，仿佛准备开始一首轻柔、哀伤、几乎听不见的夜曲。接着

她才发现打字机上没有纸。她花了好一会儿才找到纸，当便条纸被她卷上打字机的压纸卷轴时，却显得渺小畏缩，仿佛无法承受字键的敲击。但她还是用两根手指打出了这些字：

瓦奥莱特的笔记

——然后在下面打上外公写在那些杂乱的笔记上的字：

禁忌话题

现在呢？她把纸往后卷，写下：

117

他们对我们没有好处。

她思考了一下这句话，随即在正下方补上：

他们对我们也没有害处。

她的意思是他们根本不在乎，他们关心的事跟我们毫不相关。他们若送来礼物（他们确实送过）；若安排一场婚礼或意外（他们确实安排过）；若观望等待（他们确实常这么做），全都不是基于想帮助或伤害人类。他们的理由只跟他们自己有关——倘若他们有理由的话。她有时觉得他们根本没有什么理由，就像石头或季节。

他们是被创造出来的，不是生出来的。

她托腮思考这一点，说了一声"不"。随即小心翼翼删掉"被创造"，在上方写下"生出来"，然后删掉了"生出来"，在上方写下"被创造"，却发现改来改去都一样。完全没用！每当她对他们有某种想法，就会发现相反的论述也是成立的。空一格，她叹了口气，写下：

通往他们世界的门没有两扇是一样的。

她是这个意思吗？她想表达的是两个人不可能从同一扇门通过。她也想表达一扇门一旦有人走过就会永远消失，因此不可能从同一扇门回来。她的意思是两扇门不可能通往同一个地方。但她却在键盘最上排发现了一个星号（她不知道打字机还有星号），因此在她的最后一个句子后加了一个星号，变成这样：

通往他们世界的门没有两扇是一样的 *

然后在下面写：

　　* 但这房子是扇门

　　小便条纸已经满了，她把它抽出来读过一遍。她发现这很像最后一版《乡间宅邸建筑》里某几个章节的摘要，去除了长篇大论的解释和抽象概念，露骨而薄弱，却没增加什么帮助。她缓缓将纸揉成一团，心想自己虽然一无所知，却知道这件事：她自己和大家的命运都在这里等着他们（但是为什么她说不出自己是怎么知道的?），因此他们必须紧守这个地方，不可远离。她猜自己是永远不会再离开了。这里就是门，是最大的一扇门，不论是刻意还是巧合，它就刚好坐落在"他方"的边境或交界处，最终将成为通往"他方"的最后一扇门。这扇门还会开很久，再过一段时间，就必须靠钥匙才能开启。但有朝一日，这扇门将会永远关闭，不再是一扇门，而她不希望到那时有任何她爱的人被关在外面。

最大的愿望

　　"垂钓者"说：南风会把苍蝇吹进鱼的嘴里，但奥古斯特牢牢绑在钓线上的诱饵却似乎怎么也吹不进鱼嘴里。埃兹拉·梅多斯很肯定快下雨时鱼都会上钩；老麦克唐纳则向来坚称不会，而奥古斯特发现两者皆是，也两者皆非。由于气压改变（约翰那矛盾的气压计说是"变化"），小虫和蚊子纷纷如灰尘般降落水面，此时鱼群会去吃它们，却不咬奥古斯特在它们头顶上晃来晃去的杰克·斯科特式和亚历山德拉式鱼钩。

　　也许他垂钓时不够专心。他正试图看见或注意到某种线索或信息，但并非刻意尝试，也不是真的企图或注意到。他一方面试图想起这类线索或信息从前通常是怎么出现的、自己如何解读它们，一方面又试图忘记自己"已经忘记"的这件事。他也得试着不去产生"真是神经病"

119

这种念头，不去想自己这么做只是为了母亲。这些想法都会破坏可能发生的事。水面上出现一只翠鸟，呵呵笑着，在阳光下散发着虹光，下方的溪流已经隐没在暮色中。我没疯，奥古斯特心想。

钓鱼和这件事之间有个共同点：不管你站在溪岸上的哪一处，你总会觉得下方似乎有个完美的点，一个你一直想去的地点，就在岩石旁的湍急处，要不然就是在那片柳条后。就算思考之后，你已经发现所谓的完美地点，其实就是你几分钟前站的地方，意识到你刚才站在那里渴望地看着你现在的位置，巴不得能像现在一样站在这长长的树荫间，但这种感觉还是不会消失。正当奥古斯特意识到这点、意识到自己一直坐这山望那山时，有个东西攫住了他的钓线，差点把钓竿从他发愣的手中拉走。

奥古斯特简直跟那条鱼一样错愕。他笨拙地收线，拉扯一番，终于抓到了它、将它放入网中。叶影逐渐遁入模糊的夜色里，那条鱼带着一种迟钝的惊愕望着他（所有被捕的鱼都是这种表情）。奥古斯特取出鱼钩，把拇指插入它骨感的口腔里，利落地扭断鱼的脖子。他抽出拇指，上面沾满了泥巴和冷冷的鱼血。他不假思索就把拇指放进自己嘴里吸了吸。此时那只翠鸟呵呵笑着再次出击，看了他一眼，飞越水面，停在一棵枯树上。

奥古斯特把鱼放进鱼篓，走到岸边坐下等待。他很确定那只翠鸟不是在嘲笑世界，而是在嘲笑他，一阵讽刺怀恨的笑声。好吧，也许他很可笑。那条鱼不到七英寸长，连当早餐都不够。所以呢？又怎样？"我若得吃鱼维生，"他说，"我就会长出喙子。"

"若没有人对你说话，"翠鸟说，"你就不该开口。这世界还是有礼节的，对吧？"

"抱歉。"

"必须是我先开口，"翠鸟说，"然后你再去猜是谁在跟你说话。然后你会发现是我，然后看看你的拇指和你的鱼，接着才发现你是因为尝了鱼血才得以听懂万物的声音，这时候我们才开始对话。"

"我无意……"

"就当作那么回事吧！"翠鸟说，语气暴躁又不耐。奥古斯特认为这声音跟它头上那竖起的羽毛、粗厚的脖子和凶猛恼怒的眼睛嘴喙十分搭调：就是翠鸟的声音。果然是只神翠鸟！

"现在对我说话吧，"翠鸟说，"说：'噢！鸟啊！'然后提出你的要求。"

"噢！鸟啊！"奥古斯特说，恳求地张开双臂。"告诉我：我们是否可以在田溪开加油站，贩卖福特汽车？"

"当然。"

"什么？"

"当然啊！"

用这种方式跟一只鸟说话还真不方便。它坐在一棵枯树上，这种交谈距离跟任何普通翠鸟根本没什么两样，因此奥古斯特只好想象那只鸟是坐在他身旁的溪岸上，是个长得像翠鸟的人物，有着比较适合谈话的体型，跟奥古斯特一样跷着脚。这么想很有效。反正他本来就怀疑那只翠鸟是否真为翠鸟。

"好了，"翠鸟说，依然鸟模鸟样，所以一次只能用一只眼睛看着奥古斯特，而那只眼睛明亮聪明又冷酷，"就这样？"

"我……我想是吧。我——"

"嗯？"

"呃，我以为会遭到驳回。毕竟有噪声又有臭气。"

"完全没有。"

"噢。"

"此外，"翠鸟说，声音里似乎一直隐藏有嘈杂的笑声，"既然你都来了，而我也来了，你不妨顺便许个愿吧。"

"什么？"

"噢，什么愿望都行。看你最想要什么。"

在他说出那个荒唐的请求前，他本以为自己已经在许愿了，但他突然浑身一热、猛抽了一口气，意识到他其实还没提出愿望，他还有一个许愿的机会。他脸上一红。"噢，"他结结巴巴地说，"田溪那里……

那里……有一个农夫，一个农夫，他有个女儿……"

"是是是，"翠鸟不耐烦地说，仿佛很清楚奥古斯特要的是什么，没耐心听他详细解释，"但我们先谈代价吧，之后再谈回报。"

"代价？"

翠鸟歪过头，姿势变来变去，一下看看奥古斯特，一下又看看溪流或天空，仿佛试图想出一句非常犀利的话来表达它的恼怒。"代价，"它说，"代价，代价。这跟你无关。你愿意的话，就称之为恩惠吧。要归还一份财产，先别误解我的意思，我很确定这份财产是无意间落到你们手中的。我是说——"此时翠鸟首度露出一种瞬间即逝的犹豫（或害怕），"——我指的是一沓纸牌，扑克牌。很旧的扑克牌。在你们手中。"

"瓦奥莱特的？"奥古斯特说。

"正是。"

"我去问她吧。"

"不不。她认为那些纸牌是她的，你明白吧。所以嘛。不能让她知道。"

"你要我去偷？"

翠鸟沉默不语。有那么一刻它整个消失了，但也可能只是因为奥古斯特的注意力不再专注于想象它的形象，而是飘到了自己受命执行的这件大事上。

翠鸟再次现身时似乎变平和了些。"你有再想想你要的回报吗？"它的语气近乎安抚。

其实有。甚至还没想过他们要如何实现这个愿望，他就已经领悟他其实可以自己去跟埃米求爱，而一领悟到这点，他就不再那么强烈地想要她了（他已隐约预料到自己得到她——或任何人——之后会怎样）。但他可以选哪个呢？有没有可能得到……"她们全部。"他小声地说。

"全部？"

"任何一个我想要的。"倘若不是有一阵突发的可怕欲望凌驾在他之上，他的羞耻心绝对不会容许他说出这种话。"我想要驾驭她们的力量。"

"成交。"翠鸟清清喉咙，眼神望向别处，用黑色的爪子理理羽毛，

122

仿佛很高兴这桩肮脏生意已经谈成。"湖泊上方的树林里有个池塘，那里有一块岩石突出到水面上。把纸牌装在专属袋子跟盒子里放在那里，然后拿走你在那里发现的礼物。赶快行动。再见。"

夜色已浓，但空气清朗，预示风暴将至。日落时分的朦胧感已经消失。溪水一片漆黑，汩汩的水流在水面上掀起一道道光亮的涟漪。翠鸟在枯树上抖抖羽毛，准备睡觉。奥古斯特在岸上等了一会儿，才沿着夜色中的小径回到当初出发的地方，整装回家。他睁大双眼，却对一个风暴将至的美丽黄昏视若无睹，内心古怪又期待的感觉让他觉得微微想吐。

可怕之事

瓦奥莱特的纸牌装在一个绒布袋里，袋子的颜色原本很鲜艳，如今已变成黯淡的玫瑰色。盒子原本装着一套水晶宫牌的银制咖啡匙，但早在她跟父亲流浪的那几年里就已经变卖了。盒盖上用不同的木头拼贴出昔日女王和皇宫的图案，每次要把这些好几世纪前绘成或印制的古怪椭圆形大纸牌从这大小刚好的盒子里取出来时，感觉都很奇异，就像在古老的剧场拉开挂毯，揭露某种可怕的东西。

可怕。好吧，也许不尽然是可怕，或者通常不可怕，但有时当她翻出一张"玫瑰"或一张"彩带"或一些其他形状的东西时，她却会感到害怕：害怕发现某个她不想知道的秘密，例如她自己的死亡或其他更可怕的东西。大牌上的图像风格诡异，带有恐吓的味道，仿照丢勒[1]的笔法用细密的黑线绘成，是巴洛克式德国风。但尽管如此，它们揭露的秘密却通常不可怕，甚至称不上秘密：只是些隐晦不明的抽象概念，一些反对、主张、决心，跟人们的俗谚一样普通且不具体。至少他们的劫数该是这么解释的，约翰和他会解牌的朋友曾这么告诉她。

但他们不尽然懂这些牌，而尽管她只懂埃及塔罗牌的牌阵和解牌

---

1. 丢勒（Dürer，1471—1528），德国画家、版画家和艺术理论家。

方式（学会这套方法前，她通常只是把它们翻开然后瞪着它们看，有时一瞪就是好几个小时），她还是经常猜想自己能不能找到什么更具启发、更简单且有效的使用方式。

"这就是了。"她说着小心翼翼地掀起一张牌。"权杖五。"

"新的可能性，"诺拉说，"新朋友。令人意外的发展。"

"好吧。"权杖五被放进所属位置，瓦奥莱特这次使用的是马蹄形牌阵。纸牌随意分成六堆，她从另一堆牌里翻出一张大牌：是"运动员"。

这就是困难的地方。瓦奥莱特的牌跟普通纸牌一样，有一组二十一张大秘仪（又称大牌），但她的大牌（人物、地点、事物、概念）却跟一般的大秘仪完全不同。因此当她翻出"包裹"或"旅人"或"便利"或"多样性"、或跑出一张"运动员"时，她就得跳一步，去猜测它在整个牌阵中的意义。多年下来，她已经透过它们落在圣杯、宝剑和权杖之间的方式推断出这些大牌的意义，也已能分辨（或似乎能分辨）它们的影响是好是坏。她虽愈来愈有把握，却始终无法确定。死亡、月亮、审判等大牌的意义重大又清楚，但运动员该怎么解读呢？

跟她牌里所有的人物一样，这个运动员也长着一身不像人类的肌肉，摆出荒唐的高傲姿态，双脚呈外八字站着，双拳抵腰。他看起来着实打扮过度，膝上绑着蝴蝶结，夹克上有饰带，宽边帽上还有个即将枯萎的花环，但他肩上的东西肯定是根钓竿。他拿着一个鱼篓类的东西和一些她看不懂的累赘之物，还有一条很像斯帕克的狗躺在他脚边睡觉。把这张牌取名叫"运动员"的人是外公，人物下方用罗马大写字体写着：渔夫。

"所以了，"瓦奥莱特说，"有人会有新的经验、快乐时光，或到户外冒险。真不错。"

"谁?"诺拉问。

"应该说'什么人'。"

"好啦，什么人?"

"看我们这次是帮谁算的啊。我们刚才决定过人选吗？还是这只是在练习?"

"既然结果这么好，"诺拉说，"就当作在帮某个人算的吧。"

"奥古斯特。"可怜的奥古斯特，他应该会遇上好事。

"好吧。"但瓦奥莱特还来不及翻下一张牌，诺拉就说："等等。我们不该开玩笑。我的意思是，倘若不是打从一开始就在算奥古斯特，万一翻出一张很坏的牌怎么办？大家难道不会担心会成真吗？"她望着那混乱的牌阵，第一次对它们的力量感到恐惧。"是不是一定会成真？"

"我不知道。"瓦奥莱特停止发牌。"不，"她说，"对我们而言不见得。我猜它们会预言可能发生在我们身上的事。但——呃，我们受到了保护，对吧？"

诺拉没说话。她相信瓦奥莱特，也相信瓦奥莱特确实以她不懂的方式去了解这个"故事"，但她从来不觉得自己受到保护。

"有些一般性灾难，"瓦奥莱特说，"纸牌如果预测出来的话，我是不会相信的。"

"你还纠正我的文法！"诺拉笑着说。瓦奥莱特也笑了，翻开下一张牌：圣杯四，逆。

"疲倦、恶心、嫌恶，"诺拉说，"痛苦的经历。"

楼下响起刺耳的门铃声。诺拉跳起来。

"会是谁呢？"瓦奥莱特说着把牌全部扫在一起。

"噢，"诺拉说，"我不知道。"她慌忙跑到镜前，把她浓密的金发迅速拨整齐，理了理衬衫。"有可能是哈维·克劳德，他说过可能会过来归还一本我借他的书。"她停下动作叹了口气，仿佛很懊恼被打断。"我最好去看看。"

"是啊，"瓦奥莱特说，"你去看吧。我们改天再算。"

但一周后诺拉又想上课时，瓦奥莱特打开放牌的抽屉，却发现那副纸牌不见了。诺拉坚称自己没拿。也不在其他任何瓦奥莱特有可能心不在焉乱放的地方。她翻箱倒柜，大半抽屉被她拉了出来，纸张和盒子散了一地。最后她困惑、有点惊恐地在床沿坐下。

"不见了。"她说。

"你要我怎样都行，奥古斯特，"埃米说，"怎样都行。"

他把头靠在自己弯起的膝盖上，说："老天，埃米。老天爷，我真抱歉。"

"噢，别这样说，奥古斯特，这很不好。"她泪眼迷蒙，脸庞就像他们眼前那片收割过的十月玉米田。有乌鸦在那里寻找玉米，忽而飞起、忽而在其他地方降落。她握住奥古斯特的手，自己的双手已因收割作物而皲裂。他俩都在发抖，一方面是寒冷，一方面是情境令人心寒。"我在书上读过，人会相爱一段时间，然后就不再相爱了。我始终不懂为什么。"

"我也不知道，埃米。"

"我会永远爱你。"

他抬起头，内心充满忧郁和温柔的悔意，似乎自己也变成了雾气、变成了秋天。他曾经热爱着她，但却是等到提分手的时候，他的爱才突然变得这么纯粹。

"我只想知道为什么。"她说。

他无法告诉她主要是基于行程的安排，其实跟她没什么关系，他只是还有其他急迫无比的事要办而已（老天爷，急急急）……他选择于黎明时分，在这丛褐色的欧洲蕨下方跟她碰面（因为这段时间她家人才不会发现她不在），目的就是跟她分手，而他所能想到唯一可接受且高尚的理由就是他已经不爱她了。因此犹豫了许久、冷冷地吻了她很多次后，他说出口的就是这个理由。但当他这么做，她却是如此勇敢、如此忍让，滑落脸颊的泪水是如此苦咸，以致他觉得自己这么说似乎只是为了看看她有多美好、多忠诚、多温顺，只是为了以悲伤和立即的失落感刺激他自己那逐渐萎缩的感情。

"噢，别这样，埃米，埃米，我从来无意……"他抱住她，她并未没抵抗，但也不敢向前，因为片刻前他才说过自己已经不想要她。结果面对她的羞涩、她那双害怕又充满希望的大眼睛，他弃械投降。

126

"你不该这样的，奥古斯特，如果你已经不爱我。"

"别这样说，埃米，别这样说。"

他自己也快哭了，仿佛真的再也不会见到她似的（但他现在已经明白自己终究必须，也会继续跟她见面）。在窸窣作响的落叶上，他跟她一起进入了爱情悲伤甜蜜的新领域，治愈了他在她身上造成的可怕伤害。

爱情的地形似乎无边无际。

"下周日？奥古斯特？"她还很害羞，但已经有了信心。

"不。下周日不行。但……明天吧。或者今晚。你可不可以……"

"可以的，我会想办法。噢，奥古斯特。好甜蜜。"

她跑过田野，一边擦拭着脸蛋，将头发发好。她已经出来太久，身处险境，但她快乐无比。这就是我最后的下场，他内心的最后一丝反抗意志这么想：连爱情的结束都只是刺激了爱情而已。他朝另一个方向走去，来到他停车的地方。车上挂着一条装饰用的松鼠尾，如今吸饱了水汽，垮垮地挂在那里。他发动车子，试图不去思考。

天杀的，他到底该怎么办？

取得那个礼物后，他本以为自己见到埃米·梅多斯时之所以会浑身震颤，只是因为确定自己的欲望终于要获得满足了。但不论确不确定，他为了她还是搞得自己像个白痴：他冒险找上她父亲，撒了危险的谎，差点被拆穿，他在她家附近寒冷的地方等了好几个小时，只为等她抽身（他苦涩地意识到自己只是得到驾驭女人的力量，却没办法控制她们的处境）。而尽管埃米答应他提出的每一个计划，配合他夜间的幽会、他的密谋、顺应他每一项要求，但就连她这些毫不羞耻的行为都未能解除他的无力感：他根本没有掌控全局，反之，他受到一种比以往更强烈的欲望所支配，根本不像是自发的，反而像是被恶魔附了身。

几个月下来，他驾着福特往返于五座城镇之间，感觉愈来愈肯定：他虽然驾着福特，但受到驾驭的人却是他自己，受制、被改变，完全无力反抗。

瓦奥莱特没问他为什么放弃了在田溪盖加油站的想法。他不时对她抱怨说到最近的加油站一趟，就几乎耗光了他加的油，听起来却不像一种暗示或辩论，事实上他似乎整个人都变得不好辩了。她认为他这种仿佛另有烦恼的憔悴气息可能暗示着他正在进行某种更不可思议的计划，但又觉得不是这样。每当他静静在家休息时，神情跟声音里总会透露罪恶似的疲倦感，她希望他不是在偷偷干什么坏事。铁定是发生了什么事。纸牌应该能告诉她答案，但纸牌已经不见了。他八成只是恋爱了，她心想。

是这样没错。倘若瓦奥莱特没选择把自己关在楼上的房间里，就会知道自己的小儿子受到多少女孩青睐，艾基伍德周围的五座城镇无一幸免。女孩们的父母略有耳闻；女孩们自己私下也会谈论。只要瞥见奥古斯特的 T 型车，挡风玻璃上插着一根有弹性的竿子、顶端那条鲜艳时髦的松鼠尾在风中飘扬，就表示她们要坐立难安一整天、翻来覆去一整夜了，早上醒来枕头上还泪迹斑斑。她们不知道其实奥古斯特的日子没比她们好过到哪里去。她们怎么猜得到呢？她们的心都给他了。

他没料到会这样。他听说过大情圣卡萨诺瓦，但没读过他的事迹。他把状况想象成后宫那样，苏丹只需专横地拍个手，他看上的佳丽就会温顺上前接受临幸，就像在杂货店，丢下一枚一角硬币就会得到一杯巧克力苏打。他惊愕地发现自己对埃米疯狂的欲望虽然丝毫未减，却也深深爱上了弗劳尔家的大女儿。情欲色欲熏心之下，他只要不是跟埃米在一起、只要不是想着尚不满十四岁的小玛格丽特·朱尼珀（怎会这样？），他就想她想个不停。他慢慢学到了所有为情所困的恋人都会学到的事：爱情必然能够迫使爱情发生，也许除了蛮力以外，只有爱情能办到这点，前提是恋人必须像奥古斯特这样，坚信爱情只要够强烈，必能获得回报（这就是他得到的可怕礼物）。而奥古斯特的爱情确实也够强烈。

当初，他带着满心的羞愧用颤抖的手把纸牌放在池塘岸边的岩石上，试图对自己否认这是他母亲最珍贵的东西。接着拿起了放在那里的礼物，只是一条松鼠尾，八成不是什么礼物，可能只是猫头鹰或狐狸吃剩的早餐。他那时简直疯了。他完全是基于一份浓厚而纯真的希

128

望将松鼠尾绑在他的福特汽车上，不寄予任何期待。但他们信守了诺言。噢，是的，他即将成为一本爱情大全，还附有注脚（他座位底下有一件女用内衣，他甚至想不起是谁脱下的）。但当他把那撮飞舞的松鼠毛挂在挡风玻璃上，从杂货店开往教堂、从一座城镇开往另一座城镇时，他终于明白自己对女人的魅力从来都不是得自于它：他之所以能够控制女人，实是因为女人控制了他。

黎明前的黑暗

弗劳尔一家人通常会在周三来访，为瓦奥莱特带来大捧大捧的鲜花，让她插在房里。尽管瓦奥莱特面对这么多被攀折下来缓缓凋零的鲜花，总觉得有些羞愧罪恶，她还是试着对弗劳尔太太高明的园艺水平表达欣赏崇拜之情。但他们这回却是周二来前，而且并未带花。

"请进，请进。"瓦奥莱特说。他们一反常态、害羞地站在她卧室门口。"要来点茶吗？"

"噢，不用了，"弗劳尔太太说，"只要说几句话。"

但他们坐下后，却是一段漫长又尴尬的沉默，只是互相交换眼色，似乎无法直视瓦奥莱特。

弗劳尔一家人是战后过来的，接收了麦格雷戈先生的老房子，弗劳尔太太说是为了"逃离"大城。弗劳尔先生在大城里曾经有钱有势，但究竟是什么地位却不清楚，钱是怎么赚来的就更神秘了。这不是因为他们刻意隐瞒，而是他们似乎觉得这种日常俗事很难聊得清楚。他们曾跟约翰一起加入神智学学会，两人都爱煞了瓦奥莱特。跟约翰一样，他们的生活里也充满了无声的戏剧、充满了模糊但令人兴奋的征兆，显示人生其实跟一般人想的不一样。他们把人生视为一面巨大乏味的帘幕（令瓦奥莱特讶异的是这种人竟然还不少，而且很多都朝艾基伍德而来），他们很肯定这张帘幕随时会升起、揭露一番精致绝美的景象。而尽管帘幕始终未曾升起，他们还是很有耐心，在演员就定位时兴奋地注意着每一个小动作，拉长耳朵倾听那无法想象的场景变换。

他们跟约翰一样认为瓦奥莱特是演员之一，或至少在幕后工作。但她却完全不当自己是这么回事，结果他们反而愈发觉得她神秘又令人着迷。周三来看过她后，他们就可以静静聊上一个晚上，然后抱着恭敬机警的态度展开一整个礼拜的生活。

但这天却不是周三。

"这跟幸福有关。"弗劳尔太太说。瓦奥莱特困惑地瞪着她看了一会儿，之后才重新理解这句话："这跟'幸福'有关。"幸福是他们大女儿的名字。老二和老三分别叫"喜乐"和"精神"。他们的名字出现时也会有同样的困扰：我们的喜乐今天不在；我们的精神回来时一身泥泞。弗劳尔太太交握着双手，抬起眼睛（此时瓦奥莱特才发现她已经哭红了眼）："幸福怀孕了。"

"噢，天啊。"

弗劳尔先生蓄着少年般细细的胡子，宽大敏感的额头总让瓦奥莱特联想起莎士比亚。他开口说话，但声音很小、很不直接，因此瓦奥莱特得倾身向前才能听到。她听出了重点：幸福说她怀孕了，孩子的爹是瓦奥莱特的儿子奥古斯特。

"她哭了一整夜。"弗劳尔太太说，自己的眼眶也泛起泪水。弗劳尔先生解释了，或者他试图解释。他们并非相信世俗的耻辱或名节那套东西，毕竟他们自己的婚约也是在立下誓言或举行典礼之前就已经完成了，精力的绽放总是好事一桩。不：重点是奥古斯特……呃……似乎跟他们有不同的理解，也可能他比较懂，但不管怎样，说白了就是他们认为奥古斯特伤透了这女孩的心，虽然她说他说过爱她。他们不知道瓦奥莱特是否了解奥古斯特的想法，或者——或者她是否知道这男孩打算怎么处理这件事（这句话满载着粗俗误谬的意义，但终究说出了口，当的一声，就像从他口袋里掉出来的那块马蹄铁）。

瓦奥莱特动了动嘴巴，仿佛试着回答，却说不出答案。她镇定下来。"他若爱她，"她说，"那么……"

"他有可能是爱她没错，"弗劳尔先生说，"但他说——她说这是他说的——他还另有其人，一个……呃，比她有优先权的人，一个……"

"他跟别人有婚约了，"弗劳尔太太说，"而那女孩也……呃。"

"埃米·梅多斯?"

"不不，不是这个名字。叫什么名字来着?"

弗劳尔先生咳了咳。"幸福也不是很确定。可能有……不止一个。"

瓦奥莱特只能说:"噢，天哪，噢，天哪。"深深感受到他们的惊骇，知道他们勇敢克制自己不去谴责，却不知该如何回答。他们满怀希望看着她，希望她能说出一句话，让这一切也能符合他们观察到的那出戏。但她终究只能挤出一个绝望的微笑，小声说道:"呃，我猜这也不是史上第一次。"

"不是第一次?"

"我是说，不是第一次。"

他们一阵惊喜。所以她确实知道了：她知道这有先例可循。会是什么呢? 黑天神[1]吹着笛子散播精子、让灵魂化为肉身，化为凡人。什么? 一种他们完全没概念的东西? 是的，比他们所能想象的更加闪亮奇异。"不是第一次，"弗劳尔先生说，扬起了眉毛，"是哦。"

"这个，"弗劳尔太太几乎是在耳语，"是不是'故事'的一部分?"

"是什么? 噢，是的。"瓦奥莱特说着陷入深思。埃米怎么了? 奥古斯特在搞什么鬼? 他哪来的狗胆，竟敢伤女孩子的心? 她一阵惊恐。"只是我不知道会这样，我从没料到……噢，奥古斯特。"她边说边低下头。这是他们造成的吗? 她怎么知道? 可以问他吗? 她可以从他的答案里得知真相吗?

看她这么手足无措，弗劳尔先生倾身向前。"我们绝对、绝对、绝对无意增加你的负担，"他说，"我们并非……并非认为……并非无法确定这没事。幸福并不怪他，我的意思是事情不是那样。"

"不，"弗劳尔太太说，轻轻按住瓦奥莱特的手臂，"我们什么也不要。不是那么回事。一个新灵魂总是一份喜悦。我们会照顾她。"

"也许，"瓦奥莱特说，"以后会清楚些。"

---

1. 黑天（Krishna），印度教三大神之一毗湿奴的主要化身。

"肯定会的，"弗劳尔太太说，"毕竟这是……这是故事的一部分。"

但瓦奥莱特已经明白过一会儿并不会更清楚。故事。是啊，这是故事的一部分。但她突然有所领悟，就像傍晚时分独自在房里看书或工作的人一样，只觉得眼前的东西愈来愈模糊、愈来愈难看懂，结果一抬头就发现黄昏已至，那就是眼前愈来愈模糊的原因。但距离下一次天亮还很久，此时只会愈来愈暗。

"拜托，"她说，"喝点茶。我们点灯吧，你们再坐一会儿。"

她听见，他们听见外头有一辆车稳定嗒嗒地朝房子驶来。接近车道时，它放慢了速度（声音就像蟋蟀一样清楚而规律），仿佛改变心意似的换了挡，随即继续嗒嗒前进。

故事有多长？她曾问过。而昂德希尔太太说了：必须等到你、你的孩子和孙子全都长眠地下，故事才会说完。

她握住台灯线，但没立刻将它点亮。她做了什么？这是她的错吗？因为她不相信故事能有这么长？是的。她打算改变。如果时间够，她会尽可能修正一切。时间一定够的。她拉下台灯线，让窗户变成黑夜，让房间变成房间。

八月的最后一日

奥古斯特带玛格丽特·朱尼珀去看的那个巨大月亮已经升起了，但他们却没看它的攀升过程。奥古斯特坚称这是收获之月，还在路上对玛吉唱了一首关于这月亮的歌，但尽管它呈琥珀色，巨大无比、看似丰硕，这却不是收获之月（下个月的才是），现在只是八月的最后一天而已。

月光照在他们身上。现在在他们可以好好欣赏了，但奥古斯特已经眩晕满足得什么事也做不了，甚至无力去安抚在他身旁静静哭泣的玛吉，说不定她是喜极而泣呢，谁知道。他说不出话。他猜想自己是不是除了邀请和提议之外，什么话也说不出口了。也许他若一直不说话……但他知道他会开口的。

玛吉在月光下举起一只手，轻抚他刚开始留的胡子，又哭又笑。"真帅。"她说。他被她摸得皱起鼻子，像只兔子。她们为什么老爱乱搓他的胡子、弄得上下颠倒？他是不是该干脆把胡子刮了，让她们没办法再乱玩？她嘴唇红润，周围的肌肤因为亲吻和哭泣而发红。她贴在他身上的皮肤跟他想象的一样柔软，只是他没料到会缀满粉红色的雀斑，但纤细白皙的大腿上倒是没有，赤裸裸地搁在沾满汗水的皮椅上。敞开的衬衫里，她的胸部小巧、看起来很新，有着尚未定型的大乳头，似乎刚刚发育成形。私处的毛发是金黄色，僵硬而细小，像一个点。老天爷，他见识过多少私密之处。他强烈感受到解放后的肉体有多么怪异。这些东西应该要藏起来的，这些弱点、这些怪东西、这些跟蜗牛的身体或触角一样柔软的器官，暴露在外实在是太可怕了。他想把那些如彩带般挂在车子周围的漂亮白色贴身衣物再穿回她身上，但这样想的同时再次硬了起来。

"噢。"她说。由于匆匆忙忙就被开了苞、该想的事情太多，她八成没注意到他是多么饥渴。"你总是一结束就马上再来吗？"

他没回答，因为这跟他无关。不如去问问在鱼钩上挣扎的鳟鱼想要继续挣扎还是停止。交易就是交易。但他确实猜不透为什么第二次似乎通常比第一次困难：虽然男人已经更熟悉女人、女人多少也学会了基本技巧，但两人却比较无法契合，膝盖跟手肘尴尬地碰来碰去。这一切都无法阻止他在交欢的同时更加爱她，但他本就不预期如此。她们是如此各异其趣：身体、乳房、气味各不相同，他不知道她们竟然这么有个人色彩，如此充满个性、各有不同的面孔与声音。他领教过太多种个性。他知道太多了。他爱欲和性知识交加，大声呻吟，紧紧抱着她。

很晚了，爬上天空的月亮已经缩小，变得寒冷白亮。那些步伐是多么悲伤啊。她再次流下眼泪，却似乎不是真的哭泣，似乎是种自然的分泌，也许是因为月亮的缘故。她忙着穿上衣服，虽然献给他的东西已经拿不回来了。她平静地对他说："我很高兴，奥古斯特，能有这唯一的一次。"

"什么意思？"这声音粗嘎得像只野兽，根本不像他。"唯一的一次？"

她用手掌抹去眼泪，看不到自己的吊袜带。"因为这样我就能永远记得这一次了。"

"不是吧。"

"至少能记得这个。"她把裙子往空中一抛，十足利落地让它落在自己头上。她扭动一下，它就像一面窗帘般盖住了她的身体，那是最后的一幕。"奥古斯特，不要，"她往门边一缩，紧紧交握着双手，拱起了肩膀，"因为你不爱我，而这没关系。不。我知道萨拉·石东的事。大家都知道。没关系。"

"谁？"

"你敢说谎就试试看。"她警告地看着他。他别想用谎言和粗糙的否定破坏这一切。"你爱她。那是事实，你自己也知道。"他沉默不语。那是事实。他内心产生一种他无从控制的剧烈冲击。那声音让他几乎听不见她说话。"我再也不会跟其他任何人做这件事，再也不会。"她耗尽了勇气，嘴唇开始颤抖，"我会搬去杰夫家住，我永远不会再爱上别人，只会永远记得现在。"杰夫是她善良的哥哥，一个专门栽培玫瑰的园丁。她别过头去。"现在你可以送我回家了。"

他送她回家，一个字也没多说。

内心满是噪声的感觉跟空虚很像。他空虚地看着她下车，看着她渐行渐远，粉碎了月光下的树影也被它们粉碎。她没回头，她就算有回头也不会让他看见。他空虚地从阴暗而令人震颤的十字路口驶离。空虚地往家里开去。他离开铺着闪亮圆卵石的灰色道路，冲过水沟、爬上边坡、驾着勇猛无惧的福特转上一片未收割的银白田野，继续前进，但这种感觉却不像是抉择，只是空虚而已。这份空虚逐渐被一份决心填满，而这份决心感觉也很空虚。

汽车没油了。他塞住气门、再次发动，逼它再走一小段路，但引擎还是熄了。倘若十英里内有家天杀的加油站就太方便了。他在逐渐寒冷的车子里坐了一会儿，想象着自己的最终目的地，但又不是真的在思考。他确实想过玛吉会不会认为他这么做是为了她（这是最后一个一闪即逝的低俗想法）。好吧，就某种角度而言，他只要在口袋里放些石头（一些沉重的石头），然后放轻松就好。让流水洗净一切。那份空

134

虚的决心所造成的如雷声响就像瀑布冷冷的水声，仿佛已经传入耳中，他不禁猜想自己是不是除了这个声音以外再也听不到其他声音了。他希望不是这样。

他下了车，取下那条松鼠尾。应该将它送还回去，也许这样他们就会把他当初支付的代价退还给他。他穿着他那花花公子的真皮皮鞋，跌跌撞撞地朝树林走去。

奇异生活

"妈？"诺拉惊愕地说，拿着一组空的杯盘在大厅里停下脚步。"你起来做什么？"

瓦奥莱特站在楼梯上，诺拉完全没听见她下楼的声音。她衣着整齐，穿着一套诺拉很多年没看她穿过的衣服，却神情恍惚，仿佛在梦游。

"还是没有奥古斯特的消息？"她说，仿佛已经很肯定不会有消息。

"没有，没有消息。"

两个周前，一位邻居说他们看到奥古斯特的福特汽车被丢在一片田野里受风吹雨打。犹豫了很久后，奥伯龙建议瓦奥莱特报警，但她完全没办法把事情朝这个方向去想，所以他怀疑她根本没听到：奥古斯特的命运不可能因为警察而改变，甚至不可能由警察来发现。

"是我的错，你知道，"她小声说，"不管发生了什么。噢，诺拉。"

瓦奥莱特跌倒似的突然坐下，诺拉连忙冲上楼梯。她拉住瓦奥莱特的手臂想扶她起身，但瓦奥莱特只是捏了捏诺拉的手，仿佛需要安慰的人是诺拉。诺拉在她身旁坐下。"我错得真离谱，"瓦奥莱特说，"笨得离谱、错得离谱。结果现在就变成这样。"

"不，"诺拉说，"你是什么意思？"

"我没看出来，"瓦奥莱特说，"我以为……你听好了，诺拉。我要到大城去。我要去看提米和亚历克斯，在那里长住一阵子，看看宝宝。你要一起来吗？"

"当然，"诺拉说，"只是……"

"好吧。还有，诺拉，你那位年轻人。"

"什么年轻人？"她望向别处。

"亨利·哈维。你可能以为我不知道，但我知道。我认为——我认为你们应该——应该照你们的意思做。我若说过什么话让你以为我不希望你们……呃，其实没那回事。你们想怎么做就怎么做。嫁给他，搬走……"

"但我不想搬走。"

"可怜的奥伯龙，我猜现在是太迟了——他错过了战争，而且……"

"妈，"诺拉说，"你在说什么？"

她安静了一会儿。接着："是我自己的错，"她说，"我没想过。但若知道一点点或猜到一点点，就很难不去——不去帮忙，不去试着修正它；很难不害怕、不去做一些小事，噢，只是些微不足道的小事——来阻挠它发生。但事实却不是这样，对吧？"

"我不知道。"

"不是这样的。你看，"她把苍白纤瘦的手紧紧交握在一起，闭上眼睛，"这毕竟是个故事。只是它比我们想象的，我们能够想象的，更长、更奇怪。所以你必须，"她睁开眼睛，"你我必须做的就是忘记。"

"忘记什么？"

"忘记有个故事正在发生。否则——噢，你看不出来吗，倘若我们什么都不知道，我们就永远不会插手、不会把事情搅得一团乱了。但我们确实知道一些事，只是知道的还不够，所以我们会猜错、卷入其中，必须靠一些很奇怪，很……的方法来修正——噢，亲爱的可怜的奥古斯特，最臭最吵的加油站都比这个好，我知道一定会的……"

"但特殊命运那一大堆的又怎么说？"母亲的悲痛令诺拉很惊恐，"还有被保护那件事？"

"是的，"瓦奥莱特说，"也许吧。但已经不重要了，因为我们根本没办法懂，也无法了解它的意思。所以我们必须忘记。"

"怎么忘？"

"忘不了。"她直直盯着前方，"但我们可以绝口不提。也可以靠智慧封锁我们知道的事。而且我们可以——噢,用这种方法活着真是太奇怪了——我们可以守密。可以吧?你行吧?"

"我想可以吧。我不知道。"

"好吧,你得学习。我也一样。我们大家都一样。绝对不可说出你知道或你心想的事,因为那是永远不够的,况且那也只有对你一个人而言才是真实的,其他人会有不一样的角度。永远不要怀抱希望,也不要害怕。还有,千万、千万不可联合他来对抗我们,但另一方面,虽然我不知道为什么,你还是必须信任他们。从现在起我们都得这么做。"

"要多久?"

瓦奥莱特还来不及回答(倘若她能够回答且愿意回答),她们就隔着粗栏杆看见书房的门打开一条缝,一张憔悴的脸露出来,接着又躲回去。

"那是谁?"瓦奥莱特问。

"埃米·梅多斯。"诺拉说着涨红了脸。

"她在书房里干吗?"

"她来找奥古斯特。她说——"此时诺拉握紧双手、闭起眼睛,"——她说她怀了奥古斯特的孩子。她想知道他在哪里。"

种子。她想起弗劳尔太太问的:这是"故事"吗?满怀希望、惊讶、欢喜。还几乎笑了出来,晕乎乎的。"噢,我也想知道,"她说,"我也想知道。"她把脸凑到栏杆之间,说:"出来吧,亲爱的。别害怕。"

门只打开一点点,刚好足以让埃米出来。尽管她轻手轻脚地把门带上,门闩卡上时还是发出了一阵带有回音的隆隆声。"噢,"她说,一开始还没认出楼梯上的女子,"德林克沃特太太。"

"上来吧。"瓦奥莱特说着拍拍自己的腿,仿佛在引诱小猫。埃米爬上楼梯,来到她们坐的地方。她的衣服是家里自制的,她穿的长袜很厚,但她比瓦奥莱特记忆里还漂亮。"好了。怎么啦?"

埃米坐在她们下方,悲哀地蜷缩着身体,腿上放着一个大大松松的袋子,像私奔的人会带的那种。

"奥古斯特不在这里。"她说。

"不。我们……不知道他在哪里。埃米，不会有事的。你别担心。"

"才怪，"埃米轻声说道，"事情再也不会重来了。"她仰望瓦奥莱特。"他是不是跑掉了?"

"我想是的，"她搂住埃米，"但他会回来的，可能会，应该会……"她拨开埃米脸颊上无精打采的发丝。"现在你得先回家一阵子，不要担心，然后一切都会是最好的状况，你到时就知道了。"

听她这么说，埃米的肩膀开始轻颤了起来。"我不能，"她语带哭腔地小声说道，"我被爸爸赶了出来。他不要我了。"接着她缓缓转过来，仿佛无法克制地哭倒在瓦奥莱特膝上。"我来这里不是想打扰他。不是的。我并不在意，他是个很棒很好的人，真的。若要我全部重来一遍我也愿意，而且我不会打扰他。只是我没地方可去。我没地方可去了。"

"噢，噢，"瓦奥莱特说，"好了，好了。"她跟诺拉交换了个眼神，诺拉眼里也已满是泪水。"你当然有地方可去。你当然有。你就住在这里吧，就这样。我很肯定你爸爸会改变心意，那个老笨蛋，你想在这里住多久就住多久吧。现在别哭了，埃米，别哭。来。"她从袖子里抽出一条滚着花边边的手帕，让女孩抬起头，帮她擦擦眼泪，直视着她的眼睛，好让她打起精神。"好了。好多了。你想住多久就住多久。这样可以吗?"

"好。"她还是只能挤出小老鼠似的声音，但她的肩膀已经停止颤抖了。她露出羞愧的浅笑。诺拉和瓦奥莱特都替她微笑。"噢，"她吸着鼻子说，"我差点忘了。"她手指颤抖试图打开包袱，再次擦擦脸，然后把湿透的手帕还给瓦奥莱特（擦她的眼泪实在不够用），最后终于打开了。"有个男人要我把一样东西转交给你。一个我在路上遇到的人。"她把东西翻来翻去，"他看起来一副气炸的样子。他要我转告：'你们这些人若没办法履行交易，根本就不必跟你们交易了。'"她掏出一个盒子放到瓦奥莱特手中，盒盖上是个维多利亚女王和水晶宫的图案，用不同的木材拼成。

"说不定他是在开玩笑，"埃米说，"是个长得很好笑的人，很像鸟。他还对我眨眼睛。这是你的吗?"

瓦奥莱特捧着那个盒子，根据重量判断里面应该装有那副纸牌，再不然就是其他类似的东西。

"我不知道，"她说，"我真的不知道。"

此时门前的阶梯上传来脚步声，三人于是陷入沉默。脚步声嘎吱嘎吱地踏过前廊，仿佛鞋子是湿透的。瓦奥莱特握住埃米的手，诺拉握住瓦奥莱特的手。纱门上的弹簧发出声响，门上椭圆形的雾面玻璃中浮现一个人影。

奥伯龙开了门。他穿着防水靴，戴着一顶约翰的旧帽子，上面插满了虫形鱼钩。他吹着口哨走进大厅，歌曲是关于把你的烦恼装进旧袋子，但看到这三个女子莫名其妙地蜷缩在楼梯上，他蓦地停下脚步。

"噢!"他说，"怎么了? 奥古斯特有消息了吗?"她们没回答，因此他提起手中那四条有斑点的肥硕鳟鱼给她们看，四条整齐地串在一起。"晚餐!"他说。有那么一刻，他们全部静止不动，仿佛一幅画，他提着鱼、她们心事重重，其余的则只是观望等待。

无从追赶

瓦奥莱特发现那副牌在失踪期间有了变化，但她一开始却说不上来变化何在。它们原有的含意似乎变模糊了，仿佛蒙上了一层粉尘。从前她只要摆出牌阵，牌上的人物就会组合成各种明显甚至有点滑稽的意义，例如"阻碍"和"影响"等，现在却完全不是那么回事。她和诺拉研究了很久，才终于发现它们并非失去了力量，而是变得更强大：它们已经无法像从前一样，但只要解读正确，就能以极高的准确度预测出德林克沃特一家人日常生活的各种小事：收到礼物、感冒、扭伤；亲爱的家人在远方的旅程；去野餐会不会下雨等等诸如此类的事。纸牌并不常吐露比这更惊人的东西。但已经很有帮助了。他们至少还愿意给我们这个，瓦奥莱特心想，那场交换礼物……其实（很久以后）她甚至猜想他们一开始之所以拿走这副牌，就是为了赋予它明白的精确度，除非那不是他们所能控制的。永远赶不上他们的，永远不可能。

随着时光过去，奥古斯特的子女分别在五座城镇安顿了下来，有些跟母亲和外婆同住，有些则是跟随别人，每次搬迁就换个名字、换个家庭，像一场抢椅子游戏：事实上，当音乐停止时，有两个蒙羞的家庭交换了孩子（但由于过程太过情绪化，残留着太多复杂的羞愧、悔恨、情爱、冷漠和善意，因此参与者后来怎么也无法厘清这事究竟是如何发生的）。

当史墨基·巴纳柏来到艾基伍德时，奥古斯特的后代已有好几十人，顶着若干不同的姓氏。有的姓弗劳尔、有的姓石东、有的姓威德，查尔斯·韦恩也是他的孙子之一。但却有一个孩子没参与游戏、没找到座位，埃米的孩子。她留在艾基伍德，腹中怀着男孩。打从胎儿时期，他就开始了解各种动物，包括蝌蚪、鱼、蝾螈、老鼠。往后他将会巨细靡遗地描述它们的生活。他被取名为约翰·斯托姆，约翰是袭自他祖父的名字，斯托姆则是袭自他父母。

第二章

时光飞逝；往日不复返、未来不可见；

但不论时光给予什么，我们都该满足。

——西塞罗

"开朗、浑圆、满脸通红的太阳先生将他戴着云朵的头从紫色的山脉后方探出来，长长的光芒射进了绿野。"罗宾·伯德用一种得意又高昂的声音念道，这本书他几乎倒背如流，"在距离绿野和老牧野中间那道石墙不远的地方，田鼠一家人在他们草丛中的小屋里醒来，有爸爸、妈妈和六只眼睛还没睁开的粉红色小宝宝。"

罗宾·伯德的课题

"一家之主翻了个身、睁开眼睛、抖抖胡子，到门外去用积在落叶上的露水洗脸。当他站在那里眺望着绿野和晨间景致时，老迈的西风妈妈匆匆拂过，搔得他鼻子发痒，也带来了黑森林、笑溪、老牧野和大世界的消息。全是些混乱又吵杂的新闻，比早餐时间的《泰晤士报》还棒。

"好几天以来的新闻都一样，世界在改变！一切很快就会跟你今天闻到的不一样了！做好准备吧，田鼠！

"田鼠从西风妈妈身边那些害羞的微风口中尽可能探听消息，随即蹦蹦跳跳地穿过长长的草来到石墙边，他知道那里有个地点，可以坐在那里偷偷观望。来到这个藏身处后，他坐下来往后一靠，把一根草塞进牙缝，一边咬一边深思。

"西风妈妈和她那些小微风最近不断提起的世界大转变是什么？这是什么意思，他又该如何做好准备？

"对田鼠而言，绿野不可能比现在更适宜居住了。田野里全部的草籽都任他食用。很多他原本觉得很难吃的植物都突然长出了干燥的荚，里面是甜甜的坚果，他可以用强健的牙齿啃食。田鼠既快乐又吃得饱。

"现在这一切都要变了吗？他左思右想、细细推敲，却完全理不出个头绪。

"孩子，你们看，田鼠是在春天出生的。他在夏天长大，那时太阳先生笑得最灿烂，慢慢走过那很蓝很蓝的天空。只要一个夏天，田鼠就已经完全长大（但也没多大），结婚有了小孩，不久孩子也会长大。

"现在你们猜得到那个巨变是什么吗？那个田鼠不可能知道的巨变？"

较小的孩子全部大嚷着举手，因为他们跟大孩子不同，还以为答案真是要用猜的。

"好吧，"史墨基说，"大家都知道。谢谢你，罗宾。好了，现在可以请比利念一段吗？"比利·布什站起来，不像罗宾那么有自信地从他手中接过那本破烂的书。

世界末日

"好吧，"他念道，"田鼠觉得自己最好问问比他年长聪明的人。他所认识最聪明的生物是黑乌鸦，黑乌鸦有时会到绿野来寻找谷物或小虫，而只要有人愿意听，他随时都有话可以说。虽然田鼠总是躲在离黑乌鸦闪亮亮的眼睛和又长又尖的喙子很远的地方，但黑乌鸦说的话他都会听。乌鸦一家人不吃老鼠，但话说回来，大家都知道他们几乎任何能到手（或到口）的东西都吃。

"田鼠坐在那里思考，不久蔚蓝的天空里就传来一阵翅膀的啪啪声和一阵粗哑的叫声，黑乌鸦本尊就这样降落在绿野里距离田鼠不远的地方！

"'早安，乌鸦先生。'田鼠大喊，觉得自己躲在墙洞里很安全。

"'今天早晨算安全吗？'黑乌鸦说，'不出几天你就不会这样说了。'

"'我就是想问你这件事呢，'田鼠说，'世界好像快要发生大变化了。你有感觉到吗？你知道是什么吗？'

"'啊，无知少年！'黑乌鸦说，'当然会有变化。这变化就是冬天，你最好做好准备。'

"'冬天是什么样子呢？我该怎么准备？'

"黑乌鸦眼睛闪闪发光，仿佛田鼠的不安让他很愉快。他告诉田鼠冬天的事：残忍的北风哥哥会吹过绿野和老牧野，让叶子变成金棕色、从树上飘落。草会死去，吃草维生的动物会饿得愈来愈瘦。他说会下雨，让田鼠这种小动物的房子淹水。他还描述了白雪，田鼠听着觉得很棒，但接着他就得知那可怕的寒意会直逼他的骨髓，小鸟会冷得浑身没劲、冻僵，从树枝上掉下来，鱼不再游泳，笑溪也不再笑得出来，因为嘴巴已经结冰了。

"'但那就是世界末日了嘛。'田鼠绝望地说。

"'表面上看起来是这样，'黑乌鸦轻快地说，'对某些家伙而言。像我就不怕，因为我活得下去。但你若想活下去，田鼠，你最好开始准备！'

"说完黑乌鸦就鼓动沉重的翅膀腾空飞去，把田鼠留在那里，比以前更困惑、更害怕了。

"但当他坐在温暖的阳光下嚼着草梗时，他想出了一个办法，知道该如何撑过北风哥哥即将带来的可怕寒冷。"

"好了，比利。你知道，"史墨基说，"你不必每次都把'那个'念成'内个'，那个。说'那个'就好，跟你平常说话的时候一样。"比利·布什看着他，仿佛头一次领悟到印在纸上那个字跟他每天说的那个字是同一个。"那个。"他说。

"好。现在该谁？"

北风哥哥的秘密

"他打算做的事,"特里·欧西恩念道(史墨基觉得他读这种东西年纪稍嫌太大了),"就是去环游大世界,询问每种生物他们打算如何过冬。他对这个计划十分满意,因此他用种子和坚果把自己的肚皮塞得饱饱的(现在这些东西多得可惜),告别了太太跟孩子,当天下午就出发了。

"他遇上的第一只动物是树枝上的毛毛虫。尽管毛毛虫不是以聪明著称,田鼠还是问了他这个问题:他打算如何准备过冬?

"'我没听说过冬天,管它是什么。'毛毛虫用他小小的声音说,'但我确实正在经历某种改变。我好像刚刚学会如何吐出一种漂亮的白丝,别问我怎么吐,总之我打算把我自己用这丝包起来。等我全部包好、牢牢黏在这根舒适的树枝上,我就很久不会出来了。也许永远不会出来。我不知道。'

"好吧,这听在田鼠耳里实在称不上什么解决办法,因此他继续旅行,心里怜悯着那只愚蠢的毛毛虫。

"他在荷塘边遇到了一些他从没见过的生物:巨大的棕灰色鸟类,拥有长长的优美颈项和黑色的喙子。他们为数众多,一边游过荷塘一边把他们长长的头伸进水里吃东西。'鸟啊!'田鼠说,'冬天快到了!你们打算怎么准备?'

"'冬天确实快到了,'一只老鸟严肃地说,'北风哥哥已经把我们从家园赶到了这里来。我们的家园现在已经很冷了。现在他紧追在后,催促我们前进。但他再怎么快,我们还是飞得比他更快!我们会飞往南方,飞到他去不了的地方,在那里我们就不必忍受寒冬了。'

"'多远?'田鼠问道,希望自己也有机会跑赢北风哥哥。

"'要飞上好多好多天,能飞多快就飞多快,'老鸟说,'我们已经慢了。'接着他用力鼓动翅膀、从池塘飞起,黑色的脚丫紧紧贴着他白色的腹部。其他的鸟也跟着他起飞,高声叫着一起飞往温暖的南方。

"田鼠伤心地继续前进,知道自己不可能像他们一样张着宽阔强壮的翅膀飞离冬天。由于太专注，他差点在荷塘边缘被一只褐色的泥巴龟给绊倒。田鼠问他打算怎么过冬。"

"'睡觉。'泥巴龟睡眼惺忪地说，就像个黝黑的老人一样满脸皱纹。'我会躲在不受冬天影响的温暖泥巴里睡觉。事实上我现在就想睡了。'

"睡觉！那对田鼠而言不大像是个答案。但一路上，他却从很多不同生物口中听到一样的答案。

"'睡觉！'田鼠的敌人草蛇说，'那时你就不必怕我了，田鼠。'

"'睡觉！'棕熊说，'睡在山洞里或睡在树枝盖成的坚固房子里。一直睡！'

"'睡觉。'到了傍晚，他的亲戚蝙蝠也这么说。'我会脚趾倒挂着睡。'

"好吧！一半的动物冬天都只要睡觉。这是田鼠听到最怪的答案，但也有很多别的答案。

"'我会在一些只有我知道的地方储存坚果和种子。'红松鼠说。'我是这样过冬的。'

"'什么都没有的时候，我就靠人类喂我。'山雀说。

"'我会盖房子，'水獭说，'我会在结冰的溪流下面盖一栋房子，跟我的老婆小孩一起住。现在可以让我继续工作了吗？我很忙。'

"'我会偷东西。'戴着小偷面罩的浣熊说。'从人类的农场偷鸡蛋、从他们的桶子里偷垃圾。'

"'我会把你吃掉，'红狐狸说，'绝不唬你！'接着他就开始追捕可怜的田鼠，差一点就抓到，幸好他及时躲进了石墙上的洞里。

"躺在那边喘气时，他发现在他旅行的同时，名叫冬天的巨大改变已经在绿野上变得更加明显。现在绿野已经没那么绿了，变得又黄又褐又白。很多种子都已经成熟掉落或被风吹走。阴郁的灰色云层已经遮住头顶上的太阳。但田鼠还是没有一项可以抵挡残酷北风哥哥的计划。

"'我该怎么办？'他大喊，'我该去跟我表哥一起住在布朗农夫的谷仓里吗？跟汤姆猫、福里狗、捕鼠夹和老鼠药碰碰运气？我一定撑不了多久的。我该不该往南方去，看看能不能跑赢北风哥哥？他一定会追上我，让我在离家很远的地方了无遮蔽，冻死在他的冷气之下。我

是不是该跟老婆孩子一起躺下来、用草盖住身体试着睡觉？我一定没多久就会饿着肚子醒来的，他们也一样。我到底该怎么办？'

"就在这时候，突然出现一只闪闪发光的黑色眼睛盯着他看，吓得他大叫一声跳起来。是黑乌鸦。

"'田鼠啊，'他轻快无比地说，'不管你要怎么保护自己，有一件你该知道的事，你却不知道。'

"'什么事？'田鼠问。

"'是北风哥哥的秘密。'

"'他的秘密！是什么？你知道吗？可以告诉我吗？'

"'这个，'黑乌鸦回答，'是冬天唯一的优点，北风哥哥不想让任何生物知道。我确实知道，但我不会告诉你。'因为黑乌鸦把自己的秘密守得很紧，就像他紧紧守护他找到并藏起来的那些闪亮的金属和玻璃碎片。于是这小气鬼就这样笑着离去，到老牧野跟他的兄弟姐妹会合。

"冬天唯一的优点！会是什么呢？绝对不会是寒冷、冰雪或大雨。

"不是躲藏、翻垃圾、如同死亡的睡眠，或是逃避饿坏了的敌人。

"不会是短暂的白天、漫长的黑夜和那苍白又心不在焉的太阳，田鼠甚至还不知道这些。

"会是什么呢？

"那天晚上，当田鼠跟老婆小孩一起挤在草丛中的窝里取暖时，北风哥哥就横扫了绿野。噢，他的脚步多么快！噢，田鼠那脆弱的褐色房子晃动得多厉害！噢，阴郁的灰色云朵被吹得支离破碎、从惊恐的月亮脸上飘走！

"'北风哥哥！'田鼠大喊。'我又冷又怕！你不能告诉我冬天的优点是什么吗？'

"'那是我的秘密。'北风哥哥用冰冷威严的声音说。为了展现他的力量，他用力挤压一棵高耸的枫树，直到它全部的绿叶都变成橘红色，接着再把它们全部吹走。完成之后，他就越过绿野大步离去，田鼠只好留在那里用爪子捂住自己冰冷的鼻子，猜不透他的秘密是什么。

"你知道北风哥哥的秘密吗？

"你当然知道。"

"噢。噢。"史墨基回过神。"抱歉，特里，我无意让你一直念一直念。谢谢你。"他努力忍住一个哈欠，孩子们兴味十足地看着他。"嗯，现在请大家拿出纸笔墨水吧，别发牢骚。今天天气太好了。"

唯一的游戏

早上的课程就是阅读和写字，写字课较花时间，因为史墨基教的是他自己的斜体字（他也只能教这个）。这种字体若是写得正确就漂亮无比，但只要稍有错误就会变得如同鬼画符。"字要连起来。"他板着脸用手指敲敲某张练习纸，书写者就会皱着眉头重新写过。"字要连。"他对帕蒂·弗劳尔说，一整年她都以为他是说"字要连"，这份指责她既无法回嘴又躲不过，因此有次她在挫折之余拿笔尖用力戳破纸张，结果那支笔就这样插到了桌面上，像一把刀。

阅读课的教材是从德林克沃特家书房随机挑选的，年纪较小的孩子读《北风哥哥的秘密》和医生写的其他故事，年纪较大的读任何史墨基认为适当且有知识性的东西。有时他会因为学生念得断断续续而无聊到快哭出来，最后干脆自己念给他们听。他倒是很喜欢这么做，也喜欢阐述那些艰涩的部分、提出作者为什么会这样写。大部分孩子都以为这些多余的注解是文章的一部分，因此长大以后，少数几人会把史墨基朗读的书私下拿来阅读，他们有时会觉得书本读起来很简洁、到处都是典故、处处点到为止，仿佛少了一些片段。

下午则是数学课，通常会变成写字课的延续，因为高雅的斜体数字看在史墨基眼里就跟斜体字母一样有趣。他有两三个学生数字能力特别强，史墨基觉得他们说不定是天才，因为他们运算分数和其他困难的题目时速度甚至比他还快，他会请他们帮忙指导其他学生。史墨基秉持一项古老的原则：音乐和数学如同姐妹，因此他有时会利用快放学的时间拉小提琴给他们听，反正这段时间总让人昏昏欲睡，而且根本没什么用处。因此在往后的日子里，每当比利·布什回忆起算术课，他想起的都是那些难以捉摸的柔和曲调、火炉的气味，还有集结在外头的冬天。

身为老师，史墨基有个极大的优点。他并不真的懂小孩，也不喜欢孩子的幼稚，面对他们疯狂的精力，他总感到困惑又害羞。他用对待成年人的方式对待他们，因为这是他所知道唯一的待人方式，孩子若不以大人的方式回应，他就不予理会，重新再试一次。他在乎的是自己教的东西：书写的意义、文字的花束和文法的樊笼、作家的概念和数字的规律性。因此他只谈这个。这是上课时间唯一的游戏（连最聪明的孩子都很难诱拐他去玩其他游戏），因此等到大家终于都听不下去时，他就会提早放学，因为他已经想不出什么继续娱乐他们的办法了（这种状况最容易发生在某些好日子，例如天空降下绵绵细雪，或者又出太阳又有泥巴的时候）。

接着他自己就穿过艾基伍德的大门回家（教室就位在原本的大门旁，是一座多利克风格的灰色礼拜堂，门上不知为何挂着一副大大的鹿角），一边猜测索菲午觉睡醒了没有。

冬天唯一的优点

这天他留下来清理较小的火炉。倘若天气还是很冷，明天就得生火。锁好门后，他在小小的礼拜堂前转过身，站在通往艾基伍德大门的那条满是落叶的小径上。他当初抵达艾基伍德时并不是走这条路，也不是走进这扇大门。事实上现在已经没有人走前门了，穿过"公园"的车道已被莎草淹没，如今只剩一条他白天踏出来的小径，仿佛是一头巨大笨重的野兽惯用的路径。

他面前高耸的大门是绿色的锻铁，打造成 90 年代的莲花款式，时时敞开，被杂草和树丛牢牢缠在地面上。现在只剩一条横过车道的生锈铁链暗示此地依然是通往某处的入口，非请勿入。干道朝他左右延伸而去，两旁都是七叶树，此时呈现令人心碎的金黄色，大量树叶被风吹落。除了走路或骑车来上学的孩子，很少人走这条路，史墨基不清楚它通往何处。但是那天，当他站在深及脚踝的落叶堆中，不知为何不想踏进大门时，他觉得其中一端一定通往田溪那条干涸荒凉的碎石路，然后转上朱尼珀家门前那条柏油路，最后再汇入那些隆隆通往大城的支线和快速道路。

倘若他现在右转（或左转），沿着那条路退回最初的起点，会如何呢？跟他来的时候一样空手徒步而行，就像影片倒转（落叶又跳回树上）？

好吧，他现在并不是空着手。

而且他已愈来愈确定：自从那天夏日午后穿过纱门踏进艾基伍德后，他就再也不曾离开了。虽然他后来似乎曾从不同的门踏出去，但其实都只是前往房子的其他部分而已，建筑师只是透过某种高明的建筑折叠技巧或障眼法让那些地方看起来仿佛树林、湖泊、农场、遥远的山丘（他相信约翰·德林克沃特有这种本事）。这条路也许只会绕回艾基伍德的另一个他从没看过的前廊，有着宽阔陈旧的阶梯和一扇供他进入的门。

他不再停留，不再耽溺于这些秋季的思维。这是道路和季节的循环：他以前就来过这里了。因为十月的缘故。

但当他走过池塘上方那座带有污渍的白色拱桥时，他再次停下脚步（这地方有灰泥脱落了，露出底下粗糙的砖块，应该要修补一下，因为冬天的缘故）。浸泡在水中的落叶随着水流旋转翻滚，跟忙碌的空气中旋转翻飞的树叶一样，只是速度只有一半或更慢。有利爪状的橘色枫叶、宽阔的榆树叶和山胡桃叶，还有破碎的橡树叶，呈一种毫无美感的褐色。你跟不上它们在空气里翻腾的速度，但落入镜子般的溪流里，它们在水中旋舞的速度就缓慢得如同挽歌。

他到底该怎么办？

很久以前，当他发现自己即将丧失原有的无名感、产生一种个性时，他本以为情况会像穿上一套太大的衣服，必须长大才能穿。他预期一开始会有些不舒服，有种不合身的感觉；但等到他填满那些空间、成对的形状、衣服在弯曲处形成褶皱、摩擦的地方也变得光滑时，不适感就会消失了。他预期这种过程只会发生一次。他没料到必须经历好几次，或者更糟：发现自己在错的时间被套上错的衣服，或者有好几个部分同时出错，卡在那里动弹不得、挣扎不已。

他望向不可思议的艾基伍德，窗户在将尽的日光下已亮起灯光，是一张遮蔽了很多张脸的面具，或是一张戴着很多面具的脸，他不知道是何者。也不知道自己是何者。

冬天唯一的优点是什么？好吧，他知道答案，那本书他以前就看过了。当冬天来临，春天就不远了。但，噢，是的，他想：可以很远，非常远。

世界的晚年

一楼多边形的琴房内，怀着第二胎的黛莉·艾丽斯正在跟克劳德姑婆下西洋棋。

"就好像每天都是一步棋，"黛莉·艾丽斯说，"每跳一步，你就离——呃，离有条理的年代愈远。以前一切事物都是活的，会给你带来征兆。偏偏你没办法拒绝往前跳，就像你没办法不过日子。"

"我想我懂，"克劳德姑婆说，"但我认为那只是表面。"

"并不是我长大了就变成这样，"艾丽斯把她吃下来的红色棋子分成相等的一堆堆，"别告诉我是世界的晚年这样。"

"小孩是一定比较容易的。你现在是老女人了——都有了自己的孩子。"

"那瓦奥莱特呢？瓦奥莱特怎么说？"

"噢，是啊。嗯。瓦奥莱特。"

"我在想，说不定世界正在变老，没那么有活力了。难道只是因为我老了？"

"大家总是这么猜。但我真的不认为人类有办法感受到世界变老。世界的生命太长了，根本感受不到。"她吃下一枚艾丽斯的黑棋。"你在成长的过程里可能会学到一件事，那就是世界确实很老了，非常老。你年轻时，世界就显得年轻。就这样。"

听起来有道理，黛莉·艾丽斯心想，但还是无法解释她的失落感。感觉那些清晰易见的事物都被她一一抛下、周围的联结也被她一一剪断，每天都是。小时候，她总觉得自己不断受到引诱：总有东西吸引她继续前进、跟随。她失去的是这种感觉。她很肯定自己再也不会再有特殊的敏感度，可以瞥见他们存在的线索和那些特地留给她的信息。当她在阳光下睡觉时，再也不会感觉有衣服扫过她的脸颊。他们总在她睡梦中观察她，但她一醒来他们就逃逸无踪，只留下周围骚动的树叶。

来吧，来吧，她小时候他们常这么唱。现在她却动不了了。

"该你了。"克劳德姑婆说。

"唔，你那么做是有意识的吗？"黛莉·艾丽斯问，但不完全是在问克劳德姑婆。

"做什么？"克劳德姑婆说，"长大吗？不。好吧，就某个角度而言是的。那是无可避免的，你要么领悟，要么拒绝领悟。欢迎还是不欢迎，也许就当成一场交换，尽管你总归会输。不然你也可以拒绝，然后让那个本来就保不住的东西被强行夺走，什么补偿也没得到，从来没看出可以进行交换。"她想到奥伯龙。

透过琴房的窗户，黛莉·艾丽斯看见史墨基拖着脚步回家，身影从一片不均匀的老旧玻璃跳到下一片，产生阵阵折射。是的：倘若克劳德姑婆所言属实，那么她在这场交易里算是得到了史墨基。而她拿去当作交换的则是这份活生生的感觉：她和史墨基的姻缘是他们一手促成的，史墨基是他们为她挑选的，那些吸引他爱上她的眼神、那漫长的订婚期和这桩修成正果的安适婚姻都是他们一手安排的。因此她虽然得到了承诺中的东西，却失去了这份"一切出自命定"的感觉。这让她拥有的东西（史墨基和平凡的幸福）显得脆弱易失，仿佛只是出自巧合。

害怕。她感到害怕。但怎么可能呢？倘若真已成交，而她也尽了本分、付出了这么多代价、不惜麻烦做了这么多准备，她又怎么可能失去他呢？他们会那么狡诈吗？她真的如此无知吗？但她还是感到害怕。

她听见前门小心关上，片刻后就看见穿着红格子夹克的医生走出去

151

跟史墨基会合，拿着两把猎枪和其他装备。史墨基看起来很惊讶，接着猛然瞪大眼睛、拍了自己的额头一下，仿佛记起了一件事，接着就认命地从医生手中接过一把猎枪。医生正指出可能的路线，风从他的烟斗里吹出橘色的火花。史墨基跟他一起转过身朝外面的公园走去，医生还在比手画脚地说话。史墨基曾一度回头，望向楼上的窗户。

"该你了。"克劳德姑婆又说了。

艾丽斯低头看着已然变得不连贯又毫无条理的棋盘。此时索菲从琴房走过，穿着法兰绒睡衣和艾丽斯的羊毛衫。有那么一刻，两个女人停止了游戏。并不是索菲让她们分了心，事实上她似乎对她们视若无睹；她看见了她们，却视而不见。事实是当索菲走过时，有那么一刻她俩似乎对周遭世界有了强烈的感知：外头狂野的风和棕色的泥土、傍晚的时刻、白日本身，以及这栋房子在时光里的挪动。就在这时候，不知是因为索菲突然引起的这场全面性的感应，还是因为索菲本身，黛莉·艾丽斯突然明白了一件之前一直不明白的事。

"他要去哪里？"索菲自言自语，把一只手摊开在有弧度的窗玻璃上，仿佛刚发现自己置身一个牢笼里，而这玻璃正是笼子的屏障或铁条。

"打猎。"黛莉·艾丽斯说。她吃下一只国王，说："该你了。"

无惧的猎食者

德林克沃特医生的祖父拥有很多猎枪，收藏在撞球室的一个柜子里。德林克沃特医生每年秋天大概只会打开柜子一次，取出其中一把，拆下枪膛、清理干净、装上子弹，然后出去猎鸟。尽管热爱动物（也可能正因如此），医生认为自己跟红狐狸或谷仓里的猫头鹰一样有资格当肉食性动物（倘若吃肉是他的天性）。他吃肉时那种发自内心的喜悦（啃食骨头和软骨、开心地舔掉手指上的油脂）更是让他坚信自己确实天生如此。但他认为自己若要当肉食性动物，就必须能够亲手杀死食物，而不是把那血腥的工作让别人代劳、自己只坐享已经处理完毕的成品。一年打一两次猎，无情地从天上射下几只羽毛鲜艳的鸟，将它们血淋淋且张着大嘴地拎回家，似乎能满足他这方面的顾忌。当松鸡或野雉从树丛里噗噗飞起时，他总有点迟疑，但他对树林的了解和隐秘的行动多少补足了这点，因此他通常有不错的收获。这么一来他就可以把自己视为无惧的猎食者，一整年尽情食用牛羊了。

用他这套逻辑说服了史墨基之后，他这阵子常带史墨基一起去。医生是左撇子，史墨基是右撇子，因此两人应该不大可能血腥地互相射杀。尽管史墨基不怎么认真也没什么耐性，他却是天生的枪手。

"我们还在你们的土地上吗？"越过一道石墙时史墨基这么问。

"是德林克沃特家的土地，"医生说，"你知不知道长在这里这种扁扁的银色地衣可以活好几百年？"

"我的意思就是你们德林克沃特家的土地。"史墨基说。

"其实你知道吗？"医生说着把枪架好，选定一个方向，"我不是德林克沃特家的人。我不姓德林克沃特。"这让史墨基想起医生对他说的第一句话："我没在执业。"当时他这么说。

"技术上而言我是个私生子。"他把格子帽压得更低，不带怨恨地思考这件事，"非婚生子，而且从来没有任何人合法收养我。主要是瓦奥莱特把我带大的，还有诺拉和哈维·克劳德。但从来都没办过正式手续。"

"哦？"史墨基摆出感兴趣的样子，但他其实知道这段故事。

"家族里的陈年往事了，"医生说，"我父亲跟埃米·梅多斯有过一段，呃，一段情。你见过她。"

"他上了她，使她怀了你。"史墨基差点不可原谅地脱口说出这句话。"是的，"他说，"现在是埃米·伍兹了。"

"嫁给克里斯·伍兹很多年了。"

"嗯。"史墨基的意识里是不是有一段什么样的记忆呼之欲出，却在最后一秒倏忽抽离？是个梦吗？

"我是他们的结晶。"医生的喉结颤动了一下，但史墨基无法分辨是不是因为情绪上涌的缘故。"我想你若到那片草丛去，应该会找到好地点。"

史墨基听命行事。他架好他那把古老的英国制立式双管猎枪，镂刻的保险栓已经打开。他跟家里其他人一样，不大喜欢到户外漫无目的地闲晃，特别是下雨的时候。但倘若有个代表性目的，例如今天这样，他就可以忍受种种不适。但他倒是希望至少能开个一枪，就算什么都没打到也没关系。正当他心不在焉地想着这件事时，前方纠结的灌木丛旁传来了两声枪响，褐色子弹直冲天际。史墨基惊呼一声，但医生才刚高喊"给你！"他就已经举起了枪杆。接着，仿佛他的枪管就绑在它们尾巴上似的，他瞄准一只、发射，再瞄准第二只、再发射，然后惊愕地放下枪观望，两只鸟都从空中坠落，撞上褐色的杂草，重重地摔落地面。"糟糕。"他说。

"射得好。"医生痛快地说，内心只有一丁点夹杂罪恶感的惊恐。

责任

他们绕了一大圈才带着四只猎物朝屋子走回去，傍晚的天气已冷冽如冬。此时他们行经一样之前就让史墨基大感困惑的东西。他已经很习惯在这里看见半途而废的建筑计划，暖房和神殿都有，虽已荒弃但还不算突兀，但怎么会有一辆旧汽车在田野中央锈得不成车样呢？还真的是非常老旧，躺在那里应该有五十年了，半埋在土里的轮子带着寂寞的古早风味，跟埋在中西部草原上那种坏掉的大篷车轮子没什么两样。

"没错，是辆 T 型车，"医生说，"以前是我父亲的。"

他们在一道石墙旁停下，像猎人一样共享一壶温热的酒，那辆旧车还在视线范围内。

"我长大以后，"医生说着用袖子擦擦嘴巴，"就开始询问自己的身世。他们确实对我吐露了埃米和奥古斯特的事，但你知道，埃米一直想假装那一切都没发生过，假装她只是我们家的一个老朋友，就算大家都心知肚明，连克里斯·伍兹都知道。而且我每次去拜访她，她都会哭。至于瓦奥莱特，好吧。她似乎已经完全忘记奥古斯特了，但你永远摸

154

不清她。诺拉只说过一句：'他跑了。'"他把酒壶递回来。"最后我终于鼓起勇气问了埃米故事的来龙去脉，结果她就变得……呃，很害羞，很……我想只能用少女情怀来形容了。奥古斯特是她的初恋。有些人就是永远忘不了，对吧？就某种角度而言，我引以为傲。"

"以前私生子在人们眼里是很特别的，"史墨基补充，"看法很两极。例如《红字》的珠儿。还有那一本书的艾德蒙……"

"我那时正值很想弄清楚这一切的年纪，"医生继续说，"想找出自己到底是谁。找出自己的身份，你知道吧。"史墨基其实不知道。"我想我父亲跑了，据我所知就像从人间消失了一样。我有没有可能做出一样的事？我会不会有一样的倾向？倘若我在浪迹天涯了不知多久之后找到他，我就会逼他跟我相认。我会用手抓住他的肩膀——"医生摆出姿势，可惜这个画面的强度因为他手中握了一只酒壶而大打折扣，"——然后说'我是你儿子'。"他往后一靠，郁郁地喝了口酒。

"结果你跑掉了吗？"

"跑了，算跑了吧。"

"结果？"

"噢，我其实没跑多远。而且家里总是会寄钱来。我取得了医师资格，但我从来都没怎么在执业。算是见识了大世界。但我回来了。"他害羞地微笑，"我猜他们知道我会回来。索菲·岱尔知道我会，至少她现在是这么说的。"

"始终没找到你父亲。"史墨基说。

"这个嘛，"医生说，"可以说有，也可以说没有。"他凝视着田里那堆废铁。不久它就会成为一团说不出形状也长不出草的小山丘，接着什么也不剩。"我猜真的是这样，你知道，外出历险，最后发现要找的东西就在自家后院。"

他们身旁的低处，有只田鼠一动不动地躲在它石墙上的藏身处观察他们。它闻到了他们猎物的腥味，他们的嘴仿佛大快朵颐似的动个不停，但却不是在吃东西。它蹲在一片它和它祖先不知蹲了多久的粗糙地衣上，百思不解。它一思考鼻子就会动个不停，还朝向他们出声

155

的地方竖起半透明的耳朵。

"追问太多是不行的，"医生说，"不要去追问那些既定的事。那些无可改变的事。"

"对啊。"史墨基说，却没那么肯定。

"我们。"医生说，而史墨基认为自己明白这"我们"包含哪些人、不包含哪些人。"我们有我们的责任。不能就这样跑去追逐某种东西，完全不理会其他人想要或需要什么。我们必须想想他们。"

田鼠想着想着就睡着了，但当这两个庞然大物站起来收拾好他们那些古怪的东西时，它又蓦地惊醒。

"有时我们就是无法完全了解。"医生说，仿佛这是他付出某些代价才学到的智慧。"但我们有自己的角色要扮演。"

史墨基喝了口酒，把酒壶盖上。难道他真的意图抛弃责任、甩开角色，做出这么可怕、这么不像他、这么绝望的事？你寻寻觅觅的东西就在自家后院里：以他的个案而言，还真是个阴郁的笑话。好吧，他无从分辨，也求助无门，但他知道自己已经厌倦挣扎了。

况且，他心想，这反正不会是史上第一遭。

收获

每年享用狩猎大餐的这一天都堪称年度大事。一整个礼拜都有人来访，跟克劳德姑婆密会一下、缴付租金或解释他们为何付不出租金（由于对地产和地产价值毫无概念，史墨基并不惊奇德林克沃特家的土地有多广大、管理方式有多奇特——但这场年度盛会看在他眼里倒是很有封建社会的味道）。访客大多也会带份小礼，例如一加仑苹果酒、一篮苹果，或一些包在紫色包装纸里的西红柿。

弗勒德一家人、汉娜和桑尼·努恩就任何角度而言都算是他们最大的佃户，他们留下来吃晚餐。鲁迪自己也带了只鸭子来加菜，桌上铺着散发薰衣草香气的花边桌巾。克劳德姑婆打开了她那盒打过蜡的结婚银器（她是德林克沃特家唯一有收过这种礼物的新娘，因为克劳德

156

家人很注重这种事），烛光照得它们亮晶晶，也照耀着水晶杯的琢面，只是今年打破了一个，让人很心痛。

他们拿出很多喝了令人昏昏欲睡的深色葡萄酒，是沃尔特·欧西恩每年酿造、隔年再倒出装瓶的，那是他带来的礼物。大家举起酒杯，在油亮亮的禽鸟肉和一碗碗秋收的食物上方互相祝酒。鲁迪站起来，啤酒肚有点越过了桌子边缘，说道：

祝福一家之主
也祝福女主人
还有这张餐桌旁的所有小孩。

那一年，小孩包括了他自己的孙子罗宾、桑尼·努恩刚出生的双胞胎，还有史墨基的女儿泰西。

妈妈也高举酒杯说了：

愿你们有遮风避雨之所
有火炉温暖你们
但最重要的，当雪花纷飞时
我愿你们有爱。

史墨基开始一段拉丁文的贺词，但黛莉·艾丽斯和索菲发出哀号，因此他只好重新来过：

鹅、烟草、古龙水：
慷慨的心定会获得
三只翅膀、足蹬黄金的天堂预言，使之发酵
再透过铃声和人声传播，
弥补我们受到征召的骨灰逐渐消褪的影子。

157

"'逐渐消褪的影子'很不错，"医生说，"还有'受到征召的骨灰'。"

"我倒是不知道你抽烟。"鲁迪说。

"而我也不知道你有一颗慷慨的心，鲁迪。"史墨基开朗地说，闻到了鲁迪的旧香料牌古龙水。他又为自己倒了些酒。

"我就念一段我小时候学过的吧，"汉娜·努恩说，"然后就别啰唆了。"

> 天父、圣子和圣灵
> 吃得最快，得到的就最多。

支配

晚餐过后，鲁迪从餐具柜里翻出一堆堆沉重的旧唱片，已经多年没使用了，积着一道道圆弧状的灰尘。他挖到了一些宝藏，不时因为找到睽违已久的老朋友而发出欢呼。他们把唱片放上唱盘，随之起舞。

黛莉·艾丽斯跳完一轮就无法再跳了，因此她用手按着自己巨大的腹部，看别人跳舞。身材高大的鲁迪把他娇小的老婆像个娃娃般甩来甩去，艾丽斯猜想他一定花了很多年才学会如何跟她一起生活而不弄碎她。她想象他沉重的身躯压在她身上。不，她八成会爬到他身上，就像爬一座山。

> 丹金甜甜圈，呦吧呦吧
> 丹金甜甜圈，呦吧呦吧
> 丹金甜甜圈——哗啦！丢进咖啡里！

史墨基眼神明亮、手脚灵活，开朗的模样令她发笑，就像个太阳。所谓"个性阳光"就是这个意思吗？他这个跟世俗脱节的人又怎会知道这些疯狂歌曲的歌词？他跟索菲共舞，身高勉强可以带舞，勇敢但不熟练地踩着舞步。

苍白的月亮爬上青山

太阳落入蓝色的海洋

　　像个太阳，却是她内心的小太阳，由内而外温暖她。她有种似曾相识的感觉，仿佛自己正从远方或从高处看着他、看着他们大家。她曾经觉得自己很渺小，舒适又安全地住在史墨基这栋大屋里，有空间可以活动，但又永远不会跑出去。现在她却更常有相反的感觉。随着时光过去，似乎换他变成了小老鼠，住在她这栋大屋里。她确实感觉自己愈来愈庞大。她的外围不断扩张，她觉得自己总有一天会把艾基伍德塞满，变得跟它一样大、一样老、一样稳健地踏在地面上、一样有空间。而她忽然想到：随着她的体形愈来愈庞大，她爱的人一定也相对变小了，从她身旁离去、把她留在这里。

　　"我没乱来，"史墨基用一种梦幻又贫弱的假音唱道，"全部的爱都留给了你。"

　　她周围的谜团似乎愈来愈多。她笨重地起身，史墨基朝她走来，但她说：不，不，你留下吧，然后吃力地爬上楼梯，仿佛抱着一颗巨大脆弱且即将孵出来的蛋（这也是事实）。她认为自己也许该去寻求一点建议，否则等到冬天就没机会了。

　　她在床边坐下，隐约听见下方传来的音乐，他们似乎不断重复唱着"铁皮杯"和"高帽子"。她已经明白该去寻求建议时会得到什么建议：她只是需要把她已经知道的事再清楚地听一遍，因为它已被日常生活、无谓的希望和同样无谓的绝望磨得黯淡模糊。倘若这真是个"故事"，而她是故事中的一角，那么她和其他人的任何动作（不论是起身跳舞、坐下吃喝、祝福、诅咒、喜悦、渴望、犯错）都必是故事的一部分。就算他们想逃离或抗拒这个故事，那也是故事的一部分。他们为她挑选了史墨基，接着她自己也选择了他；或者说是她先选择了他，然后他们才为她选择了他。不管怎样，故事就是这样。倘若他一英寸以英寸地悄悄远离了她，经由日常生活里一些她偶尔才能明确察觉的小动作与她渐行渐远，那么失去他、失落的程度，以及造成"失落"的每一种动作（眼神、逃避的眼神、缺席、愤怒、安抚、欲望）也全都是故事的一部分，隔绝了他俩，如同层层亮光漆隔绝了漆器上的彩绘鸟、层层雨水隔绝了冻结在池塘里的树叶。就算出现新的转折，就算眼前的幽暗巷道突然柳暗花明又一村，甚至引领他们来到十字路口，有路标谨慎指出各种可能性，也都是故事的一部分。还有黛莉·艾丽斯眼中所有的智者、那些她认为会把这个故事不断转述下去的人也一样。故事的叙述跟德林克沃特和巴纳柏家族的人生是同步的，一天一天、一小时一小时。而那些说故事的人不必为故事情节负责，因为故事其实不是他们编的，也并非真正由他们说出，他们只是透过某种她不懂的方法得知故事会如何发展而已。这点对她而言应该就够了。

"不，"她大声说，"我不相信。他们有力量。只是我们有时不大懂他们打算如何保护我们。而你就算知道，你也不会说。"

"对啦，"鳟鱼爷爷似乎阴郁地这么回答，"驳斥长辈，以为你比较懂。"

她平躺在床上，交握双手支撑腹中的孩子。她不觉得自己比较懂，只是任何建议她恐怕都听不进去。"我会怀抱希望，"她说，"我会快乐。有些东西是我不知道的，例如他们的礼物，时机到了就会送来，而且会在最后一刻出现。故事都是这样写的。"她知道鳟鱼爷爷一定会讥讽回应，但她不愿倾听。当史墨基吹着口哨开门进来、身上散发着酒气和索菲的香水味时，她内心那不份断扩大的东西（那道浪潮）终于冲上浪峰，于是她开始哭泣。

看见一个从不哭泣、向来平静理智的人流出眼泪是很吓人的事。她似乎被眼泪的力量给撕裂了，使劲闭着眼睛、咬着拳头想把泪水逼退。害怕又惊恐的史墨基慌忙赶来，仿佛要抢救身陷火堆的孩子：不假思索，也没想过自己究竟要怎么做。他试着握起她的手，柔声对她说话，但她只是抖得更厉害，烙在她脸上的红色十字变得更加显眼。因此他环抱住她，试着扑灭火焰。他不顾她的反抗，尽可能将她抱紧，隐约知道自己可以借着温柔攻势全力击溃她的悲伤（不论这悲伤是什么）。他不确定自己是否就是罪魁祸首，不确定她会抱紧他寻求慰藉还是愤怒

160

地将他撕碎。但他反正没有选择的余地，拯救也好、牺牲也好，只要能让她停止受苦就好。

　　虽然一开始并不愿意，但她软化了，用力拉扯他的衬衫，仿佛想撕碎他的衣服。"跟我说，"他说，"跟我说。"仿佛说了就没事似的。但他无力阻止她的痛苦，如同此刻他已无力阻止她在临盆之际浑身冒汗、大叫出声。况且她也不可能告诉他自己哭泣是因为心头浮现这样一个画面：森林里的一汪黑潭，不断有金色落叶如流星般落下，每片叶子落水前都在水面上方盘旋一会儿，仿佛精心挑选自己的溺水地点。还有水里那条被诅咒的大鱼，冷得无法说话或思考：虽然她还是她自己，但那条鱼却被故事牺牲了。

第三章

来吧，让我看着你沉入满是宁静思绪的梦境，

缓缓拖延，直到你的双眸平静如水，

风已消失，吹往无人知晓的他方。

——华兹华斯

"乔治·毛斯。"史墨基说。莉莉紧紧抓着父亲的长裤，朝他手指的方向望去。乔治穿过雾气而来，靴子在水坑里踩出水花，但莉莉吸着手指，一双睫毛纤长的眼睛对他无动于衷。他穿着他那件黑色大斗篷，斯文加利帽因淋雨显得松垮垮，一边走上来，一边对他们挥手。"嘿，"他嘎吱嘎吱地爬上楼梯，"嘿——!"他拥抱了一下史墨基。帽缘底下，他的牙齿闪闪发光，带有黑眼圈的眼睛炯炯有神。"这位叫什么来着，泰西吗?"

"是莉莉。"史墨基说。莉莉躲到了父亲背后。"泰西是大姑娘了，六岁了。"

"噢，老天爷。"

"是啊。"

"时光飞逝。"

"噢，进来吧。最近怎么样?你该先写封信的。"

"我今天早上才决定来的。"

"有原因吗?"

时光飞逝

"我发神经了。"他决定不告诉史墨基自己吃了五百毫克的佩露希达，此时药效已经发作，正冷冷吹拂他的神经系统，就像第一个冬日。今天刚好是史墨基结婚以来的第七个冬至。一大颗佩露希达胶囊搞得乔治蠢蠢欲动，因此他把奔驰开出来（那是毛斯家族仅存的实质财富之一），然后一路往北开，直到路上只剩已经倒闭的加油站。他把车停在一间空屋的车库内，深深吸着那带有霉味的浓稠空气，然后徒步上路。

前门在他们身后关上，黄铜零件和椭圆形的玻璃发出一阵浑厚的咔啦声。乔治·毛斯用夸张的姿态脱下斗篷，逗得莉莉哈哈大笑，而冲下大厅看是谁来了的泰西则戛然止步。黛莉·艾丽斯跟在她身后，穿着一件长长的羊毛衫，双手插在口袋里。她跑过去亲吻乔治，两人贴近时，他突然产生一种令人眩晕且不合礼教的化学欲望，不禁笑出声来。

他们全部朝亮着黄色灯光的客厅走去，结果在大厅长长的窗间镜里看见了自己。乔治在镜前拉住他们，两手分别搭着他俩的肩膀，端详着镜中倒影：他自己、他表妹、史墨基，还有突然从母亲两腿间钻出来的莉莉。变了吗？好吧，史墨基又开始蓄胡子了，他以前就试着留过，但刚认识乔治时把它刮了。

他的脸变得较为枯瘦，乔治只知道用更"属灵"来形容（这个字就这样强硬地浮现脑海）。属灵。小心了。这人很能自我掌控。艾丽斯，两个孩子的妈了，多惊人！他突然觉得看见一个女人的孩子就像看见一个女人的裸体，因为你会觉得她的脸看起来不一样，脸不再是全部。而他自己呢？他可以看见自己胡子里的斑白，看见微微驼背的瘦长躯干，但那没什么，打从他开始照镜子以来他就一直是这张脸。

"时光飞逝。"他说。

163

肯定的危险

客厅里的人正在准备一份长长的购物清单。"花生酱,"妈妈说,"邮票、碘酒、苏打水这几个——要买很多,还有含皂清洁布、葡萄干、洁牙粉、酸辣酱、口香糖、蜡烛……乔治!"她拥抱了他一下,在写清单的德林克沃特医生抬起头。

"你好,乔治,"克劳德姑婆坐在火炉边的角落里说,"别忘了香烟。"

"纸尿裤,便宜的那种,"黛莉·艾丽斯说,"火柴、卫生棉条、三合一油。"

"燕麦片,"妈妈说,"你家人都好吗,乔治?"

"不要燕麦片!"泰西说。

"还不错。我妈还撑得住,你也知道。"妈妈摇摇头。"我已经大概,呃,一年没看到弗朗兹了?"他在医生写字的鼓形桌上放了些纸钞。"一瓶杜松子酒。"他说。

医生写下"杜松子酒",但把钞票推走。"阿司匹林,"他想起来,"樟脑油。抗组织胺剂。"

"有人生病了吗?"乔治问。

"索菲最近很怪,在发烧,"黛莉·艾丽斯说,"时好时坏的。"

"没有了吗?再问最后一次。"医生说着抬头看他太太。她搓搓下巴,苦于无法确定,因此最后决定一起去。大家在大厅里追着医生补充购物清单。他戴上帽子(他头发几乎全白了,像脏兮兮的原棉),再戴上一副他突发奇想认为一定要戴的粉红框眼镜。他拿起一只咖啡色信封,里面装着他必须处理的文件,宣告自己已经准备好,因此大家全部跑到前廊去给他们送行。

"希望他们路上小心,"克劳德姑婆说,"地上很湿。"

他们听见车库里传来断断续续的嘎吱声。安静了片刻,接着就是一阵较稳健的引擎发动声,旅行车随即小心翼翼地倒上车道,在湿漉漉的落叶上留下两道不明显且不久就会消失的胎痕。乔治·毛斯大感讶异。大家聚精会神地站在这里,只是为了看一个老人小心翼翼地开车。

排档杆嘎嘎作响，接着是一阵肃穆的寂静。乔治当然知道他们不是天天把车开出来，知道这算是桩大事，知道医生无疑整个早上都在清理两侧木质车壳上的蜘蛛网、赶走那些打算在看似一动不动的座位底下筑窝的花栗鼠，知道他现在正把这台老旧机器像铁甲一样穿上身，准备到大世界里去征战。他不得不把这车送给他的乡下亲戚。他大城里所有的朋友都对这辆车抱怨不休，反之他的表亲虽不常把这辆二十年老车开出去，倒是对它充满敬意。他笑着跟大家一起挥手道别，想象医生上路的模样：一开始很紧张、要他老婆别吵、小心翼翼地换档，接着转上大公路，开始享受从车窗外滑过的棕色景致和自己稳健的操控能力，直到哪辆大卡车从旁呼啸而过、差点把他从路面上掀起。这家伙开车肯定很危险。

山丘上

乔治说他绝不想待在屋里，虽然天气不好，但他来是为了呼吸新鲜空气之类的话。因此史墨基戴上帽子、穿上雨靴、拿起拐杖，陪他到小山上去走走。

德林克沃特在山丘上弄了条步道，最陡的地方还铺了石阶，瞭望点则有简朴的长凳，山顶上还有一张石桌，可供人一边赏景一边吃午餐。"午餐就别吃了。"乔治说。细雨已经停歇，比较像是中场暂停，雨滴一动不动地挂在空中。他们沿着小径往上走，绕过长在溪谷里的树木上方。乔治欣赏着枝叶上银色水滴的排列方式，史墨基指出零星飞鸟的名字（他学会了很多鸟的名字，特别是那些奇奇怪怪的）。

"不过说真的，"乔治说，"最近怎么样？"

"灰蓝灯草鹀。"史墨基说。"很好啊，很好啊。"他叹了口气，"只是冬天一到就很难熬。"

"老天，没错。"

"不，在这里更难熬。我也不知道。并不是我想改变什么……只是有几天夜晚会受不了那种忧郁。"乔治觉得史墨基的眼睛几乎要泛起了泪光。乔治深深吸了口气，湿气和树林令他欢喜无比。"是啊，真糟糕。"他快乐地说。

"一天到晚待在家里，"史墨基说，"大家都挨在一块儿。而且那里人这么多。大家似乎愈缠愈紧。"

"你是说在那栋房子里吗？你在里头可以晃荡好几天呢。好几天！"他想起小时候一个类似的午后。当时他跟家人一起来过圣诞节，结果为了找到他很肯定藏在某处的圣诞礼物，他在三楼迷了路。他走下一排窄得如同导流槽的古怪阶梯，发现自己跑到了另一个地方。到处都是怪异的房间，客厅里有一张满是尘埃的壁挂，随着气流阴森飘动，而他自己的脚步声听起来竟像别人的脚步声，嗒嗒朝他走来。一会儿之后他就找不到原本那排楼梯了，因此他开始大叫。他又找到另一排楼梯，接着听见德林克沃特妈妈的声音在远方叫他。他再也无法自已，于是一边大叫一边狂奔着把所有的门都打开，直到最后终于打开一扇教堂似的拱门，发现他两个表妹在那里洗澡。

他们坐在德林克沃特用弯曲多瘤的木柴打造的椅子上。透过那排光秃秃的树木，他们可以看见灰蒙蒙的远方。可以勉强看出灰色的州际公路，光滑的线条从邻郡蜿蜒而过，有时甚至可以透过浓浊的空气听见遥远的卡车声，像怪兽吐了口气。史墨基指出一条支线，亦或是九头蛇的一只脑袋，它断断续续地穿越山丘朝这个方向而来，然后戛然而止。景色中唯一鲜明的东西就是那些沉睡中的黄色挖土机、人造怪兽，能够搬动并摇晃大地。但它们不会再靠近。考察员、供应商、承包商和工程师都在那里止步，陷入困境、裹足不前，所以那条若有似无的支线将永远不会化为实体、穿过艾基伍德周围那五座城镇。史墨基知道这点。"别问我怎么知道的。"他说。

但乔治·毛斯却在思考一个计划，想把大城里他们家族那个街区所有的建筑（大部分是空屋）结合并封锁起来，形成一面无法穿越的巨大墙幕（就像城堡的中空城墙），把街区中心的花园围起来。这时就可以拆除街区内部的附属建筑和其他东西，把全部的花园空间改造成一座牧场或农庄。他们可以在那里栽植作物、饲养牛群。不，养山羊更

166

好。山羊体形较小，也较不挑食。可以挤羊奶，偶尔还可以宰只小羊来吃。乔治没杀过任何比蟑螂大的东西，但他曾在"一家波多黎各餐厅吃过小羊肉，现在一想起来就口水直流"。虽然他知道史墨基在说话，但他却没听见史墨基说什么。他说："但状况到底是怎样？到底怎么回事？"

"噢，我们受到了'保护'，你知道的。"史墨基含糊说道，一边用他的拐杖抠着黑色的泥土，"但要受到保护，总得付出代价，不是吗？"他一开始什么也不懂，他现在还是不认为自己比较懂了。虽然他知道得付出代价，但他并不确定这份代价究竟是已经付出、将要付出，还是暂时延后；不清楚他冬天这种隐约的感觉，觉得自己被夺走了某种东西、被催促、被吸干、做了很多牺牲（他也说不上来是什么），是否代表债主已经满意了，还是说那些透过窗户偷窥、在烟囱里大叫、群聚在屋檐下、在荒废的上层房间爬来爬去的妖孽其实一直在提醒他们大家还有一桩债务未了、一份贡品未收，而且根据妖孽的原则，甚至还要赚取一笔史墨基连算都不敢算的可怕利息。

但乔治却在思考如何透过"烟火秀"来呈现出"行动理论"的基本概念（他在一本畅销杂志里读到了这个理论，觉得很有道理、非常有道理）：一开始可以先根据理论的诠释方式表达出一场行动的不同元素，呼啸声升高、在最高点光芒四射、一枚彩色炸弹爆炸；然后再透过烟火的组合来呈现"后续"行为，各式各样的多重行为，符合生命与时光之律动的壮阔行为。概念在一片火花中消失。他摇摇史墨基的肩膀，说："但到底怎么样？你过得怎么样？"

"老天，乔治。"史墨基说着站起来，"我能说的都告诉你了。我冻僵了。我猜今晚就会结冰，圣诞节说不定会有雪。"其实他知道一定会有，这是说好的事。"咱回去喝点热可可吧。"

可可与面包

可可是热腾腾的咖啡色，周围还浮着巧克力泡泡。克劳德姑婆丢进去的那颗棉花糖在里头翻滚冒泡，仿佛正快乐地溶解。黛莉·艾丽

167

斯指导泰西和莉莉如何把它轻轻吹凉、从握柄端起来喝，然后看着沾在唇上的咖啡色痕迹哈哈大笑。在克劳德姑婆小心翼翼的照料下，它没在表面上长出一层皮，但乔治并不介意有皮，反正他母亲的热可可向来都有层皮。"万街教堂"招待的热可可也一样，从前他母亲似乎总会在这样的日子带他和弗朗兹到那间不分宗派的教堂去。

"再来个面包吧。"克劳德姑婆对艾丽斯说。"一人吃两人补。"她告诉乔治。

"你不是认真的吧。"乔治说。

"我认为是真的，"艾丽斯说，咬了一口面包，"我很能生。"

"哇。这回是男孩。"

"不，"她信心满满地说，"又是个女孩。克劳德姑婆说的。"

"不是我说的，"克劳德姑婆说，"是纸牌。"

"我们会把她取名为露西，"泰西说，"露西·安和安迪安德班班巴纳柏。乔治有两道胡子！"

"谁要把这端上去给索菲？"克劳德姑婆问，她把一杯热可可和一个面包放在一个十分古老的黑色亮漆托盘上，上面绘有一个发丝银亮、满身星星的精灵，正在喝可乐。

"我来吧，"乔治说，"嘿，克劳德姑婆，可以帮我算算吗？"

"当然啊，乔治。你应该是我们的一员。"

"希望我找得到她的房间。"他咯咯笑着说。他小心翼翼端起托盘，察觉自己的手已经开始发抖。

他用膝盖推开索菲的房门，当时索菲正熟睡着。他一动不动地站在房里，感受到阵阵蒸汽从那杯热可可里冒上来，希望她永远不要醒来。重温这种青春期的偷窥心情（膝盖发软、喉咙干渴）感觉很奇怪，但现在这感觉却是那颗疯狂胶囊和半裸着躺在凌乱床上的索菲引起的。她露出一条修长的腿，脚尖指向地板，地上躺着一件她脱下来的和服式睡袍，一双中国绣花拖鞋在睡袍底下若隐若现。她柔软的乳房已经从皱皱的睡衣里露了出来，跟着她的呼吸缓缓起伏，还因为发烧而微微发红（他温柔地想）。但就在他贪婪凝视的同时，她似乎感受到了他的

168

目光，因此她在睡梦中拉好衣服、翻过身去，把脸颊贴在一只握拳的手上。她这动作漂亮得令他又想笑又想哭，但他克制自己，既没笑也没哭，只是把托盘放在她挤满了药瓶和一团团面纸的桌上。为了挪出空间，他把一本大大的相簿或剪贴簿移到了床上，于是索菲醒了。

"乔治。"她平静地说，伸伸懒腰，没有任何惊奇之色，可能是以为自己还在睡觉。他把黝黑的手轻轻放在她额头上。"嗨，小可爱。"他说。她躺在枕头间，闭着眼睛，有那么一刻又陷入了梦乡。接着她说了声"噢"，然后挣扎着在床上跪坐起来，整个人清醒了。"乔治!"

"好点了吗?"

"我不知道。我刚才在做梦。热可可是给我的吗?"

"给你的。你梦到了什么?"

"嗯。不错。睡觉会让我肚子饿。你也一样吗?"她从面纸盒里抽出一张粉红色的面纸，擦掉沾在唇上的可可。刚抽出一张，下一张立刻就冒了出来。"噢，梦到好多年前的事。我猜是因为那本相簿。不，你不能看。"她把他的手从相簿上推开。"一些淫照。"

"淫照?"

"我的照片，很多年前的。"她露出微笑，用那种德林克沃特家特有的方式低下头，从可可杯上方偷瞄他，依然睡眼惺忪，"你来这里做什么?"

"来看你。"乔治说。一见到她，他就明白自己所言属实。但她对这份殷勤毫无反应。她似乎忘了他的存在，再不然就是突然想起了一件毫不相关的事，热可可才要举到唇边就忽然打住。她缓缓放下杯子，两眼出神，仿佛专注于某种内在的东西。接着她似乎挣脱了思绪，有点害怕地轻笑一声，突然抓住乔治的手腕，仿佛想稳住自己。"只是一些梦，"她说，仔细端详着他的脸，"发烧的缘故。"

精灵孤儿

她人生最幸福的时光都是在梦里度过。她最大的快乐莫过于遁入另外那个世界，感觉自己的四肢变得温暖沉重、眼皮后方闪闪烁烁的黑

169

暗变得规律，接着通道就开启了，意识长出猫头鹰的羽翼和趾爪，变得不再只是意识。

她从那份单纯的快乐开始，逐渐熟悉了所有那些叫不出名字的技艺。首先必须学会听见那个微小的声音：当我们在梦境里被虚幻的自我取代时，那一小块残存的自我意识就如同守护天使般陪伴我们，低语着"你在做梦"。秘诀是必须听到它但不予理会，否则你就会醒来。她学会听见这道声音，而它告诉她不管多可怕，梦里的伤痕都伤不到她，她总是毫发无伤地安然醒来，安全无比，因为她就躺在温暖的床上。从那时起她就不再害怕任何噩梦，她在睡梦中化身为但丁，跟做梦的维吉尔一起经历了种种令人欣喜又有启发性的恐怖事件。

接着她发现自己可以醒来，跳过清醒状态，再回到同一个梦中。她也可以建构层层梦境，先是梦见自己醒来，然后再梦见自己从那场梦里醒来，每次都梦到自己说：噢！只是一个梦！直到最后终于带着美妙无比的感觉真正清醒，从她的旅程归来，楼下则传来早餐的香味。

但不久她就开始在旅途上逗留，愈走愈远，愈来愈晚也愈来愈不愿意归来。她原本担心自己若是大半个白天和一整个晚上都待在梦境里，那么她总有一天会耗尽所有能够转化成梦的材料，担心她的梦会变得单薄、没有说服力、重复性太高。但事实恰恰相反。她旅行得愈深入（离清醒的世界愈远），虚构的景致就变得愈发华丽而创意十足，种种历险也更加完整壮阔。怎么会这样？她编织梦境的材料倘若不是得自清醒的人生，得自书本、图片、情爱、渴望、真正的道路、真正的岩石和踩在上面的真正的脚趾，那么会是得自哪里？那些传说中的岛屿、阴郁偌大的库房、复杂的城市、残酷的政府、无解的难题以及令人信服的滑稽配角又是从哪儿来的？她不知道，后来她渐渐就不在乎了。

她知道实际生活里挚爱的亲人都很担心她。他们的关心会跟随她入梦，但一进入梦境就会转变成复杂的困扰和凯旋后的团圆，因此她便选择以这种方式来应付他们和他们的关心。

现在她甚至学会了最后一项技艺，既能让她的秘密生活变得更有力量，也能压抑真实生活里的疑问。她学会让自己任意发烧，随之而来的就是发烧时才会有的那种可怕、强烈、白热的梦境。她一开始还为这场成功兴奋不已，并没看出这样的双重剂量有多危险。她太仓促就抛弃了清醒时的大部分生活（反正它最近已变得既复杂又无望），带着罪恶的狂喜偷偷躲回她的病床上。

只有在某些梦醒时分（例如此刻在乔治·毛斯面前陷入沉思的时候），她才会突然了解这是种多么可怕的瘾：了解自己踏上了不归路，已经迷失在这片领域，在不知情的状况下走得太深、无法脱逃。唯一的退路就是继续深入，弃械投降、继续朝内飞去；要缓解这场可怕的瘾，唯一的方法就是继续沉迷。

她紧紧抓住乔治的手腕，仿佛他活生生的血肉可以让她真正清醒。"只是一些梦，"她说，"发烧的缘故。"

"当然，"乔治说，"发烧的梦。"

"我全身酸痛，"她说着抱住自己，"睡太多了。同一个姿势躺了太久还是什么的。"

"你需要按摩一下。"他的声音是否透露了什么？

她左右扭动修长的躯干。"你愿意吗？"

"这还用说？"

她背过身去，在印有图案的睡衣上指出酸痛的地方。"不不不，亲爱的，"他仿佛在对一个孩子说话，"像这样，在这里趴下。用枕头垫着下巴，这样对。我坐在这里，你挪过去一点，我先脱鞋子。舒服吗？"他开始帮她按摩，透过薄薄的睡衣感受到她发烧的体温。"那本相簿。"他说，没有一刻忘记过它。

"噢。"她说，声音低沉沙哑，因为他正按压着她的肺部。"奥伯龙的照片，"她伸出手按住那本相簿，"我们小时候拍的，一些艺术照。"

"什么样的艺术照？"乔治说，按摩着她的肩膀，倘若她有翅膀，一定就是长在这里。

她仿佛无法抗拒似的微微掀起封面，接着又放下。"他不知道，"她说，"他不觉得这些很猥亵。唔，确实不猥亵。"她翻开相簿。"下面一点，对，再下面一点。"

171

"啊哈。"乔治说。乔治以前也认识这些全身赤裸、散发着珍珠光泽的孩子,如今她们就抽象地呈现在这些照片上,却因为不是真正的血肉而显得更加淫荡。"不如把这件睡衣脱掉吧,"他说,"这样好多了……"

她出神地缓缓翻阅相簿,抚摸着某些照片,仿佛想重温那个日子、那段过去、那肉体的触感。

有张照片是艾丽斯和索菲站在一些水渍斑斑的石头上,背景里有一道失焦的瀑布,正疯狂地倾泻而下。前景里有些朦胧的树叶,点点日光在某种光学作用下放大成数十只瞪得又大又圆的眼睛。裸体的孩子们正俯视着一座光亮如丝的黑水潭(索菲周围的黑暗光环皱缩成一圈,像含苞的花朵或紧闭的小嘴)。她们究竟看见了什么,让她们露出微笑、舍不得抬起睫毛浓密的眼睛?照片下方工整写着照片的标题:八月。索菲用手指轻轻抚触照片上艾丽斯的大腿和骨盆交界处,那线条柔和细致,仿佛她当时的皮肤比后来的薄。她把银色的脚踝和纤长的双脚交叉着,仿佛它们即将变成一条人鱼尾巴。

还有一些小小的照片,用黑色贴纸从四角固定在页面上。有一张是索菲瞪大眼睛、张大嘴巴、四肢全部张开,仿佛诺斯底教派里的 X 符号,代表小宇宙中的孩童女性。她那头还没修剪的发丝也蓬松无比、花白一片(其实是金色的),衬着一片模糊黑暗的夏季树影。另一张是艾丽斯在脱衣,一只脚从她的白色棉内裤里抽出来,浑圆的臀部已开始长出细细的毛发。乔治饥渴地透过奥伯龙的眼睛看着这两个女孩像自然影片上的花朵般随着时光绽放,窥探着她俩也窥探着过去。稍等一下……

她让相簿停留在那一页,而他则继续动作,换了姿势也改变了手势,她在床单上张开双腿,发出某种窸窣声。她让他看那张"精灵孤儿"。她们发上插着花朵,肢体交缠。躺在草地上,她们用双手捧着对方的脸颊,眼神忧郁,仿佛即将张着嘴巴接吻:也许是为了拍摄一张既孤苦又梦幻的纯真艺术照,而摆出寂寞慰藉的姿态。但索菲记得那不是在演戏。她的手无力地从页面上滑落,双眼也失去了焦距。不重要了。

"你知道我现在要做什么吗?"乔治问,他已无法克制。

"嗯。"

"你知道吗？"

"知道。"只是一阵气音，"知道。"

但她并不是真的知道，因为她已再次脱离了意识，安全地降落在遥远的另一端（可以飞翔），落入了那个珍珠色的、没有黑夜的午后。

最小的大牌

"任何纸牌都一样，"克劳德姑婆说，从盒中取出绒布袋、再从袋中取出纸牌，"一套共有五十二张，代表一年的五十二周，四种花色代表四季，十二张宫廷牌代表十二个月，而你若算得对，共有三百六十四点，代表一年的所有日子。"

"一年有三百六十五天。"乔治说。

"我说的是旧历年，那时他们比较无知。可以再丢根木柴到火炉里吗，乔治？"

他一边拨弄炉火，她一边发牌。他内心（或者应该说正在楼上睡觉）的那个秘密让他胸中一片温暖，禁不住微笑，但他的肢体末梢却冰冷无比。他拉下毛衣的袖子，把手缩进去。双手简直冷得像骷髅。

"而且，"克劳德姑婆说，"共有二十一张大牌，编号从零到二十。有人物、地点、事物、概念。"大牌一张张落下，印着权杖、圣杯和剑的漂亮徽章。"还有另一组大牌，"克劳德姑婆说，"我手边这些还没有它们大，那组大牌上有……噢，太阳、月亮和大概念。我这些叫——我妈都叫它们最小的大牌。"她对乔治微笑了一下。"这里有个人物，是'表亲'。"她把这张牌放进圆圈，思考了片刻。

"告诉我最糟的状况吧，"乔治说，"我承受得住。"

"最糟的，"躺在扶手椅上看书的黛莉·艾丽斯说，"她不可能告诉你。"

"最好的也不可能，"克劳德姑婆说，"只能说出一些有可能发生的事。但隔天、隔年或下一个小时的事我就说不出来了。现在安静，让我想想。"纸牌已经变成了环环相扣的圆圈，就像一道道思绪，因此克劳

173

德姑婆告诉乔治一些他会遭遇的事，她说有一小笔遗赠，来自一个他从来都不认识的人，但不是金钱，而且是意外留下来的。“你看，‘礼物’在这里，然后这里有个‘陌生人’。”

乔治望着她咯咯发笑，一方面是因为算命，一方面是因为想起当天下午的事（他打算趁大家都去睡时再偷偷再来一次）。他没注意到克劳德姑婆打开最后一张牌时陷入了沉默，也没看见她噘起嘴、犹豫了一下，才把最后一张牌放进牌阵中心。是个地点：“视野”。

“所以呢?”乔治说。

“乔治，”她说，“我不知道。”

“不知道什么?”

“没错。”她伸手拿烟，却发现烟盒空了。她见识过这么多牌阵，意识中已经充满了太多可能出现的牌，有时甚至互相交叠。她感到似曾相识，觉得自己看的不是一场单一事件，而是一系列当中的一个单元；仿佛她以前解过的某个牌阵上贴着一张“待续”标签，而现在毫无预警浮现眼前的就是后续发展。但这些牌也全都跟乔治有关。

“假设，”她说，“‘表亲’那张牌是你。”不。那样说不通。有一样东西、一件事实是她不知道的。

乔治当然知道是什么，因此突然一阵紧张。这种害怕被发现的感觉似乎很荒谬，但还是非常强烈，仿佛他走进了陷阱。“噢，”他终于能说话了。“反正这样就够了。我自己恐怕也不想知道未来的每一步。”他看见克劳德姑婆摸了摸那张“表亲”的牌，然后是那张叫“种子”的牌。噢，老天爷，他心想。就在这时候，车道上传来了旅行车粗哑的喇叭声。

“得有人去帮忙他们卸货。”黛莉·艾丽斯说，挣扎着从扶手椅上起身。乔治一跃而起。“不不，亲爱的，你现在别动，你坐好。”他离开房间，像个修士般把冰冷的双手塞在袖子里。

艾丽斯笑着再次拿起书本。“你是不是吓到他啦，克劳德姑婆？你看到了什么?”

克劳德姑婆只是低头看着面前的牌阵。

打从一阵子前，她就开始觉得自己误解了那些小大牌。它们诉说的其实不是她周遭的小事件；应该说，这些小事件是一场连锁反应中不同的部分，而这场连锁反应是件大事，非常大的大事。

牌阵中央，那张名叫"视野"的纸牌上呈现出一条条交会的走廊或走道。每条走廊上都是一道又一道的门，各不相同，先是拱门，接着是门楣、列柱……以此类推，直到艺术家再也创造不出新花样，而他精细的版工（真的非常精细）也已无法呈现更多作品。这些走廊上还有其他的门，通往其他方向，也许每扇门后面都是一片跟这条走廊一样无穷无尽且千变万化的视野。

一个关键时刻，也就是出入口、转折点，只有在这一刻才能同时看见全部的路。这是乔治，这一切都是他。他就是那个视野，但他却不知道，而她也不晓得要怎么告诉他。这不是"他的"视野：他就是视野本身。是她透过"视野"看见了各种可能性。但她无从表达。她只知道（现在终于确定）她解过的所有牌阵全是一个更大格局中不同的部分，而乔治做过、即将做出，甚或此刻正在做的一件事也是格局里的一个元素。而在任何格局里，各个元素都不会是独立的，它们会反复出现、环环相扣。这件事会是什么？

屋里到处都是家人的声音，大声呼喊、搬东搬西、踏在楼梯上的脚步声。但她却专注在这个地方，盯着那无穷无尽的分岔、转角和走道。她觉得自己也许就置身其中，也许她身后就有一扇门，也许她就坐在那扇门和纸牌上的第一扇门中间。她若转过头，可能也会在自己背后看见绵延不绝的拱门和楣石。

公平而已

每到晚上，特别是天冷的时候，房子就会喃喃自语，也许是因为它有好几百个关节、数不清的夹层，还有很多堆在木材上的石材。它会发出各种咯咯咿咿哼哼吱吱的声响，例如有一样东西在阁楼里掉落，就会间接造成地下室的另一样东西松脱、落地。松鼠在屋顶上抓痒，老鼠探索着壁板和大厅。深夜里，一只大老鼠蹑手蹑脚地溜出来，腋下夹着一瓶杜松子酒，手指按着嘴唇，试图想起索菲的房间在哪里。他差点被一级莫名其妙冒出来的阶梯绊倒。这栋屋子里所有的阶梯都莫名其妙。

他的脑袋还停留在中午。那颗佩露希达的药效还在，但已经变得令人不舒服，依然刺激着肉体和意识，现在却是残酷又难受，兴味全失。他的肌肉顽抗紧绷，他怀疑自己就算找到了索菲，肌肉也无法放松。啊。有一盏挂在图画上方的壁灯还亮着，旁边就是他想找的那个门把，这点他很肯定。他正要快步走过去，门把就阴森森自己转动了，因此他连忙躲回阴影里。门开了，史墨基走出来，肩膀上披着一件老旧的睡袍（乔治注意到是领子和口袋周围镶有一圈绲边的那种），然后谨慎地把门静静关上。他驻足了一会儿，似乎叹了口气，接着就拐过一个转角离开了。

根本不是这扇该死的门，乔治心想。万一我跑进了他们房间怎么办？或者这是小孩的房间？他困惑离去，不抱希望地搜遍螺旋状的二楼，一度想往下一层碰碰运气，因为他也许昏了头、多爬了一层却没发现。接着他不知怎么就找到了一扇门，理智告诉他这一定是索菲的门，但其他感觉却认为并非如此。

他有些害怕地开了门，踏进房间。

那是个有屋顶窗的房间，泰西和莉莉躺在斜斜的天花板下睡得香甜。他借着夜灯看见了鬼魅般的玩具，有只熊的眼睛闪闪发光。两个女孩（其中一个还睡在有栅栏的摇篮里）一动不动，他正要关门离去，却惊觉房里还有别人，就在泰西的床附近。有人……他把头探到门后偷瞄。

这个人正从他深灰色斗篷的褶子里掏出一个深灰色的袋子。由于他戴着一顶深灰色的西班牙式宽边帽，乔治看不到他的脸。他走向莉莉的摇篮，用戴着深灰色手套的手指从他的袋子里捏起一撮东西，小心翼翼地洒在她熟睡的脸上。一道黯淡的金黄色细沙落到她眼睛上。此时他转过身去，却似乎在收起袋子的同时感应到僵在门旁的乔治。他越过斗篷高高的领子瞄向他，因此乔治看见了他平静而眼皮肥厚的深灰色眼睛。他带着某种类似怜悯的眼神看了他一会儿，摇了摇他沉重

176

的头，仿佛在说"你没有，小子，今晚没你的份"。这也是合情合理的事。接着他转过身去，帽上穗带一阵晃动，斗篷一甩，发出一声低沉的"啪"，随即消失在他方，应是赶往其他较有资格的人身边了。

因此当乔治终于回到自己凄凉的床上时（碰巧就在虚拟卧室），他躺了好几个小时都睡不着，干涩的眼球快要从眼眶里蹦出来。他把杜松子酒抱在怀里，不时啜着酸冷的酒汁寻求慰藉，黑夜跟白天在他燃烧不止的意识里变得混乱破碎。但他确实领悟到他试图进入的第一个房间（也就是史墨基出来的那间）正是索菲的房间，错不了。但随着活跃的神经突触一一熄灭，其余那些令人战栗的思绪也缓缓消散。

黎明将至时，他发现下雪了。

第四章

平凡的天空，盛装的人，

银河，天堂鸟，

穿越群星听见钟声，灵魂之血，

香料国度；

一种被理解的东西。

——乔治·赫伯特

"圣诞节，"德林克沃特医生说，一张红润的脸平稳地朝史墨基滑过来，"跟别的日子都不一样。它似乎不是接在前面那些日子后面，不知你懂不懂我的意思。"他熟练地朝史墨基滑过来然后又滑走，画出长长的圆形轨迹。前仰后合的史墨基认为自己应该懂，他双手在空中平举，不像医生那样利落交握在背后。黛莉·艾丽斯双手插在一个又破又旧的皮手筒里，从他身旁平稳滑过。她看了毫无进步的他一眼，然后在滑走的同时嘲笑似的摆出一个俯冲的姿势，纯粹为了使坏。但他却没看到，因为他的眼光似乎离不开自己的脚。

与牛顿的共识

"我的意思是，"德林克沃特医生再次出现在他身边，"每个圣诞节似乎都是紧跟着上一个圣诞节，中间那些月份都不算数。圣诞节不是跟着前面的秋天，是跟着前一个圣诞节。"

"没错，"妈妈说，她庄重地在附近滑来滑去。她把两个孙女拖在

178

身后，就像大木鸭拖着小木鸭。"似乎才刚过完一个圣诞节，下一个就到了。"

"嗯哼，"医生说，"我倒不尽然是这个意思。"他像架战斗机般突然转向，挽起索菲的手。"小家伙们都如何？"史墨基听见他说，她发出笑声，两人随即一起斜着身子急速飙离。

"每年都有进步。"史墨基说，突然不由自主转过身去。他又回到了黛莉·艾丽斯的路径上。铁定会相撞的，但他无能为力。他恨不得自己有在屁股上绑个枕头，就像搞笑明信片上那样。艾丽斯的身影愈来愈大，然后熟练地瞬间停下。

"你觉得该不该让泰西和莉莉进屋去？"她问。

"我留给你们决定。"妈妈说着再次拉着她们的雪橇从旁经过。女孩的圆脸包在毛皮里，红润光亮如野莓，但她们下一秒就消失了，艾丽斯也一样。让女人家去决定吧，他心想。他得学会简单的前进技巧，但她们这样在他身边来来去去，实在让他头晕。"嘿呦。"他说，差点又失败，但索菲突然出现在他身后，助了他一臂之力，将他推向前。"你最近怎么样？"他心不在焉地说，两两相会时打声招呼似乎是应该的。

"不忠。"她说。这冷冷的字眼在空气里凝结成一团小小的雾气。

史墨基的左脚踝拐了一下，但右脚却自行向外滑去。他转了一圈，重重跌在冰上，对一个屁股没几两肉的人而言，简直是直接撞击尾椎。索菲绕着他打转，笑到自己也差点摔跤。

干脆坐在这里等屁股结冰吧，史墨基心想，像树根一样被冰攫住，直到冰雪融化……

上周的雪并没有堆积起来，只下了一夜而已，第二天早上就下起了倾盆大雨。乔治·毛斯眼神空洞、表情困惑地踏着泥浆离去，大家都认为他感染了索菲的病毒。雨像止不住的泪水般不断倾泻，淹没了宽阔的草坪，狮身人面像在那里默默颓圮。接着气温骤降，因此圣诞夜早上的世界是一片铁灰色，结着闪亮的冰，天空也是一样的铁灰色，只有太阳在云层后方形成一片白色光晕。草坪硬得可以溜冰，房子看起来就像铁路模型里的迷你屋，放在一个小镜子做的池塘旁边。

索菲依然在他周围打转。他说："你是什么意思？不忠？"

她只是神秘一笑、将他扶起，接着就转身以一个神秘的动作轻松滑走。他虽看在眼里，却怎么也学不起来。

根据一项无可改变的定律，倘若一只溜冰鞋向前滑，另一只就铁定会向后滑。他若能弄清楚别人究竟如何克服这条定律，应该就会进步神速。他似乎可以一直唰唰唰地在原地滑动，是现场唯一遵守牛顿定律的人。直到他摔倒。没有永恒的运动。但就在这一刻，他突然抓到了窍门，因此他顶着早已麻痹的屁股滑过冰面来到前廊的阶梯前。克劳德姑婆威严端坐在阶梯上的一张毛毯上，守着靴子和热水瓶。

"他们承诺的雪呢？"他问，结果克劳德姑婆也露出一抹神秘微笑。他扭开保温瓶，取下盖子，把掺了朗姆酒的柠檬茶倒进藏在瓶盖里的杯子里，也帮克劳德姑婆倒了一杯。他喝下热茶，蒸汽缓解了他鼻孔里的寒意。他感受到一股凄凉又莽撞的不满。不忠！她是在开玩笑吗？多年前当他跟黛莉·艾丽斯第一次上床时，他曾从她身上得到一份无价之宝，但当他企图把它套到索菲脖子上时，它却像珍珠一样变黑，然后灰飞烟灭。他从来不知道索菲的感觉，但他却无法相信连索菲自己也不知道（虽然他已从黛莉·艾丽斯口中得知这点）：她挣扎、困惑，而且跟他一样恍恍惚惚。因此他只是看着她以一种表面的意志来来去去，然后自行揣测、想象、假设。

她背着双手从草坪上滑过，然后转了个弯朝前廊溜过来。她在冻结的池塘边缘转身，停下时在脚边凿起了一阵飞溅的碎冰。她在史墨基身旁坐下，拿走他手中那杯茶，依然微微喘着气。史墨基发现她头发里有个东西，是一朵小小的花，再不然就是一个花形的珠宝。他凑近些看，结果发现那是一朵雪花，完整绝美，他甚至可以数出边角、分辨出不同的部位。他才说出"是一朵雪花"，立刻有另一朵落在旁边，接着又一朵。

给圣诞老人的信

圣诞节时，每个家庭都有不同的方法来让圣诞老人知道自己的心愿。很多人是用寄信的方式，提早寄件、收件地址写北极。这些当然都不会寄达，邮差各有异想天开的方法可以处理这些邮件，但绝对不会是真的送信。

德林克沃特家的人向来使用另一种方法，但没有人记得这招是怎么想出来的。他们把信息写在纸上，放到书房的火炉里烧掉。这座火炉的瓷砖上绘有溜冰者、风车和猎物的蓝色图案，似乎再适合不过，而且它的烟囱是最高的。这时烟会飘往北极（孩子们总吵着要跑出去看），或至少会飘进大气层，留给圣诞老人去解读。这是个复杂的过程，但似乎很有效，而且执行时间一定是圣诞夜，因为那时的愿力最强烈。

机密性很重要，至少大人的信是如此。孩子们一定会忍不住告诉大家自己想要什么，况且莉莉和泰西的信本来就得由别人代写。此外还得提醒她们自己曾经提过哪些愿望，因为随着圣诞节接近，孩子们总会忘记自己想要什么。你不是想给泰迪找个弟弟（一只熊）吗？你还想要一把跟爷爷一样的猎枪吗？想要双刃溜冰鞋吗？

但这些事大人照说是可以自行决定的。

在那个结了冰的圣诞夜，满怀期待的午后时分，黛莉·艾丽斯在一张巨大的扶手椅上缩起双腿，把一面折叠式棋盘放在腿上充当书桌。"亲爱的圣诞老人，"她写道，"请给我一个新的热水瓶，什么颜色都行，只要不是那种水煮肉似的粉红色。还要一枚跟克劳德姑婆一样的玉戒指，我想戴在右手中指。"她思考了一下。在消逝的日光中，她勉强可以看见雪落在灰白的大地上。"还要一件拼布袍子，"她写，"要到脚踝那么长。还要一双毛拖鞋。我也希望这个孩子比两个姐姐好生。倘若你办得到这点，别的东西就没那么重要了。彩带糖很好吃，而且现在都买不到了。先谢谢你了。艾丽斯·巴纳柏（姐姐）。"她从小就会这样加注，以防混淆。她犹豫地看着那张小小的蓝色便条纸，已经快被这几个愿望填满了。"附记："她写，"我妹妹和我先生一起跑到了某个

181

地方，你若能把他们带回来，我将感激不尽。ADB 笔。"

她心不在焉地把便条纸折起来。在古怪的静谧中，她可以听见父亲打字机的声音。克劳德姑婆坐在鼓形桌旁托着腮，用一根很短的铅笔写字，她双眼湿润，可能是眼泪，但最近她的眼睛总是泪眼迷蒙的，八成只是因为老了。艾丽斯的头枕在柔软的椅背上，仰望上方。

喝饱了朗姆茶的史墨基在楼上的虚拟书房坐下，开始写信。他写坏了一张纸，因为那张不稳的写字桌在他谨慎的笔尖下摇摇晃晃，因此他在桌脚下垫了一个火柴盒，然后重新开始。

"亲爱的圣诞老人，我想我应该先解释一下我去年的愿望。我不会找借口说我那时有点醉了（虽然那是事实），况且我现在也一样醉（这已经变成圣诞节的习惯了，因为跟圣诞节有关的一切都会变成习惯，你一定知道）。总之呢，倘若我那时的要求吓坏了你或耗尽了你的力量，那么我道歉。我那时只是想无礼地稍稍发泄一下而已。我知道（我的意思是我猜）你没办法把一个人送给另一个人，但事实是我的愿望实现了。也许那是因为我当时一心只想这件事，而心诚则灵。所以我不知道该不该感谢你。我的意思是我不知道这件事是不是你促成的，也不知道我感不感激。"

他咬了咬笔杆，想着去年圣诞节早上进入索菲房间叫她起床的情景。由于实在太早（泰西等不及了），窗外依然漆黑一片。他不知道该不该道出始末。他从没跟任何人说过，但由于这封即将焚毁的信机密性极高，他不禁有点想吐露一切。但是不行。

医生说的没错，圣诞节是紧跟着上一个圣诞节，不是跟着前面的日子。过去几天来史墨基已经看清了这点。不是因为仪式都一样：用雪橇把圣诞树运回来、温柔地拿出古董装饰品、在门楣上挂起德鲁伊教派的绿叶。只是从去年圣诞节开始，他整个人盈满了浓烈的情绪，这种情绪与圣诞节无关，毕竟他小时候对这日子的着迷向来比不上万圣节。他会在万圣节戴上有特色的面具（海盗、小丑），在营火点点、烟雾弥漫的夜里游荡。但他明白从现在起，每到这个季节他就会被这种情绪淹没，就像大地被雪遮盖。原因是她，不是圣诞老人。

182

"总之，"他再次动笔，"我今年的愿望有点模糊。我想要一台机器，用来把旧式割草机的刀片磨利。我想找回吉本全集里不见的那一本（第二册），应该是有人把它拿去当门挡结果弄丢了。"他还想附上出版社和日期，只觉一阵寂静的无力感袭来，愈陷愈深。"圣诞老人，"他写，"我只想拥有一种人格，我不想要一大堆人格，而且只要有人看着我，"（他想的是索菲，还有艾丽斯、克劳德姑婆、医生、妈妈，最主要是艾丽斯。）"有一半人格都想转头逃走。我想勇敢诚实地扛起自己的责任。我不想置身事外，让一堆狡诈的虚构人物替我过活。"他停下笔，发现自己的字迹已经变得潦草无比。他犹豫该使用什么末启词，本想写"敬上"，但又觉可能略显嘲讽戏谑，因此最后学他父亲只写个"谨启"，听起来含糊而冷静。管他呢！他签了名：伊凡·S.巴纳柏。

他们已经带着蛋酒和各自的信聚集在楼下的书房里。医生把他的信像真的信一样折了起来，背面因为标点点得太用力而凹凸不平。妈妈的信纸是从一个咖啡色纸袋上撕下来的，很像一张购物清单。它们全部被火吞噬了，只是莉莉的信一开始并没烧成功，因为她尖叫一声，试着把它丢进火炉里，偏偏纸张这种东西是没办法丢的（随着她年岁愈大、愈优雅聪慧，她就会学到这件事）。泰西坚持要出去看。因此史墨基牵起她的手、把莉莉扛到肩上，一起到屋外去看烟飘走。飘落的雪花在房子的灯光下仿如鬼魅，在升起的烟雾里融化。

收到这些信息时，圣诞老人摘下眼镜，用手指按摩着发痛的鼻梁。他们究竟要他怎样？一把猎枪、一只玩具熊、雪鞋、一些漂亮的东西和一些实用的东西……噢，好吧。但其余那些……他真是愈来愈搞不懂众人在想什么了。但时候不早了，倘若他们（或其他人）明天对他感到失望，那也不会是头一遭。他取下挂在墙上的毛帽、拉上手套、走出屋外，还没上路，就已莫名其妙地感到疲倦。繁星点点的夜空下是一片彩色的极地荒原，亿万颗星的亮光仿佛发出了叮当声响。驯鹿在他靠近时抬起了毛发蓬乱的头，让鹿头当当作响，而脚下的万年积雪也在他靴子踏过时发出了窸窣之音。

多一人的空间

圣诞节过后不久，索菲就开始觉得自己的身体仿佛被拆开来，以一种完全不同的方式重新包装。还不知道原因时，这些感觉令她眩晕；接着等她猜到时，就变得有趣，甚至令人敬畏。而等到最后（当过程已经结束、新住客已毫不客气地完全安顿好时），感觉则是舒服：有时简直舒服至极，就像一种新的睡眠方式，但也充满期待。期待！就是这个词没错。

当索菲终于对父亲坦承自己的状况时，他也没什么好多说的，毕竟他自己也是这样生下来的。身为一个父亲，他多少必须说些重话，但还不到谴责的地步，而且从来都不必怀疑"该拿它怎么办"——光是想到自己还在埃米·梅多斯肚子里时若有人产生那种想法，他就一阵颤栗。

"噢，老天爷，多个人也没关系，"妈妈擦去一滴眼泪。"毕竟这又不是史上第一遭。"她跟大家一样猜不透孩子的爹会是谁，但索菲什么也不说，或者说她曾低垂着眼睛，用小到不能再小的声音说她不想透露。因此这件事最后也无从追究了。

不过当然必须告诉黛莉·艾丽斯。

这份消息和这个秘密，索菲第一个透露的人就是黛莉·艾丽斯。或者应该说是第二个。

"史墨基。"她说。

"噢，索菲，"艾丽斯说，"不是吧。"

"正是。"她说，执拗地站在艾丽斯房门口，不愿进去里面。

"我不相信，我不相信他会这样。"

"你最好相信，"索菲说，"你最好适应这件事，因为它是不会消失的。"

索菲的神情（也可能是她口中这件难以置信的惨事）令艾丽斯有些疑惑。"索菲，"两人静静看了对方片刻之后，她轻声说道，"你睡着了吗?"

"没有。"她很不悦。但当时还很早，索菲还穿着睡衣，史墨基一小时前才搔着头起床去学校。艾丽斯是被索菲叫醒的，由于这实在太不寻常、太反常了，有那么一刻艾丽斯希望……她躺回枕头上，闭起眼睛。但她自己也没在睡觉。

"你没怀疑过吗？"索菲问，"你从来都没想过吗？"

"噢，应该有吧。"她用手遮住眼睛，"当然有。"索菲那种口气仿佛期待艾丽斯应该要知道似的。她坐起身子，突然感到生气。"但搞出这种事！我的意思是你们两个！你们怎会这么愚蠢？"

"我猜我们只是情不自禁吧，"索菲直直看着她，"你知道的。"但她在艾丽斯面前终究失去了勇气，因此垂下眼睑。

艾丽斯撑起身子，靠在床头板上。"你非得站在那里不可吗？"她说，"我又不会揍你。"索菲静静站着，有点彷徨又有点畏惧，跟莉莉打翻东西时一模一样，害怕自己被叫过去不只是为了把污渍擦干净而已。艾丽斯不耐烦地挥手要她过去。

索菲光着脚踩过地板，发出细微的声响。当她带着一个古怪羞涩的微笑爬到床上时，艾丽斯发现她法兰绒睡衣底下什么也没穿。这一切都让她想起多年前的亲密时光。那时我们人这么少，她心想，爱这么多、人这么少，难怪我们会全部纠缠成一团。"史墨基知道吗？"她冷静地问。

"知道，"索菲说，"我先告诉他了。"

真伤人，史墨基竟然没告诉她；那是索菲进房以来她第一次感到痛苦。她想到他背负着这则消息，

自己却毫不知情。一想到心头就一阵刺痛。"那他打算怎么处理？"她接着问，就像一场教义问答。

"他不……他没有……"

"好吧，你们总得做个决定，对吧？你们两个。"

索菲的嘴唇开始颤抖。她的勇气已经快要耗尽了。"噢，艾丽斯，别这样。"她央求，"我没想到你会这样。"她握住艾丽斯的手，但艾丽斯别过头去，将另一只手的指关节用力按在唇上。"我的意思是，我知道我们这样很可恶，"她看着艾丽斯的脸，试图解读她的表情，"很可憎。可是艾丽斯……"

"噢,我不恨你,索菲。"虽然还是看着其他地方,但她的手指已跟索菲紧紧交扣起来,仿佛万般不愿但又无法控制,"就只是,唉。"看着艾丽斯内心的挣扎,索菲不敢说话,只是把她的手握得更紧,看看会是什么结果。"是这样的,我以为……"她再次陷入沉默,然后清清喉咙,想除去噎在那里的东西,"你记得吧。史墨基是我的真命天子,我以前都是这么想的。我以前总认为我们的故事就是这样。"

"没错。"索菲垂下头。

"只是最近,我好像不大记得他们了。我想不起他们。记不得从前。我是有记忆,却不是……那种感觉,你懂我的意思吗?不像以前跟奥伯龙在一起时那样。"

"噢,艾丽斯,"索菲说,"你怎能忘记?"

"克劳德姑婆说过,当你长大,你就必须拿小时候拥有的东西去换取长大会有的东西。你就算不愿意,到头来也还是会失去,而且什么补偿也没有。"虽然声调稳定,但她眼中已泛起泪光。那泪水仿佛不属于她,而是属于她诉说的那个故事。"所以我想,那我就拿他们去交换史墨基吧。结果他们安排了这场交易。这样也没关系。因为我就算忘了他们,我也还有史墨基,"此时她声音才开始颤抖,"我想我是错了。"

"不!"索菲说,震惊得仿佛听到了亵渎神明的话。

"我猜这种事很平常,"艾丽斯说,颤抖着叹了口气,"我猜你说对了,我们刚结婚时,你说我们不可能拥有像我跟你以前有过的那种东西。你说等着看好了……"

"不,艾丽斯,不!"索菲捉住姐姐的手臂,仿佛想阻止她继续下去。"那个故事是真的,曾经是真的,我向来都知道。绝对、绝对不要说它不是真的。那是我听过最美的故事,而且一切都成真了,跟他们说的一样。噢,我那时好嫉妒,艾丽斯,这对你来说是这么棒的一件事,而我好嫉妒……"

艾丽斯转过来面对她。她的脸令索菲震惊,尽管眼中有泪,却没有悲伤;没有愤怒,什么都没有。"好吧,"艾丽斯说,"你现在应该没什么好嫉妒的了。"她把索菲从肩膀滑下的睡衣拉好,"好了。我们得想想该怎么办……"

"骗人的。"索菲说。

"什么?"艾丽斯困惑地看着她,"什么骗人的,索菲?"

"骗你的,骗你的!"这几乎是种发自内心的嘶吼。"根本不是史墨基!我骗了你!"索菲再也无法面对姐姐陌生的脸,把头埋在艾丽斯膝上大声啜泣。"对不起……我那时好嫉妒,我好想在你们的故事里插一脚,就这样而已。噢,你难道看不出来他不可能吗? 他不会的,他这么爱你。而我也不会,只是我……我想念你。我想念你。我也想拥有一个故事,我想……噢,艾丽斯。"

震惊的艾丽斯只是轻抚妹妹的头,下意识地安抚她,接着:"等等,索菲。索菲,你听我说,"她用两只手抬起索菲的脸。"你的意思是你们从来没有……"

就算泪流满面,索菲还是涨红了脸。"噢,其实有。一两次吧。"她举起一只手阻止艾丽斯开口。

"但都是我的错,每次都是。他自责透了。"她狂乱地把被泪水粘在脸颊上的发丝向后拨开,"他每次都觉得很自责。"

"一两次?"

"呃,三次。"

"你的意思是你们……"

"三次……半。"她几乎要咯咯笑出来,用床单擦了擦脸。她吸吸鼻子。"他每次都要耗上好久才有办法,接着呢,他又顾忌一大堆,几乎都不好玩了。"

艾丽斯讶异地笑出声,她实在忍不住。索菲看见她笑也跟着笑了,但由于她抽抽咽咽,听起来倒比较像是在啜泣。"所以喽,"她说着举起手又重重放下,"就这样。"

"但等一等,"艾丽斯说,"倘若不是史墨基,那是谁?"

"索菲?"

索菲说了。

"不是吧。"

"正是。"

"怎偏偏是他！但……你怎能确定？我的意思是……"

索菲扳着手指一一列出自己如此确定的理由。

"乔治·毛斯，"艾丽斯说，"怎会是他？索菲，这算乱伦。"

"噢，少来了，"索菲不当一回事，"才一次而已。"

"好吧，那么他……"

"不！"索菲说着抓住艾丽斯的肩膀，"不，不能让他知道。死都不能。答应我，艾丽斯。快发誓，永远、永远都不能说出去。不然我会尴尬死。"

"噢，索菲！"真是太令人吃惊了，她心想，哪有这么怪的人。接着她突然一阵情感上涌，意识到自己也想念索菲很久了，甚至忘了她是什么样的人，甚至忘了自己想念她。"好啦，那我们该怎么跟史墨基说呢？这表示他……"

"没错。"索菲在发抖，胸腔不断震颤。艾丽斯挪出一个空位，于是索菲掀开棉被，钻进艾丽斯让出来的温暖空间内。她的脚贴着艾丽斯的腿，冰冷无比，她就这样把脚趾放在艾丽斯身上取暖。

"虽然不是事实，但让他这样以为也不赖，不是吗？我的意思是小孩总得有个父亲吧，"索菲说，"而且绝对不能是乔治，看在老天份上。"她把脸埋在艾丽斯胸前，过了一阵子才用很小的声音说："我恨不得这小孩是史墨基的。"再过一阵子："应该要是他的才对。"接着，隔了一段更长的沉默："想想看。一个宝宝啊。"

艾丽斯似乎可以感受到索菲在微笑。当一个人把脸紧紧贴在你身上时，真有可能感受到他微笑吗？"噢，也许吧，我想，"她抱紧索菲，"应该就是这样了吧。"他们这种生活方式是多么怪异，她心想，她就算活到一百岁也还是无法理解。她自己也露出困惑的微笑，投降似的摇了摇头。好个结局！但她已经很久没看到索菲开心了（倘若她现在是开心的话，而她似乎真的很开心），因此她也只能跟着索菲高兴。夜间才开花的索菲竟然在白天绽放了。

"他确实很爱你，"索菲口齿不清地说，"他会永远爱你。"她打了一个大大的哈欠，抖了一下。

"确实都是真的。全部都是真的。"

也许吧。此时突然有种感觉缠上她的心头，就像索菲熟悉的修长双腿缠上她的腿；也许关于交易的事她想错了，也许他们停止引诱她跟上去，只是因为她老早前就已经抵达了他们想引诱她前往的地点。她并没有失去他们，但她也不必再跟随了，因为她已经抵达了这里。

她突然捏了捏索菲，说："啊！"

但她若在这里，这里又是哪里？史墨基又在哪里？

势必付出的礼物

轮到史墨基时，艾丽斯坐在床上接见他，和稍早接见索菲时一样。只是这回她像个东方女王似的靠在抱枕上，抽着一根克劳德姑婆的咖啡色香烟，每当她感觉自己很伟大时，她就会来一根。"好吧，"她大器地说，"还真狼狈啊。"

史墨基尴尬无比。（而且深感困惑，他一直觉得自己很小心。大家都说这种事永远有风险，但怎么会？）他在房里走来走去，拿起一些小东西端详一番后，再放回去。"我没想到会这样。"他说。

"没有吧。好啦，我猜这种事永远都在意料之外。"她看着史墨基来回走动、到窗边去偷瞄外头雪地上的月光，仿佛他是叛徒，正从他的藏身处往外张望。"可以告诉我事情始末吗？"

他在窗前转身，因为承受巨大压力而垂着肩膀。他长久以来都害怕这场曝光，害怕他的那些假人格被逮到、被迫衣衫褴褛地站出来。"首先，都是我的错，"他说，"你不该恨索菲。"

"哦？"

"我……其实是我霸王硬上弓。我的意思是，这是我设计的，我……就像，就像，噢。"

"嗯哼。"

好吧，你们这些小乞丐统统出来，史墨基心想，你们全玩完了。我也玩完了。他清清喉咙、拉拉胡子、全盘托出，或者几乎全盘托出。

艾丽斯侧耳倾听，一边品味着香烟。她试图把喉咙里那份甜美的大度随着烟吐出来。她知道史墨基叙述时她不该微笑，但她对他充满了善意，很想拥抱他、亲吻他的嘴唇和清楚浮现在他眼中的灵魂，这么勇敢诚实。因此最后她说："你不必一直在那里踱来踱去。过来坐下吧。"

他在这张遭他背叛的床上坐下，尽可能占用愈小的空间愈好。"说穿了只有一两次而已，"他说，"我无意……"

"三次，"她说，"半。"他满脸通红。她希望他不久就可以再次直视她，知道她可以对他微笑。"呃，你也知道，这八成不是史上第一遭。"她说。他依然垂着眼睛。他倒觉得这八成史无前例。他羞愧得像个腹语演员的傀儡般、坐在他膝上。他让它说：

"我答应过会处理好这件事，我会负起全责。我必须这么做。"

"当然。那是对的。"

"而且现在已经结束了。我发誓，艾丽斯，真的。"

"别那么说，"她说，"谁知道呢。"

"不！"

"好吧，"她说，"总是可以再多挤一个人的。"

"噢，别这样。"

"抱歉。"

"是我活该。"

她害羞地挽起他的手，跟他十指交扣，不想打扰到他的罪恶感和悔意。痛苦地停顿片刻后，他确实转过来看着她。她露出微笑。"笨蛋。"她说。在她酒瓶般的棕色眼睛里，他看到了自己的倒影。是其中一个他。怎么了？在她的凝视下，有件完全出乎意料的事正在发生，某种融合，他体内各个无法独立存在的元件正一一接合起来。"你这笨蛋。"她说，于是又有另一个幼稚无能的人格躲回了他体内。

"艾丽斯，听我说。"他说，但她举起一只手捂住他的嘴，仿佛想阻止刚才被她塞回去的东西逃出来。"别再说了。"她说。这很令人惊愕。她又在他身上做出同样的事：第一次是多年前在乔治·毛斯的书房里，当时她创造出他，只是这回她不像上次一样凭空创造，而是用谎言和虚构的事物来创造。他突然一阵胆寒，万一他的愚蠢行径已经超出底线，

190

害他失去了她怎么办？万一他真的太超过了呢？那么他到底要怎么办？尽管她摇头说不，但还来不及阻止，他就已经毫无保留地自愿受罚。但她当初会提出罚则就只是为了像现在一样，未经执行就直接宽恕，而且全心全意。

"史墨基，"她说，"史墨基，不要这样。听我说。关于这个孩子。"

"嗯。"

"你希望是男孩或女孩？"

"艾丽斯！……"

她向来希望（也几乎始终相信）他们定会付出一项礼物，只要时候一到，他们就会把礼物送上（但必须依照他们自己的时间）。她甚至认为当它终于送达时，她一定会认出来，而她确实认出来了。

旧世界之鸟

春天像离心机般缓缓加速，把他们大家全部向外甩去。虽然不明白个中道理，但他们纠结的人生似乎解开了，妥善分散在艾基伍德各处，像一条摊开的金项链：随着日子愈来愈温暖，就变得愈发金黄。医生在一个融雪的日子外出散步，回来说他看到一群水獭从它们冬天的窝里爬出来，共有两只、四只、六只，想想看，它们好几个月来都躲在冰层下一个没比它们自己的身体大多少的空间里。妈妈和其他人纷纷点头叹息，仿佛很了解那种感觉。

有一天，黛莉·艾丽斯和索菲在后正门外快乐地挖土，既是为了改善花圃，也是为了用指尖感受那重获新生的清凉泥土。她们看见一只巨大的白鸟慵懒地从天而降，最初看起来就像一张被风吹走的报纸或一把白伞。那只鸟用长长的红色喙子叼着一根木棍，降落在屋顶一个车轮状的铁制机械上，那原本是旧观星仪的一部分，已经生锈且不再运转。这鸟用红色的长腿在那地方踏来踏去。它放下木棍，歪着头看了它一会儿，又将它换个位子。接着它四下张望，开始用它长长的红色喙子发出咔啦咔啦的声音，把翅膀像扇子般张开。

"那是什么？"

"不知道。"

"它在那里筑窝吗？"

"正要开始。"

"你知道它长什么样子吗？"

"知道。"

"一只鹳鸟。"

"不可能是鹳鸟，"她们告诉医生时，医生这么说，"鹳鸟是欧洲鸟，或者说是旧世界的鸟。它们绝对不会横越大洋。"他跟她们一起冲出去，索菲用她的铲子指向屋顶，这时白鸟已经有两只，分别衔着另外两根木棒。这两只鸟正互相咔啦啦啦叫，把脖子交缠在一起，就像新婚小两口因为忙着亲热而荒废了家务。

德林克沃特医生很久都难以置信，但他用双筒望远镜和参考书确认了自己没看错：这不是一种苍鹭，是不折不扣的白鹳（Ciconia alba）。他兴奋地跑进书房，打出了一式三份的报告，打算把这桩史无前例的惊人事件告知那些他或多或少算是会员的赏鸟协会。他一边找邮票一边喃喃念着"太惊人了"，却突然停下手边的动作陷入深思。他看着书桌上的备忘录。他停止找邮票，缓缓坐下来，抬头看着天花板，仿佛可以看见顶上的白鸟。

露西与莱拉克

那只鹳鸟确实是从遥远的另一个国家来的，但她却不记得自己曾横越大洋。她觉得这里的环境很适合她，在那高耸的屋顶上，可以透过她镶着红框的眼睛沿着她喙子的方向望向很远的地方。在清朗炎热的日子里，当微风轻吹她被太阳晒得发热的羽毛时，她甚至觉得自己几乎可以看见期待已久的那一天：从这鸟类的形体中解脱。她确实一度预见国王的觉醒：国王还会在他的山里睡很久，侍从在他周围睡成一堆。他脸朝下趴在宴会桌上鼾声大作，红色的胡子在他漫长的睡梦

192

中长得好长，如藤蔓般缠上了桌脚。她看见他抽抽鼻子、动了动，仿佛正在做一个可能会把他惊醒的梦，她心脏狂跳了一下，因为只要国王醒来，她自己解脱的日子也就不远了。

但她跟其他那些她叫得出名字的家伙不一样，她有耐心。她会再次从她圆卵石般的蛋里孵出一窝长着细毛的幼雏。她会庄严地踏在荷塘的杂草间，为他们猎杀一票青蛙。她会好好爱她现在的丈夫，这个亲爱的家伙既有耐心又有热忱，会帮忙她带孩子。她不会去渴望，渴望是种致命的情绪。

等到那年尘土飞扬的漫长夏季到来时，艾丽斯生了孩子。她把第三个女儿取名露西，但史墨基觉得这跟另外两个女儿泰西和莉莉的名字太像了，而且他知道自己往后的至少二三十年里一定会常常叫错。"没关系，"艾丽斯说，"反正这是最后一个了。"但实则不然。她会再怀上一个男孩，但连克劳德姑婆都还不知道。

无论如何，倘若索菲某天缩在湖边的凉亭里做梦时所感觉到的是事实：他们要的是下一代，那么这还真是个丰硕的年分。秋分时降了一场霜，让树林灰扑扑一片，但夏季依然如同幽灵般徘徊不去、遥遥无止，地上因而冒出恍恍惚惚的番红花，印第安人不安的魂魄也纷纷从他们的坟墓里飘出来。索菲就在这时候生下了孩子，宣称是史墨基的骨肉。更让人困扰的是，她把她女儿取名莱拉克，因为她梦到母亲手里拿着一枝散发浓浓香气的蓝色丁香花走进她房里，而她一醒来就看见母亲抱着新生的女婴走进她房间里。泰西和莉莉也来了，泰西还小心翼翼抱着她三个月大的妹妹露西一起来看宝宝。

"看见了吗，露西？看到宝宝了吗？跟你一模一样。"

莉莉攀到床上仔细端详莱拉克的脸，此时宝宝就窝在温柔低语的索菲身旁。"她不会待很久。"研究了一会儿之后莉莉说。

"莉莉！"妈妈说，"怎么可以说这种可怕的话！"

"噢，她就是不会嘛。"她转向泰西，"她会吗？"

"不会。"泰西说，把怀里的露西从一手换到另一手。"但没关系。她会回来的。"看见外婆如此震惊，她这么说，"噢，别担心，她不会死或怎样的。她只是不会留在这里而已。"

"而且她会回来，"莉莉说，"过一阵子。"

"你们为什么这么想？"索菲问，不大确定自己是否完全回到了真实世界，不知道有没有听错。

两个女孩不约而同耸耸肩。连耸肩的方式都一样，只是迅速扬起肩膀和眉毛然后又放下，仿佛这只是一个简单的事实。她们看着妈妈一边摇头，一边帮忙索菲引诱白皙粉嫩的莱拉克吸奶（是种很棒的、既舒适又疼痛的感觉）。索菲因疲倦与惊奇而昏昏欲睡，一边哺乳就再次坠入梦乡，而莱拉克不久也睡着了，或许她也是一样的感觉。尽管两人间的脐带已经剪断，她们说不定还做着同样的梦。

第二天早晨，鹳鸟离开了艾基伍德屋顶上那凌乱的窝。她的孩子既没告别也没道歉就离开了家（她并不意外），而她先生也走了，希望明年春天还会重逢。她自己也只待到莱拉克诞生那天为止，因为她得通报这个消息（她向来遵守诺言）。因此她朝着和她家人完全不同的方向飞去，顶着长长的喙子、在秋天的黎明张开扇子般的翅膀，双腿如同旗帜般延伸在后。

小与大

史墨基和田鼠一样拒绝相信冬季，努力享受夏日天空，直到很晚都还躺在地上凝望苍天。但这个月份的名字里已经有个 R 了，克劳德姑婆觉得这对神经、骨骼和组织不好。奇怪的是，他竟选用那些变动不已、随着季节更替的星座来纪念夏天，但天空转得这么慢，看似根本没在动，所以他反而感到安慰。但他只要看看手表，就知道它们也跟着候鸟飞往南方去了。

在猎户座升起、天蝎座落下的那个夜晚，气温几乎跟八月一样温暖，这其实只是天气上的巧合，但那个日子其实就标记着夏日的最后一天。他跟索菲和黛莉·艾丽斯躺在被羊群吃得光秃秃的田野上，三人的头靠得很近，就像窝里的三颗蛋，在星光下看起来也跟蛋一样白。

他们把头紧靠在一起，因为这样，只要有人指出一颗星星，手指的方向就会或多或少落在其他人的视线内，否则他们恐怕整个晚上都得不断说明"那一颗，在那里，我指的那里"，却因为好几十亿英里的视差而无法精准。史墨基腿上放了一本摊开的观星指南，还带了一把手电筒，上面罩着一张原本包着荷兰奶酪的红色玻璃纸，用以杜绝光害。

"鹿豹座。"他说着指向挂在北方的一串星星，但并不清晰，因为天际在线还有光。"就是鹿豹的意思。"

"这鹿豹又是什么呢？"黛莉·艾丽斯溺爱地说。

"其实就是长颈鹿，"史墨基说，"鹿加花豹。长着豹纹的鹿。"

"天上为什么会有一只长颈鹿？"索菲问，"它怎么跑到那里去的？"

"我猜你应该不是第一个这么问的人，"史墨基笑道，"想象一下，人们第一次抬头看那里，然后说，老天爷，那只长颈鹿在那里干吗？"

天上的动物仿佛逃离了动物园，从男男女女、神明英雄的生命中蹿过。此外还有黄道带（那天晚上他们三人的星座都看不到，全都跟着太阳到南方去了）。不可思议的银河星尘如一道彩虹般横越他们上空。猎户俄里翁在天际在线抬起一条腿，紧跟着他的猎犬天狼星。他们发现了此刻升起的星座。木星挂在西天发光，闪也不闪一下。整片夜空如同一把斑斑点点的遮阳伞，边缘装饰着赤道带，沿着歪曲的伞骨绕着北极星旋转，速度慢得无法察觉，却稳定无比。

史墨基根据小时候读过的书描述星空里环环相扣的故事。对史墨基而言，那些图案是如此不具体又不完整、故事如此琐碎（至少某些是），因此他觉得一定全都是真的：赫拉克勒斯看起来根本不像赫拉克勒斯，除非有人告诉你他在那上面并指出确切位置，否则一定没人找得到他。某棵树可以追溯到达佛涅身上，但其他树就只能是平凡的树而已。只有少数花朵、山峦或事件可以追溯到神身上，而全人类也只有卡西俄珀亚[1]（或确切来说应该是她的椅子）被化作明亮的星辰，仿佛一切只是

---

1. 卡西俄珀亚（Cassiopeia），古希腊神话中的埃塞俄比亚王后，因炫耀自己与女儿的美貌而遭到惩罚。

出于意外。此外，还有某甲的皇冠、某乙的竖琴：是众神的阁楼。

索菲无法从星空的花样中看出图案，倒是被它们的近距离给催眠了。她猜不透为什么某些人是基于奖励而被放上星空，某些人却是基于惩罚；此外还有一些人似乎只是为了在其他人的故事里串场才出现在那里。这似乎不公平，但她却无法确定原因何在：究竟是因为他们莫名其妙就被永远困在那里，还是因为他们没什么功劳就被保存下来（放上王座）永垂不朽。她想起他们自己的故事：他们三人，像星座一样恒常，怪异得足以永志难忘。

那个周，地球穿过一颗离去已久的彗星的尾巴，因此每天晚上都会有一堆碎屑落入大气，烧出灼灼白光。"有些只跟圆卵石或针头差不多大，"史墨基说，"你们看见的光芒是来自空气。"

但这些索菲倒是看得很清楚，是殒落的星星。她觉得自己也许可以选定一颗星，然后看它掉落，那瞬间的光亮将会令她倒抽一口气、胸中充满大无限。那样的命运会比较好吗？草地上，她握住史墨基的手，另一只手原本就已经牵着姐姐。每有一颗流星滑落，艾丽斯就会轻轻捏她一下。

黛莉·艾丽斯无法判断自己的感觉究竟是很大，还是很小。她猜不透是自己的头大到可以装得下这繁星点点的宇宙，还是这宇宙小得可以装进她这人类的脑袋。两种感觉交替出现，忽大忽小。星星在她宽阔的眼帘里进进出出，在她巨大空旷的额头下方。接着史墨基牵起她的手，她就这样缩成一个小点，但星星依然装在她体内，像装在一个微小的珠宝盒里。

他们躺了很久，不再开口说话，各自思考着那瞬间即逝的永恒所带来的古怪感触。这是种悖论，却也是种无可否认的感觉，而倘若星星确实这么近、确实都有面孔，那么它们俯瞰下方时定会把这三人看成单一的星座，是旋转的黑暗草原上一个连接起来的轮子。

冬至夜

没有入口，只有窗角边的一个小洞。冬至夜的风从这里吹进来，在窗台上积起一小堆尘埃，但这样的空间就够了，他们从这里进入。

此时索菲房里有三个，紧紧靠在一起，戴着褐色帽子，交头接耳，苍白平板的脸就像小小的月亮。

"瞧她睡得多熟。"

"对，还有小宝宝在她怀里睡觉。"

"天啊，她抱得真紧。"

"也没那么紧。"

他们动作一致地靠近了那张床。莱拉克躺在母亲怀里，躺在一个有帽子的婴儿睡袋内抵挡寒冷。她对着索菲的脸颊呼吸，在那里形成了一滴水渍。

"好吧，那就把她抱走吧。"

"你这么紧张，干吗不自己动手。"

"大家一起来吧。"

六只纤长的苍白手臂朝莱拉克伸过去。"等等，"其中一个说，"另外那个在谁那里？"

"不是你要带来的吗。"

"什么我！"

"在这里，在这里。"有人从一个束口袋里取出一样东西。

"老天。还真不像。"

"现在要干吗？"

"对着它吹气。"

他们轮流往上面吹气，不时回头瞄向沉睡中的莱拉克。他们不断吹气，直到手中的东西变成第二个莱拉克。

"可以了。"

"很像。"

"现在把那个……"

197

"再等等。"其中一人仔细端详着莱拉克，小心翼翼地掀开棉被。"看这个。她的小手都缠在妈妈的头发里了。"

"紧紧抓着。"

"抱走小孩，就会弄醒妈妈。"

"那就用这个吧。"其中一人掏出了一把大剪刀，在夜灯下发出熠熠白光，咔嚓一声打开，"这就没问题了。"

一人抱着假的莱拉克，另一人伸出手准备抱走索菲的莱拉克，第三人则手持剪刀，一切很快就完成了。假娃娃没在睡觉，但眼神空洞、一动不动，不过在母亲怀里躺个一夜就好了。妈妈和孩子都没醒来。他们把带来的假婴儿放在索菲胸前。

"现在走人吧。"

"说得容易。不能从我们进来的地方出去。"

"下楼从大门出去。"

"如果非得如此的话。"

他们动作一致、一声不响地来到了前门（他们经过时，老屋似乎不时地吸气或发出哼声，但话说它向来如此，自有理由）。其中一人伸手开了门，他们来到屋外，顺着风快速前进。莱拉克一直没醒来也没出声（手里一绺绺金发在行进途中被疾风吹走），而索菲也继续睡觉，什么感觉也没有。只是她长长的梦境有了转折，以某种前所未有的方式变得哀伤难熬。

四面八方

史墨基因某种内在因素而猛然惊醒，一睁开眼睛就忘了自己因什么而醒。但他确实醒了，跟中午一样清醒，这种状况很恼人，他猜会不会是因为自己吃了什么。当时是什么事也不能做的凌晨四点钟。他坚定地闭上眼睛一会儿，不相信自己真的睡意全消。但事实就是如此，他很清楚，因为他愈是看着眼皮上的色块移动变形，它们就愈发没有催眠效果，只是愈来愈无意义而无聊。

他无比小心地从层层棉被底下钻出来，在黑暗中摸索他的睡袍。对他而言，这种状态只有一种解决方法，那就是起床保持清醒，直到症状缓和消失。他小心翼翼地踩过地板，希望自己不要踩到鞋子或其他障碍物，没理由让黛莉·艾丽斯也跟着失眠。他来到门前，很满意自己完全没惊扰到她，也没惊扰到黑夜。他只要沿着大廊走去，下几层楼，扭开一些灯，这样就行了。他把门在身后小心带上，结果黛莉·艾丽斯就这样醒来，不是因为他发出了什么声音，而是她睡眠的平静已经被他不在身边这件事悄悄破坏、入侵了。

打开后梯的门时，厨房里已经亮着一盏灯。看见门打开时，克劳德姑婆惊怖之余发出一阵深沉震颤的叫声，但探头进来的是史墨基，因此她说了声："噢。"她面前放了一杯温热的牛奶，又长又细的头发披散下来，跟赫卡忒[1]一样雪白无比，已经有好多年好多年没剪过了。

"吓我一跳。"她说。

他们低声谈论失眠的事，但在这里除了老鼠以外，他们的声音根本不会打扰到任何人。史墨基知道克劳德姑婆也想靠着忙碌来克服失眠，因此让她为他加热一些牛奶。他在自己的牛奶里加了一点白兰地。

"听那风声。"克劳德姑婆说。

他们听见楼上传来冲马桶的声音。"怎么了？"克劳德姑婆说。"大家都失眠，而且没有月亮。"她打了个冷战。"感觉很像那种灾难之夜，再不然就是那种会有大消息的夜晚，大家都醒着。好吧。只是巧合。"她说这话的口气就像其他人说"老天帮帮忙"一样，带有相同的那份生硬的怀疑。

此时史墨基已全身温暖，起身用一种认命的口气说："好吧。"克劳德姑婆已开始翻阅一本食谱。

他希望她不必坐在那里看着荒凉的黎明到来，也希望自己不会那么倒霉。

爬上楼梯后，他没回到自己床上，因为他知道他还睡不着。他转向

---

1. 赫卡忒（Hecate），希腊神话中的冥界女神，后亦被视作魔法和巫术女神。

索菲的房间，除了看看她之外别无意图。有时她的平静能安抚他，像猫一样，能让他也感到平静。打开她房门时，他在苍白如月的夜灯下看见有人坐在索菲床边。

"嗨。"他说。

"嗨。"黛莉·艾丽斯说。

空气里有种古怪的味道，很像发了霉的叶子，或野胡萝卜，再不然就是被翻开的石头底下的泥土。"怎么了？"他轻声问道，在床的另一侧坐下。

"我不知道，"她说，"没什么。你出去我就醒了。我感觉索菲好像遇到了什么事，所以过来看看。"

他们的轻声细语不可能吵醒索菲，因为她睡觉时若有人在旁边说话，似乎反而更有安抚效果，让她深沉的呼吸更加均匀规律。

"但一切都没事。"他说。

"是的。"

风刮在房子上，怒嚎阵阵，窗户隆隆作响。他低头看着索菲和莱拉克。莱拉克看起来像死了一样，但有过三个小孩后，史墨基已经知道不必为这种恐怖的模样穷紧张，特别是在黑暗里。

他们静静地坐在索菲两侧。风突然在烟囱里刮出一阵声响，听起来很像某个字。史墨基望向艾丽斯，艾丽斯碰了碰他的手臂，迅速露出微笑。

那个微笑令他想起什么？

"没事的。"她说。

他想起自己结婚那天，他们苦恼地坐在奥伯龙夏屋的草地上时，克劳德姑婆也曾对他微笑：一个意在安抚的微笑，但效果却无法安抚人。一个意在克服距离的微笑，但似乎只是加深了距离。一个从无法跨越的异地送出的友情讯号；仿佛从遥远的国界对面招手。

"你有没有闻到一股怪味？"他说。

"有。没有。刚才有，现在没了。"

确实。房里只有夜晚空气的味道。外头的风在房里掀起阵阵微弱的

200

气流，不时吹拂着他的脸。但他不觉得这是北风哥哥在周围乱窜，只觉得仿佛是这多角的房子在航行，穿过黑夜，朝四面八方的未来稳稳推进。

第三部
老秩序农场

第一章

有入场权的人，是经由长廊上那扇时时关着的镜子门进入私人房间的。只有刮刮它，它才会打开，之后就立刻再次关上。

——圣西门

二十五年过去。

一个深秋的夜晚，乔治·毛斯从他城市宅邸三楼书房的窗户踏出去，走上一条小小的廊桥。这条廊桥连接了他的窗户和毗邻一栋廉价公寓的旧厨房。废弃的厨房又黑又冷，在灯笼的光线下，乔治·毛斯的气息非常明显。他走过时，大小老鼠纷纷走避，他听见它们趾爪窸窣的声响，但什么也没看到。他没开门就直接踏上长廊（那里已经很多年没装门板了），然后小心翼翼走下楼梯，因为梯板若不是整个不见，就是已经腐烂松脱。

阻挡闲人

楼下充满灯光和笑语，人们端着共享晚餐在各公寓里来来去去，一看到他就打招呼。儿童在走廊上追逐嬉戏。但一楼很暗，除了储物之外无人使用。乔治高举灯笼，从黑暗的长廊望向外侧的门，看见大门门闩已经闩妥、链条和所有的锁都安全无虞。他绕过楼梯来到通往地下室的门前，掏出一大串钥匙。其中一把做了特别的记号，黑得像枚旧铜币，打开了地下室那古老的锁。

每次打开地下室的门，乔治都要苦恼一番，不知是否该换一个漂亮的新挂锁。这个旧锁简直跟玩具没什么两样，就像老人的手，任何人都能轻易弄断。但他总认为换个新锁只会引来别人的臆测，而人一旦好奇起来，只要用肩膀撞撞门就够了，管它有没有新锁。

　　唔，关于阻挡闲杂人等这件事，他们大家都已经变得非常思虑周密了。

　　他更加小心翼翼地走下楼梯，鬼知道下面这些生锈的水管、旧锅子和不可思议的残破碎屑之间住了什么东西。他曾经踩到一个又大又软、已经死掉的东西，差点摔断脖子。到了楼梯下，他挂起灯笼，走向一个角落，搬来一只旧箱子，因为他得踩在箱子上才够得到高处一个防老鼠的柜子。

　　诚如克劳德姑婆多年前所预言的，他得到了那份礼物（得自一个陌生人，而且不是金钱），而他却是过了很久才得知这份礼物的来源。即便在他还不知道的时候，他对此就已经神秘兮兮，因为他是在街上混大的，而且是家族里爱管闲事且最小的孩子。乔治手边似乎随时都有浓烈、带麝香味的大麻，大家都很爱也都很想来一点，他却不愿意（也无法）把他们介绍给他的供应商（其实已经死很久了）。他会招待大家吸个几口，让每个人都开开心心，而他家里的烟斗随时是满的。尽管哈了几根之后，他有时会环视那些目瞪口呆的客人，对自己的洋洋得意感到有些罪恶，巴不得能把他那可笑又惊人的大秘密说出来，但他终究没说出去，对谁都没说。

　　乔治之所以能得知这份天大的礼物究竟从何而来，是因为史墨基无意间对他透露了一件事。"我曾在某处读到，"史墨基说（那是他惯用的开场白），"大概五六十年前吧，你们那一区是中东社区，有很多黎巴嫩人，糖果小铺这类的商店公然贩售大麻。你知道，就跟太妃糖和碎芝麻蜂蜜糖一起卖。五分钱就可以买到一大堆。一大块、一大大块的，跟巧克力棒一样。"

　　它们确实很像巧克力棒……乔治当时觉得自己就像卡通里的老鼠，突然被狠狠一棒打醒。

从此以后，每当他下楼到他的秘密储藏室取货，他都想象自己是个留山羊胡的黎凡特人，顶着鹰勾鼻、戴着无边帽，其实是隐性鸡奸者，免费招待街上卖橄榄的男孩吃果仁蜜饼。他会笨拙地把那个旧箱子拖过来后爬上去（一边假装拉起参差不齐的睡袍下摆），掀开那个刻有花边字样的板条箱。

所剩不多，该叫货了。

在一张厚厚的银箔纸底下，有一摞又一摞的货。每一层之间都隔着一张黄色的油纸。那些条状物也都紧紧包在第三种油纸里面。他取了两条出来，考虑了一下，不甚甘愿地放了一条回去。尽管多年前，当他发现这些东西是什么的时候，曾惊呼怎么用得完，但他明白它们并非取之不尽。他把那层油纸和那张银箔纸一一盖好，再次盖上厚实的盒盖，再把古老变形的钉子一一塞回去，然后在上面吹口气、让尘埃恢复均匀。他爬下箱子，就着灯笼的光线，仔细端详这个条状物，因为他第一次是在电灯下看的。他小心翼翼剥去包装纸。它像巧克力一样黑，跟扑克牌差不多大，厚度大约八分之一英寸。上面压有一个螺旋状的印记：注册商标？印花税章？神秘符号？他始终无法确定。

他把用来踏脚的箱子推回角落里的位置，拿起灯笼，再次爬上楼梯。他的开襟毛衣口袋里放着一块可能有上百历书史的大麻砖，而且药效丝毫未减——乔治·毛斯老早以前就认定这点。味道可能还更好，就像陈年红酒愈陈愈香。

家乡的消息

他正要锁好地下室的门，街道那扇门上就传来一阵敲门声，由于太过突然且毫无预警，他惊叫了一声。他稍待片刻，希望只是乱敲门的疯子，一会儿就走了。但敲门声再次传来。他走向门边，安静地侧耳倾听，听到外面有人灰心地咒骂着。接着有人发出一声低吼，抓住门上的铁条开始摇晃。

"这样没用，这样没用。"乔治出声说道，对方停止摇晃。

207

"好吧，那你就开门。"

"你说什么？"这是乔治的习惯，当他不知要如何回答，就会假装自己没听清楚问题。

"开门啊！"

"听着，你知道我不能就这样开门。你也知道现在的社会风气。"

"好吧，听着。你能告诉我哪一栋是两百二十二号吗？"

"问者何人？"

"为什么这城市里每个人都用另一个问题来回答问题？"

"啊？"

"你为什么就不能开门，然后像个天杀的正常人一样跟我说话？"

两人沉默。那声呐喊里可怕的强烈挫折感触动了乔治的心，因此他又在门边听了一会儿，看接下来会有什么发展。在那扇牢靠的门板后，他因为感到安全而暗自窃喜。

"拜托，"那人开口，乔治可以听出他压抑暴怒来维持礼貌，"可不可以告诉我哪儿可以找到毛斯家宅邸或乔治·毛斯？或至少告诉我你知不知道。"

"是的，"乔治说，"我就是。"虽然此举很危险，但就算是最情急的债主或法务专员都不可能这么晚了还出来跑。"你是谁？"

"我叫奥伯龙·巴纳柏。我父亲……"但接着锁和门闩就咔啦咔啦、嘎吱嘎吱地打开，盖过了他的声音。乔治把手伸进黑暗中，将站在门坎上的人拉进了大厅。他迅速熟练地把门再次关上、锁好、闩起，然后举起灯笼端详他的表亲。

"这么说你就是那个小宝宝了。"他说，带着一种病态的快感，因为注意到这句话套在那个高大的青年身上有多不恰当。晃动的灯笼让他的表情显得千变万化，但那张脸本身其实变化不大，是张细瘦紧绷的脸。事实上他整个人都有点僵硬冷漠，精瘦结实得如同一支笔，穿着非常合身的黑色衣服。只是很生气吧，乔治心想。他笑了，拍拍他的手臂。"嘿，大伙儿如何？埃尔西、莱西和蒂莉怎么样……她们叫什么来着？你怎么跑来了？"

208

"父亲给你写了信。"奥伯龙说，仿佛不想浪费力气回答这些问题，倘若父亲信里都已经说过。

"哦，真的吗？噢，你也知道邮政系统是什么样子。你看，你看。来吧。我们不必站在大厅里。这里冷得要见鬼了。要来点咖啡、吃点什么吗？"

史墨基的儿子不耐地耸耸肩。"小心楼梯。"乔治说。他俩就这样打着灯笼穿过公寓、越过小廊桥，回到奥伯龙的父母初次见面时脚下踩的那块破旧地毯上。

乔治在途中捡了一张破旧的厨房椅，只有三条半椅脚。"你离家出走了吗？坐下吧。"他指了指一张破旧的高背椅。

"我父母知道我离家，如果你问的是这个的话。"奥伯龙说，口气有点傲慢，但这也是可以理解的，乔治心想。接着他就往椅子里一缩，因为乔治已经闷哼一声、表情疯狂地把那张坏掉的椅子举到了头顶上，然后扭曲着脸孔奋力将它砸在石造炉床上。椅子咔啦咔啦支离破碎。"他们同意吗？"乔治问，把椅子碎片扔进火炉里。

"当然，"奥伯龙跷起脚，拉拉裤子的膝盖，"他写了信，我告诉过你了。他要我来看看你。"

"哦，是啊。你走路来的吗？"

"不是。"语气有点轻蔑。

"而你到大城来是为了……"

"闯出一番事业。"

"啊哈。"乔治把一只茶壶挂在火炉上，然后从书柜上取下一瓶珍贵的违禁品咖啡。"有任何眉目吗？"

"还没，还不算有。只是……"乔治发出嗯哼嗯哼的声音鼓励他说下去，一边准备咖啡壶、拿出不成套的杯盘组。"我原本想，我想写作，或当作家。"乔治扬起眉毛。奥伯龙躺在高背椅上，坐姿不正，仿佛这些自白是不由自主脱口而出的，而他很想忍住不说。"我考虑过进娱乐圈。"

"那你跑到东岸就错了。"

"什么？"

"娱乐业全部集中在阳光明媚的黄金西岸。"乔治说。奥伯龙的右脚牢牢勾在左小腿上，拒绝对此做回应。乔治在书柜和抽屉里东翻西找、摸索了很多个口袋，一边猜想这种古老的欲望是怎么传到艾基伍德的。很奇怪年轻人怎么都会满怀希望，爱上这种日暮西山的行业。当他年轻时，那些最后的诗人都在大谈绝尘隐居、萤火虫纷纷飞向它们满是露水的林间幽谷时，二十一岁的男孩都踏上了诗人之路……最后他终于找到了想找的东西：一把礼品店的剑形拆信刀，镶有搪瓷珐琅，是他多年前在一栋废弃公寓里捡到的，后来被他磨得锋利无比。"进娱乐圈需要强大的野心，"他说，"还有动力，而且失败者众。"他把水倒进咖啡壶里。

"你怎么知道?"奥伯龙迅速回嘴，仿佛这种大人的智慧他以前就听过很多次了。

"因为，"乔治说，"我本身就不具备这些特质，而正因如此，我没有在那个领域失败，故得证。咖啡滤好了。"那男孩笑都不笑。乔治把咖啡壶放在一个三脚盘上，上面印有用宾州荷兰俚语写成的笑话。接着他取出装在铁盒里的饼干，大部分都碎掉了。他也从毛衣口袋里取出那块咖啡色的大麻砖。"要尝尝看吗?"他说着对奥伯龙亮出那块方砖，觉得自己完全丝毫没有不情愿。"我想这是最顶级的黎巴嫩货。"

"我不嗑药。"

"噢，啊哈。"

乔治算得精准，用他佛罗伦萨风格的拆信刀切下一小角，用刀尖将它叉起，丢进杯子里。他坐在那里用刀搅拌着咖啡，看着他的表亲，奥伯龙以一种单纯的专注吹凉他的咖啡。啊，像这样苍老又满头灰发真好，已经学会了不要求太多、也不要求太少。"所以，"他说，把刀子从咖啡里取出，发现那块大麻已几乎溶解了，"说说你的历史吧。"

奥伯龙一声不吭。

"快嘛，说来听听。"乔治渴切地稀里哗啦喝着芬芳的饮料。"说说家乡的消息。"

他花了不少力气问问题，但随着夜晚过去，奥伯龙确实说了些话、吐露了一些轶事。这对乔治而言已经足够。喝完他的加料咖啡后，他听奥伯龙道出了他整个人生，包括有趣的细节、古怪的联系、痛苦，甚至还有魔法。他发现自己看见了这位表亲封闭的心灵，就像从中剖开一枚蜷曲又有隔间的鹦鹉螺。

乔治·毛斯听说的事

他一大早就离开艾基伍德；天还没亮就已经醒来，跟他计划的一样；他母亲也有这种能力，可以自己希望何时醒来就何时醒来。他点燃一盏灯，还要再等一两个小时史墨基才会到地下室去发动发电机。他横隔膜附近有种发颤的紧绷感，仿佛有东西想挣脱或逃跑。他知道有句话叫"肚子里蝴蝶乱飞"，但他这种人向来对这种俚语没反应。他曾经紧张，就像他也曾起鸡皮疙瘩或恐慌，他也曾不止一次兴奋难耐，但他始终以为这些都是他一个人的独特经验，从来不知道它们其实常见到都有了名字。基于这份无知，他写了一些关于这些奇异感觉的诗，把它们用打字机打出来。一穿好这身整齐的黑西装，他就小心翼翼地把那几页诗装进他的绿色帆布背包，此外还有他的其他衣服、他的牙刷，还有什么？一把古老的吉列刮胡刀、四块肥皂、一本《北风哥哥的秘密》，还有准备交给律师的遗嘱资料。

他穿过沉睡中的房子，严肃地假想这是自己最后一次这么做了，往后他就会踏上未知的旅程。事实上那房子似乎惴惴难安，在半梦半醒间翻来覆去，在他走过时惊讶地睁开眼睛。长廊上有种似水的寒光，虚拟房间和厅堂在黑暗中显得很真实。

"你好像没刮胡子。"奥伯龙走进厨房时，史墨基不甚确定地说，"要来点燕麦粥吗？"

"我不想放水把大家都吵醒。我恐怕没办法吃东西。"

史墨基还是继续弄那个烧柴的旧火炉。小时候，有件事始终让奥伯龙很惊奇：明明晚上才在家里看见爸爸上床睡觉，隔天早上又会看到他出现在学校的书桌前，仿佛史墨基会变身似的，再不然就是有两个他。有天早上他终于起得够早，来得及目睹父亲顶着一头乱发、穿着一件格子睡袍、准备起床到学校去，这时他感觉自己好像逮到了一个巫师。但其实史墨基向来自己做早餐。虽然那个亮晶晶的白色电磁炉已经像非自愿退休的骄傲老管家一样，在角落里冷冷站了好多年都没人使用，虽然史墨基不擅长生火（一如很多事情他都不擅长），但他还是维持着这个习惯，他就只是得早点起床开工而已。

奥伯龙开始对父亲的耐心感到不耐烦，因此他在炉子前弯下腰，不出片刻就生起了熊熊火焰。史墨基手插在口袋里站在他背后观赏，不久两人面对面坐着享用麦片粥，此外还有咖啡，是大城里的乔治·毛斯送的礼物。

他们坐了一会儿，双手放在膝上，并不是看着对方的眼睛而是瞪着那两个并排的咖啡杯，就像一对来自巴西的褐色眼睛。接着史墨基歉疚地咳了咳，起身从高处的柜子里取出一瓶白兰地。"要走很远。"他说着在咖啡里掺了点酒。

史墨基？

是的。乔治看得出来，史墨基过去这几年里可能产生了某种情绪上的纠结，有时只要来点烈酒就可以解开。真的不是问题，一口就好，这样他才有办法开口问奥伯龙钱是不是真的够用、有没有外公那些代理人的地址、有没有乔治·毛斯的地址、继承遗产的法律文件是不是都带齐了……是的，都有了。

医生去世后，他的故事还是持续在《大城晚报》上刊出，乔治甚至会先看完这些故事才去读笑话。除了这些保留到死后才出版的故事外，医生还留下一堆乱七八糟、如荆棘般错综复杂的业务，律师和代理人都在追踪他究竟有什么意图，且恐怕往后好几年都不会有结果。奥伯龙对这些棘手的事务特别有兴趣，因为医生曾经指明有样东西要留给他，可以供他无牵无挂地生活一年、好好写作。虽然羞于说出口，但医生其实希望他这孙子（也是他晚年最好的朋友）可以继续写这些小小的历险故事，但奥伯龙在这方面有点吃亏——他将得自行编造故事，不像医生多年来都是亲身经历。

212

发现自己可以跟动物对话是有点尴尬的，这点乔治可以轻易想见。没有人知道医生这份信念酝酿了多久，但有些成年人还记得他第一次声称自己有此能力的时候，有些害羞、不甚笃定，大家都认为那应该是个玩笑，一个没有笑点的玩笑，但话说回来，医生的笑话向来不怎么好笑，恐怕只有几百万儿童会笑。后来他就改用转化或谜题的形式：带着谜样的微笑转述他跟蝾螈或山雀的对话，仿佛邀请家人去猜测他为什么会这么说。最后他终于放弃尝试掩藏：他从他那些通讯员口中听到的事实在太有趣了，不说不行。

由于这一切都发生在奥伯龙意识逐渐成熟之际，因此他只觉得祖父的能力愈来愈稳定，耳朵也愈来愈灵敏了。他俩有次到树林里去漫步时，医生终于不再佯装他听到的动物对话都是捏造的，承认他只是如实转述自己听到的东西，结果两人心里都舒坦许多。奥伯龙向来不怎么喜欢玩"假装"这种游戏，医生不喜欢对孩子撒谎。他说他自己也摸不透个中奥妙，或许纯粹只是因为他长久以来都热爱动物。不管怎样，他只能听懂部分动物的语言，那些他最熟悉的小型动物。熊、麋鹿、罕见的神奇大猫、拥有长长翅膀的独行猎食者这类动物，他倒是一无所知。它们可能瞧不起他，或无法说话，或不谈琐碎小事，总之他无从分辨。

"昆虫类的呢?"奥伯龙问他。

"有些可以，但并非全部。"医生说。

"蚂蚁呢?"

"哦，蚂蚁倒可以。"医生说，"当然。"

于是他牵起孙子的手，蹲在一座新发现的黄色蚁丘旁下，开心地为他翻译蚁丘内那些蚂蚁所说的不花脑筋的行话。

乔治·毛斯继续偷听

此时奥伯龙已经睡着了，盖着毯子、蜷曲着身子，躺在那快要爆开的情人椅上。任何人若像他这么早起，又用了这么多种交通方式旅行了这么远，一定也会如此。但患有抽搐症的乔治·毛斯向来热爱令人

213

眩晕的心灵力量，因此他看着这男孩，继续偷偷感应他的故事。

奥伯龙的麦片完全没动，咖啡倒是喝完了。虽然奥伯龙比他高，但史墨基还是像个父亲般搭着他的肩膀，陪他走出大门。这时奥伯龙发现自己根本不可能不告而别。他的三个姐姐都来送行：莉莉和露西正手挽着手走上车道，莉莉把她的双胞胎一个背在前面、一个背在后面；泰西也骑着脚踏车出现在车道末端。

他也许曾料到会这样，但他一点也不希望她们来送行。这简直是他最不希望发生的事，因为不论是与人分别或相会，还是有人到来，只要姐姐在场，就一定会变得仿佛是场正式的结局。况且她们天杀的怎会知道是今天早上？他昨天深夜才告诉史墨基，还要他发誓保密。他内心升起一股熟悉的怒火，却不知道这叫火大。"嗨嗨。"他说。

"我们来说再见。"莉莉说。露西帮莉莉胸前的双胞胎换了换位子，补充说道："有些东西要给你。"

"是哦？好吧。"此时泰西在阶梯前利落地转过脚踏车，从车上下来。"嗨嗨。"奥伯龙又说了一次，"你们把整郡的人都带来啦？"当然没有别人，除了她们以外，不需要别人。

艾基伍德一带的人总觉得泰西、莉莉和露西三个人很难分辨，也许是因为她们的名字太过相似，也可能是因为她们在社区里总是一起现身、一起行动。但她们的外表其实很不一样。泰西和莉莉遗传了母亲和外婆的样貌，高挑、骨架大、健壮如小马，只是莉莉不知遗传了谁，拥有一头细直的金发，仿佛故事里的公主用稻草纺成的金丝，但泰西却拥有玫瑰金色的卷发，跟艾丽斯一样。至于露西就完全遗传到史墨基，是姐姐中最矮的，拥有史墨基的深色卷发、他那愉快中带困惑的脸，一双圆眼中甚至有几分史墨基天生的平凡。但就另一方面来说，最契合的反而是露西和莉莉：她们是那种可以帮对方把话讲完的姐妹，就算隔着一段距离也能感应到对方的痛苦。有好几年时间，她俩不断推出一系列似乎很没重点的笑话：其中一人会一脸严肃地提出一个愚蠢的问题，此时对方就会用同样严肃的态度说出一个更加愚蠢的答案，接着她俩就会给这个笑话编上号码，从头到尾一本正经。她们总共编了好几百个。也许因为身为长女，泰西不大参与她们的游戏，她天生威严、喜爱独处，对几个嗜好很热中：中音直笛、养兔子、骑快车。另一方面，任何攸关大人世界的谋略、计划和仪式都由泰西担任女祭司，两个妹妹则是她的助手。

（她们三人倒是有一项共同点：都只有一道眉毛，从左眼外侧越过鼻梁一路连到右眼外侧。史墨基和艾丽斯的孩子里，只有奥伯龙没遗传到这种眉毛。）

奥伯龙对姐姐的记忆就是她们的神秘游戏：出生、结婚、爱情、死亡。他从很小就被她们当成"宝宝"，不断被她们在假想浴室和假想医院之间追来追去，是个活生生的娃娃。后来他就被迫扮"新郎"，接着等他终于大到愿意一动不动地躺在那里时，他就扮演"往生者"，让她们伺候他。这不只是游戏而已：随着年纪愈来愈大，三姐妹似乎都发展出一种直觉，可以掌握日常生活里各种场面与行为的意义，理解周遭人生里的开场与闭幕。似乎没有人告诉她们伯德家的小女儿即将在平原镇跟吉姆·杰伊结婚（当时她们分别是四岁、六岁、八岁），但新人举行婚礼时，她们却穿着牛仔裤、拿着一束束野花出现在教堂外，端庄地跪在教堂阶梯上。（在外面等新人现身的婚礼摄影师突发奇想地拍了一张这三个小宝贝的照片，后来这张照片还得了摄影奖。看起来仿佛刻意安排的。就某种角度而言，确实如此。）

她们三人很小就学会了女红，而随着年纪渐长，技巧也愈发精湛，还轮番学会了难度更高、更复杂的技巧：梭织、真丝刺绣、绒线刺绣。泰西先向克劳德姑婆和外婆学习，之后再把学到的传授给莉莉，莉莉再传授给露西。她们常坐在一起熟练地操针弄线（通常是在多角形的琴房里，因为那里四季都有阳光），讨论她们认识的人即将经历的殒逝、婚约、离别和分娩（不论有没有宣布）。她们打结、剪线，她们无所不知，后来证明没有任何婚丧喜庆是她们不知道的，而且她们几乎都会出席。她们若没出席，那场仪式就会显得不完整，仿佛没受到核准似的。如今她们唯一的弟弟即将出发去跟他的命运和律师碰面，她们绝对要出现。

"喏。"泰西说着从脚踏车篮子里取出一个以冰蓝色包装纸包着的

215

小包裹。"拿着，到大城后再打开。"她轻轻吻了他一下。

"拿着吧，"莉莉说着也给了他一个礼物，包装纸是薄荷绿色，"想到它时再打开。"

"拿去。"露西说。她的包装纸是白色。"想回家时就打开。"

他把包裹收在一起，尴尬地点点头，将它们装进行李袋。女孩们没再谈起包裹的事，只是跟他和史墨基一起在前廊上稍坐片刻。廊上无人打扫的落叶，堆积在藤椅下（史墨基觉得该把藤椅收进地下室了，这原本是奥伯龙的工作。他突然心头一寒，有种不祥的预感，或是失落感，但他认为应该只是因为这阴郁的十一月雾气）。年轻独立的奥伯龙原本以为自己有机会一声不响地逃离这栋房子，无人啰唆、无人理会，如今却拘谨地跟他们一起坐在那里看着黎明到来。接着他拍拍膝盖、站起身，握了握父亲的手、亲吻了姐姐，答应会写信，最后终于踩着满地落叶朝南方走去，准备到十字路口去拦公交车。四个人站在前廊上看着他离去，但他没回头。

"噢。"史墨基说，想起自己跟奥伯龙差不多年纪时前往大城的旅途。"他会累积一些经历的。"

"是很多经历。"泰西说。

"会很好玩，"史墨基说，"八成会，可能会。我还记得……"

"好玩个一阵子吧。"莉莉说。

"没什么好玩的，"露西说，"但至少一开始会好玩啦。"

"爸，"泰西看到史墨基在发抖，"看在老天的分上，你不该穿着睡衣坐在外面。"

他站起来，把睡袍拉紧。今天下午恐怕得把前廊上的家具收起来了，免得夏日风味的椅子将荒唐地堆满白雪。

医生的朋友

乔治·毛斯转移焦点，从老石墙上的一个凹洞内看着奥伯龙越过老牧野，抄捷径前往田溪。躲在凹洞里的田鼠嚼着草梗，满心忧郁地看着这个人类朝它走来，数以百计的巨大树枝和枯叶都被他踩得嘎吱作响。啊，瞧他们的大脚多笨拙！那种穿了鞋子的脚，比遥远记忆里棕熊的脚还大还硬！但幸好他们只有两只脚而已，而且很少来到它家附近，因此相较于那只毁他家园的乳牛（田鼠眼中的巨兽），田鼠对人类的看法才稍微友善一点。奥伯龙愈走愈近，当他抵达距田鼠藏身处很近的地方时，田鼠吓了一跳。这名男子就是那个跟医生一起来过的男孩，都长这么大了。医生跟田鼠的高祖父是朋友，田鼠还是小小鼠时见过那男孩，当时医生正在记录田鼠高祖父的回忆录，那男孩则手按脏兮兮的膝盖、专注地盯着田鼠的家。现在不仅世世代代的田鼠都知道那本回忆录，甚至名扬一整个大世界！田鼠突然有种见到家人的感觉，因此抛下了天生的羞怯，从墙上的凹洞里探头出去，试图打招呼。"我高祖父以前认识医生。"它大喊。但那家伙继续前进。

医生可以跟动物对话，但他孙子似乎没办法。

布朗克斯牧羊人

当奥伯龙站在交叉路口处，地上金黄色落叶深及脚踝，史墨基拿着粉笔在黑板前恍了神，停在名词和谓语之间，台下的学生不禁困惑他怎么突然不说话了。与此同时，黛莉·艾丽斯则躺在她那有图案的被单下（没错！乔治·毛斯惊叹自己的心灵感应能力），梦到她定居大城的儿子奥伯龙打电话来跟她报告近况。

"我在布朗克斯当了一阵子牧羊人，"那个脱离现实的神秘声音说道，"但到了十一月，我就把羊群卖了。"他描述时，她就仿佛看见了他口中的布朗克斯：一片苍翠的海岸丘陵，长着短草，小山间的空气清净多风，低处飘着潮湿的云朵。她仿佛身历其境，循着细细的脚印和黑色的粪便，沿着有车辙的道路来到牧野，耳畔净是它们的哼哼声，不断闻到多雾的早晨里，它们那潮湿的羊毛味道。好鲜明！他描述时，她好像真的亲眼看见儿子拿着手杖站在岬角上眺望海洋，再望向风起云涌的西方，再越过河流望向南方海岛上的深色树林，猜想……

秋天来临时，他换下皮衣和绑腿，穿上整齐的黑西装，把牧人的曲柄杖换成拐杖，和狗儿斯帕克（一条很好的牧羊犬，奥伯龙原本可以把它跟羊群一起卖掉，但他舍不得）一起沿着哈伦河出发，直到抵达一个可以过河的地方（在第一三七街附近）。那个苍老无比的摆渡人有个皮肤黝黑的美丽曾孙女，还有一艘灰色平底渡船，不断发出咔啦咔啦、咿呀咿呀的声响。渡船沿着绳索、顺流漂到对岸的停靠站，奥伯龙一路上都站在船头。他付了钱，狗儿斯帕克早他一步跳上岸，接着他就头也不回地踏入了黑森林。时值傍晚，太阳显得寒冷又凄凉（他不时瞥见它，是灰云后面一团黯淡的黄光），他几乎希望快点入夜。

　　进入树林深处后，他就收回了这个愿望。他不知怎的在圣尼古拉斯公园和天主堂公园大道中间转错了方向，发现自己正爬上长满地衣的多岩高地。经过时，那些树根纠结、紧攀在岩石上的巨木发出哼声，对着他咯咯笑，在暮色中挤出树脸。他站在高处的一块岩石上喘着气，透过林木间隙，看见太阳落下。他知道自己离市区还很远，但现在天黑了，又很冷，而且他听过多少在这地方过夜的警告？他觉得自己很渺小。事实上他已经愈来愈小。斯帕克注意到了这点，但它什么也没说。

　　有很多生物确实会在黑夜中现身。奥伯龙开始傻傻赶路，结果反而跟跟跄跄、引诱这些生物靠近，在周遭层层叠叠的黑暗中露出上千只眼睛。奥伯龙冷静下来，不可让它们看出你的恐惧。他握紧拐杖，直视正前方，步履艰难地朝市中心迈进。他在走路，但走路方式却不正确。他曾不小心抬头仰望那些直逼夜空的巨木（他铁定变小了很多），瞠目结舌，接着连忙垂下眼睛，因为他不想表现得像陌生人、像个搞不清楚状况的人。但他却忍不住偷瞄周围那些看着他的生物，有些露出微笑，有些心照不宣，有些根本不在乎。

　　他挣扎着从一堆倒下的树木之间爬出来，却不知道斯帕克到哪里去了。他其实可以爬到狗背上，加快前进速度的。但斯帕克已经开始瞧不起他这个突然变小的主人，因此独自跑向华盛顿高地去碰它的运气了。

　　他独自一人。奥伯龙想起姐姐给他的那三样礼物。他从帆布背包

218

里取出泰西给他的礼物，用颤抖的手指拆开了冰蓝色的包装纸。

出现了一把二合一的笔形手电筒，一端照明、一端写字。非常好用，而且甚至附有小型电池：他按下开关，手电筒随即亮起。几片雪花飘进光线之中；几张挨近的脸孔缩了回去。借着这道光线，他发现自己站在树林里一扇小小的门前，他的旅程结束了。他敲了一次门，又敲了一次。

几点了

乔治·毛斯大大颤抖了一下。读心术太耗体力，而且他的药效已开始退去，他觉得自己有点面如死灰。这很好玩，但老天爷，瞧现在几点了！再过几个小时他就得起床挤牛奶了。黝黑的西尔维是铁定不会起床的（她应该还没回家，除非他猜错）。他收回自己因为吸大麻而变得松散的四肢，有种舒适的疲倦感（旅途漫长）。他让四肢恢复知觉，然后爬起来。他现在做这种事已经有点太老了。他确认奥伯龙身上盖了足够的毯子，拨了拨炉火，拿起台灯走回自己凌乱的卧室，一路疯狂打着哈欠，已经大抵忘记自己刚才透过奥伯龙的眼睛看见什么了。

俱乐部会议

同一时间，几个街区外的一座小公园对面，一辆又一辆安静的古董大车在爱丽尔·霍克斯奎尔形状狭长的都市宅邸门前停下。每辆车都有一名乘客下车，随即开到别的地方去等待主人。每个访客都按了霍克斯奎尔家的门铃、等人接待进屋；每个人都一根手指一根手指地脱下手套（因为实在太合手了）；每个人都把手套放在帽子里交给用人，有些人还披着白色围巾，从脖子上取下时还发出轻微的唰唰声。他们聚集在霍克斯奎尔的主楼层，这层楼绝大部分的空间都由书房占据，每个人坐下时都跷起了腿。他们低声交谈了几句话。

当霍克斯奎尔终于进来时，他们纷纷站了起来（虽然她示意他们

219

不必多礼），然后再次坐下。每个人重新跷腿时，都理了理长裤膝盖。

"我想现在可以宣布，"其中一人开口，"这场吵桥棍棒与枪支俱乐部的会议正式开始。来谈新生意吧。"

爱丽尔·霍克斯奎尔等待他们发问。今年她正逐渐逼近她能力的高峰期，身材骨感、发色铁灰，言行举止精明从容得如同一只凤头鹦鹉。就算还没成为后来那个令人生畏的人物，此时的她也已威风凛凛，她身上的一切（从她暗褐色的鞋子到戴着戒指的手）都暗示着她的力量——至少吵桥棍棒与枪支俱乐部还清楚她具有什么力量。

"当然了，"另一个会员说，对着霍克斯奎尔微笑，"新业务是关于罗素·艾根布里克，那个讲师。"

"您有什么想法呢？"第三个会员问了霍克斯奎尔。"您的印象如何？"

她像福尔摩斯一样，两手的指尖碰在一起。"可以说他表里一致，也可以说他表里不一。"她的声音精准干脆得如同一张羊皮纸，"他比电视上表现的还聪明，但没那么大气。他煽动的热情是真实的，但我总觉得不会持久。他有五颗星落在天蝎座，跟马丁·路德一样。他最爱的颜色是撞球桌上的绿色。他有一双湿润的棕色大眼睛，像牛一样，眼神里有虚假的怜悯。他身上藏着迷你扩音器，能放大他的声音，很昂贵但不大合用。他长裤底下穿的是及膝长靴。"他们消化着这些信息。

"他的个性呢？"其中一人问。

"很可鄙。"

"举止呢？"

"这个嘛……"

"他的野心呢？"

她有片刻答不上来，但这些有权有势、在吵桥棍棒与枪支俱乐部的掩护下集结起来的银行家、委员会主席、官僚全权代表和退休将领最想知道的就是这个答案。这个敏感、任性、逐渐衰老的共和国正历经一场堪称永久性的社会与经济大萧条。身为共和国的秘密守护者，这群人对任何有魅力的人物、传道者、士兵、探险家、思想家或恶棍都极度关切。霍克斯奎尔很清楚自己的建议已经铲除了不止一个这样的人物。"他没兴趣当总统。"她说。

其中一个会员发出声音，背后的含意是：他若没兴趣当总统，那他其他的野心就没什么好紧张的了；而倘若他有意，那他就会变得无助，因为多年以来，那些虚位总统的任期向来是这个俱乐部唯一关切的事，不论人民或总统怎么想。那是个从喉咙里发出来的简短声音。

"很难精确描述，"霍克斯奎尔说，"一方面，他这么自以为重要似乎很可笑，而且他的目标太过远大，简直像是上帝的目标，完全不必当一回事。另一方面呢……他常号称自己'出现在纸牌里'，而且经常流露一种暗藏天大秘密似的表情。这种口号很老掉牙，然而不知为何（我恐怕说不出为什么），我觉得他所言属实，他确实在纸牌里，在某副纸牌里，只是我不知道是哪一副。"她环视缓缓点头的听众，有点抱歉自己令他们感到困惑，但她自己也很困惑。她曾假扮成记者跟罗素·艾根布里克一起旅行了几个周，在旅馆里和飞机上与他共处（艾根布里克那些一脸凶相的追随者轻轻松松就看穿了她的伪装，却看不穿任何更深层的东西）。但比起她第一次听到他的名字且笑出声来的时候，她现在反而更难针对她的个案提出建议。

她手按着太阳穴，小心翼翼地穿越非常整齐的新厢房。这是她过去几周来才为她的记忆之屋添上的新侧翼，用来容纳她对罗素·艾根布里克的调查资料。她知道他本人应该要出现在哪个转角、哪个楼梯口、哪些交叉点。而他却不愿现身。她可以在普通记忆或"自然记忆"里唤起他。她可以看见他坐在当地火车上一扇满是雨水的车窗前，滔滔不绝地说话、红色的胡子抖来抖去、眉毛像腹语演员的傀儡般忽而扬起忽而放下。她可以看见他在心荡神驰的广大听众面前高谈阔论，眼中带有真泪，也从听众那里博得了真正的爱慕。她可以看见他又结束了一场没完没了的演讲后，赶往另一场女性俱乐部的聚会，把蓝色的咖啡杯盘组放在膝盖上摇得咔啦咔啦作响，而他面容严峻的门徒则分散在他周围，每个人都拿着自己的杯盘和蛋糕。讲师，他们坚持这么称呼他。他们总会早一步抵达，安排讲师出场的事。讲师要站在这里。这房间只有讲师能使用。必须有车接送讲师。坐在后方听演讲时，他们的眼睛从来不曾泛起泪光，脸孔总是跟他们穿着黑袜子的脚踝一样平静而毫无表情。这一切画面都是得自自然记忆，还有在她的记忆之屋里巧妙建造的一个智慧之堂，一切都应该在这里凝聚出某种微妙的新意义。她预期自己能拐过一个大理石转角就发现他在那里，落在视野中央，突然现身、突然暴露身份，而她会发现自己其实一直都知道，只是先前并不晓得自己知道。运作方式应该是这样才对，向来都是这样。但现在俱乐部的人正一声不响、一动不动等着她表态。出现在列柱间和瞭望台上的却只有那些衣着整齐的门徒，每个人都拿着一个供她辨识身份的东西：火车票根、高尔夫球棍、紫色油印纸、尸体。"他们"是够清晰了，但"他"却不愿现身。然而是的，整个厢房都是他，毋庸置疑；而且很冷，意味深长。

"那些演讲呢？"一个会员说，打断了她的调查。

她冷冷地看着他。"老天爷，"她说，"全部的演讲内容你们都有了。这种事难道还要交给我？你不识字吗？"她顿了一下，猜不透她这份轻蔑是否只是为了掩盖自己无法完成调查的事实。"当他说话时，"她的语气和蔼了些，"他们都会倾听。至于他说些什么你们都知道。那种为了触动每个人的心而设计的古老方程式。希望，一份无穷的希望。常识，或者堪称常识的东西。可以让人放松的风趣机智。他能催泪，但很多人都能。我认为……"这是她所能想到最接近的定义，但其实还差很远："我认为他要不就是比不上人类，要不就是超越人类。我认为我们面对的不是一个人，而是一种地形。"

"我懂。"一个会员说道，拂了拂泛着珍珠光泽的灰胡子，它跟他的领带颜色一样。

"你不懂，"霍克斯奎尔说，"因为连我都不懂。"

"把他解决掉吧。"另一人说。

"但他散播的信息，"另一个会员从他饱满的公文包里抽出一沓纸，"我们并不反对。稳定。警觉。接受。爱。"

"爱是吧。"另一人说。"任何东西都会堕落。已经没什么可行的了，什么东西都会擦枪走火。"他声音因绝望而颤抖。"世上没有比爱更强烈的力量了。"他爆出古怪的啜泣。

"霍克斯奎尔，"有人平静地说，"边桌上是不是有醒酒瓶呢？"

"其中一个是玻璃的，装有白兰地。"霍克斯奎尔说，"另一个不是玻璃，里面装黑麦酒。"

他们用一杯白兰地安抚这位会员，然后宣布会议结束，无限期延期。霍克斯奎尔将继续执行任务，而新业务也还没解决。他们离开了她家。自从他们暗中支撑的这个社会开始病态地枯萎崩解以来，他们从来没有这么困惑过。

想象的天空

送走客人后，霍克斯奎尔的仆人站在大厅里，忧郁地望着从门上那块玻璃透进来的微光，苍白的黎明似乎已经到来。她暗暗抱怨自己的处境、自己的屈从，这种夜半的短暂意识几乎比完全没有意识还糟。那灰色的曙光持续增强，似乎让那一动不动的仆人变了色，灵活的眼神也因此消失。她举起一只手，是埃及人那种祝福或告别的手势；双唇紧紧闭上。当霍克斯奎尔在上楼途中从她身边走过时，天已经亮了，而这位石头姑娘（霍克斯奎尔都这么称呼这尊古老的雕像）已再次变回了大理石。

在狭长高耸的屋子里，霍克斯奎尔爬上了四排楼梯（这样的每日运动能让她强健的心脏持续跳动到很老很老），来到顶楼的一扇小门前。楼梯在这里突然变窄然后停止。她可以听见门后庞大机械稳稳运转的声音，沉重的砝码一英寸一英寸往下落、擒纵装置发出空洞的咔嚓声。她的心灵已经得到安抚。她打开门。彩色的微弱日光从里头倾泻而出，各个球体所发出来的声响也变得清楚，像轻风吹在光秃秃的树枝上所发出的咔啦声。她瞄了瞄自己正方形的腕表，弯身进入房间。

买下这栋都市宅邸前，霍克斯奎尔就已经知道它配有一座"宇宙光学仪"或"世界剧场"，像这样完整且多少还能运转的正品，全世界只有三台。想到她的房子顶上有这样一座铁打的巨大法宝可以呈现出她心灵的星空，她就觉得十分有趣。但她却没想到竟是如此美丽又实用；启动之后，她就以思考已久的方法对它做了一些调整。她对宇宙光学仪的设计者所知不多，因此不知道他设计这东西是为了何种用途（八成只是为了娱乐）。但她补足了他不知道的东西，因此现在她弯身穿过那扇小小的门时，不只是进入一个细密复杂、运转精准、由彩色玻璃和锻铁打造的宇宙。事实上，当她踏入时，还能呈现出世界年代表上的实时时刻。

老实说，尽管霍克斯奎尔已针对这个宇宙光学仪进行了修正，让它能准确呈现出外面真实天空的状态，但它还是不够精准。打造者就算知道，也不可能让这么大一台靠嵌齿和齿轮运转的机器，呈现出宇宙在黄道带上缓慢的后退，也就是所谓的"分点岁差"——这场浩大旅程，难以想象地漫长，必须再过两万年，春分点才会再次对上白羊座的第一度：为了方便，传统占星学都把这个点视为固定的，因此刚买下这宇宙光学仪时，霍克斯奎尔发现它也是固定的。不，时光的真实写照就是变动不已的星空本身，其完美的影像都存在爱丽尔·霍克斯奎尔强大的意识中。她很清楚时间：她周围这具机器终究只是个粗糙的仿制品，虽然是够漂亮的了。确实非常漂亮，她心想，在中央的绿色豪华座椅上坐下。

她在温暖的冬阳下放松自己，凝望着上空（到了中午，这颗玻璃蛋内部就会变得酷热难耐，设计者当初似乎也没考虑到这点）。蓝色的金星和橘色的木星呈三分位相，每个彩绘玻璃球都依循自己的轨道运行于南北回归线之间。镜面的月亮刚刚没入地平线，带有细细圆环的乳灰色土星正要升起。土星在上升宫，很适合她现在即将进行的冥想。咔嚓：黄道带转了一度，天秤座女士从南方海面上升起（穿着那套用漂亮铅玻璃镶成的新艺术风格衣袍，她看起来有点像伯恩哈特[1]，天秤上装着一把东西，霍克斯奎尔总觉得很像是一串肥美的马拉加葡萄）。真正的太阳正透过她灼灼发光，因此看不清她的五官。外头无云的蓝天

---

1. 伯恩哈特（Bernhardt, 1844—1923），法国女演员。

里当然也一样，完全被太阳遮蔽、不复可见，但当然还是在那里，就在太阳的强光后面，当然，当然……她的思绪已经开始有条理，就像均匀的天光在宇宙光学仪的色彩和度数记号下呈现出井然秩序。她感觉自己内心的世界剧场开启了大门，舞台总监用拐杖在台上敲了三响，示意拉开帘幕。她以星象为基础的人工记忆再次开始运转，将罗素·艾根布里克这个问题的各个元件摊在她眼前。她蓄势待发，觉得自己靠特殊能力处理的任务中从来没有一个这么怪异。或者说从来没有一项任务对她而言这么重要，需要她走这么远、探这么深、看这么广、这么绞尽脑汁。

在纸牌里。好吧。她就来瞧瞧。

第二章

……在成为人类的过程中，

她变成了某种野性生物，聒聒噪噪、难以捉摸，

让现代那喀索斯抛开了泉水、追求厄科……

——德·贡戈拉，《孤独》

奥伯龙先是被猫的哀号吵醒的。

"遭弃的小猫。"他心想，再次坠入梦乡。接着是山羊的叫声，然后是嘈杂的鸡啼。"该死的动物。"他大声说，正要继续睡才想起自己身在何处。他听到的真是山羊和鸡的叫声吗？不。八成是做梦，再不然就是大城的声音在睡梦中被扭曲了。但鸡叫声再次传来。他披上毛毯（由于火已经熄灭很久，书房里冷得见鬼），来到窗边往院子里张望。乔治·毛斯正挤完牛奶回来，穿着黑色橡胶靴，拎着一个冒着蒸汽的牛奶桶。一只瘦巴巴的罗德岛红鸡站在棚屋的屋顶上，扬起翅膀又叫了一次。奥伯龙正俯瞰着老秩序农场。

老秩序农场

乔治·毛斯所有光怪陆离的计划里，老秩序农场至少还具备了实用这项优点。在这黑暗的年头，你若不想倾家荡产去取得新鲜的鸡蛋、牛奶和奶油，唯一的方法就是自给自足。况且那些荒废已久的建筑都已经不能住人，因此外侧的窗子都被铁皮或发黑的胶合板封住、门用煤渣砖堵起来，房屋就这样成了农场周围的空心城墙。如今鸡都在颓圮

226

的屋内休息，山羊在靠近花园的房间里咩咩叫，吃着装在浴缸里的食物碎屑。奥伯龙从书房窗户俯瞰一片裸露的棕色菜园，是把街区内的大部分后院打通形成的。这天早上，菜园结了霜，包心菜和玉米的残梗底下隐约露出南瓜。有个娇小黝黑的人影在锻铁逃生梯上爬上爬下、在没有窗框的窗口进进出出。母鸡咯咯叫。她穿着一件镶有亮片的晚礼服，一边发抖、一边把鸡蛋放进一个金色晚宴包里。她面露恶心，接着她对乔治·毛斯高喊了些什么，但他只是把他的宽边帽拉下来遮住脸，穿着橡胶靴走开。她进入院子，细致的高跟鞋踩在泥巴和菜园的碎石堆里。她对乔治大叫一声，愤怒地举起手，把流苏披肩挂回肩膀上。这时她手上的晚宴包因鸡蛋的重量一斜，鸡蛋开始一颗一颗掉出来，就像下蛋一样。她一开始还没发现，接着才大嚷："啊！啊！哎呀！"然后转过去阻止它们继续掉，却因为一只脚跟陷进泥巴，扭到了脚踝，她哈哈大笑起来。鸡蛋一边掉，她就一边笑，笑弯了腰、在湿黏的蛋液上滑了一跤，险些摔倒，然后笑得更厉害。她细腻地以手掩嘴，但他还是能听见那笑声（低沉而嘈杂）。他也笑了。

看见这些鸡蛋摔破在地，他决定去找吃早餐的地方。他把皱巴巴的西装勉强整理出一个样子、用指关节揉揉眼睛，然后拨了拨他引以为傲的头发（鲁迪·弗勒德总说这是爱尔兰发型）。但他得想起自己是从哪扇门或哪扇窗户进来的。他记得自己前往书房的途中曾经过正在煮东西的地点，因此他拿起背包（不希望它遭人乱翻或偷走）爬上那座摇摇晃晃的桥。荒谬的是他还得弯着身子前进，因此他频频摇头。脚下的木板嘎吱作响，灰白的光线从缝隙间渗入。就像梦境里一个不可思议的通道。万一它在他脚下崩塌、让他从天井掉下去呢？而且另一端那扇窗户有可能是锁上的。老天，这真愚蠢。用这种方法往来两地之间真是蠢毙了。他的外套被一根钉子钩破，接着他又气冲冲沿着来时路爬回去。

他自尊受创、双手脏兮兮地推开书房古老厚实的门，走下螺旋梯。其中一个楼梯转角处有座壁龛，里面站着一个皱着脸孔、戴着筒状帽的哑仆，手里拿着一个锈蚀的烟灰缸。楼梯底端的墙壁上被打了个洞，露出锯齿状的砖块，洞通往隔壁的建筑，也许就是乔治一开始进入的那栋。还是说他方位错乱了？他穿过那个洞，进入一栋截然不同的建筑，里头没有逝去的风华，而是累积多年的贫穷。锡板天花板上漆了一层又一层的油漆、地板上铺了一层又一层的亚麻油毡：真是了不起，几乎快有考古价值了。大厅里亮着一颗黯淡的灯泡。有一扇门，门上好几个锁全部都是开的，里面传出音乐、笑声和食物的味道。奥伯龙朝它走去，却突然一阵害羞。该如何跟住在这种地方的人打招呼呢？他得好好学学，因为他身边极少出现不是从小就熟识的人，现在他却被陌生人包围，好几百万个陌生人。

但他此刻就是不想走进那扇门。

他对自己感到恼怒，但无法改变心意，于是沿着大厅走下去。长廊底端有一扇门，门上装着一片镶有铁丝网的毛玻璃，日光从这里透进来。他拉下门闩、打开门，发现眼前是街区正中央那片农家庭院。

周围的建筑物上有数十扇门，每扇都不一样，各有不同的屏障：生锈的大门、链条、铁丝栅栏、门闩、锁，或者全部都有，但看起来却很脆弱，一副挡不住人的样子。这些门后面是什么？有些敞开着，他瞥见其中一扇门里有山羊。这时候，有个非常矮小的男子从里面走出来，是个罗圈腿、手臂强壮无比的黑人，背上扛着一个巨大的粗麻布袋。尽管腿很短，他却用很快的速度穿过庭院（他没比小孩高到哪里去），因此奥伯龙对他高呼："不好意思！"

他没停下脚步。是聋人吗？奥伯龙追过去。他没穿衣服吗？还是他穿着一件跟自己的肤色一样的背带裤？"嘿。"奥伯龙大喊，男子因而停下。他又大又扁的黝黑头颅转过来，对奥伯龙咧嘴一笑，宽阔鼻子上方的眼睛像两条细缝。老天，这里的人长得还真有中世纪味道，奥伯龙心想，难道是因为贫穷吗？他思考该如何发问，因为他现在已经很肯定这家伙是智障，一定不会懂的。但那男子随即举起一根留着尖指甲的修长黑色手指，指向了奥伯龙背后。

他转过头去看。乔治·毛斯打开了一扇门，把三只猫放出来，但奥伯龙还来不及叫他，他就已经把门关上。他朝那扇门走去，在凹凸不平的菜园里踉跄前进，正要回头对那个矮小的黑人挥手道谢，却发现他已经不见了。

门内是一条走廊，他在走廊底端停下，嗅着食物的味道、侧耳倾听。里面似乎有人在吵架，有锅碗瓢盆当当的声音，还有婴儿的哭声。他推了推门，门就这样开了。

蜜蜂或海洋

他稍早看见的那个弄掉鸡蛋的女孩站在火炉前，身上还穿着那件金色礼服。有一个漂亮得几乎难以置信的小孩坐在她身旁的地板上，脸上爬满了脏污的泪水。乔治·毛斯坐在一张巨大的圆形餐桌前，沾满泥巴的靴子占去了桌下的大部分空间。"嘿。"他说，"来点吃的吧，伙计。睡得可好？"他用指关节敲了敲身旁的位子。那个宝宝对奥伯龙的兴趣只维持了片刻，随即准备好再哭一场，他天使般的嘴唇边吐出细小的泡沫。他扯了扯女孩的裙角。

"好啦，天杀的，伙计，"她温和地说，"别紧张。"口气就像在跟成年人说话。孩子仰望她，她则俯视他，两人似乎达成共识。他没有哭泣。她用一根长长的木汤匙迅速搅拌一只锅子，动用了全身的肌肉，金色礼服下的臀部姿势漂亮地前后晃动。奥伯龙看得目不转睛之时，乔治开口了。

"这是西尔维，伙计。西尔维，跟奥伯龙·巴纳柏打声招呼吧，他刚到大城闯荡。"

她立刻露出笑容，毫不虚假，仿佛冲破云层的阳光。奥伯龙僵硬地欠身，知道自己双眼朦胧、脸颊凹陷。"要吃点早餐吗？"她问。

"他当然要。坐下来呀，表侄。"

她转回炉子前。旁边有一辆小小的陶瓷汽车，上面坐着两个头戴礼帽的小人物，分别写着"盐巴先生"和"胡椒先生"。她抓起其中一个，朝锅里一阵狂洒。奥伯龙坐下来，双手在身前交握。这厨房有菱格纹的窗户，外面就是那个农家庭院，有个人（不是奥伯龙看见的那

229

个古怪男子）正把羊群赶到逐渐腐坏的植物之间。奥伯龙注意到他用的还是一根码尺。"你这里房客很多吗？"他问乔治。

"噢，他们不大称得上是房客。"乔治说。

"他收留他们，"西尔维说，温情地看着乔治，"他们无家可归，都是些像我这样的人。因为他心肠很好。"她笑着搅拌锅中物。"迷失的小松鼠之类的。"

"我刚才遇到了一个人，"奥伯龙说，"有点像是黑人，在院子里……"他发现西尔维已经停止搅拌，转了过来。"很矮。"奥伯龙说，很惊讶他们变得这么安静。

"布朗尼，"西尔维说，"那是布朗尼。你看见了布朗尼？"

"应该吧，"奥伯龙说，"他是谁……"

"是啊，老布朗尼，"乔治说，"他有点孤僻，像个隐士。在这里工作很勤奋。"他好奇地看着奥伯龙，"希望你没有……"

"我不觉得他懂我在说什么。他就这样走了。"

"哦，"西尔维轻声说道，"布朗尼。"

"你也……呃，收留了他吗？"奥伯龙问乔治。

"嗯哼？谁？布朗尼吗？"乔治恍了神。"不是，老布朗尼一直都在这里，我猜啦，谁知道呢。现在听我说，"他断然改变话题，"你今天打算做什么？去交涉吗？"

奥伯龙从内袋里取出一张名片。上面写着"佩蒂、史密洛东和鲁思律师事务所"，然后是地址和电话。"这是我外公的律师，我得去问问遗产继承的事。你能告诉我怎么去吗？"

乔治苦思了很久，把地址慢慢念出来，仿佛那是什么神秘语言。西尔维把披肩用力拉回肩上，端着一个热腾腾的破烂锅子来到餐桌前。"选蜜蜂或海洋吧，"她说，"你们的鬼东西来了。"她用力放下锅子。乔治感激地吸着蒸汽。"她不吃燕麦。"他对奥伯龙眨了眨眼睛。

她已经转过身去，脸上（其实是全身）流露出明显的厌恶，接着又在一瞬间完全改变，轻松优美地一把抱起那个孩子，他正企图吞下一支圆珠笔。"搞什么鬼！瞧瞧这个玩意儿。过来，你这家伙，瞧你这胖嘟嘟的脸颊，好可爱，是不是让人很想咬一口？嗯啊。"她贪婪地吸吮着他肥嘟嘟的棕色脸颊，他则紧闭着眼睛挣扎不已。她把他放在一张摇摇欲坠的高脚椅上，印在上面的熊跟兔子几乎都已磨损殆尽。她把食物放在他面前，开始喂他吃饭。宝宝张嘴，她就跟着张开嘴，作势含住一根假想的汤匙，一边利落地擦去他沾在脸上的食物。奥伯龙看着她，不自觉地跟着张开嘴巴。他慌忙闭上。

"嘿，你吃不吃东西呀？"西尔维喂完宝宝后，乔治问她。

"吃东西？"仿佛这是什么下流的提议。"我才刚回来！我要上床，伙计，然后睡觉。"她伸伸懒腰、打打哈欠，毫无保留地把自己交给了睡神。她慵懒地用搽了指甲油的纤长指甲搔搔肚皮。金色的礼服在她肚脐的地方微微凹下。奥伯龙总觉得她黝黑的身躯不论多么完美，都装不下她的灵魂：她整个人都迸发四射的智慧与感情，连她此刻扮演的疲倦衰弱都像光芒一样从她身上爆炸。

"蜜蜂或海洋？"他说。

有翅膀的信差

奥伯龙搭乘摇摇晃晃的地铁 B 线前往市中心，一路试图厘清乔治和西尔维之间究竟是什么关系（他完全没有这方面的经验可以参考）。乔治老得可以当西尔维的爸爸了，而奥伯龙还太年轻，因此觉得这种老少配很不可思议且令人反感。但她为他做早餐。她去睡觉时，上的又是哪张床？他希望……呃，他也不是很清楚自己希望什么，而就在这时候，列车发生了紧急事故，让他瞬间忘了一切。列车开始剧烈地前后摇晃、发出惨烈的嘎吱声，似乎即将解体。奥伯龙跳起来。他耳里充满了嘈杂的金属撞击声，灯光闪烁一阵之后熄灭。奥伯龙抓紧一根冷冷的杆子，准备迎接撞击或出轨。接着他注意到车上每个人都气定神闲，面不改色地读着外语报纸、轻摇婴儿车、翻找购物袋或平静地嚼着口香糖，老天爷，那些睡着的人甚至连动也没动一下。他们眼里唯一的怪事似乎就是他忽然跳起来，不过连这件事他们也只是偷瞄几眼而已。大难临头了！

他透过脏得可笑的车窗看见另一列火车沿着一条平行轨道朝他们猛冲过来发出呼呼哨音，金属尖锐地摩擦，他们就要擦撞了，另外那列火车黄色的车窗（这是唯一可见的东西）像惊恐的眼睛般朝他们冲来。就在最后那一刹那，两列火车微微一转、各自朝平行方向猛冲而去，距离彼此只有几英寸，继续疯狂前进。奥伯龙在另外那列火车上也看见了穿着外套的平静乘客，正在阅读外语报纸或翻找着购物袋。他又坐下来。

　　这一切发生时，有个一身破衣的老黑人一直轻轻拉着杆子站在车厢中央。噪声退去时，他说："别误会我——别误会我。"同时对大家伸出一只长长的手，露出灰白的手掌，但这些他亟欲安抚的人却刻意忽视他。"别误会我。好啦，你们也知道，女人穿得漂亮就值得看一眼，你们知道，漂亮的东西嘛，就是好看，我说的是穿皮草的女人。好啦，别误会我——"他抱歉地摇摇头以防被批评，"——但你们知道，女人若是穿上皮草就会变得像那只动物一样。了解吧。习性会变得像她身上那件毛皮的主人。没错。"他摆出说书人的轻松姿态，带着没有恶意的亲密感扫视他的听众。当他把那件不像样的外套推到一边去、把手插到腰上时，奥伯龙看见他口袋里装了个沉甸甸的瓶子。"我那天才到萨克斯的第五大道精品百货去，"他说，"刚好有几位女士在问一件貂皮大衣的价格。"他摇摇头。"听着，上帝创造的所有动物里，黑貂这种动物一定是最低等的。黑貂这种动物，会吃自己的骨肉。你们听到没有？就是那样没错。黑貂是最肮脏、最下等、最卑鄙的动物，比臭鼬还要卑鄙、低等。各位，比臭鼬还低等，而你们一定知道臭鼬排行第几吧。好了！结果这几位漂亮的女士呢，这些连只苍蝇都舍不得杀的女士竟然在那里抚摸这件用黑貂皮做的外套，是啊是啊，很棒吧——"他轻笑出声，实在忍不住笑意。"是啊是啊，那只动物的习性，别怀疑……"黄色的双眼望向奥伯龙，猜测他是现场唯一在认真听他说话的人，但不晓得自己猜对了没。"嗯哼，嗯哼，"演讲结束后他心不在焉地说，脸上是个似笑非笑的神情。他眼神睿智、幽默、很像某种爬虫类，他似乎觉得奥伯龙很有趣。此时列车从一个转角呼啸而过，使得那男子向前冲去。他他利落地跟跄了一下，虽然未能保持平衡但也始终没跌倒，口袋里的瓶子当啷撞在栏杆上。他经过时，奥伯龙听见他说："扇子和皮草能掩饰一切。"由于列车开始减速，他又站直了身子，然后开始向后踉跄。车门开了，列车晃了最后一下，把他甩出车门。奥伯龙及时认出了自己要在这站下车，赶紧跟着跳出去。

到处是噪声和刺鼻的烟味，急迫的广播听起来就像断断续续的干扰音，但最后也淹没在火车的金属摩擦声和阵阵回音之间。奥伯龙完全失去方向，跟着一群群乘客爬上楼梯、斜坡、电扶梯，却发现自己似乎还是在地下。他在一个转角处瞥见那个黑人的外套，而到了下一个转角（这回似乎是要往下走）他就已经到了黑人身边。这时的他显得心事重重，只是漫无目的地前进，完全不像在火车上那样聒噪。他像一个下了舞台的演员，怀抱着自己的烦恼。

"打扰一下。"奥伯龙说着，在口袋里摸索着。那个黑人毫不讶异地伸出一只手准备接下奥伯龙要给他的东西，接着当奥伯龙拿出那张"佩蒂、史密洛东和鲁思"的名片时，他又毫不惊讶地收回了手。

"可以帮忙我找这个地址吗？"他把地址念出来。那个黑人看起来不甚肯定。

"很棘手，"他说，"似乎是某种意思，但其实不然。噢，棘手啊。要花点力气找。"他拖着步子离去，驼着背，仿佛还在做梦，但他垂在身侧的手却快速挥了一下，示意奥伯龙跟着他。"我愿与任何人同行，"他咕哝道，"当你的向导，在你最需要的时候陪伴你。"

"谢谢。"奥伯龙说，虽然不是很确定那句话是不是对他说的。那男子带着他穿过满是尿骚味、如洞穴般滴着阵阵雨水的黑暗隧道（他的脚步其实很快，而且总是毫无预警地转弯），走过回音阵阵的通道，进入一栋偌大的长方形建筑（这是旧的终点站），再爬上闪亮亮的楼梯进入大理石大厅。他们爬到洁净的公共空间时，他的衣衫似乎显得更加褴褛、身上的臭味也更重了。奥伯龙感到愈来愈怀疑。

"再让我看一次那地址吧。"他说。他们站在一排快速旋转的玻璃门前，不断有人从中穿过。奥伯龙和他的向导站在人们的路径中央，黑人端详着名片，对人潮视而不见。众人流畅地从他们身旁绕过，个个

233

一脸愤怒，但奥伯龙无法判断是因为路被挡住，还是因为个人因素。

"我也许可以问问别人。"奥伯龙说。

"不，"黑人不愠不火地说，"你找对人了。我是个信差。"他望向奥伯龙，蛇般的眼睛里寓意万千。"我叫弗雷德·萨维奇，迅捷信使服务，我是逃出来跟你报信的。"他踏进旋转门，动作迅速优雅。奥伯龙迟疑了一下，结果差点跟丢，因此连忙冲进一个没有人的空格里、被迅速甩出门去，终于来到户外。外面正飘着细细冷冷的雨丝，他赶紧追上弗雷德·萨维奇的脚步。"我朋友公爵，你知道吧，"他正在说，"我大概午夜的时候在教堂后面的小巷子里遇到公爵，他肩上扛了一条人腿。我说，嘿，公爵，好家伙。我说他是只狼，唯一的差别在于狼的毛是长在外面，你知道吧，但他的毛却是长在里面。我说我可以剥下他的皮，看看……"

奥伯龙紧跟着弗雷德·萨维奇穿过井然有序的人潮，现在他更怕跟丢了，因为这家伙没把律师的名片还给他。但他还是不断分心，忍不住抬头仰望那些高楼大厦，有些直没云顶。顶层是如此洁净高尚，基层却如此卑贱，塞满了店面、被喷了字样、被刮伤、被侵占利用，就像巨大的橡树，被好几世代的人画满了爱心、钉满了马蹄铁。有人拉拉他的衣袖。

"别呆呆地盯着上面看。"弗雷德·萨维奇说，仿佛觉得很好笑。"这样很容易被扒。况且——"他笑开了嘴，他的牙齿要不就是完美无比，要不就是戴了极为便宜的假牙，"——对你这种人而言，这些大楼不是拿来仰望的，知道吧；对里面那种人来说，大楼是拿来眺望外面的，懂吧。你早晚会学到的，嘻嘻。"他拉着奥伯龙转过一个街角，走上一条街道，有很多货车在这里跟其他货车、出租车和行人抢道行驶。"你若仔细看，"弗雷德·萨维奇说，"你会觉得这地址好像在大道上，但那是假的。其实是在这条小街上，但他们不想被你看出来。"

上方传来呼喊与警告声。有人正把一面巨大的镀金镜子从一扇二楼的窗户搬出来，挂在绳索和滑轮上。下面的街道上有书桌、椅子、资料柜，简直整间办公室都搬到了街上，人们还得取道讨厌的排水沟才能绕过去。只是这时货车堵住了街道，警告的呼声愈来愈大。"小心后面！

小心后面!"因此所有人都动弹不得。镜子往空中甩去,镜面上原本只是安静的房间内部,此时却浮现剧烈摇晃的大城倒影,看起来好像遭到强掳了一样,大惊失色。镜子旋转着缓缓下降,建筑物和左右颠倒的路标在镜中前后摇晃。人们目瞪口呆地站在那里,等着看见自己穿着外套或撑着雨伞的身影出现在镜中。

"走吧。"弗雷德说着用力拉住奥伯龙的手臂。他穿过重重家具,拖着奥伯龙一起走。搬运镜子的人发出惊骇和愤怒的叫声。麻烦来了:绳索突然松脱,镜子在距离地面只有几英尺高处猛然一歪。观众齐声呻吟,镜子试图恢复平衡时世界来回摇摆。弗雷德从底下钻过,帽顶碰到了那镀金的镜框。有那么短暂的一刻,奥伯龙在镜中看见了身后的街道,但感觉却像是在往前看,只是弗雷德已经从这条街上消失,或者说是消失在这条街上。接着他蹲低身子,也从镜子底下钻过。

到了另一侧,他们依然听得见镜子搬运工的咒骂声,此外还有一种隆隆声响。弗雷德带领奥伯龙来到一栋建筑物巨大的拱门前。"我的座右铭就是有备无患,"他得意扬扬地说,"先确定自己没弄错,然后就出击。"他指出建筑物的门牌号码,确实是大道的号码没错,然后把名片交还给他。他拍拍奥伯龙的背,鼓励他进去。

"嘿,谢啦。"奥伯龙说,随即念头一转,伸手掏了掏口袋,掏出一张皱皱的一元纸钞。

"免费服务。"弗雷德·萨维奇说,但还是伸出手,以拇指和食指小心翼翼拿过钞票。他的掌心布满纵横交错的掌纹。"现在去吧。确定自己是对的就出击。"他把奥伯龙推向黄铜框的玻璃门。走进去时,奥伯龙又听见了那阵轰隆声,也感受到那股震动,比先前强烈了许多,他忍不住抱头躲避。那是一阵悠长的隆隆声响,仿佛世界正从一个角落裂向另一个角落。结束时,传来了一阵惊呼,很多人同时发出呻吟,女性的尖叫声此起彼落。于是奥伯龙预备好迎接一片巨大玻璃砸碎的声音。就算奥伯龙之前从没听过那么大的镜子摔破的声音,但还是毋庸置疑。

好吧,究竟有人要为此倒霉多少年呢?他禁不住猜想自己是不是逃过了什么。

折叠卧房

"我让你住折叠卧房。"乔治说，拿着手电筒带领奥伯龙穿越老秩序农场周围那些大半空无一人的房舍。"那里至少有壁炉。小心。上来吧。"

奥伯龙边发抖边跟上，拿着他的袋子和一瓶多娜马利波沙朗姆酒。他进城途中遇上了一场冰雨，雨水毫不留情渗进了他的外套，感觉似乎也穿透了他单薄的皮肉，让他一路冷到心坎里。他在一家卖酒的小店里躲了一会儿，写着"烈酒"的红色招牌倒映在门外的水潭里，忽明忽灭。由于强烈感受到店家对他这种在商业场所免费避雨的行径感到不耐烦，奥伯龙开始瞪着那些酒瓶看，最后买了这瓶朗姆酒，因为标签上那穿着村姑衬衫、怀抱绿色甘蔗的女孩令他想起西尔维，或者说，他认为西尔维若变成幻想中的人物，应该就是这个模样。

乔治取出那串钥匙，心不在焉地开始在其中翻找。自从奥伯龙回来后，他的态度就一直很阴沉，一副心烦意乱、懒得理人的样子。他谈论人生的种种困难，却毫无重点可言。奥伯龙有些问题想问他，但又觉得现在这种状态下一定不可能从乔治口中问出什么，因此只是默默跟他上楼。

折叠卧房上了两道锁，乔治化了好些时间才打开。但里面有盏电台灯，圆柱形灯罩上绘有一幅全景画，是一列火车穿过乡间，火车头大到几乎要挡住了乘务员专用车厢，就像那种"虫形列车"。乔治环视房间，一根手指按在唇上，仿佛很久以前曾在这里掉了样东西。"现在的重点。"他只说到这里就打住。他凝视整柜平装书的书背。由于灯泡发热的缘故，灯罩开始转动，灯罩上的火车缓缓从风景中驶过。"是这样的，我们大家都同心协力。"乔治说，"大家各尽本分，你懂我的意思吧。我的意思是工作总是做不完。我猜这房间可以吧。炉子那些的不能用，但你跟我们一起吃饭吧，大家一起来。好了。听着。"他又开始数钥匙，因此奥伯龙觉得自己即将被锁在房间里面。但乔治从钥匙圈上取下三把钥匙交给他。"拜托别弄丢。"他挤出一丝苍凉的笑容，"嘿，欢迎来到大城，老弟，还有别收任何代币。"

代币？奥伯龙关上门，觉得这位表舅的言谈似乎跟他这座老农场一样充满了古老的垃圾和破烂的装饰品。他说不定还会自称是张纸牌。好吧，他环视四周，察觉这折叠卧房确实有些古怪：里面没有床。有一张包着酒红色天鹅绒的梳妆椅，还有一张嘎吱作响的藤椅，上面绑着一些坐垫。有一张破旧的地毯，还有一座用光亮的木材制成的巨大衣柜，正面有一面斜斜的镜子，底下有一些装着黄铜把手的抽屉，他实在看不出这东西要如何打开。但就是没有床。他用颤抖的手从一个曾经用来装杏桃的板条箱（上面印着"金色梦幻"）里取了木柴和纸张，考虑在椅子上睡一夜，因为他肯定不想再次穿越老秩序农场回去抱怨。

炉火热起来时，他开始不那么自怜了。老实说，等衣服变干后，他已几乎有点狂喜。在佩蒂、史密洛东和鲁思事务所，好心的佩蒂先生反常地不愿提及那笔遗产的状况，但他们倒是欣然预支了他一笔款项。现在钱就在他口袋里。他已经来到大城，而且没丢掉性命，也没人揍他；他有钱，也有望赚到更多；他即将展开真正的生活。艾基伍德长久以来的隐晦不明、那些令人窒息的不解之谜，还有目标已然明确、方向变清晰的无尽等待——这些都结束了。他已经掌握局面。身为一个自由人，他可以赚大钱、赢得爱情、再也不必在睡觉时间回家。他来到折叠卧房附设的小厨房内，那里有坏掉的炉子和一个八成也已经坏掉的冰箱，旁边还有个浴缸和洗手台。他翻出一个冰裂花纹的白色咖啡杯，抖出里面那只虫尸，然后取出他那瓶多娜马利波沙朗姆酒。

他正面露微笑，抱着满满一杯朗姆酒坐在那里凝视着炉火时，传来了一阵敲门声。

西尔维与宿命

他过了片刻，才意识到门前那个皮肤黝黑的害羞女孩就是穿着金色晚礼服打破鸡蛋的那位。此时她穿着牛仔裤，褪色的布料柔软得仿佛是手工织成的，她紧紧缩着身子抵挡寒冷，不规则状的耳环摇晃不已。她看起来娇小了许多，但其实只是跟之前一样娇小，只是她原本散发

237

的能量，令她纤细的体型显得庞大无比，而她现在已经把那份能量隐藏了起来。

"西尔维。"他说。

"是啊。"她转头看了看黑暗的走廊、又转回来看着他，神色有点匆忙，或有点恼怒，总之就是有点什么。"我不知道里面有人。我以为是空的。"

但显然整个门道都被他挡住了，因此他不知道该怎么回答。

"好吧。"她说，一只冰冷的手从腋下抽出来按住嘴唇，再次瞥向别处，仿佛他想把她硬留在这里，而她巴不得能赶快离开似的。

"你掉了东西在这里吗？"她没回答。"你儿子怎么样？"听他这么一问，她那只原本按着嘴唇的手这下把整张嘴都捂住了。她似乎哭了，还是笑了，再不然就是又哭又笑，但她依然回避着他的眼光，最后他终于看出她显然是没地方可去。"进来吧。"他说着示意要她进入，一边让出通道，点头鼓励她。

"我有时会来这里。"进了房间后她这么说，"当我想……你知道，独处的时候。"她神色不悦地环视四周，奥伯龙猜想这应该是情有可原的。入侵者是他。他不知是否该把房间让给她，自己去露宿街头。但他却说："要来点朗姆酒吗？"

她似乎没听见。"好啦，听着。"她说，却没再继续下去。奥伯龙还得再过一阵子才会明白大城的人经常把这句话当成无意义的发语词，并不是字面上那种粗鲁的命令。因此他侧耳倾听。她坐进那张天鹅绒的小椅子，最后终于自言自语说："这里真舒服。"

"嗯。"

"很棒的火。你在喝什么？"

"朗姆酒。要来一点吗？"

"当然。"

现场似乎只有一个杯子，因此他俩轮流喝。"那不是我儿子。"西尔维说。

"很抱歉，如果我……"

238

"他是我哥哥的孩子。我有个疯子哥哥。名叫布鲁诺。跟那孩子一样。"她凝视炉火沉吟一会儿。"好个孩子，可爱又聪明，而且很坏。"她露出微笑。"跟他爸一模一样。"她紧抱双臂、把腿缩了起来，奥伯龙看出她内心正在哭泣，只能靠着不断压迫自己来防止眼泪流下。

"你跟他似乎处得很好。"奥伯龙边说边点头，之后才发现自己这副严肃的模样有多好笑。"我还以为你是他妈妈。"

"哦，他妈妈，老天，"她流露出纯粹的鄙夷，只带有一丝轻微的怜悯，"她很可悲。可悲极了。简直可鄙。"她陷入沉思。"瞧他们对待他的方式，老天。他早晚变得跟他爹一模一样。"

这状况似乎不妙。奥伯龙希望自己能想出一个可以从她口中套出一切的问题。"嗯，确实有其父必有其子。"他说，却不知道这句话有没有应验在自己身上的一天，"毕竟父子常常相处。"

她发出恶心的一哼。"狗屎。布鲁诺已经一年没见过这小孩了。他就只会突然出现然后说：'嘿，儿子呀!'什么的。就只因为他有信仰。"

"嗯哼。"

"不是宗教信仰。是那个他效命或跟随的对象。那个罗素什么的，我不知道啦，我每次都记不住。反正他就鼓吹什么爱啦、家庭啦，诸如此类的东西，所以布鲁诺就出现在家门前了。"

"嗯哼。"

"他们会害死那孩子。"她眼中泛起泪光，但她眨眨眼睛，强忍着不让泪水流下来，"该死的乔治·毛斯。他怎么这么笨?"

"他怎么了?"

"他说他喝醉了，还拿一把刀。"

"噢。"由于西尔维这番话里没有任何反身代名词，因此奥伯龙很快就搞混了所有这些"他"，搞不懂是谁拿了一把刀、谁说谁喝醉了。这个故事他得再听两次才能清楚来龙去脉：在那份新信仰或新哲学的鼓动下，哥哥布鲁诺醉醺醺地跑来老秩序农场，要求乔治·毛斯交出侄儿布鲁诺。当时西尔维不在，结果乔治跟他争执了很久，还差点打起来，但最后还是交出了孩子。现在侄儿布鲁诺被交到了一群令人抓狂、过度

239

溺爱且愚蠢无比的女性亲戚手中（哥哥布鲁诺是不会留在家的，这点她很确定），她们养育小布鲁诺的方式跟当年父亲离去后她哥哥被养大的方式一模一样，让他变得虚荣、放荡、神经质、任性，还带有一种女人（以及少数男人）无法抗拒的自私。这孩子就算逃过了被送进孤儿院的命运，西尔维拯救他的计划也已经失败了，因为乔治不愿让她的亲戚踏进农场——他自己的麻烦已经够多了。

"所以我不能再跟他一起住了。"她说，这回指的无疑是乔治。

奥伯龙心中升起一股诡异的希望。

"我的意思是，这不是他的错，"她说，"真的不是他的错。我只是没办法再跟他住了。我一定会不断想起这件事的。反正就这样。"她按住太阳穴，压抑着某种东西。"妈的。我若有种把他们教训一顿就好了。全部的人。"她的痛苦阴郁即将达到极点，"我自己也希望再也不要见到他们。再也不要。永远都不要。"她几乎笑出来，"但那真的很蠢，因为我若离开这里我就没地方去了。无处可去。"

她不会哭的。她刚才没哭，而想哭的一刻已经过去了。此时她双手托腮凝望炉火，脸上满是空洞的绝望。

奥伯龙把双手交握在背后，研拟出一种轻松友善的语调，然后说："哦。当然了，你可以留在这里，欢迎之至。"接着才意识到这里其实是她的地盘，因此涨红了脸。"我的意思是，你若不介意我在这里，那你当然可以留下。"

他觉得西尔维看他的眼神有点警戒，这当然也是情有可原，因为他内心确实有股亟欲隐藏但又挥之不去的暗潮。"真的吗?"她说着露出微笑。"我占不了多少空间的。"

"噢，反正也没多少空间能占。"他当起主人，若有所思地审视这个房间。"我不知道该怎么安排，但有一张椅子，还有，呃，我的外套快干了，你可以拿来当棉被盖……"他知道自己缩在角落里八成整晚不会合眼。但听到这令人沮丧的安排，她的脸有点垮了下去。他想不出还能给她什么。

"难道，"她说，"不能让我睡床的一角吗? 在床脚边之类的? 我会

240

缩得很小。"

"床?"

"床啊!"她说,开始有点不耐。

"什么床?"

她恍然大悟地笑出来。"哇,"她说,"噢,老天,你本想睡地板的,真是令人难以置信!"她来到墙边那个巨大的衣柜或高脚抽屉旁,伸手沿侧边往上摸索,转了一个把手或拉下一根杠杆,然后得意无比地把那东西从墙上降了下来。在砝码的作用下(那几个假抽屉里装的是铅锤),它如梦似幻地轻轻倒了下来,镜子先是映出地板,接着就看不见了,左右上角的黄铜把手突出来变成床脚、透过某种重力机制卡入定位,设计之精妙令他咋舌。那是一张床。有一个雕刻的床头板,原本的衣柜顶端变成了床尾板,有床垫、床单和两个饱满的枕头。

他跟着她一起笑。展开的床几乎把房间给塞满了。折叠卧房。

"很棒吧?"她说。

"太棒了。"

"够两个人睡了,对吧?"

"噢,当然。其实……"他正打算把整张床都让给她,毕竟这是应该的,而且倘若他知道那里藏有床的话,他一开始就会这么做。但他发现她似乎没把他当绅士、认定他一定认为她只要睡半张床就满足了,并且认定他认为她……他突然狡猾地闭上嘴巴。

"你确定你不介意?"她问。

"当然不。只要你确定你不介意。"

"不会啊。我向来跟人一起睡。我跟我祖母一起睡了很多年,通常还有我姐姐。"她坐到床上对着他微笑(床垫很厚,她必须用手把自己撑上去,坐定之后脚还够不到地板)。他报以微笑。"所以喽。"她说。

除去那些因为离家、公交车、大城、律师和雨水而改变的部分,他其余的人生都在这转了型的房间里彻底改变。从现在起一切都不再一样。他意识到自己一直以狂乱的眼神盯着她,发现她已经垂下眼睑。"好吧。"他说着举起杯子,"要不要再来一点?"

241

"好啊。"他倒酒时，她说了，"对了，你怎么想来大城？"

"来闯出一片天。"

"啊？"

"噢，我想当作家。"在朗姆酒和亲密感作祟下，这句话变得很容易说出口，"我想找份写作之类的工作。或许会进演艺圈。"

"嘿，很棒啊。可以赚大钱。"

"嗯哼。"

"比方说你可以写《他方世界》？"

"那是什么？"

"你知道吧，那个节目。"

他不知道。从前他的野心向来只是朝未来无限延伸，但如今碰上西尔维，其中的荒谬就变得显而易见了。"其实我们家一直都没电视。"他说。

"真的吗？噢。"她啜了一口朗姆酒，"是买不起吗？乔治说你们家很有钱。哎哟。"

"噢，'有钱'嘛。我不知道算不算'有钱'……"哦！这种转音倒是很像史墨基，这是奥伯龙第一次在自己的语调里听到这种变音（仿佛给一个字加了代表怀疑的括号）。是他老了吗？"我们确实买得起电视……那节目在演什么？"

"《他方世界》吗？是日间连续剧。"

"哦。"

"没完没了的那种。难题总是一波未平一波又起。大部分都很白痴，但看了就是会上瘾。"她又开始发抖了，因此把脚缩到床上，掀开棉被包住自己的腿。奥伯龙忙着弄火。"节目里有个女孩，会让我联想到自己。"她发出一声自嘲的轻笑。"老天，她问题还真多。戏里的角色是意大利人，但演员却是个波多黎各人。而且她很漂亮。"她说这话的口气就像在说"她只有一条腿"，跟我一样。"而且她有个'天命'。她也知道这点。她有一大堆可怕的问题，但她有个天命，有时镜头就只是拍她眼神迷蒙的样子，配上背景里的歌声（啊啊啊啊）。然后你就知

242

道她又在想她的宿命了。"

"嗯哼。"木柴箱里的木柴全是碎片，大部分都是破碎的家具，但有几片上面刻有字样。木柴上的亮光漆在火中发出吱吱声响、冒起泡泡。奥伯龙突然一阵狂喜：他已是一群陌生人中的一分子，正在他们不知情的情况下燃烧他们的家具器物，一如他们也在不认识他的情况下在兑币窗口收他的钱、在公交车上让出位置给他。"天命是吧。"

"是啊。"她看着灯罩上的火车头在小小的场景中前进。"我也有个天命。"她说。

"你也有？"

"是啊。"她说这话的口气和脸部以及手部动作都暗示"没错，是真的，而且说来话长，而且我可能必须为一笔跟我无关的烂账负责，而且甚至有点尴尬，就像头上顶了个光圈"。她端详着自己手上的银戒指。

"人要怎么知道自己有没有天命？"他问。由于床实在太大，他若坐在床尾那张天鹅绒小椅子上就会显得很荒谬，因此他也小心翼翼地爬上床。她挪出一个空位。他们各据一个角落，靠着床头板。

"一个巫医帮我算过命，"西尔维说，"很久以前。"

"一个什么？"

"巫医。一个通灵的女士。你知道吧。会用纸牌算命，用植物药草之类的东西来做一些事，也算是巫婆吧，你知道吗？"

"噢。"

"这位算是我的一个姨，好吧，不是我亲生姨，我已经忘记她是谁家的姨了。我们都叫她蒂蒂，但大家都叫她黑婆。她把我吓得屁滚尿流。她的公寓在郊外，屋里的神坛上随时着着小蜡烛，窗帘全部拉上，到处弥漫着诡异的味道。她还在外面的防火梯上养了几只鸡，老天，我不知道她都拿这些鸡来干吗，我也不想知道。她身材高大，不胖，但手臂像大猩猩一样又长又强壮，她的头很小，而且是黑色的，有点像蓝黑色的，你知道吧？她应该不可能是我家族里的人。好吧，我小时候都不吃饭，严重营养不良——妈妈没办法逼我吃——所以我整个人瘦巴巴的，像这样——"她举起一根涂着红色指甲油的小指头。"医生要我多吃肝脏。肝脏！你能想象吗？反正呢，奶奶觉得可能有人对我下了咒，你知道吧？巫术。隔空放蛊。"她像舞台上的催眠师，摇晃着手指。"例如有人想报仇还什么的。那时妈妈跟别人的老公同居。所以说不定是他老婆找了个巫医下咒让我生病，以消心头之恨。反正，反正……"她轻轻碰了碰他的手臂，因为他已经把头转开。事实上他每次把头转开，她都要碰碰他的手臂，这个动作已经开始有点令他恼怒，因为他的精神其实再专注不过。他觉得这一定是她的坏习惯，很久以后他才会发现在街上玩骨牌的男人和坐在门前的阶梯上聊八卦看小孩的妇女也有这种动作：这是一种民族习惯，而非个人的习惯，用来保持联系。"总之呢。她带我去找黑婆驱邪收惊还什么的。老天，我这辈子从来没有这么害怕过。她开始用她那双大黑手在我身上按来按去、摸来摸去，一边像呻吟，又像是唱歌地念念有词，还翻白眼、眼皮眨个不停，恐怖死了。接着她冲向一个小炉子，在上面洒了些东西，粉末状的东西，结果就传来一阵浓烈的香气。然后她又冲回来（有点像是跳舞回来）在我身上摸索一阵。她还做了些别的事，但我记不得了。接着她突然放下一切，完全恢复正常，就像……你知道吧，有种'好喽，工作结束了'的味道，跟牙医师一样。她告诉奶奶：不，我没被下咒，我只是瘦巴巴、得多吃点而已。奶奶松了好大一口气。所以——"她又碰了下他的手腕，因为他的目光有片刻移到了杯子里，"——所以他们就坐在那里喝咖啡，奶奶准备付钱，但黑婆却一直看我。就这样一直看。老天我吓死了。她在看什么？她可以一眼看穿你，看见你的心。你内心的内心。接着她就这样——"西尔维假装自己是巫婆，举着黑色大手掌缓缓招手要孩子过来，"——然后开始跟我说话，说得非常慢，谈我做过哪些梦，还有一些我现在已经忘了的事，她好像很努力思考。接着她拿出一沓纸牌，很旧、很破了，让我把手放在上面，她的手再盖住我的手，接着她又开始翻白眼，好像出神了一样。"此时奥伯龙自己也有些听得出神了，西尔维把他紧紧抓在手里的杯子拿过来。"噢，"她说，"没有了吗？"

"还很多呢。"他把酒拿来。

"所以听着，听着了。她摊开这些牌——谢谢你，"她啜了一口酒，抬眼看他，有那么一刻看起来就像她描述的那个孩子，"她开始帮我解牌。她就是那时看见我的天命的。"

"那你的天命是什么？"他坐回她身边的床上，"一定很重大。"

"重大无比，"她说，装出泄漏大八卦的口气，"简直是最重大的。"她笑了，"她难以置信。这个骨瘦如柴、营养不良、穿着自制裙装的小鬼，竟然有个伟大天命。她瞪了又瞪。她瞪着纸牌，又瞪着我。我瞪大眼睛、简直快哭了，奶奶在祷告，黑婆发出了一些声音，而我只想出去……"

"但那个天命，"奥伯龙说，"到底是什么呢？"

"这个嘛，她也不是很清楚。"她笑了，这整件事已经变得有些愚蠢。"唯一的问题就在这里。她说有个天命，而且很重大。但却不知道是什么……不是电影明星，不是女王。世界的女王，老兄。什么也不是。"她又瞬间陷入沉思。"它肯定还没实现，"她说，"但我常想象。想象它在未来成真。我脑子里有个画面。有一张桌子，在树林里吧？一张长长的宴会桌，铺着白色桌巾。上面堆满了好东西，从这端堆到另一端。但地点是在树林里。附近都是树啊之类的。而桌子中央有一个空位。"

"然后呢？"

"就这样。它就这样浮现脑海。我常想起这件事。"她瞥向他，"我打赌你从来不认识什么背负天命的人吧。"她咧着嘴微笑。

他不想告诉她其实他认识的人里头几乎没有人不背负着天命。在他们艾基伍德，宿命就像大家共享的可耻秘密，只有在逼不得已的时候，他们才会用最隐晦的方式说出口。他就逃离了自己的宿命。他很肯定自己超越了宿命，就像鹅振着强壮的翅膀超越了北风哥哥：宿命别想把他冻结在那里。现在的他倘若想要宿命，他就要自己选择。举个简单的例子，他倒很想拥有西尔维的宿命：成为西尔维的宿命。"拥有天命，"他问，"好玩吗？"

"不怎么好玩，"她说。她又缩起了身子，虽然炉火已经温暖了小小的房间。"小时候大家都拿这件事嘲笑我。只有奶奶除外。但她却忍不住跑去到处讲。而且黑婆也会讲。而我那时还只是个瘦巴巴、成事不足败事有余的坏小鬼。"她有些尴尬地扭动着钻进棉被，转了转手上的银戒指。"西尔维的大天命。很多人拿来开玩笑。"她转开目光,"有一次来了个很老很老的吉卜赛男子。妈妈不想让他进来,但他说他是大老远从布鲁克林过来看我的。所以他就进来了。他弯腰驼背、浑身是汗,而且很肥。说一口奇怪的西班牙话。结果他们就把我拖出去炫耀一番。我那时还在啃一根鸡翅。结果他用那双又大又凸的眼睛看了我好一会儿,突然张开嘴巴。接着(噢,老天,超诡异)他就跪倒在地,这动作花了他很长一段时间,你知道吗?然后他说:当你的王国降临时,请记得我。接着他给了我这个。"她举起一只手转了转(掌心的纹路干净清晰),让他看看戒指的正面和背面。"接着我们大家还得把他搀扶起来。"

"后来呢?"

"他就回去布鲁克林了。"她顿了一下,回忆着这个人。"老天,我真不喜欢他。"她笑了。"他要走时,我把鸡翅塞进他的口袋。他没看见。他的外套口袋。就当作交换这个戒指。"

"拿鸡翅换戒指。"

"是啊。"她又笑了,但不久就停下来,再次显得焦躁烦恼。真善变,仿佛她的情绪比一般人更加阴晴不定。"没啥大不了,"她说,"甭提了。"她狠狠喝了一大口,然后张开嘴拼命呵气。她把杯子递还给他,再往被窝里钻去。"我根本没从中捞到什么好处。我连自己都照顾不好,更别提照顾人了。"她的声音变得微弱。她翻过身去,似乎想让自己消失。接着她又转回来,打了个大大的哈欠。他看得见她的口腔内部:她拱起的舌头,甚至是她的小舌。不像白人的口腔是淡淡的玫瑰色,而是更饱满的颜色,带点珊瑚色。他禁不住猜想……"那孩子八成很幸运,"打完哈欠后她说,"可以离开我。"

"我才不信,"他说,"你们处得那么好。"

她沉默不语,只是定定地发呆。"我真希望……"她开了口,却没说完。除了自己的一切之外,他恨不得能再多给她什么。"噢,"他说,"你在这里想待多久就待多久吧。真的想待多久就待多久。"

她突然掀开棉被、从床上爬过去,一副要走的样子,因此他突然有股疯狂的冲动想抓住她、拉住她。"去尿尿。"她说。她从他腿上爬过、跳下地板，拉开厕所的门（门板撞上床边，宽度刚好够她进去），然后扭开里面的电灯。

他听见她拉下拉链。"哇！这坐垫还真冷！"顿了一下，接着就传来她小解的声音。完事后她说："你是个好人，你知道吧?"而他还来不及回应（他反正也不知道要说什么）她就按下了冲水钮，水声哗啦哗啦掩盖了一切。

角门

准备一起睡觉很有趣。他戏谑地说要在两人中间放一把脱鞘的剑，结果她觉得好笑极了，因为她从没听过这种事。但当灯罩上的火车头停止前进、四周陷入黑暗时，他却听见她在床铺遥远的另一端轻轻哭泣，努力压抑着自己的呜咽。

他猜他俩应该都睡不着。西尔维翻来覆去了好一阵子，好几次仿佛被自己吓到似的发出轻柔的惊叫（啊！啊！），但她最终还是找到了通往梦乡之路，黑色睫毛上的泪水干掉，睡着了。她在翻来覆去的过程里卷走了不少被子，但他也不敢拉回太多（殊不知她一旦睡着，就会好几个钟头呈现睡死状态）。她的睡衣是一件买给观光客小孩穿的T恤，上面印有四五个鲜艳失真的大城景点。除此之外她只穿了一条内裤，不过是几片附有松紧带的黑色丝绸，没比一个眼罩大多少。他在她身边躺了很久都没睡着，她的气息则逐渐规律。他短暂地睡了一会儿，梦见她那件儿童T恤、她深沉的悲伤、缠绕在她黝黑肢体周围的床单，还有她那件几乎没有遮蔽作用的性感内裤，全部的画面都像个谜。他边做梦边笑，发现这些物件里都有简单的双关语，答案令人惊奇却很明显，笑着笑着就醒了过来。

他像黛莉·艾丽斯的猫那样神不知鬼不觉地把手臂从棉被底下伸过去抱住她，试图在不打扰睡眠者的前提下索求温暖。他那样躺了很久，一动不动、小心翼翼。他再次陷入半梦半醒的状态，这回梦见自己

247

的手臂因为碰到她而缓缓变成了黄金。他醒过来，结果发现手臂麻了，沉重而毫无知觉。他抽回手臂，随即一阵酸麻刺痛，因此他揉揉臂膀，却已经想不起为什么显得珍贵的是这只手臂而不是另外那只。他再次入睡。又再次醒来。他身边的西尔维仿佛变得沉重无比，像一件宝藏般紧压着她那一侧的床垫，因为娇小而愈显珍贵，且因为对自己浑然无所觉而益发丰富。

但当他终于真正睡着时，他梦见的却完全不是老秩序农场的东西，而是他最早的童年、艾基伍德，还有莱拉克。

第三章

至少有一道思绪、一种优雅、一份惊奇，

是任何高明的文字都无法表达的。

——马洛，《帖木儿大帝》

奥伯龙度过童年的那间房子跟他母亲的并不完全一样。史墨基和黛莉·艾丽斯继承房子后，家里的人就是他们的孩子和艾丽斯的父母，这时旧有的管理方式就变松散了。黛莉·艾丽斯的母亲不爱猫，艾丽斯却喜欢，因此随着奥伯龙长大，家里猫的数目就成倍增加。它们成堆躺在火炉前，家具和地毯上都覆盖着一层随风飘散的猫毛，仿佛结了一层干燥的永久白霜。奥伯龙常在一些匪夷所思的地方看见沉静的小小猫脸凝视着他。有一只虎斑猫，眼睛上方的斑纹仿佛两道凶猛的假眉毛。有两三只黑猫，还有一只带有复杂黑色花纹的白猫，像个糊掉的棋盘。寒冷的夜里，奥伯龙常会在沉重的压迫感中醒来，在棉被里猛然翻身，把两三只睡得正爽的猫甩到旁边去。

除了猫，还有狗儿斯帕克。根据史墨基的说法，它的列祖列宗全是一个样，看起来就像巴斯特·基顿的亲儿子：斯帕克眼睛上方的浅色斑点也让它的脸看起来一样，带点责备的表情、极度机警、有着长长的鼻梁。年纪一大把的时候，斯帕克让一只来访的表妹怀了孕，生下三只没有名字的小狗和另一只斯帕克。确认自己有后之后，斯帕克就缩在火炉前医生最爱的椅子上度过余生。

249

丁香花与萤火虫

把医生和妈妈推到一旁去的还不只是动物而已（尽管从未明讲，但医生确实清楚表示自己不喜欢宠物）。他们虽然没失去尊严，却仿佛悄悄地被不停堆积的玩具、饼干屑、鸟窝、尿布、创可贴和双层床一波波推进了历史。自从她女儿也当了妈妈后，妈妈就变成了德林渥特妈妈，接着是 D 妈妈，接着又变成了妈迪。身为一个向来在底下辛勤撑起一切的人，她总难免有种被踹到楼上去的不舒服的感觉。且不知为何，就算医生经常对时、上发条、维修保养（通常脚边都有一两个小孩绕来绕去），屋里的诸多时钟却开始各敲各的。

房子本身也慢慢衰老。整体而言依然优雅、主结构也没什么大问题，却不时这里松、那里垮，维修工程十分浩大，永远没有完成的一天。很多外围的房间都封闭起来：那座塔是多余的奢侈品，而那座栽培橘子的温室里，大麦糖色的玻璃片也从糖霜色的白铁框架里一片一片掉出来，散落在花盆间。众多花园和花圃当中，最晚衰落、颓废最久的就是厨房那片花园。尽管漂亮的花格前廊上的白漆已经斑驳脱落、葡萄藤攀上了内外四心桃尖拱；尽管阶梯塌陷、石板小径已消失在野草和蒲公英之间，但只要能力允许，克劳德姑婆就会照顾那些花床、种出缤纷花卉。花园尽头长出了三棵野生酸苹果树，变得苍老、健壮、纠结，每年秋天都掉了一地坚硬的果实，开始腐烂时胡蜂就乐不可支。妈迪会拿一小部分来做果酱。后来当奥伯龙开始搜集文字后，只要听到"酸涩"这个词，他心里就会浮现那些皱巴巴、酸得不宜食用的橘色苹果躺在杂草间的画面。

奥伯龙是在厨房的花园里长大的。某年春天，考虑了自己背跟腿的状况后，克劳德姑婆终于有了一份认知：试图维护花园然后失败，会比直接放弃更令人痛苦。奥伯龙这下更开心了，因为这样就不会有人禁止他靠近花床。荒弃后，花园和园中建筑有了某种废墟似的魅力：工具躺在散发着泥土味的盆栽棚里，年代久远而布满尘埃；蜘蛛在洒水器的开口处织网，让它们看起来仿佛地下藏宝室里的古老头盔。水泵房则拥有装饰性的小窗、尖尖的屋顶和迷你屋檐，在他眼里向来有种遥远蛮荒的味道。那是座异教神殿，里头的铁制水泵则是一尊顶着长长头冠、伸着长长舌头的神像。他常踮起脚把水泵的把手往上推，再使尽浑身的力气将它上下扭动。神像会粗哑地嘎吱作响，接着把手会遇上某种神秘的阻力，此时他几乎必须整个人攀上去才能把它压下来。而重复一两次后，阻力神奇地突然消失，这时水会沿着水泵宽阔的舌面流下来，变成一片光滑清澈的水幕，溅到老旧的石头上。

对当时的他而言，这片花园广袤无比。若是从缓缓起伏的宽阔凉亭上望出去，它就像海洋般一路延伸到酸苹果树生长的地方，后面是一大片蔓生的野花和狂乱的杂草，倚着石墙而生，石墙里通往"公园"的 X 门已经永久封闭。既是海洋，也是丛林。只有他一人知道那条石板小径的下落，因为他可以钻进那层层叠叠的叶子底下，从那凉爽而光滑似水的灰色石板上爬过去。

到了晚上就有萤火虫。它们总是令他惊奇不已：前一秒似乎还什么也没有，但接着当暮色转蓝、他从某件专注的事物上抬起头时（例如观察一座鼹鼠丘缓缓形成），天鹅绒般的夜色中就已满布点点荧光。有天傍晚，他决定要在入夜之际，坐在阶梯上心无旁骛地等待它们出现，看着第一只萤火虫亮起，然后是第二只、第三只，就只为了他苦苦寻求（往后也会继续寻求）的那份完整性。

那年夏天，前廊的阶梯对他而言只是一个宝座的高度而已，因此他坐在那里,穿着球鞋的脚稳稳放在地上。但他还没专注到僵硬的地步，因此仍会不时抬头仰望筑在橡上的齐整的燕子窝或银白色的喷气式飞机轨迹，甚至唱着一首不成曲调的歌，歌词全是些关于消逝暮光的无意义拟声字。他一直守候着，但最后看见第一只萤火虫的却是莱拉克。

"那里。"她用她那低沉的小小声音说道，而远方的蕨类植物之间就确实亮起了一个光点，仿佛是被她这么一指才出现的。第二个光点亮起时，她用脚趾一指。

莱拉克没穿鞋子。她向来不穿鞋，连冬天都不穿，只穿一条浅蓝色的无袖连衣裙，再不然就是裹着一片长条状的布料，下摆垂到她光滑的大腿上。当他把这件事告诉他母亲时，她问说难道莱拉克不会冷吗？结果他答不出来。似乎不会，因为她从来不发抖，仿佛她只要穿上那件蓝色裙子整个人就完整了，不需要更多保护。她的裙子跟他的法兰绒衬衫不一样，她的裙子是她的一部分，不是穿上来遮蔽或乔装用的。

整个萤火虫王国正逐渐浮现。每当莱拉克伸手一指、说"那里"，就会有一个或很多个光点亮起，是种泛白的绿色，就像他母亲衣柜里那夜光电灯开关。当它们全部到齐、花园里唯一清晰的东西也都变得模糊紊乱而没有颜色时，莱拉克开始用手指在空气中画圈，结果萤火虫就朝莱拉克手指的地方缓缓聚集了起来，跳跃着前进，仿佛不甚甘愿似的。聚集起来后，它们就开始在那里跟着莱拉克的手指转圈圈，变成一个闪闪发光的圆，像一场肃穆的孔雀舞。他几乎可以听见音乐。

"莱拉克让萤火虫跳舞。"终于从花园进来时，他这么告诉母亲。他学莱拉克的样子用手指在空中画圈，一边哼着一首歌。

"跳舞？"他母亲说，"你不觉得你该睡了吗？"

"莱拉克就不用睡。"他说，并不是想拿自己跟她比较，毕竟她从来不必遵守规则，这么说只是为了让自己跟她产生关联而已：很没道理，天空还发着微微的蓝光、有些鸟儿甚至还没休息的时候，他就得去睡了。但他确实知道有人没睡，知道有人会在他做梦的时候在花园里待到深夜，或到"公园"去散步看蝙蝠，而且只要她想，甚至可以一直不睡觉。

"去请索菲帮你放洗澡水吧，"他母亲说，"告诉她我立刻上去。"

他站在那里看了她片刻，考虑自己要不要抗议。洗澡也是莱拉克从来不做的事情之一，但她却常坐在浴缸边看着他，姿态漠然、洁净无瑕。他父亲摇了摇报纸，从喉咙里发出一个声音，因此奥伯龙就像个乖巧的小兵一样离开了厨房。

史墨基放下报纸。黛莉·艾丽斯站在水槽边陷入了沉默，手里抓着抹布，眼神却飘到了别处。

"很多小孩都有想象的朋友，"史墨基说，"或想象的兄弟姐妹。"

"莱拉克。"艾丽斯说。她叹了口气、拿起一个杯子，看着杯底的茶叶，仿佛想从中看出什么。

那是个秘密

索菲答应给他一只鸭子。想从她那里求得这种好处通常比较容易，倒不见得是因为她比较和善，而是她不像他母亲那么警戒，似乎常常心不在焉。他整个身子泡在哥特式浴缸里（浴缸大到几乎可以让他在里面游泳），她则拆开包装纸取出一只鸭子。他看见分了层的箱子里还剩五只。

这些鸭子是克劳德姑婆买给他的，她说材料是橄榄香皂，所以在水里会浮起来。她还说橄榄香皂非常纯净，不会刺激眼睛。那些鸭子雕刻得很精美，颜色是种看起来确实很纯净的鹅黄色，摸起来光滑无比，总让他心里升起一股难以言喻的情绪，介于崇敬和深深的感官欢愉之间。

"该开始洗了。"索菲说。他让鸭子浮在水上，思考一个无法实现的梦想：不惜血本地把所有淡黄色的鸭子同时放进水里，是一群超凡的、光滑的、雕刻出来的纯净之物。"莱拉克让萤火虫跳舞。"他说。

"哦？把你耳朵后面洗一洗。"

他不懂为什么他只要提起莱拉克，人们就会要求他做这个做那个？他母亲曾经暗示他最好不要跟索菲说太多莱拉克的事，因为她可能会难过。他却认为只要说清楚就好了："不是你的莱拉克。"

"不是。"

"你的莱拉克不在了。"

"是的。"

"我还没出生她就不在了。"

"没错。"

坐在马桶盖上的莱拉克只是看着他俩，似乎无动于衷，仿佛这一切都与她无涉。关于这两个（或三个？）莱拉克，奥伯龙总有一大堆疑问，而每当他想起索菲的莱拉克，疑问就会再添一笔。但他明白有些秘密是他不会知道的，必须等到更大一些，他才开始对此感到愤慨。

"贝齐·伯德又要结婚了。"他说。

"你怎么知道的？"

"泰西说的。莉莉说她会嫁给杰瑞·索恩。露西说她'已经'怀孕了。"他模仿姐姐们那种又八卦又略带批评意味的口气。

"这个嘛。这我倒是第一次听说，"索菲说，"你出来吧。"

他不甘不愿地放开了鸭子。它有棱有角的雕工已经开始变模糊，以后它的眼睛会不见，接着脸也会不见；宽阔的鸭嘴先是变得像麻雀的喙子，接着整个不见；接着头也会消失（他总是小心翼翼不去弄断它愈来愈细的脖子，因为他不想破坏它溶解的过程）；到最后它会变成不规则状，不再是只鸭子，只是一颗鸭子的心脏，依然纯净、依然漂浮。

索菲边打哈欠边帮他擦身。她的睡觉时间通常比他还早。跟他母亲不同的是，索菲帮他擦身时常常擦得不彻底，在他手臂后侧和脚踝上留下斑斑水渍。"你怎么都不结婚？"他问。这跟其中一个莱拉克的疑点有关。

"从来没有人跟我求婚。"

那不是事实。"鲁迪·弗勒德有啊。就在他老婆死了以后。"

"我又不爱鲁迪。你是从哪里听来的？"

"泰西告诉我的。你谈过恋爱吗？"

"一次。"

"跟谁？"

"秘密。"

书本与战役

直到七岁以后，奥伯龙的莱拉克才离开，但早在那之前，他就已经很久不再跟别人提起她了。长大成人后，他有时会猜想那些有过幻想朋友的孩子，是否大部分都比他们表面上宣称的更晚告别这段时期。当一个孩子不再坚持在餐桌上为他朋友准备一副餐具、不再阻止别人去坐他朋友的椅子时，他是否还会继续跟这朋友进行某种交流？而这种幻想朋友通常是渐渐消失的吗——在真实世界愈来愈真实的同时变得愈来愈虚幻？还是他们通常是在某一天突然消失、从此不再出现——

254

跟莱拉克一样？他问过的人都说自己完全不记得了，但奥伯龙认为那些古老的小小幽灵可能都还在，只是人们羞于承认。毕竟没理由只有他一个人记得这么清楚吧？

莱拉克消失那天是个六月天，天气清朗无比，夏季已完全到来。就是去野餐的那一天，奥伯龙长大的那一天。

那天早上他一直待在书房里，横躺在那张大沙发上，皮坐垫凉凉地贴着他的双腿后侧。他正在看书，或至少是抱着一本厚厚的书、一行一行地看着那密密麻麻的印刷体文字。奥伯龙向来爱看书，他甚至还不认识字时就有这份狂热了。那时他常跟父亲或姐姐泰西一起跷着脚坐在火炉边，只要他们翻一页，他就跟着把手上那本图片很少、根本看不懂的大书翻过一页，感到难以言喻地舒适平静。学会解读文字只是让捧着书本翻书、仔细研究卷首插画的乐趣更上层楼而已。书！打开时，老旧的黏胶会噼啪作响、释出一阵香气；合上时会发出扎实的一声"砰"。他喜欢大书、旧书，最爱成套的书，例如矮柜上那十三册格雷戈罗维乌斯[1]的《中世纪罗马》，书皮是金棕色，内容晦涩难解。这些又大又旧的书本身就很神秘：因为年纪的缘故，就算他每一段、每个章节都仔细读（他不是那种会草草翻阅的人），他还是无法解开当中奥秘，证明它枯燥、过时又愚蠢（毕竟大部分的书都是这样）。它们大半保有了那份魔力。而沉重的书柜上总是还有更多书，约翰·德林克沃特搜集的那些古怪书籍，在他玄孙眼里就跟他为了填满书柜而大量购买的套书一样有吸引力。此时奥伯龙手里拿的就是约翰·德林克沃特的《乡间宅邸建筑》最后一版。百般无聊的莱拉克不断以不同的姿势出现在书房的各个角落，仿佛在跟自己玩游戏。

"嘿，"史墨基出现在敞开的门口，"你闷在这里头做什么？"闷这个字是跟克劳德姑婆学的。"你出去玩了吗？天气这么好。"奥伯龙没回应，只是缓缓翻过一页。史墨基只看得到儿子理着平头的后脑勺（头发还是史墨基帮他剪的），耳朵从脑袋两侧突出，中间微微凹下。此外还看得到那本书的最上缘，以及一双穿着巨大球鞋的脚。他不必看就

---

1. 格雷戈罗维乌斯（Gregorovius，1821—1891），德国历史学家。

知道奥伯龙穿着一件法兰绒衬衫，手腕的扣子都扣上，不管天气多热他都不会换穿别的衣服，也不会把手腕的扣子打开。他对这男孩产生一股不耐的同情。"嘿。"他又说了一次。

"爸，"奥伯龙说，"这本书讲的是真的吗？"

"那是什么书？"

奥伯龙举起书本让他看封面。史墨基突然一阵情绪上涌——多年前他也是在一个这样的日子翻开了那本书，说不定根本就是同一天。自从那时起他就没再看过那本书了。但他现在已经更能了解书中内容。"这个嘛，'真的'。"他说，"'真的'，我不知道你所谓'真的'是什么意思。"他每说一次，那代表怀疑的虚拟括号就变得愈明显，"那是你高祖父写的，你知道吧。"他说着走过来坐在沙发另一端。"在你高祖母和高祖母的父亲协助下写成的。"

"嗯哼。"奥伯龙对这没兴趣。他读道："'有一个空间，就定义上而言跟我们这个空间一模一样大，照理说应该不会——'"他停顿了一下，"'——不会因为我们这个空间扩张而缩小、或因为这里缩小而变大。但近代一定经常有人侵入那个领域，我们所谓的进步、经济成长和智慧发展一定逼得那个国度的人往内侧撤退，因此（就算他们理应有无限的空间可以撤退）他们还是丧失了大部分地盘。他们是否为此愤怒？我们无从得知。他们是否计划复仇？还是说他们跟印第安佬和非洲蛮族一样，已经疲惫消沉、数量锐减，终将难逃被——'"又是个困难的字，"'——被歼灭的命运，不是因为他们无处可逃，而是因为我们贪婪豪夺的结果已经造成他们领土和主权的丧失，而这种伤痛是他们无法承受的？我们目前还无法得知……'"

"什么句子嘛。"史墨基说。三个神秘主义者凑在一起，说出来的话还真是不知所云。

奥伯龙放下书本。"真的是这样吗？"他问。

"这个嘛。"史墨基说，突然一阵尴尬，就像孩子问父母有关性或死亡的事。"说真的我不知道，我不知道自己是否真的了解。反正这种事情不适合问我……"

256

"但这到底是不是'捏造'的?"奥伯龙坚持发问,这是个简单的问题。

"不是,"史墨基说,"不是,但这世界上有些东西呢……虽然不是捏造的,却也称不上真实,不像天在上、地在下,或二加二等于四这类东西这么真实……"男孩盯着他看,史墨基看得出来这套诡辩打发不了他。"听着,你何不去问问你妈或克劳德姑婆?这方面她们比我懂得多了。"他抓住奥伯龙的脚踝,"嘿。你知道今天要去野餐吧。"

"这是什么?"奥伯龙说,他发现了那张薄得像洋葱皮、塞在封底的图表(或地图)。他把它摊开(一开始还转错了方向、造成一个古老的折痕断裂),而有那么一刻,史墨基望进了儿子的内心:他对图纸或图表(特别是这张)所能带来的启发充满期待、渴望清楚的知识,但同时又对那诡异的、至今未明的、即将揭露的东西心存恐惧。

最后奥伯龙只好爬下沙发把书放在地上,才把图表全部摊开。它如燃焰般噼啪作响。折痕交错的地方已被时光打上了小小的孔。对史墨基而言,它看起来比十五六年前自己第一次看到它的时候更加老旧、褪色更严重,而且还多了一些他没印象的数字和特征。但它一定没变。此时奥伯龙已经聚精会神地在钻研它,两眼灼灼有神,手指摸索着地图上的线条。史墨基在他身旁蹲下,发现自己现在也没比当年多了解到哪里去。这些年来他学得最好的一件事就是尽量避免去了解它(除此之外他还有学到什么吗?噢,可多了)。

"我好像知道这是什么。"奥伯龙说。

"哦,是吗?"史墨基说。

"这是场战役。"

"嗯哼。"

奥伯龙曾经钻研古老历史书籍里的地图:一个个标上小旗帜的长方块,分散在条纹状的等高线地形图上;一侧是灰色方块,另一侧则是黑色方块(代表坏人),分布方式大致对称。另一页则是几小时后的情形:某些方块跑到了旁边去、被敌对的方块攻破,一道大大的箭头指出进攻方向;其余的则完全转了向,循着另外一道箭头撤退,其中一

257

侧还出现了另一些带有斜线的方块，代表迟来的盟军。但摊在书房地板上的那张巨大图表却没这么容易懂。仿佛是把一场漫长战役的演变情形（黎明时的局势、下午两点半的局势、傍晚时的局势）全部呈现在同一张纸上，撤退与进攻、整齐与溃散的阵脚全部叠在一块儿。至于地形线则不是普通战场那种弯弯曲曲、跟随地势起伏的等高线图，而是规则无比、互相交错：众多几何图形在交缠的过程中巧妙地互相改变，因此整体看起来就像云纹绸一样闪闪发光、让人视觉错乱：这条线是直线吗？这条线是弯曲的吗？这些是套叠的同心圆，还是一个连贯的漩涡？

"那里有一段说明文字。"史墨基疲倦地说。

确实。奥伯龙也注意到图中到处都有一块块细小的文字说明（战败盟军的兵团），还有代表行星的符号，还有一个罗盘（但呈现的不是方向），以及一条比例尺（但单位不是英里）。图说中说明粗线包围的是"此地"，细线包围的则是"他方"。但根本无法确定图上的哪些线算粗线、哪些又算细线。图说下方还有一串附注，用加了底线的斜体字来强调其重要性："周围哪儿也不是；中心点到处都是。"

奥伯龙非常困惑，突然产生了某种危机感，因此抬头望着父亲。他似乎在史墨基脸上和低垂的眼神里看见悲伤的屈服（往后的日子里，每当奥伯龙梦见史墨基，梦里他最常看见的就是这张脸）。像是一种失望，仿佛在说："好吧，我试着告诉过你了，我试过阻止你走到这一步、试过警告你。但你是自由的，因此我不反对，只是现在你知道了、你明白了。如今木已成舟，这有部分是我的错，但大部分是你自取其咎。"

"什么，"奥伯龙开口，却感觉喉咙被哽住，"什么是……什么是……"他必须先吞吞口水，但接着就发现自己无言了。那张图表似乎正发出一阵声音，吵得他无法思考。史墨基抓住他的肩膀站起来。

"好了，听着。"他说。也许奥伯龙刚才误解了他的表情：当他站起来拍掉膝盖上的灰尘时，他看起来就只是很无聊而已，也许是这样，八成是这样没错。"我真的觉得今天不适合讨论这些，你知道吧？我的意思是来吧，野餐开始了。"他把双手插进口袋里，弯身看着儿子，换了一种态度："好啦，也许你对这件事不是很有兴致，但我认为你妈妈应该会很高兴有人帮她准备东西。你想搭汽车还是骑脚踏车?"

"汽车。"奥伯龙说,还是没有抬头。尽管他和父亲似乎有那么一刻一起踏入了未知的领域,但现在他们又恢复了疏离的关系,他不确定自己究竟是高兴还是不高兴。他等待父亲移开目光(他可以感受到父亲盯着他的后脑勺),等待他踏上书房外的拼花地板,才抬起头。那张图纸(或地图)已经不再那么引人入胜了,但令人困惑的程度却丝毫未减,就像一道没有答案的谜题。他把它再次折叠好,合上书本,却没把这本书跟它的姐妹作一起放回原本的玻璃柜里,而是把它偷偷塞在一把扶手椅的棉布罩子底下,准备晚点再来拿。

"但倘若这是场战役,"他说,"那么哪一方是哪一方?"

"'倘若'是战役的话。"莱拉克跷着脚,坐在扶手椅上说。

古老地形

泰西已先行前往今年的预定野餐地点。她骑着她维修好的脚踏车沿着旧路、新路狂飙而去,托尼·巴克则紧跟在后。她为他争取了一个客人的位子。莉莉和露西则会从另一个地方过去,因为泰西那天早上派她们去进行了一趟重要的探访。因此那辆古董旅行车上有艾丽斯(负责驾驶),身旁是克劳德姑婆,门边是史墨基;后座有医生、妈迪和索菲;而最后面则是盘腿而坐的奥伯龙和狗儿斯帕克。车子行进时斯帕克总会不断踱来踱去(也许是很难接受自己的腿闲着,风景就一直从它眼前飞过去)。也有莱拉克的位子,但她根本不占位子。

"猩红丽唐纳雀。"奥伯龙对医生说。

"不,那是红尾鸲。"医生说。

"黑色的,有个红色的……"

"不,"医生说着举起一根手指。"唐纳雀全身都是红色的,只有一片黑色翅膀。红尾鸲则主要是黑色,带有红色斑纹……"他拍了拍自己胸前的口袋。

旅行车颠簸地沿着那蜿蜒的道路开往目的地,每个关节都抱怨似的嘎吱作响。黛莉·艾丽斯宣称这老古董之所以还能动，完全是靠斯帕克在里面走来走去（斯帕克自己也这么相信）。确实，大部分跟它同年龄的车若是像它这样被折腾，应该早就坏掉不能动了。它的木质侧板已经成了漂流木似的灰色，皮椅也跟克劳德姑婆的脸一样布满了细细的皱纹。但它的引擎还很强健，而且艾丽斯从她父亲那里学到了它的各种习性：医生对这辆车确实如对红尾鹟和红松鼠（尽管乔治·毛斯不相信）那般了如指掌。为了替她这不断扩大的家庭进行浩大的购物工程，这些事艾丽斯非学不可。已经没有那种半个月的购物清单了。这年头买的可是六只装的鸡腿、好几盒这个、好几打那个、巨大的经济包装、一盒十磅重的清洁剂、两夸脱大瓶装的油和三公升装的牛奶。这辆旅行车一次又一次地把它们全载了回来，跟艾丽斯一样坚忍地肩负一切。

"亲爱的，你觉得要再开下去吗?"妈迪说，"到时候开得回来吗?"

"嗯，我想可以再开一段，"艾丽斯说。他们之所以开车，主要是因为妈迪有关节炎而克劳德姑婆太老了。若是换成从前呢……他们冲过一个窟窿，除了斯帕克以外，大家多少都从座位上弹了起来。他们进入一大片树荫，艾丽斯放慢速度，几乎可以感受到树影轻柔地从引擎盖和车顶上扫过。她忘了从前的事，感觉内心升起一股甜美的夏日欢愉。他们听到第一声蝉鸣。艾丽斯将车子缓缓停下，斯帕克停止踱来踱去。

"从这里开始走可以吗，妈?"她问。

"哦，当然。"

"克劳德姑婆?"

她没回答。大家全因为这份寂静与绿意而陷入沉默。

"什么？哦，可以啊，"克劳德姑婆说，"奥伯龙会帮我。我走最后面。"奥伯龙得意地咯咯笑，克劳德姑婆也一样。

"这不就是，"当他们三三两两地走下那条泥土小径时，史墨基说了，"这不就是那条路吗，"他跟艾丽斯一起提着一只野餐篮，他换了换自己拉住握柄的手势。"我们那时候不就是走这条路吗……"

"是的。"艾丽斯说。她微笑着斜斜瞟了他一眼。"没错。"她捏了捏野餐篮的握柄，仿佛那是史墨基的手。

"我就想嘛。"他说。这条路两侧山坡上的树木已经明显长高了，变得更高贵挺拔、更加满载树木的智慧，树皮更厚、爬了更多藤蔓。由于封闭已久，这条路已经荒废，长满了这些树木的后代。"这附近，"他说，"有一条通往伍兹家的捷径。"

"是啊。我们走过。"

他跟艾丽斯共享的旅行袋压着他的左肩，让他很难走路。"我猜那条捷径已经不见了吧。"他说。什么旅行袋？是那只野餐篮才对，妈迪当年就是把他们的新婚早餐装在这只野餐篮里。

"没人维护啊，"艾丽斯说着回头瞄了瞄父亲，结果发现他也瞄着相同的这片树林。"也没这个必要了。"埃米·伍兹和她先生克里斯至今都已去世十年了。

"我一直都很惊奇，"史墨基说，"这些地形我始终弄不懂。"

"嗯哼。"艾丽斯说。

"我完全不知道这条路在这里。"

"嗯，"她说，"也许它真的不在这里。"

克劳德姑婆一手搭着奥伯龙的肩膀、一手拿着一根沉重的拐杖，小心翼翼地从路上的碎石间踏过。她产生了一种习惯，嘴巴会不断做出咀嚼的动作。她觉得这件事若被人发现，一定会尴尬无比，但由于积习难改，她就说服自己没有人注意到，而其实大家都知道。"你真乖，愿意陪老姑婆一起走。"她说。

"克劳德姑婆，"奥伯龙说，"你父母写的那本书——那本书是你父母写的吗？"

"哪本书，亲爱的？"

"关于建筑的，只是内容大部分跟建筑无关。"

"我以为，"克劳德姑婆说，"那些书用一把小钥匙锁上了。"

"噢，"奥伯龙故意忽略这件事，"书里写的那一切都是真的吗？"

"一切什么？"

这根本不可能说得上来。"书的最后面有一张图。那是一场战争的图吗？"

"噢！我从没这么想过。一场战役！你这么认为吗？"

看她这么惊奇，他反而不那么确定了。"你觉得是什么呢？"

"我说不上来。"

他期待她能至少试着发表一点看法，但她什么也没说，只是继续咀嚼、继续缓步前进。因此他把她的话解释成不是说不出来，而是不能说。"那是秘密吗？"

"秘密！嗯哼。"她再次露出惊奇之色，仿佛之前从没想过这种事。"你觉得是个秘密？噢，噢，说不定正是呢……老天，他们走得真快，对吧？"

奥伯龙宣告放弃。这位老妇人的手重重压在他肩上。远方的路缓缓攀升又落下，高耸的树木框着一片银绿色的景致。树木似乎往中间倾斜，树枝如一般伸出来，向行人招摇展示后方的风景。奥伯龙和克劳德姑婆望着其他人走上顶端、从入口处进入那个地方，进入阳光下，环顾四周，然后继续往下走，消失在视线范围之外。

山丘与溪谷

"我还是个小姑娘的时候，"妈迪说，"我们一天到晚来回跑。"

他们野餐的那张格子桌巾原本是铺在阳光下，但现在已经落到了一棵巨大枫树的阴影里。火腿、炸鸡和巧克力蛋糕都已所剩无几，两个空酒瓶倒在旁边，第三瓶也快喝光了。一大群黑飞蚁刚抵达田野边缘，正互相传递信息：走运了。

"希尔和岱尔家的人，"妈迪说，"向来跟大城有关联。我母亲姓希尔，你知道吧。"她对史墨基说，史墨基确实知道，"噢，30年代有趣极了，坐火车进城、吃饭、拜访我们希尔家的表亲。不过希尔家人并不是一直都住在大城里……"

"那些希尔家的人，"索菲说，把一顶草帽盖子脸上抵挡热烈的阳光，"是不是就是现在还住在高地的那些？"

"那是其中一支，"妈迪说，"我们这边的希尔家人跟高地的希尔家人向来没什么往来。事情是……"

"说来话长，"医生说。他对着阳光举起酒杯，看着阳光在杯中闪闪发亮（他向来坚持野餐也要使用真正的玻璃杯和银制餐具，因为在户外使用这些豪华器皿能让野餐显得像是一场盛宴）。"最后是高地的希尔家人占尽便宜。"

"不是这样，"妈迪说，"你怎么知道我要说的是哪个故事？"

"有只小鸟告诉了我。"医生咯咯笑着说，自得其乐。他伸直身子，背靠着枫树，拉下那顶几乎跟他自己一样老的巴拿马帽，准备小憩一下。随着耳朵愈来愈聋，妈迪近几年来聊起的旧事已经愈来愈冗长、琐碎、重复，但她从来不介意被批评，径自说下去。

"大城里的希尔家人，"她对着大家说，"真的很有气派。当然啦，那时候有一两个用人不算什么，但他们可是佣仆成群。都是些很棒的爱尔兰女孩。都叫玛莉啦、布里奇啦、凯瑟琳什么的。他们有一大堆很传奇的故事。好吧。大城的希尔家族慢慢凋零了。有些人跑到了西部落基山脉那边去。只有一个跟诺拉差不多年纪的女孩嫁给了一位托尼斯先生，留了下来。那是场很棒的婚礼。那是我第一次在婚礼上哭。她不漂亮，也不是什么青春玉女，而且已经有一个跟前夫生的女儿，那人叫什么来着，已经死了。总之这位托尼斯先生呢（他的名字到底是什么）可真是个金龟婿，天啊！这年头已经不能说这种话了，对吧！然后所有那些女佣全部穿着硬挺的衣服排排站，恭喜啊小姐，恭喜。她的家人都为她感到高兴……"

"一整个希尔家族，"史墨基说，"都乐得手舞足蹈。"

"……后来就是他们的女儿，或者应该说是她那个女儿，菲莉斯，在我结婚那时候认识了斯坦利·毛斯，我的家族和那个家族就是这样间接连上关系的。菲莉斯。她母亲是希尔家的人。她就是乔治和弗朗兹的母亲。"

"'山峦历经了分娩之痛，结果生出一只可笑的小老鼠'。[1]"史墨基自言自语。

---

1. 引自贺拉斯《诗艺》，意指成效不彰。

妈迪若有所思地点着头。"当然啦，那个时代的爱尔兰穷得不得了……"

"爱尔兰?"医生抬起头，"怎么跑到爱尔兰了?"

"其中一个女孩，好像是布里奇吧，"妈迪转向她先生，"是布里奇还是玛莉? 后来嫁给了鳏夫杰克·希尔。好吧，他前妻……"

史墨基悄悄溜走。医生和克劳德姑婆也都没在认真听，但只要他们或多或少摆出倾听的姿态，妈迪就不会注意到史墨基不见了。奥伯龙盘腿坐在离他们稍远的地方，手里不断抛接着一颗苹果，一副心事重重的样子（史墨基发现他似乎总是这样）。他看着史墨基，目光炯炯，因此史墨基猜测他是不是打算把苹果扔向他。史墨基露出微笑，想出了一个可以开的玩笑，但由于奥伯龙的表情丝毫没变，他决定作罢，站起身来再换个位置。（其实奥伯龙根本不是在看他，因为莱拉克坐在奥伯龙和史墨基中间，挡住了史墨基，而奥伯龙其实是看着莱拉克的脸：她脸上有个奇怪的表情，除了"悲伤"以外他找不到其他形容词了，但他猜不透莱拉克这样是什么意思。）

史墨基在黛莉·艾丽斯身旁坐下。她躺在地上，头枕着地面一块突起处，双手交握在吃得饱饱的肚子上。史墨基摘了一根莎草穗，把它从嘎吱作响的新荚里取出来咬了一口，味道有点甜。"可以问你一件事吗?"他说。

"什么事。"她没睁开惺忪的眼睛。

"我们结婚那天，"他说，"你记得吗?"

"嗯哼。"她微笑。

"那时我们到处跟人见面、打招呼。他们给了我们一些礼物。"

"嗯哼。"

"当中很多人送我们礼物时都说了'谢谢'。"他看见青绿色的莎草穗子随着他说话的节奏上下跳动，"我猜不透的是，为什么是他们跟我们说'谢谢'，而不是我们跟他们说'谢谢'。"

"我们道谢了啊。"

"但他们干吗道谢? 我是这个意思。"

"这个嘛,"她思考了一下。这些年来他问的问题实在太少了,因此他一旦发问,她就要苦苦思索该如何回答才不会让他陷入忧虑。倒不是说他有忧虑倾向。她常揣测他为何从来不担忧。"因为,"她说,"这桩婚事算是安排好的。"

"是吗? 所以呢?"

"呃,他们很高兴你真的来了。答应好的事真的实现了。"

"哦。"

"这样一切就会按照原定计划发展了。毕竟你又不是非来不可。"她握住他的手,"你不是非来不可的。"

"我倒不这么认为。"史墨基说。他思考了一下。"他们为何这么介意承诺的事? 倘若承诺的对象是你。"

"哦,你知道的。他们很多都是亲戚,算是吧。其实是家族的一部分,虽然不可明讲。我的意思是,他们是爸爸的同父异母兄弟姐妹,再不然就是他们的孩子。或孙子。"

"哦,是喽。"

"奥古斯特。"

"对。"

"所以喽。他们的利益也受到牵涉。"

"嗯哼。"他要的答案不尽然是这样,但黛莉·艾丽斯却说的一副这就是答案的样子。

"这一带大家的关系变得很紧密。"她说。

"血浓于水。"史墨基说,他向来觉得这句谚语很蠢。血当然比较浓稠,但那又如何? 难不成还会有人靠比血液清淡的水成为亲戚?

"纠成一团,"艾丽斯说着闭上眼睛,"就像莱拉克。"一定是喝了太多酒、晒了太多太阳,否则她不会就这样随口说出这个名字,史墨基心想。"亲上加亲,算是双重表亲吧。自己是自己的表亲。"

"什么意思?"

"哦,你知道的嘛,表亲的表亲。"

"我不知道,"史墨基困惑地说,"你是说姻亲吗?"

"什么?"她睁开眼睛。"噢!不不,当然不是。你说的没错。不是。"她再次闭上眼睛。"别提了。"

他望着她,心想:一旦开始追踪一只兔子,就一定会惊动另一只。而就在你看着那只兔子跑掉的同时,第一只兔子也会溜走。别提了。这点他做得到。他在她身旁躺下,把头枕在一只手臂上,此时的他们看起来就像一对情侣:两人的头紧紧相依,他低头看着她,她享受着他的凝视。他们很年轻就结了婚,两人现在还是很年轻。只是爱情已经苍老。此时传来了一阵音乐,因此他抬起视线。泰西坐在一块岩石上播放她的录音机,不时停下来记诵曲调,拨开脸上一束长长的金色卷发。托尼·巴克坐在她脚边,一脸陶醉,像个刚发现某种新宗教的皈依者,完全不晓得一段距离外的莉莉和露西正交头接耳地谈论他,对泰西以外的任何事物都浑然无所觉。史墨基不禁猜想:像泰西这么瘦、腿这么长的女孩是否该穿那么短、那么紧的热裤呢?她已经晒成古铜色的脚趾正跟着歌曲打拍子。青青灯芯草,噢。周围的丘陵全都翩翩起舞。

逃跑的神情

医生也不再听他太太演说了,因此听众只剩下索菲(已经睡着)和克劳德姑婆(也睡着了,但妈迪不知道)。医生和奥伯龙跟着一排辛勤搬运食物的蚂蚁前进,找到了它们那座又大又好的新蚁丘。

"存货、补给品、清单,"医生翻译,屏气凝神地竖起耳朵倾听那座小城市里的声音,"小心脚下,小心后面。路径、工作量、指挥系统、高层、行政八卦,放手吧、别提了、废纸篓、推卸责任、跷班、让乔治来吧,归队归队、继续苦干、上工、进出、失物招领。指令、指导方针、消息途径、行程、打卡、歇工、病假。都一样,"他咯咯发笑。"都差不多。"

奥伯龙把手撑在膝盖上,看着那些微小的装甲车进进出出(驾驶和车辆合体,还配有无线天线)。他想象着里面的蚁群:在黑暗中忙个不停。接着他仿佛看到了什么,仿佛眼角余光里出现了一个黑点还是亮点,逐渐扩大,直到引起他的注意。他抬起头环顾四周。

他看见或注意到的不是某种东西的出现，而是某种东西的消失。莱拉克不见了。

"现在上去，还是下去，在蚁后那里，这很不一样。"医生说。

"是啊，我知道。"奥伯龙说着左顾右盼。在哪里？她在哪里？虽然他经常很长一段时间都没看到她，但他向来能够感知她的存在，向来能感觉到她就在他身旁的某处。现在她却不见了。

"这很有趣。"医生说。

奥伯龙看见她在山坡下，正要绕过一群树木进入后方的树林。她回头张望片刻，一发现他看见了她就匆匆离去。"是啊。"奥伯龙一边说一边溜走。

"在蚁后那里，"医生说，"怎么了？"

"是的。"奥伯龙一边说一边拔腿狂奔，惴惴不安地冲向莱拉克消失的地方。

进入树林时他没看见她。他完全不知道该往哪个方向跟进，因而一阵惊恐：她走进这片树林前投给他的那副表情是个落跑的神情。他听见外公喊他的声音。他小心翼翼地踏出一步。这片山毛榉树林的地面平整无比，整齐得仿佛一座有列柱的大厅，她可能的逃离路径至少有十几条……

接着他就看见了她。她平静地从一棵树后面站出来，手里还握着一把像是赤莲的东西，似乎正四下张望想找到更多。她没回头看他，因此他困惑地站在那里，深知她已经逃离了他，而她现在却一副没那回事的样子。接着她又消失了，她用那束花诱骗他停下脚步，这一停就停了太久。他冲向她消失的地方，却已明白这次她是真的走了。但他还是大喊："别走，莱拉克！"

那片树林杂乱、茂密、满是荆棘，像教堂一样黑暗，看不到远景。他盲目地一头冲进去，踉踉跄跄、不断被刮伤。他很快就发现自己跑到了之前从没去过的树林深处，仿佛撞进一扇门，却不知门后就是通往地窖的楼梯，一进去就是倒栽葱地一路跌下去。"别走。"他迷失地大喊，"别走。"语带命令，他从没用这种口气跟她说过话，就如同她不可能会拒绝。但没有人回答。"别走，"他又说了一次，这回已不是命令。他在树林的阴影中感到害怕，年幼的心灵没料到自己会这么突然就感到如此失落。"别走。拜托，莱拉克。别走，你是我唯一的秘密！"

年老的巨人如树木般超然地俯视着这个突然猛冲进来的小家伙，没受到什么打扰，但倒是颇感兴趣。他们把手放在巨大的膝盖上，仔细端详着这个微小无比的人物。其中一个把手指放在唇上，他们就这样静静地看着他在他们的脚趾间跌跌撞撞。他们把巨大的手掌放在耳朵后，带着窃听者的微笑听见了他的呼喊与悲伤，莱拉克却听不到。

美丽姐妹花

"亲爱的父母。"奥伯龙用两根手指，在折叠卧房里发现的古老打字机上敏捷地敲着字，"噢！在大城度过冬天将是一段不寻常的经验！我很高兴冬天不是没完没了。但今天气温二十五摄氏度，昨天又下了一场雪。你们那里一定更惨，哈哈！"他停了一下，小心翼翼地给这句愉快的话加上单引号和句点。"我已经到律师事务所见过佩蒂先生两次了，他们是外公的律师，你们也知道吧。他们人很好，预支了我一笔钱，比授予额度还多了一点点，但并不多，而且他们也不知道这该死的东西什么时候能全部处理好。但我确定一切都会很好。"他根本不确定。他曾大发雷霆；他曾对着佩蒂先生那个机器人似的秘书大吼大叫，差点把那张寒酸的支票揉成一团丢到她脸上。但打出这封信的那个人就算咬着舌头、绷着手指，都不会承认这种事。艾基伍德一切都很好，这里也是一切都很好。一切都很好。他换到下一段。"我穿来这里的那双鞋已经快要坏了。大城街道真难走！你们也知道，这里的物价已经变得很高，但质量却不好。不知道你们可不可以帮我把衣柜里那双高筒靴寄过来。它们不是很正式，但我反正大部分时间都会在农场这里工作。冬天来了就有一大堆事要做，要清理东西、把动物关进马房等等的。乔治穿橡皮靴看起来很好笑。但他对我很好，我就算长水泡也还是很感谢他。这里也住了一些很好的人。"他仿佛即将从悬崖摔落似的戛然止步，手指停在 S 这个按键上方。打字机的色带已经老旧发黄了，浅浅的字样上上下下、没有对齐网格线。但奥伯龙不想对史墨基展示他的手写字。他的书法已经退步了，而且他最近还染上了使用圆珠笔之类的恶习。现在西尔维怎么样了呢？"这些人包括——"他在心里列出一份老秩序农场的住客清单。他后悔提及这件事。"一对姐妹，是波多黎各人，非常漂亮。"天杀的他写这干吗？他那像特务一样扰人视听的老毛病又犯了。什么也别告诉他们。他往后一靠，不愿再写下去。而就在这一刻，有人敲了敲折叠卧房的门。他抽出那张纸，打算晚点再完成（但后来就再也没完成了）。他用力跨了两大步来到门前，准备迎接那对美丽的波多黎各姐妹花，两人包在同一张毯子里，两个都是他的，都是他的。

但站在门前的却是乔治·毛斯。（奥伯龙不久就学会了如何不把别人错当成西尔维，因为西尔维从来不敲门，她总是用指甲轻刮或轻叩门板，像只想进门的小动物。）乔治手臂上挂着一件老旧的毛皮外套，头上是一顶双面绫缎的黑色古董仕女帽，手里提着两个购物袋。"西尔维不在这里？"他说。

"不，现在不在。"靠着他那孤僻个性练就的一身技巧，奥伯龙成功地在乔治·毛斯的农场上躲了他一个礼拜，进出时都像老鼠一样瞻前顾后、动作迅速。但现在乔治却出现在这里。奥伯龙从来不曾这么尴尬、从来没有过这种被逮个正着的可怕感觉。他认为自己不管说什么都一定会给对方带来满满的创伤与被排斥感，且不管摆出什么姿态，不论是严肃、是玩笑、是随便，都没办法缓和这点。而乔治还是他的主人！他的表舅！老到可以当他父亲了！奥伯龙通常不大能够强烈体会别人的存在和感受，但此刻他却仿佛被乔治附了身似的，感应到他的感觉。"她出去了。我不知道去了哪里。"

"是吗？好吧，这些是她的。"他放下购物袋，把帽子从头上摘下，露出直直竖起的灰色头发。"还有一些，她可以自己过来拿。好啦，了结了一桩心事。"他把那件毛皮外套扔到天鹅绒椅上。"嘿，放轻松。别揍我，老兄。这跟我无关。"

奥伯龙这才意识到自己僵硬地站在房间的一个角落，板着脸孔，因为他实在找不到一个合适的表情来配合这个情境。他想做的是跟乔治说他很抱歉，但他还够聪明，知道没有什么比这句话更侮辱人了。况且他也不是真心感到抱歉。

"噢，她这女孩真不简单，"乔治环顾四周（西尔维的内裤就挂在厨房的椅子上，各种软膏和牙刷则放在水槽边）。"不简单的女孩。希望你们很开心。"他在奥伯龙肩上捶了一下、捏了捏他的脸颊，很用力。"你这小杂种。"他在微笑，眼里却闪烁着一股疯狂的光芒。

"她认为你是个很棒的人。"奥伯龙说。

"那是事实。"

"她说要不是因为你，要不是你让她待在这里，她还真不知道该怎么办。"

"是啊。她也这样对我说过。"

"她把你当父亲看待。只是你比父亲更好。"

"当父亲看，是吧？"乔治用灼灼的眼神盯着他看，接着笑了起来，但还是持续盯着他。"当父亲看。"他笑得更大声了，笑声疯狂而短促。

"你在笑什么？"奥伯龙问，不确定自己该不该一起笑，还是说他其实是被笑的对象？

"笑什么？"乔治笑得更厉害，"笑什么？不然你是要我怎样？哭吗？"他仰头大笑，露出白色的牙齿，笑得屋顶都要掀了。这时奥伯龙才忍不住加入，但还不敢太忘情，而当乔治发现奥伯龙也在笑时，他自己的笑声就减弱了。他继续咯咯笑，就像撞上防波堤之后的小小余波。"当父亲看，是吧。真奢侈。"他来到窗前，瞪着外面铁灰色的天空。他发出最后一声轻笑，把两手交握在背后，叹了一口气。"噢，她这女孩真不简单。我这种老骨头哪跟得上她的脚步。"他回过头看了看奥伯龙。"你知道她有个天命吗？"

"她说过。"

"是啊。"他的手在背后不断张开又握紧，"噢，看来她的天命里是没有我了。我没差。因为天命里还有个哥哥，还拿着一把刀，还有一个祖母和一个神经病妈妈……还有一些宝宝。"他沉默了一会儿。奥伯龙简直要为他流下眼泪。"老乔治,"乔治说,"大家都把宝宝丢给我。来啊,乔治,做点什么吧。把它炸了,把它送走。"他又笑了。"而有人感激我吗?天杀的当然有。你这狗娘养的,乔治,你毁了我的宝宝。"

他在说什么?他是不是因为悲伤过度而发疯了?失去西尔维就会变成这样吗,会这么可怕吗?一周前他一定不会这么认为。他突然心头一凛,想起上次克劳德姑婆为他算命时曾预言他会遇上一位皮肤黝黑的女孩。这位黝黑的女孩会爱上他,但不是因为他有什么优点;接着她会离开他,但也不是因为他犯了什么错。那时他没把这当一回事,因为他只想抛开艾基伍德的一切、抛开所有的预言和秘密。此时他战栗地再次把它抛开。

"好啦,你知道状况吧,"乔治说着从口袋里掏出一本小小的笔记本,翻开来看了一下。"这个礼拜该你挤牛奶,对吧?"

"没错。"

"没错。"他收起笔记本。"嘿,听着。要不要给你一点建议?"

他不要,就如同他也不想要任何预言。但他还是站在那里准备接受。乔治仔细端详了他一会儿,然后看看房间。"把这地方整修整修吧,"他对奥伯龙眨了眨眼睛,"她喜欢舒适的房子。你知道吧?舒适漂亮。"他再次爆出一阵狂笑,笑声在他喉咙里咕咕作响。他从一个口袋里抓出一大把珠宝首饰,交给奥伯龙,再从另一个口袋里抓出一大把零钱,同样交给了奥伯龙。"还有要保持整洁,"他说,"她认为我们白人大半时候都有点太脏乱。"他朝门口走去。"我点到为止。"他说,咯咯笑着离去。奥伯龙一手拿着珠宝、一手抓着零钱站在那里,听见西尔维跟乔治在走廊上相遇,两人互相招呼亲吻、交换了一堆俏皮话。

第四章

人们常遇上一种状况：一时想不起来，

但绞尽脑汁之后就会想到……

正因如此，有些人会利用地名来回忆事物。

原因是人类很快就会从一步跳到下一步：

例如从牛奶到白色、从白色到空气、从空气到潮湿，

然后就会想起秋天，假设你试图想起的是秋天这个季节

的话。

——亚里士多德，《灵魂论》

爱丽尔·霍克斯奎尔是当代最伟大的魔法师，而她也毫不谦虚地认为自己跟许多所谓的伟大古代魔法师旗鼓相当（她不时会跟他们对话）。她没有水晶球，而尽管她会使用古老的星空图，她却知道惯用的占星术是骗人把戏。除非逼不得已，否则她不屑使用各种咒语和占卜，而她也不去发掘睡眠中的死者和他们的秘密。她只懂一门伟大艺术，除此之外她别无所需。她这项技艺已达炉火纯青的境界，不需动用任何庸俗的道具，没有魔法书、没有魔杖、没有咒语。就算是跷着脚坐在火炉前、手里拿着热茶和吐司面包都可以进行（例如奥伯龙来到老秩序农场的那个阴雨的冬日午后，她就是这么进行的）。她只要有她的脑袋就够了：脑袋加上专注，还有一份连圣人和棋艺大师都会肃然起敬的能力——可以接受各种不可能性。

古代作家将之描述成"记忆之术"，也就是说我们可以将与生俱来的自然记忆扩充到难以想象的地步。古人同意，排列严谨的鲜明图像

272

最容易记忆。因此，为了建构一套强大的人工记忆，第一步就是选择一个"地点"（虽然在其他地方意见分歧，但昆体良[1]等权威人士都同意这点）：例如一座神殿，或一条有很多商家店面的街道，再不然就是一栋房子内部——只要有规律的分隔就行。这个"地方"被牢牢记在心里，因此记忆者可以在里头顺着走、逆着走、怎么走都行。下一步就是为自己想记住的东西创造一个鲜明的符号或图像——根据专家的说法，愈耸动、颜色愈鲜艳愈好：例如用一个被强暴的修女代表"亵渎"这概念，或用一个穿着斗篷、手持炸弹的人形代表"革命"。接着这些符号被放进记忆之屋的不同地点：门上、壁龛里、前庭、窗户上、衣柜里等地方，接着记忆者只需在他的记忆殿堂里随心所欲地走动，看他想记得的"概念"是什么，就把象征它的那个符号拿出来。当然了，想记得的东西愈多，所需的记忆之屋就愈大，通常到后来就不再是个真实的地点了，因为真实地点通常都太平凡且空间不够。最后它会变成一个想象的空间，记忆者想要它多大、多有变化都行。可以任意添加厢房（只要够熟练）；建筑风格也可以随着记忆主题变化。这套系统甚至可以变得更精密，不仅记住概念，还透过复杂的符号来记住实质的字词，最后甚至是字母：因此只要把镰刀、石磨和钢锯从正确的心智角落里取出来组合在一起，就会立刻得到"上帝"这个字。这一整个过程复杂冗长无比，自从数据库问世后就大半遭人淘汰了。

记忆之术

但随着道行愈来愈高深，研习这项古老技艺最伟大的术士却在他们的记忆之屋里发现了一些古怪的事，而现代术士（其实只有一个，因为现代只有她一人称得上有技术，而且她拒绝传授）也基于自己的理由改善了这套系统，让它变得更加复杂。

举个例子，他们发现那些表情生动的象征性人物一旦被放进自己的

---

1. 昆体良（Quintilian, 35？—96？），古罗马修辞学家、教师。

席位，就有可能在等待传唤的过程里产生微妙的变化。当你再次从那个代表"亵渎"的被强暴修女旁边走过时，也许会发现她的嘴角和眼神里出现了一抹原本没有的堕落气质，不整的衣衫则有点浪荡感，仿佛是故意而不是被迫的：于是"亵渎"就变成了"伪善"，或至少多出了一点伪善的成分，因此她所象征的记忆就产生了一些可能具有启示性的变化。同时，随着记忆之屋不断扩大，也会产生一些建造者预料不到的交叉点与视野。当他出于需要建起一座新厢房时，它必得跟原本的房子相连，因此假如原本的房子里有一扇门、开出去是一片杂草丛生的花园，此时就有可能突然被风吹开，让主人惊见一座全新的巨大展示室，里头塞满了刚装进去的记忆，但视线方向却是相反的，也就是说由后往前看——这也很有启示性，而且这个新房间说不定也是条捷径，通往那间冷冻屋（收藏着某个遥远冬天的记忆，只是被遗忘了）。

是的，遗忘：因为记忆之屋的另一项特征就是它的建造者也有可能在里头遗失东西，就像你在任何房子里都有可能掉东西（例如那团线球，你很确定自己不是把它跟邮票和胶带一起放在书桌抽屉里，就是跟钉锤和铁丝一起收在大厅的柜子里，但你到这两处去找时却找不到）。在普通或自然的记忆里，这类东西可能就这样消失了，你甚至不记得自己忘了它们。记忆之屋的优点就是你 定知道它在里面的某处。

因此爱丽尔·霍克斯奎尔在她记忆之屋最古老的阁楼里翻箱倒柜，寻找某件她已经忘记但确定还在那里的东西。

她重读了乔尔丹诺·布鲁诺一篇有关记忆艺术的著作，名叫《思想的影子》，那是篇大部头的论文，讨论至高艺术里使用的象征、印记和符号。她那本第一次印刷的书的书眉上写有工整的斜体字，常能让人豁然开朗，却更常令人困惑。某一页上，布鲁诺阐述可以根据不同的目的使用各种不同的符号顺序，结果这位书评写道："就像 y^e 这种状态，y^e 的纸牌，R. C. 的归来是 iiiij 人物、地点、对象等等的，图徽或纸牌是为了记忆，或预言，或发现小世界。"这个"R. C."有可能是"罗马教会"的缩写，或者（只是个可能性而已）代表"玫瑰十字会"。但却是"人物、地点、对象"这几个词让她想起了某件遥远的事：她认为就储存在她遥远的童年记忆里。

她小心翼翼但愈来愈不耐地穿梭在那些杂物之间，有她的狗斯帕克、一趟到罗卡韦的旅程，还有她的初吻。她开始对箱子的内容物感兴趣，于是沿着没用的记忆走廊漫游下去。她在某个地方放了一个破旧的牛铃，她一开始还不晓得为什么。接着她尝试性地把它拿起来摇了摇。她之前听到的就是这个铃声，而她立刻就想起了祖父（当然！这个牛铃就是用来代表他的，因为他移民到这个没有牛的巨大城市前曾是个英国的农场工人）。此时他清晰地浮现，就在那个放着水罐的壁炉架下方（水罐长得跟他很像）。他坐在一张破旧的扶手椅上，把玩着那个牛铃，就像他以前把玩烟斗一样。

"你是不是告诉过我纸牌的事，"她问他，"有人物、地点和对象？"

"可能有吧。"

"是什么样的关联？"

沉默。"噢，小世界吧。"

记忆的阁楼变得清晰，被往日的太阳照亮着，在一间旧公寓里她正坐在爷爷脚边。"那是我找到的唯一一件有价值的东西，唉，"他说，"结果我竟把它浪费在一个蠢女孩身上。我可以告诉你：它不管拿到哪里都可以卖个二十先令，因为实在太古老精美了。我是在一间地主计划要拆除的小屋里找到的。那女孩说什么她可以看见仙子啦精灵之类的，她爸竟然跟她如出一辙。她叫瓦奥莱特。所以我说：'你行的话，就用这副纸牌帮我算命吧。'她翻了翻那些纸牌——上面有人物、地点和对象的图案——接着她就笑了，说我会一个人老死在四楼。然后她就不把纸牌还给我了。"

就是这个。她把牛铃放回原处，谨遵她儿时记忆的秩序（把它放在一沓磨损的"老处女"纸牌旁边，只为了维持清楚的联结），然后就关起了那个房间。

小世界。她一边思考一边盯着客厅满是雨水的玻璃窗。为了找到小世界。她从未在其他情境下听说过这些纸牌的事。那些人物、地点和对象会让人联想到"记忆之术"，也就是建立一个地点、想象出一个鲜

275

活的人物、人物手中握着象征性的物件。还有所谓的"R. C. 的归来"：倘若这个意思是玫瑰十字会的"R. C. 弟兄"，那么这些纸牌就是玫瑰十字会最早的一波热潮了，这么一来（她推开放着茶杯和吐司的托盘，擦擦手指）小世界可能也就说得通了。那个年代的神秘思潮里就有很多小世界。

例如炼金术士的熔炉，那个把原料放进去就能变成黄金的"哲学家之卵"——这不也是一个小宇宙、一个小世界吗？黑书说"工作"将始于水瓶宫、终于天蝎宫，但所指的并不是天上的星座，而是这颗状似世界、容纳了世界的蛋本身内部的星座。"工作"就是"创世纪"；而当红男子和白女士[1]以微小无比的姿态出现在蛋里，他们就是哲学家自己的灵魂、是哲学家思考的对象、本身也是他灵魂的产物，以此类推，无限回归，而且这份回归是双向的。至于记忆之术：这门艺术不也把无穷的星空投射在霍克斯奎尔有限的脑袋里吗？而她脑袋里的宇宙仪不也将她对各种东西的记忆（以及感知）整理好了吗，不论是尘世的、天上的还是无穷的？当布鲁诺得知哥白尼把宇宙给弄颠倒了，他便哈哈大笑，这份喜悦不就是因为他的想法获得了印证吗？即"心智"就是一切的中心点，囊括了周围的一切？倘若原本被视为中心的地球如今被发现是在周围运行，而原本被认为在周围运行的太阳如今却成了中心点，接着恒星带又被旋转半圈、形成一个莫比乌斯带：那么原本的边界到哪里去了？严格来说，这是无法想象的：宇宙朝无限大延伸而去，心智就是中心点，边界则不存在。有限的虚幻镜影已经被砸碎，布鲁诺大笑，星空成了手里一条镶满宝石的手链。

好吧，这一切都是老生常谈了。在霍克斯奎尔上过的学校里，每个学生都知道小世界很大。倘若这些纸牌在她手里，那么她无疑很快就能得知它们要发掘的小世界是什么，她甚至不怀疑自己进过这些小世界。但这副纸牌就是她祖父捡到又失去的那副吗？也是罗素·艾根布里克宣称自己出现其中的那副吗？这种程度的巧合对霍克斯奎尔而

---

1. The Red Man and the White Lady，布莱克塔罗牌（有别于一般塔罗牌）里面的两张牌。

276

言并非不可能，她的宇宙里没有所谓的巧合。但她却不知道该如何进一步找到它们，然后发现真相。其实此刻这条路已经陷入了五里雾中，因此她决定不要再走下去。艾根布里克不是罗马天主教徒，至于玫瑰十字会的会员呢，大家都知道他们从来不曝光——而艾根布里克倒是曝光率很高。"天杀的。"她低声说道，门铃刚好在这一刻响起。

她看了看表。虽然天色已经暗得跟黑夜一样，但石头姑娘还没醒来。她走进大厅，从雨伞架上取来一根沉重的拐杖，然后打开了门。

有那么一刻，门前那个穿着外套、戴着宽边帽、饱经风雨的黑暗身影吓着了她。

"迅捷信使服务，"他说，"你好，女士。"

"你好，弗雷德，"霍克斯奎尔说，"你吓了我一跳。"她第一次了解到"黑鬼"这个贬义词是什么意思。"进来吧，进来吧。"

他只愿意踏进前厅，因为他全身都在滴水。霍克斯奎尔去帮他取来一杯威士忌的同时，他就站在那里滴着水。

"真黑的日子。"他说着接过酒杯。

"今天是圣露西日，"霍克斯奎尔说，"最黑的一天。"

他咯咯发笑，深深明白她知道自己指的不只是天气而已。他一饮而尽，然后从罩着塑胶套的送货袋里取出一个厚厚的信封给她。没有寄件人地址。她在弗雷德的签收册上签了名。

"这种天工作真辛苦。"她说。

"就算无雨、无霰、无雪，"弗雷德说，"长着一身羽毛的猫头鹰也还是会冷。"

"你不坐一下吗?"她说，"火生好了。"

"我若坐'一下'，"弗雷德·萨维奇说着把身子歪向一边，"我就会待上'一个钟头'，"又歪向另一边，让雨水从帽子里流出来，"就是这样。"他站直身子，鞠了个躬便离开了。

一旦工作起来，没人比他更敬业，只是他不常工作。霍克斯奎尔关上门（把他想象成一个黑暗的飞梭或线轴，来回织补这座大雨滂沱的城市），然后回到她的客厅。

那个厚厚的信封里装着一沓崭新的大钞，还有一张简短的字条，写在吵桥棍棒与枪支俱乐部的专用信签上："如约支付 R. E. 案件费用。有新的结论吗？"没有签名。

她把字条搁在她原本正在阅读的布鲁诺资料夹上，一边走回火炉旁、一边数着那一大沓还不算已经赚到的钞票，意识里却萌生了某种隐约的联结。她来到桌前，扭开一盏大灯，仔细端详眉批上的那个注记。最初就是这则注记引发了她这串长长的思路，而俱乐部送来的字条又让思路转了方向。

斜体字向来清晰易读。但那些龙飞凤舞的大写字母倘若写得快，就常会让人看花了眼。而确实：仔细一看，她就发现"R. C. 的归来"无疑应该是"R. E. 的归来"才对。

那副纸牌倘若在人间，那么现在到底在哪里？

一种地形

随着年纪愈来愈大，诺拉·克劳德在周围的人眼里似乎愈来愈庞大结实。她自己也这么认为——尽管她的体重其实没增加。年届百岁时，她用两根拐杖撑着自己的体重在艾基伍德缓缓走动，驼着背似乎不是因为衰弱，而是为了把自己塞进狭窄的走廊里。

她挂着两根拐杖小心翼翼地从她房间来到多边形琴房里的鼓形桌前，桌上有一盏镶着绿玻璃的黄铜台灯，装在袋子与盒子里的纸牌就躺在灯下等着她。这些年来都在跟她学习的索菲也等在那里。

她在椅子上坐下，拐杖咔啦咔啦作响，膝盖骨也嘎吱嘎吱。她点燃一根褐色的香烟，把它放在旁边的碟子里。烟头升起一阵袅袅烟雾，如人的思绪般蜷曲起来。"我们的问题是什么？"她问。

"跟昨天一样，"索菲说，"只要继续就好了。"

"没有问题是吧，"克劳德姑婆说。"好吧。"

她们安静了片刻。克劳德姑婆欣喜地发现史墨基把这样的一刻形容成"无声的祷告"，这是思考问题的一刻，或者像今天一样，是进行思考但没有问题的一刻。

索菲用她柔软纤长的手遮住眼睛，没有想着任何问题。她只想着那副牌，躺在黑暗的袋子与盒子里。她不把它们看成个别的单位或一张张独立的纸片，她就算想这么看待它们也已经没办法。她也不把它们视为概念、人物、地点、对象。她把它们视为一体，像一个故事或一个内部空间，一个由空间和时间组成的东西，漫长、辽阔但又自成一体；有转折、有次方、不断展开。

"好吧。"克劳德姑婆果决地轻声说道。她把布满斑点的手伸到盒子上方。"要不要来个玫瑰牌阵？"

"可以让我来吗？"索菲问。克劳德姑婆还没碰到盒子就把手收回来，以免破坏了索菲的控制力。索菲试着学习克劳德姑婆那种利落的动作和平静的注意力，排出了一个玫瑰阵列。

圣杯六、权杖四、绳结、运动员、圣杯一、表亲、钱币四、钱币皇后。鼓形桌上，一朵玫瑰跃然而生，充满了钢铁般的力道，但又有生命。倘若没有提出一个问题，例如今天这样，那么问题永远是：这朵玫瑰回答的是什么？索菲放下中央那张牌。

"又是愚者。"克劳德姑婆说。

"跟表亲竞争。"索菲说。

"没错，"克劳德姑婆说，"但是谁的表亲？他自己的？还是我们的？"

玫瑰牌阵中央的愚者牌是一个满脸胡子、穿着盔甲的男子，正渡过一条小溪。跟白武士一样，他骑着一匹瘦弱的马，伸长脖子，两腿也伸得直直的。他表情平和，两眼看的不是他即将进入的浅溪，而是望向看牌的人，仿佛他这么做是故意的，是一项表演用的伎俩，甚至可能是在示范某种东西：重力吗？他一只手抓着一个扇贝，另一只手里则是一串香肠。

克劳德姑婆教导索菲：在做出任何解释之前，必须先决定这一刻的牌该如何分析。"你可以把它们看成一个故事，必须找出开头、中间、结尾；或者也可以把它们看成一个句子，针对它进行语法分析；再不然就是看成一段音乐，必须找出主音和拍号；基本上可以看成任何由

279

不同部分组成、具有意义的东西。"

"有可能，"她此时所看的这个中央是愚者的玫瑰牌阵，"这不是一个故事、也不是一个内部空间，而是一种地形。"

索菲问她这话是什么意思，但克劳德姑婆说她根本无法确定。她单手托腮。不是一张地图，不是一种视野，而是一种地形。索菲也用手托着腮，对着她摊开的玫瑰牌阵凝望良久，揣测不已。她心想：一种地形，有没有可能在这里、这个东西、那个——但她随即闭上眼睛停止思考。不，今天她们没有提出问题，拜托，而且绝对不会是那个问题。

觉醒

随着走过的人生路愈来愈长，索菲开始觉得生命（至少是她自己的生命）就像她从前建构的那种梦之屋：做梦者会缓缓或突然意识到自己只是在睡觉做梦而已，那些无意义的任务都只是自己虚构的，例如那阴暗的旅馆、那排楼梯。这些都会消失，既破碎又不真实。做梦者会如释重负地在自己床上醒来（却不大记得自己的床为何会在繁忙的街上或漂浮宁静的海上）。接着他会打着哈欠起床，继续经历奇怪的旅程，直到再次醒来（觉醒速度或快或慢）：自己只是在这片荒芜之地（噢我想起来了）或这间皇宫前厅（噢我懂了）睡着了而已，现在该起床继续过生活了，就这样不断下去。她的人生一直都像这样。

索菲曾做过一个关于莱拉克的梦，梦见莱拉克是真实的，是她的骨肉。接着她就醒了，发现莱拉克根本不是莱拉克：她意识到发生了可怕的事。她想不出原因、记不得理由，只知道莱拉克已经变成了另一种东西，不是原本的莱拉克，也不是她女儿。那个梦（是那种可怕的梦：发生了无法挽救的可怕事件，灵魂被一种无法缓解的独特痛苦压得喘不过气）持续了将近两年，后来她终于在某个绝望的夜晚把那个假货悄悄带到乔治·毛斯那里（她至今想起那个夜晚都还会颤抖呻吟不已，就算过了二十年也一样）：还有那座火炉；还有那些火花与磷光，那些雨、星星和鬼魅。但即便过了那一夜，那个噩梦都还不算真正结束。

但不论清醒与否，莱拉克都已经不在了。现在索菲的梦境变成了另一种样貌：无尽的追寻，目标总是不断后退，或者你一靠近它就变了样，让你的工作没完没了，就算时时刻刻倾注心神，却还是丝毫没有进展。因此她开始向克劳德姑婆和她的纸牌寻求答案：不只是"为什么"，还有"怎么发生的"。她认为自己知道是"谁"，却不知道"在哪里"。此外最重要的是：她是否还能再见到、拥有、拥抱她真正的女儿，倘若可以的话，又是"何时"？克劳德姑婆不管再怎么尝试都说不出清楚的答案，但她还是坚持答案一定就在纸牌里，一定有某种关联存在。因此索菲自己也开始研究那一张张落下的牌，觉得自己也许可以靠着强烈的渴望发现克劳德姑婆找不到的东西。但她也没得到答案，因此她不久就放弃了，又跑回床上去睡觉。

　　但人生却充满了觉醒，出乎意料且令人惊奇。就在十二年前，某个十一月的午后，索菲从一场午睡中醒了过来。（为什么是那天？为什么是那场午觉？）她原本闭着眼睛、盖着棉被、躺在枕头上睡觉，结果就这么永远地醒了过来。仿佛有人趁她睡觉的时候偷走了她的睡梦，她已经丧失了经由睡眠逃进小小梦境的能力。因此从那时起，惊骇又茫然的索菲只好做梦说自己已经醒了，梦到世界就在她周围，而她得想想该怎么办。一直到了这时候，由于必须为她失眠的心智找到一份"兴趣"（任何兴趣都行），她才开始认真研究这副纸牌，谦卑地从克劳德姑婆的入门学徒当起（没有提出任何艰涩的问题，老实说，什么问题也没问）。

　　但尽管我们醒了过来，尽管人生就是无止境的觉醒、说"噢我懂了"（索菲很清楚这点，因此她很有耐心），但先前那些梦境始终都还套叠在我们目前所处的这个梦境里。严格来说，索菲对纸牌提出的第一个难题并非没有答案，只是它被变成了一些关于这个问题的问题。它已经像一棵树般扎了根、开枝散叶，不断长出新的问题，接着所有的问题全部变成了一个问题：这是什么树？随着技巧日益精进，每当她洗牌切牌，用那些滑腻、没有边角、寓意无穷的纸牌排出几何阵列时，她对这个问题就愈发感兴趣、愈发专注，终至完全融入其中。这是什么树？但这一切底下依然藏着一个走失的沉睡中的孩子，藏在那纠结的树根之间、在那些枝叶底下，尚未寻获且愈来愈难找。

不归之途

圣杯六、权杖四、绳结、运动员。钱币皇后逆。表亲：跟牌阵中央的愚者形成某种竞争关系。是一种地形：不是地图、不是视野，是一种地形。索菲凝视着这道谜题，让自己的意识在上面来回跳跃，有点漫不经心地注意着它、竖起心灵的耳朵、努力倾听从这个牌阵隐约传出来得急促又模糊的言语。

接着：

"噢。"索菲说了，接着又说了一次："噢。"仿佛突然接到了坏消息。克劳德姑婆疑惑地抬头看她，结果发现索菲苍白又震惊，瞪大的眼睛里流露出讶异与同情——同情的对象是克劳德姑婆。克劳德姑婆再次看看这个"地形"，结果没错，它在一瞬间收缩变形，就像那种视错觉图像：原本看起来是个线条复杂的瓮，忽然就变成了两张面对面的脸。克劳德姑婆已经很习惯这类无常的变化、习惯了这种信息，但索菲显然还没有。

"是的，"她轻声说道，对索菲露出微笑，希望自己能让她安心，"你以前没看过吗？"

"不，"索菲说，这既是在回答克劳德姑婆，也是在抗拒牌阵里的信息，"不。"

"噢，我看过。"她拍拍索菲的手。"但我认为没必要告诉别人，对吧？还没这个必要。"索菲轻轻哭了起来，而克劳德姑婆选择不去理会。"这就是秘密棘手的地方，"她说，仿佛对这件事感到有点气恼，其实却是借此将算命最重要的最后一门课题传授给索菲，"有时候你根本不想知道。但你一旦知道就不可能退回去了，不可能恢复成不知道的状态。好吧。现在振作起来吧。你还有很多东西好学。"

"噢，克劳德姑婆。"

"来研究研究我们的地形如何？"克劳德姑婆说着拿起香烟，感恩而贪婪地吸了长长一口，再把烟吐出来。

时光的缓慢坠落

克劳德姑婆横着从屋里的家具之间走过，爬下三级阶梯（从木板地移到石板地上时，拐杖发出的声音也不一样），穿过迷宫般的幻想风客厅，墙上有一幅壁挂在微风里仿如鬼魅地飘动着。接着她又爬上一排楼梯。

她父亲曾告诉她艾基伍德一共有三百六十五道楼梯。左手拐杖、右脚、右手拐杖、左手拐杖、左脚。还有七座烟囱、五十二扇门、四层楼，以及十二个——十二个什么？一定有十二个什么，他不可能漏掉的。右手拐杖、左脚，她来到了一个楼梯转角处，这里有一扇桃尖拱的窗户，珍珠色泽的冬日阳光透过窗户落在深色的拼木地板上。史墨基曾在杂志里看过一则广告，卖一种让老人家上下楼的电梯椅，抵达目的楼层时，椅子甚至会自动倾斜，让老人家下来。史墨基把这广告拿给了克劳德姑婆看，但她什么也没说。这东西也许具有某种抽象价值，但他干吗拿给她看？她的沉默代表的就是这句话。

继续往上爬。不管她本身变得多庞大，尽管楼梯扶手挤着她的肩膀、嵌了镶板的天花板压着她佝偻的脖子，但那些阶梯（一格刚好九英寸）却愈来愈陡峭。她一边奋力攀登，一边想着自己没警告索菲实在不对。那件事她知道很久了，已经成为她最近读牌时一再出现的信息，只要有任何人即将遭遇任何劫数，牌阵里都有可能出现这种死亡警讯。但由于最近这个征兆的出现已经成了某种常态，因此克劳德姑婆对它根本视而不见。反正到了这把年纪，她已经不需要透过纸牌来知道这种对任何人而言都显而易见的事，而且最清楚的人还是她自己。这根本不是秘密。她已经准备好了。

她还没发送出去的珍宝都已经贴上了继承人的名字，有珠宝和瓦奥莱特的遗物，她反正从来没把这些东西当成自己的。那副纸牌当然是留给索菲，这点令人欣慰。她已经把房子、地产和租约都过继给史墨基（史墨基非常不甘愿），她的后事将交给这位诚恳的好人处理。倒不是说这房子需要人照顾。它反正不会倒，至少在"故事"全部说完前是不会，倘若——但这种事想都不必想，不能因为这样就不签法律文件、写遗嘱、整修房子。全部的人里面，只有克劳德姑婆还记得瓦奥莱特的指示：遗忘。这点她做得很好，因此她认为她的侄儿、侄女以及孙侄、曾孙侄确实都已经遗忘（或根本没学到）那些必须遗忘或不必学的东西。也许他们都跟黛莉·艾丽斯一样，认为这一切都已经从指尖溜走，每隔一代就离得愈远：随着岁月缓缓燃烧成余烬，再从余烬化成灰烬、从灰烬化成冷冷的炉渣，他们已经一代比一代更没有那种紧密的联结、更不容易进入、更难迅速领会了。奥伯龙能够拍下他们、瓦奥莱特能够任意进出他们领域带回新消息的那段日子已经是传说中遥远的过去式。但克劳德姑婆却知道他们其实一代比一代更接近它：他们之所以不再寻寻觅觅或花一大堆心思在这上面，其实是因为他们觉得自己跟它之间已经愈来愈没有区别。接着再过一段时间后，根本不必再寻找"入口"了。因为那时他们就已经在里面了。

那个"故事"，她心想，将会在他们身上结束：泰西、莉莉和露西，还有失踪的莱拉克（不论她在哪里），还有奥伯龙。最晚只会到他们的孩子而已。随着年纪愈来愈大，这份信念不是消失而是愈来愈坚定，而她知道光靠这点就足以证明这件事应该相信了。她觉得自己活到快一百岁却还看不到故事的结束着实很令人扼腕，况且她还是千辛万苦才活了这么久，而付出努力的还不只她一人。

最后一级阶梯。她把拐杖放上去，抬起一只脚，另一根拐杖，再另一只脚。她静静站着等待体力恢复。

愚者，还有表亲；一种地形，还有一场死亡。她是对的：每一组开出来的牌都跟其他牌息息相关。倘若她帮乔治·毛斯解牌时看见了一排长廊，或帮奥伯龙算命时看见了那个他会爱上然后失去的黝黑女孩，那么这一切其实跟寻找失踪的莱拉克、瞥见"故事"的模糊轮廓，或得知大世界的命运都没什么两样。她不知道为什么会这样，为什么每一个秘密都暗藏着另一个秘密（或其他所有秘密），为什么这个牌阵呈现的是一种广袤地形（牵涉到帝国、前线、一场最终战役），但背后却出现一个老妇的死亡。原因也许永远揣摩不透。为了缓和这份气馁，她唤起旧日的决心和她对瓦奥莱特的承诺：就算她知道原因，她也不会说出来。

她回头看着刚才勉强爬上来的楼梯，顿时虚弱无力、动作迟缓，倒不是因为关节炎，而是因为有了一份哀伤的领悟。她转身朝自己的房间走去，确定自己再也不会走下这排楼梯了。

第二天早上泰西就到了，带着行李准备长住一阵，还带了针线来打发时间。莉莉和双胞胎已经到了。露西则在傍晚抵达，看见姐姐她一点也不惊讶，只是拿着女红加入她们的行列，准备协助、观望、等待。

公主

老秩序农场上还没有任何人察觉上空阴郁的天光，公鸡就叫了，吵醒了西尔维。她身旁的奥伯龙动了动。她紧紧挨着他温暖修长的身体，觉得自己清醒着躺在沉睡的他身边是很玄的一件事。她思考着这件事，沉醉在那片暖意中，觉得很奇怪她竟然知道自己醒着，也知道他在睡觉，但他却两者都不知道。她想着想着又沉入梦乡。但公鸡叫了她的名字。

她小心翼翼翻过身然后探出头，不想进入床铺较寒冷的边缘地带。她应该叫醒他的。该他挤牛奶了，这是他轮班的最后一天。她却不忍这么做。她帮他代劳会怎样呢？就当作一个礼物。她想象他感激不尽的模样，然后再想想寒冷的黎明、楼梯、湿淋淋的农场和工作。感激似乎占了上风，愈来愈强烈，仿佛是她在感激他似的。"哦。"她说着溜下床，对自己的善意心存感激。

她上厕所时小声咒骂个不停，没真的把屁股贴上冰冷的马桶坐垫。接着她弯着腰、牙齿打战地捡起她的衣服穿上，急急忙忙扣上扣子，双手因寒冷而颤抖不已。

她来到防火梯上，吸入满是雾气的空气，一边拉上那双褐色的园艺手套。真是辛苦的生活，她愉快地想，这种农场工人的命还真辛苦。她走下梯子。乔治厨房走廊的门外放着一袋给山羊吃的食物残渣，准备混在它们的饲料里。她把袋子扛在肩上，穿过庭院来到山羊的住处，听见它们骚动的声音。

"嗨,兄弟。"她说。那些山羊——普奇塔、努尼、布兰卡、娜格莉塔、瓜波、拉葛拉妮[1]还有其他那些没名字的——纷纷抬起头，在亚麻油地毡上踏出咔啦声响，大便，然后开始咩咩叫（乔治从来不曾给山羊取名字，但西尔维的灵感也有限，它们当然全部都得有名字，但必须是对的名字才行）。羊圈的味道很呛。西尔维不禁猜想自己是不是从小就很熟悉这个味道，因为她似乎闻得很习惯。

她喂了羊，以精准的眼力把适量谷物和食物残渣倒进浴缸里、小心翼翼地拌匀，仿佛在给小孩泡牛奶似的。她跟它们说话，公正地批评它们的缺点、夸赞它们的好处，但她最疼爱的还是那只黑色小山羊和最老的拉葛拉妮。它确实已经是老祖母了，瘦骨嶙峋。"像台脚踏车。"西尔维说。她交叉着双臂靠在浴室门上看着它们歪着脸咀嚼、轮流抬起头来看她，接着又低下头去吃早餐。

晨光已慢慢渗入公寓。壁纸上的花色鲜活了起来，接着是地板上的。尽管布朗尼夜夜打扫，它们还是一年比一年模糊，消失在泥土底下。她打了个大大的哈欠。为什么动物都这么早起？"起床干活,是吧，"她说，"上班迟到了。笨蛋。"

准备挤奶时，她心想：瞧我对爱情的奉献。她停下片刻，突然身心一阵温暖，因为她之前从未用过这个字眼来形容她对奥伯龙的感觉。爱情，她又对自己重复了一次；没错：确实是这种感觉，这个字眼就像一口朗姆酒。乔治·毛斯在她无处可去的时候收留了她、是她永远的伙伴，她对他怀抱着深深的感激和一些复杂的感情（大部分是好的），却没有这股热情，像火焰中心的一颗宝石。这颗宝石就是一个词：爱情。她笑出声。恋爱的感觉真好。爱情令她穿上一件厚呢短大衣、戴上一双

---

1. 拉葛拉妮（La Grani），意为"祖母"。

褐色手套；爱情支使她来到羊圈，把手夹在腋窝取暖、准备挤羊奶。"好啦，好啦，别紧张，"她柔声说道，一方面是对山羊说，一方面则是对乔装成劳务的爱情说，"别紧张，来了。"

她摸摸普奇塔的乳房。"嘿，大奶妹。你这么大的奶子是哪里来的，在树丛下捡到的吗？"她开始挤奶，想着奥伯龙在床上睡觉，乔治也在他床上睡觉，只有她一人醒着，没有人知道。在树丛下捡到的：一个弃婴。在大城里获救，被收留在这些高墙后，然后被迫工作。故事里的弃婴都是出身高贵的人物，是因为有人想置他于死或有什么事情弄错了才会被扔掉；一个没有人知道的公主。公主，乔治总是这么叫她。嘿，公主。一个失落的公主，被下了魔咒、忘了自己是个公主。一个牧羊女，但你只要剥去她脏兮兮的牧羊女衣服，标记就会赫然呈现：那个珠宝、那个胎记、那枚银戒指，大家都瞠目结舌、开怀大笑。一股股羊奶冲在桶壁上，嘶嘶冒着泡沫升起，左、右、左、右，让她觉得既平静又有趣。接着，劳动了这么久之后，她的王国再临。她对先前的简朴住处心存感激，自己也谦卑地在那里找到了真爱：所以你们大家都自由了，还会得到赏金。而且能娶到公主。她把头靠在普奇塔毛茸茸的温暖侧腹上，想着牛奶、湿漉漉的叶子、小动物、蜗牛壳、羊人的脚。

"还公主咧，"普奇塔说，"苦差事可多了。"

"你说什么？"西尔维抬起头，但普奇塔只是转过它长长的脸，继续咀嚼。

布朗尼的家

她回到院子里，提着一瓶新鲜羊奶和一颗咖啡色的新鲜鸡蛋，是她从一只母鸡身子底下拿来的。那只母鸡在一张爆开的沙发上筑窝下蛋，就在山羊住的公寓客厅内。她越过凸起的菜圃来到对面的建筑物前，建筑物上爬满了褐色的藤蔓，高耸的窗子阴郁地拉上了窗帘，外侧有楼梯却没有任何门。楼梯后面有个潮湿的小凹室，通往地下室。入口处和窗口都钉满了各式各样的破木板和灰色百叶板，你可以从缝隙间往内窥探，但什么也看不到。一听见西尔维的脚步声，就有好几只猫喵喵叫着从地下室里冲出来，是农场的猫咪军团，乔治有时会说他的农场大半只种得出砖块、养得出猫咪。下面的猫王是一只脸很扁、身材壮硕的独眼恶棍，它不屑现身。倒是有一只纤细的虎斑猫出来了，西尔维上次看到它时它正挺着大肚子。现在倒是整个消瘦了，肚皮松垮垮、露出大大的粉红色奶头。"你生了小猫，对吧？"西尔维抱怨地说，"却没有告诉任何人？你呀！"她摸摸它，倒了羊奶给它们喝，然后蹲下来朝百叶板之间窥探。"真希望看得到小猫。"她说。

她往内看时猫咪就在她身边绕来绕去，但她只看得到一双大大的黄色眼睛：是那个老家伙吗？还是布朗尼？"嗨，布朗尼。"她说，因为她知道那也是布朗尼的家，虽然从来没有人在里面看过它。别理他，乔治总是这么说，他没事的。但西尔维向来会跟他打招呼。她盖上半满的羊奶罐子，把它跟那颗鸡蛋一起放在地下室入口处的一个平台上。"好啦，布朗尼，"她说，"我走喽。谢了。"

那算是个诡计，因为她没有走，希望能瞥见他一眼。又出来了一只猫，但布朗尼还是躲在里面。于是她站起来伸展伸展筋骨，开始走回折叠卧房。早晨已经降临农场，雾气缭绕、轻柔无比，已经没那么冷了。她在大城里这座高墙环绕的花园中央驻足片刻，感到甜蜜又幸福。公主。哼。她脏兮兮的牧羊女衣服底下就只是昨天穿过的内衣裤而已。不久她就得想想找工作的事了，做些计划，继续过她的人生。但这一刻，由于沉醉爱河、很有安全感，也做完了家事，她觉得自己就算哪儿也不去、什么也不做，她的故事也是会照常继续下去，既清晰又充满幸福。

而且不会结束。有那么一刻，她认为自己的故事是不会结束的：比任何童话故事、比错综复杂的《他方世界》都还永无止境。没完没了。不知为何就是这样。她抱着双臂走过农场，微笑着吸入农场上浓烈的动植物气味。

布朗尼躲在他的房子深处看她离去，也露出了微笑。他用长长的手一声不响地取走了架子上的羊奶和鸡蛋，把它们拿进屋里。他喝了羊奶、吸了吸鸡蛋，诚心诚意地祝福他的王后。

盛宴

她用跟穿衣时一样快的速度脱去了衣服，只留下内裤，刚醒过来的奥伯龙则躺在被窝里看着她。她急急忙忙钻进他的被窝里取暖，认为这是她应得的，而且只有她一人拥有这种资格，她应该永远保有这份温暖。奥伯龙笑着躲避她冰冷的手脚，但她不断攻击他无力又无助的肉体，他只好投降。她把冷冷的鼻子贴在他脖子上取暖，像一只鸽子般低吟个不停，同时他的手则勾上了她内裤的松紧带。

在艾基伍德，索菲掀起另一张牌，盖在第一张牌之上。权杖骑士盖住圣杯皇后。

后来西尔维说："你在想事情吗？"

"嗯哼？"奥伯龙说，他身上只披了一件外套，正在生火。

"想事情啊，"西尔维说，"那时候。我的意思是那个时候。我想了好多，几乎像个故事。"

他领悟了她的意思，于是笑出声来。"哦，想事情啊，"他说，"那时候。当然有啊。一大堆疯狂的思绪。"他连忙生火，把木箱里大部分木柴全扔进了火炉里。他要折叠卧房变得暖烘烘，热得足以把西尔维从被窝里烘出来。他想看见她。

"像现在，"她说，"例如这次，我就神游了。"

"是啊。"他说，因为他也一样。

"想到孩子，"她说，"小婴儿，或小动物。有好几打，各种大小颜色都有。"

"是啊。"他说。他也看过它们。"莱拉克。"他说。

"谁？"

他红了脸，用一根放在那里充当火叉的高尔夫球棍拨弄炉火。"一个朋友，"他说，"一个小女孩。一个幻想的朋友。"

西尔维什么也没说，还没完全回过神来。接着，"你刚说谁？"她问。

奥伯龙开始解释。

在艾基伍德，索菲翻开一张大牌，是"绳结"。她再次不由自主地

289

搜寻起那个失踪的乔治·毛斯的孩子和她的命运，却怎么也找不到。反之她发现了另一个女孩，仔细一看就发现她不断出现，但她不是失踪人口，至少现在不是了。她现在正在寻寻觅觅。国王和王后排着整齐的队伍从她身旁走过，每个人都报上自己的信息：我是希望，我是后悔，我是懒散，我是意外的爱。他们手持武器、骑着马匹、严肃威武地浮现在晦涩的大牌之间，但除了他们以外，索菲还瞥见一个没有人认识的公主，在阴暗的重重危机之间明快地活动，只有索菲一人察觉到她的存在。但莱拉克在哪里？她翻开下一张牌：是"盛宴"。

"所以她到底怎么了？"西尔维问。炉火很旺，房间开始温暖。

"就是我告诉你的那样啊，"奥伯龙说着掀开外套来让炉火暖暖屁股，"我自从野餐那天之后就没再看过她了……"

"不是她啦，"西尔维说，"不是你幻想的那个。是那个真正的婴儿。"

"哦。"自从抵达大城后，他似乎就往前跳了好几个世纪，现在想回忆起艾基伍德已是很困难的事，至于挖出儿时记忆简直就像在挖掘特洛伊城。"呃，我也称不上知道。我的意思是好像从来没有人告诉我完整的经过。"

"噢，到底发生了什么事嘛。"她姿态撩人地在棉被下移动，也开始感到温暖。"我的意思是，她死了吗？"

"我不这么认为。"奥伯龙说，对这个想法感到震惊。有那么一刻，他从西尔维的角度看待这整件事，发现它显得很可笑。他的家人怎么会弄丢一个婴儿呢？或者倘若她不是被搞丢的，倘若原因很简单（被领养或死了之类的），那么他又怎会不知道？西尔维的家族里有过几个失落的婴儿，不是进了收容所就是被领养了，他们全被记得清清楚楚，也都受到悼念。要不是他那一刻一心想着西尔维、想着接下来要对她做的事，他恐怕会对自己的无知感到愤怒。不过呢，已经无所谓了。"没什么关系，"他说，很高兴知道这根本不要紧，"我对那件事已经放弃了。"

她一边打哈欠，一边试图说话，结果笑了出来。"所以你是不回去了？"

"不了。"

"就算找到了你的天命也不回去？"

他没说"我已经找到了"，尽管那是事实。自从他们成为恋人以来，他就知道自己已经找到天命。

和她成为恋人：这件事就像魔法，就像青蛙变成王子。

"你不想要我回去？"他脱掉外套爬上床。

"我会跟你走，"她说，"我会的。"

"温暖吗？"他说，把她盖在身上的棉被拉下。

"嘿！"她说，"喂，你这大老粗。"

"真温暖。"他说着吻上她的脖子和肩膀，像个食人族般吸吮轻咬着。是血肉。但全部都是活的，活生生的。"我快融化了。"她说。他跟她肢体交缠，仿佛可以用自己长长的身躯将她吞噬，只有一小口，但回味无穷。他弯身在她赤裸的身体上方，这简直是场飨宴。"我其实欲火焚身。"她说。也确实，她的体温因内心那璀璨的宝石而愈发炽热完美，她凝望着他一会儿，既惊奇又满足地看着他把她吸入他空洞无底的内心。接着她就神游去了，而他也一样，两人走进了相同的领域（后来他们提起这件事、比较两人去过的地方，结果发现是相同的）。奥伯龙认为引导他们到那个地方去的是莱拉克。虽然他俩是在交欢，不是在走路，但他们还是四处漫游。他们被引导着走过一片无边大地上杂草丛生的幽暗巷道，穿越一个曲折离奇的漫长故事，走向无边无际的"然后"，最终目的地跟索菲在艾基伍德看见的那张名叫"盛宴"的大牌很相似：一张长长的餐桌上铺着刚摊开来的桌巾，爪状的桌脚立在野花间看起来很荒谬，四周全是纠结多瘤的树木，高脚盘上堆满食物，旁边立着对称的分支烛台，诸多座位全部摆好了餐具，但座席空无一人。

第四部
黑森林

第一章

他们不工作、不哭泣；

他们的形状就是他们存在的理由。

——弗吉尼亚·伍尔夫

自从把襁褓中的莱拉克从她睡梦中的母亲身边掳走后，那段时间算是昂德希尔太太漫长一生中最忙碌的几年（其实她的一生已经很接近永恒）。她不仅得负责莱拉克的教育，照看其余的人，还有许多议会、会议、咨询服务与庆典要参加。随着他们酝酿已久的事件加快步调，事情也愈来愈繁杂。此外，她还有例行的工作，每一项都琐碎无比、每个细节漏不得。

一段时光与一趟旅行

但瞧她多成功！一年前，奥伯龙跟随幻想的莱拉克进入树林深处，然后把她跟丢了；一年后的这个十一月天，昂德希尔太太老练地上下打量真正的莱拉克，目测她的身高。刚满十一岁的她已经跟伛偻的昂德希尔太太一样高了；一双如溪水般清澈的蓝眼睛跟端详着她的那双年迈眼睛处于相同的水平位置。"很好，"昂德希尔太太说，"非常非常好。"她的手指圈住莱拉克纤细的手腕，抬起莱拉克的下巴，在下方放了一朵毛茛花。她再以拇指和食指测量莱拉克的瞳孔间距，莱拉克觉得痒，笑了出来。昂德希尔太太也笑了，对自己、对莱拉克都很满意。她白皙的皮肤没有丝毫发青的迹象，眼神里没有一丝恍惚。昂德希尔太太见过太多失败的案例了，见过太多被调包的孩子变得黯淡无光、虚弱无力，长到莱拉克现在的年纪时，往往会因为某种模糊的渴望而支离破碎，从此一蹶不振。昂德希尔太太很高兴莱拉克由她亲自抚养。万一这件事累得她精神崩溃怎么办？不过已经成功了，她不久就会有万古的时间可以休息。

休息！她打起精神。必须有体力撑到最后。"好了，孩子，"她说，"你从熊那边学到了什么？"

"睡觉。"莱拉克说，看起来不甚肯定。

"睡觉是吧，"昂德希尔太太说，"现在……"

"我不想睡，"莱拉克说，"拜托。"

"噢，你没试过怎么知道呢？那些熊可是舒服得很。"

莱拉克嘟起嘴，用脚把一只正爬过她鞋背上的拟步甲翻倒，接着又把它翻回来。她想起躲在温暖洞穴里的熊，跟雪一样毫无知觉。昂德希尔太太把它们介绍给她（她跟任何博物学家一样知道很多生物的名字）：乔、帕特、马莎、约翰、凯西、乔西、诺拉。但它们没有回应，只是全部一起吸气、吐气、吸气。自从那天晚上在昂德希尔太太黑暗的屋里醒来后，莱拉克除了眨眼睛和玩捉迷藏之外，就再也没有合过眼。她无聊地站在那里看着那七只睡眠中的熊（笨重且一动不动，活像七张沙发），心生排斥，但她还是从它们身上学到了东西。当昂德希尔太太春天来接她时，她已经学会了睡觉，因此为了奖励她，昂德希尔太太让她见识了漂浮在北方海域的波浪间睡觉的海狮，还有在南方天空边飞翔边睡觉的信天翁。她还是没睡过觉，但她至少知道该如何睡觉了。

然而时候已到。

"拜托，"莱拉克说，"如果得睡觉，我会睡的，只是……"

"没有什么如果、还有、可是，"昂德希尔太太说，"有些时间只会过去，有些时间则是即将到来。这次是时间到了。"

"好吧，"莱拉克情急地说，"我可以跟大家道晚安吗？"

"那得花上好几年。"

"那我要听床边故事，"莱拉克提高了音量，"是有这种东西的。"

"我知道的每一个床边故事都集中在这个故事里了，而在这个故事里，你现在就该睡。"她面前的孩子缓缓交叉起双臂，还在思考这件事，接着她脸上浮现一抹阴影，决定抗争到底。于是跟所有面对顽固孩子的奶奶一样，昂德希尔太太想着自己该如何让步——必须是有尊严的让步，免得宠坏了孩子。

"好吧，"她说，"我没空跟你争辩。我要出去一趟，你如果答应我当个乖孩子，回家后会睡一觉，我就带你一起去。这也许对你的教育有帮助……"

"哦，好！"

"毕竟教育才是重点……"

"是的！"

"好吧。"见她这么兴奋，昂德希尔太太第一次对着孩子产生这种类似怜悯的情绪：睡眠即将缠上她，让她变得跟死者一样温顺。她站起来。"现在听着！紧紧抓着我，虽然你已经很大了。还有别吃、别碰任何一样你看到的东西……"莱拉克已经跳起来，赤裸的身体在昂德希尔太太的老屋里苍白明亮得如同一根蜡烛。"戴上这个，"她说，从衣服里取出一片三爪的叶子，用她粉红色的舌头舔一下，再黏到莱拉克额头上。"这样你就看得到我说的东西了。而我认为……"此时外面传来一阵翅膀鼓动的声音，一道长长的阴影从窗上飘过。"我想我们可以走了。而我应该不必告诉你吧，"她警告地举起一根手指，"不管发生什么事，你都不可以跟你看到的任何人说话，任何人都不行。"莱拉克严肃地点点头。

雨天的困惑

她们骑的那只鹳鸟飞得又高又快，越过一片又一片棕灰色的十一月景致，但她们也许还是没有脱离某些领域，因为什么衣服也没穿的莱拉克感觉不冷也不热。她紧紧抓住昂德希尔太太厚重的衣服，膝盖紧紧夹住鹳鸟的肩膀，鹳鸟光滑又带有油分的羽毛贴在她大腿上，感觉柔软又滑溜。昂德希尔太太用拐杖点点这里、敲敲那里，引导鹳鸟飞上飞下、左转右转。

"我们要先去哪里？"莱拉克问。

"外面。"昂德希尔太太说。鹳鸟旋回下降，下方远处出现一栋结构复杂的大房子，愈来愈接近。

打从婴儿时期，莱拉克就在梦里见过这栋房子无数次（她从来没思考过自己从不睡觉要怎么做梦，但以她被养大的方式，有太多东西是莱拉克从来没去想过的，因为她对世界和自己的认知就是这样，如同奥伯龙从没想过自己为什么要一天坐在餐桌前三次、把食物塞进嘴里）。但她却不知道她做梦时，她都在那栋房子长长的走廊上游荡，抚摸贴着壁纸、挂着图画的墙壁，想着：什么？这会是什么呢？也不知道那时她母亲、外祖母和表亲都在做梦，但不是梦见她，而是梦见一个像她的人，流落他方。此时她从鹳鸟背上看见了整栋房子，立刻就认出它来，于是发出笑声：就好像在蒙眼游戏里取下了眼罩，结果发现自己先前摸到的神秘脸孔和无名衣物其实是某个再熟悉不过的人，正对自己露出微笑。

她们愈接近，房子就愈小，仿佛想逃跑似的不断缩小。倘若这样下去，莱拉克心想，等到我们接近得可以从窗户看进去时，我恐怕一次只能用一只眼睛看了，而我们飞过去时他们不会吓一跳吗，像乌云一样让窗户一黑！"这个嘛，倘若它一直是同一栋房子的话，确实是这样没错，"昂德希尔太太说，"偏偏它不是。所以他们看见的鹳鸟、女人和小孩只有蚊子般大，根本就不会去注意，我甚至觉得他们根本不会看到。"

"这个，"她们骑的鹳鸟开口说话，"我还真是难以想象。"

"我也是。"莱拉克笑着说。

"没关系。"昂德希尔太太说，"现在只要跟着我看就行了。"

她说这话的同时，莱拉克觉得自己的眼睛仿佛开始往中间挤去，接着又恢复正常。房子变大、愈来愈接近，尺寸已经符合鹳鸟的比例（但她跟昂德希尔太太还是偏小，这也是莱拉克压根儿不会想到要问的事情之一）。她们从高空飞向艾基伍德，或方或圆的塔楼像香菇般赫然出现，在她们飞过的同时齐齐向外弯曲，墙壁、长满杂草的车道、车辆出入口和钉着木瓦的厢房也都在不同的视角下随着各自的形状，自然产生变化。

昂德希尔太太用拐杖碰了碰鹳鸟，它就像架战斗机般猛然朝右舷倾斜。她们俯冲而过时，房子的面貌不断变化：安妮女王风、法式哥特风、美国风，但莱拉克没注意到。她屏气凝神，看着树木和房屋的各个角落翘起站直、看见屋檐朝她们冲来，接着她闭上眼睛，抓得更紧。当一切恢复平稳，莱拉克睁开眼睛，发现她们已经在房子的阴影中，盘旋着准备降落在房子最冷那一侧一个突出的瞭望台上。

"看。"鹳鸟收起翅膀后，昂德希尔太太说。她用拐杖指向斜对角处一扇狭窄的哥特式窗户，窗扉半开着。"索菲在睡觉。"

莱拉克看见母亲的头发散落在枕头上，跟她自己的头发很像，鼻子从棉被底下露出来。在睡觉……莱拉克受的教育是以欢乐为重（还有目的，虽然她自己不知道），因此她并不熟悉情感和牵绊这类东西。她也许会在下雨天哭泣，但最令她年幼的灵魂感到震撼的却是惊奇而不是情感。因此她看着幽暗房间里一动不动的母亲时，内心产生许多纠缠的情绪，却说不上来是什么。下雨天时会有的困惑。他们经常笑着告诉她当初她是如何紧紧抓着母亲的头发，他们又是如何用剪刀剪了头发好把她偷偷抱走，那时她也笑了。如今她却猜测躺在那个人身边究竟是什么感觉；躺在那层层棉被之间、脸颊贴着那个人的脸、手指抓着她的头发睡觉。"我们可不可以……"她说，"靠近一点？"

"嗯哼，"昂德希尔太太说，"不知道呢。"

"倘若我们真如你说的那么微小，"鹳鸟说，"那有何不可？"

"是啊，有何不可？"昂德希尔太太说，"就试试吧。"

她们从瞭望台上落下，鹳鸟伸长脖子、蹬着双脚奋力拍动翅膀。前方的窗户仿佛靠近似的愈来愈大，但她们其实有很长一段时间都没有接近。接着，"就是现在。"昂德希尔太太说，用拐杖敲了敲鹳鸟，因此她们猛然转了个弯向下俯冲，从打开的窗子飞进了索菲房里。倘若当时有人目睹，她们看起来就差不多像两只手掌那么大。

"刚刚那个是怎么办到的？"莱拉克问。

"别问我怎么办到的，"昂德希尔太太说，"只有在这里才能这样。"她们绕着床柱飞舞，她若有所思地补充："这就是这栋房子的重点，对吧？"

索菲潮红的脸颊像座小山丘，张开的嘴巴则如同一个山洞，顶着一头金色的卷发。她呼吸的声音低沉缓慢无比。鹳鸟在床头停下，随即朝拼布棉被飞回去。"倘若她醒来呢？"莱拉克问。

"你敢！"昂德希尔太太大叫，但已经太迟了。基于一种类似调皮但其实强烈得多的情绪，莱拉克已经放开了昂德希尔太太的斗篷，抓住一卷金发用力拉扯。这么一拉害得她们差点翻过去，昂德希尔太太抓着拐杖挥动四肢，鹳鸟则发出嘎嘎叫声停下来。她们在索菲的头旁边又绕了一圈，但莱拉克还是没放开手里的发丝。"醒醒啊！"她大喊。

"坏孩子！噢，坏死了！"昂德希尔太太嚷道。

"嘎！"鹳鸟说。

"醒醒啊！"莱拉克把手圈成碗状放在嘴边大喊。

"快走！"昂德希尔太太嚷着，因此鹳鸟奋力飞向窗户。为了不从鹳鸟背上摔下来，莱拉克只好放开母亲的头发。其中一根像拖绳一样长的粗发丝被她扯了下来，她又笑又叫，从头到脚颤抖不已，总算有机会在抵达窗户前看见那团棉被大大翻动了一下。一到外面，她们就仿佛床单被抖开似的恢复了正常鹳鸟的尺寸，迅速飞到烟囱之间。莱拉克手里那根头发变成只有三英寸长，而且细得握不住，它从她指尖滑落、闪着金光飘走。

索菲说："什么？"然后直挺挺地坐起来。接着她又慢慢躺回枕头间，但没闭上眼睛。她没关上那扇窗吗？窗帘正疯狂地飘动着。寒冷无比。她刚才梦到了什么？梦到她的曾祖母（索菲四岁时她就去世了）。有一整卧室漂亮的东西，银背的刷子、玳瑁发梳、一个八音盒。一尊光滑的陶瓷小雕像，还有一只鸟，背上载着一个赤裸的小孩和一个老妇。一颗巨大的蓝色玻璃球，完美得像颗肥皂泡。别碰它，孩子：镶着象牙色花边的床单之间传来一道死者般微弱的声音。噢，拜托要小心。接着一整个房间、全部的生命都在球体内变形、转为蓝色，变得奇异、华美、一致，因为全部变成了球体。噢，孩子，噢！小心啊：是个哭泣的声音。接着那颗球从她掌中滑落，如肥皂泡般慢慢掉落拼花地板上。

她揉揉脸颊，困惑地伸出一只脚准备穿上拖鞋（球体无声地在地面摔碎，只有曾祖母的声音说：噢，噢，孩子，多可惜啊）。她拨拨纠结的头发，妈迪都说这种头发叫精灵的卷发。一颗蓝色的玻璃球摔碎了，但那之前发生了什么事？她已经记不得了。"好吧。"她说，打了个哈欠站直身子。索菲清醒了。

那就是命运

鹳鸟飞着逃出了艾基伍德，昂德希尔太太试图恢复冷静。

"撑住，撑住，"她安抚地说，"破坏已经造成了。"

她背后的莱拉克沉默不语。

"我只是，"鹳鸟停止疯狂地拍动翅膀，"不希望因为这件事而受到任何责难。"

"不会怪你。"昂德希尔太太说。

"倘若有惩罚的话……"鹳鸟说。

"不会有惩罚。别再叨念烦恼这件事了。"

鹳鸟不再说话。莱拉克觉得自己应该自愿承担一切责任来安抚这只鸟，但她终究没这么做。她把脸颊贴在昂德希尔太太粗糙的斗篷上，内心再次充满了雨天的困惑。

"我只要继续以这个形体活个一百年，"鹳鸟咕哝道，"就够了。"

"够了。"昂德希尔太太说。"也许这样反而好。事实上是一定会这样吧？现在，"她用拐杖敲了敲，"还有很多东西要看，不能再浪费时间了。"鹳鸟转了个弯，朝艾基伍德鳞次栉比的屋顶飞回去。"再绕着房子和周围地区飞一圈，"昂德希尔太太说，"然后就走吧。"

当她们从高低起伏、杂乱无章的屋顶上飞过时，有一座特别古怪的圆顶上开了一扇小圆窗，探出一张圆圆的小脸，先是往下看，接着往上看。莱拉克认出了奥伯龙（虽然她以前从没真正看过他的脸），但奥伯龙没看见她。

"奥伯龙。"她说，不是为了叫他（她现在可乖了），只是要指出他的名字而已。

"偷窥狂保罗。"鹳鸟说，因为她之前在这里筑巢时，医生每次都从那扇窗户偷窥她和她的幼鸟。感谢老天，那些都过去了！圆窗再次关上。

绕过屋子时，昂德希尔太太指出拥有一双修长双腿的泰西。她骑着脚踏车从屋角飘过，朝那曾经很整洁的诺曼式小农舍前进，细轮胎碾过处，碎石四处飞进。那座小农舍原本是马厩，后来变成车库（那辆古董木制旅行车就躺在里面的暗处）而现在更是成了班班和简·多伊及它们众多子女筑巢的地方。泰西在农舍后门抛下脚踏车（看在上方的莱拉克眼里，就像一个狂奔的复合物体突然分解成两半），接着鹳鸟就鼓动翅膀飞到了"公园"上空。莉莉和露西正手挽着手在公园小径上边走边唱歌，歌声隐约传入莱拉克耳中。有另一条小径跟她们所在的小路交会，行经一道杂乱无章又没有叶子的树篱，篱笆上塞满了枯叶和各种小鸟的窝。黛莉·艾丽斯手里拿着耙子在那里逗留，直直盯着树篱看，也许是在那里看见了什么小鸟或小动物。接着，飞得更高后，莱拉克就在同一条小径的更远处看见了史墨基，他低头看着地面，腋下夹着一些书。

"那个是不是……"莱拉克问。

"是的。"昂德希尔太太说。

"我父亲。"莱拉克说。

"这个嘛，"昂德希尔太太说，"算是其中一个吧。"她引导鹳鸟朝那个方向飞去。"现在小心了，别耍花招。"

若从正上方看下去，人类的样子还真奇怪：中间是一个蛋状的头，后面似乎长出一只左脚，右脚则从前面突出来，然后左右脚再对调。史墨基和艾丽斯终于看见彼此，艾丽斯招了招手，那只手也像个耳朵般从头旁边突出来。他们碰上时，鹳鸟从他们身旁低空飞过，因此他们的形状才稍微像人一点。

"你还好吗？"艾丽斯把耙子像猎枪一样夹在腋下，双手插在丹宁牛仔夹克的口袋里。

"我很好啊，"史墨基说，"格兰特·石东又吐了。"

"吐在外面吗？"

"至少是在外面。真奇怪，这种事情总能让大家安静下来，安静个一分钟。算是机会教育吧。"

"关于……"

"关于上学途中一口气吃十几个棉花糖吗？不知道啊。凡是肉身就必承受病痛。凡人哪。于是我脸色凝重地说：'我想我们可以继续上课了。'"

艾丽斯笑出声，接着猛然往左边一看，因为有东西吸引了她的目光，不知是远处的一只鸟，还是近处的一只苍蝇，但她什么也没看到。她也没听见昂德希尔太太的话："祝福你，亲爱的，请注意时间。"但走回家的路上她一直没再开口，史墨基对她说学校的事她也大半没听进去。她有种似曾相识的感觉：尽管地球如此庞大，她却觉得地球会转动，只是因为她走在上面的缘故，就像一辆脚踏车。很奇怪。快到家时，她看见奥伯龙仿佛见了鬼似的从屋里冲出来。他瞄了父母一眼，没打招呼就拐个弯消失了。她听见有人在楼上的窗口喊她，是站在窗前的索菲。"怎么了？"艾丽斯喊道，但索菲什么也没说，只是惊讶地看着他俩，仿佛自己不是几个钟头，而是好几年没看到他们似的。

鹳鸟从有围墙的花园上方飞过，然后拱起翅膀，在有狮身人面像的大道上贴着地面飞行。如今雕像的五官皆已模糊难辨，比从前更加沉默。奥伯龙在前方朝着同样的方向奔跑。他穿着两件法兰绒衬衫（其中一件当夹克穿），由于突然长大的缘故，衬衫都有点嫌小了，但袖口的扣子都是扣上的。他头形长窄，脖子很细，穿着球鞋的双脚轻微内八。他跑了几步、走个几步，再继续跑，一边低声自言自语。

"好个王子，"追上他时，昂德希尔太太低声说，"苦差事可多了。"

她摇摇头。奥伯龙听见耳边传来拍翅的声音，因此他猛然蹲低，同时鹳鸟则从他身旁腾空飞去。尽管并未停下脚步，他还是抬头寻找那只他看不见的鸟。"那就是命运，"昂德希尔太太说，"走吧！"

升空时，莱拉克往下看，一直看着愈来愈小的奥伯龙。成长的过程里，莱拉克经常独自度过漫长的白昼与黑夜（尽管这是昂德希尔太太严格禁止的）。但昂德希尔太太自己也有重责大任要忙，而她派去陪伴莱拉克的用人通常都有自己想玩的游戏，偏偏这个血肉之躯的愚蠢人类孩子永远没办法懂、无法跟他们玩在一起。噢，他们就曾逮到莱拉克在她还不该去的山丘和树林里游荡（还丢了颗石头到池塘里，吓着了她忧郁孤单的曾祖父），但昂德希尔太太想不出解决办法，只能咕哝："这些都是她教育的一部分。"然后继续忙她该忙的事。不过一直有个玩伴始终在她需要时陪在她身边，对她唯命是从、从来不曾厌烦或生气（别人有时就会，而且不只生气而已，甚至是残忍），且对这个世界的看法始终和她一致。他是个幻想的朋友（"那孩子在跟谁说话？"伍兹先生曾双臂交叉这么问道，"还有我自己的椅子我为什么不能坐？"），但即便如此，他却跟莱拉克怪异的童年里其他诸多事物没什么区别。即使他在某一天找了个借口离去，她也没感到意外。只是现在，当她看着奥伯龙急急忙忙冲向城堡状的夏屋时，她倒真的揣测起这个真正的奥伯龙这些年来都在做什么（其实跟她自己的奥伯龙并不十分相像，但确实是同一个人，毋庸置疑）。现在他已经变得很小了，正拉开夏屋的门，还一边回头看，仿佛想确认有没有人跟踪。接着昂德希尔太太高呼："走吧！"于是夏屋臣服在她们脚下（呈现斑驳的屋顶，恍如修士的光头），然后她们就飞上高空，愈飞愈快。

特务

一进入夏屋，奥伯龙还没坐下就扭开钢笔的盖子（但他倒是把门牢牢关上并且钩上门钩）。他从桌子抽屉里取出一本上了锁的日记本，封面是人造皮，是五年份的日记，但里面记录的那五年已经是过去式。

他从口袋里取出一把小钥匙将它打开，翻到很久以前一个没有记录的三月天，写下："但它确实会动。"

这个"它"指的是房子顶层那座古老的观星仪，当鹳鸟载着莱拉克和昂德希尔太太从旁飞过，他就是从那里的圆窗往外张望。大家都说这具古老机械已经长满厚厚的锈、好多年不会动了。奥伯龙自己确实试过，也真的无法扳动那些齿轮和杠杆。但它确实会动：他原本就有种模糊的感觉，总觉得他每次上去，那些行星、太阳和月亮的位置都不大一样，现在这点已经透过严谨的试验获得证实。它确实会动：他很肯定，至少颇有把握。

他此刻并不在乎为什么大家都骗了他。他只想搜集事证：先证明观星仪确实会动（这部分困难得多，但他会成功的，因为证据愈来愈多），然后证明他们全都清楚知道它会动，却不愿告诉他。

他看着自己写下的字句，希望自己还有更多话可说。但他慢慢合上日记、上了锁，收进抽屉里。好吧，吃晚餐的时候他能怎么问呢？能怎样若无其事地说出一句话，让谁不小心招供？姑婆吗？不，她太会隐匿真相了，太擅长装出惊讶困惑的样子。还是他母亲，或是父亲呢？但奥伯龙有时又觉得他父亲可能跟他一样被排除在外。他或许可以在大家传递马铃薯泥时说："慢慢地、稳稳地，就像老观星仪里面的行星。"然后观察他们的表情……不，那样太大胆、太露骨了。他思忖着这件事，一边猜想晚餐会吃什么。

打从伯公奥伯龙在夏屋里生活然后去世以来，夏屋就没什么改变。没人知道该拿成箱成册的照片怎么办，也没人想扰乱似乎精心编排好的秩序。因此他们只是补好屋顶、封起窗户，而夏屋就在他们悠悠思考的同时维持着原貌。夏屋的影像不时会浮现他们心头，特别是医生和克劳德姑婆，然后他们就会想起储藏在那里的往日记忆，却谁也不想将它拆封。因此当夏屋被奥伯龙占据，没人有意见。现在那里成了他的基地，进行调查所需的东西一应俱全：他的放大镜（其实是老奥伯龙的）、咔啦咔啦的折叠尺和带状卷尺、《乡间宅邸建筑》最终版，还有那本写着结论的日记。屋里也有老奥伯龙全部的摄影作品，只是小奥伯龙还没开始翻阅。由于那些照片里有太多模棱两可的证据，小奥伯龙将会像当年的老奥伯龙一样，从此放弃追寻。

但此刻他还是禁不住猜想观星仪这件事会不会太愚蠢，他排列的线条和铅笔痕迹会不会导向不止一种结论。一个死胡同，就像他曾经走过的其他死巷，一样满是无言的谜团。他不再把屁股下那张旧椅子往后仰，不再奋力咬着笔杆。暮色渐浓，没有比这个月份的这种黄昏更令人窒闷的时候了。但九岁的他还不懂得把这份压迫感归咎给这种日子的这个时刻，也不知道这叫压迫感。他只觉得担任特务很困难，因为要假扮为成年家族的一员、跟他们混熟，让他们以为他早已知情，因而毫无戒心地在他面前泄漏真相——这样他连一个问题也不必问了（毕竟一问就会露了馅）。

乌鸦嘎嘎叫着飞向树林。有个声音从公园的方向飘过来，呼唤他去吃饭，音调中有古怪的变化。听见那些拉长的、忧郁的元音，他感到既悲伤又饥饿。

逆袭

莱拉克在另一个地方看见日落。

"真美！"昂德希尔太太说，"而且令人敬畏！你不会心跳加速吗？"

"但全部都是云啊。"莱拉克说。

"嘘，亲爱的，"昂德希尔太太说，"你这样说可能会伤到某些人。"

应该说全部都是日落才对：全部都是，上千条纹战篷消失在橘色的篝火烟雾之间，卷曲的三角旗也染上了一道道日落的色彩。放眼望去，马匹或步兵（或两者皆有）勾勒出黑色的线条，武器发出闪闪银光；队长们的外套色彩鲜艳，麾下暗灰色的枪支排列在紫色的路障前——这是一大片军营，还是一支全副武装、扬帆启航的巨大舰队？

"一千年了，"昂德希尔太太阴郁地说，"战败、撤退、后卫行动。但不会再这样了。不久……"她把多节的拐杖像指挥棍般夹在腋下，高高扬起下巴。"看到了吗？"她说，"那里！他是不是很勇敢？"

一个浑身厚重盔甲、看似担当重责大任的人走在船尾甲板上，要不然就是在巡视临时防护墙。风吹着他快要垂到地上的雪白胡子。他是大军的总司令。他手里拿着一根指挥棒，而就在这时候，日落产生变化，棒子尖端着了火。他作势用它点燃大炮的火孔（假如那些东西是大炮的话），但终究没这么做。他放下棒子，尖端的火于是熄灭。他从宽宽的腰带里取出一张折叠起来的地图，将它摊开，眯着眼睛看了好一会儿，又把它折起、收回原处，继续踩着他沉重的步伐踱来踱去。

"现在是背水一战了，"昂德希尔太太说，"不能再撤退了。我们已经还击。"

"请问看够了吗？"鹳鸟用微弱的声音说，一边吃力地喘着气，"这高度对我来说太高了。"

"不好意思，"昂德希尔太太说，"现在都看完了。"

"我们鹳鸟，"鹳鸟气喘吁吁地说，"习惯飞个几英里，就会坐下来休息一下。"

"别往那里坐，"莱拉克说，"你会直接沉下去的。"

"那就下去吧。"昂德希尔太太说。鹳鸟不再拍动短短的翅膀，松了一口气开始下降。那位总司令把双手放在船舷上（再不然就是有垛口的瞭望台上），目光炯炯凝视远方，却没看见昂德希尔太太对他致敬。

"噢，好吧，"她说，"他已经尽可能勇敢了，而且这场表演很棒。"

"都是假的。"莱拉克说。随着高度降低，眼前的画面愈来愈无杀伤力。

可恶的孩子，昂德希尔太太恼怒地想。这已经够有说服力了……好吧。也许他们不该把它全部交给那位王子的：他已经太老了。但这就是重点，她心想：我们全都太老了，太老了。他们是否已经等了太久、忍耐了太久、撤退了太多？她只能期待当时候终于到来，那个老笨蛋的大炮不会全部落空，至少可以振奋友军的心、暂时吓退敌人。

太老了，太老了。她首度对这一切的结果感到怀疑，虽然这结果是不能、"不能"怀疑的。好吧，不久一切都会结束了。在各方力量终于联合起来之前，这一天、这个傍晚不就标记着最后那场漫长守夜行动的开始吗？"好了，这就是我先前答应你的旅程，"她回过头告诉莱拉克，"现在呢……"

"哎哟。"莱拉克说。

"别抱怨……"

"哎哟哟哟哟……"

"睡午觉吧。"

令人惊奇的是，莱拉克故意拉长的抱怨在她喉咙里变成了另一种东西，她突然不由自主地张大嘴巴，仿佛幽灵附体。她的嘴愈张愈大（她从没想过自己的嘴可以张这么大），然后她闭上眼睛、流下眼泪，吸了一口长长的气到扩张的肺部。接着那个幽灵又突然消失了，释放她的上下颚、让她吐出一口气。

她眨眨眼睛、舔舔嘴唇，猜不透怎么回事。

"困了吧。"昂德希尔太太说。

因为莱拉克刚刚打了生平第一个哈欠。不久她就打了第二个。她把脸颊贴在昂德希尔太太质料粗糙的宽幅斗篷上，闭上眼睛，不知怎的不再感到不情愿。

揭露秘密

奥伯龙从小就开始收集邮戳。有次他跟医生到田溪的邮局跑了一趟，由于无事可做，他开始无聊地翻查废纸篓，结果立刻找到两件宝物：两个来自外地的信封。地名看在他眼里似乎远得难以想象，而且寄送距离这么长，信封依然干净整洁。

不久这就变成了一项小小的嗜好，就像莉莉喜欢收集鸟巢。只要有人到邮局附近办事，他都坚持要跟去。他精读朋友的信件，最爱看到遥远的城市名、开头是 I 的州名，还有最罕见的：海外的地名。

然后有一天，乔依·弗劳尔给了他一个大大的牛皮纸袋，里面满满的全是寄自世界各地的信封，因为她有个孙女曾在国外住过一年。地图上几乎找不到一个地名还没出现在这些蓝色薄信封上。有些地方实在太遥远，名字甚至不是用他认识的字母写成的。他的收藏就这样一口气完成了，收集乐趣也随之结束。他已经不可能再从田溪邮局找到新的收藏品了，从此他就把这些东西束之高阁。

老奥伯龙的照片也是同样的状况：小奥伯龙最后终于发现它们不仅仅是个大家族的漫长记录而已。他从最后一张开始，图中是还没开始留胡子的史墨基，穿着白色西装，坐在基座是小矮人雕像的鸟澡盆旁，那东西现在还放在夏屋门边。他先尝试性地翻阅，接着是好奇地整理，最后则是在那数以千计、大大小小的照片之间贪婪地搜寻，又惊又骇（在这里！这就是秘密，那些隐藏的东西现形了，一张照片胜过千言万语）。因此他有整整一个礼拜几乎无法跟家人说话，生怕泄漏了他已经知道（或认为自己即将知道）的事。

但那些照片终究什么也没说明，因为没有东西说明它们。

"注意那根拇指。"老奥伯龙在一张模糊的黑白照片背面这么写，照片里是一片树丛。纠结的旋花植物里确实有个看起来很像拇指的东西。很好。这就是证据。但这个证据却被另一张照片一笔勾销，因为竟然出现一个完整的身影（照片背面只无言地画了好几个惊叹号），树叶间有个鬼魅般的小女孩，拖着蜘蛛网构成的闪亮裙摆，美丽无双。而前景里是个失焦的金发人类孩童，正兴奋地看着镜头、指出那个小小的陌生人。这种事谁会相信？而且假若这张是真的（根本不可能，奥伯龙不知道这种照片是如何伪造的，但伪造得这么真也实在太蠢了），那么先前那张"也许是根拇指"的树丛照片跟其他上千张同样模糊的照片又有什么意义？他先把十几箱照片归类，找出少数几张"不可思议"和许许多多的"无从分辨"，结果发现还有好几打箱子和册子，因此他把它们全部合上（有种既轻松又失落的感觉），从此极少回想起它们。

而他自己那本老旧的五年日志也再没打开过。他把最终版本的《乡间宅邸建筑》放回书房的原位。他自己的小小发现（那个观星仪、他姑婆和祖母不小心说溜嘴的几句有趣的话）曾经如此令人震惊，但一发现老奥伯龙那满坑满谷折磨人的照片和更加折磨人的注记，这些就变得微不足道了。他把这一切抛诸脑后。特务的日子已经结束。

309

特务的日子虽然已经结束，但由于卧底了太久，他已在不知不觉间变成这个角色、无法抽离了（这种毛病在特务身上屡见不鲜）。老奥伯龙的照片没揭露的秘密就藏在他的亲人心里，由于小奥伯龙长久以来都假装自己知情（希望他们会因而说溜嘴），他到后来真的认为自己确实跟他们一样清楚真相。接着，差不多就在他把搜集到的证据全部抛诸脑后时，他也连带抛下了这件事。既然大家也都忘记了（前提是他们真的晓得什么他不知道的事），或至少像是忘了的样子，那么他们就平等了，他已成为他们的一员。他潜意识里甚至觉得自己跟他们处于同一阵线，正在策动一场密谋，只有他父亲一人被排除在外：史墨基并不知情，而且不知道他们晓得他不知情。但不知为何，史墨基没有因此被孤立，反而跟他们更加亲近，仿佛大家是在为史墨基本人策划一场惊喜派对。因此有一阵子，奥伯龙跟他父亲的关系才稍微缓和了些。

但尽管奥伯龙已不再仔细检视别人的动机和行为，他自己的神秘作风还是丝毫未改。他常毫无理由地掩饰自己的行动。这肯定不是为了故作神秘，因为他连担任特务的时候都不想让人觉得神秘，毕竟特务就是不能启人疑窦。他若有理由，可能就只是想以一种较柔和、较清楚的方式呈现自己，因为他眼中的自己是很幽暗狂热的。

"你匆匆忙忙要去哪里？"黛莉·艾丽斯问，他一放学就在厨房里狼吞虎咽地吃掉饼干和牛奶。今年秋天，他成了史墨基班上最后一个巴纳柏家族的人。露西去年就毕业了。

"去打球，"他嘴里塞满食物，"跟约翰·沃尔夫他们。"

"噢。"她又在他杯里倒了半杯牛奶。感谢老天他最近已经长得很高。"好吧，请约翰跟他妈妈说我明天会带些汤和东西过去，看她还需要什么。"奥伯龙只是盯着自己的饼干。"她好些了吗？你知道吗？"他耸耸肩。"泰西说……哎，算了。"从奥伯龙的态度判断，他应该不大可能跑去对约翰·沃尔夫说泰西说他母亲快死了。说不定连她刚才那个简单的口信他都不会传过去。但她还是没把握。"你打什么位置？"

"捕手，"他回答得很快，"通常啦。"

"我以前也是捕手，"艾丽斯说，"通常啦。"

奥伯龙若有所思缓缓放下杯子。"你觉得，"他说，"人们是独处的时候比较快乐，还是跟人相处的时候比较快乐？"

她把他的杯盘拿到水槽边。"我不知道，"她说，"我猜呢……呃，你怎么想？"

"我不知道，"他说，"我只是在猜……"他只是在猜测是不是每个人（至少是每个成年人）对这个问题都有个笃定的答案：不论是独处快乐还是与人相处快乐。"我想我跟别人在一起比较快乐吧。"他说。

"噢，是哦？"她露出微笑，但她面对着水槽，因此他看不到她的表情。"那很好呀，"她说，"个性外向。"

"可能吧。"

"好吧，"艾丽斯轻轻说道，"我只希望你不要又缩回自己的壳里。"

他已经准备出门了，正把多余的饼干塞进口袋。他没停下动作，但突然有一扇古怪的窗子在他内心开启。壳？他之前都缩在壳里？还有（更怪的是），人们都当他是缩在壳里吗？这是大家共同的认知吗？透过这扇窗户，他第一次看见了别人眼中的自己。与此同时，他已经从厨房宽阔的门跑了出去（门板还在他身后嘎嘎作响），穿过弥漫着葡萄干味道的食品储藏室、越过寂静的长形餐厅，赶往那场虚构的球赛。

水槽前的艾丽斯抬起头，看见一片黄叶从窗外飘过，因此叫了奥伯龙一声。她听见他的脚步声愈来愈远（他的脚简直跑得比他的人还快），因此她拿起他忘在椅子上的夹克，追了出去。

等她出了前门，奥伯龙已经骑上脚踏车不见了踪影。她又叫了他一声，走下前廊的阶梯，这才意识到自己一整天都没出门，外头的空气清新浓烈，而她不知该往何处去。她环顾四周，刚好可以在屋子转角处看见花园的一小部分。转角处有个石雕，上面停着一只乌鸦。乌鸦看着她四下张望，然后拍着重重的翅膀从公园上空飞走。她不记得自己有在这么靠近屋子的地方看过乌鸦，它们虽然很大胆但总是很有戒心。嘎、嘎……（史墨基说乌鸦讲的是拉丁文）嘎、嘎："明天，明天。"

她到有围墙的花园附近绕了一圈。小小的拱门半开半掩，仿佛在邀请她进去，但她没进去。她绕过那条两侧都是绣球花的滑稽小步道，这些花原本的用意是要修剪成挺拔整齐却又呆板的装饰树丛，但多年来已经变成了单纯的绣球花丛，蔓生到步道上、遮蔽了它们原本应该展现的景色：两根多立克柱，后方就是通往山上的小径。艾丽斯漫无目标地踏上那条步道、往山丘上走去，最后几朵绣球花即将凋零，干燥如纸的花瓣被她扫落，像褪色的碎纸片纷纷飘下。

荣耀

奥伯龙在石墙边的路上折返，然后下车。他从墙上爬过、把脚踏车也拖过去（那里倒了一棵树，对面则有一座杂草丛生的圆丘，可以充当台阶）。他推着车子穿过沙沙作响的金色山毛榉林来到小径上，再次跳上车，往背后瞥了一眼，随即朝夏屋骑去。他把脚踏车藏在老奥伯龙搭建的棚子里。

夏屋里寂静、满是尘埃，九月的阳光从大窗户洒进来，温暖了屋子。桌上原本放的是他的日记和窥探工具，后来他又在那张桌子前整理老奥伯龙的照片，现在桌上则躺着一大沓写满潦草笔记的纸张、格雷戈罗维乌斯的《中世纪罗马》第六册，其他几本大书，还有一张欧洲地图。

奥伯龙仔细读了读最上面那张纸，是他前一天写的：

> 场景是以哥念城外的御用帐篷内。
> 皇帝独自坐在一张 X 型的宝座上。
> 他的剑横放在膝上，穿着盔甲，
> 但某些部分已经卸了下来。
> 有个仆人正慢条斯理地为他的盔甲上蜡，
> 他有时会望向皇帝，但皇帝只是直视前方，根本没注意他。
> 皇帝看起来很累。

他思考了一会儿，在心里把最后一句话划掉。他想表达的不是累。

任何人都有可能流露出累的样子。但在他的最后一场战役前夕，红胡子腓特烈皇帝看起来……呃，看起来怎样？奥伯龙打开笔盖，想了一下，又把笔盖上。

他这部关于红胡子腓特烈皇帝的戏剧脚本或电影剧本（两种都有可能，甚至可能改写成小说）里面有撒拉森人、教皇的军队、西西里游击队、武术高强的侠客，还有公主。一大堆浪漫的地名，一票浪漫的人物在这里交战。但奥伯龙喜爱的却不是任何称得上浪漫的东西。事实上，他写这么多就只为了带出那个人物，那个独自坐在椅子上的人物：一个在两场剧烈活动之间抽空休息的人物。不论刚才是打了胜仗还是吃了败仗，他都已筋疲力尽，坚硬的盔甲在战争中磨损严重。最重要的是那道眼神：一种冷静评估的眼神，不抱任何幻想，明白进攻的机会十分渺茫，但必须进攻的压力又无法抵挡。他对周遭氛围毫无所觉，而根据奥伯龙的描述，这氛围就跟他的人一样：严厉、冷淡、毫无温暖。背景很空旷，只有远方一座看起来跟他很像的高塔，也许还有一个骑马捎来信息的远方信差。

奥伯龙给这剧本取了个名字：荣耀。就算荣耀一词不是这个意思，他也不在乎。他对剧情发展（谁会主宰一切）也没有太大兴趣，反正他向来搞不懂教皇和红胡子到底在吵什么。倘若有人问他为什么会想写这位皇帝的事，他恐怕也说不上来（但没有人会问，因为这作品是个秘密，多年后也会被他偷偷烧掉）。也许是因为这皇帝的名字听起来很严酷。也可能是因为他那张画像：年迈的皇帝骑着马、穿着盔甲进行他最后一场无谓的东征（每一场十字军东征在年幼的奥伯龙眼里都是无谓的）。接着在亚美尼亚一条无名的河流里因为坐骑突然退缩而穿着那身盔甲被水卷走。荣耀。

"大帝看起来不真的是累，而是……"

他愤怒地把这个也划掉，再次盖上笔盖。他想写作的雄心壮志突然显得难以忍受，而他又为自己得独自承受而悲哀。

我只希望你别又缩回壳里。

但他可是费尽心力才让那个壳看起来跟他本人一模一样。他以为自己骗过了大家，其实不然。

依然有大片阳光洒进夏屋，点点尘埃在阳光下飞飘，但屋里已经愈来愈冷。奥伯龙收起笔。他身后的架子上放满了老奥伯龙的一箱箱、一册册照片。会一直这样下去吗？永远都有一个壳，永远都有秘密？他自己的秘密很可能也会像他们的秘密一样，在他和他们之间形成一道隔阂。而他只想成为自己想象中的红胡子腓特烈：不抱幻想、没有困惑、没有任何可耻的秘密；时而残忍，也许胸中有恨，但从里到外都是一个样。

他颤抖了一下。他的夹克到哪去了？

时机未到

爬上山坡时，他母亲把他的夹克披在肩上，心想：谁会在这种天气打棒球？小路两侧，年幼的枫树提早转红，如烈焰般立在依然青翠的大树旁。这种天气不是该打橄榄球或踢足球吗？外向的个性，她心想，然后微笑摇摇头：那愉快的手势、那轻松的笑容。噢，天啊……自从她的孩子不再长得那么快之后，季节就开始加速流逝了。以前她的孩子从春天长到秋天就仿佛变了个人似的，因为一个漫长的夏季里就学了太多知识，有太多感受、欢笑和泪水。但她却几乎没注意到今年的秋天已经到了。这也许是因为她现在只剩一个孩子要上学。一个孩子和史墨基。今年秋天，她早上几乎都没什么事做，只要准备一份午餐、把一个睡眼惺忪的孩子从浴室拖到早餐桌前、找出一条绑书带和一双靴子就好。

然而她步上山坡时，却觉得仿佛有什么重责大任在等着她。

她来到小山顶上的石桌旁，有点气喘吁吁地在石板凳上坐下。她在板凳下瞥见了露西六月时弄丢、整个夏天都念念不忘的那顶漂亮草帽——现在已经烂了一半，变成一团糟，很有秋天的感觉。一看到这草帽，她就强烈感受到她孩子们的脆弱与危疑，还有他们面临失落、伤痛和无知时的无助感。她在心里依序念了他们的名字：泰西、莉莉、露西、奥伯龙。听起来就像不同音高的铃铛，有些比较真实，有些不是，

314

但都回应着她：他们很好，真的，四个都很好，她向来这么告诉沃尔夫太太或玛吉·朱尼珀，或任何询问他们近况的人："他们很好。"不，她直觉自己即将面临的重责大任不见得跟他们或史墨基有关（她此时坐在山顶上的阳光下，这种感觉更加强烈）。不知为何，那些责任攸关这条上山的小径、这多风的山巅，攸关那片缀满灰白色羽状云的天空、攸关这个充满希望与期待的初秋（奇怪的是每个秋天似乎都充满了希望与期待）。

这感觉强烈无比，她仿佛被它攫获，一动不动地任由它摆布。她有些惊奇又有点害怕，预期它会跟那些似曾相识的感觉一样在片刻后消失，但它没有。

"什么？"她对着时光说，"怎么了？"

时光是哑巴，无法回答，但它似乎对着她招手、熟稔地拉扯着她，仿佛把她当成了别人。听见她的声音后，它似乎一直要回过头来——仿佛这段时间她看到的其实都是它的背面（还有她看见的其他所有事物也都一样），而她现在才即将看见它的庐山真面目；时光也一样，但它还是无法说话。

"噢，到底怎么了嘛。"黛莉·艾丽斯说，却没意识到自己开了口。她觉得自己正不由自主地融入了她所看见的东西，但又有十足的能力驾驭它；轻盈得可以飞翔，但又沉重无比，仿佛她的座位不只是那张石板凳，而是一整片岩丘。她心生敬畏，但当她得知自己的任务是什么时，她却不感到惊奇。

"不，"她回答，"不。"她轻声说道，仿佛面对的是一个把她误认成自己母亲的孩子，拉住她的手或她的裙摆、满脸疑惑地抬头仰望她。"不行。"

"你走吧。"她说，于是时光走了。

"时候未到。"她说，把子女的名字又默念了一遍。泰西、莉莉、露西、奥伯龙。史墨基。尚未完成的事还太多，但总有一天，不管未了的事情还有多少、不管她每天的责任是增是减，总有一天她将无法再拒绝。她并非不愿意、也并不害怕，但她一直以为当时候到了，她一定会害怕

315

但又无法拒绝……真是太惊人了，她竟然能无止境地扩大。几年前她就已经认为自己庞大到没办法再长了，但其实她根本还没开始长。"还没，还不行，"时光转身时她说了，"还不行，该做的事还太多，拜托，时候还未到。"

眼睛看不到的远方树林里，黑乌鸦（或某个像它的人物）叫着飞回家。

嘎、嘎。

第二章

超越了规则与艺术，是无比的幸福。

——弥尔顿

关于女儿们长大这件事，史墨基最开心的一点就是尽管她们离开了他，理由并不是因为厌恶或无聊，只是因为需要空间来容纳她们愈来愈庞大饱满的人生：她们还小时，她们的人生和牵挂（泰西的兔子和音乐、莉莉的鸟窝和男朋友、露西的困惑）可以全部装进他的人生里，让他的人生达到饱和状态。接着当她们愈长愈大时，就挤不下了；她们需要空间，她们的牵挂愈来愈多，他必须再容下她们的恋人和孩子，因此除非他也扩张自己，否则根本容不下她们。他确实扩张了自己，所以他的人生也跟着她们愈来愈大。他觉得她们丝毫不曾远离他，这点让他很开心。但令他懊恼的也是同一件事：他被逼着不得不扩张，有时他会觉得已经超越了自己的个性所能承受的限度。

辗转反侧

他有了孩子时，身为一个毫无特征的人有一项很大的好处：孩子可以根据自己的脾性把他任意塑造成自己想要的样子，和蔼或严格、神秘或坦白、开朗或忧郁。身为这种"万用父亲"是件很棒的事，什么事他都知道。虽然无法证实，但他敢打赌大部分女孩告诉自己父亲的秘密都没有他女儿这么多（不论严肃、可耻或好笑）。但他的弹性终究有限度。随着时光过去，他已无法再像从前那样伸展，而且他的个性已

317

经变得跟龙虾愈来愈像、甩也甩不掉，所以当他不赞同或无法理解年轻人的做法时，他也愈来愈没办法不当一回事了。

也许这就是他跟小儿子奥伯龙之间主要的问题。在史墨基的记忆里，自己对这男孩最常有的感觉就是一种带有挫折感的懊恼，而且对两人之间那道神秘的鸿沟感到悲伤。每当他鼓起勇气试图了解自己的儿子在想什么，奥伯龙就会摆出一种复杂但老练的神秘姿态，史墨基对此束手无策，甚至曾觉得无聊；另一方面，奥伯龙来找他时，史墨基也会忍不住装出一副什么也不知道的标准父母姿态，因此奥伯龙很快就退缩了。随着日子过去，这状况只有愈来愈糟，因此当史墨基终于送他踏上那趟前往大城的古怪旅程时，他表面上虽然频频摇头、百般不舍，但内心其实松了口气。

说不定他们只要更常一起打球就好了。父子两人在夏日午后一起出去，投投那个旧球。虽然史墨基球技不佳，对这玩意儿也没什么兴趣，但他知道奥伯龙向来爱打球。

这场无谓的白日梦令他发笑。无法理解自己的孩子时，他这种个性的人就是会想出这种事。但也可能是因为他发觉某种共同的接触、某种平凡的举动也许可以让他们父子俩跨越隔阂。倘若他跟女儿们之间也有这么大的鸿沟，他倒是从来不曾察觉，话说回来，那鸿沟未必不可能存在，只是以另一种怪异的样貌呈现：每天都跟一个前一天才长大的父亲一起长大。

他的女儿都没有结婚，也似乎都没有结婚的打算，但他已经有了两个孙子，也就是莉莉的双胞胎，泰西似乎也准备生下托尼·巴克的孩子。史墨基并不特别相信婚姻（但即使他的婚姻很奇怪，他还是无法想象自己没结婚）。至于忠诚呢，他根本没资格谈。但他确实很烦恼他的子孙可能会变成没有姓氏的人，而且倘若继续这样下去，恐怕有天会变得跟比赛用的马匹一样，只能用"某男跟某女所生"来描述。而且他总觉得女儿跟恋人上床时总是明目张胆得令人尴尬，已婚的人反而会乖乖掩饰这种害羞的事。或者应该说，他的个性迫使他这么想。史墨基本身对她们的大胆狂放倒是抱持鼓励的态度，而且毫不羞于欣赏她们的性感与美丽。毕竟都是大姑娘了。但……好啦，他只希望当他的个性开始作祟、逼得他开始发牢骚或拒绝到泰西和她男友同居的洞穴拜访他们时，她们可以不要太介意。洞穴！他的孩子们似乎有种倾向，会把整个家族的历史重现在自己的人生里。露西搜集草药、莉莉会占星，还在她宝宝脖子上挂珊瑚驱邪。奥伯龙背着一个背包去闯天下。泰西在她的洞穴里发现了火，而且还是在世界的电力似乎快要永远耗尽的时候。念头转到这里，他听见钟敲响一刻，猜想自己是不是该下楼去关掉发电机。

他打了个哈欠。书房里只亮了一盏台灯，那圈光晕让他舍不得离开。他正在挑选教材，椅子边放了一堆书。由于用了太多年，原本那些书已经变得不堪入目、无聊透顶了。另一个钟敲了一下，但史墨基认为它不准。外头的走廊上，一个熟悉的鬼影拿着蜡烛走过，是还没就寝的索菲。

她走过去（史墨基看见墙上和家具上的光线亮了又暗），然后又走回来。

"还没睡？"她说，而他也在同一刻问了她同样的话。

"真讨厌。"她走进来。她穿着一件长长的白色睡衣，让她看起来更像鬼。"我翻来覆去。你知道那种感觉吗？好像你的心智在睡觉，身体却醒着（而且不愿入睡），非得一直改变姿势不可……"

"每次都让你微微醒来……"

"没错，所以你的脑袋没办法沉下去真正入睡，但又不愿意真的醒来，只是不断重复着同样的梦，再不然就是重复某个梦的开头，却怎么也不会继续梦下去……"

"一次又一次重复排列着同样那堆鬼话，是吧，直到你不得不投降、爬起来……"

"没错没错！而你觉得你好像已经躺在那里挣扎了好几个小时，根本没睡。是不是很讨厌？"

"讨厌死了。"看到索菲这个瞌睡王近几年来竟然变成一个不折不扣的失眠症患者，甚至比史墨基这个长年睡不安稳的人更加深知抓不到瞌睡虫之苦，他竟然有种合情合理的感觉，但他永远不会承认。"喝点热可可吧，"他说，"还有热牛奶，混一点白兰地。然后睡前记得祷告。"这些建议他以前就都给过了。

她在他椅子旁蹲下，把头放在他腿上，光着的脚丫子被睡衣盖住。"我那时在想，"她说，"我是说我翻来覆去惊醒的时候，你知道吧？我那时就想：她一定很冷。"

"她？"他说。接着："噢。"

"是不是很蠢？她若还活着，应该就不会冷。而倘若她——呃，没有活着……"

"嗯哼。"当然了，还有一个莱拉克：他原本还志得意满地想着自己有多了解自己的女儿、她们有多喜欢他，唯一令他头痛的只有儿子奥伯龙。但他还有另外这个女儿，他的人生简直比他所想的还奇怪，莱拉克就是其中神秘又悲伤的一面，但他有时会忘记。索菲倒是从来不曾忘记。

"你知道奇怪的地方在哪里吗？"索菲说，"几年前，我常想象她长大。我知道她愈来愈大了，我能感受到。我完全清楚她的模样，也知道她更大以后会是什么样子。但接着我就感应不到了。她一直长到大概……九岁或十岁吧，我猜，接着我就没办法再想象她继续长大了。"

史墨基沉默不语，只是轻抚索菲的头。

"她今年应该二十二岁了。你想想。"

他想了想。二十二年前，他曾在太太面前发誓他会为小姨子的孩子负起全部责任。他的承诺并未因为孩子失踪而改变，但他就少了这份责任。当他终于被告知莱拉克确实已经失踪、得知假莱拉克的可怕事件时（索菲最初并没有告诉任何人），他完全不知道该怎么去寻找真正的莱拉克。他到现在都还不知道假莱拉克后来怎么了：索菲离开了一天，而她回来时就没有莱拉克了，真的假的都没有。她跑去睡觉，有一朵云从屋子升起，一份悲伤进驻。就这样。他什么也不能问。

不予追问是一门大艺术。他已经把这门艺术修练得炉火纯青，简直可以跟医生的医术或诗人的文采相比。倾听、点头、仿佛理解一切似的奉命行事；不予批评、不予建议，除非是为了表示关心才提出来的温和至极的谏言。而且还要自己想办法弄懂一切。他轻抚索菲的头发，不去试图排遣她的悲哀。揣测她是如何怀抱着这样的伤痛继续度过人生，但始终不问。

好吧，说到这个，他另外三个女儿其实也跟这第四个女儿一样神秘难解，只是他思考她们的事情时并不觉得痛苦。她们一个个难以捉摸、幽暗隐晦，他怎会生出这样的女儿呢？还有他老婆也是，只是打从他们结了婚、度完蜜月以来，他就不再问她问题了，所以现在的她几乎只和云朵、石头与玫瑰一样神秘而已。话到此处，唯一他可以试着了解（然后批评、侵扰、研究的）就是他唯一的儿子了。

"你觉得为什么会那样？"索菲问。

"哪样？"

"为什么我没办法继续想象她长大。"

"这个嘛，嗯哼，"史墨基说，"我不大清楚。"

她叹了口气，因此史墨基轻轻抚摸她的头，整理她的丝丝卷发。它们永远不会真的变成灰色，因为尽管金黄色已经淡去，看起来还是像一绺绺金发。索菲不像那种老处女型的人物始终保留着一种干花似的美貌（话说回来，她也不是什么处女），但她确实给人一种不会老的感觉，仿佛从来不曾、也永远不会成为大人。年近五十的黛莉·艾丽斯看起来就是五十岁的样子（老天，五十了），仿佛是依序褪去了童年和少妇时期的外壳，以今日这完熟的样貌现身。索菲看起来却像十六岁，只是历尽沧桑罢了。史墨基无法决定这些年来他通常觉得谁比较美。"也许你需要别的兴趣。"他说。

"我不需要别的兴趣，"她说，"我需要睡觉。"

自从无法再把大半天都花在睡觉后，索菲惊奇又厌恶地发现一天里竟然有这么多时间。于是史墨基告诉她大部分人都用兴趣来填满这些时间，建议她也培养一些兴趣。出于绝望，她照做了，一开始当然是那副纸牌，接着当她不玩牌的时候，她就理理花园、看看朋友、做做罐头、看看书，不时维修房子。她始终很不甘心自己竟然因为失去了甜美的睡眠而被迫进行这些"兴趣"。(为什么？为什么她会失去睡意？)她把头在史墨基腿上转过来转过去，仿佛那是她的枕头。接着她抬头看他。"你可以陪我一起睡吗？"她说，"我是说纯睡觉。"

"我们去弄点热可可吧。"他说。

她站起来。"真不公平，"她抬头看着天花板，"他们全在上面呼呼大睡，我却得在这里游荡。"

但事实上，除了拿着蜡烛前往厨房的史墨基外，妈迪也才刚因为关节炎疼痛醒来，正在思考究竟是爬起来拿阿司匹林比较痛苦还是躺在那里不予理会比较痛苦。泰西和露西则根本没睡，而是坐在烛光下轻声谈论恋人、朋友和家人，谈论弟弟的命运和莉莉的各种优缺点。莉莉的双胞胎也刚醒来，一个是因为尿湿了床铺，另一个则是因为感觉到床铺湿了，而他俩即将吵醒莉莉。这一刻，整栋房子里唯一睡着的人是黛莉·艾丽斯。她在两个羽毛枕头之间趴睡，梦见一座山丘，山上长着一棵橡树和一丛<u>荆棘</u>，两者紧紧交缠。

黑婆

一个冬日，西尔维到她的旧社区走了一趟。自从母亲返回岛上、把西尔维丢给阿姨们之后，她就没在这里住过了。西尔维是在那条街上一个租来的房间里长大的，跟母亲、哥哥、一个她母亲的孩子、祖母和偶尔出现的访客同住。她就这样长出了一份天命，并且在今天带着这份天命回到这些脏乱的街道。

尽管距离老秩序农场只有几站地铁站，但她的老家却显得很遥远，仿佛越过边境进入了另一个国家。由于大城人口密度实在太高，里头其实塞了好几个像这样的异国街区，西尔维不是每个都去过，而那些古老荷兰文名字或雅致的郊区名字听在她耳里都很遥远而引人遐思。但眼前这些街区她倒是很熟。

她把手插在老旧的黑色毛皮外套口袋里，脚上穿着两双袜子，沿着这些她时常梦见的街道走下去，发现它们跟梦里没有太大差别。一切都跟记忆中一样：她小时候记得的地标大多还在,糖果店、福音堂(一些有胡子、脸上扑着粉的妇女在里头唱圣诗)、脏乱的信用杂货店,还有又黑又恐怖的公证事务所。她循着这些地标找到了那个名唤黑婆的女子的住处,而尽管那地方比当年更窄、更脏、走廊更黑、尿骚味更重,它还是同一栋楼没错。她试图想起哪一扇门才是黑婆家的门,紧张得心脏怦怦跳。上楼时,一间公寓里突然爆出吵架声,有先生、太太、哭闹的孩子和婆婆,还伴随着波多黎各乡村音乐。先生喝醉了,正想出去喝得更醉,太太对着他大吼,婆婆对着太太大吼,音乐则是一首情歌。西尔维问他们黑婆的家是哪一间。他们全部静了下来(只有收音机除外),一边端详西尔维一边指了指楼上。"谢了。"她说完就上了楼,背后的人又开始吵架。

黑婆躲在挂满了锁的门后面问了西尔维一大堆问题,似乎没办法认出她(尽管她有特异功能)。接着西尔维想起黑婆只知道她一个儿时的小名,因此她报上小名。黑婆震惊得说不出话(西尔维能感受到),接着锁就打开了。

"我以为你走了。"黑婆瞪大眼睛,嘴角惊恐地往下垂。

"哦,我是呀,"西尔维说,"好几年前就走了。"

"我的意思是走得很远,"黑婆说,"很远很远。"

"不,"西尔维说,"倒没那么远。"

黑婆也让西尔维吃了一惊,因为她的体型已经大为缩水,不再那么吓人了。她的头发已经变成钢丝绒般的灰色。但公寓倒是没变:大半是一种味道,或很多种味道混在一起,她一闻到就想起了当年那份恐惧与惊奇。

"蒂蒂。"她碰了碰这老妇的手臂(因为黑婆还是一语不发地瞪着她,带着类似讶异的表情)。

"蒂蒂,我需要帮忙。"

"可以,"黑婆说。"什么忙都行。"

但西尔维环顾着这小小的公寓,已经不像一小时前那么肯定自己需要的是什么样的协助了。"老天,什么都没变。"她说。那张书桌还在,被弄成了一个复合式祭坛，有黑圣塔芭芭拉和黑马丁·德·波雷斯的雕像，前方点着红蜡烛，连底下的塑胶花边桌巾都还在。还有那张圣母像，图中的圣母正把化成了朵朵玫瑰的祝福注入一片焰蓝色的海洋。另外一面墙上挂着一幅守护天使像，奇怪的是乔治·毛斯厨房墙上也有一幅一样的画：危险的桥、两个孩子，守护天使看着他们安然过桥。"那是谁？"西尔维问。圣人的雕像中间还放着一幅画，用黑色丝布包住，前方也点着一根蜡烛，已经快要烧尽。

"过来坐下，过来坐下，"黑婆赶紧说，"这不是在惩罚她啦，虽然看起来很像那么一回事。我不是那个意思。"

西尔维决定不再追问。"哦，对了，我带了些东西给你。"她拿出袋子，有一些水果、甜食、一些她从乔治那里讨来的咖啡（别人都买不到，他却弄得到），因为她记得黑婆阿姨最爱喝这个，热腾腾、浮着浓浓的奶泡、甜味十足。

黑婆热烈祝福了她一番，变得自在了些。为了防患未然，她把书桌上那杯用来捕捉邪灵的水拿起来倒进马桶冲掉，再换上一杯新的。她们边泡咖啡边聊旧事，西尔维因为紧张而变得有点喋喋不休。

"我有你母亲的消息，"黑婆说，"她打了长途电话。不是打给我，但我听说了。还有你父亲。"

"他不是我父亲。"西尔维不屑一顾地说。

"好吧……"

"只是某个我妈嫁的人而已，"她对黑婆露出微笑，"我没有父亲。"

"是啊，圣女。"

"是处女生子呢，"西尔维说，"你问问我妈就知道。"接着，尽管还在笑，她还是因为说出这种亵渎神明的话而赶紧捂住嘴。

咖啡泡好后，她们边喝咖啡边吃甜点，西尔维告诉黑婆她来此的目的：她想把很久以前黑婆在纸牌和她年幼的手掌中看见的那个天命消除掉，像拔牙一样把它拔除。

"是这样的，我认识了一个男人。"她垂下眼睛，突然对自己内心涌现的热情感到害羞。"我爱他，而……"

"他有钱吗?"黑婆问。

"我不知道,我想他家算有钱吧。"

"那么,"阿姨说,"说不定他就是你的天命。"

"啊,蒂蒂,"西尔维说,"他没有钱到那种程度啦。"

"好吧……"

"但我爱他,"西尔维说,"所以我不要因为什么了不起的天命被迫跟他分开。"

"唉,不,"黑婆说,"但这天命如果离开了你,它要跑到哪里去?"

"我不知道,"西尔维说,"不能把它扔了就好吗?"

黑婆缓缓摇了摇头,眼睛愈瞪愈圆。西尔维突然觉得既害怕又愚蠢。别再去相信天命这档子事,不就容易多了吗? 或者相信爱情也可以是至高天命,而她已经找到了? 万一魔咒和灵药根本无法破除它,只会让它变得苦涩酸楚、甚至害她丢掉爱情,怎么办……"我不知道,我不知道,"她说,"我只知道我爱他,这就够了;我想跟他在一起、对他好,煮米饭和豆子给他吃、帮他生小孩然后……就一直这样下去。"

"你要我怎么做我就怎么做,"黑婆说,低沉的声音不像是她的,"什么都行。"

西尔维望着她,感受到一阵蓝色的魔法沿着背脊往上爬。黑婆仿佛很疲倦似的坐在她的椅子上,双眼依然看着西尔维,但又好像视而不见。"呃,"西尔维不甚肯定地说,"就像那次你来我们家,把邪灵放在一颗椰子上从大门踢出去? 还一路滚下走廊、滚进垃圾堆里?"她曾告诉奥伯龙这段故事,还跟着他一起笑得花枝乱颤,但这故事在这里却不显得好笑。"蒂蒂?"她说。但黑婆阿姨虽然一直坐在她那张塑胶皮的扶手椅上,却早已出了神。

不,天命这种东西太沉重,不能放在椰子壳上。也太深沉,不能用油搓掉、用药草浴洗掉。若要达成西尔维的要求,若她年迈的心脏承受得了,黑婆将必须把它从西尔维身上抽出来、自己吞下去。首先必须找出它在哪里。她小心翼翼地接近西尔维的心。大部分的入口她都知道:爱情、金钱、健康、孩子。但还有一扇虚掩的门是她没见过的。"好,好。"

她说，却很害怕那份天命从西尔维身上蹿出、往她自己身上冲来时，她会丢了老命，或变得跟死了没两样。当她转头寻找自己的向导灵时，却发现它们全吓得跑光了。但她必须达成西尔维的要求。她把手放在那扇门上，开始将它推开，结果在门后瞥见了金色的天光，有一阵轻风和众多低沉的呢喃。

"不！"西尔维大喊，"不不不，我错了，不要！"

门砰一声关上。黑婆猛地一阵眩晕，倒回她小公寓内的椅子上。西尔维正摇晃着她。

"我收回，我收回！"西尔维大嚷。但天命从来都没有离开她。

黑婆恢复意识，用一只手拍着自己气喘吁吁的胸膛。"别再做那种事，孩子，"她说，却浑身发软地庆幸西尔维这次有这么做，"会出人命的。"

"对不起，对不起，"西尔维说，"这真是大错特错……"

"休息一下、休息一下。"黑婆说，依然一动不动地坐在椅子上看着西尔维仓皇穿上外套，"休息一下。"但西尔维只想离开这房间，因为似乎有阵阵强烈的巫术如闪电般在她周围跳动。她懊悔自己竟然会想到这种馊主意，绝望地希望自己的愚蠢并没有伤及她的天命，或造成它反弹，或甚至吵醒它。她为什么就不让它安详地在原处沉睡、不去打扰任何人呢？她的心脏自责得狂跳不已，她用颤抖的手取出皮包，翻找着她为这场疯狂行为所准备的那叠钞票。

看见西尔维拿出来的钱，黑婆退了开去，仿佛觉得那钞票会咬人似的。倘若西尔维给她的是金币、是强效药草、是有褒扬力的奖章或一本玄秘之书，她就会接受，毕竟她通过了试炼，得到一点回报是应该的；但她绝对不收用来买杂货的肮脏钞票，不收千万人摸过的钱。

西尔维踏上街道匆匆离去，心想：我没事、我没事，希望事实果真如此。她当然可以不要这份天命，就像她也可以切掉鼻子。不，这份天命是跟定她了，她依然背负着它，就算是个负荷，她还是很高兴没失去它。尽管对它依然所知甚少，但黑婆试图打开她的心门时，她得知了一件事。她因此加快脚步，想找到一个可以进城的地铁站，因为她已经知道不管她这天命是什么，奥伯龙都在其中。当然，要不是有奥伯龙，她才不会想要这份天命。

黑婆缓缓从椅子上爬起来，依然惊愕不已。刚才那个是她吗？不可能是她的，不可能是血肉之躯的她，除非黑婆全部都算错了。但她拿来的水果还躺在桌上，还有那些吃了一半的糕点。

但倘若刚才来的人真的是她，那么这些年来协助黑婆祷告施法的又是谁？倘若她还在这里，还跟黑婆住在同一个城市、根本没有改变，那么她又怎能在黑婆的召唤之下帮人治病、指点迷津、撮合恋人？

她来到书桌前，把盖在中央那张图上的黑色丝布拿掉。她差点以为它已经不见了，但它还在：一张满是折痕的老照片，图中是一间跟黑婆的住处很像的公寓，有人办了一场生日派对，有个皮肤黝黑、骨瘦如柴、绑着两根辫子的小女孩坐在她的蛋糕后面（屁股下无疑垫着一本厚厚的电话簿），头上顶着一个纸皇冠，大大的眼睛令人震慑，且异常地充满了智慧。

黑婆不禁猜想自己是不是太老了，老得没办法分辨灵魂与肉身、访客与幽魂？若真如此，这又预示着什么？

她点燃一根新蜡烛，把它立在照片前方的红色玻璃上。

第七圣

多年前，乔治·毛斯带着奥伯龙的父亲熟悉大城，让他成为一个大城男子。如今西尔维也为奥伯龙做了同样的事。但大城已经变了。时值混乱的年代，人类陷入了重重困境，连最完善的计划都施展不开，任何方案似乎都注定遭遇无法解释又无可避免的失败。这些现象在大城最为显著，在大城里造成的痛苦与愤怒也最为严重——这种持久的愤怒史墨基没见识到，但奥伯龙倒是在每一个大城人脸上都看见了。

因为大城甚至比国家本身更加仰赖"改变"：迅速、无情、不断向上的改变。改变就是大城的血脉，是所有梦想的动力，是吵桥棍棒与枪支俱乐部会员血管里窜流的力量，也是让金钱、各种活动和满意度沸腾起来的熊熊烈焰。但奥伯龙抵达时，大城已经衰弱。迅速更替的时尚风潮已变得迟滞缓慢，一波波企业巨浪也成了一潭死水。吵桥棍棒与枪支俱乐部竭力抵抗却无法逆转的永久萧条就是从这里开始的：这座最大城市陷入了不寻常的停滞困境，接着这份疲弱感又缓缓向外扩散，麻痹了整个共和国。除了一些惯常但毫无意义的小变化之外，大城已经停止改变：史墨基知道的大城已经完全变了样，已经变得不再改变。

西尔维翻出一堆老照片来让奥伯龙认识大城，但她的版本却跟乔治为史墨基建构出来的大城风貌有很大的不同。不管个性多么古怪，乔治·毛斯终究是个地主，也是那些推动改变的伟大家族里的一个老成员（甚至算是创始成员），因此他能感受到自己深爱的大苹果正逐渐萎缩干瘪，人们时而怨恨时而不满。但西尔维的出身却大不相同，在史墨基的时代，她的生长环境就像一个华丽梦境的幽暗底层，结果现在反而成了大城里最不萧条的一个区块（尽管依然充斥着暴力与绝望）。大城里最欢乐的街道就是那些穷人的街道，正当大家都陷入萧条与无可救药的困境之际，他们的生活却没什么太大改变，只是历史更悠久、传统更稳固而已：日复一日勉强糊口，还有音乐相随。

她带他造访亲戚们整洁拥挤的公寓。他坐在罩着塑料布的古怪家具上，享用没加冰块的汽水（他们认为喝冰的不好）和难以下咽的甜点，听大家用西班牙语赞美他：他们认为他是西尔维的好丈夫人选。而尽管她反对使用敬语，他们出于礼貌还是不断使用。他被他们那一大堆听起来都很雷同的小名搞得晕头转向。基于某些西尔维自己清楚但奥伯龙始终记不住的理由，某些家族成员都叫西尔维"塔提"，包括那个帮她算出天命的黑婆阿姨（不算阿姨的阿姨）。后来"塔提"又被某个孩子叫成了"蒂塔"，这么一叫又叫惯了，接着又变成"蒂塔妮雅"（一个很长的小名）。奥伯龙常常不知道自己听到的奇闻轶事主角就是他的爱人，只是名字不同而已。

"他们觉得你很棒，"离开亲戚家走在街上时西尔维这么说，手插在他外套口袋里让他握着取暖。

"呃，他们人也很好……"

"但宝贝，你把脚跷在那张——那张咖啡桌之类的东西上面时，我尴尬死了。"

"哦？"

"那是很糟糕的行为。大家都注意到了。"

"呃，那你天杀的干吗一声不吭？"他尴尬地说，"我的意思是，在我们家，大家都随意在家具上东靠西躺，而且还是……"他阻止自己说出"而且还是真正的家具"，但她还是听出来了。

"我试着告诉过你啊。我一直看着你。我总不能跟你说'喂！把脚放下来'吧？他们会认为我对待你的方式就像胡安娜阿姨对待安立奎一样。"安立奎是个成天被老婆叨叨念念的男子，也是个笑柄。"你一定不知道他们为了那些难看的东西花了多少力气，"她说，"那种家具是很贵的，信不信由你。"他们沉默了一会儿，在冷酷的寒风里缩着身子前进。"家具"，他心想，"可搬动的东西"，从他们这家人嘴里说出来，听起来既奇怪又正经。她说："他们全是疯子。尽管有些是疯上加疯，但基本上全是疯子。"

他知道这点。尽管对她复杂的家族有深厚的感情，她却不顾一切想脱离他们那场几乎像是来自詹姆斯一世时代的漫长悲喜剧，充满了疯狂、欺骗、堕落的爱，甚至是谋杀、甚至是幽灵。她夜里常翻来覆去、发出痛苦的叫声，幻想那票容易出事的人可能即将遭遇（或者根本已经遭遇了）什么可怕的事。尽管奥伯龙认为那些只是夜惊现象而已（因为据他所知，他自己家里从来没发生过任何一件称得上可怕的事），但她这些"幻觉"却经常跟事实相去不远。她讨厌他们遭遇危险、讨厌自己跟他们绑在一块儿，但在他们那片无望的混沌里，她的天命却如同一盏明灯，虽然每次都开始闪烁，或者快要熄灭，却始终亮着。

"我需要一杯咖啡，"他说，"得来点热的。"

"我需要一杯酒，"她说，"得来点烈的。"

跟所有情侣一样，他们很快就把他们常去的地方排列出来：一家小小的乌克兰餐厅，窗上总是结着一层水汽，茶很浓、面包很黑。折叠卧房（这是当然的）。一家巨大幽暗的戏院，装潢是埃及风，电影票很便

329

宜、剧目经常更换、播映时间到早上为止。夜猫市场。第七圣烧烤酒吧。

除了饮料便宜、离老秩序农场很近之外（只隔一个地铁站），第七圣酒吧最大的优点就是拥有一扇宽阔的前窗，几乎从地板到天花板，可以看见窗外街道上的人生百态，就像一个展示箱或一面大银幕。第七圣酒吧当年一定颇为气派，因为这片玻璃墙被染成一种富丽浓重的咖啡色，给外头的风景添了一分不真实的味道，也像墨镜一样让内部更幽暗。这就像置身柏拉图的洞穴，奥伯龙告诉西尔维。她听他阐述这件事，或者应该说看着他讲话，只对他这人的古怪感兴趣，却没怎么仔细听他说话的内容。她很喜欢学习，但她的思绪还是飘到了别处。

"汤匙呢？"他说着举起一根汤匙。

"女的。"她说。

"那刀叉就是男的了。"他观察出一种规律。

"不，叉子也是女的。"

他们面前放着皇家咖啡。外头的人赶在下班的路上，戴着帽子、包着围巾抵挡酷寒，在肉眼看不见的风里曲着身子，就像面对着偶像或大人物。西尔维自己当下是处于工作空窗期（对一个拥有此等伟大天命的人而言，这是常有的困境），而奥伯龙则是靠预付款过活。他们很穷，但时间很多。

"桌子呢？"他问。他完全猜不出来。

"女的。"

难怪她这么性感，他心想，她的世界里一切都有性别之分。她的母语里没有中性词汇。奥伯龙跟史墨基学过拉丁文（至少跟他一起研究过），而拉丁文里的名词属性对他而言向来是种感觉不到的抽象概念；但对西尔维而言，世界就是阳性与阴性，男生和女生。世界是男的，但大地是女的。这对奥伯龙而言很合理：事业和概念的世界、《世界日报》、"大世界"，与之相对的就是大地之母、肥沃的土壤、慈悲女士。但不是所有的区别都这么适切：顶着一头直发的拖把是女性，但他那台骨感的打字机也是女性。

这游戏他们又玩了一会儿，接着开始对窗外的路人品头论足。由于玻璃染了色，从外面经过的人看到的不是酒吧内部而是他们自己的倒影，因此他们不知道自己正受到里面的人观察，有时会停下来整理衣服或顾影自怜一番。西尔维批评起泛泛大众时比他还不留情，她喜欢各种稀奇古怪的东西，但对外在美的标准却非常严苛，对于荒唐事物也相当敏锐。"噢，宝贝，快看那个人，快看他……我所谓的娘娘腔就是那个样子，你懂我意思吧？"他确实懂了，于是她甜美地大笑一番。在浑然无所觉的情况下，他的审美标准从此变得跟她一样，甚至会被她喜欢的那种精瘦、黝黑、眼神温柔、手腕强壮的男子所吸引，例如为他们送上饮料的服务生利昂（一身牛奶糖色的皮肤）。她思考了很久之后终于认定他们的小孩将会很漂亮，这让他松了口气。

第七圣酒吧正准备供餐，餐厅帮手不断瞥向他们乱糟糟的桌面。"好了吗？"奥伯龙说。

"我好了，"她说，"咱们开溜吧。"那是乔治常说的一句话，满载古老的双关语，较像风趣之言而不像笑话。他们穿上外套。

"坐车还是走路？"他问，"坐车。"

"这还用说？"她说。

耳语廊

由于太急着冲向温暖，他们误乘了特快列车，一路直达旧终点站，车上挤满了看起来闻起来都像羊、即将前往布朗克斯的乘客。二十几列开往不同方向的列车都在终点站汇集。

"嘿，等一等，"正要换车时她说了，"我有个东西要给你看。真的！你非看不可。快来！"

他们沿着长长的通道走下去，再沿着斜坡上来，跟弗雷德·萨维奇第一次带他走的是同一套系统，只是他不晓得方向是否一样。"是什么啊？"他说。

"你会喜欢的。"她说。她在一个转角处停了一下。"让我找找……那里！"

她手指的地方是个开阔的空间：四条拱顶走廊在那里交会。

"什么嘛？"他说。

"过来。"她抓住他的肩膀，把他推到其中一个角落。带有棱纹的拱顶在这里延伸到地面上，形成一个状似狭缝或细长开口的东西，但其实只是接合在一起的砖块而已。她让他面向这个交会口。"站在那里别动。"她说着走开去。他乖乖面对那个角落站着。

接着她的声音突然从他面前传来，清晰又空洞，仿若鬼魅，把他吓了一大跳："喂。"

"什么，"他说，"哪里……"

"嘘，"她的声音传来，"别转头。小声说话：耳语就好。"

"这是怎么一回事？"他低语。

"我也不知道，"她说，"但我只要站在这个角落低语，你在那里就能听见我说话。别问我为什么。"

太怪了！西尔维仿佛是在这个角落里透过一道窄得不能再窄的门缝跟他说话的。耳语廊：《乡间宅邸建筑》里不是有探讨到耳语廊吗？八成有。那本书几乎什么都探讨。

"现在，"她说，"告诉我一个秘密吧。"

他迟疑了一下。那角落、那只闻人声不见人影的耳语确实让人有告解的冲动。虽然什么都看不到，

他却觉得自己被暴露了，或者是可暴露的：恰恰是偷窥的相反。他说："我爱你。"

"哎哟，"她说，深受感动，"但那又不是秘密。"

他突然有了个想法，不禁背脊一阵燥热、毛发直竖。"好吧。"他说，然后把一个自己从前一直不敢表达的秘密欲望告诉了她。

"噢，嘿，哇，"她说，"你这恶魔。"

他又说了一次，这回又添了一些细节。仿佛他是在最黑暗隐秘的床上对着她耳语，但又更抽象、更私密：是直接对着她心里面的耳朵说。有人从他俩中间走过，奥伯龙听见了脚步声。但那个人听不到他说的话，因此他一阵狂喜。他又说了更多。

"嗯哼。"她说，仿佛非常舒服甚或满意无比，这小小的声音让他禁不住回应。"嘿，你在那里干什么，"她的声音狐媚地传过来，"你这坏蛋。"

"西尔维，"他低语，"我们回家吧。"

"好。"

他们从各自的角落转开（经过这黑暗的亲密低语后，两人在对方眼里都显得微小、明亮而遥远），然后笑着在中央碰头，隔着厚重的大衣紧紧相拥。他们回家时总算搭对了车，一路上交换了许多微笑和眼神（老天爷，他心想，她的眼睛是这么明亮、闪耀、深邃、满载着承诺，这种眼睛简直只有书中才有，现实生活里根本找不到，而她竟是他的人）。车上各怀心事的陌生人都没注意到他俩，而就算他们注意到，他们对他知道的事也毫无概念（奥伯龙这么相信）。

正面朝上

他发现性真的是很棒的一件事。美妙透顶。至少西尔维做起来是如此。他向来觉得封锁在他内心的深沉欲望，跟成人世界所需的冷静周全之间存在着一道断层（他有时会认为自己进入成人世界是场错误）。强烈欲望对他来讲是幼稚的；童年充满了黑暗的火焰、满载着沉重的激情（至少他自己记得的童年是如此，而他也知道其他一些人的童年故事）。至于成年人则早已超越了这些，激情已转变成温情，进入了互相陪伴的平和境界，如孩童般纯真。他知道这根本就是逆向发展，但他就是这么觉得。如同其余的一切，始终没有人告诉他有这种迫切又巨大的成人欲望存在。但他不多加揣测，甚至懒得去生气自己被骗了这么久，因为跟西尔维在一起，他已经学会了用不同的方式去回应，打破规则、把东西内外翻转、使之正面朝上、起火燃烧。

他认识她时已不算处子之身，但其实也相去不远，因为他从未跟任何人分享过这份强烈、迫切、孩童般的贪婪，也不曾有人对他有过同样的贪婪，或如此从容而津津有味地把他吃干抹净。这份欲望无穷无尽，但他不管要多少都能获得满足（他发现自己内心压缩已久的惊人欲望已被唤醒）。与此同时，他也同样热切地渴望给予，而她则同样热切地接受。一切都这么简单！并不是毫无规则，噢，规则当然是有的，但这就像孩子随性的游戏规则，必须严格遵守，但通常都是孩子突然想改变游戏来迎合自己才当场拟定的。他还记得自己的儿时玩伴彻丽·莱克，她是个有深色眉毛、喜欢发号施令的小女孩：她不像别人总是说"我们来假装"，而是使用另一句话："我们必须"。我们必须当坏人。我必须被抓到、绑在这棵树上，你必须来救我。现在我必须当皇后，而你必须当我的仆人。必须！是的……

西尔维似乎一直都很清楚，这一切她似乎向来都知道。她描述自己小时候做过哪些可耻的事、犯过哪些禁忌（都是他没做过的），因为她知道那一切（亲嘴、和男孩互相脱衣服、兴奋）其实都是大人的事，她自己必须等到再大一点，有了胸部、高跟鞋和化妆品之后才能真正体会。因此她内心没有他那种断层。虽然有人告诉他爸爸和妈妈因为太爱对方所以会玩这种在他眼里算是幼稚的游戏来制造宝宝，他却无法把这些传说中（且让人半信半疑）的行为跟彻丽·莱克、某些照片或某些光着身子玩的疯狂游戏在他心里引起的汹涌波涛连上关系。反之，西尔维一直都知道真相。不管她的人生遭遇了多少可怕的问题，她至少解决了这一项，或者应该说她从来不曾感受到这层问题。罗曼史就跟肉体一样真实，当中的性与爱甚至不是交织的经线与纬线，而是无法分割的一体，就像她芬芳而一体成形的棕色皮肤。

因此尽管她的经验值没比他多到哪里去，却只有他一个人感到如此惊奇：这种贪婪儿童似的放纵竟然就是大人做的事、竟然就是所谓的成年期，那充满力量的肃穆快感和那孩童般疯狂的自我陶醉都无边无际。这就是男子气概和女人味，一次又一次鲜活地获得验证。她狂喜时都叫他"爹地"。Ay Papi yo vengo（噢，爹地我快高潮了）。爹地！他在白天是"宝贝"，但在夜里就是强健的父亲，跟一棵树一样大，各种欢愉皆由他而生。一想到这点他就几乎乐得手舞足蹈。她紧紧依偎着他，身高只到他的肩膀，但他还是稳定成熟地大步前进。当他俩一起走在街上时，男人们是不是都能感受到他的力量、对他心生敬畏？女人是不是都以欣赏的眼光偷瞄他？不是应该每个路人、每个砖块和白茫茫的天空都祝福他们吗？

结果它就发生了：那一刻，正当他们转上通往老秩序农场的街道时，发生了一件事。他一开始以为是发生在自己体内，中风或心脏病发作之类的，但接着就变成四处都能感应到：一种巨大的东西，很像是种声音但又不是，类似有人在拆房子（一整栋用肮脏砖块盖成、里面贴着壁纸的大楼被炸成灰烬），不然就是打雷（把天空劈成两半，但头顶上的冬日天空依然白茫茫一片），再不然就是两者同时发生。

他们停下脚步，紧紧抱在一起。

"天杀的那是什么？"西尔维说。

"我不知道。"他说。他们等待了片刻，但周围的建筑物都没有冒出灾难的黑烟，也没有警笛大作。购物者、闲晃的人和罪犯都气定神闲、无动于衷地继续各自的事，脸上只写着自己的不满。

他们戒慎恐惧地抱着彼此返回老秩序农场，两人都觉得那阵突然的震波是要拆散他俩（为什么？怎么会？），只差一点点就成功了，而且随时可能再来。

一团乱

"明天，"泰西说着把她的绣花框翻转过来，"再不然就是后天或大后天。"

"噢。"莉莉说。她和露西正在制作一条疯狂拼布棉被，在上面绣满各式各样的花朵、十字、蝴蝶、物件。"周六或周日，"露西说。

就在这一刻，火柴被放进了点火孔（也许是不小心的，这会在日后招来麻烦），于是西尔维和奥伯龙在大城里听见或感受到的那声巨响也隆隆传遍了艾基伍德，让窗户摇晃一阵、柜子上的小饰物格格作响，还震裂了瓦奥莱特房里一尊陶瓷小雕像，三姐妹慌忙蹲低身子、缩起肩膀保护自己。

"搞什么鬼?"泰西说。她们面面相觑。

"打雷,"莉莉说,"仲冬之雷,也可能不是。"

"喷气式飞机,"泰西说,"产生了音爆。也可能不是。"

"炸药,"露西说。"在州际公路上。也可能不是。"

她们继续工作,安静了一会儿。

"真猜不透,"泰西抬起头,刺绣框转到一半。"算了。"她说,挑了另一条线。

"不要吧,"露西说,"那样看起来很怪。"她批评地看着莉莉正在绣的一样东西。

"反正这是一条疯狂拼布棉被,"莉莉说。露西看着她,然后摇摇头,还是没有被说服。"疯狂不等于奇怪。"她说。

"既疯狂又奇怪,"莉莉并未停手,"这是个大大的 Z 字。"

"彻丽·莱克觉得有两个男孩爱上了她,"泰西在窗口黯淡的光线下举起了她的针,窗户已经不再摇晃。"那天……"

"是哪个沃尔夫家的男孩吗?"莉莉问。

"那天呢,"泰西继续说(一边把一条绿色的丝线穿过针孔,但第一次并未成功),"那个沃尔夫家的男孩跟人狠狠干了一架,跟……"

"那个情敌。"

"是第三个家伙。雪莉甚至不知道还有第三个。在树林里。她……"

"三个。"露西唱道,而唱到第二个"三"时莉莉也用低八度的声音加入了:"三个、三个,情敌;两个、两个,白皙的男孩,全都一身绿衣,哟!"

"她是我们的一个表妹。"泰西说,"算是吧。"

"一个就是一个。"她的妹妹们唱道。

"她三个都会失去。"泰西说。

"……然后形单影只,从此终老。"

"你应该用剪刀。"泰西看见露西低下头去咬线。

"你不要多管……"

"闲事。"莉莉说。

336

"咸死。"露西说。

她们又唱了起来：四代表创造福音的人。

"三个都会跑掉。"泰西说。

"永远不再回来。"

"至少短期内不会回来。跟永远也没什么两样了。"

"奥伯龙……"

"外曾祖父奥古斯特。"

"莱拉克。"

"莱拉克。"

每当她们把线拉直，绣线就闪闪发光。她们每引线一次，线就变短了些，直到全部织进了布料里，这时就必须把线剪断，然后重新穿针。她们的声音低沉无比，倘若有人听见，一定无从分辨哪句话是谁说的，也不知道她们是真的在对话，还是只是发出无意义的呢喃。

"若是再看见他们大家一定很好玩。"莉莉说。

"全部回到家。"

"全部一身绿衣，哟。"

"我们也会在吗？我们全部？会在哪里、多久以后、在树林的哪个地方、哪个季节？"

"我们会的。"

"几乎大家都会在。"

"在那里，很快了，不必等一辈子，树林中的每一处，夏至。"

"全打结了。"泰西从工具箱里取出一大团被小孩或猫咪玩过的东西给她们看：有鲜艳如血的丝线、黑色的棉线、一团乳白色的毛线、一两根针，下面还悬着一块缀有亮片的布料，如一面蜘蛛网般挂在线尾荡来荡去。

第三章

她听见艾尔蒙的树林里传来乐音，

恨不得自己也在那里。

——巴肯，《海因德·艾汀》

霍克斯奎尔一开始还无法确定自己施展技艺时究竟是坠入了地心、海底、火焰里还是空气中。日后罗素·艾根布里克将会告诉她，说他睡觉时也常经历相同的困惑，也许这四个地方、世界的四个角落都是他的藏身处。当然了，古老的传言都说他在山上，但威特堡的戈弗雷[1]却说不，他在海里。西西里岛人认为他隐居埃特纳火山内，而但丁则说他在天堂一带，但（倘若恨意未消）他也可能会把他跟自己的孙子一起归到地狱里。

阶梯顶端

自从接下这个任务后，霍克斯奎尔就发现了很多事，但从来不曾像现在这样。她已开始对罗素·艾根布里克有了一些猜测，但却几乎无法把她的心得化成某种能让吵桥棍棒与枪支俱乐部理解的形式。现在他们几乎天天催促她针对这位讲师的事做出决定。艾根布里克的力量和号召力已经大幅增长，再过一阵子恐怕就甭想不着痕迹地铲除他了（倘若必须铲除他的话）。再过不了多久，恐怕连铲除他都会变成不

---

1. 威特堡的戈弗雷（Godfrey of Viterbo，1120—1196），12世纪罗马天主教编年史家。

可能的事。他们提高了霍克斯奎尔的薪水，并且拐弯抹角地表示也许会另请高明。霍克斯奎尔完全不予理会。她又不是在偷懒，她现在几乎所有清醒的时刻和很多睡眠中的时间都在追踪每一个自称是罗素·艾根布里克的人或物，像个不得安息的鬼魂般在她自己的记忆之屋里到处游荡，追着一片片飘忽不定的证据愈陷愈深，有时甚至会动用到一些她不大想使用的力量，结果发现自己置身一些完全陌生的地点。

此刻她发现自己置身一道楼梯顶端。

她究竟是刚爬上去还是正要下来，她后来也记不得了，但那排楼梯很长。顶端是一个房间。镶有铜钉的宽阔门板敞开着。门前原本挡着一块巨石，而从地上尘埃的痕迹判断，石头应该不久前才被搬开。

她在房里隐约看见一张长长的宴会桌，翻倒的杯子和凌乱的椅子上都覆盖着一层岁月悠久的尘埃，房里飘出一股脏乱卧室的气味，但里头空无一人。

她正要步入那扇破败的门进行调查，却发现石头上坐着一个身穿白衣的身影，娇小美丽，头上罩着一张金色的发网，正用一把小刀修剪指甲。由于不知道该跟这人说哪一种语言，霍克斯奎尔扬起眉毛，指了指房间内部。

"他不在，"那人说，"他起来了。"

霍克斯奎尔考虑问他一两个问题，但还没说出口就已经明白了这人不会回答她的问题，因为他（或她）只是那句话的象征而已：他不在，他起来了。她转过身继续前进（楼梯、门、那个信息和那位信差都慢慢从她意识里淡去），一边思考自己可以在哪里找到这一大堆新问题的答案，或逆推出她这一大堆新答案的问题到底是什么。

时间的女儿

很久以前，霍克斯奎尔就在她长长的大理石纹资料夹里写过这样一段话："古老世界观和新世界观之间的差别在于：旧观念里的世界是以时间为架构，但新观念则是以空间为架构。

"透过新观念来看待旧观念，就会看见荒谬：从来不存在的海洋、据称已经分崩离析然后又被重新建构起来的世界、一大堆找不到的树、岛屿、山脉和漩涡。但古人并非方向感不佳的傻子，只是他们看见的并不是地球。当他们提及世界的四个角落，他们指的当然不是四个真实的地点，而是世上不断重复的四种状态，各以相同的时间间隔排列：夏至、冬至、春分、秋分。当他们提及七个球体时，他们指的不是太空里的七个球体（直到托勒密愚蠢地试图将其呈现出来），他们指的是星星随着时间过去所画出来的轨迹：时间，那座辽阔的七层山脉，但丁笔下的罪人就是在那里等待永恒。柏拉图曾描述一条环绕大地的河流，若是从新观念的角度去理解，它应是一半在空中、一半通过地心，但其实柏拉图所指的是赫拉克利特那条不可能重复踏进去两次的河流（时间）。只要在黑暗中摇晃一盏灯，就能在空气里画出一个明亮的图案，只要持续一模一样的动作，这个图案就不会消失。同理，宇宙也是透过不断重复来维持它的形状：宇宙的主体就是时间。而我们该如何看待这个主体、如何操作它呢？不该用我们看待延伸、关系、色彩和形状的方式来看它（那些特质都是空间性的）。也不是靠测量和探索。非也。应该要用我们看待持续、重复与变化的方式来看：透过记忆来看它。"

由于深知这点，霍克斯奎尔一点也不介意自己神游时，梳着灰色发髻的脑袋和无力的四肢都没改变位置，而是停留在大城里她家房子顶楼的天体光学仪正中央那张柔软的椅子上。她招来把她载走的飞天马也不真的是只飞天马，而是呈现在她头顶上的那幅巨大星象图，同时她也不是真的被"载走"。但这位真正的魔法师最伟大的技巧（也许是她唯一的技巧）就是领会这些区别但又不予区分，然后精准无误地把时间转换成空间。老炼金术士们说的是事实：就这样，就这么简单。

"走吧！"她一坐稳，记忆之手也握住了缰绳后，记忆之声就这么说了。他们腾空飞去，鼓动巨大的翅膀飞越时间。霍克斯奎尔一边思考，他们就穿越一片又一片的时间汪洋，接着她的坐骑在她一声令下毫不迟疑地猛然俯冲，让她的记忆倒抽了一口气。她降落的地点不是世界底下的南方天空就是清澈黑暗的南方水域，总之就是所有旧时代停留的地方：美丽的奥杰吉厄岛[1]。

飞马银色的蹄踏上那片沙滩，接着它就低下了巨大的头。它强健的翅膀原本如布幔般鼓胀着，如今也垂了下来、沙沙作响地拖在那永恒的草地上。它在那里啃着青草恢复体力。霍克斯奎尔跳下马，拍拍它巨大的颈项，低声说她会回来，随即循着沙滩上的一串脚印离去。这些脚印每一个都比她的身高还长，是黄金时代结束时留在这片沙滩上的，早已成了化石。天空平静无风，但她踏进的那片巨大森林却拥有自己的气息，但也可能是"他"的气息，是他永恒的睡眠里一阵阵悠长规律的吸气、吐气。

他占满了整座溪谷，她来到入口处就没再前进。"父亲。"她说，声音打破了寂静。年迈的巨雕拍着沉重的翅膀飞起，接着又昏昏欲睡地降落。"父亲。"她又说了，山谷动了一下。灰色的巨岩是他的膝盖，长长的灰色藤蔓是他的头发，紧紧攀住断崖的粗壮树根是他的手指。他睁开了乳灰色的眼睛，是颗发着微光的石头，是她宇宙光学仪里的土星。他打了个哈欠：吸入的气流如风暴般让树叶狂飞乱舞、吹动她的头发，而他吐气时，口气就像从一座无底山洞里吹出来的阵阵阴风。

"女儿。"他说，声音很像大地。

"很抱歉打扰你睡觉，父亲，"她说，"但我有个问题，只有你知道答案。"

"那就问吧。"

"是不是快要有个新时代诞生了？我看不出有什么理由，但好像真的是这样。"

大家都知道：当这位远古的父亲被他的儿子推翻、放逐到这里时，永恒的黄金时代就结束了。接着就有了时间以及随之而来的种种麻烦。少有人知道的是那些年轻放纵的神为何会把这新玩意儿交给他们的父亲去掌管（可能是他们对自己做出来的事感到害怕或羞愧）。他们的父亲当时在奥杰吉厄岛睡觉，什么也不在乎，于是从此以后，所有流逝

---

1. 奥杰吉厄岛（Ogygia），《奥德赛》中提坦神阿特拉斯之女卡吕普索居住的海岛。

的岁月都像落叶一样累积在这座岛上。每当这个最老的神梦见革新或变化，动动沉重的四肢、咂咂嘴唇、抓抓岩石般的臀部肌肉时，一个新时代就诞生了，所有度量衡都会随着跃动的宇宙重新设定，太阳也会在新的星座里诞生。

因此那些捉摸不定又诡计多端的年轻之神打算把这场灾难怪到他们老父头上。随着时间过去，原本统治快乐永恒时代的克罗诺斯就变成了手持镰刀与沙漏、老爱管闲事的柯罗诺斯，是编年史与钟表之父。只有他真正的儿女知道真相，还有一些认养的儿女，包括爱丽尔·霍克斯奎尔。

"是不是有个新时代要开启了？"她又问了一次，"倘若是的话，那它还真是来早了。"

"新时代吗，"时光之父用深沉无比的声音说，"不。还要等很多很多年。"他伸手一拂，就有几个堆积在他肩膀上的年代被他扫落。

"那么，"霍克斯奎尔说，"罗素·艾根布里克又是谁，倘若他不是新时代的王？"

"罗素·艾根布里克？"

"那个红胡子男子。那个讲师。那个地形。"

他又躺回去，身子底下的岩石隆隆作响。"他不是什么新时代的王，"他说。"不过是个自大狂，一个入侵者。"

"入侵者？"

"他是他们的斗士，所以他们才把他叫醒。"他乳灰色的眼睛又眯了起来。"沉睡了千年，好个幸运的家伙。现在被叫起来面对冲突。"

"冲突？斗士？"

"女儿啊，"他说，"你不知道战争爆发了吗？"

战争……她一直都在寻找一个字眼，可以用来囊括跟罗素·艾根布里克有关的这一切混乱事实与异状，还有他在世界各地随机引起的骚动。现在她找到这个词了：它像一阵风般吹进她的意识，吹垮建筑、惊动鸟类、刮落树上的叶子、卷走晒衣绳上的衣物，但至少，风向终于一致了。战争：全球的、千年的、绝对的战争。老天爷，她心想，他最近的每一场演讲里都毫不掩饰地提到了这件事，但她却一直认为它只是种比喻。只是种比喻！"我不知道，父亲，"她说，"我现在才知道。"

"这跟我无关。"老人家一边打哈欠一边说。"他们曾经请我让他睡觉，我答应了。大概是一千年前吧，顶多加减一个世纪……他们毕竟是我孩子的孩子，有姻亲关系……我尽可能帮忙。一切无伤大雅。反正我在这里也没什么事干。"

"他们是谁，父亲？"

"嗯哼。"他巨大而眼神空洞的眼睛已经闭上了。

"他是什么人的斗士？"

但他已经把偌大的头颅放回了巨石枕头上，从巨大的喉咙里发出一阵鼾声。原本尖叫着飞起来的白头雕纷纷降落在峭壁上。无风的森林发出飒飒声响。霍克斯奎尔不甚情愿地走回海滩。她的骏马抬起了头（连它都爱睡了）。好吧！没办法了。必须靠思考解决这件事，一定可以的！"疲倦的人别想休息，"她说着利落地跳上马背，"走！快点！你不知道战争爆发了吗？"

升空时她心想：什么人会睡上一千年？时光之神的哪一个子孙会对人类宣战、目的是什么，成功的希望又有多大？

对了，那个蜷缩在时光之父腿上睡觉的金发孩童又是谁？

孩童翻身

孩子翻了翻身，做了一个梦：梦到了自己睡着前一天所看到的一切。她一边做梦一边把梦境改编成自己喜欢的样子，同时这些情节则在另一个地方成真。她梦见她母亲醒来，说："什么？"梦见她其中一个父亲走在艾基伍德的小路上。梦见奥伯龙偷偷爱着一个自己虚构出来的莱拉克，梦见云朵构成的军队，由一个红胡子男子领军（她差点被他吓醒）。她不断翻身，嘴唇微张、心跳缓慢，梦见自己在旅程结束时从空中俯冲而下，以令人眩晕的速度沿着一条光滑的铁灰色河流前进。

恐怖的红色太阳正沉入西方阵阵的雾气中，形状复杂的烟尘和喷气式飞机的凝结尾构成了刚才的虚拟军队。莱拉克不禁闭上嘴巴：那些可怕的广场、肮脏的建筑和刺耳的噪声都让她说不出话。鹳鸟往里飞去，昂德希尔太太在这些方方正正的凹谷里似乎变得不甚笃定，她们转向东方、再转往南方。从上方看下去，数以千计的人跟一两个人可不一样：是一大片起伏不定的头发和帽子，偶尔有一条鲜艳的围巾被吹得往后飞扬。街上不时冒出阵阵热气，人群消失在一团团雾气中然后就没再出现了（至少看在莱拉克眼里是如此），但总会有数不清的人取而代之。

"记好这些地标，孩子。"昂德希尔太太回过头，越过阵阵噪声对莱拉克大喊，"那间被火烧起来的教堂。这些像箭一样的栏杆。还有那栋漂亮的房子。你会再来的，你自己来。"此时有个穿着斗篷的人影脱离了人群，朝那栋漂亮的房子走去，但莱拉克一点也不觉得那房子漂亮。在昂德希尔太太指示下，鹳鸟在房子上方停下，闷哼一声把它红色的脚掌放到屋顶上饱受风吹雨打的碎石块之间。她们往街区中央望去，刚好看到那个穿着斗篷的人影从后门出来。

"现在记好他，亲爱的，"昂德希尔太太说。"你认为他是谁？"

他穿着斗篷双手叉腰、戴着一顶阔边帽，看在莱拉克眼里只是一团黑黑的影子。接着他摘下帽子，抖出长长的黑发。他顺时针转了一圈，一边点头一边环视着屋顶，黝黑的脸上是个明朗的笑容。"又是个表亲。"莱拉克说。

"呃，没错，还有呢？"

他若有所思地把手指放到唇边，踩了踩凌乱的花园里的泥土。"我放弃。"莱拉克说。

"怎么，是你另一个父亲呀！"

"噢。"

"是你生父。他将会需要你的帮助，跟你另外那个爸爸一样。"

"噢。"

"他正在计划做一些改善。"昂德希尔太太满意地说。

乔治用脚步测量出花园的大小。他攀在木板篱笆上，望着隔壁邻居那更加杂乱的院子。他说："该死！太好了！"然后搓了搓自己的手。

当鹳鸟踏上屋顶边缘准备起飞时，莱拉克笑了。乔治也发出了笑声，一边张开他黑色的斗篷，就像鹳鸟张开白色的翅膀，然后又把它收回、紧紧包住自己。他身上有种说不上来的特质让莱拉克很欢喜，因此她认定若是让她从两人当中选一个当自己的父亲，她也一定会选他。而她现在确实选择了他，就像孤单的孩子总是很清楚谁跟他是同一国的。

"没什么好选的，"昂德希尔太太说，"只有责任而已。"

"给他一个礼物吧！"她对昂德希尔太太嚷道，"一个礼物！"

昂德希尔太太什么也没说（这孩子已经受到足够的溺爱了），但当她们沿着那破旧的街道滑翔而下时，人行道上就一棵接着一棵地冒出了一排光秃秃的瘦弱树苗，全部等距离排列。反正这条街是我们的，昂德希尔太太心想，至少可以算是我们的，况且一座农场前面的路上若是没有一排树挡着，又怎么称得上是农场？

"现在到那扇门那里去吧！"她说，于是她们往城北飞去，冷冷的城市消失在脚下。"你早该睡了，那里！"她指向前方一栋古老的建筑。它从前一定很高，甚至可能傲视一切，但现在已威风不再。它本是白色石材建成，只是现在已经不白了，雕满了各式各样的脸孔、女子人像柱、鸟类、动物，但现在全黑得跟矿工一样，淌着脏污的泪水。建筑物中央离街道有一段距离，两侧的厢房形成一个黑暗潮湿的天井，有不少出租车和人往那里面进去。侧翼在高空相连，形成一个巨大的拱形，足以让一个巨人从底下通过；而她们三个确实通过了，鹳鸟不再拍动翅膀，而是滑翔着斜斜飞进了黑暗的天井，精准无误。昂德希尔太太大嚷道："小心头！弯下去！弯下去！"于是莱拉克低下头，感觉一股混浊的气流从里面冲出来、吹上她的脸。她闭上眼睛。她听见昂德希尔太太说："快了，老姑娘，快到了，你知道那扇门在哪里。"她的眼皮后方愈来愈亮，大城的声音消失，接着她们就回到了他方。

她这么做梦，事情就这么发生，树苗就这么长大，像一些脏兮兮的小顽童，无人照顾、长出尖尖的树枝。它们的树干愈来愈粗，让底下的人行道隆起。它们头上卡着坏掉的风筝和糖果纸、破掉的气球和麻雀窝，丝毫不以为意；它们挤开同伴争取日光，年复一年地把肮脏的积雪抖落到路人身上。它们不断成长，身上满是小刀的刻痕、树枝参差不齐、常有狗在旁边大小便，却怎么也死不了。某个温暖的三月夜晚，西尔维在黎明时分回到老秩序农场，抬头仰望它们的树枝，结果发现每根树枝尖端都长了一颗饱满的花苞。

虽然送她回来的那个人缠扰不休，她还是跟他道了晚安，找出进入老秩序农场和折叠卧房所需的那四把钥匙。他绝对不会相信这疯狂的故事，她笑着心想，绝对不会相信她之所以彻夜不归是因为发生了一连串疯狂但单纯（几乎算是单纯）的事件。他倒是不会狠狠惩罚她，他只会庆幸她平安归来，她希望他没有太担心。她有时就是会被大家带着跑，如此而已，每个人都盛情相邀，而大部分人似乎都是好人。这是座大城市，而在三月的月圆之夜，人们总是狂欢到深夜，而且，嘿，一件事总会带动另一件事嘛……她打开进入农场的门，爬上寂静的楼房。来到通往折叠卧房的走廊上时，她脱掉跳了一整夜舞的高跟鞋，蹑手蹑脚地来到门边。她像小偷般悄悄开了锁，往里头张望。奥伯龙躺在床上，在微弱的晨曦中形成一团模糊的人影，但不知为何，她却很确定他只是在装睡。

虚拟书房

由于折叠卧房和附属的小厨房实在太小，因此奥伯龙若想拥有一点宁静的独处空间，就必须在里面创造出一个虚拟书房。

"一个什么？"西尔维问。

"一个虚拟书房，"他说，"好吧。你看这张椅子。"他在老秩序农场颓圮的房舍里找到了一张一体式的老旧课桌椅，座位底下还有一个柜子可以让学生放书和纸。"现在呢，"他小心翼翼地放好这张椅子，"我们就假装我在这间卧室里有一个书房。这张椅子就在书房里。虽然事实除了这张椅子别无他物，但……"

"你在说什么？"

"你能不能先听我说?"奥伯龙开始火大,"这很简单。在我老家艾基伍德,我们有一大堆虚拟房间。"

"这我倒是不怀疑。"她双手叉腰站在那里,一只手里拿着一根木汤匙,头上绑着一条鲜艳的方巾,耳环在一绺绺乌黑的卷发之间晃动。

"它的概念是这样——"奥伯龙说,"当我说'我要进去我的书房了,宝贝',然后在这张椅子上坐下,那就代表我进入了另一个间。我会关上门。这时我就是一个人在里面了。你看不到我也听不到我,因为门是关上的。而我也同样看不到你、听不到你。懂了吗?"

"呃,好吧。但怎么会?"

"因为那扇虚拟的门已经关闭了,而……"

"不,我的意思是你为什么需要这个虚拟书房? 你为什么不能坐在那里就好?"

"因为我比较想独处。你看,我们必须约法三章:不管我在我的虚拟书房里做什么,你都看不到,所以你不能评论也不能有任何想法或……"

"老天。你打算做什么?"她露出微笑,用那根汤匙比出一个粗鲁的手势。"喂。"虽然同样私密放纵,但他打算做的事其实是白日梦(只是他绝对不会用这种方式来形容)。想天马行空地跟自己的灵魂对话,思考、推演、也许把结果写下来,因为他面前一定会有削好的铅笔和空白的纸张。但他知道自己八成只会坐在那里玩着头发、吸牙齿、捉耳挠腮,试图抓住在他视线里悬浮飘动的尘埃,一次又一次低喃着哪个作家的句子,总之就像那种比较安静的神经病。他也可能会看报纸。

"思考、读书、写作,是吧。"西尔维深情地说。

"没错。你知道吧,我有时必须独处……"

她摸摸他的脸颊。"因为你要思考、读书、写作。好啊宝贝。没问题。"她退开去,兴致勃勃地看着他。

"现在我要进书房了。"奥伯龙说,忽然觉得自己很蠢。

"好啊。拜拜。"

"我关上门了。"

347

她挥挥汤匙。她又打算说什么，但他翻了白眼，于是她回到厨房。

在他的书房里，奥伯龙托着腮，直直盯着旧书桌粗糙的桌面。有人在那里刻了一个脏字，结果又有人一本正经地把它改成了"书"。八成都是用圆规的尖端刻的，圆规和量角器。他开始到父亲的小学校上课时，祖父给了他一个老旧的铅笔盒，是皮革做的，可以啪一声关上，上面还有古怪的墨西哥图案，其中之一是裸女，你可以用手指触摸她意象化的乳房，摸到那皮革的乳头。有末端附着粉红色橡皮擦的铅笔，若把橡皮擦拔掉就能看到裸露的铅笔末梢。还有一个菱形的灰色橡皮擦，一半用来擦铅笔，另一半则较粗糙，会把纸磨掉，专门用来擦墨水。有一些跟克劳德姑婆的香烟很像的黑色钢笔杆，末端是软木，还有一些装在铁盒里的钢笔头。另外有一把圆规、一把量角器。可以把一个角分成两等分，但不能分成三等分。他把两根手指假装成圆规，在桌面上移动。当圆规上那小小的黄色铅笔用完时，圆规就会倒向一边，无法继续使用。他可以写一个故事，描写这些学校的漫长午后，五月，不如就写五月的最后一天吧，屋外长着蜀葵，藤蔓从敞开的窗户爬进来；还有从厕所传来的味道。那个铅笔盒。西风妈妈和阵阵微风。那些漫长的午后……他可以把这篇故事取名为"拖延者"。"拖延者。"他大声说出来，随即瞥了西尔维一眼，看她有没有听到。结果刚好逮到她也瞟了他一眼，然后又若无其事地埋首她自己的工作。

拖延者，拖延者……他用手指敲着橡木桌面。她在那里面做什么？煮咖啡吗？她烧了一大壶水，肆意地朝里面洒了一大堆咖啡粉，然后把早上的咖啡渣也一并扔进去。空气里弥漫着一股热咖啡的浓烈香气。

"你知道你该做什么吗？"她搅拌着水壶，"你应该试着帮《他方世界》写剧本赚钱。它现在真的愈来愈难看了。"

"我……"他开了口，随即装模作样地转过头。

"哎哟，哎哟。"她极力忍住笑意。

乔治曾说过那些电视节目都是在西岸编写的。但他懂什么呢？真正的难处在于：透过西尔维巨细靡遗的转述，他已经领悟到自己永远不可能想出《他方世界》里那种千奇百怪且（对他而言）前后矛盾的

348

激情桥段。但据他所知,戏里那些骇人的悲伤与重大的创痛、意外和收获都是真实人生的写照,他对人生和人类到底有多少了解?也许大部分人就跟电视上一样顽固任性,一样被野心、血腥、欲望、金钱和狂热所支配。在写作的领域里,人类与人生反正不是他的强项。他身为作家的强项是……

"嘭嘭嘭。"西尔维站在他面前说。

"嗯?"

"我可以进来吗?"

"可以。"

"你知道我那套白衣服在哪里吗?"

"衣柜里?"

她打开厕所的门。他们在这小小的厕所门上钉了一个摇摇欲坠的挂衣架,他们大部分衣服都收在这里。"看看是不是挂在我的外套下面。"他说。

果然就在那里。那是一套白棉套装,外套加裙子,其实原本是一套旧的护士服,肩膀上还有个名牌。但西尔维很天才地把它改成了一套时髦又有型的衣服:她品味独到,但缝纫技术却差了点。他已经不止一次恨不得自己有大把钞票可以供她挥霍,那铁定会是件美妙的事。

她用批评的眼光看着那套衣服。

"你咖啡快煮过头了。"他说。

"啊?"她正用一把尖尖的小剪刀剪去肩膀上的名牌,"噢,该死!"她冲过去关火。接着她又拿起那套衣服。奥伯龙回到他的书房里。

他身为作家的强项是……

"真希望我能写作。"西尔维说。

"你说不定行呢,"奥伯龙说,"我敢打赌你很会写。不,我说真的。"她不屑地哼了一声。"我打赌你会写。"他带着恋人的笃定知道几乎没什么事情是她做不来的,也知道几乎任何事情都值得做。"你想写什么?"

"我打赌我能想出比《他方世界》里的桥段更好的剧情。"她把那壶热腾腾的咖啡提到浴缸旁(在老秩序农场,每一间公寓里的浴缸都

349

是四平八稳、毫不尴尬地摆在厨房正中央），然后透过一块布把咖啡过滤到浴缸内一口更大的锅子里。"那并不感人，你知道吗？没办法触动人心。"她开始脱衣。

"可不可以告诉我。"奥伯龙无助地放弃了横在他和西尔维中间的虚拟墙和虚拟门，"你到底在干吗？"

"我在染色。"她平静地说，一双浑圆的乳房在她移动的同时轻轻晃动。她拿起那套白衣服，端详了它们最后一次，就把它们塞进那锅咖啡里。奥伯龙恍然大悟，开怀地笑出声。

"染成某种浅棕色。"西尔维说。她从水槽旁的碗盘架上抓过那个状似袜子的小小棉布过滤器（el colador，男性）——她用它制作浓烈的西班牙咖啡——要他看看。它已经变成了一种饱满的浅褐色，他自己也常觉这颜色漂亮。她开始用长柄汤匙缓缓搅拌那锅咖啡。"我要的颜色，"她说，"就是比我的肤色浅两号。咖啡牛奶。"

"漂亮。"他说。咖啡溅到了她褐色的皮肤上。她擦掉咖啡、舔舔手指。她用两手抓住汤匙把衣服捞起来看了看，绷紧了乳房。衣服已经是深褐色，比她的肤色还深，但洗一洗就淡了（他看得出她在想什么）。她又把衣服放回锅内，用一根手指迅速把一绺头发拨回耳后，随即继续搅拌。奥伯龙始终无法决定什么时候的她比较令他着迷：是她把注意力放在他身上的时候，还是她全神贯注在其他事物上的时候（例如现在）。他不可能写一个关于她的故事，因为那一定会变成一份她的活动记录，巨细靡遗。但其实除了这个他什么也不想写。现在他已经站在小厨房门口。

"我有个主意，"他说，"那些肥皂剧一天到晚需要编剧。"他说这话的口气仿佛有十足的把握。"我们可以合作。"

"啊？"

"你负责构思剧情，从现在的情节开始（只是要编得比他们更好），然后我负责写出来。"

"真的？"她说，不甚笃定但充满兴趣。

"我的意思是，我负责写，你负责编。"奇怪的是（他继续靠近），他这么提议其实是为了引诱她上床。他不禁猜想恋人要历时多久才会停止设局来把对方骗上床。永远不会停止吗？也许永远不会。也许诱饵会愈来愈小、愈来愈敷衍。也许恰恰相反。他懂什么？

"好啊。"她果决地说。"可是，"她露出神秘的微笑，"我也许会很忙，因为我快要有工作了。"

"嘿！真棒！"

"是啊。这套衣服就是为此准备的，如果有下文的话。"

"天啊，真棒。什么工作？"

"这个嘛，我原本不打算告诉你，因为还不确定。我必须先参加面试。是在电影圈。"她突然觉得荒唐，因此笑了出来。

"当明星？"

"没那么快啦。哪有人第一天就当明星的。以后吧。"她把湿漉漉的褐色衣服移到浴缸一角，把冷咖啡倒掉。"我认识了一个像是制作或是导演之类的人。他需要一个助理，但不尽然是像秘书那样。"

"哦？是吗？"她是在哪里结识制作人和导演的，而且没告诉他？

"类似场记兼助理这样。"

"嗯哼。"西尔维在这方面比他更机警，应该能够分辨这位"制作人"的提议是真有其事或只是泡妞的手腕罢了。他觉得听起来很可疑，但他还是说出了一些鼓励的话。

"所以喽，"她说，把冷水转到最大，冲洗着那套如今已变成咖啡色的衣服，"我得打扮得美美的去见他，或至少以我的最佳状态出现……"

"你任何时候都很美。"

"不，我说真的。"

"在我看来，你现在就很美。"

她对他露出一闪而过但灿烂无比的笑容。"所以我们会一起成名。"

"当然，"他又靠近了些，"而且会赚大钱。到时你就是电影专家了，我们就可以组成一个团队。"他环抱住她。"我们组团吧。"

"噢。我得把这个弄完。"

"好。"

"要一会儿。"

"我可以等。我在旁边看。"

"噢,宝贝,我好尴尬。"

"嗯。那样很好。"他亲吻她的脖子,闻到她身上淡淡的汗味。她让他吻她,湿漉漉的双手伸在浴缸上方。"我去把床放下来。"他低声说道,有点像是个威胁,又有点像是承诺给她来点甜头。

"嗯。"她看着他执行这件事,双手虽然在水里,但心思已经不在衣服上。降下来的床突然占满了房间,很像一张床没错,但也很像一艘满载的船:刚刚穿透那面墙开过来,等着他们上船。

春天依旧

但最后西尔维终究没去参加那场电影界的面试,不知是因为她开始怀疑那个制作人到底是真是假,还是因为乍暖还寒的三月冻得她不想出门,还是因为她对那套染色衣服始终不满意(不管洗了几次,还是散发出一股不新鲜的咖啡味)。奥伯龙对她百般鼓励,还买了一本相关书籍给她参考,但似乎只让她愈发沉郁。那些闪亮的愿景都消失了。她陷入一种令奥伯龙紧张的呆滞状态。她总是躲在棉被里睡到很晚,最外层还盖着奥伯龙的外套;当她终于起床时,她就在睡衣上套一件运动衫,脚上穿着厚厚的袜子,在小小的公寓里晃荡。她常打开冰箱的门,烦躁地瞪着一盒发霉的优格、锡箔纸里的无名剩菜,或是一瓶没有气的汽水。

"该死,"她说,"这里面什么都没有。"

"哦?是这样吗。"他在虚拟书房里说道,口气中带着浓浓的讽刺。"我猜一定是坏了。"他站起来,伸手拿外套。"你想吃什么?"他说。"我去买。"

"不,宝贝……"

"我也得吃东西呀,你知道吧。而且冰箱又不会自己长食物。"

"好吧。来点好吃的。"

352

"好吃的什么？我可以买点麦片……"

她挤了个鬼脸。"要'好吃'的。"她伸出双手、抬起下巴强调自己的愿望，却没给他任何答案。他出门去，外头刚刚下起了雪。

一关上门，西尔维就感觉一阵忧郁来袭。

她很惊奇奥伯龙这个被一家子姐姐和阿姨带大的幺子竟然会这么体贴、这么甘于承担两人的家务、这么不爱发牢骚。白人真奇怪。观察她的亲朋好友与街坊邻居，一个丈夫的主要家务就是吃喝、揍人、打牌。但奥伯龙竟然这么"好"。这么体贴别人，又很聪明：在这个已经瘫痪的古老福利国家里，那些官方表格跟数不清的文件都难不倒他。而且他从不吃醋。刚交往时，她曾疯狂迷恋上第七圣酒吧那个俊俏黝黑的服务生利昂，而且还放纵了一阵子，每天晚上都僵硬地躺在奥伯龙身边，感到罪恶又害怕，直到他慢慢从她口中套出这个秘密。结果他只说他不在乎她跟别人怎样，只要她跟他在一起时快乐就好：这种男人你上哪儿去找？她看着水槽上方结着雾气的镜子自问。

这么好。这么善良。而她是怎么回报他的？瞧瞧你自己，她想。眼睛下面已经有了眼袋。日渐消瘦，不久后（她对着镜子警告似的举起一根小指头）你就会变成这样：形销骨立，而且一个子儿也没拿回家，对自己、对他都无啥用处，只是个白痴。

她要工作。她会努力工作、把他为她所做的一切都偿还给他，回报他那令人窒息、源源不绝的"好"。全数奉还。就这样。"我他妈的去帮人洗碗吧，"她说着，却从肮脏的水槽里那一小堆碗盘前转开，"我不如去卖淫……"

她的天命就是要她沦落至此吗？她一脸苦涩地搓着自己瘦得吓人的手臂，像只困兽在床和火炉间来回踱步。原本应该放她自由的东西却束缚着她，逼她在贫困中等待它的降临，这种一天撑过一天的贫穷跟她成长过程中那种漫长无望的贫穷不一样，但终究是贫穷。她已经厌倦了，厌倦厌倦厌倦！她眼中泛起自怜的泪水。该死的天命，为什么不能拿它去交换一段好日子、一点自由、一些乐趣？倘若不能把它扔掉，为什么连拿它去换取一点东西都不行？

她带着充满怨气的决心爬回床上。她拉起棉被，谴责地瞪着前方。她已经明白：她的天命虽然还在遥远的未来沉睡着，但已经跟她紧紧交缠，注定甩不掉了。但她也厌倦了等待。除了里面有奥伯龙之外（但并不脏乱，奥伯龙甚至不是同一个奥伯龙），她对这份天命的其他特征都一无所知，但她打算现在就把它找出来。就是现在。"好，"她说，"好吧。"然后在被窝里交叉起双臂，态度变得严峻。她不要再等了。她决定找出自己的天命然后展开它，不成功便成仁。她打算使尽力气把它硬是从未来里拖出来。

　　与此同时，奥伯龙慢慢走到了夜猫市场。（很惊讶周日其他的店竟然都没开，生活闲散的穷人周末都做什么？）他踩过刚落下来的新雪，这些不久就会开始转变成污黑的冰泥了。他很生气。虽然他才刚温柔地跟西尔维吻别，而且十分钟后回到家时也会再次温柔地亲吻她，但他心里其实怒火中烧。为什么她连承认他脾气好、个性开朗都不愿意？难道她认为每次都要把满肚子的不悦压抑成一个柔和的答案很容易吗？而他这些努力又得到了什么认同？他也可以偶尔揍揍她的。他还真想好好给她一拳，让她安静点、看看他的耐心已经受到了多大的考验。噢，老天，这种事只是想想都觉得可怕。

　　他领悟到所谓的快乐（至少是他的快乐）就像一个季节，而西尔维就是那个季节里的天气。他内心有千百个声音在讨论这件事，却束手无策，只能等待改变。他的快乐有如这个季节，漫长、轻佻、瞬息万变，忽而内敛忽而外放——跟往年的春天一样，但毕竟还是春天。他很确定这点。他踢了湿漉漉的雪堆一脚。当然。

　　他在夜猫市场那少数几样昂贵的商品之间徘徊，拿不定主意，这地方是因为周日和深夜都还开着才得以勉强经营下去。最后他挑了两种异国果汁来满足西尔维的热带口味（顺便弥补刚才在心里揍了她一拳），但他掏出皮夹时却发现里面没钱。这还真是笑死人了。他在收银员面前翻遍了口袋，内袋、外袋都找过一次，最后虽然必须放弃其中一瓶果汁，但总算凑足了零钱。

　　他打开折叠卧房的门，帽子上和肩膀上都还沾着雪。"现在是怎样？"

他发现西尔维又回到了床上。"睡午觉吗?"

"别吵我,"她说,"我在思考。"

"思考是吧。"他把湿淋淋的纸袋拿进厨房里,忙了一会儿才弄出一点汤和饼干,但西尔维却不愿意吃。事实上,他那天几乎都没办法让她再次开口,因此他想起她家族里的疯狂基因,不禁开始害怕。他温柔耐心地跟她说话,但她的灵魂却像见了鬼似的不断逃避他。

因此他只是坐在那里(他的虚拟书房已经搬到了厨房里,因为房间已经被床占据,而且床上有人),思考着还能怎么宠爱她,却又想着她有多么不知感恩。她则躺在床上挣扎,时而沉沉睡去。时序又回到冬天。乌云在他们头顶上集结,雷电交加,北风阵阵,冷雨直下。

让他跟随爱

"等等,"昂德希尔太太说,"等等。这里有个地方出了错,少了样东西。你们没感觉到吗?"

"有啊。"聚集在此的其他人说。

"冬天到了,"昂德希尔太太说,"这没错,接着……"

"春天!"大家齐声大喊。

"太快了,太快了。"她敲了敲太阳穴。只要找得到漏掉的那一针在哪里,就可以进行修补,她有这样的能力。但这么漫长的路上,那一针到底是漏在哪里?还是说……这其实还没发生?"帮帮我,孩子们。"她说。

"好的。"他们纷纷回应。

问题就在这里:倘若他们想找的东西是在未来,那就轻松了。难找的是那些已经发生过的事。对那些长生不死(或几乎永生)的人而言,事情就是这样:他们知道未来,但过去在他们眼里是一片黑暗。

只要穿过今年这扇门,就是万古的过去,一片无边的黑暗,只零星点缀着几点肃穆的光。如同索菲用她的纸牌刺探陌生的未来,隔着一片薄膜摸索着即将发生的事物,昂德希尔太太也如瞎子摸象般摸索

355

着过去，想找出是哪里出了错。"有一个独子。"她说。

"一个独子。"他们附和着，绞尽脑汁。

"然后他来到了大城。"

"然后他来到了大城。"他们说。

"然后他坐在那里。"伍兹先生补充。

"就是这个，对吧，"昂德希尔太太说，"他坐在那里。"

"游手好闲、不负责任，只想为爱情而死。"伍兹先生把长长的手掌放在骨瘦如柴的膝盖上，"有可能这个冬天会一直持续下去，没完没了。"

"没完没了。"昂德希尔太太说，眼中泛起一滴泪水，"没错没错，看来确实是这样。"

"不、不。"他们也看出这点，齐声说道。冰冷的雨打在小小的窗户上，如同忧伤的泪水；树枝在无情的狂风里猛烈摇晃，田鼠被绝望的红狐狸咬走。"快想、快想！"他们说。

她再次敲敲太阳穴，但没有人回答。她站起身，他们纷纷向后退开。"我只是需要一点建议而已。"她说。

山上那片结冰的水塘刚刚融化，边缘还镶着锯齿状的碎冰。昂德希尔太太站在其中一块突出的尖冰上，往水里面召唤。

鳟鱼爷爷从黑暗的池底浮上来，因为充满睡意而呈现呆滞状态，还冷得忘了要生气。

"别吵我。"它说。

"快回答，"昂德希尔太太严厉地说，"否则你就有苦头吃了。"

"什么啊？"它说。

"那个大城里的孩子，"昂德希尔太太说，"你那个曾孙。他整天无所事事、不尽责任，只想为爱而死。"

"爱情吗？"鳟鱼爷爷说，"世上没有比爱更强大的力量了。"

"他不跟着其他人前进。"

"那就让他跟随爱情吧。"

"嗯哼。"昂德希尔太太说，接着又说："嗯嗯嗯哼。"她用一只手撑着另一只手的手肘，另外那只手再托着下巴。"好吧，也许他该拥有

356

一个配偶。"她说。

"是啊。"鳟鱼爷爷说。

"给他找点麻烦、维持他的兴致。"

"是啊。"

"男人单身不好。"

"不。"鳟鱼爷爷说，但是这个字从一条鱼口中说出来，就很难判断它究竟是认同还是不认同。

"现在让我睡吧。"

"没错!"她说，"当然，给他找个配偶就对了!我之前是在想什么?这就对了!"她愈说愈大声。鳟鱼爷爷吓得慌忙潜入水下，而当昂德希尔太太用震耳欲聋的声音大嚷"没错!"时，她脚下那块冰也一英寸一英寸融化。

"爱情!"她对其他人说，"不是在过去、不是在未来，是现在!"

"爱情!"他们纷纷大嚷。昂德希尔太太掀开一口镶着黑铁的拱顶箱子，在里面东翻西找。她找到了想要的东西，利落地把它用白纸包好，绑上红白相间的细绳，在绳子末梢滴了一点蜡以防松开，取出笔和墨水，写好一张收件标签，三两下就完成一切动作。"让他跟着爱情走吧。"包裹弄好后她说。

"这样他就会来了。管他愿不愿意。"

"啊……"他们齐声说道，随即开始散去，一边低声交谈着。

"你一定不会相信的，"西尔维从折叠卧房的门冲进来对奥伯龙说，"我有工作了!"她出去了一整天，脸颊被三月的风吹得红通通，眼神明亮无比。

"嘿。"他笑了，既惊奇又高兴。"你的天命?"

"去他的天命。"她说着把那套用咖啡染过色的衣服从衣架上扯下来，扔向垃圾桶。"不能再找借口了。"她说。她取出工作鞋、运动衫和围巾。她把鞋子狠狠往地上一放。"得穿暖一点，"她说，"我明天开始上班。不能再找借口了。"

"明天是个好日子，"他说，"愚人节。"

"正是我的日子，"她说，"我的幸运日。"

他笑着把她抱起来。四月到了。在他的怀抱里，她有了一种既宽心又害怕的感觉：因为躲过了一场危险而宽心，但又害怕那场危险再次降临。她在他的臂弯里感到很安全，但她也知道这份安全感有多脆弱，因此她眼中泛起泪水。"宝贝，"她说，"你最棒了，你知道吗？你真的、真的是最棒的。"

"但告诉我、告诉我，"他说，"你做的是什么工作？"

她咧嘴一笑，给了他一个拥抱。"你一定不会相信的。"她说。

第四章

吾人认为宗教里并没有足够的不可能来让信仰变得活跃。
　　　　　　　　　　——托马斯·布朗爵士

　　迅捷信使服务公司小小的办公室呈现这副光景：一座像是做隔板用的台子，调度员坐在后面，嚼着没点燃的雪茄，操作那台全世界最古老的电话交换机，不时对着耳麦组大喊："迅捷服务，您好。"此外还有一排灰色的金属折叠椅，当下没出勤的信差都坐在那里，有些像没插电的机器一样了无生气，有些（例如弗雷德·萨维奇和西尔维）正在交谈。远处有一个挂满链条的台子，上面放着一台巨大的古老电视机，随时都开着（西尔维没出勤时都在这里补看《他方世界》）。有一些装满沙子和烟屁股的瓮，一个冰裂花纹的咖啡色时钟，后面还有一间办公室，里面坐着老板和他的秘书，偶尔还会出现一两个充满热忱但看起来不大健康的推销员。此外还有一扇装了铁条的金属门，没有窗户。

还有更多事

　　西尔维不大喜欢待在这里。这些光秃秃、点着日光灯、毫不温馨的简陋房间会令她想起太多小时候待过的地方：公立医院和疗养院的等候室、福利局办公室、警察局。在这些地方，穿着破旧衣服的人来来去去，每一张面孔都会被其他面孔取代。幸运的是她不必在这间办公室待上很久，因为迅捷信使服务跟往常一样忙碌无比。她穿着工作靴和运动衫（她告诉奥伯龙说这样穿很像那种白痴少女，但很可爱），一踏上春寒料峭的街道就开始赶时间了，骄傲地在人群中、时髦的办公室和形形色色的秘书间穿梭（有的既严厉又傲慢却彬彬有礼，有些很邋遢，有些则很和善）。"迅捷信差！"她对他们大叫，毫不浪费时间。"请在这里签名。"旋即离去，电梯里不是挤满了轻声细语、西装笔挺、正要去吃饭的男子，就是大声喧哗、互相拍背、用完餐正要回来的人。虽然她始终不像弗雷德·萨维奇那么熟悉城中区（每个地下入口、每条通道、每种捷径他都知道），但她确实已有了概念，也找到了一些捷径，可以带着一种她引以为傲的精确度左转右转、上上下下。

五月初的某一天，早上就下起了雨（坐在她旁边的弗雷德·萨维奇戴了一顶包了塑胶膜的巨大软毡帽）。她焦躁不安地坐在椅缘，一双腿跷过来又跷过去，一边看《他方世界》一边等人叫她的名字。

"那个家伙，"她解释给弗雷德听，"佯称自己是那个小孩的爸爸，但小孩真正的爸爸是另外那个男的，他跟他老婆离婚，因为他爱上了把这小孩撞跛的那个女孩子，孩子就住在这男的盖的房子里。"

"嗯哼。"弗雷德说。西尔维的眼睛始终盯着电视、一边拉长耳朵注意听，但弗雷德只是看着西尔维。

"就是他。"画面上出现了一个头发油亮的男子，一边喝咖啡一边静静注视着一封别人的信。他端详良久，似乎无法决定自己是否敢把它拆开。西尔维告诉弗雷德说他从四月底挣扎到现在。

"倘若剧本由我来写，"她说，"剧情就会更热闹曲折。"

"我一点也不怀疑。"弗雷德说。此时调度员大喊："西尔维！"

她一跃而起，眼睛却没离开荧幕。她接过调度员的单子，随即往外走去。

"再见啦！"她对弗雷德和最后那张椅子上一个穿着外套、戴着帽子却毫无反应的人说。

"会更加曲折是吧，嗯哼。"弗雷德说，还是只看着西尔维。"现在我可不怀疑了。"

有事

取货地点是一间饭店的豪华套房，位于一栋高耸的钢骨玻璃大厦内。大厅装饰成热带风格，附有一间英式牛排馆，人们忙进忙出，但这不自然的欢乐却藏不住底下那股冰冷的、甚至有点阴险的气氛。她独自搭乘一台铺着厚地毯的电梯上楼，一路上都很安静，只有扩音器传出来的不知名音乐。电梯门在十三楼打开，结果西尔维当场吓得哇哇大叫，因为面前就是一张罗素·艾根布里克的巨幅彩色照片，浓浓的眉毛下方是一对清澈的眼睛，脸颊上的红胡子几乎快要一路长到眼睛旁边，嘴巴则显得睿智、严肃而和善。电梯里的无名音乐被收音机的声音盖过，是一首梅伦格舞曲。

她沿着套房奢华的走廊望下去。没有任何秘书，只有四五个皮肤黝黑的波多黎各小伙子，一边喝可乐一边围着一张巨大的黑檀木书桌跳舞。他们不是穿着某种军便服就是套着鲜艳宽松的衬衫或多彩的夹克，这是艾根布里克军团用来区分阶级的服装。"嗨，"她说，已经感到自在，"迅捷信使服务。"

"嘿，瞧瞧这信差。"

"哇……"

其中一个舞者踩着小步子朝她跑了过来，其他人则呵呵笑。西尔维跟他共舞了一小段，另一个人则打开对讲机，一副很专业的样子。"来了个信差。有事情吩咐吗？"

"听着，"西尔维说。"这个人——"她指了指那张巨幅肖像，"你们说他是谁呀？"

有些人笑了，有个人看起来很严肃，跳舞的那人则停下脚步，对西尔维的无知震惊不已。"哇，天啊，"他说，"噢，天啊……"

他才开始要说明（西尔维觉得他很帅，是肌肉结实的邻家男孩型），他们背后的一扇双扇门就突然推开。西尔维瞥见了摆着光亮家具的巨大房间。里面出来一个高大的白人男子，一头金发剪得很短。他迅速挥了一下手，要他们把收音机关掉。年轻人们纷纷自我收敛地站在一块儿，姿态僵硬机警。金发男子对西尔维扬起了下巴和眉毛，连一句话都不愿意多说。

"迅捷信差。"

他几乎有点无礼地端详了她好一会儿。他比现场每个人都高了至少有五英寸，比西尔维当然就高出更多了。她交叉起双臂，摆出一副"所以呢？"的姿态，直直地回瞪着他。他转身回到房间里。

"他是有什么问题啊？"她问大家，但他们似乎一个个噤若寒蝉。况且他马上就回来了，手里拿着一个形状怪异的包裹，上面绑着一条西尔维好几年没看过的旧式红白细绳，包裹上的字迹漂亮而古典得几乎无法辨读。总之，这在她送过的货里面算是比较怪异的。

"别耽搁了。"那男子说，西尔维觉得他似乎有种淡淡的口音。

"我才不会耽搁咧。"白痴。"请在这里签名。"金发男子一看到她的册子就往后退开，一副很嫌恶的样子。他示意要其中一个男孩过来签，随即躲回房里，把门关上。

"哇。"她对那个负责签名的帅哥说，"你替他工作？"

大家都比手画脚表现出厌恶、抗拒、屈从的样子。那个黑人迅速来上一段模仿秀，其他人则发出夸张但无声的大笑。"好吧。"西尔维发现送件的地址在城北，离办公室有很长一段距离，"再见啦。"

刚才跳舞的人送她去坐电梯，趁机跟她多说几句话。听着，你若可以给我一个信息我会很开心，没有要给我的信息呀，嘿，听着，我想问你一件事，不，我很认真。又哈啦了一阵后，他在电梯门关上前摆了个滑稽的姿态（她是很想留下来，但这被她夹在腋下的包裹好像很紧急）。她独自在电梯里跳了几步舞，心中响起了其他音乐。她已经好久没跳舞了。

爹爹叔叔

她搭车前往郊区，双手插在运动衫前面的口袋里，那个古怪的包裹放在身边。

她应该问问那些男孩他们认不认识布鲁诺的。她已经好一阵子没有哥哥的消息了，她只知道他没跟太太和母亲住在一起。八成在某处给别人找麻烦……但那群男孩不是一伙的，他们只是不想游手好闲所以找点事做而已。她想起小布鲁诺：可怜的小家伙。她曾立誓一周至少要到牙买加去看他一次，把他从那些人身边带走一天。但她无法做到，她无法像先前想的那么常去，上个月甚至因为太忙而一次都没去。她又重新立誓，深知这种长期的疏忽会累积什么伤害。她自己就曾深受其害，她母亲也是，还有布鲁诺，还有她别的侄子侄女。先是受到百般溺爱，然后又被扔着自生自灭：好个世代相传。孩子。她又凭什么认为自己有别于他们？但她还是对自己抱持信心。她也许会跟奥伯龙生小孩。有时她幻想中的孩子会恳求她把他们生下来，她几乎看得到、听得到他们，她不能永远抗拒下去。奥伯龙的孩子。她不可能找到更好的老公了，他人这么好，心地这么善良，而且肯定是个热门人选——但是，他却常把她当小孩子。她有时确实就像小孩子。但一个小孩要怎么当妈妈……每次他把她当小孩时，她就叫他爹地叔叔。他会帮她擦眼泪。倘若她叫他帮她擦屁股，他恐怕也会擦……噢，这么想真恶劣。

　　他们若白头偕老会如何？会是怎样一个状况？两个小老人，脸颊皱巴巴、眼睛眯着、头发花白，满脸的岁月和情感。真好……她很想看看那栋大房子和里面的一切。但他的家人……他母亲身高将近六英尺呢，天杀的。她想象他们一家子巨人矗立在她面前俯视着她。乔治说他们人都很好，他曾不止一次在那栋房子里迷路。乔治其实是莱拉克的父亲，但奥伯龙不知道这件事，而且乔治已经要她发誓保密。那个消失的孩子。究竟怎么回事呢？乔治知道更多真相，但他却不愿意说。万一奥伯龙也弄丢了她的孩子呢？这些白人。她恐怕得提高警觉了，必须跟着宝宝到处跑，把他们抱得紧紧的。

　　但倘若她的天命不是这一切，或者假若她真的逃离了命运，拒绝了它、把它赶走了呢？奇怪的是倘若如此，那么她的未来似乎反而更加宽广而不是更狭窄。若是挣脱这天命的束缚，简直任何事情都有可能。不是奥伯龙、不是艾基伍德、不是这座城市。她被火车晃得昏昏欲睡，开始幻想各种虚构的男士和他们的追求行动、幻想各种地点、幻想各种自己。什么都行……还有树林里的一张长桌，铺着白色桌巾，设好了一场盛宴，大家都在等待，中央有个空位……

她的头猛然一点，让她惊醒过来。

天命，天命。她掩嘴打了哈欠，然后看看她的手，上面还戴着那枚银戒指。这枚戒指她已经戴了很多年了。摘得下来吗？她把它转一转、拉一拉。再把手指放进嘴里用口水沾湿。她拉得更用力。还是不行：永远拔不下来了。但轻轻来呢，可以，只要从底下轻轻推……那枚银戒指就往上滑动，滑过大关节溜了下来。脱下戒指的那根手指似乎散发着一种诡异的微光，并且朝她身上的其他部位蔓延扩散。周遭世界和列车似乎变得苍白而不真实。她缓缓环顾四周。

刚才放在身旁座位上的包裹已经不见了。

她惊恐地跳起来，仓皇把戒指套回手上。"喂！喂！"她想吓阻小偷（假如他还在附近的话）。她冲到车厢中央，扫视着车上的其他乘客，大家都用好奇而无辜的眼神看着她。她又望向自己的座位。

包裹就四平八稳地躺在原处。

她缓缓坐下来，百思不解。她把戴着戒指的手按在包裹的白色包装纸上，只为了确定它真的还在。确实还在没错，只是不知为什么，它似乎变大了。

绝对变大了。外头的街道上，清风已经吹散了云雨，带来一个真正的春日，这在大城里是难得的第一遭。她赶往送货地址，这包裹已经大得不大能夹在腋下了。"这东西怎么搞的。"她说着穿越一个她不常来的社区，到处都是黑黑的巨大公寓式旅馆和古老的赤褐色砂石建筑。她抱着包裹，先是这样拿、又改成那样拿，她从来没遇过这么难拿的东西。但春天让人充满生气，若要上街送信，没有比这更棒的日子了。她确实觉得自己仿佛长了翅膀。而且夏天不久就会到来，热得跟地狱一样，令她期待无比。她拉开运动衫的拉链，感受到微风吹上脖子和胸部，觉得很舒服。前方那栋建筑应该就是送货地点了。

肯定迷路

那是一栋高耸的白色建筑，至少原本应该是白色的，上面满是千奇百怪、样貌阴沉的雕像。它有两个侧翼，在中间形成一座潮湿阴暗的天井，接着又在高空相连，形成一个高得荒唐的拱形，足以让一个巨人从底下穿过。

西尔维抬头看了这丑陋古怪的建筑一眼，赶紧移开目光。高耸的建筑总让她头皮发麻，因此她不喜欢仰望它们。她进入中庭，雨后的地上有一潭潭水坑，上面漂浮着彩虹色泽的油渍。她完全不知道该去哪里找 001 室。入口处旁那古老的警卫室似乎已经封闭多年了，但她还是朝它走去，按了一下那生锈的铃，倘若这东西有用的话，我就……

她倒是没能完成这个假设，因为她一按下那颗黑色按钮，就有一扇小窗倏地开启，露出半颗头颅，有着长长的鼻子、小小的眼睛、光秃秃的头顶。"嗨，可不可以告诉我……"她开口，但她还没能继续问下去，那双眼睛就眯了起来（看不出是微笑还是鬼脸），接着就出现了一只手。他伸出一根长长的食指，指指左边，再指指下面，然后窗子就砰的一声关上了。

她笑了。他们到底付钱请他干吗？为了这种服务吗？她按照他的指示走下去，结果发现自己不是进入有阶梯和玻璃门的中央入口，而是穿过一扇铁条大门来到一排阶梯前，它通往下方的一条走道。这是两座高塔之间的一道狭缝，阳光照不到这里。她不断往下走，来到回音阵阵、散发着洞穴气味的底部，墙上有一扇小小的门。一扇非常小的门，但已经没有其他出口了。"这不对吧。"她抱着那个不可思议的包裹说（它似乎不断改变形状，而且已经变得很重）。"我肯定是迷路了。"但她还是推开了门。

门后是一条天花板很低的狭窄走廊。遥远的走廊尽头，有个人站在一扇门前忙着：是在油漆门吗？他拿着一把刷子和一罐油漆。真是太好了。西尔维打算向他问路，但当她说了声"嗨"时，他却惊恐地看了她一眼，随即消失在门后。她还是朝门直直走去，突然就来到了门前，因为那走廊实际上比看起来还短，或者可以说看起来比实际上还长。而且这扇门比前面那扇还小。若是继续这样下去，她心想，我接下来恐怕就得爬行前进了……结果她发现门上用古典字体写着白色的 001，是刚刚才画上去的。

西尔维轻轻笑着敲了敲那扇小门，有点紧张，不确定自己是不是被开了个精心设计的玩笑。"迅捷信差。"她喊道。

门开了一条缝。似乎有种奇怪的、户外似的、夏天似的金光从后方透出来。有人伸出一只很长、指关节很明显的手把门拉开，接着就探出了一张笑得很开的脸。

"迅捷信差吗？"西尔维说。

"嗯？什么事？有什么能为您效劳的吗？"他就是刚才给门漆上号码的那个人，再不然就是个跟他很像的人；也可能是指点她来到这里的那个人，再不然就是个跟他很像的人。

"有您的包裹。"她说。

"啊哈，"那个矮小的男人依然咧嘴笑着，拉开门让她进去，"那么请进吧。"

"你确定吗？"她往里面看了看，"你确定我该进去吗？"

"噢，当然。"

"老天，这里面真小。"

"噢，的确。请你直接进来吧。"

黑森林

同一个五月天傍晚，奥伯龙在这个崭新的春天从街上慢慢晃回农场，想着名誉、财富和爱情。他刚从一家制作公司回来，《他方世界》和其他几个没那么成功的节目就是他们制作的。奥伯龙为那出知名肥皂剧试写了两份剧本，交到公司里一个非常友善但有点心不在焉的男子手里。对方比他大不了几岁，指甲修剪得整齐漂亮。他们请他喝咖啡，而那个似乎没什么事做的年轻人则天南地北地跟他聊电视、聊写作、聊制作。他提及了大笔的金钱，也点出了这行的奥妙之处——奥伯龙尽量避免被那些庞大的金额吓到，听见内行话时也睿智地点着头，但他其实什么也不懂。接着就有一个美艳秘书和一个美艳总机小姐来送他出去，还邀请他随时过来坐坐。

真是惊人又美妙。在那拥挤的街道上，奥伯龙仿佛步上了康庄大道。那些剧本是他和西尔维花了好几个漫长、欢乐又刺激的晚上合作完成的，他觉得算是有模有样且高潮迭起，虽然用乔治那台老旧的打字机打出来并不好看。但没关系，他的未来满是昂贵的办公室用品、漫长的午餐时间和美艳的秘书，要有非凡的收获就要付出极大的努力。他将会从窝藏在黑森林里的那只魔龙爪中夺过那份黄金宝物。

黑森林。是的。他知道曾有一段时间，例如红胡子腓特烈在西方称帝的时候，只要出了小城镇的木造城墙、离开犁过的田地，就是黑森林开始的地方。森林里有狼、熊、巫婆（住在看不到的房子里）、魔龙、巨人。小镇内的一切都很正常平凡，有安全感、同伴、炉火、食物和各种舒适的东西。也许有点单调，较符合理性、较不刺激，但很安全。必须来到外头的黑森林里才真的什么都可能发生、什么样的历险都有。在那里，你的生命就握在你自己手里。

但往事不再。现在一切都颠倒过来。在偏远的艾基伍德，夜里没有任何恐怖的东西，那里的树林温和、亲善而舒适。他猜想艾基伍德的那一大堆门八成都已经上不了锁，他自己则从没看过有哪一扇门是上了锁的。在炎热的夜晚，他常躺在前廊上睡觉，甚至睡在树林里，聆听各种声音与那一片寂静。不，现在的野狼（不论是真是假）都是出现在这些街道上，在这里你会闩起门来抵挡外头的可怕事物，就像从前的樵夫也会上紧门闩一样。坊间流传着天黑以后可能发生的可怕故事。在这里你可以冒险、赢得奖赏、迷路、从此失踪，学会与恐惧共存、夺得宝藏：如今这里就是黑森林，而奥伯龙就是个樵夫。

是的！他因贪图宝藏而变得大胆，又因大胆而变得强健。他全副武装地在人群里漫游。就让弱者被生吞活剥吧，但绝对不会是他。他想起西尔维，尽管诞生在一座平静安全的丛林岛屿上，她却是在这片森林里

367

长大，聪明得跟狐狸一样。她很熟悉这个地方，也跟他一样贪婪。甚至更贪婪，而且也够狡诈。好个组合！而今想想：不过几周前，他俩似乎都还困在陷阱里，几乎在那纠结的树丛里失去了彼此，差点就要弃械投降、从此分手了。分手！老天爷，她冒了多大的险！赢面是多么小！

但今晚的这一刻，他可以确信他俩会白头到老。他俩的关系曾在那个寒冷苦涩的三月降到了冰点，但现在他们的爱情已经再次绽放，明朗坚韧得如同一簇簇蒲公英（事实上她那天早上工作迟到了，是基于一个新的理由：他们必须先完成一件细腻复杂的事）。噢，老天爷，他们是多么需要做这件美妙的事，做完又必须休息，人生简直可以全部花在这上面。他觉得自己那天早上就已耗尽一生的力气了。但它不会结束：他觉得可以这样下去，看不出有什么理由不行。他在一个十字路口正中央停下脚步，盲目地咧着嘴微笑。回味起当天早上的每一刻，他就觉得自己的心跳仿佛都化成了黄金。一辆卡车对他猛按喇叭，因为司机想赶在绿灯变红前过马路，但奥伯龙却挡在路中央。奥伯龙连忙闪避，司机对他大声咒骂，但听不出是什么。这八成会是我的死法，奥伯龙心想（笑着安全地站在对面的人行道上），被爱情弄瞎了眼，因为爱情和色欲熏心而忘记自己身在何处，结果被一辆卡车撞死。

他迈开大城人那种快速的步伐，依然微笑但试图保持机警。别昏了头。毕竟，他心想——但还没想完就有一阵似声音又非声音的东西传来，如同一阵尖锐的笑声，不知是沿着大道冲下来、从侧街涌上来、还是从晴朗的天空压下来：跟他和西尔维上次遇到的状况一样，只是这次的威力是两倍甚至更大。它从他身上隆隆滚过，就像刚才险些撞上他的那辆卡车，但又像是从他本人体内迸发而出的。它沿着大道离他而去，几乎是要把他震碎一般，留下了一道真空，拉扯他的衣服和头发。他依然稳稳地前进（那东西无法对他造成肉体伤害），但他脸上的笑容已经完全消失。

噢，老天！这回他们是来真的了，他心想。但他却不知道自己为什么会这么想，也不知道这"来真的"是指什么，更不知道他所谓的"他们"是指谁。

战争爆发

就在这一刻，在遥远西边一个 I 字母开头的州，讲师罗素·艾根布里克正要从他的折叠椅上站起来，对他的广大听众展开另一场演讲。他手里握着一沓小抄，喉咙里还有一股辣椒味（又是皇家奶油鸡），左大腿隐隐作痛。他并不是很开心。那天早上，在那些招待他的有钱人的马厩里，他骑上一匹马，平稳地在一片小小的围栏里绕来绕去。一切都是为了拍照，所以他看起来很有自信（一如往常），却有点太矮小（这年头就是这样，若换成从前，他可是远远超过了平均身高）。接着他们怂恿他到那片修剪得整齐无比的田野里驰骋一番。那是个错误。他没解释自己已经好几个世纪没骑过马了，因为他最近似乎已经没力气再说出那种会引起话题的言论。现在他不知道自己上台的姿态会不会因为拐着脚而变难看。

究竟还要多久，他心想。他不是想逃避工作，也不是排斥工作上的试炼。他的侍卫都努力让他轻松些，而他也很感激，但其实这把年纪的各种龌龊事还有拍背、拉手等等亲昵行为并不真的对他造成困扰。他向来不拘小节。他是个很实际的人（或者自认如此），而倘若他的子民（他已经将他们视为子民）要他这么做，他也就乐意为之。一个曾经毫无怨言地跟图林根的狼群和巴勒斯坦的蝎子睡在一起的人，绝对可以忍受汽车旅馆、可以为年华老去的女主人服务、可以在飞机上打盹。只是有时候（例如现在），这趟漫长旅程里那份难以控制的陌生感会令他感到无聊，而他又十分怀念自己熟悉已久的那段漫长睡眠。在这些时候，他就渴望把沉重的头再次靠在战友肩上，然后闭上眼睛。

光是想起这件事，他眼睛就眯了起来。

接着就传来了奥伯龙在大城里听见或感觉到的那个东西，从源头往四面八方扩散：有那么一刻，世界风云变色。奥伯龙认为那是一颗炸弹，但罗素·艾根布里克知道那不是一颗炸弹而是一场轰炸。

它像一针兴奋剂打入他的血管。他的疲惫感瞬间消失。讴歌赞美的介绍词结束之后，他双眼明亮、嘴角严肃，从椅子上一跃而起。上台时，他故作姿态地把那叠讲稿往旁边一扔，广大的听众纷纷惊呼喝彩。艾根布里克双手紧紧抓住讲台边缘，弯身往麦克风里大喊：“你们必须改变生活！”

扩音器里传出的声音像一波波惊涛骇浪般席卷了群众，把他们举上浪尖，撞上后方的墙壁，再朝他冲回来。“你们必须、改变、生活！”浪潮又朝他们卷去，宛如一场海啸。艾根布里克骄傲地扫视着群众，仿佛能够透视每一双眼睛、每一颗心：而他们也知道这点。他文思泉涌，形成雷霆万钧的文字军团。他释放了这些文字。

“一切就绪、决议已定、破釜沉舟、时候已到！你们最害怕的一切已经发生了。现在你们最古老的敌人已经掌握了局面。你们该找谁求助？你们的堡垒支离破碎，你们的盔甲不堪一击，你们已经笑不出来。一切一切都跟你们预期的不一样。你们被深深地愚弄了。你们一直看着镜子，以为那是旧道路的延续，但其实路已经走到了尽头，已经是死胡同了，走不下去了。你们必须改变生活！”

他站直身子。风起云涌，他几乎听不见自己的声音。乘风而来的有武装的英雄、披着战袍的精灵、飘浮在半空中的军团。艾根布里克对着面前目瞪口呆的听众滔滔不绝，鞭笞着他们、打击着他们，感觉自己终于挣脱了束缚、以完整的姿态现身。他仿佛在一秒之内瞬间变大、冲出一个老旧的壳，淋漓畅快地感受到它爆破裂开。他停了一下，让这个旧壳完全剥落。群众屏气凝神。此时传来艾根布里克崭新的声音，洪亮、低沉、充满启示，让大家不约而同一阵战栗：“好吧。你们不知道。噢，不。你们怎么可能知道？你们从不思考。你们全忘光了。你们听着没听过。”他倾身向前，像个可怕的父亲俯视他们，然后仿佛下咒似的迅速吐出这番话：“噢，这回绝不宽贷。这是最后一次了。你们一定明白，你们一定一直都知道。你们倘若怀疑过会发生这件事，而且你们肯定怀疑过，那么你们可能会在内心深处偷偷希望再次获得饶恕，虽然你们根本不值得被饶恕。虽然以前的每一次机会都被你们狠狠搞砸，你们还是妄想能再有一次机会；妄想自己最后会被忽略、成为漏网之鱼、不被算进去，希望这场灾难吞噬一切时，你们能在狭缝中躲过一劫。不！这回

370

没这种事了!"

"不! 不!"他们惊恐地对他喊道。他深深被触动,他们的无助令他欢喜、他们的处境令他同情。他沉浸其中,感觉自己变得强健有力。

"不,"他轻声说道,用他无尽的愤怒和同情轻轻摆弄着他们,"不不不,亚瑟王还在阿瓦隆沉睡着,你们没有守护者、没有希望,你们只能投降。你们看不出来吗?看不出来、看不出来吗?投降是你们唯一的机会。摆出你们那些早已生锈、跟玩具一样没用的剑,展现出你们的无助、说你们跟这一切的因果毫无关联;你们年老、困惑、跟婴儿一样脆弱。但是,但是。尽管你们无助又可悲,"他缓缓举起同情的双臂,作势拥抱他们、安慰他们,"尽管你们摇尾乞怜、诉诸情感,婴儿般的大眼睛里噙着柔弱的泪水,只求慈悲、怜悯、和平,但是,但是,"罗素·艾根布里克一双大手再次抓住讲台,仿佛把它当成一个武器。他胸中蹿出熊熊烈焰,整个人充满了恐怖的欣慰之情,最后终于弯身到麦克风前面,说:"但还是不可能唤起他们的任何怜悯,因为他们没有怜悯。也不能让他们放下可怕的武器,因为武器早已出手。根本不可能改变任何东西:因为战争已经爆发。"他把头压得更低,将他淫秽的嘴唇凑到麦克风前,因此扩音器里传出他的低语:"各位先生、女士,战争已经爆发。"

意外的接缝

身在大城的爱丽尔·霍克斯奎尔也感受到了:一种变化,就像更年期,但不是发生在她身上,而是发生在一整个世界。是一个改变,不是普通的改变,而是"改变"本身,是一场时空的移转,仿佛世界在不该有接缝的地方撞上了一条意外的巨缝,就这样跟跄了一下。

"你感受到了吗?"她说。

"感受到什么,亲爱的?"弗雷德·萨维奇说,依然咯咯笑着阅读昨天报纸上的耸动新闻标题。

"算了,"霍克斯奎尔若有所思地轻声说道,"好吧。现在谈谈那些纸牌吧。有任何跟纸牌有关的东西吗?仔细想想。"

"倒过来的黑桃 A。"弗雷德·萨维奇说,"你的卧室窗上有个黑桃皇后,凶得像个婊子。方块杰克,又上了路。红心国王,那就是我,宝贝。"他开始透过洁白的牙齿哼起一首歌,屁股在等候室里那张众人磨得光亮的长凳上轻快地扭来扭去。

霍克斯奎尔来到巨大的地铁终点站寻求她这位老先知的意见,因为她知道晚上下班后他大半会在那里。他常对陌生人吐露怪异的真相,用一只树根般弯曲多节、沾着泥巴的褐色修长手指指出昨天的报纸上别人可能漏看的项目,再不然就是大谈女人穿上皮草就会产生跟那种动物一样的习性之类的事。霍克斯奎尔想起害羞的郊区女孩常会穿上染得像山猫毛皮的兔毛,不禁笑出来。她有时会带一份三明治来跟他分享,倘若他想吃东西的话。她来找他通常很有收获。

"纸牌,"她说,"纸牌和罗素·艾根布里克。"

"那家伙啊。"他说,沉思了一会儿。他抖了抖报纸,仿佛想把里面一个让人困扰的想法抖出来。却抖不成。

"怎么了?"她说。

"天杀的真的有什么变了,"他抬头往上看,"有个……你刚说是什么?"

"我没说啊。"

"你说了个名字。"

"罗素·艾根布里克。在纸牌里。"

"纸牌里。"他说着小心翼翼地把报纸折起来。"这就够了,"他说,"这样就行了。"

"告诉我你怎么想。"她说。

但她太过紧迫逼人,这样很危险,因为就像那些伟大歌手,要他们再加演一曲,他们就变得暴躁阴沉。弗雷德站起来(依然弯腰驼背),在口袋里翻来翻去,寻找某样根本不存在的东西。"得去看我叔叔了。"他说,"你有没有一块钱让我搭公交车? 一块钱或一些零钱之类的?"

由东向西

她沿着终点站偌大的拱顶大厅走回去，这次没有什么收获，反而更加困惑。数百个行色匆匆的人绕着中央那座神殿似的大钟打转、挤到售票口前排队，个个看起来心烦意乱、压力沉重、对自己的命运感到彷徨；但她无法确定这是否只是他们生活的常态。她仰望上方：那条用金漆绘成的黄道带斜斜横过靛蓝色的圆顶。它已经在岁月的洗礼下变得黯淡，镶在里头的小灯泡很多也都不亮了。她放慢脚步、张大嘴巴，然后转过身来瞪着它，无法相信自己的眼睛。

那条黄道带以正确的方向横过圆顶，由东向西。

不可能。这一直是她最爱的笑话：疯狂大城的中心竟然横着一条方向相反的黄道带，那个壁画家要不是不认识星空，就是故意胡闹来消遣他这不幸的城市。她曾经猜想过若是从终点站这个倒过来的星空下逆着走回去会发生什么事（当然要先做好准备），但为了顾及礼貌，她一直没尝试过。

但瞧瞧现在。白羊座就在那里，是正确的位置，还有缺了后脚的金牛座、双子座、巨蟹座、狮子座、处女座、天秤座。接下来是天蝎座，红色的阿尔法星位在它的刺里。手持弓箭的人马座，长着鱼尾巴的摩羯座，拿着瓶子的水瓶座。还有尾巴绑在一起的双鱼座。她瞪目结舌地站在那里，人潮不断从她身旁绕过、涌进涌出（只要路径上出现固定不动的物体，他们都是这么做）。就像那古老的把戏，她的动作也具有传染力：人们开始跟着抬头仰望、迅速扫视一圈，但由于看不出她眼里所见那件不可思议的事，他们就继续赶路了。

白羊座、金牛座、双子座……她挣扎着抓住那份记忆，想记得它们原本明明方向相反、并非一直都像现在这样，因为它们看起来就像实际天空里的星座一样古老而未曾改变。她开始害怕。一场变化：她会在外面街上发现什么样的变化？而未来又有哪些即将发生的变化？罗素·艾根布里克到底对世界施了什么魔咒？她又为什么这么确定幕后黑手就是罗素·艾根布里克？此时响起一阵低沉甜美的钟声，回荡在她周围，声音不大但很清晰，仿佛早已知道秘密似的波澜不惊：那是终点站的钟，报出当下的时刻。

西尔维？

亚历山大·毛斯曾在市中心盖了一栋建筑，顶上有一座状似金字塔的尖塔，是大城里唯一会为居民报时的钟楼。现在这座钟塔也敲出一样的时刻。它有四个声调不同的钟，但其中一个已经敲不出声音了，其余的钟声则不规则地落入下方的街道，不是被风吹走就是被车声掩盖，所以通常没什么实质效用。但奥伯龙反正不在乎现在几点，只是打开一扇通往老秩序农场的门。他往周围扫视一圈，确定自己没被歹徒跟踪。（他已经被抢过一次了，抢匪是两个小孩，但由于他身上没钱，他们就抢走了他手上那瓶杜松子酒。接着他们还抢走他的帽子、扔在地上，离去时还不忘用他们穿着球鞋的大脚踩了踩。）他溜进门，把门锁好、闩上。

他沿着大厅走下去，穿过乔治在墙上打的一个参差不齐的洞进入隔壁建筑，从走廊过去，抓着涂了一层又一层油漆的扶手爬上楼梯。接着再从走廊边的一扇窗户爬上逃生梯，对下面那些拿着幼苗和铲子工作的快乐农夫招了招手，进入另一栋建筑里另一条狭窄幽闭的走廊，很高兴回到这熟悉的黑暗里，因为这就是家。西尔维在走廊底端挂了一面漂亮的镜子，下面再摆一张小桌，桌上有一碗干燥花。真好。

他转了转门把，却打不开门。"西尔维？"不在家。还没下班，不然就是在外面耕田，再不然就是还在外面玩，因为这新春的阳光一定让她热带岛国的血液沸腾不已。他掏出他的三把钥匙，在黑暗中端详它们，愈来愈不耐烦。卵形那把用来开最上面的锁，楔石状那把开中间的锁。该死！他弄掉了一把，只得气呼呼地趴在地上，在那无可救药的万年尘垢之间摸索钥匙的下落。找到了。这把只有圆形把手的巨大钥匙开的是那个警察专用锁，用来把警察锁在外面，哈哈。

"西尔维？"

折叠卧房看起来大得古怪，而且虽然每一扇小窗都有阳光洒落，却不知怎的没有愉快的感觉。怎么了？这地方似乎被打扫过，但并不整齐；似乎打扫过，但并不干净。他逐渐意识到少了很多东西，非常非常多的东西。他们遭小偷了吗？他谨慎地进入厨房。水槽上方那一大堆西尔维的软膏类物品都不见了。她的洗发精和梳子也不见了。统统不见了。只剩他自己的老吉列刮胡刀。

卧房里也一样。她的纪念品和漂亮的东西都不见了。她那尊有着惨白脸孔和黑色卷发的陶瓷女子雕像也不见了（这其实是个珠宝盒，上半身可以跟穿着大圆裙的下半身分开）。挂在门后的帽子不见了。她那个塞满了重要文件和各种照片的巨大信封也不见了。

他扯开衣柜的门。空荡荡的衣架撞在一起哐当作响，他自己挂在门上的外套摇晃了一阵，但完全没有她的东西。

完全没有。

他环顾四周，接着再次环顾四周。然后静静地站在空荡荡的房间正中央。

"不见了。"他说。

第五部
记忆之术

第一章

> 记忆的范畴是无穷的，其饱满程度无尽，
>
> 充斥其中的物件种类亦不可数……
>
> 我竭尽所能钻入其中，怎么也找不到终点。
>
> ——奥古斯丁，《忏悔录》

一个深沉的午夜，石头姑娘来到爱丽尔·霍克斯奎尔家顶楼的宇宙光学仪那扇小小的门前，重重敲门。

"吵桥棍棒与枪支俱乐部的人来找你。"

"好的。让他们在客厅里等吧。"

这片玻璃天幕上唯一的光源就是镜面月亮后方真正的月亮，还有黯淡的大城灯光，黄道带和星座皆黑不可见。多奇怪，她心想，宇宙光学仪只在白天灼灼发光，到了晚上，当真正的天空满是星辰的时候，反而一片朦胧（跟自然状况恰恰相反）……她起身出来，用珐琅标示出山川的铁铸地球在她脚下哐当作响。

英雄觉醒

自从发现终点站那靛青色圆顶上的黄道带已经从错误中更正、变成正常的方向，已经过了一年时间。那一年里，她更加如火如荼地调查罗素·艾根布里克的性格与出身，但俱乐部倒是诡异地陷入了沉默。他们最近已经不再发送神秘电报要她加紧努力，而尽管弗雷德仍如常把费用送到她家，却不再附上往常的那些鼓励或责备。他们失去兴趣了吗？

倘若是的话，她认为自己今晚就能让他们重燃兴趣。

其实她几个月前就破了案，答案不是得自她那些神秘研究，而是从一些平凡的地方找到的，例如她的旧百科全书（《大英百科》第十版）、格雷戈罗维乌斯的《中世纪罗马》第六册、以及费奥雷的约阿基姆修士的《预言书》。她可是使尽了浑身解数、花了无数心力和时间才得到这么肯定的答案。但现在已经毋庸置疑了。她已经知道那是"谁"。她还不知道"如何"或"为何"，不知道罗素·艾根布里克所捍卫的时间的子孙是谁，也不知道那副纸牌在哪里，也不知道他是如何出现其中的。但她已经知道罗素·艾根布里克的身份，因此她把吵桥棍棒与枪支俱乐部的成员招来宣布这则消息。

他们坐在一楼灯光黯淡而拥挤的客厅内。

"各位，"她抓住一把椅子的椅背，仿佛把它当成讲台。"两年多前，你们托我查出罗素·艾根布里克的个性和意图。你们等了很久，我想我今晚至少可以告诉你们他的身份。至于这个案子该怎么办就比较难说了，我甚至不确定能不能给你们一个建议。就算我能，你们也不见得能够执行——是的，连你们都不例外。"

听她这么说，大家纷纷面面相觑，不像舞台动作那么夸张，但效果已经相去不远：凸显出共同的惊奇与担忧。霍克斯奎尔曾一度怀疑这些男子根本不是吵桥棍棒与枪支俱乐部的人，而是受聘来代表他们的演员。她压抑了这个想法。

"我们都知道，"她继续说，"在很多神话故事里，很多战死沙场或悲惨丧命的英雄据说都没死，而是被带到了别的地方，例如一座岛屿、一个山洞或一朵云里，在那里陷入沉睡。在他的子民最需要他的时候，他就会从那里现身，带着他的武士们前来救援，然后开启一个新的黄金时代。'一时为王，永远为王'。阿瓦隆的亚瑟王；波斯的席坎达[1]；爱尔兰的库丘林[2]；耶稣自己。

---

1. 席坎达（Sikandar），乌尔都语，意为亚历山大大帝。

2. 库丘林（Cú Chulainn），爱尔兰民间传说中独身保卫祖国抵抗侵略的英雄。

"这一切故事虽然都很动人，但都不是真的。不管人民遭遇什么困境，亚瑟王都没醒来；而库丘林的子民就算自相残杀了好几个世纪，他也还是照样沉睡。至于不断被提起的'基督复临'也一再拖延，甚至拖过了教会本身的大限。不：不管下一个时代带来的是什么（况且那还是在很远的未来），届时现身的绝对不会是我们熟知的英雄。但……"她顿了一下，突然一阵迟疑。这些话大声说出口似乎显得更荒唐。再开口时，她甚至尴尬地涨红了脸："但当中其实有一个故事是真的。纵然这个故事流传了下来，我们却压根儿没想过它会是真人真事，不过它大部分情节也确实是虚构的，且故事内容和当中英雄如今都已遭淡忘。但我们知道它会是真的，因为故事的结局已经发生了：英雄已经觉醒。他就是罗素·艾根布里克。"

这句话的力道并不如她的预期。她感觉他们畏缩了一下，看见他们僵起脖子，疑惑地把下巴缩进昂贵的领口。除了继续说下去她别无选择。

"你们也许跟我一样，"她说，"想知道罗素·艾根布里克回来是要帮助什么人。作为一个民族，我们的历史还太短，不可能编出像亚瑟王这样的故事，而且可能也自满得认为没这个必要。我们并没有为所谓的建国者编出这种故事。如果说他们其中一人没死而是在欧扎克或落基山脉里沉睡，人们只会觉得好笑，不会当它是一回事。只有那些饱受轻视、跳着鬼舞的红人拥有够久的历史和记忆来创造这样的英雄，但印第安人对罗素·艾根布里克和我们的历代总统根本没什么兴趣，如同艾根布里克对印第安人也没什么兴趣。那么到底是哪个民族？

"答案是：不是任何民族，而是一个帝国。那个帝国包含了各种民族，曾经拥有生命、皇冠、不断变动的疆界与首都。你们记得伏尔泰的讽刺吧：它既不神圣，也不罗马，亦非帝国。但就某种层面而言，直到它的最后一任皇帝弗朗西斯二世于1806年辞去头衔前，帝国一直是存在的。好吧。各位先生，我的理论是神圣罗马帝国其实一直存在。它像个变形虫一样不断变动、爬行、扩张、收缩，而就在罗素·艾根布里克睡觉的同时（根据我的计算，他睡了整整八百年），它已经像板块一样悄悄地漂浮移动，现在它已经移到这里，就在我们脚下。它的国界该怎么划分我不知道，但我猜可能跟我国的国界恰恰相同。这座城市甚至可能是它的首都，但也可能只是主要都市而已。"

她已经不敢再看他们。

"而罗素·艾根布里克呢？"她自言自语，"他曾经是帝国的皇帝。不是第一任，因为第一任是查理曼大帝（人们也为他编过沉睡的故事），也不是最后一任，甚至不是最伟大的一任。他精力充沛、才华横溢、脾气阴晴不定、不擅管理，作战时很稳定，但通常不大成功。对了，给帝国名字冠上'神圣'一词的就是他。在 1190 年左右，由于帝国承平且教皇暂时没去叨扰他，所以他决定发动一场十字军东征。但那些异教分子只被他稍微教训了一下而已，他赢了一两场战争，接着就在亚美尼亚过一条河时从马背上摔下来，却因盔甲太重而无法脱身。最后他溺死了。格雷戈罗维乌斯等权威都是这么说的。

"但后来的德国人却不相信这个说法。他们认为他没死，只是睡着了而已，也许就在哈兹山脉的基夫豪森山丘下（那里甚至成了观光景点），也可能是在海底的冬丹尼尔¹ 或什么地方，但有一天他终将再临，回来帮助他亲爱的德国子民，带领德国军队战胜、引导德意志帝国迈向荣耀。德国 20 世纪的丑陋历史也许就是为了成就这个无谓的梦想。但事实上，那个皇帝虽是那样的出身、拥有那样的名字，他却不是德国人。他是世界的皇帝，或至少是基督教世界的皇帝。他是罗马恺撒和法国查理曼大帝的后裔。如今他已经变了，但并未因此改变他的忠诚，只是换了个名字而已。各位先生，罗素·艾根布里克就是神圣罗马帝国的红胡子腓特烈，没错，就是他，醒过来统治这个陌生帝国的晚期。"

说到最后一句话时她提高了音量，因为此时她的听众已经开始窃窃私语、抗议、甚至站起来。

"荒唐！"有人说。

"可笑！"另一人啐道。

---

1. 冬丹尼尔（Domdaniel），《天方夜谭》续编中虚构的海底洞穴，据说位于突尼斯附近。

"霍克斯奎尔，"第三个人比较理性，"你的意思是说罗素·艾根布里克自认是这个皇帝复活，而……"

"我不知道他自认是谁，"霍克斯奎尔说，"我只是告诉你们他是谁。"

"那么回答我这个问题吧。"那个会员说，举起一只手要大家安静。"为什么他要选在这时候归来？我的意思是，你不是说这些英雄都是在子民最需要他们的时候回来吗？"

"按照传统是这么说没错。"

"所以为什么是现在？倘若这个没用的帝国已经潜藏了这么久……"

霍克斯奎尔垂下眼睛。"我说过了，我很难给予什么建议。这个谜团恐怕还有很多关键是我不知道的。"

"例如？"

"例如，"她说，"他提到的那副纸牌。我现在没办法说明理由，但我必须看到它们、摸到它们……"众人不耐地换腿跷脚。有人问她为什么。"我猜想，"她说，"你们必须知道他的力量多大、他的机会如何、他认为何时是良机。重点是，先生们，你们若想压制他，那么最好先弄清楚时间是站在你们这边还是站在他那边，弄清楚自己是不是在无谓地抗拒一场无可避免的事。"

"而你没办法告诉我们答案。"

"恐怕还不行。"

"没关系，"在场的资深会员站起来，"霍克斯奎尔，由于这个案子您调查太久，我们已经自行做了决定。我们今晚过来主要是为了解除您的职务。"

"嗯哼。"霍克斯奎尔说。

资深会员不加掩饰地笑了笑。"而在我看来，"他说，"你今天揭露的事也不大能改变我们的决定。根据我念过的历史，神圣罗马帝国跟组成帝国的那些民族的生活没有太大关系。我没说错吧？真正的统治者都喜欢大权在握、掌控全局，但他们不管怎样都是为所欲为。"

"通常是这样没错。"

"那就好了。我们决定的做法是对的。倘若罗素·艾根布里克真是这位皇帝，或者已经让够多人相信他是（对了，我注意到他一直拒绝宣布自己的身份，真神秘），那么他对我们应该是有用而不是有害。"

"可以容我问一句吗？"霍克斯奎尔说，挥手要端着酒杯与醒酒瓶站在门边的石头姑娘进来，"你们打算采取什么行动？"

吵桥棍棒与枪支俱乐部的人靠回椅背上，露出微笑。"选举。"其中一个会员说，他是对霍克斯奎尔的结论抗议得最严重的人之一。"某些江湖郎中的力量是不容小觑的，"他继续说道，"这是我们从去年夏天的游行暴动里学到的事。像万街教堂的骚乱等等。当然了，这种力量通常都是昙花一现。不是真正的力量。都只是虚张声势，真的。全是些转眼即逝的风暴。而他们也知道这点……"

"但是，"另一个会员说，"当这样一号人物接触到真正的权力分子，被应允分到一杯羹、意见被采纳、虚荣心受到吹捧时……"

"就可以吸收他了。说白一点就是可以利用。"

"你知道，"资深会员挥手表示他不喝饮料，"综观大局，罗素·艾根布里克没有真正的力量，他欠缺有力的支持者。只有几个穿着彩色衬衫的小丑和几个忠心人手。他到处办演讲，但到了第二天还有谁记得？他若是强烈地激起新仇、唤醒旧恨，那又是另一回事——但他没有。他谈的东西全都很模糊。所以，我们会提供他真正的盟友。他没有盟友，所以他一定会接受。我们会提供诱因。他会成为我们的人。而且利用价值可能他妈的高。"

"嗯哼。"霍克斯奎尔又说了一次。由于受过的都是最纯粹、层次最高的教育，她从来不觉得欺骗和隐瞒是件容易的事。罗素·艾根布里克没有盟友是事实，没错。但她理应让他们知道他其实是某些更强大、更难以名状、更阴险的势力所派出来的爪牙，虽然她还说不上来这些势力是什么。然而她现在已经跟这个案子毫无关系。况且他们八成也不会听她的，她可以从他们沾沾自喜的脸上看出这点。但想起自己知情不报的事，她还是涨红了脸，说："我打算喝一杯。没有人要跟我一起喝吗？"

"至于那笔费用，"有个会员说，在她帮他倒酒时紧盯着她看，"当然不必退还。"

她对他点点头。"你们打算何时执行计划?"

"下礼拜的今天,"资深会员说,"我们会在他的旅馆里跟他碰面。"他起身环顾四周,准备离去。那些拿了饮料的会员纷纷连忙喝光。"很抱歉,"资深会员说,"您花了这么多力气,结果我们还是决定自行解决。"

"这样也好。"霍克斯奎尔说,并未起身。

此时他们全站了起来,以造作的姿态面面相觑,表达了深思的怀疑或怀疑的深思,接着就静静离去。其中一人出门时还说希望她没受冒犯,而其他人各自上车时也都在思考这样的可能:倘若她真被冒犯了,那么对他们而言会是什么意义。

霍克斯奎尔也独自思忖着这件事。

卸下了俱乐部托付的事,她就是个自由人了。倘若一个新的旧帝国正在重新崛起,那么她的力量就能获得更新更广的视野。跟大多数伟大巫师一样,霍克斯奎尔对权力的诱惑也未能免疫。

然而并没有什么新时代即将展开。说到最后,罗素·艾根布里克背后的力量说不定也比不上俱乐部的力量。

她该站在哪一边呢? 倘若她能够分辨哪一边是哪一边的话?

她看着白兰地在酒杯上留下的印记。一个礼拜后的今天……她摇铃招来石头姑娘,命令她泡咖啡,准备彻夜工作 ——时间太少,不能睡觉了。

不为人知的悲伤

天亮后,她筋疲力尽但毫无斩获地下楼,踏上鸟鸣阵阵的街道。

她高耸狭长的房子对面有一座小公园,原本是公共公园,现在却已大门深锁。只有公园周围那些房屋与私人俱乐部的人握有钥匙,可以打开铸铁大门。霍克斯维尔就有一把。这座公园里满是雕像、喷泉和鸟澡盆之类的装饰品,很少能让她精神一振,因为她已经不止一次把它当成某种便条纸,顺着太阳移动的方向在它的外围描绘出一个中国朝代或某种神秘的数学。当然了，这些她现在都已经牢记在心。

但在五月一日这个多雾的早晨，公园一片朦胧，丝毫没有严苛的感觉。整个空气几乎不像是大城的，充满了新叶的甘甜气息，而她现在需要的正是这种模糊朦胧的感觉。

来到大门前时，她发现那里站了个人，正抓着栏杆无望地盯着里面看，像个被关在外面的囚犯。她等了一会儿。这种时间会在外游荡的只有两种人：勤奋早起的工作者，或是一夜未眠的失意者。眼前这个人长长的外套底下似乎露出了睡裤的裤脚，但霍克斯奎尔不认为这就代表他是个早起者。她摆出贵妇的姿态（遇上这种人就是要这样），取出她的钥匙，请那男子让开一下，因为她想开门。

"也该是时候了。"他说。

"噢，不好意思。"她说，因为他只是满怀期待地往旁让了一小步，接着就企图跟着她进来。"这是座私人公园。你恐怕不能进来。只有住在周围的人可以进来，你知道吧。有钥匙的人。"

此时她已经看清楚他的脸，他长着杂乱的胡子，脸上满是脏兮兮的皱纹，却还很年轻。他剽悍但空洞的眼睛上方长着一道连在一起的眉毛。

"真他妈的不公平，"他说，"他们大家都有房子，干吗还要一座公园？"他愤怒又挫折地瞪着她。她不知道该不该向他解释他不能进入这座公园一事并没有哪里不公平，就跟他不能进入周围的房子一样。他的眼神似乎在要求她提出某种抗辩，但另一方面，他也可能只是在抱怨那种广泛存在且没有答案的不公平，也就是弗雷德·萨维奇一再指出的那种，不需要什么虚伪或特别的解释。"哦。"她说，她对弗雷德也常这么说。

"而且这该死的公园还是自己的外曾祖父盖的。"他把眼睛往上转，开始计算。"是外高祖父才对。"他突然饶有意图地掏出一只手套戴上（无名指从一个破洞里露出来），开始擦拭一块镶在老旧门柱上的牌子，把上面的新生藤蔓和尘土拨去。"看到了吗？该死。"她花了一会儿时间才看懂，很惊奇自己以前从没注意到它。几乎整个公共工程艺术史

386

都呈现在那排列得紧密无比的罗马式版面上了，钉子的钉头还是小花的形状。牌子上写："毛斯　德林克沃特　石东　1900 年"。

他不是疯子。遇上这种事时，大部分大城人（特别是霍克斯奎尔）都能清楚分辨这究竟是一个疯子不可能的狂想，还是一个迷失潦倒的人不可思议却真实无比的故事。差别极其细微，却蒙混不得。"你是哪位？"她说，"毛斯、德林克沃特，还是石东？"

"我猜你一定不会知道在这座城里要找到一点宁静有多困难，"他说，"你觉得我看起来像乞丐流浪汉吗？"

"呃……"她说。

"事实是，你只要在一张天杀的公园长椅或一个门口坐下，铁定会有十几个醉鬼和大嘴巴的人在一旁齐声吵个不停。大谈他们的人生故事。一瓶酒传来传去。大家都是死党。你知道有多少乞丐是同性恋吗？很多呢。太令人惊奇了。"嘴里说很令人惊奇，但他却一副早就知道的模样，但不管怎样都同样令人愤怒。"安详与寂静。"他又说了一次，语调里充满了真实的渴望，渴望小公园里沾着露水的郁金香花床和满是绿荫的小径，因此她说："好吧，我猜你若是建造者的后裔，破个例也无妨。"她转动钥匙打开了门。他在门前迟疑了片刻，接着就进去。

一进入公园，他的愤怒似乎就平息了下来，而尽管原本没这个打算，她还是跟他一起走上那些古怪的蜿蜒小径。小径看似通往公园深处，却总会让你回到外围。她知道秘诀在哪里——当然，只要踏上那些似乎通往外面的小径，你就反而会往里面走，因此她巧妙地引导他往那个方向去。尽管看起来不可思议，但他们确实来到公园中心，那里矗立着一座凉亭或神殿之类的东西（但她认为其实是工具间）。层层叠叠的树木和年老的灌木丛让它看起来不像实际上那么小，从某些角度看去，它甚至像是一栋大房子露出来的前廊或屋角。而尽管公园很小，但透过某种植物的排列与透视技巧，在公园的中心几乎看不到周围的城市。她开始讨论这点。

"是啊，"他说，"愈往里面去就愈大。你要来一口吗？"他从口袋里掏出一只扁平的透明瓶子。

"现在对我来说太早了。"她说。她兴味十足地看着他打开瓶盖、喝一大口，他的喉咙八成已经老练得什么感觉都没有了。但他竟然不由自主、用力颤抖了几下、脸孔因恶心而扭曲，她自己如果喝那么一大口一定也是这种表情。还很嫩呢，她心想。其实只是个孩子。她猜想他有不为人知的悲伤，于是开心地玩味起这件事，因为她正需要换换心境，之前的工作实在太沉重了。

他们一起坐在长椅上。年轻人用袖子擦擦瓶口，小心翼翼地把它盖上，然后不疾不徐地把酒瓶塞回棕色外套的口袋里。真奇怪，她心想，那个玻璃瓶和里面那残酷的透明液体竟拥有此等抚慰的力量，让他如此温柔以待。"那个天杀的东西是什么?"他说。

他们面对着那座方形的石头建筑。霍克斯奎尔认为应该是工具间，只是盖成了凉亭或某种欢乐宫之类的模样。"我也不是很确定，"她说，"但我想上面的浮雕代表四季，一面一季。"

他们面前那一面是春天。有个希腊少女正在摆弄盆栽，手里拿着一把很像铲子的古老工具，另一手则拿着一株幼苗。一只小绵羊蜷缩在她脚边，跟她一样满脸希望与期待，散发着清新气息。这是面很不错的浮雕，艺术家透过不同的深浅创造出一种印象，仿佛远方有新翻的田地和归来的鸟儿。古老世界的日常生活应该就是这样。这跟大城的春天一点也不像，但毕竟还是春天。霍克斯奎尔已经不止一次把它当作春天。她曾经猜不透这座小屋为什么歪歪斜斜地坐落在那里，没有跟周围的街道平行或垂直，但略做思考后，就发现它其实是对准了罗盘的方位：冬天面对北方、夏天面对南方、春天面对东方、秋天面对西方。在大城里，很容易就会忘记城北区只是大概对着北方而已，但霍克斯奎尔却不容易忘记这种事，这位设计师似乎也认为正确的方位很重要。她欣赏他这点。她甚至对身旁这名据称是设计师后代的年轻人笑了笑，尽管他看起来就像个连冬夏至和春秋分都不会分辨的大城人。

"有什么用?"他说，声音平静但尖刻。

"拿来记东西很好用。"霍克斯奎尔说。

"什么?"

"噢，"她说，"如果你想记住某一年，还有那年里各种事件发生的顺序。那么你就可以记下这四面壁板，然后用里面描绘的东西来象征你想记住的事件。比方说，倘若你想记住有人在春天下葬，就可以用那把铲子。"

"铲子？"

"唔，就是那个挖土的工具。"

他斜斜看了她一眼。"这有点病态吧？"

"只是举个例。"

他怀疑地看着那名少女，仿佛她真的让他想起了什么，想起什么不愉快的事。"那种小植物，"许久后他终于开口了，"可以代表你在春天开始的某个东西。例如一份工作。一些希望。"

"就是这样，"她说。

"接着它就凋零了。"

"或者开花结果。"

他沉思良久，取出他的酒瓶又喝了一口，但这次没像上次那样龇牙咧嘴。"为什么，"杜松子酒从喉咙滑过后，他用微弱的声音说，"为什么人们总想记住一切？生活就是眼前与当下。过去已经死了。"

她对此不予置评。

"回忆。系统。大家都拼命翻看旧相簿和纸牌。不是在回忆就是在预测。有什么用？"

霍克斯奎尔心中一凛。"纸牌？"她说。

"耽溺于过去，"他看着面前的春天壁画，"难道就能找回过去？"

"只能让它变得有条理。"她知道这些流浪街头的人就算看起来很理性，但本质上却跟住在房子里的人截然不同。他们会在外流浪是有理由的，通常表现在：不由自主地对事物产生独特的恐惧，与正常世界脱节。她知道不能对他进行追问，因为只会跟这公园里的小径一样，适得其反。但她现在可万万不想让这个话题溜走。"记忆可以是一门艺术，"她摆出一副女教师的派头，"就像建筑。我想你祖先一定懂这点。"

他扬扬眉毛、耸耸肩，仿佛表示"谁知道"或"管他呢"。

"建筑，"她说，"其实是凝结的记忆。这是一个伟人说的。"

"嗯哼。"

"过去很多伟大的思想家，"她也不知道自己怎会染上这种讲师的口吻，但她似乎不想改掉，她的听众似乎也听得入神，"都相信人的心智是一栋储存记忆的房子，而牢记事物最容易的方式就是虚构出一栋建筑物，然后用象征符号，在建筑物的各个地方标记出你想记得的事物。"好吧，他一定听得一头雾水，她心想。但思考了片刻之后他说了：

"就像用铲子记住那个被埋葬的家伙。"

"完全正确。"

"真蠢。"他说。

"我有更好的例子。"

"嗯哼。"

她举了昆体良那个色彩鲜明的法律案件当例子，以现代符号代替古老的象征符号，把它们分散在小公园各处。她把这个放在这里、那个放在那里，于是他的头也跟着四下转动，但她本人根本没必要看。"在第三个地方呢，"她说，"我们放一台坏掉的玩具车，提醒我们驾照已经过期了。第四个地方，也就是你左后方那个拱门似的东西，我们就放一个吊死的人，一个全身白衣的黑人好了，尖尖的鞋头指向地面，身上还挂一个牌子，写：INRI。"

"什么鬼东西？"

"鲜明、具体。法官说除非拿出书面证明，否则这场官司你就输了。穿着白衣的黑人就代表有书面证明。"

"白纸黑字。"

"是的。把他吊在那里代表我们掌握了这份白纸黑字的证据，而那个牌子表示这就是我们的救命符。"

"老天爷。"

"我知道听起来很复杂。我想这其实也没比一本笔记簿好用到哪里去。"

"那何必如此大费周章呢？我不懂。"

"因为，"她小心翼翼地说，感觉他虽然表面上呛她，骨子里却懂她在说什么，"你若修习这门技艺，那么你可能会发现你排列在那里的符号会自己偷偷改变，因此当你下一次唤起这些符号时，它们也许会对你透露一些具有启示的新信息，一些你不知道自己原来知道的东西。把你确实知道的东西依序排出来，就有可能促使你不知道的东西也浮上台面。这就是系统的优点。记忆是流动而模糊的，但系统是精确清晰的，比较易于理解。你提到的那副纸牌无疑也是同样的道理。"

"纸牌？"

太急了吗？"你刚提到抱着一副纸牌苦思。"

"我姑妈啦。其实不算是我姑妈，"仿佛想跟她撇清关系似的，"是我祖父的姑妈。她有一副纸牌。她会把它们摊在面前，绞尽脑汁。思考过去，预测未来。"

"塔罗牌吗？"

"啥？"

"那是一副塔罗牌吗？你知道吧，倒吊人啦、女教皇啦、高塔……"

"我不知道。我怎会知道呢？从来没有任何人跟我解释任何事。"他闷不吭声了一会儿，"但我不记得是什么图片了。"

"它们是哪儿来的呢？"

"不知道。英国吧，我猜。因为它们原本是瓦奥莱特的。"

她惊跳了一下，但他已陷入深思，因此没注意到。"而除了宫廷牌，是不是还有一些有图案的纸牌？"

"哦，是呀，有一大堆呢！人物、地点、事物、概念。"

她向后靠去，把十指缓缓交扣起来。她以前就遇过这种状况，一些她多次用来帮助记忆的地点（例如这座公园）开始出现虚幻的事物，有时具有忠告意味，有时只是古怪而已。纯粹是旧的排列方式产生重叠造成的，有时反而会让一些她原本看不见的意义浮上台面。要不是眼前这家伙的外套散发出一股酸臭味，底下的条纹睡裤也显现一种不折不扣的庸俗感，她说不定也会把他当成幻象之一。但没关系。世上没有什么是巧合的。"告诉我吧，"她说，"那副纸牌的事。"

"如果你想忘记某一年呢?"他说,"不是记住,而是要忘记。没办法对吧?没有什么系统可以办到,噢,一定没有。"

"噢,方法应该是有的。"她说,心里想的是他口袋里那瓶酒。

他似乎陷入了愁苦的沉思,眼神空洞,长长的脖子像一只忧伤的鸟般低垂着,双手在腿上交握。她正在仔细推敲该如何继续打听那副牌的事,他就开口了:"她最后一次用那副纸牌帮我算命时,说我会遇到一个黝黑的美丽女孩,还真是老套。"

"结果你真的遇到了吗?"

"她说我会赢得这女孩的青睐,但不是因为我有什么美德;接着我会失去她,但也不是因为我犯了什么错。"

他有好一阵子没再出声。虽然现在已经无法确定他是不是还在听她说话,但她还是轻轻开口:"爱情通常都是这样。"接着,由于他没反应,她又说:"我有一个问题,可以用某一副牌找到答案。你姑婆是不是还……"

"她死了。"

"噢。"

"但我阿姨……我说死了的不是我阿姨啦,我现在说的是我阿姨,索菲。"他挥了挥手,仿佛想表达"这复杂又无聊,但你一定能懂我意思吧"。

"那副纸牌还在你家里。"她猜测。

"哦,是啊。我们家从来不丢东西的。"

"究竟在哪里……"

他突然警戒地举起一只手,阻止她再问下去。"我不想谈论我家里的事。"

她等了片刻,然后说:"是你自己提起你高祖父的,说他建了这座公园。"为什么她脑海里突然浮现了睡美人的城堡?一座被荆棘团团围住的城堡,不得其门而入。

"约翰·德林克沃特。"他点着头说。

德林克沃特。那个建筑师……她灵光一闪。原来围住城堡的不是荆棘。"他是不是娶了一位名叫瓦奥莱特·布兰波的女士?"

他点点头。

"一个神秘主义者、预言家之类的?"

"天知道她是什么。"

她突然萌生一股急迫感,因此有了一个举动,也许有点莽撞,但已经没时间可以浪费了。她从口袋里掏出公园的钥匙,像古代催眠师那样把它放在他面前晃来晃去。"在我看来,"她发现这引起了他的注意,"你理应享有自由进出这座公园的权利。这是我的钥匙。"他伸出一只手,但她把钥匙微微收回。"我有个交换条件,帮我引见那位女士,不管她是你阿姨还是你的谁,并且清楚指点我该如何找到她。行吗?"

仿佛真被催眠了似的,他定定瞪着那把闪亮的黄铜钥匙,把她想知道的事全说了出来。她把钥匙放进他戴着脏手套的手中。"成交。"她说。

奥伯龙紧紧握住钥匙,如今这是他唯一的财产了,但霍克斯奎尔不可能知道这点。接着,魔咒破除后,他转开目光,不确定自己是不是背叛了什么,但又不愿意感到自责。

霍克斯奎尔站起身。"这场谈话真是太有启发性了,"她说,"好好享受这座公园吧。如我刚才所说的,它也许会有用处。"

列出年份

奥伯龙又喝了一大口呛辣但令人畅快的酒后,闭起一只眼睛,开始打量他这片新领土。其形状之规律令他讶异,因为它的风格潇洒奔放、满是树荫、原始自然。但只要坐在他那个位置,就可以轻易看出那些长椅、大门、方尖碑、鸟屋和小径交叉口的对称性。它们全都从那栋四季小屋辐射出去。

她教他的那些东西当然全是些没用的废话。自己把这疯子给引到了家里去,他确实有点难过自己把这疯子给引到了家里去,但他们八成也不会发现,因为他们自己也无药可救。况且那个代价真的无法抗拒。真奇怪,像他这么有同理心的人竟然走到哪里都会惹到一堆古怪莽撞

393

的家伙。

公园外有一座古典风格的小型法院大楼（他知道那也是德林克沃特的作品），从他这里望过去两边都是梧桐树，楼顶上等距立着一排立法者的雕像，摩西、梭伦……。法律案件就是要放在这种地方，没错。例如他自己跟佩蒂、史密洛东与鲁思律师事务所那场令人愤怒的战争。那些嵌着花格镶板、还没打开的黄铜大门象征他那笔被锁住的遗产，卵锚形的装饰板条象征拖延与希望、希望与拖延的无限重复。

真蠢。他转开目光。有什么用？不管这栋建筑能用多么优雅的方式协助他记住这复杂的案子（而他再次斜眼瞥向它时，发现它确实有这个作用），也都是没必要的。这一切他怎么可能忘记？他们不断施舍他小钱，足够他填饱肚子，也足以诱使他一再签署那些文书、弃权书、请求书与权利书（他愈签愈生气），而他们的神态就跟建筑物顶上那些拿着刻字板、书籍和法典的不朽石像一样。最后一笔钱他已经全部用来买手里这瓶杜松子酒，而瓶里所剩的也还绰绰有余，可以让他忘却自己乞求那笔钱所丧失的尊严，以及一切的不公不义。活像戴克里先[1]数着皱巴巴的小额钞票。

去他的。他把法院大楼留在外面。公园里没有法律。

列出一个年份。她曾说过她这套系统的价值在于，它能让你不由自主根据已知事物的排列方式看出你原本不知道的东西。

好吧。有件事是他不知道的。

倘若他能相信那个老女人说的话，那么他是否会当场动手，在每一块郁金香花床、每一根箭形栏杆、每一颗漆了白漆的石头、每一片初生的叶子上都赋予一份记忆，好让他把关于失踪的西尔维的每一个细节都排列在它们之间？接着他是否会在那些蜿蜒小径上狂乱地徘徊探索，就像此刻跟着主人进入公园的那只杂种狗一样，不断搜寻、搜寻，先是顺太阳方向，接着是逆太阳方向，直到那么一个简单的答案、那令人惊异的失落的真相终于浮现，使得他往头上猛力一拍、大喊"我明白了"？

---

1. 戴克里先（Diocletian，245—313），罗马皇帝。

不，他不会这么做。

他已经失去她了。她走了，永远离开了。正因如此，他当下的颓废堕落才合理，甚至是应该的。虽然花了一年时间寻找她的下落，但若在此时让他得知她的行踪，他一定会躲得远远的。

只是。他虽然已经不想再找她了，却很想知道原因。羞怯又试着想知道她为什么就这样永远离开了他，一个字也没留下，似乎连头也没回。想知道她的近况、过得好不好，想知道她有没有想起他，倘若有的话，又是以何种方式，是褒是贬。他又跷起腿，一只破旧的鞋子在空中抖动。不，无所谓了，真的。他知道那老太婆疯狂又荒谬的系统根本没有用，而这也无所谓。他知道小屋墙上的"春天"绝对不是她为他带来的那场春天，那株幼苗也不是他们的爱情，而那把铲子更不是在他愤怒忧郁的心里谱出这么多快乐的工具。

最初

他一开始还不觉得她闹失踪有什么大不了。她以前就出走过了，有时是几个晚上，有时是一个周末，他从没追问过她去了哪里、做了什么，他一直很冷静，他是那种从不插手的男人。她以前倒是从来不曾把每一件衣物、每一个小东西都搬走，但他也认为她做得出这种事，因为她随时可以在一个小时内把它们全部搬回来，理由可能是没赶上某班公交车、火车或飞机，再不然就是无法忍受跟她同住的亲戚、朋友或情人。到头来错误一场。由于太过急切、太过奢望人生能在糟糕至此的情况下顺遂发展，她一天到晚犯下大错。他还准备了一份如慈父般的讲稿，打算在迎接她回来之后用不受伤、不惊恐也不生气的口气对她劝说一番。

他到处寻找她是否留下字条。折叠卧房虽然小，但里面一片混乱，因此要漏看是很容易的事。可能掉到炉子后了；可能是她把它放在窗台上结果被风吹到院子里去了，可能被他夹到床里去了。字条上会是她巨大潦草又圆润的笔迹，开头一定是："嗨！"最后再附上代表亲吻的 X。一定是写在什么不重要的东西上，然后在他翻看那些不重要的纸张时被他丢掉了。他把废纸篓里的东西全部倒出来，但当他站在那堆垃圾里时，他却停下来、呆若木鸡地站在那里，因为他突然想到了另一种可能性，一张没有"嗨!"也没有"X"的字条。字条上的语气会像情书一样诚恳谨慎，但内容却不是情书。

他可以打电话给一些人。当他们折腾半天终于安装一部电话时，她曾花很多时间跟亲戚和熟人打电话，说话速度很快（听在他耳里）且很好笑，西班牙语夹杂英语，时而仰头大笑、时而大吼大叫。她打过的电话他一个也没记下来，而她自己也经常弄丢写有电话号码的纸片或旧信封，只好瞪着天花板大声念出不同的数字组合，直到配出一个听起来像是对的号码。

至于电话簿呢……当他翻开它时（只是试试而已，没有迫切需要），却发现里头一栏又一栏全是些罗德里格斯、加西亚、富恩特斯，配上一些磅礴华丽的基督教名字：蒙塞拉特、亚历杭德罗之类的，他从没听过她使用这些名字。说到浮夸的名字，瞧瞧最后那个家伙，阿基米德·齐齐道提。什么鬼东西?

由于想快点度过等待她回来的这段时间，他很早就去睡了。他躺在那里倾听夜里的各种咚咚声、哼哼声、嘎吱声和呼啸声，试图从中分辨出她踏上楼梯、踩上走廊的脚步声。光是想象她红色的指甲刮在门上的声音，他就心跳加速、睡意全消。翌日早晨，他猛然惊醒，却记不起她为什么不在他身边，接着他才想起自己根本不知道。

农场上一定有人听说了什么吧，但他必须谨慎。他小心控制自己的询问方式，以便万一传回她耳里时，他才不会显得因强烈占有欲而焦虑不安，或小题大做进行刺探的样子。但那些耙着泥土种植西红柿的农夫给他的答案却比他的问题更像问题。

"有看到西尔维吗?"

"西尔维?"

像个回音。基于某种礼貌，他没去询问乔治·毛斯，因为西尔维有可能正式投向他的怀抱，而他不想从乔治口中听到这件事。并不是说他跟这位表舅之间有过任何竞争或嫉妒之情，但好吧，他就是不想跟乔治谈起这件事。一份怪异的恐惧在他心里蔓延。他曾有一两次看见乔治推着手推车进出羊栏，因此他悄悄注意他。乔治似乎没有哪里不一样。

到了傍晚，他开始怒火中烧。他认为她光是离开他还不够，还设计了一场沉默的阴谋来掩藏她的行踪。那个漫长的夜里，他对着折叠卧房里的家具不止一次大声说了："沉默的阴谋"、"掩藏行踪"。这些东西没有一件是她的。（此刻那三个头戴褐色帽子、脸很扁的小偷正把她的东西从他们的束口袋里一件一件掏出来仔细检查，轮流发出低沉的惊呼声，然后把它们收进一只镶着黑铁的拱顶箱，等着主人前来领取。）

第二

虽然奥伯龙每天晚上都跑去询问，但第七圣酒吧的酒保（那个"他们专属"的酒保）当天晚上没去上班，第二天也是，第三天也是。新来的人也不确定他到底怎么了。也许到海岸去了。总之就是走了。奥伯龙后来就无法继续待在折叠卧房或老秩序农场，但他也没有别的据点可以守候，因此他又点了一杯酒。最近酒吧的客户群又出现了周期性的大变动。随着夜晚过去，他没看见几个常客，他们似乎被一群新客人取代了。表面上看来，这群新客确实跟他和西尔维熟知的那群人很像，事实上就每一方面来看都像是同一群人，偏偏他们不是。唯一熟面孔就是利昂。暗自挣扎了一会儿、喝了几杯杜松子酒之后，他终于挤出一个轻松的问题。

"你看到西尔维了吗？"

"西尔维？"

当然了，她也可能被利昂窝藏在城郊的某间公寓。也可能跟酒保维克托一起跑到海岸去了。他夜夜坐在嵌着咖啡色玻璃的那扇大窗户前，看着外面的人群来来去去，编出各种故事来解释西尔维为何失踪，其中有些令他宽慰，有些则令人痛苦。他给每一种假设都安排了一项深植于过去的动机，再搭配一个解决方案：她会怎么说、怎么做，而他又要如何回应。这些故事会变得不再新鲜，这时他就会像失败的面包师傅一样，将这些还很好看但终究没卖出去的产品下架，再换上新的。她失踪后的那个周五，他就泡在酒吧里做这样的事。现场挤满了亟欲作乐的人群，比白天那群人更加讲究（但他也无法确定这是不是同一群人）。他坐在高脚椅上，就像一块孤单的岩石，躺在来来回回的浪花间。烈酒的甜味跟他们的各种香水味混在一块儿，众人发出如海洋般的飒飒声。成为电视作家后，他将学会把这种声音称作"哇啦"。哇啦、哇啦、哇啦。侍者在远处服务座位上的人，一会儿开瓶、一会儿排放餐具。客人当中有个年纪较大的男子，鬓角已经斑白，但似乎是故意染的而不是老了，潇洒的举止中带有一丝隐约的堕落气息。他正在帮一个头戴宽边帽、口中发出笑声的黝黑女子倒酒。

那女子是西尔维。

他曾想过她失踪的理由之一就是厌恶自己的贫穷。她从前愤怒地试着用自己的二手衣物和廉价首饰凑出一套服装时，就常嚷嚷自己需要的是有钱老男人，说倘若她够无耻的话就去卖淫。"我说，你瞧这什么衣服啊，老天爷！"于是他看着她现在的穿着，那是他前所未见的：遮住她半边脸的帽了是丝绒料子，衣服剪裁得宜，灯光仿佛刻意强调似的落在她的低胸领口，照亮了她琥珀色的浑圆乳房，他从自己的位子上就看得到。小巧圆润。

他该离开吗？他能怎么脱身？他差点被内心的混乱所蒙蔽。他俩已经止住笑声，此时正举起装满火红色醇酒的酒杯，眼神交会，像两个沉迷酒色的人互相致意。老天爷，他怎有脸来这里。男人从夹克口袋里取出一个长形盒子，在她面前打开。里面一定装了蓝白相间的珠宝，闪烁着冷冷的光芒。不，只是个烟盒而已。她取了一根，他替她点燃。她抽烟的方式跟她的笑声和脚步声一样充满个人色彩，但还没能因看到那熟悉的模样而感痛苦，他的视线就被一大群人挡住。那群人走开时，他看见她拿着皮包（也是新的）站起身来。去厕所。他连忙遮住自己的头。她势必会经过他。要逃走吗？不：一定有方法可以跟她打招呼，一定有的，但他只有几秒时间可以思考。嗨。你好。你好？嘿，竟然会遇到……他心乱如麻。他算准时间，在她经过的时候转过头来，认为自己的表情应该已经恢复平静，怦怦的心跳也隐藏得很好了。

但她在哪里？他原本以为那个戴着黑帽从他身旁走过的女子是她，结果却不是。她不见了。是她走太快了吗？被人挡住了吗？她回来时势必要再经过一次。这回他一定要仔细看。说不定她因为羞愧而逃了，就这样偷偷溜走，把账单留给那位钱先生却不跟他上床。那个原本被他误认为西尔维的女子再次从他身旁挤过，穿过衣着讲究的人群回到钱先生身旁坐下。其实她跟西尔维差了好几岁、身高也差了好几英寸，走路时会熟练地摇摆身子，还用沙哑的声音说了声"不好意思"。

他怎么可能误以为……他突然一阵胆寒，心如死灰。酒吧里愉快的哇啦声渐渐转为一片寂静，因为奥伯龙突然察觉一件可怕的事，心思仿佛一颗坠落地面的线球般急速松脱，因为他领悟了这份幻觉所代表的意义，明白自己即将陷入什么样的状态。他举起一只颤抖的手招来酒保，急迫地用另一只手把钱从吧台上推过去。

第三

他从公园里的长椅上站起来。随着天色愈来愈亮，车声也愈来愈吵，大城正冲击着这片早晨的世外桃源。他不再犹豫，内心倒是升起一股奇怪的希望，顺着太阳的移动方向绕到小凉亭的另一侧，在"夏季"前坐下来。酒神和他的伙伴们，拿着装葡萄酒的软皮袋，置身斑驳的树荫中。有追赶的羊人、有逃逸的精灵。是的。就是这样，从前一直是这样，将来也会是这样。而这幅慵懒的画面下方有一座喷泉，是那种狮子或海豚从嘴里吐出水的喷泉，只是这座喷泉不是狮子或海豚，而是一个男人的脸，神情忧伤，一个顶着蛇发的悲剧面孔。水不是从他小丑般悲伤的嘴里流出来，而是从他的眼睛汩汩淌下，两道缓慢而持续的细流沿着脸颊和下巴滑落，注入下方一座满是浮渣的水池里，发出悦耳的声音。

与此同时，霍克斯奎尔跳上了她停在地下室的汽车，车上的皮椅和她手上的皮手套一样光滑。木制方向盘早已被她的双手磨得光亮，她利落地把长长的车子掉头、使它面朝外。车库门哐当作响地打开，汽车引擎声逸入了五月的空气里。

　　瓦奥莱特·布兰波。约翰·德林克沃特。这些名字构成了一个房间：房里有紫色和咖啡色的沉重大花瓶，里头插着蒲苇，墙上贴着百合花图案的壁纸、挂有里基茨[1]的图画，窗帘全部拉上，准备举行一场降神会。果树材的书架上陈列葛吉夫[2]的作品等等骗人的书。怎么可能有什么纪元在那里诞生或结束呢？由于交通壅塞，她只能像骑士棋一样呈 L 形朝郊区前进，轮胎不耐地掀起尘土。她心想：但也有可能，也许他们这些年来都守护着一个秘密，一个天大的秘密，也许她霍克斯奎尔差点就犯下一个天大的错误。这也不是第一次了……她开上宽阔的北向道路，周围的交通变得较为顺畅。她的车开始加速，穿梭在车流间。那男孩的指示古怪又曲折，但她不会忘记，因为她已经把每一道指示牢牢印在她记忆里一个古老的折叠式"大富翁"棋盘上了。

---

1. 里基茨（Ricketts，1866—1931），英国艺术家、插画家。

2. 葛吉夫（Gurdjieff，1866—1949），20 世纪上半叶著名的神秘主义者。

第二章

干渴的灵魂势必索求神仙之水，
但即便是宙斯的琼浆，
也不足以换取你杯中那一饮。

——本·琼生

地球继续绕圈子，将奥伯龙所在的那座小公园又朝夏季推进了三天。温暖的日子愈来愈常出现，就算无法跟地球规律的进度相提并论，但气温已渐趋稳定、相对不会变化无常，不久就会进入炎夏。但在公园里聚精会神的奥伯龙几乎没注意到这件事。他还穿着外套。他早已不再相信春天了，因此一点点暖意并无法说服他春天已经到来。

继续吧，继续吧。

不是她，是这座公园

困难之处向来都是：必须用正确的方法思考这件事、得出面面俱到的成熟结论，也就是"客观"。他很清楚她离开他的理由可能有千百种，因为他的缺点就跟铺在这些小径上的石头一样多、跟那株正在开花的山楂树一样冥顽棘手。毕竟爱情的结束没有什么神秘之处，神秘的只有爱情本身。它确实很伟大，但也跟青草一样真实，跟花朵、枝叶以及它们的生长一样自然而无法解释。

不，她离开他这件事只是悲伤的谜，疯狂而恼人的是她还闹失踪。她怎能什么也不留下？他想过她会不会是被绑架、被谋杀。也想过她

401

是不是故意策划自己的失踪，只为让他困惑到发疯，但她干吗把他逼疯？由于无法承受，他确实曾经狂乱地对着乔治·毛斯大发雷霆：说啊，你这狗娘养的！她到底在哪里？你把她怎么了？结果透过乔治·毛斯脸上真诚的恐惧看出自己的疯狂。乔治说："好了好了，你冷静下来。"一边伸手在自己的杂物间摸索棒球棍。不，奥伯龙寻找西尔维时神智确实不怎么清醒，但这也不令人意外吧？

在第七圣酒吧喝了四杯杜松子酒后，他就一直觉得外头来来去去的人群里有她的身影。而喝了第五杯后，他甚至觉得她就坐在身旁的高脚椅上。除了抓狂他还能怎样？

他去过一趟西班牙哈勒姆区，结果在每个街角都好像看见她，穿着吊带背心、推着娃娃车、在拥挤的门廊上嚼着口香糖，个个都是皮肤黝黑的美人，却没有一个是她。最后他宣告放弃。在那些充满特色但又一模一样的街道上，他已完全记不得她究竟带他去过哪些房子。此时她有可能在任何一间漆成水绿色的客厅里，透过窗帘的塑胶花边看着他从外面走过，有可能是任何一个亮着电视机蓝光与点点橘红色烛光的房间。更糟的经验是查询监狱、医院和疯人院：每个地方显然都被里面的住客给同化了，大家拼命踢皮球，把他从恶棍踢到疯子那里再踢到中风患者那边，最后甚至完全不理他，他始终不晓得这是故意的还是纯属意外。倘若她被关进了其中一间公共牢房……不。倘若只有疯子才会选择相信她没在那里，那么他宁愿当疯子。

他也会在街上听见有人唤他。轻柔而羞愧，或快乐而如释重负，再不然就是口气蛮横。此时他就会戛然止步、一动不动地站在川流不息的人群里对着大道左顾右盼、四下张望，纵使看不到她也不愿移动，就怕她跟丢了自己。有时他会再次听见呼唤声，口气变得更加急迫，但他还是一个影子也看不到，因此等了很久他只好继续前进，走走停停、不断回头张望，而且必须大声对自己说那不是她，那声音喊的甚至不是他的名字，算了吧。此时好奇的路人就会偷偷看着他自言自语。

他看起来一定像神经病，但那天杀的是谁的错？他只是试图保持"理性"而已，不想执迷于幻象。他也努力抵抗过，他确实试过，但最后还是投降了。老天这一定是遗传，跟色盲一样是不良基因，就这样传到了他身上……

好吧，如今这一切都过去了。这座公园和记忆术究竟有没有可能揭露她的行踪，他已经不感兴趣了。他待在公园里不是为了那件事。由于那些雕像、绿荫和步道似乎坦然接受了他的故事，因此他期待并相信只要把过去一年来的痛苦交付给它们（没有希望或沉沦、没有失落、没有莫名其妙的幻觉），那么有朝一日他回忆起的将不会是那场漫长的搜寻，而是这些纵横交错、看似往里面去，但总是通往外头的小径。

不是西班牙哈勒姆区，而是围墙外那个铁丝篮子，里面塞了一个雪佛啤酒瓶、一个杧果核和一份西班牙文日报，"杀"这个字照常出现在头条。

不是老秩序农场，而是那个立在竿子上的老旧鸟屋，吵吵闹闹的住客在里头进进出出、争相筑巢。

不是第七圣烧烤酒吧，而是酒神的浅浮雕，再不然就是森林之神或那些下半身是山羊、几乎跟他们的主神一样酣醉的萨提尔。

不是他这份与生俱来、挥之不去的疯狂所带来的古怪压力，而是那块镶在大门上的牌子：毛斯　德林克沃特　石东。

不是那些在他醉醺醺、毫无招架之力的时候侵扰他的假西尔维，而是那些正在跳绳或玩游戏的小女孩。她们总是一边窃窃私语，一边怀疑地偷瞄他，每次都是同一群，但每次都不一样，也许只是因为穿了不同的衣服。

不是街道上的季节，而是这座凉亭的季节。

不是她，而是这座公园。

继续吧，继续吧。

从未、从未、从未

他后来领悟到酒保那种冷冷的怜悯跟神父很像：是人人通用的，不是个人的；对大家都满怀慈悲，几乎对任何人都没有恶意。他们稳稳坐在圣餐和领圣餐者中间（一边微笑一边用玻璃杯和抹布做出仪式性与安慰性的动作），与其说他们赢得了爱、信任和依赖，倒不如说他们控制了这些东西。最好是讨他们欢喜。先大声说你好，然后巧妙奉上足够的小费。

"请给我一杯杜松子酒，维克托，我是说西格弗里德。"

老天爷，那种溶剂！一整个夏天的午后都溶解在里面了。他父亲曾经突然对科学展现罕见的热忱，于是在学校里做了示范实验，把一种蓝绿色的东西（是铜吗？）放进一杯清澈的酸性溶液里，直到那东西完全消失，连一丁点残留物都看不到。那东西跑哪儿去了？那个七月到哪儿去了？

第七圣酒吧是个凉爽的洞窟，跟任何地洞一样阴冷。由于眼睛已经习惯了黑暗，窗外白亮的热气显得更加空白刺眼。他看见一群人从窗外走过，在烈日下眨着眼睛、满脸愁容，身上的衣服已经少得不能再少。黑人变得灰暗油亮，白人则晒得通红，只有西班牙人容光焕发，但就连他们也时而流露疲惫枯槁的神态。这热气根本是凌迟，跟冬天的寒意一样。这里的每一个季节都不对劲，那种无限可能、充满魔力、甜美无比的日子在春季只有两天，在秋季大概只有一周而已。

"对你来说够热吧？"西格弗里德说。他接替了奥伯龙在第七圣酒吧的第一个朋友维克托的位置。奥伯龙从来不喜欢跟这个名叫西格弗里德的壮硕蠢蛋交朋友。他在他身上感受到一种不似牧师的残酷，甚至好像有点高兴见到别人的弱点，让他的服务蒙上一层幸灾乐祸的阴影。

"是的，"奥伯龙说，"是的，够热。"遥远的某处传来几声枪响。奥伯龙认为避免自己受到困扰的方法就是把它们当作烟火。反正你绝不会在街上看到死人，或者你在街上看到死人的概率就跟在树林里看到死兔子或死鸟的概率一样小。他们一定会被处理掉。"这里面倒是很凉快。"他微笑着说。

警笛大作，朝某个地方驶去。"闹出问题来了，"西格弗里德说，"这场游行。"

"游行？"

404

"罗素·艾根布里克。搞了场大活动。你不知道吗?"

奥伯龙挥了挥手。

"老天爷,你到哪去啦? 你知道有人遭到逮捕的事吗?"

"不知道。"

"一些持有枪械、炸药和印刷品的家伙。他们在一间教堂的地下室被抓到。是个教会团体,在策划一场暗杀还什么的。"

"他们想刺杀罗素·艾根布里克?"

"鬼知道? 说不定他们是他的手下哩。我忘啦。但他躲起来了,只是今天有这场大游行。"

"是拥戴他还是反对他?"

"鬼知道?"西格弗里德转身离开。奥伯龙若想知道细节,就自己去找份报纸吧。酒保刚才只是在闲扯而已,与其被奥伯龙问倒,他还宁愿去做别的事。奥伯龙尴尬地继续喝酒。外头的人正三三两两快速前进,不时回头张望着。有些人在大叫,有些人则在笑。

奥伯龙从窗前转开视线。他偷偷数了数自己的钱,思考接下来的傍晚与夜晚该怎么办。不久他就得降低自己泡酒吧的等级了,从这家舒适的店换到一些等而下之的地方,灯光明亮、毫无装饰、有着肮脏的塑胶吧台、脸色蜡黄的年迈顾客盯着贴在面前镜子上那便宜得荒唐的价目表瞧。旧书上都把这种店叫"小杯酒馆"。然后呢? 他当然可以自个儿喝酒,好好痛饮一番;但绝对不会是在老秩序农场,不会是在折叠卧房。"再来一杯吧,"他平静地说,"等有机会的时候。"

那天早上他决定不再搜寻,但这已经不是第一次了。他决定不再冲上前追寻那些虚幻的线索。她若不想被找到,你就找不到。他曾在心中呐喊:但万一她想被找到呢? 万一她只是迷路了呢? 万一在你寻寻觅觅的同时,她也在四处找你,万一你们昨天才差点遇上,万一此刻她就坐在附近的某处,例如一张公园长凳或一座门廊上,不知为何就是回不到你身边? 万一她此刻正想着:"他绝对不会相信这疯狂的故事(管它故事是什么),我只要能找到他就好了、就好了。"寂寞的泪水从她棕色的脸颊上滑落⋯⋯但那些全都老掉牙了。他很清楚这个"疯狂故事"只是他的执念，曾经是个闪亮的希望没错，但随着时间过去，它已经达到燃点，烧成了耻辱，连动力都称不上了。正因如此，他才得以把它捻熄。

他残酷地捻熄这份执念，来到第七圣酒吧。放一天假吧！

接下来只剩一件事要抉择了，而在杜松子酒的帮助下，他今天就会决定。她从来不曾存在过！她只是个幻觉！一开始一定会很难说服自己这是个多么明智的解决方式，但接下来会愈来愈容易。

"从未存在过，"他咕哝道，"从未、从未、从未。"

"啥？"西格弗里德说，这家伙通常连续杯的简单要求都听不到。

"暴风雨。"奥伯龙说，因为此时刚好传来一阵声音，倘若不是大炮就是打雷。

"能让天气凉快点。"西格弗里德说。对他有差才怪，奥伯龙心想，反正他一直躲在这洞穴里避暑。

除了那阵隆隆雷声，还有更具节奏感的低音鼓声从遥远的市中心传来。街上的人潮变汹涌了，人们被某种即将到来的大事件推着往前走、频频回头张望，但也可能他们就是这场事件的先驱者。警车冲进街巷和大道的交叉口，蓝色的灯闪烁不已。沿着街道前进的那群人大摇大摆地走在马路中央，让奥伯龙看得很爽快。有些人穿着艾根布里克拥护者那种宽松的彩色衬衫，此外还有一些人穿着紧身西装、戴着墨镜、耳朵里塞着看似但八成不是助听器的东西，正跟满头大汗的警察比手画脚讨论着事情。一支乐队奏着康茄舞曲往北行进，跟遥远的低音鼓声互相呼应，旁边包围着嬉笑的拉丁裔和黑人以及摄影师。他们的节奏逼得那些协调者不得不加快手脚。穿西装的人似乎指挥着警察，因为那些警察虽然全副武装，却一副手足无措的样子。雷声再次传来，比上一次更清晰。

自从来到大城，或自从他开始花很多时间盯着人群看以来，奥伯龙就发现人类（至少是大城的人类）不外乎那几种类型。不是按照外貌、社会地位或种族来区别，虽然那些堪称外貌上、社会上或种族上的特质确实有助于将人分门别类。究竟有几种类型他说不上来，也无法进行精确的描述，且除非眼前有个活生生的例子，否则他连这些类型都记不住。但他发现自己一天到晚自言自语："啊，那家伙就是那类型的人。"这丝毫无助于他寻找西尔维，因为不管她多么独特、多么具有个人风格，她还是隐约归属于某个类型，因此不管走到哪里，她这型的人都可能变成她的身影来折磨他。其中很多甚至跟她一点也不像。但她们是她的同类，令他痛苦的程度远远高过那些表面上跟她很像的"霍文"或"琳达"，例如现在挽着男友或丈夫结实的手臂，一边跳舞一边跟着康加乐队游行而上的那些女孩。他们后面出现了更大的一群人，似乎颇有地位。

这是一群衣着讲究的妇人与男子，肩并肩前进，有挺着大胸脯、戴着珍珠和眼镜的黑人女性，还有戴着简朴平顶帽的男人，很多都骨瘦如柴、弯腰驼背。他一直猜不透为什么那些肥胖无比的黑人女性在老去的同时还能长出严峻、轮廓分明、刚毅、坚强、饱经风霜的脸，毕竟这些特质通常是出现在瘦子身上。他们用长竿拉着一面跟街道一样宽的旗帜，上面挖有半月状的通风洞，以防旗帜被风吹跑。旗帜上用亮片拼出了这些字："万街教堂"。

"就是那间教堂。"西格弗里德说。为了看热闹，他把杯子搬到窗边来擦。"他们就是在那间教堂抓到了那些家伙。"

"有炸弹？"

"他们胆子真大。"

由于奥伯龙还是不知道在万街教堂里被逮的那些炸弹客究竟是拥戴还是反对这场游行的主角，也不知道这场游行到底是为了拥戴或反对他而发起的，所以他猜西格弗里德说的可能是事实。

万街教会代表团大部分是正派的穷人，但也有一两个艾根布里克的拥护者跟着他们一起游行，还有一个戴着耳机的人盯着他们。他们被众多媒体包围，有的徒步、有的搭乘外景车，此外还有全副武装的骑兵和好奇的人群。第七圣酒吧仿佛成了一个潮汐塘，潮水正在升高，因此有两三个人从门口挤入，把炎热的暑气和游行的汗水味也带了进来。他们以尖锐的口哨声和低沉的闷哼声大肆抱怨天气太热，然后点了啤酒。"给你，拿着吧。"其中一人对奥伯龙伸出黄色的手掌，塞了东西给他。

那是张小纸条，像塞在中餐厅幸运饼干里的那种。上面粗劣地印着半句话，但已经被那男子的手汗弄糊了一部分，因此奥伯龙只看得出"信息"一字。另外两个人也在比较类似的字条，一边笑着，一边拭去唇上的啤酒泡沫。

"这是啥意思？"

"你得自己找答案。"那男子愉快说。西格弗里德在奥伯龙面前放了一杯饮料。"说不定你只要配出正确答案就可以获得奖品。乐透之类的，嗯？城里到处都在发这东西。"

确实，奥伯龙发现外面出现了一队脸孔涂成白色的小丑或哑剧演员，正跳着步态舞跟在万街教会代表团后面，一边进行简单的特技、发射玩具手枪、脱下破烂的帽子行礼，一边在周围互相推挤的人群里发送这种小字条。人人都拿，小孩甚至吵着要更多，大家都仔细研究比较。倘若没人拿，小丑就把它们朝愈来愈强的微风中撒去。有个小丑按了他挂在脖子上的汽笛，从酒吧里可以隐约听见那诡异的哨音。

"搞什么？"奥伯龙说。

"鬼知道。"西格弗里德说。

在一阵铜管乐器的铿锵声中，一支乐队开始演奏，街道上突然满是鲜艳的丝绸旗帜，有条纹、有星星，在雷暴前的阵风里噼啪飞扬。众人大声欢呼。某些旗帜上印着双鹰，胸中是两颗燃烧的心脏，某些是鹰嘴里叼着玫瑰，爪子里抓着桃金娘、长剑、箭、闪电，顶上则有十字架或新月、或两者皆有，淌着鲜血、光芒四射，或迸出熊熊烈焰。它们似乎随着震撼人心的军乐飘扬翻飞，乐队穿的不是乐队制服而是大礼帽、燕尾服和蝙蝠翼状的纸板衣领。他们前方举着一面镶着金边的深蓝色旌旗，但奥伯龙还来不及看到上面写什么字，它就从眼前消失了。

酒吧内的客人纷纷来到窗前。"怎么了？怎么了？"哑剧演员和小丑在队伍周围活动、发送小字条，他们巧妙地闪避着众人乱抓乱抢的手，动作跟他们翻筋斗耍特技时一样灵活。此时的奥伯龙已经酒酣耳热、跟大家一样兴致高昂，但除了因为这摇旗踏步的活动本身，也是因为他完全不晓得这份狂热究竟是为了什么。又有更多人冲进第七圣酒吧，因此有那么一刻，音乐声变大了。那支乐队的素质并不好，根本就荒腔走板，但大鼓至少还维持了节奏。

"老天爷，"一个穿着皱巴巴西装、头戴无边草帽的憔悴男子说，"老天爷，这些人。"

"去瞧瞧吧。"一个黑人男子说。又有更多人进来，黑人、白人、其他人种。西格弗里德看起来很错愕，一副拒人于外的样子。他原本以为这会是个宁静的午后。此时突然传来一阵嗒嗒巨响，掩盖了他们点饮料的声音。外头来了一架直升机，在一阵尖锐的噪声中直直飞下街道，摆荡、盘旋、再次拉高、逡巡，在街上掀起阵阵狂风。人们紧紧抓住帽子，像遇上老鹰的家禽一样绕着圈子狂奔。直升机上传来毫无意义的粗嘎杂音，不断重复一些毫无意义的话，只是语调愈来愈坚持。街上的人吼了回去，于是直升机小心翼翼地转了个弯飞走。人们大声欢呼、对着那离去的魔龙发出嘘声。

"他们说什么，他们说什么？"客人互相询问。

"说不定，"奥伯龙自言自语，"是在警告他们快下雨了。"

确实快下雨了，但他们不在乎。又来了更多康茄舞者，几乎快被人潮给淹没，大家都跟着他们的节奏唱道："落下吧，下雨吧；落下吧，下雨吧。"开始有人打架，大部分只是互相推来推去，女性朋友惊声尖叫，路人赶紧把争执者拉开。这场游行似乎变成了一种群聚文化，逐渐演变成暴动。但此时传来了急迫的喇叭声，斗殴者被几辆黑色豪华房车给分开，车子的保险杆上还挂着迅速飘动的三角旗。很多穿西装戴墨镜的男子紧紧跟随在车子旁，阴沉着脸四下张望，显然不是来玩的。场景不祥地迅速变暗，傍晚那刺眼又混浊的橘红色天光如同电弧灯般倏忽熄灭。太阳一定是被乌云挡住了。连穿西装的保镖们整齐的发型都被趋强的风势吹乱。乐队已停止演奏，只剩下如挽歌般肃穆的鼓声。人群好奇地挤在车子周围，可能还有点生气。他们被警告不得靠近。一些车子上挂着黑色的花圈。是葬礼吗？透过车窗的黑玻璃什么也看不到。

第七圣酒吧的客人安静了下来，可能是出于尊敬也可能是基于不满。

"最后一个最好的希望，"戴着无边草帽的男子悲伤地说了，"天杀的最后一个最好的希望。"

"都结束了，"另一个人说完，喝了一大口酒，"都结束了，只剩叫嚣。"车子已经离去，人群尾随在后，鼓声就像愈来愈微弱的心跳。接着，当乐队在市中心再次开演时，传来了一声轰天雷，酒吧里的每个人都抱头闪避，接着才面面相觑地笑出来，尴尬自己竟然被吓到。奥伯龙一口气喝干了第五杯杜松子酒，对自己感到很满意。他说："落下吧，下雨吧。"然后把空酒杯推向西格弗里德，态度比平常更有威严，"再来一杯。"

突然下起了雨。豆大的雨珠先是滴滴答答溅在大窗子上，接着就滂沱而下，一路发出嘶嘶声响，仿佛雨中的城市是滚烫的。雨水冲刷着一片暗色玻璃，让游行队伍变得模糊一片。现在似乎有一队人马跟在黑色房车后出现，好像遭遇了某种阻碍。他们戴着挖有眼洞的兜帽或焊接工那种防护面罩，拿着棍棒或指挥棒，很难分辨他们是这场游行的一部分还是他们属于另一场敌对活动。第七圣酒吧很快就被躲雨的人潮挤满。其中一个哑剧演员或小丑鞠躬进门，脸上的白妆已开始脱落，但他似乎觉得某些人的招呼声怀有敌意，因此又鞠了个躬退出去。

雷声、雨水、在暴风黑暗中吞没的落日。刺眼的街灯下，人群如浪潮般从大雨倾盆的街道上推挤而过。有玻璃被打破、有人大叫、骚动、警笛，仿若战争。酒吧里的人冲出去要看热闹或亲身参与，外头看够了的人往酒吧里奔逃。奥伯龙平静又愉快地待在自己的高脚椅上，翘着兰花指端起酒杯。他喜气洋洋对着身旁那个头戴无边草帽的忧愁男子微笑。"酩酊大醉，"他说，"不夸张。我的意思就是醉大酩酊得跟酩酊大醉的人一样。你懂我意思吧。"那人叹了口气，把头转开。

"不不不。"西格弗里德大嚷，一边挥手作势阻挡，因为有一群艾根布里克的拥护者冲了进来，被雨淋得湿透的彩色衬衫紧紧贴在身上，还搀扶着一个受伤的人：这人脸上血迹斑斑。他们不理会西格弗里德，群众窃窃私语让他们进来。奥伯龙身旁那男子毫不掩饰地狠狠瞪着他们，内心不知在嘀咕什么。有人让出了一张桌子、打翻了一杯饮料，接着伤者就被扶到椅子上。

他们把他留在那里休息，径自涌向吧台。头戴无边帽的男子不知被挤到哪里去了。西格弗里德脸上似乎闪过一丝不想卖酒给他们的神情，但终究克制住自己。其中一个人爬上奥伯龙身旁的凳子，是个身材娇小的人，背上披着一件别人的彩色衬衫。另一个人则踮起脚尖，高举酒杯祝酒："敬这场启示！"很多人都发出呼声，同意或反对皆有。奥伯龙转向他身旁那个人，说："什么启示？"

她转向奥伯龙，兴奋地颤抖着，一边擦去脸上的雨水。她已剪去头发，发型像个男孩那么短。"就是启示呀。"她说着递给他一张小字条。由于不想再让她从视线中消失、害怕他一移开目光她就会不见，奥伯龙把那张字条拿到几乎快看不见的眼睛前面。字条上写着：不是你的错。

没关系

事实上他眼前有两个西尔维，一只眼睛一个。他用手遮住一只眼睛，说："好久不见。"

"是啊。"她微笑着环视她的同伴，还在颤抖，完全沉浸在他们的兴奋与骄傲里。

"所以你到哪儿去啦？"奥伯龙说，"你去了哪里？顺便一提。"他知道自己醉了，所以他说话时得尽量小心平静，以免被她看出来，觉得他丢脸。

"没去哪儿。"她说。

"我猜——"他开口，差点就要说出"我猜你就算不是真正的西尔维，你也不会告诉我吧"，但被更多祝酒与人们进进出出的声音打断，因此他只是说："我的意思是，倘若你是幻觉的话。"

"什么？"西尔维说。

"我说，你这阵子过得怎么样！"他感觉自己的脑袋在脖子上晃来晃去，因而赶紧把它止住，"我可以请你喝一杯吗？"她大笑出声：艾根布里克的子民今晚喝酒可不必花钱。她的一个同伴走过来亲了她一

411

下。"让大城倒下吧！"他用粗哑的声音大喊，无疑是喊了一整天，"让大城倒下！"

"嘿呀！"她回答，赞同的倒不是他的想法而是他的热忱。她转向奥伯龙，垂下眼睛、朝他伸出一只手、即将对他解释一切……但是不，她只是拿起他的酒杯啜了一口（一边抬起视线看了他一眼），接着又把酒杯放下，露出一副恶心的表情。

"是杜松子酒。"他说。

"喝起来像爽肤水。"她说。

"呃，本来就不是好喝的，"他说，"给你喝才好喝。"他发现自己的声音里有他俩之间特有的戏谑语气，但由于暌违太久，感觉就像听到一首老歌或尝到一种很久没吃过的食物。给你才好喝，是的。由于想起她的性情是多么捉摸不定，他又喝了口酒、喜滋滋地看着她，而她则喜滋滋地看着周围的欢乐。"钱先生怎么样？"他说。

"他还好。"她没看着他。这种事他不该问的，但他亟欲了解她的心。

"但你还快乐吧？"

她耸耸肩。"很忙。"她露出一抹浅笑。"忙碌的小女孩。"

"呃，我是说……"他停下来。脑中最后一丝理智的微光告诉他别多嘴、要谨慎，但接着这微光就熄灭了。"没关系，"他说，"我最近一直在思考这件事，你知道吧，呃，你应该猜得到，关于我们这一切，关于你跟我。后来我发现基本上这一切真的都不打紧，都没关系，真的。"她托腮看他，全神贯注但又心不在焉，他发表演说时她向来是这种模样。"你迈入下一步了，只是这样而已，对吧？我的意思是事情会改变，人生会改变，我还能怎么抱怨？关于这点，我没什么好争辩的。"一切突然变得清晰无比："就仿佛我在你发展过程里的某个阶段认识了你，例如蛹期或幼虫期。但接着你就蜕变了。变成了另一个人，像一只蝴蝶。"没错：她已经褪去了那层透明的蛹，也就是他所熟悉、他曾经碰触的那个女孩。他把这个壳保存了下来（他小时候也保存了很多蝗虫蜕下来的空壳），这是她留给他的全部了，由于脆弱无比、完美象征遗弃，所以愈发显得珍贵。与此同时，在他的视线范围之外（只能靠归纳法来想象），她已经长出翅膀飞走，不只是去了另一个地方，还变成了另一种东西。

她皱皱鼻子，张开嘴发出一声："啊？""什么阶段？"她说。

"某个初期阶段。"他说。

"你说的是哪个字？"

"幼虫。"他说。雷声隆隆，暴风眼已经过去，再次下起滂沱大雨。他面前的会不会只是旧有的幻觉？或者真是活生生的她？这种事必须立刻搞清楚。况且他印象最深刻的怎么会是她的肉体呢？而且这究竟是她灵魂的肉身，还是她肉身的灵魂？"不重要，不重要。"他说，声音满载着快乐，内心充满了人性善良的甘醇。他原谅了她的一切，只为换取她的存在，不管这是种什么样的存在。"不重要。"

"听着，这真的……"她对他举起他的酒杯，然后小心翼翼地啜了一小口，"这真的不符合潮流，你知道吧。"

"色即是空，空即是色，"他说，"人只知道这么多，而……"

"我得去厕所。"她说。

他清晰记得的最后一件事就是她从厕所回来了，虽然他不预期她会回来。看见她回来时，他心中一阵狂喜，跟刚才她转过头时一样。他忘了自己已经三度拒绝承认她的存在、已决定说服自己她从来不曾存在过。反正那本来就很荒唐，因为她就在眼前，而一旦去到外头的大雨中，他就可以亲吻她：她被雨淋湿的皮肤一定冰冷无比、乳头像还没成熟的水果那么坚挺，但他幻想她会整个人热起来。

西尔维和布鲁诺的结局

有些魔咒是永久的，能让世界长久处在它的魔力底下。有些魔咒则为时短暂，很快便消退了，让世界恢复原状。酒精这种东西向来以不持久闻名。

奥伯龙像死去似的昏迷了几个小时后，天刚亮就猛然惊醒。他立刻发觉自己真的应该要去死，认为死亡是唯一适合他的状态，但他知道自己没死。他用粗哑的声音轻轻喊道："不，噢老天爷，不。"但醉意已经远离，连睡意都已全消。不，他还活着，还置身在这可悲的世界。他瞪大眼睛，看见折叠卧房的天花板，像一张疯狂的地图般布满了一块块突起的石膏。他不必查看就知道西尔维不在身边。

但他身旁却躺了个人，包在潮湿的床单里（当时已经热得跟什么似的，奥伯龙脖子上和额头上全是汗水）。还有另一个人在折叠卧房的一角，对着他说话，声音柔和而有自信："噢，那一口醇酒啊，在阴凉的地窖深处沉睡良久，散发着花神和青翠乡野的味道……"

那声音是从一台小小的红色塑胶收音机里传出来的，已经是个古董，上面用书写字体的浅浮雕写着"银音牌"。奥伯龙之前从来不知道它还能用。那是个黑人的声音，跟所有电台节目主持人一样光滑如丝，虽是黑人但听上去富有修养。老天，到处都是黑人，奥伯龙心想，被一种陌生感击垮，就像旅者，有时也会在异地因为发现到处都是异乡人而产生这种感觉。"去吧！去吧！我将飞向你，不是搭乘酒神一行人的马车，而是乘着诗歌无形的翅膀……"

奥伯龙像个残障人士般慢慢从床上爬起来。躺在他身边这家伙到底是谁。他看见满是肌肉的褐色肩膀，床单因他的气息缓缓起伏。他在打鼾。老天爷，我做了什么。他正要掀开床单，这家伙就自己动了动、抽了抽鼻子，接着伸出一条好看的腿，小腿纤细，长满了鬈曲的深色腿毛。是个男人没错，毫无疑问。奥伯龙小心翼翼地打开厕所的门，取出他的外套，披在自己赤裸的身上，觉得那湿冷的外套内衬贴在皮肤上感觉很恶心。到了厨房里，他用颤抖枯瘦的手打开橱柜。橱柜内空空如也、满是尘埃，看起来有点恐怖。他在最后一格柜子里找到了一瓶多娜马利波沙朗姆酒，还剩下一点点琥珀色的液体。他一阵反胃，但还是把酒取了出来。他来到门边，回头瞥了还在床上睡觉的新朋友一眼，随即走出房间。

他坐在走廊旁的楼梯上，两手抱着那瓶朗姆酒，盯着楼梯井发呆。他带着一种极度的干渴想念西尔维、想念被安慰的感觉，因此他张着嘴巴、身子向前倾斜成一种想尖叫或呕吐的姿态。但他眼里却流不出泪。他身上所有的生命之液都已经干涸，他是个空壳，世界也是个空壳。而且床上还躺了个男人。他有点吃力地扭开朗姆酒瓶盖，把瓶身上贴有标签的那一侧转到外面去，把那烈火般的酒倒进干渴的喉咙。我在黑暗中倾听。济慈的诗句从门缝底下溜进来，谄媚地传入他耳中。在这一刻，死亡显得富足无比。富足：他喝光朗姆酒，站起身，喘着气吞下苦涩的泡沫。在你悠扬的安魂曲中成为一个醉鬼。

他盖上空瓶，把它留在楼梯上。他在走廊底端那张漂亮的桌子上方的镜子里瞥见了一个凄凉的身影。"凄凉"这个词真是铿锵有力。他转开目光。他进入折叠卧房，像头泥怪，干硬的身体在朗姆酒的作用下暂时获得动力。现在他可以说话了。他来到床边。躺在那里的人已经踢掉了被子。确实是西尔维没错，只是变成了男人，而且不是幻觉：眼前这淫荡的男孩可是货真价实。奥伯龙摇摇他的肩膀。西尔维的头滚到了枕头上。一双深色的眼睛睁开片刻，看见奥伯龙，接着又闭上。

奥伯龙弯身向前，对着他的耳朵低语。"你是谁？"他小心翼翼地慢慢说。这家伙也许听不懂我们的语言。"你叫什么名字？"那男孩翻了个身醒来，用手揉了揉脸，仿佛想把那份跟西尔维的神似给抹去（但抹不掉），然后用刚睡醒那种沙哑的声音说："嘿。怎么啦？"

"你叫什么名字？"

"嘿，嗨。老天爷。"他往枕头上一躺，咂了咂嘴，像个孩子般用指关节揉揉眼睛。他毫不害臊地在自己身上东抓抓、西摸摸，仿佛很高兴自己的身体就在手边。他对奥伯龙露出微笑："布鲁诺。"

"噢。"

"你记得吧。"

"噢。"

"我们一起从那家酒吧出来。"

"噢。噢。"

"老天你喝得还真醉。"

"噢。"

"记得吗？你甚至没办法……"

"噢。不、不。"此时布鲁诺正带着情谊大方地看着他，依然搔抓着自己。

"你说等一等，"布鲁诺笑了，"那是你说的最后一句话，老兄。"

"是哦?"他不记得这些事，却感受到一种奇异的懊悔，差点笑出来也差点哭出来，因为他在西尔维还是西尔维的时候让她失望了。"不好意思。"他说。

"嘿，别这样。"布鲁诺大方地说。

他想离去。他知道自己应该离去，也想拉起自己敞开的外套。但他办不到。倘若他就这么走开，倘若放弃这最后之筋，那么昨夜残留在杯底的最后一点魔力也会跟着消失，这也许就是他所能拥有的全部了。他盯着布鲁诺坦然的脸孔，比西尔维还单纯可爱、没有什么激情的痕迹，但倒是像西尔维说的一样充满刚强之气。友善：用这个词来形容布鲁诺就对了。奥伯龙早已干涸的眼眶里泛起了酝酿已久的滚烫泪水。"你是不是有个妹妹?"他说。

"有啊。"

"你该不会，"奥伯龙说，"刚好知道她在哪里吧?"

"不知道。"他自在地挥了挥手，那动作简直是她的翻版。"一个月没看到她了。她都到处跑。"

"是啊。"他还真想抚摸布鲁诺的头发。只要片刻就好，那样就够了。然后闭上他发烫的眼睛。这个想法令他一阵眩晕，因此他往床头板上靠去。

"一只不折不扣的飞蛾。"布鲁诺说。他带着一种不自觉的倦怠感往床上一躺，好让奥伯龙也有空间。

"一只什么?"

"一只飞蛾。我说西尔维。"他笑着把大拇指勾在一起，用手掌做出翅膀的样子。他让它飞舞了一下，然后对奥伯龙露出微笑，鼓动翅膀示意要奥伯龙跟随它。

你走了多远

音乐已停。

由于确知布鲁诺跟他妹妹一样睡着了就像个死人，奥伯龙也不再刻意保持安静。他翻箱倒柜，把自己的东西全部拿出来，丢得到处都是。他摊开皱巴巴的绿色帆布袋，把他的诗作和其余研究作品、刮胡刀和肥皂都装进去，再把塞得下的衣物统统放入，把仅存所有的钱也都塞进口袋。

走了、走了，他心想。死了、死了；空了、空了。但不论什么样的咒语都无法在这里召唤出她的身影，哪怕是最苍白、最虚幻的一缕幽魂，因此他只剩一个选择：逃离。逃离。他在房间两端走来走去，仓促地翻查着抽屉和柜子。刚才遭到滥用的老二在他走动的同时晃来晃去，最后他终于套上四角裤和长裤，但就算隐藏了起来，它却还是怨怼地发烫着。刚才那件事比他原本预期的还费力。噢算了，算了。他把一双袜子塞进帆布袋的一个小隔层里，结果在那里找到了一件他遗留的东西，包在包装纸内。他把它掏出来。

是他离开艾基伍德到大城来闯荡那天莉莉送给他的礼物。一个小礼物，包在白色的包装纸内。想起来时就把它打开吧，莉莉是这么说的。

他环视折叠卧房。空空如也。或说它本来就是这个样子。布鲁诺躺在那张遭到亵渎的床上，七彩外套挂在绒布椅上。一只老鼠从厨房的地板上蹿过，接着又躲了起来，但也可能只是个短暂的幻觉（他真的已经落到这般田地了吗？他觉得好像是）。他拆开莉莉的小礼物。

结果是某种小型仪器。他大惑不解地用湿黏颤抖的手拿着它反复端详了好一会儿，才领悟到这是什么：是个计步器。是那种可以挂在腰带上的轻便机种，可以随时显示你走了多远。

最后一滴酒

小公园里人愈来愈多。

他之前怎都不知道爱情会这样？怎么都没有人告诉他？倘若早点

417

知道，他就不会谈恋爱了。至少不会这么喜滋滋地一头栽入。

为什么像他这样一个智商不低、出身也不错的年轻人会如此一无所知？

当他离开老秩序农场、踏上在暑气与颓废中散发恶臭的大城街道时，他甚至可以想象自己其实是在逃离西尔维，并非只是往一些更不温暖的方向继续搜寻她的踪影。克劳德姑婆曾说过醉鬼都是靠喝酒来逃避烦恼。倘若这句话可以套用在他身上（他确实已耗尽全力想变成一个醉鬼），那么为什么他喝干一瓶酒时，往往会在瓶底、在克劳德姑婆口中那个醉鬼获得解脱的地方看见西尔维？

好吧，继续吧。当然了，秋天是收获的季节，是一束束捆在一起的小麦、是丰硕的果实。远方是北风哥哥模糊的身影，鼓着脸颊、竖着两道剑眉，步步进逼。

那个手持镰刀、收割丰硕麦穗的女孩是不是就是春天里拿着小铲子栽下幼苗的那个女孩？而那个蜷缩在堆满收获的土地上，侧着脸沉思的老者又是谁？说到冬天……

十一月时，他们三人（他、西尔维和弗雷德·萨维奇）曾经坐在公园长凳上漂浮在天色渐暗的城市里，紧紧挨在一起但还颇为舒适。弗雷德是他流浪汉生涯的导师，那一季他开始跟西尔维一样常出现在奥伯龙面前，只是他的存在比西尔维真实。他每动一下，就算只是举起手中的白兰地，塞在外套里的报纸就会噼啪作响。他们一起唱歌、背诵酒鬼的诗词：

> 你们知道吧，吾友，为了那场欢乐酒宴
> 我把房子又拿去抵押了一次

——然后静静坐在那里体验着大城灯光亮起前的可怕时刻。

"鹰老头进城了。"弗雷德·萨维奇说。

"啥？"

"冬天。"西尔维说，把两手夹在腋下。

"该搬动这把老骨头了。"弗雷德·萨维奇一边喝酒，外套一边发出噼啪声响，"应该把这袋冷飕飕的老骨头搬到佛罗里达去。"

"对极了。"西尔维说，仿佛终于有人说出一句合理的话。

"鹰老头不是我朋友。"弗雷德·萨维奇说，"你得搭灰狗巴士才能逃离那家伙。费城、巴尔的摩、查尔斯顿、亚特兰大、杰维特、圣彼特、迈阿密。你看过鹈鹕吗?"

他没看过。西尔维倒是从小就懂得召唤这些黄昏时分出现在加勒比海的军舰鸟，既突兀又美丽。"是啊是啊。"弗雷德·萨维奇说，"它们嘴巴的容量比肚子还大，会咬下胸前的羽毛，用胸口的血喂食小鸟。它胸口的血。噢，佛罗里达。"

弗雷德那年秋天休了个假，但也可能是从此退休。他确实在奥伯龙最需要帮助的时候出现在他身边，跟他第一次引导奥伯龙前往佩蒂、史密洛东与鲁思律师事务所那天所承诺的一样。奥伯龙并不质疑这份保佑，也不质疑大城施予的任何庇护。他已经把自己完全交付给大城，而他发现这座城市就像个严格的女主人，只要是毫无保留完全服从于她的人，她就仁慈以待。他慢慢学会了这点。他向来是个讲究的人，还曾为了西尔维变得更加讲究，现在却邋邋污秽，大城的尘土已经永久渗进他体内。尽管喝醉时他会走好几个街区寻找公厕（少之又少且危险无比），但除了这些罕见的特定时刻，他根本不在意厕所这档子事。到了秋天，他的帆布袋已成了一块无用的破布，活像包尸体用的，再也装不下一个流浪汉的家当。因此他跟大城里其他秘会成员一样开始使用购物纸袋，还套了两层来增加强度，以堕落的外表来彰显他的诸多伟大特质。

于是他就这样过日子，以杜松子酒麻痹自己、露宿街头。街道时而暴动四起、时而静得像座墓园，但看在他眼里始终空荡荡。他从弗雷德和弗雷德的前辈那里听说"流浪汉秘密共和国"的伟大时代已经过去了。当时的下百老汇区有君王和智者，大城里到处可见只有他们的成员才看得懂的秘密文字，醉鬼、吉卜赛人、疯子和哲学家的阶级就跟执事、司事、神父和主教一样稳固。当然，都过去了。现在不管加入任何企业，你都会发现它的辉煌时代已经过去，奥伯龙心想。

他不必乞讨。佩蒂、史密洛东与鲁思律师事务所会付钱给他，一方面是因为他本应继承这笔钱，另一方面则是为了把这浑身恶臭的家伙打发走——他知道这点，因此他开始故意以最肮脏难看的姿态出现在那里，通常还带着弗雷德。但这些钱已经够一个酒鬼买东西吃了，也够他买条棉被以防自己在喝得烂醉时冻死（他一些朋友的朋友据说就发生过这种事），此外也可以买杜松子酒。他从来不喝讨厌的红酒，这点他倒是很自豪。虽然他似乎只有喝下透明火热的杜松子酒时才会看到西尔维（像个火精般浮现），但还是拒绝降格喝红酒。

他跷着的膝盖开始变冷。他不知道自己为什么是从膝盖开始冷，他的脚趾和鼻尖都还没感受到寒意。"灰狗巴士是吧。"他说着改跷另一条腿，"我可以提高价钱。"他问西尔维："你想去吗？"

"当然想。"西尔维说。

"当然想。"弗雷德说。

"我是在跟……我刚才不是在跟你说话，"奥伯龙说。

弗雷德轻轻圈住奥伯龙的肩膀。他向来小心善待他朋友身边的幽灵。"好吧，她当然想去。"他睁开黄色的眼睛凝视着奥伯龙，奥伯龙始终无法确定他这种眼神究竟是凶残还是善良。"况且，"他微笑着说，"她又不需要车票。"

不存在之地

奥伯龙混沌的记忆里有许多断层与空白，后来最令他困扰的一点就是他记不得自己究竟有没有去佛罗里达。根据记忆术，有几棵参差不齐的棕榈树、一些漆成粉红色或蓝绿色的灰泥或水泥砖建筑物，还有桉树的味道。但如果他记得的就只有这些，那么就算它们显得既真实又不动如山，也大有可能只是幻觉或他记得的照片而已。他对鹰老头的记忆也是这么鲜明：横扫辽阔的大道、蹲踞在公园守门人戴着手套的手腕上、嘴边的羽毛结着霜花、锐利的趾爪掐进你的五脏六腑。但奥伯龙并没有冻死，而他认为在大城街头熬过一个冬天无疑比棕榈树

420

和百叶窗更加令人记忆深刻。好吧，他那时心不在焉。唯一真正吸引他的东西就是那些亮着红色霓虹灯吸引流浪者的孤岛（他得知那些灯只有红色的），还有一个又一个透明如水的扁形瓶子，里头有时会有奖品，就像儿童吃的盒装麦片。他只清楚记得一件事：冬天结束后就不再有奖品出现了。他已经瓶底朝天。只剩渣滓可以喝，因此他把渣滓也喝了。

他怎么会在旧终点站里？难道他刚刚才搭火车从阳光明媚的佛罗里达回来吗？还是只是巧合？他眼花缭乱，看到的东西大多变成了三个，不久前还尿湿了自己的一条裤管。三更半夜里，他踏着坚定的步伐走下坡道与隧道（但他没有目的地，只是他的脚步若不果断就会摔个狗吃屎，走路这档子事可是比大多数人想的还复杂）。一个假修女包着肮脏的头巾、眼神机警地拿着一只杯子向他讨钱，目的是讽刺大过期待（奥伯龙很久以前就已经发现这家伙其实是男扮女装）。他继续前进。从来不曾安静过的终点站此刻就跟往常一样安静，为数不多的旅人和迷途者给了他一个很大的铺位，但他只能眯起眼睛瞪着他们才能恢复视焦，每个人都变成三个人实在是太多了。喝酒的好处之一就是可以把人生简化成这些单纯的事物：看路、走路、举起酒瓶对准脸上那个名为嘴巴的洞，光是它们就占据了你全部的心思。仿佛又回到了两岁。所有的想法都很单纯。还有个虚构的朋友陪你聊天。他停下脚步，因为他已经碰上了一面堪称坚固的墙。他站在那里休息，心里想着："迷失"。

一个单纯的想法。只有一个单纯的想法而已，其余的人生与时间就是一大片朝四面八方延伸、既平板又单调的灰色平面，意识则像一团巨大肮脏的毛球般将它填得满满的，只剩那样一个想法，像一道受到保护的火焰般燃烧着。

"什么？"他猛然从墙壁前退开，但根本没有人对他说话。他环顾四周：是个拱顶的十字交叉口，四条走廊在此交会。他站在其中一个角落里。肋架拱顶的交会线一路延伸到地面，形成了一种看似隙缝或狭长开口的东西，但其实只是砖缝而已。感觉上似乎只要面对这条缝，就可以看进去……

"你好?"他对着黑暗低语,"你好?"

没有回应。

"你好。"他提高音量。

"小声一点。"她说。

"什么?"

"把声音放低,"西尔维说,"现在不要转过来。"

"你好。你好。"

"嗨。很棒吧?"

"西尔维。"他低语。

"好像你就站在我身边一样。"

"是的。"他说,"是的。"他低语。他把自己的意识推进这片黑暗里,意识紧缩了起来,片刻之后才又张开。"什么?"他说。

"噢,"她低声说道,在黑暗中顿了一下,"我想我要走了。"

"不,"他说,"不,不会的,不会的。为什么?"

"噢,我丢了工作,你明白吧。"她低语。

"工作?"

"一艘渡轮上的工作。那个人很老很老了。他人很好,但是好无聊。成天来来去去……"他感到她微微退开。"所以我可能要走了。天命在召唤我,"她自嘲地说,想用轻松的语气逗他开心。

"为什么?"他说。

"小声点。"她耳语道。

"你为什么要对我做出这种事?"

"哪种事,宝贝?"

"好吧,你天杀的干吗不一走了之算了?你怎么不直接离开、别来烦我?去去去。"他停下来侧耳倾听。一片空寂。他猛然一阵恐慌。"西尔维?"他说,"你听得到吗?"

"可以。"

"哪里?你要去哪里?"

"噢，往里面去。"她说。

"往哪个里面去？"

"这里。"

他抓住冷冷的砖块来稳住自己，膝盖摇摇晃晃，一下弯一下直。"这里？"

"愈往里面去，"她说，"就愈大。"

"天杀的，"他说，"天杀的，西尔维。"

"这里面很奇怪，"她说，"跟我预期的不一样。但我学到了很多事。我应该会习惯吧。"她顿了一下，寂静填满了那片黑暗。"但我很想你。"

"噢，老天爷。"他说。

"所以我要走了。"她的低语声已经变弱。

"不，"他说，"不、不、不……"

"但你刚才说……"

"噢，老天，西尔维。"他两腿一软，重重地跪了下来，依然面对着那片黑暗。"噢，老天。"他把脸朝那不存在的空间挤过去，又说了一些话，一会儿道歉、一会儿悲凄地乞求着，尽管他已不再知道是为了什么。

"不，听着，"她有些尴尬地耳语，"我觉得你很棒，真的，我始终这么认为。别说这些了。"这时他哭了起来，无法理解对方也无法被理解。"况且我非走不可。"她说。她的声音已经变得微弱而遥远，注意力也开始转移。"好啦。嘿，你真该看看他们给我的东西……听着，宝贝。祝福你。要乖哟。再见。"

后来开始有人经过，有早班车乘客和前来为他们俗丽的店面开门的男子。奥伯龙还待在原处，已经昏迷了很久，像做了坏事的男孩般面对着墙壁跪在角落里，脸塞在一扇不通往任何地方的门缝内。基于大城人那份古老的礼貌或冷漠，没有人打扰他，但有些人经过时还是惋惜或恶心地对着他摇了摇头：一个实际的教训。

前方与后方

跟西尔维的最后一丝关系也斩断了后，他坐在小公园里，脸上也挂着泪水。他终于在终点站里醒来时，还维持相同的姿势，当时的他不晓得自己怎么会在那里，但他现在记得了。记忆之术让他想起了一切，全部，看他要怎么处置都行。

你不知道的事。只要经过妥善整理，你不知道的事就会神奇地从你知道的事情当中自动浮现；或者应该说，那些事你一直都知道，但却不晓得自己知道。他每在这里度过一天就朝真相迈进了一步。每天晚上，当他躺在迷途羔羊收容所内辗转难眠、在同伴们的叫嚣声与做噩梦的惊呼声中细细探索这些记忆时，他就愈发接近自己不知道的真相：那一个失落的简单事实。好吧，他现在知道了，他眼中的拼图已经完整。

他被诅咒了。就这样。

很久以前，他被下了一个诅咒，他知道何时开始，却不清楚原因。是个令他生命残缺的魔咒：他将一辈子寻寻觅觅，但他的追寻将永远徒劳无功。基于某些他们自己的理由，他们诅咒了他（谁知道为什么？可能只是出于恶意，八成是这样没错，再不然就是想惩罚他的顽固，但惩罚也没用，因为他将永远不会悔改）：他们偷偷把他的脚给装反，然后将他送上寻觅之路。

现在他知道了。这件事是发生在莱拉克消失的那片树林深处，也就是他心碎地哭求她留下的时候。从那一刻起他就成了一个寻觅者，但不知为何，他那双寻寻觅觅的脚却始终循着错误的方向。

他曾在树林深处寻找莱拉克的踪影，但当然是没找到。他当时八岁，接下来也只能不断长大，虽然他万般不愿意。他还能期待什么？

他成了特务，探索着他不知道的秘密。但不管他怎么探索，秘密始终没有解开的一天。

他追求西尔维，但他找到的那些路径虽然看似通往她芳心深处，其实却都恰恰相反。试图触及镜中那个对着你微笑的女孩，你的手就会在冷冷的镜面上碰到自己。

424

好吧：都结束了。那场好久以前开始的寻觅在此结束。他把外高祖父建造的这座小公园改造成一个象征，跟克劳德姑婆纸牌里任何一张大牌或爱丽尔·霍克斯奎尔记忆之屋里任何一间拥挤的厅堂一样完整而充满意象。这座公园就是西尔维的脸、西尔维的心、西尔维的身体，就像那种古老的图画：用各式水果拼成一张脸，每道皱纹、每根睫毛、脖子上的每个褶子都是由水果、谷类和食物构成的，写实得仿佛可以随时拿来吃。他已经摒除了灵魂中的一切幻想、把所有缠人的鬼魅都抛置于此、卸除了醉意的恶魔以及他与生俱来的癫狂。基于某些她个人的理由，西尔维已经离开了，此刻正在某处生活、追逐着她的天命。他希望她快乐。他已经靠着本身的力量和记忆之术解除了自己的诅咒，可以自由离去了。

他坐在那里。

那个周，碰巧有一棵树正在抖落它叶片般的花朵或种子（他祖父应该会知道这是什么树，但他不知道）。圆圆的银绿色小点洒遍整座公园，仿佛上百万元的十分硬币。微风大肆挥霍地把它们成堆扫向他，在他一动不动的脚边堆积起来、填满了他的帽缘和大腿，仿佛他只是公园里另一个可以堆积垃圾的设备，就像他屁股下的长凳和他观赏的凉亭。

最后他终于起身，感觉沉重无比，仿佛还处于某种麻痹状态。他已经看完冬天，因此他又绕回春天，也就是他开始的地方、他现在的位置。一年的轮回。冬天是年迈的时间之父，拿着镰刀与沙漏，破烂的斗篷和胡子被阵阵狂风吹起，脸上有个恶心的表情。他羸弱的脚边跟着一条瘦骨嶙峋、淌着口水的狗或狼。绿色的钱币从他们前方飘过、卡在浮雕上。奥伯龙站起身时，也有绿色的钱币从他身上窸窣滑落。他知道转角后方的春天是什么样子，因为他已经看过了。除了在这里不断绕圈子，突然好像做什么事都没意义了。他所需的一切都在这里。

北风哥哥的秘密。仅仅十步之遥。冬天到了，春天就在后方不远处。他向来认为这句话说反了。不是应该说"冬天到了，春天就在不远的前方"吗？前方：你若顺着季节前进，先是冬天到了，接着春天就在不远的前方。"对吧？"他大声自言自语。前方，后方。弄错的人八成

425

是他，除了他之外，没有人会从这种古怪又无用的个人角度看待事情。倘若冬天到了……他绕过凉亭的转角。春天就在不远的前方，后方……就在这时候，有人绕过了另一边的转角，从春天转进夏天。

"莱拉克。"他说。

已经绕过半个转角的她回头瞥了他一眼。这一眼的眼神是如此熟悉，但他已经好久没看到了，因此他感觉一阵眩晕。这种眼神传达的是"噢！我正要走就被你逮到"，却又不是这个意思，只是种略带害羞的媚态而已，他向来知道这点。他周围的公园变得不真实，仿佛正静静被吹散。莱拉克转向他，双手交握在前方晃来晃去，光着脚小步前进。她并未长大（当然），还是穿着那件蓝色裙子（当然）。"嗨。"她说，迅速拨开脸上的发丝。

"莱拉克。"他说。

她清清喉咙（她已经很久没开口了），说："奥伯龙。你不觉得你该回家了吗？"

"家。"他说。

她朝他跨了一步，再不然就是他朝她跨了一步。他对她伸出手，但也可能是她对他伸出手。"莱拉克，"他说，"你怎么会跑到这里？"

"这里？"

"你离开以后，"他说，"你去了哪里？"

"离开？"

"拜托，"他说，"拜托。"

"我一直都在这里。"她微笑着说，"傻瓜。移动的人是你。"

一个诅咒；只是一个诅咒。不是你的错。

"好吧，"他说，"好吧。"他握住莱拉克的手想把她举起来，却行不通，因此，他把两只手交握成马镫的形状、弯下腰。她把她没穿鞋子的小脚踩在他掌心、双手按着他的肩膀，就这样让他抬起来。

"这里面还真挤。"她边挪进边说，"这些人是谁？"

"没关系，不重要。"他说。

"好了。"适应了之后她说，声音已经变得微弱，较像是他的声音。

毕竟、毕竟，这一直都是他的声音。"现在咱要去哪里？"

他掏出老太婆给他的钥匙。跟进门的时候一样，要离开这座公园也得用钥匙打开锻铁大门。"回家吧，我想。"奥伯龙说。在小径上玩游戏、摘蒲公英的小女孩们抬起头，看着他自言自语："我想是回家吧。"

第三章

因为你，我鄙视大城，

因此我转身：他方亦有天地。

——科里奥兰纳斯

霍克斯奎尔高马力的火狐车以逼近破纪录的速度将她载回了大城，但（从她的手表看来）可能还是有点迟了。尽管她现在已经掌握有关罗素·艾根布里克之谜的所有关键，但查出这些东西却花了比她预期更久的时间。

分秒不差

往北行驶时，她一路上都在计划该怎么对瓦奥莱特·布兰波的继承人自我介绍（究竟是要自称古物研究者、收藏家还是秘教信徒）才能诱使他们把纸牌拿给她看。但要不是那副纸牌早已算到她出现，她铁定不可能摸到它们（索菲立刻就知道她是谁，或者很快就认出她来）。后来证实她竟然也是瓦奥莱特·布兰波后代的远房表亲，这点对她很有利，而正如霍克斯奎尔对这场巧合大感兴趣，那古怪的一家人也为此又惊又喜。即便如此，当她和索菲细细钻研那副纸牌时，日子还是一天天飞快流逝。她又花了几天研究《乡间宅邸建筑》最终版，他们一家子似乎没有人熟悉这本书的古怪内容。尽管在她的仔细钻研下，整个故事（至少是至今发生的部分）已如抽丝剥茧般愈来愈清楚，但吵桥棍棒与枪支俱乐部的人还是准备跟罗素·艾根布里克进行那场决定命运的会谈，

428

而霍克斯奎尔也尚未决定自己要选择哪一边，不清楚自己要走哪条路。

但现在已经清楚了。时间之子的孩子：有谁会料到？愚者加上表亲；旅人加上主人。最小的大牌！她露出阴郁的微笑，绕过艾根布里克下榻的帝国大饭店，最后打算动用一个符咒，这是她极少采取的做法。

她把火狐车开进饭店偌大的地下停车场。所有的进出口和电梯旁都有武装警卫和随从在巡逻。她发现自己排列在一阵车龙里等着进行安检。她熄掉引擎，从手套盒里取出一个摩洛哥皮革信封，再从信封里拿出一小块白色的骨头。这块骨头是黑婆给的，霍克斯奎尔过去曾经对这位"灵媒"有过大恩。黑婆在她廉价公寓的厨房里把一只纯黑色的猫活活扔进沸水里，从中取得了这块骨头。可能是个脚趾骨，也可能是上腭骨的一部分，黑婆不知道。她可是在镜子前做了一整天实验，小心翼翼把骨骼从那散发恶臭的尸骸里取出来、一块接一块放进嘴里试，最后才找到能让她的影像从镜子里消失的这块骨头。就是这块。霍克斯奎尔向来觉得巫术很粗俗，尤其是这种巫术之残忍更是令人厌恶。她自己是不相信一只纯黑色的猫身上的上千块骨头里有哪一块可以让人隐形，但黑婆说不管她相不相信，这块骨头都能奏效。她现在倒是很高兴拥有这个礼物。她四下张望，那些随从还没注意到她的车。因此她特意地把钥匙留在锁孔里，带着恶心的表情把那块骨头放进嘴里，就这样隐形了。

她费了一番工夫才得以神不知鬼不觉地从车上下来，但那些随从和警卫对于电梯门自动打开又关上倒是不以为意（毕竟无人电梯本就难以掌控）。霍克斯奎尔走进大厅，小心翼翼不去撞到那些看得见的人。那些板着脸孔、穿着雨衣的男子沿着墙边站立，再不然就是坐在大厅的扶手椅上假装看报纸，但他们什么人也没骗倒，且除了霍克斯奎尔，也没有任何人能骗过他们。就在这一刻，他们接到暗号、开始改变驻守位置，就像棋盘上的棋子。在走卒的引领下，一大票人从迅速转动的旋转门走了进来。还真是分秒不差，霍克斯奎尔心想，因为此刻走进大厅的正是吵桥棍棒与枪支俱乐部的人。他们跟一般人不同，走进这种场所时不会好奇地左顾右盼，只是更加强调主权似的稍稍散开，双眼始终直视正前方，眼中只有未来，没有当下这些瞬间即逝的形体。每个人腋下都夹着一个手套般柔软的公文包，头上都戴着引人注目的霍姆堡式毡帽，这种帽子早就过时，只有戴在他们这种身份的人头上才不会显得可笑。

他们分别进入两台电梯，由身份地位最高的人为其他人开着门，古老的男性礼仪是这么规定的。霍克斯奎尔溜进了人较少的那台电梯。

"十三楼？"

"十三楼。"

有人用食指用力按下十三楼的键。另一人看了看手表。电梯稳稳上升。他们没什么话好说，因为他们的计划已经拟定，而他们也很清楚隔墙有耳。霍克斯奎尔依然紧紧贴着门板，面对着他们面无表情的脸。门开了，她利落地溜了出去，千钧一发，因为门外立刻有人伸出手去跟俱乐部的人握手。

"讲师马上到。"

"请在这个房间等候。"

"可以帮你们点些什么吗？讲师刚才叫了咖啡。"

一些态度警戒的西装男子带领他们朝左边走去。每扇门前面都站着　两个穿着彩色衬衫的年轻人，双手交握在背后，呈现一种并不轻松的稍息姿态。至少他有所警惕，霍克斯奎尔心想。一个身穿红外套的服务生从另一台电梯出来，手上捧着一个大盘子，上面只放了一小杯咖啡。他朝右边走去，因此霍克斯奎尔跟上他。他获准穿过双门、从警卫身旁走过，霍克斯奎尔则紧跟着他进入。他来到一扇没有任何记号的门前，敲了敲门、打开门进房。霍克斯奎尔在他回头关门时伸出一只隐形的脚挡住门板，随即跟着溜进去。

大海捞针

那是一间不带个人色彩的客厅，可以从宽敞的窗户俯瞰高楼林立的城市。服务生低声咕哝着从霍克斯奎尔身旁走过，离开房间。正当霍克斯奎尔把骨头从嘴里取出来小心翼翼地收好时，另一端的门开了，罗素·艾根布里克打着哈欠走出来，身上是一件绣着祥龙图案的黑色丝绸睡袍。他鼻子上顶着一副霍克斯奎尔从没看过的小小半框眼镜。

他原本以为房内没人，因此看见她时吓了一跳。

"是你?"他说。

霍克斯奎尔不甚优美地单膝跪下（她不记得自己曾做过这种事），深深行了个礼，说："我是陛下您卑微的仆人。"

"起来，"艾根布里克说，"谁放你进来的?"

"一只黑猫。"霍克斯奎尔说着站了起来，"这不重要。我们时间不多了。"

"我不跟记者谈话。"

"不好意思，"霍克斯奎尔说，"那身份是假的。我不是记者。"

"我就知道!"他得意地说。他摘掉眼镜，仿佛这才突然想起自己戴着眼镜。他走向那张仿冒的路易十四书桌，准备按下对讲机。

"等等，"霍克斯奎尔说，"告诉我，睡了八百年，你想让你的努力功亏一篑吗?"

他缓缓转过来看着她。

"不要忘了，"霍克斯奎尔继续道，"你曾在某个教皇面前卑躬屈膝、被迫帮他拉马镫、跟在他的马旁边跑。"

艾根布里克的脸涨得通红，变成一种跟他的胡子不同的鲜红色。他用一双鹰眼愤愤地瞪着霍克斯奎尔。"你是谁?"他问。

"这一刻，"霍克斯奎尔说着指了指总统套房另一端，"那些等着你的人正打算让你遭受一模一样的屈辱。只是手法比较高明，你永远不会发现自己被占了便宜。我指的是吵桥棍棒与枪支俱乐部。还是说他们用了其他头衔来对你自我介绍?"

"胡说八道，"艾根布里克说，"我从没听过这什么俱乐部的。"但他眼中出现一片阴霾。也许在某个地方、某个时间点，曾有人警告过他……"还有你提到那个教皇是什么意思? 那位迷人的绅士我从来没见过。"他避开她的目光，拿起那一小杯咖啡一饮而尽。

但她成功了，她看得出来。他若没按铃叫警卫来把她扔出去，他就会听她说。"他们是不是承诺让你担任高官？"她问。

"最高的地位。"沉默良久之后他终于说道，凝望着窗外。

"你也许会有兴趣知道，这些绅士多年来都雇用我为他们进行各种任务。我应该很清楚他们。是总统之位吗？"

他沉默不语。这就代表是。

"总统之位。"霍克斯奎尔说，"已经不再是职位，而是一个虚位。一个不错的虚位，但就只是虚位而已。你必须拒绝。礼貌地拒绝。任何阿谀利诱也都要拒绝。我稍后再解释你的下一步……"

他转过来瞪着她。"你怎么知道这些事？"他说，"你怎么知道我是谁？"

霍克斯奎尔毫不退缩地瞪回去，用她最得意的巫师风范说："我知道的事可多了。"

对讲机响起。艾根布里克走了过去，一根手指轻压嘴唇，若有所思地看着那一大堆键，接着按下其中一个。没反应。他又按了另一个，于是一个略带嘈杂的声音说道："一切就绪，先生。"

"好，"艾根布里克说，"马上来。"他放开按钮，意识到自己的声音没传出去，于是又按了另一个键，再重复说一次。他转向霍克斯奎尔。"不管这些事情你是怎么发现的，"他说，"你显然不是全盘皆知。是这样的，"他继续说道，脸上是个大大的微笑，眼睛看着上方，一副十拿九稳的样子，"我出现在纸牌里。我不管遭遇什么事，都不可能改变老早以前就已经写好的命运。我受到了庇佑。这一切都是命定的。"

"陛下，"霍克斯奎尔说，"我可能没说清楚……"

"别再叫我陛下！"他暴怒地说。

"抱歉。我可能没说清楚。我知道纸牌中有你，是一副很漂亮的纸牌，大牌的设计宗旨是要预告并鼓励你的旧帝国再起，至少表面上看来是这样。我猜它们是鲁道夫二世在位时设计绘制而成的，在布拉格印制。从那时起，它们就被拿去作为其他用途。但你在里面的地位并没有因此降低。"

"牌在哪里？"他突然朝她走来，双手像爪子般贪婪地伸了出来。"交出来，我得拿到手。"

"请容我继续说。"霍克斯奎尔说。

"那副牌是我的财产。"艾根布里克说。

"是你帝国的财产，"她说，"曾经是。"她瞪得他不得不闭嘴，然后说："请容我继续说：我知道你出现在纸牌里。我知道是什么样的力量让你出现在那里，至于目的是什么，我也略知一二。我知道你的天命。但你若想达成，就必须相信当中也有我的戏份。"

"你。"

"我是来警告你、帮助你的。我有特殊力量。强大到足以发现这一切、发现你，把你从时间的汪洋里找出来。你需要我。现在需要，将来也会需要。"

他审视着她。她看见怀疑、希望、轻松、害怕与决心在他大大的脸上来来去去。"为什么，"他说，"从来没人跟我提过你这号人物？"

"也许是因为他们不知道我的存在。"她说。

"他们无所不知。"

"他们不知道的可多了。记住这点对你绝对有好处。"

他思考了一会儿，但交战已经结束了。"这对你有什么好处？"他说。对讲机再次响起。

"我们稍后再谈我的报酬，"她说，"现在呢，在你回复之前，你最好先想好要怎么跟你的访客说。"

"你会跟我在一起吗？"他说，突然需要起她来。

"不能让他们看见我。"霍克斯奎尔说，"但我会跟你在一起。"那是廉价的把戏，只是一块猫骨头，但当艾根布里克按下对讲机的按钮时，她还是禁不住想：要说服红胡子腓特烈皇帝她确实拥有她所声称的那些能力（倘若他还记得自己的青春岁月），就只能靠这东西了。她趁他背过头去时隐了形，而他转身面对她，或者是说面对她刚才站立的地方时，她说道："我们这就去跟俱乐部的人见面吧？"

十字路口

奥伯龙在十字路口下车的那天是个灰蒙蒙的日子，一种苍白潮湿的灰色。他要求巴士司机在那里让他下车，但他先是很难描述那个地方，接着又很难说服司机车子确实经过那样一个地点。奥伯龙描述时，司机就一直缓缓摇头否认，他避开奥伯龙的目光，只是轻轻说着："不，不。"仿佛心不在焉。奥伯龙知道他摆明是在撒谎，这家伙就只是丝毫不愿意打破他的例行公事而已。奥伯龙冷静有礼地又描述了一次，然后在司机后面第一个位子坐下，擦亮眼睛等待。抵达该地点时，他敲了敲司机的肩膀。他得意地下了车，打算开口批评这年头的公共运输驾驶员的观察力有多低下等等，但车门立即嘶一声关上，长长的灰色巴士发出一阵嘎吱声响，摇摇晃晃地离去。

他身旁的路标一如往昔地指向通往艾基伍德的路，但看起来更加枯槁、更加老态龙钟地斜向一边。上面的字样磨损得比他记忆中还严重，再不然就是比他最后一次看到时还严重，但还是同一块路牌没错。他沿着弯曲的道路走下去，雨后的路面呈现一种牛奶巧克力般的棕色。他小心翼翼地前进，很惊奇自己的脚步声竟然这么大。他并未领悟自己在大城的那几个月里失去了多少东西。记忆之术可以将他的过去描绘成一份地图，当中也许涵盖了这一切，却不可能为他找回这份饱满：空气仿佛是种透明的液体，散发着甜美、潮湿、令人振奋的气味；周遭一直有种无名的低沉声响，夹杂着鸟鸣对着他麻木的耳朵大声低语；还有空间感本身，各种线条、一簇簇吐着嫩芽的树木及缓缓起伏的土地构成了远景与中景。他可以脱离这一切存活（毕竟空气就是空气，不管在这里还是在大城）；但一回到此地，他就觉得如鱼得水，似乎可以舒展筋骨，灵魂仿佛褪去蛹壳的蝴蝶般张开翅膀。事实上他真的张开了双臂、深深吸了口气，念了几句诗。但他的灵魂已经如同槁木死灰。

前进时，他觉得自己仿佛有了同伴，一个年轻人，身上穿的不是垮垮的褐色外套，也没有宿醉。这人不时拉扯他的袖子，指出他以前常把脚踏车从这道围墙上拉过去，偷偷返回夏屋找红胡子腓特烈皇帝；

指出他曾从那里的一棵树上摔下来，曾跟外公一起在那个地方弯腰倾听地洞里的土拨鼠喃喃低语。这一切全都发生过，发生在某个人身上，发生在那个坚持不懈的人身上。不是发生在他身上……那对顶着灰色圆球的灰色石柱一如往昔地出现在原来的地方。他伸手摸了摸那粗糙的表面，在春天里有种湿黏的感觉。车道末端，姐姐在门廊上等他。

老天爷。他回家竟然跟他离家的时候一样毫无神秘感。就在他这么想的时候，他才第一次意识到自己原本是计划要秘密归来的，以为自己可以神不知鬼不觉地溜回屋里，不让任何人发现他离开了约十八个月。真蠢！但他最不希望的就是大家绕着他大惊小怪地盘问一番。但已经太迟了，因为当他不甚笃定地杵在大门边时，露西已经看到了他，跳起来猛挥着手。她拖着莉莉跑过来迎接他，泰西则较为威严地留在她的孔雀椅上，身上穿着一件长裙和一件奥伯龙的花呢旧夹克。

"嗨，嗨。"他轻松地说，却突然意识到自己的模样：满脸胡子、眼中布满血丝、拎着一只购物袋，指甲缝和头发里都是大城的尘土。露西和莉莉看起来是如此洁净青春、如此高兴，因此他很挣扎究竟是要逃开，还是要跪在她们面前乞求原谅。虽然她们拥抱了他，接过他手中的袋子，七嘴八舌地同时说话，他却知道她们把他看得一清二楚。

"你一定猜不到谁来过。"露西说。

"一个老太太。"奥伯龙说，很高兴这辈子总算有这么一次可以确定自己猜得没错，"梳着一个灰色的发髻。妈妈好吗？爸爸好吗？"

"但你一定猜不到她是谁。"莉莉说。

"她有告诉你们我会回来吗？我没跟她说过。"

"没有。但我们就是知道。你快猜。"

"她是……"露西说，"一个表亲。算是吧。是索菲发现的。好多年了……"

"在英国，"莉莉说，"你知道老奥伯龙吧？好吧，他是瓦奥莱特·布兰波·德林克沃特的儿子……"

"但不是约翰·德林克沃特的儿子！是个私生子……"

"你们怎么都清楚谁是谁？"奥伯龙问。

435

"总之呢，瓦奥莱特·布兰波在英国有过一段情，在她嫁给约翰之前。那人叫奥利佛·霍克斯奎尔。"

"一个乡下小子。"莉莉说。

"结果怀了孕，小孩就是老奥伯龙。而这位女士呢……"

"你好，奥伯龙，"泰西说，"大城如何呀？"

"唔，棒透了。"奥伯龙说，突然一阵哽咽，差点就要流出眼泪。"棒透了。"

"你走路回来吗？"泰西问。

"不，我搭巴士。"大家听了都沉默半晌。奥伯龙没办法了，只好说："好啦！听着。妈妈好吗？爸爸好吗？"

"很好。她收到了你的卡片。"

他惊恐地想起他从大城寄过来的那寥寥几封卡片和信件：总是避重就轻、大吹大擂，再不然就是言不及义或乱开玩笑。最后那一张是妈妈的生日卡，老天爷，那是他在垃圾桶里翻到的，卡片上无人签名，满满写着阿谀奉承的话，但由于他实在太久没音讯且当时喝醉了，所以他寄出了那张卡片。现在他想到母亲收到了那张卡片，她一定感觉像被人残忍地用黄油刀捅了一下。他在前廊阶上坐下，突然没办法再前进。

乱七八糟

"好吧，你怎么想，妈？"黛莉·艾丽斯站在那里看着潮湿幽暗的旧冰库内部问道。

妈迪正在检查橱柜内的存货。"鲔鱼炖菜？"她不甚笃定地说。

"噢，糟糕，"艾丽斯说，"史墨基一定会瞪我一眼。你知道那种瞪法吧？"

"噢，我知道。"

"好吧。"金属架上那少数几样潮湿的物件似乎在她的凝视下缩水消失。一直传来滴水的声音，像在一座洞穴里。黛莉·艾丽斯想起旧日时光，想起那个塞满了新鲜蔬菜和彩色保鲜盒的白色大冰箱，也许还有一只烤得油亮的火鸡或一块划有菱形花纹的火腿，吐着冷气的冷冻库内躺着包装整齐的肉类和餐点。此外还有一盏令人愉快的小灯，打开冰箱就会亮起来，像在舞台上。真怀念。她把手按在一个不大冷的牛奶瓶上，说："鲁迪今天有来吗？"

"没有。"

"他这把年纪要搬那些大冰块真的太老了，"艾丽斯说，"而且他总是忘记。"她叹了口气，继续盯着冰库内部。鲁迪的衰老、逐渐丧失的生活享受、待会儿那顿半冷不热的晚餐，似乎全都装在这个衬着锌板的冰库里了。

"好吧，别把门开着，亲爱的。"妈迪轻声说。艾丽斯才刚关上冰柜的门，储藏室的门就被甩开了。

"噢，我的天，"艾丽斯说，"噢，奥伯龙。"

她火速跑上前拥抱他，仿佛他遭遇了什么大麻烦，她得立刻冲过来拯救他似的。但他满面愁容却不是因为之前经历了那些磨难，而是因为他刚刚从屋里走过：一路上都是排山倒海的回忆和那些他已经遗忘的气味，伤痕累累的家具、破旧的地毯和看得到花园的窗户尽饱他的眼帘，仿佛他不是离开了一年半，而是离开了半辈子。

"嗨。"他说。

她放开他。"瞧瞧你，"她说，"怎么啦？"

"什么怎么了？"他试着挤出一丝微笑，想知道她在他脸上看到了什么样的堕落。黛莉·艾丽斯惊奇地举起一根手指，摸了摸他那连成一线的眉毛。"你什么时候长出来的？"

"啊？"

黛莉·艾丽斯指了指自己的鼻梁上方，她也拥有这种身为瓦奥莱特后裔的标记（但她自己的倒是不明显，因为她的毛色较浅）。

"哦。"他耸耸肩。他其实没注意到，因为他最近没怎么在仔细照镜子。"我不知道。"他笑了，"你喜欢吗？"他自己也摸了摸那道眉毛。像婴儿的毛发般细软，夹杂着一两根较粗的毛。"我一定是老了。"他说。

她发现事实确是如此。离家的这段时间，他已经跨越了某个里程碑，

437

从此他生命消耗的速度将大过增长的速度。她可以在他的脸上和手背上看出这些痕迹。她一阵哽咽，因此她又抱了抱他，因为这样她就不必说话。奥伯龙越过母亲的肩膀对外婆说："嗨，妈迪。听着，听着，别起来，别起来。"

"噢，你真是个坏小孩，都没给你妈写信，"妈迪说，"都没说你要回来。现在晚餐什么也没有。"

"噢，没关系，没关系，"他离开母亲的怀抱，过来亲吻妈迪柔软而满是皱纹的脸颊，"你还好吗？"

"老样子，老样子。"她坐在那里精明地审视他。他向来觉得外婆知道他某个可耻的秘密，而她只要在日常对话中随口提起，它就会泄漏。"我只是继续活着，"她说，"你倒是长大了。"

"老天，我可不这么认为。"

"若不是那样，就是我忘了你已经长得多大。"

"是啊，是这样……好吧。"两个女人分别从两个世代的角度上下打量他，得到了不同的看法。他觉得自己受到了检视。他知道自己应该脱掉外套，但他已经忘记自己外套底下穿的究竟是什么了，因此他只是坐在桌子尾端，再说了一次："好吧。"

"茶，"黛莉·艾丽斯说，"来点茶如何？你可以跟我们说说你的冒险故事。"

"喝茶好。"他说。

"乔治好吗？"妈迪问道，"还有他那伙人？"

"哦，很好啊。"其实他已经好几个月没到老秩序农场去了，"很好，老样子。"想起古怪的乔治，他不禁摇摇头，觉得很有趣。"那座疯狂农场。"

"我还记得，"她说，"那地方曾经好漂亮。很多年前了。是转角处的房子，毛斯一家人一开始就是住在那栋房子里……"

"现在也是，现在也是。"奥伯龙说。他瞥了母亲一眼，她正站在大炉子前忙着烧水泡茶。她偷偷用袖子擦了擦眼泪，结果发现被奥伯龙看见了，因此拿起茶壶转过来面对他。

"……菲莉斯·汤斯死了以后也一样，"妈迪继续道，"噢！她病得还真久，她的医生查病源都已经检查到她的肾脏了，但她认为……"

"所以大城怎么样，说真的?"艾丽斯对儿子说，"说真的。"

"说真的，没那么好，"奥伯龙垂下眼睛，"对不起。"

"噢，唉。"她说。

"很抱歉没写信回来。因为没有什么好写的。"

"没关系。我们只是担心你而已。"

他抬起头。他真的没想到这点。对这里的人而言，他已经被那人潮汹涌的恐怖大城给吞噬了，就像被魔龙给吞下肚、从此音讯全无，她们当然会担心他。他内心仿佛浮现一扇窗子，从中看见了真实的自己，这种状况从前也在这个厨房里发生过一次。大家关爱他、挂念他，而这甚至跟他的个人价值无关。

他羞愧地再次垂下眼睑。艾丽斯转身回到炉子前。外婆趁着他俩沉默的空档重提往事，大谈去世的亲戚如何病倒、复原、旧病复发、衰弱、死去。"嗯哼，嗯哼。"他一边点头、一边仔细端详满是刮痕的桌面。他已不自觉地坐上了他的老位子，在他父亲右手边，在泰西左手边。

"喝茶吧。"艾丽斯说。她把茶壶放在一个隔热盘上，拍拍它圆滚亮滑的壶身。她在他面前放了一只杯子，然后交握着手稍待一旁，不知是在等他倒茶还是等待什么。他抬头看了她一眼，试图开口说话、解答他在她脸上读到的疑问（倘若他答得上来），但储藏室的门就在这时猛然打开，莉莉带着双胞胎走进来，后面还跟着托尼·巴克。

"嗨，奥伯龙舅舅。"双胞胎（男孩叫巴德、女孩叫布洛瑟姆）异口同声喊道，仿佛奥伯龙还没走到家，所以他们得大声喊叫才能让他听见。奥伯龙盯着他们看：他们似乎长成了两倍大，而且还会说话：他离开时他们还不会说话的，对吧? 最后一次看到他们时，他们不是还被妈妈用帆布袋一前一后背在身上吗? 被他们一吵，莉莉开始翻箱倒柜寻找好吃的东西。双胞胎对那壶茶毫无兴趣，但铁定是该吃点"什么"的时候了。托尼·巴克跟奥伯龙握了握手，说："嘿，大城如何呀?"

"噢，呵，很赞，"奥伯龙用跟托尼一样热烈又干脆的口气回答。托尼转向艾丽斯说："泰西说我们今晚也许可以弄几只兔子来吃。"

"哦，托尼，太好了。"艾丽斯说。

这时泰西本人就走了进来，一边叫着托尼的名字。"可以吗，妈?"她说。

"很棒，"艾丽斯说，"比鲔鱼炖菜好。"

"杀鸡宰羊，"妈迪说，这里只有她一个人会想到这句话，"好好庆祝一番。"

"史墨基一定乐翻了，"艾丽斯对奥伯龙说，"他最爱吃兔肉，但他从来不觉得自己有资格做此提议。"

"听着，"奥伯龙说，"别为了……"由于已经彻底抹杀了自我，他怎么也说不出那表示个人的代名词。"我的意思是，不要只因为……"

"奥伯龙舅舅，"巴德说，"你有没有遇到强盗?"

"啊?"

"强盗。"他猛地弯下手指对着奥伯龙，"抢劫你。在大城里。"

"这个嘛。其实呢……"但巴德注意到妹妹布洛瑟姆已经拿到一块自己没有的饼干（他一直注意着她），因此他得冲过去抢一块。

"好了，现在出去! 出去!"莉莉说。

"你要去看宰兔子吗?"她女儿说着拉起她的手。

"不，我不要。"莉莉说，但布洛瑟姆想要母亲陪她观赏这件恐怖又吸引人的事，因此猛拉她的手。

"只要一秒就好。"她安抚似的说，拖着母亲一起走。"别害怕。"于是莉莉、巴德、布洛瑟姆和托尼一起穿过夏季厨房，从通往菜园的那扇门走了出去。泰西为自己和妈迪各倒了一杯茶，然后端着茶从储藏室的门离去，妈迪也跟着她离开。

门在她们身后关上，发出嘎嘎声响。

艾丽斯和奥伯龙独自坐在厨房里，方才的吵闹倏忽来去，现场恢复安静。

"所以喽，"奥伯龙说，"大伙儿似乎都很好。"

"是啊。很好。"

"你应该不介意我喝一杯吧?"他说着,像历尽沧桑的老人般慢慢站了起来。

"当然没问题,"艾丽斯说,"那里有一些雪利酒,应该也有别的酒。"

他取下一瓶布满尘埃的威士忌。

"没有冰块,"艾丽斯说,"鲁迪没来。"

"他还在帮人切冰块?"

"噢!是啊。但他最近病了。还有你知道他孙子罗宾吧——好啦!你也知道,他爱理不理的。可怜的老人。"

荒唐的是,这竟是最后一根稻草。可怜的老鲁迪……"太悲哀了,太悲哀了,"他用颤抖的声音说,"太悲哀了。"他坐在那里,手上那杯威士忌简直是他看过最可悲的东西。他眼前一阵模糊,开始闪闪发光。艾丽斯惊恐地缓缓站起来。"我搞得一团糟,妈,"他说,"可怕的一团糟。"他用手捂住脸,那可怕的一团糟像个硬块哽在他的喉咙和胸口。艾丽斯不很确定该怎么办,只是走过来轻轻圈住他的肩膀。于是奥伯龙知道自己即将像个孩子般放声大哭,虽然他已经很多年没这样了;就算是为了西尔维,他也从来不曾这样。胸口那可怕的一团糟变得愈来愈沉重、愈来愈强劲,最后终于迸发而出,逼得他张开嘴巴、浑身颤抖,发出一串连他自己都不认得的声音。好了好了,他告诉自己,好了好了,却停不下来,因为愈哭就愈想哭。他有排山倒海的情绪得宣泄,因此他把头搁在厨房的桌上大声号啕了起来。

"对不起、对不起,"当他终于能再说话时,他说道,"对不起、对不起。"

"不,"艾丽斯环抱住还顽固地穿着外套的他,"别这样说,有什么好对不起的?"他突然抬起头,挣脱了她的手臂,又抽泣了一声才终于停下来,胸口起伏不已。"是因为……"艾丽斯警惕地轻声说道,"那个黝黑女孩的缘故吗?"

"噢,"奥伯龙说,"一部分、一部分啦。"

"还有那份愚蠢的遗产。"

"一部分。"

她看见有条手帕的一角从他口袋里露出来，因此帮他抽出来。"来。"她说，很震惊眼前这张满是泪痕的脸竟然不是自己号啕大哭的小儿子，而是一个她几乎不认得的陌生人，因为伤痛而完全变了样。

她看着手中那条手帕。"真漂亮，"她说，"看起来很像……"

"没错，"奥伯龙把它接过来抹了抹脸，"露西做的。"他擤擤鼻涕。"是一个礼物。我离家时她送我的。她说回家的时候再拆开。"他笑了，但又像是在哭，再不然就是又哭又笑。他吞吞口水。"很漂亮对吧。"他把它塞回口袋里，弓着背坐在那里发呆。"噢老天爷，"他说，"呃，真尴尬。"

"不会不会。"她握住他的手。她左右为难，因为他需要有人指点，但她却无法给他任何建议。她知道可以到哪里寻求忠告，却不知道他能否在那里求得建言，也不晓得自己该不该叫他到那里去。"没关系的，你知道吧，"她说，"真的没关系，因为……"她踌躇了一下。"因为没关系，不会有事的。"

"哦，当然了，"他大大地叹了一口气，"都过去了。"

"不，"艾丽斯更用力地握住他的手，"不，还没过去，但……好吧，不管发生什么事，都是……呃，都是命中注定的一部分，对吧？我的意思是，没有什么不是命中注定的，对吧？"

"我不知道，"奥伯龙说，"我懂什么呢。"

她握着他的手，但是，噢，现在的他已经太大了，她已经不可能再把他搂进怀里、抱在胸前，告诉他一切、告诉他那个漫长的故事。由于太过漫长古怪，他往往还没听完就睡着了，在她的声音、体温、心跳与她平静笃定的说话声中获得抚慰，然后、然后、然后……更棒的是，奇怪的是，而结果……在他还小的时候，她不知道该怎么诉说这个故事，而等到她终于知道的时候，他的年纪却已经太大，不可能再把他抱在怀里低声讲故事了，而他也不会再相信。但一切还是会发生，而且是发生在他身上。只是她无法忍受看见他陷在这样的黑暗中却什么也不说。"好吧。"她依然握着他的手，清清喉咙，去除喉头的那份沙哑。（她自己的眼泪是好几年前就已经哭干了，这件事她究竟是高兴还是不高兴？）

442

接着她说："好吧，你愿意为我做一件事吗？"

"好啊，当然。"

"今天晚上，不，明天早上，你知道那个旧凉亭在哪里吗？那座小岛？好吧，你只要沿着那条小溪走上去，就会来到一座有瀑布的池塘，你知道吧？"

"是啊，当然。"

"好。"她说着，深深吸了口气。接着她又说一声"好吧"，然后给了他一些指示，要他发誓完全照着执行。至于他为什么必须这么做，她只说出一部分理由，而他也一头雾水地答应了。但由于已经在她面前大声哭过，他对这项计划与这些理由都已没有任何异议。

通往菜园的门开了，史墨基走进来。但他还来不及绕过夏季厨房的转角，艾丽斯就已经拍拍奥伯龙的手、露出微笑，把手指放到自己唇上再按到他唇上，示意他三缄其口。

"今晚吃兔子肉？"史墨基说着走进厨房，"什么事这么让人兴奋？"看见奥伯龙时，他夸张地倒退了两步，书本从他腋下滑落。

"嗨，嗨。"奥伯龙说，很高兴终于有个人被他吓到了。

缓缓转身

索菲也知道奥伯龙即将返家，只是奥伯龙搭巴士，害她的计算产生了一天的误差。她有一大堆建议与一肚子的疑问，但奥伯龙不想要任何建议，而她也看得出她的问题不会得到什么答案，因此她什么也没问：目前他愿意说的就这么多而已，贫乏无比，即便他已在大城度过了十几个月。

晚餐时她说："噢。大家能团圆在一起真好。就这么一个晚上。"

由于好几个月来都只吃热狗和放了一整天的丹麦面包，奥伯龙狼吞虎咽。他抬头看了索菲一眼，但她已经望向别处，似乎完全没意识到自己说了奇怪的话。接着泰西就开始描述彻丽·莱克如何结婚才一年就离婚的故事。

443

"妈，这真好吃。"奥伯龙说着又装了一盘，心头依然困惑。

饭后他跟史墨基在书房里进行城市比较：史墨基多年前的大城印象，相对于奥伯龙眼中的大城。

"最棒的事，"史墨基说，"或者最刺激的事，就是你随时觉得自己走在游行队伍的最前端。我的意思是，就算只是坐在自己的房间里都能感受到：你知道在外面的街道上和建筑物里，队伍正不断推进，轰、轰、轰，而你就是当中的一分子，其他地方的人都是跟跟跄跄地跟在后面而已。你知道我的意思吧？"

"也许吧，"奥伯龙说，"我想情况已经不一样了。"他在自己的旧衣物里找到一件黑毛衣和一条长裤，此刻穿在身上颇有哈姆雷特的味道，蜷曲着身子坐在一张镶扣的皮椅上。房内亮着一盏孤零零的灯，照亮了史墨基打开的那瓶白兰地。艾丽斯提议他们父子俩促膝长谈一番，他们却找不到什么话题。"我一直觉得其他地方的人都已经完全忘了我们的存在。"他拿起酒杯，史墨基帮他倒了些白兰地。

"呃，但那些人潮，"史墨基说，"那些热闹喧嚣的场面、那些锦衣华服的人，大家都在赶着赴约……"

"嗯哼。"奥伯龙说。

"我觉得……"

"呃，我的意思是，我认为我知道你所说的想法，我的意思是你觉得……"

"我想我认为……"

"我猜是变了。"奥伯龙说。

两人一阵沉默，各自盯着自己的杯子。"好吧。"史墨基说，"总之呢，你是怎么遇到她的？"

"谁？"奥伯龙一阵僵硬。有些话题他完全不打算跟史墨基谈。他们可以靠纸牌和第三只眼刺探他的内心、得知他的秘密，光是这点就已经够惨了。

"来访的那位女士呀，"史墨基说，"那位霍克斯奎尔小姐。索菲所谓的爱丽尔表姑。"

"哦。在一座公园里遇到的。我们聊了起来……是一座小公园，据说是……你知道吧，老约翰和他们公司的人盖的，不知在多少年前。"

"一座小公园，"史墨基讶异地说，"有一些奇怪的蜿蜒小径……"

"是啊。"奥伯龙说。

"看似通往公园内部，但其实不然，还有……"

"是啊。"

"喷泉、雕像、一座小桥……"

"是啊是啊。"

"我以前常去那里，"史墨基说，"你喜欢那里吗？"

奥伯龙其实不怎么喜欢。他沉默不语。

"不知为何，"史墨基说，"它总是让我想起艾丽斯。"史墨基突然回到过去，鲜活地回忆起那座充满夏日气息的小公园，再次感受到他与妻子初恋的那个季节——几乎都要尝到那味道了。就在奥伯龙这个年纪。"你喜欢那公园吗，"他做梦似的又说了一次，品尝从多年前那个夏天蒸馏出来的水果甘露。他看着奥伯龙。奥伯龙阴郁地盯着自己的酒杯。史墨基意识到自己碰到了某个痛处或触及某个禁忌的话题。还真奇怪，同一座公园……"好吧，"他清了清喉咙。"她似乎是个很不简单的女士。"

奥伯龙用手抹抹额头。

"我是指这位霍克斯奎尔女士。"

"噢。哦，是呀。"这回换奥伯龙清喉咙了。他喝了口酒。"我以为她是疯子，说不定她就是。"

"哦？噢，我倒不这么认为。再疯也没比……她确实浑身是劲。还想把房子从上到下参观一遍。她也说了一些有趣的话。我们还爬上旧观星仪。她说她也有一座，就在她大城的房子里，不一样，但原理相同，说不定还是同一个人打造的。"他变得兴奋且满怀希望，"你知道吗？她认为我们可以把它修好。我说那东西已经全部生锈，因为你知道吧，主轮不知为何突出在半空中，但她说，呃，她认为基本元件都还可以。我不知道她是怎么看的，但应该会很好玩吧？过了这么多年啦！我打算试试看。把它清理一番，看看……"

奥伯龙看着父亲，接着笑了起来。那张可爱、单纯的大脸。他之前怎会认为……"你知道吗？"他说，"我小时候一直认为它确实会动。"

"什么？"

"是真的。我一直认为它确实会动，我还以为自己可以证明它真的在动。"

"你是说它自己会动？怎么动？"

"我不知道怎么动的，"奥伯龙说，"但我始终认为它在动，而且你们大家都知道它在动，只是不想让我知道。"

史墨基也笑了。"呃，为什么？"他说，"我的意思是，我们为何瞒着你？况且再说呢，它要怎么动？它拿什么当动力？"

"我不知道啊，爸。"奥伯龙笑得愈来愈厉害，但笑声好像快要变成眼泪，"自己动。我不知道。"他从那张镶扣皮椅上站起来。"我以为……"他说，"噢！天杀的，我没办法重建当时的情况了，我为什么认为这件事很重要，我的意思是我说不上来我那时为何认为这件事这么重要，但我觉得我一定会揭发你们……"

"什么？什么？"史墨基说，"你为啥不问呢？我的意思是，只要一个简单的问题……"

"爸，"奥伯龙说，"你觉得在这屋子里有什么简单的问题是你能问的吗？"

"这个嘛……"史墨基说。

"好吧，"奥伯龙说，"好啦，我问你一个简单的问题，好吗？"

史墨基正襟危坐。奥伯龙已经不是在说笑了。"好。"他说。

"你相信精灵存在吗？"奥伯龙问。

史墨基抬头仰望高大的儿子。在他俩共同度过的岁月里，他和奥伯龙似乎始终背对着背，像是被固定成那个样子、怎么也无法转身。他们若想沟通就得靠迂回曲折的方式，再不然就是透过其他人或伸长脖子歪着嘴说话，只能猜测对方的表情与行动。不时会有其中一方试图猛然转过身去让对方来个出其不意，但这招向来不怎么奏效，因为对

446

方还是在背后，面对着相反方向，就像那种古老的杂耍戏。最后他们只好放弃，因为以那样的姿势努力沟通、努力表达自己的意思实在太辛苦。但如今奥伯龙已经缓缓转过身——也许是因为他在大城的遭遇（管它是什么），也可能是因为时间削弱了那一道让他俩无法分开也无法靠近的束缚。缓缓转身。这时史墨基只要转过去面对他就好。"这个嘛……"他说，"'相信'……我不知道啊，'相信'这个词……"

"喂喂，"奥伯龙说，"别引经据典。"

这时，奥伯龙已经站在那里俯视着他，等着他回答。"好吧，"史墨基说，"答案是不相信。"

"好哇!"奥伯龙带着一种阴郁的胜利感说道。

"我从没相信过。"

"好哇。"

"当然了，"史墨基说，"在这屋子里实在不应该这么说的，你知道吧，也不该单刀直入地问问题，但我从来不想因为不……不参与……而让人扫兴。所以我什么也不说。从来不问问题。特别是简单的问题。我只是希望你有注意到这点，因为这并不是每次都很容易。"

"我知道。"奥伯龙说。

史墨基垂下视线。"真抱歉，"他说，"我骗了你——倘若我骗你的话，但我不认为我骗了。我也很抱歉我好像时时刻刻都在窥探你，想弄清楚一切——但我应该要知道一切的，跟你们一样。"他叹了口气。"不容易啊，"他说，"活在谎言里。"

"等等，"奥伯龙说，"爸。"

"你们好像都不介意，真的。我想只有你除外。好吧。而且'他们'好像也不介意我不相信他们存在，反正故事还是会照常进行，对吧？只是我承认我确实有一点点嫉妒，至少以前会。嫉妒你们这些知道真相的人。"

"听着，爸，听着。"

"不，没关系。"史墨基说。倘若要他面对，他就彻底面对。"只是……好啦，我一直觉得你，只有你可以解释给我听。觉得你很想解释，却没办法解释。不，没关系。"他举起一只手阻挡儿子说出任何遁词或虚与委蛇的话。"她们……我是指艾丽斯、索菲、克劳德姑婆，甚至还有你姐姐，我想她们已经把能说的都说了，只是她们说出口的从来都不是什么解释，根本不算'解释'，但也许她们认为那就是解释，也许她们觉得她们已经解释了一遍又一遍，我只是太笨听不懂。也许我确实太笨。但我以前总觉得你，我也不知道为什么，总之我以为我或许可以懂你，觉得你好像随时都会说溜嘴……"

"爸……"

"总觉得我们第一步就走错了，因为你得保守秘密，所以你也必须躲着我……"

"不！不不不……"

"所以你若觉得我一直在窥伺你、刺探你，那我真的很抱歉，只是……"

"爸，爸，你可以听我说一下话吗？"

"但是好吧，既然我们现在问的是简单的问题，我倒想知道你们究竟……"

"我什么也不知道！"他这样大声一嚷似乎惊醒了史墨基。他抬起头，看见儿子脸上有种不知是指责还是忏悔的扭曲之色，眼里还闪烁着疯狂的光。

"什么？"

"我啥也不知道！"奥伯龙突然在父亲面前蹲下，他整个童年都以一种令人昏眩的方式上下颠倒了。这让他很想狂笑。"啥也不知道！"

"少来了，"史墨基困惑地说，"我还以为我们要打开天窗说亮话呢。"

"我真的啥也不知道！"

"那你干吗一天到晚遮遮掩掩？"

"遮掩什么？"

"你知道的事啊！有一本秘密日记，还有那一大堆诡异的暗示……"

"老爸，老爸。倘若我真的知道什么你不知道的事，真的知道的话，我又怎会认为那个旧观星仪在动,只是没有人愿意承认呢?还有那本《乡间宅邸建筑》,你都不解释给我听……"

"什么我不解释!是你自以为懂那是什么吧……"

"好吧,那莱拉克又怎么说?"

"莱拉克怎么了?"

"好吧,她到底遭遇了什么事?我是指索菲的莱拉克。为什么都没有人告诉我?"他抓住父亲的手,"她怎么了?她到哪去了?"

"呃?"史墨基的挫败感已经超出他所能承受的限度,"她到底去了哪里?"

他俩狂乱地瞪着彼此,满腹疑问却没有任何答案,接着就在同一刻领悟到这点。史墨基往自己额头上一拍。"但你怎么可能以为我……以为我……我的意思是,我不是很明显什么都不知道吗……"

"噢,我猜不透呀,"奥伯龙说,"我有想过你有可能是装的。但我没办法确定。我怎么可能确定呢?我不能冒险。"

"那你干吗不……"

"别说了,"奥伯龙说,"别说'你干吗不问'。总之别这样说。"

"噢,老天爷,"史墨基笑着说,"哦,天杀的。"

奥伯龙一边摇头一边在地板上坐下。"花了那么多力气,"他说,"还真是白费工夫。"

"我想,"史墨基说,"我想再来点白兰地,如果你拿得到那瓶酒的话。"他把他滚到黑暗里的酒杯找了回来。奥伯龙为他跟自己都倒了一些酒,两人就这样沉默地坐了好一会儿,不时瞥向对方,一边轻笑一边摇头。"噢,还真扯。"史墨基说。

"还有一种更扯的状况,"片刻之后他又补充,"那就是我们所有人其实全都一无所知。假设我们,假设你跟我两个人现在冲进你妈房间……"他笑了,"然后说:喂……"

"不知道,"奥伯龙说,"我打赌……"

"没错,"史墨基说,"没错,我很肯定。好吧。"他想起医生。多年前的某个十月午后,他曾和史墨基出去打了一场猎:那一天,身为瓦

449

奥莱特孙子的医生建议史墨基某些事情最好不要深究。别去刺探那些既定的事、那些无可更改的事。现在又有谁能得知医生自己知道些什么呢，毕竟都被他带进坟墓了。史墨基抵达艾基伍德的第一天，克劳德姑婆就曾说过：女人的感受比较深，但男人也许更加为它所苦……由于跟一群守口如瓶的保密者相处了一辈子，他学到了很多，因此他能骗过奥伯龙倒也没什么好讶异的，毕竟他已从大师级人物那里学到了如何保密，虽然他根本没什么秘密要保护。但他突然想到他确实有秘密：虽然无法告诉奥伯龙莱拉克究竟怎么了，但关于她和一整个巴纳柏家族，还是有一些事情是他从未说出口也永远不打算跟他儿子提起的。他为此感到罪恶。面对面：好吧。奥伯龙是不是怀疑到这点，所以揉揉眉毛、再次盯着杯子看？

不。奥伯龙想的是西尔维，想的是母亲交代他明天到湖中小岛上游的树林里进行的那件古怪的事。想起她在他父亲进来时，把手指按在自己唇上再按到他唇上，示意他守口如瓶。他举起食指，摸了摸最近才莫名其妙从鼻梁上方长出来，将他的眉毛连成一线的新生毛发。"你知道吗，就某个角度而言，"史墨基说，"我有点遗憾你回来了。"

"哦？"

"不，我当然不是遗憾你回来，只是……呃，我原本有个计划的，你若再不写信或再不现身，我就要出发去找你了。"

"是哦？"

"是啊。"他笑了，"噢，一定会是场不简单的长征。我连要打包哪些东西都已经开始想了。"

"你实在应该来的。"奥伯龙说，却咧嘴而笑。史墨基没真的跑来，他反而松了口气。

"说不定会很好玩。再次见见大城。"他有片刻又神游回到了过去，"好吧。我自己一个人八成会走失。"

"是啊，"他对着父亲微笑，"八成会。但还是谢了，爸。"

"好吧，"史墨基说，"好吧。老天爷，瞧瞧几点了。"

拥抱自己

他跟着父亲走上宽阔的正厅楼梯。

阶梯一如往昔发出嘎吱声响。对他而言夜里的屋子就跟白天一样熟悉,满是他已经拥抱自己。

他们在走廊转角处分开。

"好吧,好好睡。"史墨基说,两人一起站在史墨基手里的蜡烛散发出来的光晕里。倘若奥伯龙不是提着他肮脏的袋子、史墨基不是拿着蜡烛,他俩也许会互相拥抱,但也可能不会。"找得到你的房间吗?"

"当然。"

"晚安。"

"晚安。"

他走了十五步半,途中撞上了那个突兀的橱柜(他总是忘记那里有个柜子),然后伸手摸到了那有棱有角的玻璃门把。虽然知道床头柜上有蜡烛和火柴,知道要去哪里拿这些东西,也知道可以在伤痕累累的桌子底面点燃火柴,但他进入房里时还是没有点亮任何灯光。房内的气味仿佛一阵古老的低语,对他喃喃诉说着往事(有他自己透凉、微弱但熟悉的味道,混着儿童的气息,因为莉莉的双胞胎曾经借住在这里)。他一动不动地在那里站了一会儿,透过嗅觉看见了那张扶手椅,它承载了童年的无数快乐时光。这椅子对他而言够大且没装弹簧,因此他可以抱着一本书或一沓纸张蜷缩在那里,旁边静静地亮着一盏台灯,桌上则放着牛奶和饼干或热茶和吐司,在灯光下散发着阵阵热气。还有那个大衣橱:只要门没关好,就会有鬼魅和不怀好意的人物从里面溜出来吓他(这些曾经如此熟悉的人物都到哪儿去了?死了,死于寂寞,因为已经没有人可以吓唬)。还有那张狭窄的床、床上厚厚的被子和那两个枕头。虽然睡觉时只用一个,但他从很小就坚持要有两个枕头。他喜欢那份奢华感:着实吸引人。它们全在那里。这些气味重重地压迫他的灵魂,像链条、像重新扛起的重担。

他在黑暗中脱下衣服,爬进冷冷的被窝里。就像拥抱着他自己。自从在青春期猛然长得跟黛莉·艾丽斯一样高之后，他每次躺上床，两脚就会挂在床尾边缘，在床垫上压出两道凹痕。如今他的脚就躺在那对凹痕里。隆起的部分还是在老地方。枕头倒是只有一个，而且有股淡淡的尿骚味。猫咪？还是小孩？他认为自己是睡不着了。他无法确定他究竟是懊悔自己没有厚着脸皮多喝一些史墨基的白兰地，还是高兴自己终于有了失眠的痛苦：从今晚开始，他要补偿的可多了。反正他清醒着有一大堆事可以思考。他小心翼翼地翻过身，进入二号睡姿（他有一套固定的睡姿变换方式），就这样在熟悉而令人窒息的黑暗里清醒地躺了良久。

第四章

你说起话来就像个玫瑰十字会员,

除了妖精什么也不爱,却不相信妖精的存在,

但又因为世上没有妖精而跟整个世界过不去。

——皮科克,《噩梦修道院》

"不,我现在明白了。"奥伯龙在树林里平静地说,道理其实真的很简单,"我有很长一段时间都不明白,但现在我懂了。你不可能'留住'别人,不可能'拥有'他们。我的意思是这很自然,真的是个自然的过程。相遇、相爱、分手。人生还是会继续下去。从来都没理由期望她始终如一。我是指'永浴爱河',你知道吧。"字里行间满是史墨基那种代表怀疑的括号,而且是加强语气。"我已经没有怨恨。我没办法恨她。"

"你有怨恨,"鳟鱼爷爷说,"而且你根本不懂。"

虚无换取所有

他黎明就出门了。自从成为酒鬼以来,他每天清晨都会被那种又像干渴又像需求的恼人感觉给弄醒。由于无法再次入睡,又不愿继续盯着这个房间看,他起床穿衣(虽是他的房间,但在这不温柔的黎明时分却显得陌生而不熟悉)。他穿上外套、戴上帽子抵挡雾气浓重的寒意。接着他穿过树林,行经那座湖中小岛,岛上的白色凉亭下半部还笼罩在雾气里。他继续往上走,来到那座深邃黑暗的水塘前,一道瀑布带着悦耳的水声注入塘里。好了,他已经遵照母亲的指示完成任务,

虽然他什么也不相信，或者说他试着什么都不要相信。但不管相不相信，他毕竟是巴纳柏家族的人，母亲也是德林克沃特家的人，因此他的曾祖父没拒绝他的召唤。它就算想拒绝也不可能。

"好吧，虽是这样，但我还是很想跟她解释，"奥伯龙说，"告诉她……总之就是告诉她，说我不介意。说我对她的抉择感到'尊敬'。所以我想，你若知道她在哪儿，就算只是大概的方位……"

"我不知道。"鳟鱼爷爷说。

奥伯龙坐在水潭边往后靠去。他在这里做什么？倘若连他唯一想知道的一件事（虽然这是所有事情当中他最不该继续追问的一件）都问不出来，那他何必来此？况且这件事怎么可能是他活该呢？"我不懂的是，"最后他终于说道，"为什么我非得继续这样小题大做。我的意思是，天涯何处无芳草？她跑了，我找不到她，但我为什么这么放不下？我为什么一再捏造她的存在？这些幽灵鬼魅……"

"哦，这个嘛，"鳟鱼说，"不是你的错。那些幽灵是他们的杰作。"

"他们的杰作？"

"本来不想让你知道的，"鳟鱼爷爷说，"但没错，是他们的杰作。只是为了吊你胃口、引诱你，别担心这些。"

"别担心？"

"让它们走就对了。以后还会有更多。让它们走就对了。别告诉他们我跟你说这些。"

"他们的杰作，"奥伯龙说，"为什么？"

"噢，这个嘛，"鳟鱼爷爷警觉地说，"为什么，噢，为什么……"

"好啦，"奥伯龙说。"好啦，你看吧？你知道我的意思了吗？"他是个无辜的受害者，眼中泛起了泪光。"好啦，管他们去死，"他说，"都是些幻觉。我才不在乎。会过去的。管他们是不是鬼。他们爱怎样就怎样吧。反正不会永远这样。"那是最悲哀的一件事，可悲却真实。他颤抖地叹了口气。

"这很正常，"他说，"不会永远这样的。不可能。"

"可能，"鳟鱼爷爷说。"而且可以的。"

"不，"奥伯龙说，"不，你有时会'以为'它会永远这样下去。但它是会过去的。例如爱情好了。你以为它是这么完整又永久的东西。这么庞大、这么——这么不受你控制。拥有自己的重量。你知道我的意思吧?"

"我知道。"

"但实则不然。爱情也只是个幻象。我不必听命于它，它自己就会凋零了。毕竟当它结束时，你连它是什么样子都记不得。"这就是他在他的小小公园里所学到的事：把他破碎的心像个破掉的杯子一样丢弃是可行（甚至是明智）之举。反正谁需要它？"爱情：这完全是'个人'的事。我的意思是，我的爱情跟她完全无关——跟'真正'的她无关。就只是'我'的感觉而已。我以为这会让我跟她产生关联。但实则不然。那是神话，一种我自己创造的神话，一段我跟她的神话。爱情是个神话。"

"爱情是个神话，"鳟鱼爷爷说，"就像夏天。"

"什么?"

"在冬天，"鳟鱼爷爷说，"夏天就是个神话。一种消息、一种传说。不应该相信。懂了吗? 爱情是神话。夏天也是神话。"

奥伯龙抬头看着水潭上方弯曲纠结的树木。上万根树枝纷纷吐出嫩叶。他发现这番话的意思就是他根本没靠着记忆术在那座小公园里完成任何事，他还是停留在原点，他的重担丝毫没有减轻，永远无法解除。不可能吧。他真的有可能永远爱她、永远困在她的屋子里、永世不得超生吗?

"在夏天，"他说，"冬天就是个神话……"

"是的。"鳟鱼说。

"一种消息、一种传说，不该相信。"

"是的。"

他爱过她，而她离开了他，没有理由，连声再见也没说。倘若他爱她直到永远，倘若爱情不死，那么她就可以一次又一次地离开他，每次都没有理由、每次都不告而别。而他将会在这些永恒的光明与黑暗之间不断被消磨殆尽。不可能是这样吧。

455

"永远，"他说，"不会的。"

"永远，"他曾祖父说，"就是会。"

是这样没错。他泪眼迷蒙、惊恐无比地意识到自己什么也没驱除，一秒也没有、一眼也没有，什么都没有。不，透过记忆术，他就只是把他跟西尔维相处的每一刻都琢磨得更加细致光亮，再也不可能奉还了。夏天到了，而静谧的秋天与坟墓般死寂的冬天都是神话，毫无帮助。

"不是你的错。"鳟鱼爷爷说。

"我真得说，"奥伯龙用外套袖子擦去眼泪和鼻涕，"你的安慰还真没效。"

鳟鱼什么也没回答，它本来就不奢望他会说谢谢。

"你不知道她在哪里，也不知道我为何必须遭受这种对待，也不知道我该怎么办，接着你又告诉我这不会过去。"他吸吸鼻子，"说不是我的错。还真是帮了大忙啊。"

双方沉默了良久。鳟鱼的白色身影闪烁不已，眼睛眨也不眨地看着他和他的悲伤。"好啦，"最后它终于开口，"你会从中获得一份礼物。"

"礼物，什么礼物？"

"呃，我不知道，不大清楚。但我很肯定有份礼物。任何付出都是有回报的。"

"哦。"奥伯龙可以感受到这条鱼正努力表示善意，"好吧，谢了。不管它是什么。"

"不关我的事。"鳟鱼爷爷说。奥伯龙瞪着波光粼粼的水面，倘若他有张网子呢。鳟鱼爷爷微微下沉，说："好吧，听着。"但之后就没再说话了，只是缓缓潜入水中，不见了踪影。

奥伯龙站起来。晨雾已经散去、阳光炙热、鸟儿疯狂地唱着歌——一切都符合他们的期待。他穿过这片欢愉沿着溪流走下去，再沿着小径踏上牧野。树林后方的房子在晨光中呈现一片粉彩，似乎才刚睁开眼睛。他跌跌撞撞地越过牧野，是满眼春色中的一个黑点，膝盖以下都被露水沾湿了。这件事可以是永久的，而且将会是永久的。傍晚有一班巴士可以搭，绕行一段路之后就能转接一班往南的巴士，搭上第二班巴士就可以沿着灰色的公路穿越愈来愈密集的郊区，抵达那座宽阔的桥或那座贴有瓷砖的隧道，然后转上那些可怕的街道，沿着古老的公交车路线蜿蜒穿过乌烟瘴气、满是悲惨人生的市井，来到大城里的老秩序农场与折叠卧房，不管西尔维在不在那里。他停下脚步。他觉得自己就像一根干枯的木棍，正是故事里教皇交给骑士的那根干枯的木棍：骑士因为爱上维纳斯而沾染了罪恶，必须等到这根木棍开出花朵，他才能获得救赎。而奥伯龙觉得自己永远开不出花朵。

在鳟鱼爷爷的水塘里，春天也已经降临，让它的秘密洞穴周围长满了柔软的水草，昆虫也已蜕变成熟。它怀疑那男孩是否真会得到什么礼物。八成不会。若非逼不得已，他们是不送礼的。但那男孩是这么悲伤，对他撒个小谎不会有害吧？好让他提起精神。过了这么多年，鳟鱼爷爷的灵魂里早已没有温情，但现在毕竟是春天，而这男孩终究是他的血亲，至少他们是这么说的。总之，它希望若真有什么礼物，都不会给这男孩带来太大的痛苦。

远见

"当然，我一直都知道他们的存在，"爱丽尔·霍克斯奎尔告诉红胡子腓特烈皇帝，"在我研究的实习或试验阶段，他们向来是个干扰。一些元灵。我的实验似乎会吸引他们，就像水蜜桃总是会莫名其妙引来一堆果蝇，或是到森林里散步总会引来山雀。有时连我在通往密室的楼梯上上下下之际，我都在密室里用玻璃和镜子工作，你知道吧——都会有一大群围在我脚边或我的头周围。真是烦人。你永远无法确定他们是不是影响到你的实验结果。"

她啜了一口皇帝为她点的雪利酒。他在套房的客厅里来回踱步，没怎么仔细在听。吵桥棍棒与枪支俱乐部已经困惑地离去，不很确定他们是否得到任何结论，而且隐约觉得好像被摆了一道。"现在，"红胡子说，"我们要怎么办？这才是问题。我觉得出击的时候到了。箭在弦上。大启示不久就会降临了。"

"嗯哼。"困难的地方在于她从来不曾把他们当成有"意志"的东西。他们跟天使一样，只是力量而已，是发散出来或凝聚在一起的神秘能量，其实只是自然界的东西，不比石头或阳光有意志。至于他们为何拥有形体且又似乎略具意志，有声音与表情丰富的脸、看似有目的地到处悠游飞舞，她总认为是因为人类本质上就是会从灰泥墙上的污渍里看见面孔、在风景中看见敌意或善意、在云朵中看出动物形状。一旦看见一个"力量"，你就会认为它有一张脸、一种个性，这是自然而然身不由己的事。但《乡间宅邸建筑》却提出很不一样的看法：它似乎认为倘若世上真有一种生物是单纯的自然力量之呈现、是背后那股主导力量所放射出来的无意志之物、是供那些有主见的灵体差遣的媒介，那么这种生物应该是人类而不是精灵。霍克斯奎尔不愿意扯这么远，但她却被迫去思考：是的，他们确实有意志也有力量、有欲望也有责任，而且并不盲目，其实还颇有远见。这么一来她自己到底算什么？

她真的不认为自己只是其他力量所主导的一连串事物里的一个环节而已，毫无置喙的余地，但她的乡下表亲似乎就是如此自我看待。她绝对不愿意成为他们的手下。她推测他们正是这么看待红胡子腓特烈皇帝，不管他本身怎么认为。不：她还不打算完全归附哪一方。一般人都只是盲目地顺从，但所谓的魔法师就是要操纵并控制这些力量。

她其实如履薄冰。吵桥棍棒与枪支俱乐部从来都不是她的对手。她的力量比他们高出多少，罗素·艾根布里克背后操纵者的力量应该就比她高出多少。好吧：反正这是场值得一比的竞赛，总算等到了这一天。如今正值她力量与感应力的巅峰期，终于可以好好测试一下她的功力了，而就算最后发现她的道行不够，落败也没有什么好可耻的。

"怎么样？怎么样？"皇帝说着重重坐下。

"没什么重大启示，"她站起来，"就算有，也不会是现在。"

他吓了一跳，高高扬起眉毛。

"我的想法改变了，"霍克斯奎尔说，"也许当一阵子总统是最佳选择。"

"但你说……"

"据我所知，"霍克斯奎尔说，"总统的职权在法律上依然有效，只是没行使而已。你一旦就职，就可以用它们来对付俱乐部。他们一定料不到。把他们扔进……"

"大牢。把他们暗中处死。"

"不，但至少可以让他们落入司法困境，而倘若近代史可以参考的话，这铁定让他们久久不能翻身。接着他们会元气大伤、财务大损；根据我们以前的说法，就是被活活穷死。"

他坐在椅子上对着她咧嘴而笑，一种野狼、阴谋者似的长长微笑，几乎让她笑出来。他肥硕的手指交握在肚皮上，满意地点了点头。霍克斯奎尔转向窗外，心想：为什么是他？为什么偏偏是他？接着又想：倘若屋子里的老鼠突然被赋予了表决的权利，那么它们会选谁当管家？

"而且我想，"她说，"就很多种角度而言，今日担任这个国家的总统应该跟你在旧帝国当皇帝没有太大差别。"她回过头对着他微笑，他则扬起红色的眉毛看她，想知道自己是不是被嘲笑了。"我的意思是，同样的光彩，"霍克斯奎尔温和地说，对着窗外的光线举起酒杯，"同样的喜悦。同样的哀愁……总之呢，你计划统治多久？"

"噢，我不知道，"他慵懒地打了个大大的哈欠，"我想就是从今以后吧。永远。"

"我也是这么想的，"霍克斯奎尔说。"若是这样的话就没什么好急的了，对吧？"

东方的海面上，暮色渐浓；西方则正上演一场华丽火红的落日，夕照仿佛从一个破裂的容器里飞溅而出。站在这么高的窗子前，从这片狂妄的大玻璃望出去，就可以看见日与夜的战争，仿佛是专为居住高处的权贵人士而安排的戏码。永远……霍克斯奎尔看着这场战争，觉得整个世界仿佛在这一刻陷入了一个悠长的梦境，但也可能是正从一个梦境中醒来，很难分辨是何者。但当她转过头想发表这番感想时，却发现红胡子腓特烈皇帝已经在椅子上睡着了，还轻轻打着鼾，微弱的气息从他的红色胡子之间吹出来，脸孔跟任何熟睡的孩子一样安详：就仿佛，霍克斯奎尔心想，仿佛他从来不曾真正醒来。

永远

"啊哈，"当乔治·毛斯终于打开老秩序农场的门、看到奥伯龙站在阶上时，他这么说。奥伯龙已经又敲又喊了好一阵子（他在流浪街头期间弄丢了他所有的钥匙），如今他这个回头浪子正羞愧地面对着乔治。

"嗨。"他说。

"嘿。"乔治说，"好久没你的消息。"

"是啊。"

"我还真担心你，老兄。你就这样跑了是怎么回事？真差劲。"

"我去找西尔维。"

"噢，是啊。嘿，你把她哥留在折叠卧房里了。他真是个可爱的家伙。你有找到她吗？"

"没有。"

"噢。"

他们面对面站在那里。奥伯龙还是很困惑自己怎会突然再次现身这些街道上，因此尽管他来此的目的似乎是希望乔治再次收留他，却不知该如何开口。乔治只是微笑点头，黑色的眼睛有些恍惚：奥伯龙猜想他八成又嗑了迷幻药。虽然在艾基伍德，五月才刚开始，但在大城里，那只维持了一周的春天已经来了又走了。夏季已经火力全开，到处散发的浓烈气息，像个正在打得火热的恋人。这些奥伯龙都忘了。

"所以喽。"乔治说。

"所以喽。"奥伯龙说。

"回到大城来啦？"乔治说，"你是不是以为……"

"我可以回来吗？"奥伯龙说，"对不起。"

"嘿，别这么说。太好了，现在正好有一大堆差事。折叠卧房没人……你打算待多久？……"

"噢，我不知道，"奥伯龙说，"我想就是从今以后吧。永远。"

他是一颗被抛出去的球，就这么简单，他现在已经看清了这点：一开始是从艾基伍德被抛出去，跳得很高、弹进了大城，然后在那座迷宫里疯狂乱窜，路径完全依他撞上的墙壁与物体而定，直到他（不由自主地）被抛回艾基伍德、在那里弹了几下，入射角等于反射角，接着又弹回了这些街道、弹回了这座农场。就算是弹力最好的球也终有停下来的一天，一定会愈跳愈低、愈跳愈低，最后变成只是滚动，把草推向两侧。接着在草的阻力下它一定会愈滚愈慢，最后是轻轻摇晃一阵，就这么停住。

三个莱拉克

乔治似乎这才意识到他们站在一扇敞开的门前，因此他迅速探出头，看看可怕的街道上有没有什么人靠近。他随即把奥伯龙拉进来、把门锁上，就跟上次那个冬夜一样，虽然已经恍如隔世。

"你有几封邮件。"他领着奥伯龙穿过走廊，走下楼梯进入厨房。接着他又说到一些跟山羊和西红柿有关的东西，但奥伯龙已经听不见了，因为他突然一阵耳鸣、不安地想起了一份礼物，脑袋不禁愈来愈涨。乔治漫无目标地在厨房里翻箱倒柜地寻找那些信件，不时停下来发问并发表见解，但那阵耳鸣和那个想法却持续涌向奥伯龙的脑门。当乔治发现奥伯龙既没听见也没回答时，他才开始认真寻找，最后终于取出两个长长的信封，连同一些古老的催讨信和一些留作纪念的菜单一起放在吐司架子上。

奥伯龙瞄了一眼就知道两封都不是西尔维寄的。虽然已经没有意义，但他拆信的手还是微微发抖。佩蒂、史密洛东与鲁思事务所的人喜滋滋地通知他德林克沃特医生的遗嘱终于处理好了。随信还附了一张会计表格，告诉他扣除预付额和手续费后，他能得到的财产授予总额是三十四块一毛七。他只要过去签署一些文件，就可以一毛不差地得到这笔钱。另一个信封的纸质很厚，上面印有一个看起来很昂贵的商标，里面是一封《他方世界》制作群寄来的信。他们已经仔细拜读过他的剧本。认为故事内容很棒、很生动，但对话却不大有说服力。不过他若愿意把这些剧本再修改一次或试着再写一份，那么他应该不久就可以

461

加入这个节目的资浅编剧群了。他们希望他能回复，或者他们去年是这么希望的。奥伯龙笑了。至少他有机会找到一份工作，也许他真的会把医生那没完没了的绿野与黑森林编年史继续写下去，尽管不是以医生那种方式。

"是好消息吗？"乔治一边问一边煮咖啡。

"你知道，"奥伯龙说，"最近世界怪事连连。诡异至极。"

"说来听听。"乔治口是心非地说。

奥伯龙意识到，从那场长醉中清醒后，他才开始注意到一些大家早就习以为常的东西。就仿佛突然转向他的同胞，大声宣告：嘿，天空是蓝的，或指出街上那些老树已经长出了叶子。"这条街上一直都有大树吗？"他问乔治。

"那还不是最糟的事，"乔治说，"树根把我的地下室弄得支离破碎。你可以试试看联络公园部门。根本无望。"他在奥伯龙面前放了一杯咖啡。"奶精？糖？"

"都不用。"

"愈来愈奇怪了，"乔治说着，用一把小小的纪念咖啡匙搅拌他的咖啡，虽然他什么也没加。"我有时还真想炸掉这座城。回去制作烟火。我打赌现在搞烟火一定可以赚大钱，有那么多庆祝活动。"

"嗯哼？"

"艾根布里克那一大堆啊。游行、表演。他很爱那些。还有烟火。"

"噢。"自从跟布鲁诺共度了一夜又一日后，奥伯龙的原则就是不去想也不去询问跟罗素·艾根布里克有关的事。爱情很奇怪：它可以让整个世界为之变色，从此爱情的颜色就再也洗不去了，不管那颜色是明亮还是黑暗。他想起拉丁音乐、纪念T恤、大城的某些街道和场所，想起夜莺。"你做过烟火？"

"当然。你不知道吗？嘿。我可是最大的烟火商。名字还上了报纸，老兄。真的很好笑。"

"家里从来没有人提过，"奥伯龙说，又有了那熟悉的孤立感，"没人对我提过。"

"没有吗？"乔治用奇怪的眼光看着他。"好吧，一切都结束得很突然。差不多就在你出生那年。"

"是哦？怎么会？"

"情势呀，老兄，情势。"他盯着自己的咖啡，陷入某种跟他这个人很不搭调的深思。接着他似乎下了决定，说："你知道你有个姐姐吧，名叫莱拉克。"

"姐姐？"这倒是很新鲜，"姐姐？"

"呃，是啊，姐姐。"

"不。索菲有过一个名叫莱拉克的宝宝，后来走了。我有过一个名叫莱拉克的虚构朋友。但没有什么叫莱拉克的姐姐。"他想了一下。"但我倒是一直觉得有三个莱拉克。我也不知道为什么。"

"我说的是索菲的宝宝。我一直觉得那个故事很……呃，算了。"

但奥伯龙已经受够了。"不，喂喂！等一等。什么叫'算了'？"听到奥伯龙的口气，乔治惊讶又愧疚地抬起头。"若有故事，我就要知道。"

"说来话长呀。"

"那更好。"

乔治考虑了一会儿。他起身穿上他的旧罩衫，然后再次坐下。"好吧，是你要求的。"他想了想该怎么开始。由于吸食了几十年的古怪毒品，他说起故事来生动无比，但并不总是有条有理。"烟火。你是说有三个莱拉克吗？"

"其中一个是虚构的。"

"妈的。我真想知道另外两个是什么做的。总之呢，那两个里有一个是假的：就像个假鼻子。我的意思是完全一样。那就是烟火的故事：那个假货。

"是这样的，很久以前的某一天，索菲和我……呃，那是个冬日，我到艾基伍德去，而她跟我……但我不认为会有什么结果，你知道吧？算是一时疯狂，放纵一下。我不当一回事。我的意思是她耍了我。同时呢，我也知道她跟史墨基有一腿。"他望着奥伯龙，"大家都知道，对吧？"

"错。"

463

"你不知道……他们没有……"

"他们从来不告诉我任何事。我知道索菲有过一个小孩，叫莱拉克。接着她就不见了。我只知道这样。"

"好吧，听着。据我所知，史墨基到现在都还以为他是莱拉克的父亲。所以你知道吧，这件事就只能三缄其口。怎么了？"

奥伯龙在笑。"不，没什么，"他说，"是啊，确实只能三缄其口。"

"总之呢。不知道多久了？可能是二十五年前吧。因为'行动理论'的缘故，我迷上烟火。还记得行动理论吗？不记得？老天爷，这年头那种东西都撑不久对吧。行动理论探究的是……老天爷，现在连我都不大记得原理了，但它是关于生命的运作方式，主张生命是行动，不是思想或物件：行动既是思想也是物件，只是它拥有形式，你懂吧，所以它是可分析的。每一种行动，不管是哪种（拿起一个杯子、过完一辈子，或完成演化），每种行动的形式都是一样的。把两个行动加在一起，就是另一个形式相同的行动；生命只是一个大行动，由上百万较小个行动组成，懂吗？"

"不大懂。"

"没关系。但这就是我开始研究烟火的原因，因为火箭的形式跟行动一样：开始、燃烧、爆炸、熄灭。只是有时候，那个火箭、那个行动会引发另一次开始、燃烧、爆炸，以此类推，有概念了吧？所以你可以安排一场跟生命相同形式的表演。行动、行动，都是行动。贝壳。你可以在一个贝壳里塞满其他贝壳，每一个都跟外面的大贝壳一样，塞得满满的，就像鸡塞在蛋里面。而那只鸡里面又有更多蛋、蛋里面又有更多鸡，就这样永无止境。喷花，喷花的形式跟活着的感觉一样：一连串小型的爆炸与燃烧，熄灭、引燃、熄灭，全部加在一起就会形成一个图案，就像人的脑袋凭空想象出图案。"

"什么是喷花？"

"就喷花啊，老弟。中国烟火。你知道吧，先形成两艘军舰互相射击的图案，然后再变成美国国旗之类的。"

"哦，对。"

"对。我们称之为组合喷枪。就像思绪。这点也有几个人懂，一些批评者。"他沉默半响，想起他在河船上发射"连续动作"和其他表演时的鲜明情景。四周一片黑暗，滑腻的水发出啪啪声响，空气中弥漫着火绒气味。接着天空光芒四射，像生命一样，点火、燃烧、熄灭，在空中画出瞬间即逝的图腾，让人难以忘怀，但就某个角度而言却从来不曾存在。他像个疯子般东奔西跑、对着助手大吼大叫、不断射出烟火，发丝烧焦、喉咙干渴、外套被煤渣烧得满是破洞，但他的思想却在头顶上方成形。

"莱拉克的事。"奥伯龙说。

"啊？哦，对。好吧，我那时已经为一场新的表演进行了好几周的准备工作。我想出了一些新的配件，而那是——呃，那就是我的生命，老弟，我忙得昏天暗地昼夜不分。所以有天晚上……"

"配件？"

"配件就是火箭最后爆炸时变出图案的那部分，例如一朵花。是这样的，假设这是火箭，发射燃料就放在这边这个盒子里，然后上面这里就是……就是所谓的顶罩，你的配件就装在这里——里面全是星星，被捕捉然后塞在里面的星星——"

"好吧。继续说。"

"那时我人在三楼的工作室里。我在顶楼设了工作室，以防有东西爆炸时把整栋建筑都炸飞，你知道吧。那时很晚了，我听到有人按电铃。那年头门铃还会响。因此我把盒子里那些东西先搁着，不能就这样离开一个放满烟火的房间，你知道吧，但门铃一直响、一直响，所以我下了楼，发现有个聪明的家伙整个人靠在门铃上。是索菲。

"我记得那天晚上很冷，还下雨。她身上包着一条披巾，只露出一张脸，面如死灰，很像好几天没睡觉了。一双眼睛像盘子一样大，还在流眼泪，但也可能只是雨水而已。她抱着一大包东西，包在另外一条披巾里，我问她怎么了，结果她说：'我把莱拉克带来了。'然后掀开披巾，露出那包东西。"

乔治抖了一下。那是次很深沉的颤抖，仿佛是从他的躯干出发然后向上传递，直到从他的头顶飞出去、让他的头发全部竖起来——套句俗话，就好像有人从他未来的坟墓上踩过去。"不要忘了，老弟，这些东西我从来都不知道。我不知道自己当了爸爸。我已经有一年没他们的消息了。接着索菲就像个噩梦一样突然出现在门前，站在台阶上说'这是你女儿'，然后给我看这个宝宝，假如那东西可以叫作宝宝的话。

"老天，这宝宝整个不对劲。

"看起来好'老'。我猜它当时应该差不多两岁，但看起来却像四十五岁，是个又皱又秃的小老头，有一张狡猾的小脸，像那种问题缠身的中年毛皮加工者。"乔治发出古怪的笑声，"而且别忘了，它理论上应该是个女孩。老天爷，我被它吓到。我们站在那里，结果这孩子伸出手，像这样——"手掌摊开、掌心朝上，"查了查雨势，然后把披巾拉过去盖住自己的头。嘿，我能说什么？那小孩的意思很清楚。我只好把他们带进来。

"我们进到这房间。她把孩子放在那张儿童高脚椅上。我不敢看它，但我也没办法不去看它。然后索菲就把事情告诉了我：她跟我，那天下午，听起来很奇怪，但她算过日期了等等的，莱拉克是我的孩子。不过——听清楚了——不是眼前这一个。眼前这个根本不是真的。不是真正的莱拉克，甚至不是个真正的宝宝。我瞠目结舌。我不停地来回踱步，说：'什么！什么！'而这段时间里——"他再次无法克制地笑了起来，"这孩子就一直坐在那里，脸上带着一种神态，我没法形容……一种冷笑，好像在说'好啦好啦，这故事我听过上万遍了'，一副很无聊的样子；而我那时只有一个念头：只要在它嘴里塞一根雪茄，画面就完整了。

"索菲好像处于某种休克状态。她一直发抖，想把整件事一口气告诉我。接着她停了下来，没法再说下去。那小孩一开始似乎好好的，她一直没看出有什么差别，甚至不知道事情是哪个晚上发生的，因为她整个都很正常。而且很漂亮。只是很安静而已，非常安静，很乖顺这样。接着，几个月前就开始变了。一开始很慢，接着愈来愈快。好像开始'枯萎'。但它没生病。一开始医生帮它做了检查，都没问题，胃口很大、笑口常开——只是愈来愈老。噢老天爷。我在她身上披了一条毯子，然后开始泡茶。我说：'冷静一下！冷静一下！'接着她告诉我她如何恍然大悟——但我那时还是没办法相信，老天，我觉得这小孩应该带去给专家看看——然后她说她后来就把小孩藏起来了，所以他们就开始问啦：嘿，莱拉克怎么样啊，怎么最近都没看见她了呢。"又是一阵不由自主的狂笑。这时乔治已经站了起来，比手画脚地表演着事发经过，特别是他自己错愕迷惑的那一段，接着他瞪大眼睛转向那张高脚椅。"然后我们往那里一看。小孩已经不见了。

"没在椅子上。没在椅子下。

"门是开的。索菲一阵眩晕，她叫了一声：'啊！'然后看着我。好吧，我是它爹，我应该要做点什么。就是因为这样索菲才会找上我。老天爷，光是想到这东西在我家里到处乱跑，我就毛骨悚然。我跑到走廊上。没人。接着我就看到它往楼梯上爬去。一级接着一级。它看起来很……该怎么形容……很有目的：好像很清楚自己要到哪里去。所以我说：'嘿，等等，老弟——'我实在没办法把它当成女的——接着我就伸手去拉它手臂。摸起来很奇怪，又冷又干，很像皮革。它带着恨意回头看了我一眼——好像在说你他妈的是谁？然后又试图挣脱，我又把它拉回来，结果——"乔治再次坐下，一副被打败的样子。"它就破了。我在这天杀的东西身上扯破了一个洞。嘶……它肩膀上破了一个洞，可以看见里面，就像一个娃娃——里头是空的。我马上放了手。它好像不痛，只是抖了抖那条手臂，一副'他妈的被你弄坏了'的样子，然后继续往上爬。它的毯子掉了，所以我看到它身上还有别的裂缝——膝盖上有，你知道吧，脚踝上也有。这孩子正在分崩离析。

"好吧。好吧。我还能怎么想？我又回到这房间。索菲紧紧裹着毯子坐在那里，眼睛瞪得老大。'你说的没错，'我说，'那不是莱拉克。也不是我的小孩。'

"接着她好像支离破碎一样地崩溃了。那是最后一根稻草。她就这样被压垮了。老天，那真是我看过最悲哀的一件事。'你得帮我，你得帮帮我'——你知道吧。'好啦好啦，我会帮忙，但我他妈的到底要怎

467

么帮？'她也不知道。就我来决定。'她在哪里？'索菲问我。

"'上楼去了，'我说，'说不定它很冷。楼上有火炉。'结果她突然投给我一种眼神（极度惊吓，但又累得完全无法行动，可能连感觉都没有了），我没办法形容。她抓住我的手，说：'别让她靠近火，拜托，拜托！'

"这又是什么鬼？我说：'听着，你只管坐在这里取暖，我去看看。'我他妈的连要去看什么都不知道。于是我拿起棒球棍，有备无患，你知道吧，然后就出去了。她还在哀求：'别让她靠近火。'"

乔治假装鬼鬼祟祟爬上楼梯，进入二楼的客厅。"我走进去，它就在那里。就在火炉边。坐在那个叫什么来着的……炉床上面。我没办法相信自己的眼睛，因为它一边坐在那里，一边把手伸进火堆里，取出……你知道吗，发红的煤炭：把它们取出来，一块一块丢进嘴里。"

他朝奥伯龙靠过来。要不是他抓住奥伯龙的手腕、发誓自己句句属实，这种事根本让人无法置信。"然后大口大口地嚼着。"乔治模仿那个动作，像在吃胡桃。"咔嚓。咔嚓。而且还对着我笑，竟然还在笑。你可以看见那些炭块在它的头里面发光。活像个万圣节南瓜灯。接着炭块就会熄灭，这时它就会再拿一块来吃。老天爷，这让它变得大有活力。整个活泼起来，你知道吧，好像吃了点心。它跳起来，跳了一小段舞。这时它已经没穿衣服。就像一尊破掉的邪恶小天使石膏像。我对天发誓，我从来没有、没有这么惊吓过。我吓得完全无法思考，我只是行动。你知道吧？惊吓到都不懂得要害怕了。

"我来到火炉边，拿起火铲。我从火堆深处铲了一大堆烧烫烫的东西出来。我把东西亮给它看：嗯嗯，嗯嗯，真好吃。跟我来、跟我来。好吧，它想玩这游戏，热腾腾的栗子，滚烫烫的栗子，来呀，来呀，我们走出房间，往楼上爬去。它一直朝铲子伸出手。噢噢，不行，不行，我继续引诱它前进。

"好啦，听着，老弟。我不知道我那时是不是疯了还怎样。我只知道这东西很邪门：我的意思不是真正的邪恶，因为我认为它什么也不是，我的意思是它就像个娃娃或傀儡或机器，只是它自己会动，就像梦里那

468

些恐怖的东西，你知道它们没有生命，例如一堆堆旧衣服或一坨坨油脂，突然爬起来恐吓你，懂吗？是死的，却会动，好像活的一样。但很邪门，我的意思是世界上有这种东西存在真是太恐怖、太讨厌了。我只有一个念头：消灭它。管它是不是莱拉克。就、是、要、消、灭、它。

"总之呢，它就这样跟着我。而三楼的书房对面就是我的，你知道吧，我的工作室。懂吗？明白了吗？门当然是关上的，因为我下楼前有关门，我向来会关门，毕竟谨慎是不嫌多的。我摸索着想开门，而那东西就用它那双不是眼睛的眼睛盯着我看，天杀的它随时都会识破我的诡计。我把铲子送到它鼻尖底下。那扇该死的门偏偏打不开、打不开，接着就开了，然后——"

乔治使尽浑身解数比画出那个假想的动作，把那整整一铲燃烧中的煤炭丢进塞满烟火的工作室。奥伯龙屏住气息。

"接着是那小孩——"

乔治迅速又谨慎地用脚一踢，把假莱拉克也踹进了工作室。

"然后关门！"他把门用力关上，瞪着奥伯龙，事发当晚他的眼神一定也像现在这么惊恐仓皇。"成了！成功了！我从楼梯狂奔下来。'索菲！索菲！快跑！'她还坐在那把椅子上，就是那把，全身动弹不得。所以我把她抱起来，也不完全是抱着她，但就像在赶人一样，因为我已经听到楼上的声音了。然后把她弄到走廊上去。砰！咻！从前门冲出去。

"然后我们就站在外面的雨里往上看。或者说往上看的是我，她只是抱着头而已。接着我的一整场秀就从工作室的窗户射出来。星星、火箭、镁、磷、硫黄。亮得跟白天一样。声音很大。一大堆东西掉在我们四周，躺在水坑里嘶嘶作响。接着呼咻！有个很大的东西射出去，把屋顶射穿了一个洞。烟雾弥漫、火星点点，老天爷，整个区都被我们照亮了。但雨已经愈下愈大，不久火就被浇熄了，也差不多就是警察和消防车赶到的时候。

"好吧，我的工作室防护做得很好，你知道吧，有钢板门啦、石棉啦，那一大堆的，所以建筑物本身没倒。但老天爷，那小孩……或管它是什么东西……铁定是尸骨无存了……"

"那索菲呢?"奥伯龙说。

"索菲,"乔治说,"我告诉她:'听着,没事了。我把它搞定了。'

"'什么?'她说,'什么?'

"'我搞定了,'我说。'我把它炸了,荡然无存了。'

"接着,嘿!你知道她对我说了什么吗?"

奥伯龙不知道。

"她抬头看着我。老天爷,我觉得她那一刻的脸比我当天晚上看到的任何东西都还可怕。然后她说:'你杀了她。'

"她是这么说的。'你杀了她。'就这样。"

乔治筋疲力尽地在厨房的桌子旁坐下。"杀了她,"他说,"索菲是这么想的,认为我杀了她唯一的孩子。也许她到现在都还这么想,我不知道。认为老乔治杀了她唯一的孩子,也杀了他自己唯一的孩子。把她给炸死了,随着星条旗灰飞烟灭。"他低下头,"老天,我希望这辈子再也不会有任何人用她那天晚上那种眼神看我,再也不要。"

"好一段故事。"终于能说话时,奥伯龙这么说。

"你看,假设……"乔治说,"假设那真的是莱拉克,只是诡异地变了形……"

"但她知道,"奥伯龙说,"她知道那不是真的莱拉克。"

"她知道吗?"乔治说。"鬼知道她知道些什么。"一阵凝重的沉默。"女人啊,根本猜不透。"

"可是,"奥伯龙说,"我不懂的是,他们一开始干吗给她那个东西?我是说如果它这么假的话。"

乔治狐疑地看了他一眼。"谁是'他们'?"他问。

面对表舅的追问,奥伯龙移开目光。"呃,就是他们啊。"他说,很惊讶且有点尴尬自己竟然说出这样的解释,"偷走真正的莱拉克的那些家伙。"

"嗯哼。"乔治说。

奥伯龙没再说话,因为这件事他已经没什么好说的了,但他倒是第一次清楚了解到他从前窥视的那些人为什么这么能守口如瓶。他们的解释其实就等同于没有解释，而他现在发现自己竟然也不由自主地陷入了同样的沉默。但他还是觉得从此以后，自己不管解释任何事物都势必要动用那个集体代名词：他们。他们。

"好吧，总之呢，"最后他终于说道，"这样就两个了。"

乔治疑惑地扬起眉毛。

"两个莱拉克，"奥伯龙说着把她们列出来，"我一直认为有三个莱拉克，其中一个是虚构的，我幻想的，我知道她在哪里。"事实上他可以在内心深处感受到她的存在，而她也注意到他提起了她。"另一个是假的，就是被你炸死的那个。"

"但假设，"乔治说，"假设那个就是真的莱拉克，只是被变形了……不。"

"不，"奥伯龙说，"剩下的那个，下落不明的那个，才是真正的莱拉克。"他望向窗外，薄暮已经悄悄笼罩了老秩序农场和大城的高楼。"我真想知道。"他说。

"我真想知道……"乔治说，"我真的非常想知道。"

"她在哪里？"奥伯龙说，"在哪里、在哪里？"

期待清醒

在很远很远的地方，在梦境中：她在睡梦中不安地翻身，期待着醒来，但她还得等好多年才能醒，鼻子痒痒的、喉咙里藏着一个哈欠。她甚至眨了眨眼睛，但除了梦境什么也没看见：她在春天里沉睡，梦到了秋天：梦到那座灰色的溪谷，出游那天，载着她和昂德希尔太太的鹳鸟最后就是在这里降落，双脚踩上了"陆地"，或至少是某种像陆地的东西。梦到昂德希尔太太叹了口气从鹳鸟背上下来，莱拉克则用手臂圈住昂德希尔太太的脖子，让她抱她下来……她打了个哈欠。自从学会打哈欠以后，她似乎就停不下来了，而她也无法确定自己究竟喜不喜欢这种感觉。

"想睡。"昂德希尔太太说。

471

"这是哪里?"被放到地面上后,莱拉克说。

"噢,一个地方,"昂德希尔太太轻声说道,"来吧。"

她们面前立着一道残缺的拱门,雕刻得很粗糙,再不然就是原本雕得很精细,只是被风雨刮得粗糙了。拱门两侧并没有围墙,它就这样孤零零地横跨在那条满是树叶的小径上,这是唯一的一条路,通往后方那片荒凉的十一月树林。莱拉克有点害怕,但还是顺从地伸出她年幼的小手拉住昂德希尔太太年老的大手。她们朝大门走去,就像祖母带着孩子走在一座寒冷的公园里,夏天与欢乐皆已远离。鹳鸟用一只红色的脚独自站在原处,整理着它乱糟糟的羽毛。

她们穿过拱门。拱门的花格镶板和浮雕上都是老旧的鸟巢和青苔。雕刻的图样很模糊,是一些刚诞生或是正回归混沌的生物。经过时,莱拉克伸手摸了摸:材料不是石头。是玻璃吗?莱拉克揣测。骨头?

"是角[1]。"昂德希尔太太说。她脱下层层斗篷中的一件,用它包住赤裸的莱拉克。莱拉克踢了踢山谷内的褐色落叶,觉得若能躺在叶子堆里应该会很棒,而且要躺很久。

"好吧,好长的一天。"昂德希尔太太说,仿佛感应到她的想法。

"结束得太快了。"莱拉克说。

昂德希尔太太圈住莱拉克的肩膀。莱拉克踉跄一下朝她身上倒去,双腿似乎不听使唤。她又打了个哈欠。"哦。"昂德希尔太太温柔地说,接着就用强壮的手臂利落地将莱拉克一把抱起。莱拉克往她身上靠过去,昂德希尔太太帮她把斗篷拉得更紧。"好玩吗?"她问。

"好玩。"莱拉克说。

她们在一棵巨大的橡树前停下,整个夏天落下来的叶子都堆在树根周围了。树洞里有一只刚醒过来的猫头鹰,对着自己咕咕低语。昂德希尔太太弯下腰,把莱拉克安置在窸窣作响的叶子之间。

"梦吧。"她说。

---

1. 古希腊人相信梦境有两种:真实的预言梦和虚幻的梦。其中真实的梦境是通过角门而来,而虚幻的梦境则是通过象牙门而来。

莱拉克说了些语无伦次的话，有云朵、有房屋，接着就静了下来，因为她已经睡着了。陷入梦乡，连她自己什么时候睡着的都不知道，从此展开了那场会不断持续下去的悠长梦境。梦见她所见过的一切以及即将发生的一切；梦见她在春天睡着并且梦见秋天，又梦见她在冬天苏醒。在她错综复杂的梦境里，她一边做梦一边改变这些事物，同时它们则在另一个地方成真。她不自觉地把膝盖往上缩、把双手放在下巴旁、收起下巴，形成还在索菲腹中时的 S 形。莱拉克睡着了。

　　昂德希尔太太再次小心翼翼地为她盖好斗篷，然后站直身子。她把两手按在腰背上向后弯了弯，一如往昔地感到疲倦。她指向躲在树洞里微张着眼睛望着她的猫头鹰，说："你啊，小心一点，好好看守。"她知道这双眼睛绝对信得过。她仰望上空。即便在这暮色漫长的十一月天，日光也已消失殆尽，而她的工作全都还没完成：一年之末尚未终结，而年终的雨水（还有百万只幼虫、百万个球茎与种子）也尚未洒下。天庭的地板堆满了肮脏的云朵，冬季的星空也还没点亮。北风哥哥则摩拳擦掌、蓄势待发，这点她很肯定。她很惊奇白天与黑夜竟然还会交替、地球竟然还会运转，因为她最近实在太少去关心这些事了。她叹了口气、转过身去，开始向上向外扩张，着手处理这些工作（变得比莱拉克所认识的她更大、更老、更有力量，远远超出了莱拉克所能想象或做梦的范围）。她把这个领养的孙女留在树叶间沉睡，不曾回眸看她一眼。

第六部
精灵议会

第一章

> 山丘顶上坐着老国王；
>
> 他已经视茫茫发苍苍，
>
> 脑袋几乎不再灵光。
>
> ——阿林厄姆，《精灵》

　　对于活在当时的人而言，罗素·艾根布里克刚"登基"的那几年是一段空前绝后的艰苦时期（至少他们回首过往时是这么想的）。在他击败象征性的反对势力当选总统的那个十一月天，突然起了暴风雪，而且此后似乎一直没平息。那几年不可能都是冬天，夏天一定也有按时到来，但大家普遍记得的都是冬天：有史以来最长、最冷、最深沉的冬天，接二连三毫不间断。不论是"暴君"满怀歉意加诸他们身上的磨难，还是反对者蓄意发起暴动所带来的苦难，都因为这场冬天和长达好几个月的冰泥霉雨而雪上加霜，各种企业一再陷入困境。这场冬天令卡车、交通与穿着褐色制服的军团寸步难行，大家深深记得到处都是挨在一起取暖或排队的难民，靠着破烂的衣衫抵挡酷寒。火车停驶、飞机停飞，溅满泥巴的车辆在新的边境上排队等待警卫的检查，排烟管在酷寒中吐着阵阵烟雾。什么东西都短缺，人们历经了一场可怕的挣扎，种种磨难与不确定感都因为孤立无援、漫无止境的寒冷而变得益发可怕。大城的广场上，烈士与反动分子的鲜血冻结在肮脏的雪地里。

　　在艾基伍德，老屋的屋况每况愈下：古老的水管冻结，有一整层楼被封了，荒废的房间积满冰冷的尘埃。他们还在大理石壁炉前架起了难看的黑色炉子，但更糟的是好几十扇窗户都钉上了塑料膜（这是破天荒第一遭），所以每天朝窗外望去都好像雾气弥漫。有天晚上，史墨基听见荒芜的菜园里传来怪声，因此他带着手电筒出去查看，结果吓到了一只饿坏的动物。它体型瘦长，毛发呈灰色，满眼红光、口水直流，饥寒交迫、近乎发狂。别人都说应该是流浪狗之类的，但只有史墨基看见了它，而且史墨基有点怀疑。

冬天

为了防止天花板的灰泥干燥得持续崩裂，旧琴房的炉子上放着一锅水。史墨基随便钉了个巨大木箱来装木柴，两者（炉子与木箱）摆在一起，让这漂亮的房间有了种克朗代克[1]的味道。那些木柴是鲁迪·弗勒德劈的，他劈柴时却不小心把自己也劈了。他向前摔了一跤，手里还握着链锯，因此还没撞到地面就已经命丧黄泉，撞上地面时还引起一阵晃动（这是罗宾说的，他因为亲眼见到这起意外而性情大变）。每当索菲离开她的鼓形桌去帮那个索求无度的摩洛神[2]添柴火时，她都有种不舒服或至少有点古怪的感觉，觉得自己丢进火炉里的不是鲁迪的木柴，而是一块块鲁迪的碎片。

五十二

工作使人憔悴。但索菲年轻时，情况并不是这样的。在那海阔天空的旧时代，年轻人也许会放弃自己父母经营已久的农场，但现在除了罗宾以外，连桑尼·努恩和许多人也都投入了农事，他们认为要不是还有这些土地、这些工作，他们就真的一无所有了。毕竟鲁迪是个特例，老一辈所经历的大多是无穷的可能性，常能突然翻身，也能拥有各种自由自在的愿景。年轻一辈的看法却很不一样。他们的座右铭就是"物

---

1. 克朗代克（Klondike）位于加拿大西北部育空地区，因淘金热而闻名于世。

2. 摩洛神（Moloch），古代腓尼基等地所崇拜的神灵，信徒以焚化儿童向神灵献祭。

尽其用、珍惜资源"这类老生常谈，而这也是必然的事。这句话可以套用在任何地方：为了尽一份力，史墨基已经决定无限期调降或暂止租金。老屋也呈现这一点：它确实逐渐耗损，或者看起来是这样。索菲把她的厚披肩拉得更紧，抬头看着天花板上一道道骷髅手掌似的裂缝，接着又望向她的纸牌。

消耗、磨损、无从更换。会是这样吗？她看着自己摊出来的牌。

诺拉·克劳德留给索菲的，除了这副纸牌，还有她那份直觉：每一组摊开的牌阵都跟这副牌开出的其他牌阵紧紧相系，它们属于同一块地形，或者诉说的是同一个故事，只是可以根据不同的目的，用不同的方式解读，所以才会看似不连贯。索菲承袭了克劳德姑婆的看法，有了进一步解释：倘若一切都是一体的，那么只要不断提出同一问题，最后应该就会得到一个完整的答案（不管多么冗长繁复），整个答案应该就会浮现。她只要够专注、继续以正确的方式提问（变化与描述都必须正确），不要因为那些她根本没问，答案却隐约浮现在牌阵里的小问题而分心，比方说"是的，史墨基的喉炎会恶化"，"莉莉的宝宝会是个男孩"等，那么她也许就能得到答案。

爱丽尔·霍克斯奎尔解答的那个问题并不尽然是她想问的，但那位女士突然强硬地现身，倒是刺激索菲开始尝试提问。霍克斯奎尔轻而易举就在牌里看出了最近世上发生的重大事件、它们的发生原因，以及她自己在当中扮演的角色，把它们从那些琐事和谜题当中切割出来，就像外科医生发现并切除肿瘤。索菲之所以很难做到这点，是因为自从开始寻找莱拉克，她就觉得这些纸牌的问题与答案似乎是同一种东西，所有的答案对她而言都只是关于这个问题的问题，而每一个问题都只是答案的另一种形式。由于受过长久的训练，霍克斯奎尔可以克服这个难点，而任何吉卜赛算命师也都可以指点索菲如何去忽视或避开它。但倘若真有高人指点，索菲也许就不会花了这么多年、这么多个漫长的冬天在这个问题上了，也因此不会像现在一样，觉得自己俨然是一本大字典、指南或年鉴，写满了她那个（严格来说根本没办法问的）问题的答案。

他们一个接着一个被消耗殆尽，而且无从替换。虽然不会死（至少索菲向来这么认为），但他们其实正迈向死亡，她也不知道为什么……有可能吗？还是因为此时正值万物匮乏的艰困时期，她才会有这种阴郁的想法？

克劳德姑婆曾说过：世界只是看起来老了、旧了，就像每个人自己。但它的生命太过悠长，一般人不可能在有生之年感受到它变老。当年岁益增，你只会学到一件事：世界确实很古老，而且打从很久以前就已经很老了。

噢，好吧。但索菲觉得变老的不是世界，只是它的居民——倘若真的有"世界"这种供他们居住但独立于他们的东西存在的话，偏偏这是索菲无法想象的。但无论如何，假设真有这样一个世界存在（不管是古老或年轻），索菲倒是很肯定一件事：不论这些土地在布兰波博士或帕拉切尔苏斯的时代住有多少居民，现在大半都已经空荡荡了。而索菲认为总有一天，过不了多久，就算没办法一一叫出名字，她还是可以算出全部的数量。那个数字不会多大，顶多二位数，可能是这样、八成是这样。而由于《建筑》一书引用的每一种说法以及曾经探讨过这个问题的每个人都认定他们数量惊人、数也数不清，每一朵风信子或每一株荆棘里都至少有一个，那么这可能就代表他们最近正因某种不明原因一个接一个凋零死去，就像索菲扔进炉子里的木柴。再不然就是因悲伤、忧虑与衰老而被磨耗殆尽、随风飞散。

再不然就是被战争抹消了。爱丽尔·霍克斯奎尔认为背后的故事就是战争，是战争让这个世界或这个"故事"（倘若两者有分别的话）变得这么悲伤、令人困惑、前途茫茫。不管多么无可避免，所有战争的发生都是非自愿的，且我方已经伤亡惨重，而索菲甚至无法想象他们可能以什么方式给敌方造成什么样的伤亡……战争：倘若如此，他们仅存的势力会不会是最后一支敢死队，勇敢打着一场绝望的保卫战，准备战到最后一兵一卒？

不！这种事太可怕了：死亡。灭绝。索菲知道（没人比她更明白）他们对她从来都没有爱，从来不曾以任何人类的方式在乎过她或她的同类。他们从她身边偷走了莱拉克，而就算这么做不是为了伤害索菲，也绝对不是因为他们喜爱莱拉克，这纯粹是为了他们自己的理由。不，索菲没理由爱他们，但想到他们即将彻底消失，她就无法忍受：就像想到一场没有尽头的冬天。

但她还是觉得自己不久就可以算出仅存的那几个了。

她把纸牌叠好，然后将它们呈扇形全摊在面前。接着她把宫廷牌一张一张抽出来，用来代表她已经认识的那几个，然后根据她能猜到的部分把它们跟相同花色的小牌放在一起，不论这些小牌代表的是他们的朝臣、孩子或代理人。

一个负责睡眠、四个负责四季、三个诉说命运、两个将成为王子公主，一个负责送信，不，两个负责送信，一个送出、一个送回……重点在于区分职责、了解谁负责什么，还有每一份工作需要多少人手。一个负责送上礼物，三个负责带走礼物。宝剑皇后、宝剑国王、宝剑骑士；钱币皇后、钱币国王、十张小牌代表他们的孩子……

五十二？

还是说，这纯粹是因为她的牌只有五十二张？（只剩代表他们行动的小大牌没算进去。）

头顶上突然传来一阵哐当巨响，索菲因而低头闪避。那声音听起来活像有一整套沉重的火炉用具在阁楼被人洒落一地。其实是史墨基在对观星仪动手脚。她往上一瞥。天花板上那条裂缝似乎变长了，但她觉得应该只是幻觉。

三个负责生产、两个创造音乐、一个负责做梦……

她把手塞进袖子里。总之只有几个，不是好几群。窗户上紧绷的塑胶膜就像一张鼓，被风打得啪啪作响。似乎又开始下雪了，但还看不大出来。索菲放弃计算，把纸牌收起来放进袋子跟盒子里（她知道的还太少，而知道这么少还妄加揣测是不对的，特别是在这样一个午后）。

她在那坐了一会儿，倾听史墨基的铁锤声，一开始有些迟疑，接着就变得较为持续，最后则是铿锵有力，仿佛敲锣似的。接着他停了下来，午后又回归平静。

481

高举火把

"夏天，"麦克雷诺兹太太从枕上微微抬起头，"是个神话。"

她周围的侄女、侄儿和孩子面面相觑，脸上不是深思的怀疑就是怀疑的深思。

"在冬天，"临终的老妇继续道，"夏天就是个神话，是一则信息、一种流言，不足采信……"

众人围了过去，看着她细致的脸、不停眨动的蓝色眼皮。她的头轻轻搁在枕上，使用了蓝色染发剂的头发一丝不苟，但这铁定是她最后的遗言了，因为她人生的合约已经到期，无法更新。

"永远不要。"她说，接着在弥留中停顿了很久。奥伯龙继续苦思：永远不要忘记我？永远不要失去信心、永远别提死亡，永不、永不、永不？"永远别去'渴望'，"她说，"只要等待、只要有耐心就好。渴望会要命，该来的终究会来。"周围的人已经开始哭泣，但他们不敢让她看见，因为这位老妇最受不了哭哭啼啼。"要快乐，"她说，声音已经更加微弱，"因为那些东西……"是的，她要死了。再见了，麦克雷诺兹太太。"孩子们，那些东西——能让我们快乐的东西，就能赐予我们智慧。"

她朝周围环视最后一圈。跟家族的不肖子弗朗基·麦克雷诺兹四目交接：他会谨记在心的，他的人生已经开启了新的一页。音乐响起。人死了。奥伯龙按了两个空格键，在纸上打了三个星号，随即抽出纸张。

"好了。"他说。

"好了吗？"弗雷德·萨维奇说。"完成了？"

"完成了。"奥伯龙说。他把二十几页纸张叠在一起，笨拙地用戴着无指手套的手把它们塞进一个信封内。"去吧。"

弗雷德接过信封，利落地往腋下一夹，装模作样地敬了个礼，准备离开折叠卧房。"他们拜读的时候，我要在那里等吗？"他手握着门把问道。

"啊，不用麻烦了，"奥伯龙说，"现在已经没时间了。他们只能照演。"

"好哇，"弗雷德说，"稍后见了，老弟。"

奥伯龙生起炉火，对自己感到很满意。当他从原创者手中接下《他方世界》时，麦克雷诺兹太太已是仅存的几个角色之一。三十年前，她是离婚的年轻女子，透过酗酒、再婚、信教、伤痛、年老和病痛等等手段，顽强而高明地保住自己的角色。但现在已经演完了。合约终止。弗朗基也即将远行，他还会再回来（他的合约还有好几年，而且他是制作人的男友），当他回来时将会判若两人。

变成一个传教士？噢，好吧，就某种角度而言是的。也许会是个传教士……

应该要发生更多事才对，西尔维有一天这么告诉弗雷德·萨维奇。在奥伯龙的诠释下，《他方世界》确实发生了很多事。他一开始还无法相信，但它原本的情节之所以如此浮夸、步调缓慢而毫无重点，似乎纯粹是因为编剧缺乏创意。奥伯龙（至少在一开始）倒是不乏创意，况且有那么多无聊又不讨喜的角色要删除，这票人的热情与妒火奥伯龙始终很难理解。因此剧中的死亡率飙高了好一阵子，雨天路上的轮胎刹车声、钢板撞上钢板的恐怖嘎吱声、警笛的呜呜声几乎不间断。碍于合约，他无法删除一个吸毒成瘾、带着一个智障孩子的年轻女同性恋角色，为此耍了个把戏，创造了一个失散已久、性情迥异的双胞胎姐妹来取代她。这件事花了他几个礼拜的时间。

那阵子，制作群因为剧中接二连三的灾难而脸色大变，他们说观众一定无法接受这种风暴，因为他们已经习惯了单调。但观众似乎不同意这点，尽管后来的观众已不是同一群人，人数却没有减少（就算有也不明显），而且比从前更加死心塌地。此外由于薪资锐减，像奥伯龙这么多产的编剧已经寥寥无几，因此制作群决定让奥伯龙自由发挥，毕竟在他们的职业生涯里，他们可是第一次遇上资金不足、在破产边缘游走的困境，不得不彻底计算利弊得失。

于是演员每天就是念着弗雷德·萨维奇从老秩序农场送过来的台词。虽然他们演了好几年的角色开始流露一些古怪的希望，似乎预知了什么重大事件，而且暗自怀抱着期待（不论是平静、哀伤、不耐或坚定），但他们还是温顺地试着注入一点真实感与人性。相较于往日荣景，现在演员的饭碗已经没几个是稳固的了，但奥伯龙预告的每个新角色都会有好几十人前来应征，尽管他们提供的片酬在那失落的黄金时代是会让人嗤之以鼻的。他们很感激自己能演出这些奇怪的角色，绕着那场似乎一直在酝酿中的神秘大事打转，但那场大事件究竟是什么，却始终没有揭露，观众就这样被吊了好几年的胃口。

奥伯龙笑了。他凝视着炉火，已经开始酝酿新的陷阱与挫折、纠葛与突破。多棒的形式！以前怎么都没有人领悟这个诀窍？只要一个简单的主轴就好，一桩跟每个角色都息息相关的事业，拥有一份崇高、美好又简单的目标：偏偏这个目标永远没有达成的一天。永远都在接近，让人们满怀希望、再因失望而痛苦，经由那无可改变的过程支配着人们的命运与爱欲，缓缓朝现在前进：但永远、永远没有抵达的一天。

在那美好的过去，也就是民意调查跟现在的逐户搜索一样常见的时候，民调专家常询问观众他们为什么喜欢肥皂剧里那些古怪的纠葛、为什么他们会想一直看下去。最常见的答案就是：他们喜欢肥皂剧，因为肥皂剧很像人生。

很像人生。但奥伯龙觉得在他手里，《他方世界》已经变得像是很多种东西：像事实、像梦境、像童年（至少是他自己的童年），像一沓纸牌或一本旧相簿。他并不觉得它像人生——至少不像他自己的人生。在《他方世界》里，每当有一个角色希望破灭，或达成了全部的任务，或牺牲自己救了孩子或朋友，他就可以死去或至少从剧中消失，再不然就是完全改头换面，带着新的任务、新的问题、新的孩子再次现身。除非演员放假或生病，否则他们演的角色绝不会退场，就算所有的重要戏份都已经结束，他们还是会手握所谓的最终剧本，在故事边缘徘徊不去。

这么说回来，那倒是很像人生，很像奥伯龙的人生。

不像一段剧情，而是像一则寓言，一个有重点的故事，而那个重点已经表达清楚了。那则寓言就是西尔维本身，西尔维就是他人生底部那个重点鲜明、清晰易懂但又盈满丰富、永不枯竭的寓言或故事。有时他也明白，用这种方法看待她等于是剥夺了她身上那份强烈而无法贬抑的真实感（她现在无疑，而且真的在某处继续活着），而每当他意识到这点，心中突然一阵羞愧惊恐，仿佛听说或自己说了一段毁谤她的惊人言语。但随着这个故事、这则寓言渐臻完美，在不断精简、变得更易于诉说的同时又增添了许多复杂闪亮的层面，这种状况就愈来愈少发生了。它支持、解释、批判并定义了他的人生，同时他的人生则变得愈来愈不像是他自己的经历。

"你还举着火把[1]。"乔治·毛斯这么说，而从没听过这句古老谚语的奥伯龙觉得这个比喻很恰当，因为他认为自己手中的火把不是一根忏悔或祈祷用的火把，而是西尔维本人。他举着一根火把：西尔维。她时而光亮、时而黯淡，虽然没有什么路是他特别想走看看的，但他还是靠着她的光芒前进。他住在折叠卧房里、他在农场上帮忙，年复一年。他像个残废多年的人，常不自觉把世界较美好的那部分搁在一旁，因为他认为那些东西对他这样的人已经毫无用处。他不会再经历什么事了。

由于他在最有活力的那几年过得如此荒唐，身上出现了一些奇怪的病症。除了最深沉的冬日早晨以外，他往往无法一觉到天亮。他可以在他房内所有设备装潢的随机排列方式中看出脸孔，或者应该说，他没办法不去看见：一些邪恶、聪明或愚蠢的脸，一些对着他比手画脚的身影，姿态古怪地扭曲着，本身毫无情绪但又能传达出影响他情绪的东西，没有生命但又栩栩如生。这令他感到微微恶心。他不由自主对天花板上的灯感到同情：眼睛里头拴着两颗螺丝钉，如白痴般张得开开的陶瓷嘴里则塞着一颗电灯泡。印花窗帘上有一大群人，或者应该说是两群：一群是花、一群是背景，背景的轮廓线由花勾勒出来，在花朵间若隐若现。当他觉得整个房间都是人、多到他无法忍受时，他还真的偷偷跑去看了精神科医生。医生说他患了"人脸妄想症候群"，说这种病不算罕见，建议他多出去走走。但医生也说这种疗法要好几年才能见效。

好几年。

多出去走走：乔治向来是挑剔的花花公子，而且现在的魅力也没比当年差到哪里去，因此他介绍了很多女人给奥伯龙认识，其余的则

---

1. Carrying a torch，代表对某人还没死心。

485

由第七圣酒吧提供。但幽灵鬼魅终究挥之不去。他偶尔会说服两个现实生活中的女子一起跟他上床，而倘若他够专注，就能让两个女子在他眼中合而为一，从中得到一种强烈又猥亵的狂喜。但他的想象力终究是以强韧但又细致无比的记忆为基础，因此其饱和度是属于一种完全不同的层次。

事情也可以不一样的，这点他深信不疑。偶尔极度清醒的时候，他甚至知道只要换个人，情况就会截然不同，他会这么无能为力，根本不是因为他遭遇了这样的事，而是因为他个性上的缺陷。并不是每个人被西尔维轻轻摸了一下就会变得如此心如止水，说不定只有他一个人会这样——这是种多么愚蠢又古老的疾病，在现代世界里恐怕早就绝迹了。他有时很怨恨自己竟会成为世上最后一个患者，然后基于某种公共卫生法被隔离在外、不得参加大城的盛宴——虽然大城已逐渐衰落，但这种盛宴还摆得起。他真希望、他恨不得能效法西尔维：说声去他的"命运"，就这样落跑。其实他也可以这么做，只是没有努力去尝试，这点他也知道，但问题就出在这里：他有缺陷。或许拥有这种缺陷、跟世界这么格格不入也注定是"故事"的一部分（他已不再能够否认自己确实置身故事中），但这么想一点也没让人比较好过。也许"故事"就是这个缺陷、这个缺陷跟"故事"就是同一种东西，身在故事里代表的就只是你适合那个角色，其他方面都一无是处。就像拥有斜眼：你看到的永远是其他地方的东西，但在他人眼里，那就只是一种缺陷而已（甚至连你自己大半时候都这么认为）。

他站起身，很不高兴自己的思绪又陷入旧有的泥沼。他有工作可做，这样应该就够了，大部分时候他确实这么想，而他也心存感激。奥伯龙最初是把自己的稿子拿给一位和蔼可亲的男士看，如今那人已因服药过量意外死亡，但他若知道奥伯龙完成了多少稿子，却收到如此微薄的酬劳，一定会吓一跳。那时的日子很好过……他为自己倒了一小杯威士忌（杜松子酒已经成了他的禁忌，但那段荒唐岁月还是让他产生了喝小酒的习惯，比较像是喜好而非上瘾），然后开始拆阅弗雷德从城北带来的邮件。弗雷德原本是他的向导，如今却成了他的合伙人，奥伯龙对自己的雇主也是这么介绍他的。他也是农场帮手，而且是奥伯龙眼中的"死亡警讯"，或至少是某种实体教训。他生活里似乎已经不能没有他了。他拆开一个信封。

"告诉弗朗基他再继续那样下去就要伤透他老妈的心了。他难道看不出来吗？他怎能这么'盲目'？他怎不娶个好女人、定下来。"他的观众竟然有办法把一切剧情都当真，这点奥伯龙始终无法习惯，总会产生一种带有罪恶感的兴奋。有时他反而觉得麦克雷诺兹一家人才是真实的，而那些观众，例如写信来的这位女士，才是想象出来的（只是黯淡的虚构人物，渴望奥伯龙创造出来的这些有血有肉的生命）。他把那封信丢进装木柴的箱子里。定下来是吧，呵，一个好女人。想都别想。还要再等三百年，弗朗基才会定下来。

他把来自艾基伍德的信留到最后才看，是母亲写的一封长长的家书，应是花了几个周才寄到的。他坐下来准备细细阅读，就像一只松鼠准备开始吃大坚果，希望能从信中找到一些题材，供他编写下个月的剧本。

窃取题材

"你问我克劳德姑婆当年嫁的那位克劳德先生后来怎么了，"她写道，"噢，说来还真的挺悲惨。那是发生在我出生前的事了。妈迪还记得大概情况。他名叫哈维·克劳德，他父亲就是发明家与天文学家哈维·克劳德。亨利以前都来这里避暑，朱尼珀一家人后来住的那栋漂亮小屋当时就是他的。我想他应该靠专利税赚了很多钱。老约翰有投资他的发明，应该是一些引擎吧，我想，再不然就是天文学仪器，我也不是很清楚。但他发明的其中一样东西就是这栋房子顶楼的观星仪——你知道吧。那是亨利的发明之一，我的意思不是说观星仪这种东西是亨利发明的，观星仪的发明者是一位'奥雷里 [1] 爵爷'，信不信由你（这

---

1. 奥雷里（Orrery），正是"观星仪"之意。观星仪以发明者的赞助人奥雷里伯爵（1676—1731）的封号命名。

是史墨基告诉我的）。但我们顶楼的观星仪还没完工（我想造价应该很昂贵），亨利就去世了，而诺拉——就是克劳德姑婆，也差不多在那时跟哈维结婚。哈维一样在搞那个观星仪。果然有其父必有其子。我看过一张他的照片，是老奥伯龙拍的，穿着衬衫、戴着僵硬的领子和领带（我猜他连工作的时候都这样穿），看起来凶悍又若有所思，站在还没安装上去的观星仪引擎旁边。那东西庞大至极，十分复杂，占去了大半张照片。接着就在他们安装完毕的时候（当时约翰已经去世很久了），发生了一桩意外：可怜的哈维从屋顶上掉下来，摔死了。我猜大家从此就忘了观星仪的事，或者不愿意去想起它。我知道克劳德姑婆绝口不提观星仪。我记得你以前常躲在那上面。你知道吗？现在史墨基成天耗在那里，想看看它到底能不能转动，还拼命钻研跟机械和发条装置有关的书——不知道他有什么进展。

"所以喽，他以前就住在这里，我是指哈维，跟诺拉一起住在她屋里，每天就是上楼去弄那个观星仪，接着他就摔死了。就这样喽。

"索菲要你三月份多多注意喉咙，小心喉炎。

"露西的宝宝会是个男孩。

"这场冬天还真漫长！

"爱你的母亲。"

好吧。他家族里果然还有一些他不知道的阴暗面或古怪面。他记得自己曾经跟西尔维说他家族从没遭遇过什么不幸。当然，那是在他得知真假莱拉克事件之前，接着现在又多了一个可怜的哈维·克劳德，一个年轻的丈夫，在他最春风得意的一刻从屋顶上摔下来。

他可以把这些写进去，他开始觉得没有什么东西是他不能编进去的，他在这方面很有天赋：一种真正的天赋。大家都这么说。

但与此同时，他把场景跳回大城。这是比较容易的部分，让他可以从其他较复杂的场景暂时逃离。大城里一切都很单纯——猎取、追逐、逃脱、胜利、落败；物竞天择、适者生存。架上那些乔治的无名平装书已经被长长一排医生的旧书所取代，他从中挑选了一本。自从成为作家后，他就写信请家人把这些书从艾基伍德寄过来，而正如他所料，它们非常有用。此刻他拿着一本灰狼的历险记，边啜饮威士忌边随手翻阅，看看有什么能挖取的题材。

擒纵装置

月亮是纯银的。太阳是黄金的，或至少是镀了金。水星是个镜面球体——当然了，镀的是水银。土星够重，应该是铅做的。史墨基想起《乡间宅邸建筑》曾经提过不同金属跟不同的行星之间存在着某种对应关系，但那些行星是魔法与占星术里的梦幻星球，不是眼前这些行星。这座观星仪拥有橡木外壳、镶着黄铜，是世纪交替时的科学仪器之一，完全是理性的、物质的、机械的：一座拥有专利证书的虚拟宇宙装置，由杆子、球体、齿轮、电镀过的弹簧所组成。

那么史墨基为何弄不懂它？

他再次瞪着那具机械，是某种分离式的擒纵装置，他正打算把它拆开来。但他若没先弄懂其中原理就把它拆开，事后恐怕就装不回去了。地上和楼下大厅的桌上还有另外几个像这样的东西，全都已经清理干净、包在油布里，从此没有下文，眼前这个擒纵装置是最后一个。他猜想自己也许从来都不该开始（这也不是他第一次这么想了）。他又看了看《机械百科》里和眼前这满是灰尘、锈迹斑斑的东西最相像的那张图解。

"E 是一个拥有四个叶片的齿轮，齿转过来时会顶在 GFL 曲轴的 G 点。曲轴被钉子 H 卡住，因此不会转过头，并且由一个非常脆弱的弹簧 K 固定住。"老天爷，这里还真冷。非常脆弱的弹簧：是这个吗？方向怎么好像反了？"B 轴带动 FL 臂释放齿轮，其中一个齿轮 M……"噢天哪。出现的字母一旦超过字母表的一半，史墨基就开始感到无助困惑，仿佛受困于网中。他拿起一把钳子，接着又放下。

工程师的巧思是很恐怖的。史墨基已经弄懂了钟表机械的基本原理，所有这些精密装置都是以此为基础：首先必有一股原动力（例如一个落下的砝码或一个转紧的弹簧），接着就是擒纵装置，让这股原动力不是一口气耗尽，而是一点一滴地释放，让指针或星球规律转动，直到能量全部耗尽。接着你再上发条。所有的支杆、心轴、棘爪、凸轮和发条盒都只是为了让动作规律化而发明的巧妙装置而已。但艾基伍德这座观星仪最令人抓狂的问题在于：史墨基找不到供它运转的原动力——或者应该说，他知道它在哪里，就在那个巨大的圆形盒子里，外壳跟古董保险箱一样又黑又厚。他仔细检查过它，却怎么也想不透它的动力来源何在，它看起来就是一副需要借助外来动力的样子。

总之一切没完没了。他往后一坐，手抓着膝盖。此时他的眼睛与太阳系的平面同高，从土星望向太阳。没完没了：这想法在他内心激起了一股充满渴望的怨恨和一种深沉纯粹的喜悦，这种感觉堪称前所未有，只有在少年时期刚开始学拉丁文时稍微体会过。当他开始领悟拉丁文的博大精深时，他觉得自己的人生和他那了无特征的性格里所有的空隙都即将被这种语言填满，既受到侵犯也得到抚慰。好吧，他只学了一半就放弃了，因为他已经把当中的魔力像舔糖霜一样舔光。但到了晚年，他又找到了这个任务：这也算是种语言。

那些螺丝、球体、杠杆和弹簧不是一张图画，而是一种语法。观星仪并不是以任何视觉上或空间上的方式呈现太阳系，因为若是如此，那颗镶着蓝绿色珐琅的漂亮地球应该只有一粒面包屑那么大，而整台机器的尺寸至少要放大十倍才行。不，它所传达的跟语言里的曲折语法和述语一样，是"一组关系"，尽管大小比例不对，但得到的关系却很正确，精准无比；因为语言就是数字，而它在这里就跟在宇宙里一样——完全吻合。

由于没有什么数学或机械细胞，他花了很长一段时间才领悟这点，但他现在已经懂了当中字汇，文法也逐渐清晰了。他认为就算不是在近期，有朝一日自己应该能够约略读懂那些用黄铜和玻璃写成的庞大语句，而且内容不会像恺撒或西塞罗那样乏味、空洞、毫无神秘感，而是会揭露某种跟它的加密方式一样惊人的秘密，某种他急需知道的东西。

观星仪门外的楼梯上传来快速的脚步声，接着他红发孙子巴德的头探了进来。"外公，"他环视着观星仪里的谜题，"外婆送了一个三明治来给你。"

"噢，太好了，"史墨基说，"进来吧。"

他拿着三明治和一杯茶缓缓走进来，双眼始终盯着那台机器，它比任何圣诞橱窗里的火车玩具组都更好、更棒。"完成了吗?"他问。

"还没。"史墨基开始吃东西。

"什么时候会好?"他碰了碰一个球体，接着慌忙把手抽回来，因为在沉重砝码的作用下，它挪动了。

"哦，"史墨基说，"恐怕要等到世界末日吧。"

巴德敬畏地看着他，接着笑了出来。"哦，少来了。"

"好吧，我也不知道。"史墨基说，"因为我也还不知道动力是什么。"

"是那个东西。"巴德指向那个状似保险箱的黑盒子。

"好吧，"史墨基端着茶杯走过去，"但接着问题来了：这东西的动力又是怎么来的?"

他把杠杆往上推、打开了盒子。盒盖上衬有垫圈（隔绝尘埃，但这是为什么?），盒里就是哈维·克劳德的机器中不可思议的心脏，清洁无比、上好了油，一副随时可以启动的样子，只是它不能启动。史墨基有时会觉得它也是艾基伍德不可思议的心脏。

"一个轮子，"巴德说，"一个弯曲的轮子。哇。"

"我认为，"史墨基说，"它应该是靠电力运转的。你若拉起那扇门，地板底下就有一台很大很旧的电力马达。只是——"

"什么?"

"呃，它装反了。它在那里面是装反的，而且是故意的。"

巴德检视着这样的安排，努力思索着。"这个嘛，"他说，"也许这个是靠这个运转，这个是靠这个运转，而那个又靠这个运转。"

"不错的理论，"史墨基说，"只是这样等于绕了整整一圈。每种东西都推动另一种东西。互相接受彼此的能量。"

"这个嘛，"巴德说，"倘若跑得够快，而且够滑溜的话。"

快速、滑溜、沉重，确实是这样没错。史墨基仔细研究它，内心浮现了某种悖谬。倘若这个推动那个（显然应该是这样没错），而那个又推动这个（这也没有不合理的地方），而这个跟那个又推动了那个跟这个……他几乎快要看出个中端倪，靠着关节与杠杆，那些句子其实顺着读、逆着读都行。有那么一刻，他也说不上来这有哪里不可能，只是世界就是这个样子，不是别的样子……

"倘若它慢下来，"巴德说，"你只要每隔一阵子上来推它一把就好。"

史墨基笑了。"要不要把那当成你的工作？"他问。

"你来做吧。"巴德说。

推一把，史墨基想，只要时时推它一小把就好。但不管由谁来推，都不可能是史墨基，因为他没有那种力量。他必得想办法诱拐整个宇宙暂时抛下自己那一连串永无止境的动作、伸出一根巨大的手指触碰这些齿轮与传动装置。而史墨基没理由认为他、哈维·克劳德，甚至是艾基伍德，有此荣幸介入这件事。

他说："好吧，总之呢。继续工作吧。"他轻轻推了铅制的土星一把，结果它就动了，转了几度，而它挪动的同时，所有其余的部位，包括齿轮、传动装置、杠杆、球体，也全都挪动了。

商旅

"但说不定，"爱丽尔·霍克斯奎尔说，"根本没有战争。"

"你是什么意思？"错愕地思考片刻后，红胡子腓特烈皇帝说。

"我的意思是，"霍克斯奎尔说，"也许我们视为战争的东西其实不是战争。我是说，也许到头来根本没有战争，也许从来都没有过战争。"

"少荒唐了，"总统说，"当然有战争。而且我们占上风。"

皇帝软趴趴地坐在一张宽阔的扶手椅上，下巴瘫在胸前。霍克斯奎尔站在那架平台式钢琴旁，房间的另一端几乎快被这架钢琴给占满。这架钢琴被她改造过，可以弹出四分之一调，她喜欢用它弹奏悲戚的古老赞美诗。她自己发明了一套系统奏出和弦，而在这架改造过的钢琴上，曲调听起来有一种怪异又甜美的不和谐感，让暴君听了就悲伤。外头正在下雪。

"我不是说你没有敌人，"霍克斯奎尔说，"你当然有敌人。我指的是另外那场漫长的战争，那场大战。也许那根本不是一场战争。"

吵桥棍棒与枪支俱乐部虽然已被揭发（他们紧绷又冷酷的脸和深色外套刊登在每一份报纸上），但他们并未轻易被击倒，这倒也在霍克斯奎尔意料之中。他们的资源相当丰富，不管被控以什么罪名，都有办法反击，而他们也拥有最好的辩护律师。但他们已经玩完了（当霍克斯奎尔警告他们状况可能会变成这样时，他们置若罔闻）。挣扎只是在苟延残喘，这点从来不需要怀疑。每到审判的关键时刻，都有大笔资金流入，有时还会像炸弹般引爆，让会员的财产在短期内出现莫名其妙的大逆转。但即使有这些防火墙，俱乐部似乎还是始终没有足够的时间复原。从各方人马身上收取巨额费用之后，佩蒂、史密洛东与鲁思律师事务所在强烈的指责声浪中神秘退出、不再替他们辩护，不久后就有大量文件曝光，来源似乎十分可靠、不容否认。每一个电视荧幕上都可以看见那些一度呼风唤雨的冷血男子被戴着手套的警察和便衣带去受审，满脸都是挫折绝望的泪水。事情结局如何并没有很多人知道，因为就在揭发最惊人的内幕的那年冬天，七十五年来都如圣诞灯般照亮了整个国家的全球传播网遭到大幅截断：一部分是艾根布里克本人干的，目的是防止被敌人接收；一部分是他的敌人干的，为的是防止被暴君接收。

那场战争算是真实了——人民对抗的是那头夺取权力践踏民主制度的野兽，皇帝总统对抗的则是人民的利益。过程里洒下的鲜血也是真实的。当社会遭受这样的痛击时，产生的裂痕是很深的。但是，"倘若，"霍克斯奎尔说，"倘若那些我们以为正在跟人类交战的家伙来到新世界的时间跟欧洲人差不多——也就是说，差不多就在关于你这新帝国的预言开始出现的时候，而倘若他们来此的理由也一样：为了自由、空间与视野，那么他们最后一定很失望，跟人类一样……"

"是啊。"红胡子说。

"他们藏身的处女林被逐渐砍伐殆尽，河岸与湖畔出现城市，山中矿产遭到开采，他们也不像古代欧洲人一样对树精、地灵等心怀敬意……"

"没错。"

"而且，他们倘若真那么有远见，那么他们自己一定预知了这个结果，很久以前就知道会这样了。"

"是的。"

"甚至在移民潮开始前就已经知道。事实上，早在陛下您第一次当皇帝时就知道了。而由于已经预知此事，他们做了准备：他们乞求时间之神让你陷入沉睡，同时他们则操兵练马、等待时机……"

"是啊是啊，"红胡子说，"现在呢，虽然数量已经锐减、等待了好几个世纪，他们终于出击了！从他们古老的堡垒蜂拥而出！遭人劫掠的魔龙在睡梦中翻身，就这么醒来！"他站了起来，一张张薄薄的打印纸、战略图、平面图和数据表从他腿上滑落地面。

"而他们跟你达成的协议，"霍克斯奎尔说，"有助于他们的计划。能转移国家的注意力、使之分裂（跟你的旧帝国相去不远，他们就仰赖你好好完成这件事），然后呢，当旧日树林和沼泽都已经恢复、交通中断、他们想要的失土都已经收复后，剩下的土地就是你的帝国了。"

"永远都是，"艾根布里克动了动身子，"当初是这么承诺的。"

"好吧。"霍克斯奎尔若有所思地说，"很好。"她敲了敲琴键，戴着戒指的手弹出一支像是《耶路撒冷》的曲调。"只是那些全都是假的。"她说。

"什么？"

"那些全都是假的，是个幌子，骗人的，事实根本不是那样。"

"什么……"

"举个例子，它不够古怪。"她弹出一个嘈杂的和弦，拧了拧眉，又用不同的方式再试一次，

"不，我认为有件很不一样的事正在发生，某种动作，某种整体性的变动，却不是出于任何人的旨意，不是任何人……"她想起终点站的圆顶，黄道带反了过来，她当时竟然还把它归咎于眼前这个皇帝。真蠢！然而……"有点像，"她说，"有点像把两副纸牌掺杂在一起。"

494

"说到纸牌 ——"他说。

"再不然就是一副被分成两叠的纸牌，"她不理会他，"你知道小孩有时洗牌会把一半的牌弄反了？接着就变成那样，全掺在一起了，有的是正面、有的是反面，分也分不清。"

"我要我那副牌。"他说。

"不在我手上。"

"但你知道它们在哪里。"

"没错。而倘若它们注定是你的，你也会知道。"

"我需要它们的建议！我需要！"

"握有那副纸牌的人，"霍克斯奎尔说，"也为这一切、为你现在和将来的胜利铺了路，他们做得不比你差，甚至更好。早在你还没出现前，他们就已经是那支军队的第五纵队。"她弹了一个和弦，酸中带甜，像柠檬汁那么尖烈。"不知道他们后不后悔，"她说，"不知道他们难不难过，或觉得自己背叛了同类。不知道他们晓不晓得自己在跟人类作对。"

"我不知道你怎么会说没有战争，"总统说，"然后又扯这些。"

"不是战争，"霍克斯奎尔说，"而是某种'像'战争的东西。"也许像一场风暴，是的，像在一个气象系统中前进的锋面，让世界由暖变冷、由灰变蓝、由春转冬。或是一场撞击：所谓的"神秘合体[1]"，但究竟是什么跟什么的结合？"再不然，"她突然想到，"就像两支商队，在同一扇门相会，来自不同的远方、朝不同的远方而去。当他们从那扇门挤过去时，他们混杂在一块儿，有那么片刻融合成一支队伍，接着出了大门又各自朝目的地前进，只是可能有少数几人交换了位置、有一两个鞍袋被偷、有人交换了一个吻……"

"你是在说什么？"红胡子说。

她坐在琴凳上转过来面对他。"问题在于，"她说，"你再临的王国到底是个什么样的王国？"

---

1. 神秘合体（mysterium coniunctionis），心理学家卡尔·荣格提出的概念，象征对立物质的统一。

"我自己的王国。"

"是啊。你知道吗，中国人相信我们每个人内心深处都存在一座神仙的花园，不比你的拇指尖大。在那座伟大的山谷里，我们每个人都是永远的王。"

他转向她，突然火大起来。"你给我听着！"他说。

"我知道，"她露出微笑，"你最后统治的若不是那些爱上你的共和国子民，而是一个截然不同的地方，那就天杀的太可惜了。"

"不。"

"一个非常小的地方。"

"我要那副纸牌。"他说。

"没办法，不是我的，我不能给。"

"你去帮我弄来。"

"不。"

"你难道要我逼供你的秘密？"红胡子说，"我确实有权力，你也知道。权力。"

"你是在威胁我吗？"

"我可以，我可以把你杀了。暗杀掉。这样就不会有个自以为比别人聪明的人了。"

"不，"霍克斯奎尔平静地说，"你杀不了我的。用杀的是不可能。"

暴君笑了，眼中燃起灼灼火光。"你这么认为？"他说，"哦，你真这么认为？"

"我'知道'是这样，"霍克斯奎尔说，"理由很怪，你一定猜不到。我已经把灵魂藏起来了。"

"什么？"

"藏起了我的灵魂。是个老把戏，每个村里的巫婆都会。而且这么做是明智之举，因为你永远不知道自己效忠的对象什么时候会翻脸不认人、跟你反目成仇。"

"藏起来？藏在哪？怎么藏？"

"藏好了。在他方。至于藏在什么地方，或藏在什么东西里面，我当然不会告诉你。但你现在明白了吧？除非知道在哪里，否则你别想杀我。”

"拷问，"他眯起眼睛，"拷问呢？"

"可以。"霍克斯奎尔站起来。够了。"是的，拷问也许有效。现在晚安了。还有很多事要做。"

她在门口回过头，看见他仿佛被定格似的维持在那个威吓的姿态，怒目瞪着她，但又视若无睹。他究竟有没有听见、有没有理解她试图告诉他的话？她突然产生一种想法，一种诡异又可怕的想法，因此有那么一刻他俩就只是这样对望，仿佛两人都试图回想起他们是否曾在哪里见过面。接着霍克斯奎尔一阵惊恐地说：“晚安了，陛下。”随即离开了他。

新发现之地

当天稍晚，《他方世界》里麦克雷诺兹太太去世的那一集在首都播出。它在其他地方的播映时间各不相同，在很多地方都已经不是一部日间连续剧了，通常是过了午夜才播出。但这部戏确实拥有广大收视率，无线电视、有线电视都播，而若是遇上线路被切断或遭禁播的情形，就会被偷偷送去当地的小电台暗中播放，再不然就是拷贝下来、靠人力运到有秘密发射台的地方，将那些珍贵的录像带透过微弱的讯号传送到远方积雪的小镇。若在这样一个夜晚徒步穿越一座这样的城镇，走在唯一的一条街上时，就会在家家户户的客厅里瞥见电视上的蓝色光晕。可能会在其中一户看见麦克雷诺兹太太被抱上病床，在下一户看见她的孩子聚集起来，在第三户看见她说出遗言，而来到城镇边缘、即将踏上寂静的大草原时，则会在最后一户看见她死去。

首都里，皇帝总统也收看这部戏。虽然眉毛浓密如鹰，但他柔和的棕色眼睛还是泛起了泪光。永远别去渴望；渴望是致命的。他内心升起一股同情、一股自怜，接着（跟云一样）变出了一个形状：是爱丽尔·霍克斯奎尔那张冷漠、兴味十足又顽固的脸。

为什么是我？他想着举起双手，仿佛要展示手上的枷锁。他究竟做了什么，必须达成这桩可怕的交易？他向来真诚勤奋，写过几封措辞犀利的信给教皇，子女也都嫁娶得宜。其余就没什么了。既然都有了新领袖，那么为什么不是他的孙子腓特烈二世？为什么不是他？毕竟他不也拥有一段相同的传说吗？说他没有死，只是睡着了，有朝一日将会醒过来领导他的子民？

但那只是传说而已。不，身在此地的人是他，虽然显得难以忍受，但必须忍受的人毕竟是他。

成为仙境之王：跟亚瑟王的命运一样。真的会这样吗？统治一块不比他的拇指大的领域，他凡尘的王国不过是一阵风；不过是他从这里到那里、从一场睡梦过渡到另一场睡梦时所掀起的风。

不！他坐直身子。倘若至今尚未有战争，或只有一场假战争……好吧，那都是过去式了。他将奋战到底，从他们身上把久远以前承诺给他的每一丁点东西都要到手。他沉睡了八百年，跟梦境奋战、围剿着梦境、征服梦境中的圣土、戴着梦境中的皇冠。这个真实世界，也就是他在层层虚幻梦境的包围下永远只能感知但无法望见的真实世界，他渴望了八百年。霍克斯奎尔也许是对的：他们从来都不打算让他拥有它。也许（也许，是的，一切在他眼中变得清楚无比）她打从一开始就和他们联手，准备把它从他手中夺走。想起自己曾经如此信任她，甚至依赖她，他就几乎笑出声来，是种阴惨的笑声。不再如此了。他会战斗。他将不择手段从她手中取得那副纸牌，是的，就算她倾尽全部可怕的力量来对付他，他都要奋战到底。虽然是孤军奋战，就算四面楚歌，他都要打，为他这伟大、黑暗、白雪覆盖的新发现之地而战。

"只要等待，"垂死的麦克雷诺兹太太说，"只要有耐心。"那个孤单的行人（难民？推销员？秘密警察？）行经郊外最后一栋房子，踏上空荡荡的公路。背后的房子里，蓝色的电视荧幕一个个熄灭。现在开始的是新闻报道，但已经没有新闻了。人们上床睡觉。夜很漫长，他们梦到了一场截然不同的人生，一场可以填补他们人生的人生，在另一个地方拥有家庭和房子，让黑暗的大地再次变成一个世界。

首都还在下雪。透过总统的窗户望去，大雪让夜晚变得白皑皑一片，模糊了远方的纪念碑、堆积在英雄雕像脚边、堵住了地下停车场入口。某处有一辆车正无助地试图从积雪中逃离，发出了有节奏的嗡嗡声。

红胡子哭了。

即将结束

"你是什么意思？"史墨基问，"什么叫差不多结束了？"

"我的意思就是，我认为差不多要结束了，"艾丽斯说，"还没结束，但快了。"

他们很早就上了床。这年头他们常这么做，因为他们那张叠着层层棉被的大床是整栋房子里唯一真正能让他们温暖的地方。史墨基戴着一顶睡帽：毕竟有风就是有风，反正也没有人会看见他这模样有多蠢。他们躺在那里聊天。很多古老的心结都在这些漫长的夜里解开了，而就算没解开，至少也明确表示那些是无解的——史墨基认为这样多少就算是解开了。

"但你怎么知道？"史墨基说着朝她滚过去，让躺在床脚的那群猫像乘着浪潮般被顶了起来。

"呃，看在老天的分上，"艾丽斯说，"也拖得够久了，不是吗？"

他看着她，她苍白的脸和几乎已经白了的头发衬着白色的枕头套，在黑暗中依稀可见。为什么她总是会说出这些不是答案的答案、这些听起来仿佛只是逻辑推理的话、这些没意义或几乎没有意义的东西？这点始终令他惊异。"我不完全是这个意思。我想我的意思是：你怎么知道它快结束了？不管这个'它'指的是什么。"

"我也不确定，"沉吟良久之后她说，"只是这毕竟是发生在我身上，至少有一部分是。而就某些角度而言，我就是觉得快结束了，而……"

"别这么说，"他说，"连玩笑都别开。"

"不，"她说，"我指的不是死去。你以为我说的是死亡？"

他确实这么以为。他发现自己根本没弄懂，因此他又滚了回去。"好

499

吧，天杀的，"他说，"反正这事向来跟我没什么关系。"

"哦，"她朝他挨近，伸出一只手抱住他，"噢，史墨基，别这样嘛。"她把膝盖紧紧贴在他的膝盖后侧，两人呈两个 S 形躺在一块儿。

"怎样。"

她很久都没说话。接着："这是个'故事'，就这样而已，"她说，"而故事都有开头、中间、结束。我不知道开头在哪里，但我知道中间……"

"中间是什么？"

"你就在里面呀！是什么？就是你呀！"

他把她那熟悉的手拉得更紧。"那结束呢？"他说。

"噢，我指的就是这个，"她说，"结束。"

他在她话中瞥见了某种黑暗深沉的意义，于是慌忙赶在自己被擒获前说："不，不，不，不。事情不会那样结束的，艾丽斯。也没有什么开头。生命中的一切都是中间。就像奥伯龙的节目。就像历史。只是一件天杀的事跟着另一件发生，这样而已。"

"故事都会结束的。"

"好吧，你是这么说的，那是你说的，但……"

"还有这房子。"她说。

"这房子怎样？"

"它难道没有结局吗？它似乎有呀，而且不远了。倘若它真的……"

"不。它只会愈来愈老。"

"分崩离析……"

他想起它满是裂痕的墙壁、空荡荡的房间、渗进地下室的水；没刷油漆的护墙板愈变愈弯、石工逐渐腐坏，还有白蚁。"好吧，那不是它的错。"他说。

"当然不是。"

"它应该要有电的。很多很多的电。最初是设计成这样的。要有水泵，水管里要有热水，暖气系统里也要有热水。要有电灯。抽风机。因为没有热、没有电，东西才会冻结龟裂。"

"我知道。"

"但不是它本身的错。也不是我们的错。状况实在变得太糟糕了。都是他害的，那个罗素·艾根布里克。战争期间要怎么修东西？都是他的国内政策所致。疯了。所以才会什么都缺，也没有电，所以……"

"而你认为，"她说，"罗素·艾根布里克会出现是谁的错？"

有那么一刻，只有那么一刻，史墨基感受到故事包围了自己、包围了他们大家、包围了一切。"哦，拜托。"他说，想用这个咒语驱走这个想法，却无法奏效。一个"故事"，更像一个丑恶的笑话吧，准备了不知多少年，历经了流血事件、分裂和大苦大难之后，暴君终于即位，为的就只是让一栋老房子丧失存续下去所需的一切，好让那段注定随着房子崩毁而结束的复杂历史能够确实结束，或加快结束。他继承了这栋房子，而他们最初用爱情把他骗到那里去，也许就是为了让他成为继承人，让他在房子毁坏时担任屋主。也许甚至想让他确保房子一定毁坏，毕竟他是这么笨拙无能。虽然他竭力抗拒，手边随时都有工具，但他怎么做都徒劳无功。而房子毁坏后，将会……"好吧，会怎样？"他问，"这里不能住之后会怎样？"

她没回答，但她摸索到他的手，紧紧握住。

离乡背井。他可以从她手中读到这点。

不！这种事他们其余人也许可以想象（只是怎么会这样呢？毕竟这房子向来是她们的而不是他的），也许艾丽斯可以、索菲可以、女儿们也可以，想象某个不可思议的虚拟目的地，某个遥远的地方……但他却没办法。他想起多年前一个寒冷的夜晚，想起一个承诺：他跟艾丽斯第一次同床共枕的那一夜，两人紧紧包着棉被，呈两个 S 形躺在一起。当时他就发现：若要追随她到天涯海角而不被抛下，他就必须找到一股愿意去相信、很孩子气的意念，只是他向来不擅长这种事，就算是那时候，他对这种事都已经很生涩。而他发现自己现在也没比当年更有追随的准备。"你会离开吗？"他问。

"应该会。"她说。

"什么时候？"

"等我知道自己该去哪里的时候。"她带着歉意地朝他身上贴得更

501

紧，"不管那是什么时候。"两人陷入沉默。他感受到她的气息呵在他脖子上。"或许不会是最近，"她用脸颊磨蹭着他的肩膀。"也可能不会离开，我的意思是真正离开。说不定永远都不会。"

但他知道她这么说只是为了安抚他。毕竟他在这场故事里始终只是个小配角，他早就预期自己会以某种方式被抛下。但那场命运已经有这么长一段时间都处于蛰伏状态、没给他带来什么悲伤，因此他选择忽略它（虽然始终未曾忘记），有时甚至允许自己相信他已经靠着自己的善良、顺从与忠诚逼走了它。但事与愿违，它就在这里：艾丽斯正在准确表达的前提下尽可能婉转地告诉他这件事。

"好吧，好吧，"他说，"好吧。"那是他俩之间的密语，表示"我不懂但我已经尽力了，反正我这么信任你，咱们谈点别的吧"。只是——

"好吧。"他又说了一次，但这回意思却不一样：因为就在这时候，他发现有一种方法可以抗拒这件事，虽然不可思议、匪夷所思，却是唯一的方法——是的，抗拒！他一定要办到才行。

现在这天杀的房子已经是他的了，该死的，而他只要让它保存下去就好，就这样。因为倘若房子保存了下来，倘若房子真的得以保存，那么故事就没办法结束，对吧？这样大家就不必离开了，也许只要房子屹立不摇、只要可以阻止它继续毁坏或逆转它毁坏的过程，就没有人可以离开了。光靠蛮力是不够的，至少靠他个人的蛮力不够。必须要点心机。他得想出一个伟大的主意；（是不是已经在内心深处呼之欲出？还是说那只是一种盲目的希望？）此外还需要胆量、执行力，以及死神般的固执。这就是方法，唯一的方法。

他带着强大的动力与决心在床上猛然翻身，睡帽上的穗带因而飞了起来。"好吧，艾丽斯，好吧。"他又说了一次，然后热烈地吻了她（她也是他的！）接着又稳稳地吻了她一次。她抱着他笑了，回应着他的吻，殊不知他刚刚下了决心，要倾注自己的一切破坏她的故事。

两人亲吻的同时，黛莉·艾丽斯禁不住揣测：为什么在这一年当中最黑暗的一夜对自己深爱的丈夫说出这些话，她感受到的竟然不是悲伤而是喜悦，甚至充满了快乐的期待？结束。故事结束对她而言就等于永远保有了一切，没有任何部分遗落，一切终于完整无缺——史墨基当然不会被排除在外，因为他已经卷入这么深了。终于能够拥有全部是这么棒的一件事，终于进入完成阶段，就像一点一滴累积进行的漫长工程，怀抱着希望与信念，坚信只要打入最后一根钉子、完成最后一针、拉好最后一条线，一切就会突然变得有意义：松了一口气！事情尚未全部完成，但在这个冬天，黛莉·艾丽斯终于能够毫无保留地相信它会结束：就只差那么一点了。"也有可能，"她对史墨基说，史墨基赶紧停下来注意听，"也有可能才要开始。"史墨基摇着头发出哀号，她则笑着抱紧他。

床上的人不再说话后，女孩转身离去，她打从好一阵子前就已经在那里看着他们翻来覆去、偷听他们说话。她之前是赤着脚从门口走进来的（门开着，因为要让猫咪自由出入），然后站在阴影里观望倾听，脸上带着一抹淡淡的微笑。由于床上堆着一座小山似的棉被，史墨基和艾丽斯并没有看见她，而那些漠不关心的猫咪只有在她刚进来时瞪大眼睛，接着就继续睡觉，只会不时透过眯成一条缝的眼睛偷看她。她在门边驻足了片刻，因为床上又传来声音，但她无法从这些不是话语的低沉声响中听出什么，因此她从门口溜了出去，踏上走廊。

外头没有灯光，只有从长廊末端那扇窗户透进来的雪光。她像个盲人一样伸出双手，踩着小小的步伐一声不响地慢慢从一扇扇关起的门前走过。每经过一扇黑暗而了无特征的门，她就考虑一下，但每次都是摇摇她那头金发，继续往前。最后她终于弯过一个转角，来到一扇拱形的门前，露出微笑，伸出小手转动那个玻璃门把，把门推开。

第二章

指出故事有多愚蠢、行径有多荒唐、

不同时代的名称与礼节有多混淆、那些人生事件有多么不容置信，

就是把批评浪费在毋庸置疑的愚蠢以及明显得不劳费心寻找、

粗俗得不值为之恼怒的瑕疵上。

——琼生评莎士比亚之《辛白林》

索菲也一样早早上了床，却不是去睡觉。

她穿着一件老旧的睡衣外套，外面再套一件线衫，紧紧缩在床头桌上的蜡烛旁边，只从被窝里伸出两根手指翻阅一部古老三部曲小说的第二部。蜡烛快烧尽时，她就从桌子抽屉里取出另一根点燃，插到烛台上，叹口气，翻到下一页。她离最后那场婚礼还很远很远，现在那份遗嘱才刚被藏进旧柜子里，主教的女儿正想着舞会的事。索菲的房门开了，一个孩子走进来。

惊奇一场

她只穿着一件蓝裙子，没有袖子也没有腰带。她从门口踏进一步，手还放在门把上，脸上挂着微笑，像个坐拥天大秘密的孩子，不确定这秘密会让面前的大人高兴还是生气。好半晌她就只是站在门边，在烛光下散发着微光，缩着下巴、抬着眼看着僵在床上的索菲。

然后她说："你好，索菲。"

她的模样跟索菲想象中一模一样，刚好就是索菲无法继续想象她

504

模样的那个年纪。一阵风从门口吹进来，吹得烛光摇曳不已，在孩子身上洒下奇怪的影子，因此有那么一刻，索菲觉得自己这辈子从来没这么害怕过、从来没有过这么诡异的感觉，但这却不是鬼魅。当孩子转过身去关上那道厚重的门，索菲就看出了这点。鬼是不会关门的。

她两手交握在背后缓缓朝床边走来，脸上依旧是那道神秘的微笑。她对索菲说："你猜得到我的名字吗？"

不知为何，比起光是站在那里，她开口说话反而更让索菲难以接受。索菲第一次体悟到什么叫无法相信自己的耳朵：耳朵告诉她这孩子对她说了话，索菲却不相信，更不知道该如何回答。仿佛像是在跟她自己的一部分说话：那个部分突然莫名其妙地脱离了她，然后转过来面对她、问她问题。

孩子轻笑了一声，玩得很开心。"你猜不到，"她说，"要不要来点暗示？"

暗示！这不是鬼魂也不是梦境，因为索菲很清醒。但也铁定不是她女儿，因为她女儿超过二十五年前就被带走了，而眼前这人却是个孩子。但索菲当然知道她的名字。她用双手掩着脸，隔着指缝低声说："莱拉克。"

莱拉克看起来有点失望。"没错，"她说，"你怎么知道的？"

索菲笑了，但也像是在哭，也可能是又哭又笑。"莱拉克。"她说。

莱拉克笑了，准备爬到母亲床上，因此索菲不得不伸手帮忙：她抓住莱拉克的手臂，满心疑惑，害怕自己身上产生触感，而若真如此，那么——那么什么？但眼前的莱拉克是真实又凉爽的血肉之躯，她手指圈住的确实是个孩童的手腕。她使尽力气拉起莱拉克沉甸甸的体重，莱拉克的膝盖压上床垫、让床震动了一下，因此索菲的每一种感官都很肯定：莱拉克已经回到她面前。

"好吧，"莱拉克说，以一个快速的动作把盖住眼睛的金发拨开，"你没有吓一跳吗？"她看着索菲惊恐的脸。"你不跟我打招呼或亲我一下吗？"

"莱拉克。"索菲只是又说了一次她的名字。因为这么多年来，有一件事是索菲始终不敢去想的：眼前这个画面她从来都不敢想象，因此她毫无准备。假若她曾允许自己去想象这一刻、想象这个孩子，那么她所想的一定跟现在一模一样。但由于她从来不曾去想象，因此她措手不及、心乱如麻。

"你应该要说，"莱拉克指导索菲（要记住全部台词并不容易，但她应该没说错），"你应该说：'你好，莱拉克，真是吓了我一跳。'因为你打从我还是婴儿时就没看过我了。然后我会说：'我从很远的地方来，为的是告诉你这个。'然后你就听我说，但是在那之前，你得先说我被偷走后你有多么想念我，然后我们就抱一下。"她张开双臂，做出脸上一亮的样子，用狂喜的表情来暗示索菲，于是索菲也只能张开双臂，尝试地慢慢抱住莱拉克（此时她已不再害怕，只是面对这么不可能的事，她还是深感害羞）。

"你要说：'真是吓了我一跳。'"莱拉克在她耳边提醒她。

莱拉克身上散发着雪、泥土和她自己的味道。"真是吓了我一跳。"索菲开口，却无法说下去，因为她已因悲伤与惊奇而一阵哽咽，这些年来她被剥夺的一切与她所摒弃的一切都随着泪水涌上心头。索菲哭了，这反而吓到了莱拉克，因此她想退开去，但索菲一直抱着她，因此莱拉克只好轻拍她的背安慰她。

"是的，"她对母亲说，"是的，我回来了。我走了很远的路，一段很远很远的路。"

从他方而来

她也许真的走了很长很长的路，但不管是不是事实，她都记得很清楚：自己必须这么说才行。但她却不记得有什么漫长的旅程，因此她要不就是梦游走到快抵达了才醒来，要不就是这场旅程根本就很短……

"梦游？"索菲问。

"我一直在睡觉，"莱拉克说，"睡了好久。我不知道自己竟然睡了这么久。睡得甚至比那些熊还久。噢，自从我叫醒你那天以来，我就一直在睡觉了。你记得吗？"

"不记得。"索菲说。

"有一天，"莱拉克说，"我偷走了你的睡眠。我大喊：'醒来呀！'还拉了你的头发。"

"偷走了我的睡眠？"

"因为我需要它。真对不起。"她愉快地说。

"那天吗？"索菲说，心想：真奇怪，明明这么老了、塞了这么多回忆，人生却还前后倒置，像个孩子……那天。从那天以后，她还有睡过吗？

"我从那天就开始睡了，"莱拉克说，"接着我就来了这里。"

"这里。从哪里来？"

"从那里呀。从睡眠中来。总之呢……"

总之她从世上最长的梦境中醒来，忘记了全部或将近全部，发现自己走在一条黄昏时分的黑暗道路上，两侧都是白雪覆盖的寂静田野，天空依然寒冷，呈现粉红色与蓝色。她眼前有一项任务得完成，入睡前她就已经准备好了，而即使睡了这么久，她还是没忘记这件事。一切都很清楚。因此莱拉克并不困惑。毕竟在她的成长过程里，这种事遇得够多了：突然发现自己置身某种古怪情境，从一场魔咒进入另一场魔咒，就像一个沉睡的孩子被人从床上抱到了一场庆祝会上，醒过来眨着眼睛目瞪口呆，却安然接受一切，因为抱着他的是他所熟悉的手。因此她一步步前进，看见一只乌鸦、爬上一座山丘、看见最后一丝夕阳消失，看着天空的粉红色愈来愈深、积雪变成蓝色。直到这个时候，当她走下山坡，她才开始猜测自己究竟身在何处，还有多远的路要走。

山坡下有一栋小屋，周围全是茂密的小型常绿树，窗子里透出黄色的灯光，照在深蓝的暮色中。莱拉克推开篱笆上小小的白色大门（此时屋内传来一阵铃铛声），沿着小径走上去。一尊多年来都立在那里的小矮人头像凝望着积雪的草坪，高高的帽子因为堆了一层雪而变成两倍高。

"是朱尼珀一家人。"索菲说。

"什么？"

"是朱尼珀家，"索菲说。"那是他们的小屋。"

那里有个很老很老的老婆婆，是莱拉克看过最老的（只有昂德希尔太太和她的女儿们除外）。她打开门，举起一盏灯，用微弱苍老的声音说："是敌是友？噢，我的天哪。"因为她发现面前的小径上站着一个几乎全身赤裸的小孩，没穿鞋也没戴帽子。

玛格丽特·朱尼珀没做出什么蠢事。她只是打开门看莱拉克要不要进来，而莱拉克考虑半晌后决定进屋，因此她走进门，穿过小小的前厅、踏过那张小地毯、行经那个放满装饰品的柜子（很久没人掸灰尘了，因为玛吉怕自己这把年纪会弄破东西，反正她也已经看不到灰尘了），然后穿过拱门进入客厅，火炉里有一丛火在燃烧。玛吉提着灯笼跟上来，走到门口却又迟疑要不要进去。她看着那孩子在原本属于杰夫的枫木椅上坐下，把手平放在宽扁的扶手上，仿佛很满意或觉得很有趣。接着她抬头看着玛吉。

"可不可以请教您，"她说，"这是不是前往艾基伍德的路？"

"没错。"玛吉说。被问了这个问题，不知怎的，她并不意外。

"哦，"莱拉克说，"我必须送个信息到那里。"她对着火炉举起手脚，但她似乎不真的觉得冷，对此玛吉也不感到奇怪。"还有多远？"

"几个小时。"玛吉说。

"噢。到底是几个嘛。"

"我从来没走过。"玛吉说。

"哦。好吧，我走路很快。"她跳起来，询问地指了指某个方向，玛吉摇头表示不对，于是莱拉克笑了，又指向相反方向。玛吉点头表示没错。她再次让路给莱拉克通过，然后跟着她来到门边。

"谢谢你。"莱拉克手按在门上说。玛吉从门边一个装着钞票和糖果的大碗里挑了一大块巧克力送给莱拉克（这些东西她通常拿来犒赏帮她清理道路或帮她劈柴的男孩），莱拉克微笑着收下，踮起脚尖亲吻了玛吉苍老的脸颊。接着她就沿着小径一路往下，头也不回地朝艾基伍德走去。

玛吉站在门前看着她，内心突然充满一种奇异的感觉，仿佛自己活到这么老就只是为了等待这场小小的拜访；仿佛这幢路边的小屋、她

508

手中的灯笼以及促成这一切的那一连串事件都是为了这场拜访而安排的。而在同一时间，快步前进的莱拉克也想起了自己会造访那栋小屋、会跟那个老婆婆说那些话是"当然"的事——她是因为尝到巧克力的味道才想起来的。而到隔天傍晚，一个跟今晚同样寂静、同样湛蓝（甚至更寂静）的夜晚，艾基伍德周遭五座城镇的人都会得知玛吉·朱尼珀有了个访客。

"可是，"索菲说，"你不可能黄昏出发、现在就走到了这里……"

"我走路很快，"莱拉克说，"也可能我走的是捷径。"

不管她走的是哪条路，她经过了一座结冰的湖泊和一座湖心岛，全在星光下闪闪发亮，还有座小小的凉亭，但也可能只是积雪造成的幻影。接着她穿过树林，惊醒了一只山雀，又路过一个地方，有点像是座洒了雪花的城堡……

"是夏屋。"索菲说。

……这地方她以前看过，是在另一个季节从遥远的上空望见的。她穿过草坪边缘的花圃走过来，花圃都已荒芜，只剩蜀葵和毛蕊花已死的茎部兀立在雪地上。院子里有一张帆布躺椅的灰色残骸。看到这些东西，她心想：是不是有什么信息或慰问要送到这里？她驻足片刻，看着那张无主的椅子和那低矮的房子，夏日风味的纱门已经被雪掩盖了一半，门前一个脚印也没有。她第一次打了个寒战，却想不起信息内容，也想不起收信人是谁（假设真有这样一个信息要传递），因此她继续前进。

"奥伯龙。"索菲说。

"不是，"莱拉克说，"不是奥伯龙啦。"

她穿过墓园，却不知道那就是墓园。最早葬在那里的是约翰·德林克沃特，其他人则葬在身旁或附近，有些他认识、有些不认识。莱拉克猜不透那些随意放置的大石碑是做什么用的，看起来很像遭人遗忘的巨大玩具。她研究了一会儿，从一个碑走到另一个碑，掸去上面的积雪，看着那些悲伤的天使雕像、雕凿深刻的字样和花岗岩尖顶饰。同时在她脚下，隔着积雪、黑叶和泥土，僵硬的骸骨终于放松下来、空洞的胸腔几乎要发出叹息，古老的关注与期待虽然未曾因死亡而解除，却在此刻获得了舒缓。当莱拉克从他们坟上踏过，亡者终于陷入更深沉的安息、得以真正睡着，就像扰人的梦境或声音（例如猫或走失儿童的哭叫声）终于结束时，眠者才终于入睡。

"瓦奥莱特，"索菲说，泪水终于能够痛痛快快地流下，"还有约翰，还有哈维·克劳德，还有克劳德姑婆。爸爸。还有瓦奥莱特的父亲，还有奥伯龙。还有奥伯龙啊。"

是的：还有奥伯龙，那个奥伯龙。站在老奥伯龙坟上时，莱拉克觉得她的信息和目的都变得更清楚了。一切都愈来愈清楚，仿佛她醒来之后就愈变愈清醒。"噢，没错，"她喃喃自语，"噢，没错……"她转过头，透过黑色的冷杉看见那幢黑暗的房子，没有一丝灯光，跟冷杉一样覆着白雪，但就是它没错。她很快就找到一条通往房子的小路、一扇进屋的门、一排上楼的阶梯，还有很多扇装着玻璃门把的房门。

"然后就是现在了，"她说，跪坐在索菲面前的床上，"我有事得告诉你。"

"如果我记得起全部的话。"

议会

"这么说来我猜对了。"索菲说。第三根蜡烛也即将烧尽。时值寒冷深沉的午夜。"只剩几个。"

"五十二个，"莱拉克说，"全算进去的话。"

"好少。"

"是战争的缘故，"莱拉克说，"他们全走了。剩下的都很老——好老好老。你一定无法想象。"

"但这是为什么？"索菲说，"如果他们知道伤亡会这么惨重，又为什么要这样做？"

莱拉克耸耸肩膀，移开目光。她的任务里似乎没解释这一项，她只负责带来消息、发出召集令。她也没法对索菲解释自己被偷走后遭遇了什么事、如何生活：索菲问起时，她的回答方式就跟所有的孩子一样，只是迅速提及一大堆听者根本不认识的陌生人与事件，且认定对方一定会懂，认为大人一定跟孩子一样熟悉这些事物。但莱拉克跟别的孩子又不一样。"你知道的呀。"索菲追问时，她只是不耐地说，接着就再次谈起她此行必须传递的信息：战争必须结束，必须举行一场和平会议，必须成立一个议会，所有能来的人都得来，要解决这件事、终结这段漫长的悲苦时光。

一个议会，所有出席的人都必须面对面。面对面：莱拉克这么对她说时，索菲突然一阵眩晕、心跳暂停了几秒，仿佛莱拉克对她宣告的是她的死期，或是某种跟死亡一样不可更改且超乎想象的东西。

"所以你们得来，"莱拉克说，"非来不可。因为他们现在所剩无几了，战争必须结束。我们必须立一份协议，这是为了大家好。"

"一份协议。"

"否则他们就会全数消失，"莱拉克说，"冬天可能会一直持续下去，永不结束。这点他们做得到，他们非办到不可：那是最后一件他们做得到的事。"

"噢，"索菲说，"不。噢，不。"

"就看你们了，"莱拉克以威吓的语气说道。接着，把这严肃的信息传达完毕后，她就张开了双臂。"所以喽，好吗？"她开心地说。"你们会来吧？大家都来？"

索菲用发冷的指节按住嘴唇。在这满是冬日尘埃的房间里，莱拉克就在眼前，笑眯眯、活生生、神采飞扬；还有这个消息。索菲觉得自己仿佛被抽空了、消失了。倘若现场有一个人是鬼，那就是索菲而不是她女儿。

她女儿！

"但要怎么去？"她说，"我们要怎么去？"

莱拉克挫折地看着她。"你不知道吗？"她说。

"我以前知道的，"索菲说，再次哽咽了起来。"我曾经以为自己找得到，曾经……哎哎，你为什么要等这么久！"她痛苦地瞥见了莱拉克提及的那些可能性，只是它们已经凋零死去、埋藏在她内心深处：因为索菲已经扼杀了一切希望，认为莱拉克永远不可能坐在这里谈论这些。她已经跟那些可怕的可能性共存了太久（莱拉克死了，或完全变了个样），已经能够面对它们，但她反而不容许自己去相信泰西和莉莉的古老预言（虽然她确实推算过年份，甚至想用纸牌算出一个日期）。她耗尽了力气、付出了巨额代价，因为在她努力阻止自己想象这一刻的过程里，她已经丧失了所有童年的笃定感觉，跟那一切司空见惯的不可思议事件脱了节，甚至连每一段鲜明的相关记忆她都不知不觉失去了，遗忘了自己曾经沉浸其中的那份甜美荒诞的惊奇感。她用这样的方法保护自己，因为这样她就不会因为不断苦苦想象这一刻而受伤——或死去，毕竟这是有可能的。她至少还能一天活过一天。但至今已经过了太多个空洞阴暗的年头，实在太多年了。"我没办法，"她说，"我不知道。我不知道路。"

"你一定知道。"莱拉克简明地说。

"我不知道，"索菲摇着头说，"我不知道。就算知道，我也一定会害怕。"害怕！这是最糟糕的事：害怕离开这幢阴暗的旧宅，跟幽灵一样。"太久了，"她说，边用线衫的袖子揩了揩鼻子，"太久了。"

"但这栋房子就是门啊！"莱拉克说，"大家都知道。所有的地图上都有标示。"

"有吗?"

"是的。所以喽。"

"从这里出发?"

莱拉克呆呆地看着她。"呃。"她说。

"很抱歉，莱拉克，"索菲说，"我这一生过得很悲伤，你知道……"

"噢? 噢，我知道了！"莱拉克眼神一亮，"那副纸牌！在哪里?"

"那里。"索菲指向床头柜上用不同木材拼成的水晶宫盒子。莱拉克伸手将它取来，拉开盒盖。"你的一生为什么悲伤?"她一边问一边取出纸牌。

"为什么?"索菲说，"一部分是因为你被偷走了，大部分是这样……"

512

"噢，那个呀。那个没关系啦。"

"没关系？"索菲又哭又笑。

"没关系。那只是开始而已。"她用一双小手笨拙地洗着那副大大的纸牌，"你不知道吗？"

"不知道。不，我以为……我以为那是结束。"

"噢，真傻。我若没被带走，我就不可能受教育，而我若没受教育，我现在就不可能带来这个消息、告诉你真的要开始了。所以以前的事根本没关系，你看不出来吗？"

索菲看着她洗牌。她滑稽地摆出精心整理的模样，弄掉了一些牌，再把它们插回去。索菲试图想象莱拉克这些年来的生活，却完全无法想象。"你有没有……"她问，"想念过我，莱拉克？"莱拉克耸耸肩膀，径自忙着。

"好了，"她把整副牌交给索菲，"跟着这个就对了。"索菲缓缓从她手中接过纸牌，而有那么一刻，莱拉克似乎看见了她，打从她进入房间以来，这似乎是她第一次真正看见她。"索菲，"她说，"别难过。这一切比你想象的都还大得多。"她握住索菲的手。"噢，那里有一座喷泉——还是一座瀑布，我记不得了——你们可以在那里洗浴——哦，水好清澈冰凉！而且——噢，就这样了，总之这一切比你所想的还大很多！"

她爬下床。"现在睡吧，"她说，"我得走了。"

"走去哪？我睡不着的，莱拉克。"

"你会睡着的，"莱拉克说，"你可以的，现在可以了，因为我醒了。"

"哦？"她缓缓往后靠去，躺在莱拉克为她整理好的枕头上。

"因为，"莱拉克说，再次露出神秘的微笑，"因为我之前偷了你的睡眠，但现在我醒了，所以你能睡了。"

筋疲力尽的索菲紧紧握住那副牌。"你，"她说，"要去哪里？外面又黑又冷。"

莱拉克抖了一下，但她只说："你睡吧。"她在床边踮起脚尖，把索菲脸颊上苍白的发丝拨去，轻轻吻了她一下。"睡吧。"

她无声无息踩过地板，打开门，回头瞥了母亲一眼，随即踏上外头寂静寒冷的走廊。她把门关上。

索菲躺在那里盯着门板瞧。第三支蜡烛发出嘶嘶声，接着噗一声熄灭。索菲依然拿着那副牌，慢慢钻进被窝，心想（也可能不是心想，而是有种肯定的感觉）莱拉克应该在某个层面上骗了她，至少是在某个层面上误导了她。但究竟是哪个层面？

睡吧。

哪个层面？她的心智像呼吸一样想着：哪个层面？就在她想着这件事的同时，她发现自己睡着了，灵魂惊喜得差点又醒了过来。

尚未结束

奥伯龙一早就打着哈欠浏览弗雷德·萨维奇前一天晚上从城北带来的邮件。

"亲爱的《他方世界》，"一位女士用孔雀绿色的墨水写道，"我写这封信是为了问你一个我思考已久的问题。若可能的话，我想知道'麦克雷诺兹一家住的那栋房子在哪里'？我必须承认，这件事对我个人而言很重要。我必须知道确切位置。要不是觉得它完全无法想象，我根本不会写信来打扰。他们以前住在林荫地的时候（好久啦！），呃，我很容易就能想象，但他们现在住的这地方我却完全无法想象。请给我一点暗示。为了这件事，我都废寝忘食了。"她在签名处写上"满怀期待"，并且加了一个附注："我诚心承诺不会去打扰任何人。"奥伯龙瞥了邮戳一眼——是从西部寄来的——然后把信扔进木柴箱。

他这么早醒来要干吗呀，他心想，铁定不是为了读信。他瞄了瞄壁炉架上的方形旧腕表，是外公留下来的。噢，对了：要挤奶。这整个周都要。他粗略地整理好床单，把手伸到床尾板底下，说："来吧。"随即把它变成一座正面镶镜子的旧衣橱。它咔啦一声卡入站立的位置，这声音向来很让他满意。

他望着窗外飘落的细雪，穿上长靴和厚毛衣。他又打了个哈欠（乔

514

治会有咖啡吗？满怀期待），把帽子往头上一戴，踩着重重的脚步走出去，锁好折叠卧房的门，随即走下楼梯、走出窗外、走下防火梯、进入大厅、穿过墙上那个洞，来到通往毛斯家厨房的那道楼梯上。

他在阶梯下遇到乔治。

"你一定不会相信的。"乔治说。

奥伯龙停下脚步。乔治没再说话。他一副看到鬼的样子：虽然以前从没见过什么看到鬼的人，但奥伯龙还是立刻就认出这种表情。或者说乔治本人看起来就像鬼，如果鬼也可以流露出震惊、内心交战、错愕得魂不附体的模样。"什么？"他问。

"你，绝对，不会，相信的。"他穿着一双年代久远的袜子，身上是一件拳击手的絮棉袍子。他一把抓住奥伯龙的手，带着他走下长廊，朝厨房的门走去。"什么啊。"奥伯龙又说了一次。乔治的浴袍背上写着"扬克斯，A. C."。

在那虚掩的门前，乔治转向奥伯龙。"看在老天的分上，"他急迫地低语，"千万不要提到，呃，那个故事。就是我告诉你的那个故事，关于——你知道吧——"他瞄了半开的门一眼。"关于莱拉克。"他说。或者他应该没有真正说出口，而是用嘴唇无声但夸张地比画出那个名字，然后既惊恐又警告地眨了眨眼睛。接着他推开了门。

"你看，"他说，"你看你看，"仿佛奥伯龙有办法不看似的。"我的孩子。"

那孩子坐在桌子边缘，跷着一双赤裸裸的腿，还前后晃来晃去。

"你好，奥伯龙，"她说，"你长大了。"

奥伯龙的灵魂里产生了一种斗鸡眼似的感觉，但他还是定定地看着眼前的孩子。他摸摸自己的心，他幻想的莱拉克还在那里。

那么这位是——

"莱拉克。"他说。

"我的孩子，莱拉克。"乔治说。

"但怎么会……？"

"别问我怎么会。"乔治说。

"说来话长，"莱拉克说，"是我知道最长的故事。"

"他们要开一场会。"乔治说。

"一个议会，"莱拉克说，"我是来告诉你们的。"

"她是来告诉我们的。"

"一个议会，"奥伯龙说，"什么鬼东西？"

"听着，老弟，"乔治说，"别问我。我只是下来煮点咖啡，结果就传来敲门声……"

"但她为什么年纪这么小？"奥伯龙问。

"你是在问我吗？总之，我往外头瞄，就看到雪地里站着这个小孩……"

"她年纪应该大很多才对。"

"她之前睡着了。或者什么鬼的。我哪知道啊。所以我开了门……"

"这实在让人难以置信。"奥伯龙说。

莱拉克一直看着他们俩，两手交握，放在腿上，脸上挂着微笑，对父亲流露的是愉快的爱，对奥伯龙则是狡猾的共谋。这时两人停止说话，只是看着她。乔治靠近了些。他脸上是种既紧张又开心的惊奇之色，仿佛莱拉克是他刚刚亲自孵出来的。"羊奶，"他弹了一下手指，"来杯羊奶怎么样？小孩都爱喝奶，对吧？"

"我不行。"莱拉克因他的殷勤而笑出声，"我不能喝，在这里不行。"

但乔治已经手忙脚乱地从冰箱里取出了一瓶果酱和一罐羊奶。"当然了，"他说，"羊奶。"

"莱拉克，"奥伯龙说，"你要我们去的地方在哪里？"

"就是开会的地方呀，"莱拉克说，"议会。"

"但在哪里？为什么？怎么……"

"噢，奥伯龙，"莱拉克焦躁地说，"你一去到那里，他们就会把一切解释清楚。你只管来就对了。"

"他们？"

莱拉克佯装震惊地瞪大眼睛。"哦，少来了，"她说，"你只要快点就好，就这样，别迟到……"

"现在大家哪儿都不去。"乔治说着把羊奶塞进莱拉克手里。她好奇地把它拿起来端详一番,接着又放下。"你现在回来了,这样很棒。我不知道你是从哪里回来、怎么回来的,但既然你已经安然无恙地回到这里,我们就留下吧。"

"噢,但你非来不可,"莱拉克拉住他睡袍的袖子,"你非来不可。否则……"

"否则?"乔治问。

"否则结局就不对了,"莱拉克轻声说道。"那个故事。"她用更轻的声音补充道。

"啊哈,"乔治说。"啊哈,那个故事呀。呃。"他双手叉腰站在她面前,怀疑地点着头,却不知该如何回答。

奥伯龙看着他们父女俩,心想:这么说来是还没结束了。他一进入这个旧厨房就有了这种想法,或者应该说,不是一种想法而是一份认知,因为他颈背上汗毛直竖、内心升起各种古怪的感觉,他觉得自己变成了斗鸡眼,但视线反而更清晰。还没结束:他已经在一个小房间(一个折叠卧房)里生活了很久,已经探索过里面的每一个角落、对它了如指掌了。而他已经决定:这样可以,这样就行了,在这里也能生活,这里有一张炉边椅、一张可以睡的床、一扇可以眺望的窗户。就算狭隘,这份简单的感觉也足以弥补了。如今他却仿佛放下了那座有镜子的衣柜,却发现里面不是一张铺着补丁床单和老旧棉被的床,而是一个入口:有艘船正准备扬帆启航,外头是个多风的黎明,还有一条消失在视线边缘的林荫大道。

他心怀恐惧地把它关上。他已经尝过历险的滋味了。他曾经步入古怪幽径,也已经理智地宣告退出。他站起身,穿着橡胶靴沉重地蹀到窗前。还没挤奶的山羊在羊圈里咩咩叫个不停。

"不,"他说,"我不去,莱拉克。"

"但你连'理由'都还没听呢。"莱拉克说。

"我不在乎。"

"战争!和平!"莱拉克说。

"我才不在乎。"他要坚持到底。就算全世界都抛下他往那里去（八成会发生），他也不会想念他们。或者他可能会想念，但他宁可思念，也不要咬着牙再次跳进那片名为欲望的大海，毕竟他已经逃了出来、爬上了岸。他永远不要再回去。

"奥伯龙，"莱拉克轻声说道，"西尔维也会去。"

永远不要。永不、永不、永不。

"西尔维？"乔治说。

"西尔维。"莱拉克说。

由于两人过了好一阵子都没再说话，因此莱拉克说："她要我告诉你……"

"她才没有！"奥伯龙猛然转向她，"她才没有，你是骗人的！不！我不知道你为什么想唬我们，也不知道你为何而来，但你什么话都说得出口，对吧？对吧？什么话都说，就是不说真话！跟他们全是一个模子，因为对你来说根本没差。不不不，你就跟他们一样糟糕，我知道的，跟乔治炸飞的那个假货一样糟糕。没什么两样。"

"哦，太棒了，"乔治翻起白眼，"真是太棒了。"

"炸飞？"莱拉克看着乔治。

"那不是我的错。"乔治说着狠狠瞪了奥伯龙一眼。

"原来它是这样的下场呀，"莱拉克若有所思地说。接着她笑了。"噢，他们气坏了！那些灰烬飘下来的时候。它已经有好几百年老了，而且是他们仅存的最后一个。"她从桌上下来，蓝色的裙子微微向上掀起。"我得走了。"她说，随即朝门边走去。

"不，"奥伯龙说，"等等。"

"走！不行。"乔治抓住她的手臂。

"还有好多事要做呢。"莱拉克说。"这里的事都处理好了，所以……噢，"她说，"有件事我忘了提。你们该走的路大半要经过树林，所以你最好找个向导。一个熟悉树林、可以带领你们前进的人。带个铜板吧，要给摆渡人的。穿暖一点。门很多，但有些门关得比较快。别拖太久，否则就会错过盛宴！"她原本已经走到门边，但又跑回来跳进乔治臂弯。

她用纤细的金色手臂圈住他的脖子，亲吻了他瘦削的脸颊，然后爬下来。"一定会很好玩的。"她说。她回头瞥了他们一眼，露出一抹微笑，带着欢愉和一丝单纯甜美的邪恶。接着她就走了。他们听见她赤脚踩在外头老旧亚麻油地毡上的声音，却没听见靠街道的门打开或关上。

乔治从一座倾斜的衣帽架上取下工作服和外套穿上，接着又套上靴子。他往门边走去，但来到门前似乎就忘了自己究竟打算干吗，也想不起自己为何如此匆忙。他环顾四周，还是找不到头绪，因此又走回桌边坐下。

奥伯龙缓缓在他对面坐下来。他们就这样沉默地坐了良久，有时会突然惊跳，却什么也没看见。与此同时，房内有某种光线或某种意义消退、回归平凡，变回一个可供煮粥、喝羊奶的普通厨房，两个单身汉穿着橡胶靴、坐在桌前面面相觑，家事都还没人动手。

还有一趟旅程等着他们：就剩这个了。

"好吧，"乔治说，"怎么了？"他抬起头，但奥伯龙根本没说话。

"不。"奥伯龙说。

"她说……"乔治开口，但却接不下去。他既忘不了她说了什么，却也想不起来（因为山羊狂叫不已、外面飘着雪花、他自己内心忽而空虚忽而盈满）。

"西尔维。"奥伯龙说。

"一个向导。"乔治弹了下手指。

走廊上传来脚步声。

"向导，"乔治说，"她说我们需要一个向导。"

他俩都往门边望去，门刚好打开。

弗雷德·萨维奇穿着他的橡胶靴走了进来，准备吃早餐。

"向导？"他说，"有谁要去哪里吗？"

带着鳄鱼皮包的女士

"是她吗？"索菲问，把窗帘拉得更开好看个清楚。

"一定是。"艾丽斯说。

这阵子已经很少有车子亮着头灯从石头门柱之间转进来了，所以应该不会是别人。那辆长长扁扁的轿车是暮色中的一抹黑影，颠簸着开上满是辙痕的车道，明亮的车灯扫过屋子。它在门廊前绕了个弯停下，熄了车灯，但不耐的引擎声又持续了好一会儿。接着就安静了。

"乔治？"索菲问，"奥伯龙？"

"我没看到他们，只有她而已。"

"噢！惨了。"

"好吧，"艾丽斯说，"至少还有她。"她们从窗前转回来，面对着聚集在客厅里的一张张满怀期待的面孔。"她到了，"艾丽斯说，"我们很快就会开始了。"

爱丽尔·霍克斯奎尔熄掉引擎，在那里坐了片刻，倾听这新生的寂静。接着她爬出车外。她从副驾驶座上拿过一个鳄鱼皮制的侧背包，站在飘落的绵绵细雨中深深吸了一口傍晚的空气，心想：春天。

这是她第二次驾车前往北方的艾基伍德。道路系统已经变得满是坑洞、残破不堪，还得在检查哨出示通行证和签证，这种事在五年前她初次来访时是谁都想不到的。她猜测自己应该有受到跟踪，至少是被跟了一段路，但离开公路、开上通往此地的那些错综复杂又下着雨的小路后，就不可能有人跟得上了。她是一个人来的。索菲的信很奇怪，却非常急迫：她希望是真有急迫到非寄不可的地步（霍克斯奎尔交代过他们千万别寄信到首都给她，因为她知道自己的邮件受到监视），希望在这关键时期要她向政府请一段长假远行，是真有必要。

"你好，索菲。"这对高挑的姐妹来到门廊上时，她这么说。门廊上没有任何欢迎的灯光。"你好，艾丽斯。"

"你好，"艾丽斯说，"奥伯龙呢？乔治呢？我们请你……"

霍克斯奎尔爬上阶梯。"我去了那个地址，"她说，"敲了很久的门。那地方看起来好像废弃了……"

"它一向都是那个样子。"索菲说。

"……但都没人回应。我好像听见门后有人，所以我叫了他们的名字。结果有个人，一个说话有腔调的人，说他们走了。"

"走了？"索菲说。

"离开了。我问他们去了哪里、要去多久，但就没有人回答了。我不敢在那里待太久。"

"不敢？"艾丽斯说。

"我们可以进去吗？"霍克斯奎尔说，"这是个美丽的夜晚，但外头湿气很重。"她表亲不知道（而且霍克斯奎尔猜想她们可能连想都想象不到）把自己跟她扯上关系是多么危险的一件事。有股深沉的欲望正朝这房子伸出触手，虽然还不知道它的存在，但已经循着气味愈靠愈近。只是现在没必要让她们受惊（至少她希望如此）。

大厅里除了一根黯淡的蜡烛之外没有任何灯光，让这地方看起来黑影幢幢，更显得偌大无比。霍克斯奎尔跟着两位表亲下楼、拐弯、上楼，穿过这不可思议的房屋内部，进入两个打通的大房间。房里燃着一丛炉火、点着灯光，她一抵达，大家纷纷抬起头，脸上净是感兴趣与期待的神情。

"这是我们的表亲，"黛莉·艾丽斯告诉他们。"算是失散已久吧，她叫爱丽尔。这些是我们的家人，"她对爱丽尔说，"你认识吧？还有另外一些人。"

"好了，大家应该都到了，"她继续说，"能来的都来了。我去叫史墨基。"

索菲来到一张鼓形桌前，上面亮着一盏黄铜台灯，罩着绿色的玻璃灯罩。那副牌就摆在桌上。一看到它们，霍克斯奎尔就感觉内心一阵雀跃，但同时也一阵沉重。因为不论这副牌牵涉到哪些命运、不牵涉哪些命运，就在那一刻，霍克斯奎尔便知道了自己的命运铁定纠缠其中：甚至就是它们本身。

"你们好。"她对大家轻轻点了一下头。接着她在一张椅背垂直的椅子上坐下，一边是一位好老好老、老得惊人但眼神明亮的女士，另一边则是一对双胞胎，一男一女，同坐在一张扶手椅上。

"您是什么样的表亲呢？"玛吉·朱尼珀问她。

"据我所知，"霍克斯奎尔说，"我其实不算表亲。瓦奥莱特·德林克沃特的儿子奥伯龙的生父后来结了婚，那人正是我祖父。"

"哦，"玛吉说，"是那边的家族呀。"

霍克斯奎尔感觉有人盯着她看，于是迅速瞟了扶手椅上的两个孩子一眼、对他们露出微笑。他们带着不甚笃定的好奇心盯着她瞧。霍克斯奎尔猜想他们应该很少见到陌生人，但其实巴德和布洛瑟姆带着惊奇和些许恐惧看见的，却是他们常唱的一首歌里在紧要关头现身的那位有点恐怖的谜样人物：带着鳄鱼皮包的女士。

尚未失窃

艾丽斯迅速爬上楼，像盲人一样熟练地穿过黑漆漆的楼梯。

"史墨基?"来到通往观星仪的那道陡峭狭窄的楼梯底下时，她向上呼喊。没有人回答，但上面有光。

"史墨基?"

她不喜欢爬上去。那狭窄的楼梯、那小小的拱门以及那塞满机械、寒冷又拥挤的圆顶阁楼，总令她毛骨悚然。这东西铁定不是为了取悦一个体形像她这么庞大的人而设计的。

"大家都到了，"她说，"可以开始了。"

她双手抱胸等了一会儿。在这无人使用的楼层，湿气几乎摸得到，壁纸上到处都是褐色的污渍。史墨基说："好啦。"但她却没听到脚步声。

"乔治和奥伯龙没来，"她说，"他们走了。"她又等了一会儿，接着（由于既没听到工作的声音也没听到准备下楼的声音）她就爬上了楼梯，把头从小小的门伸进去。

史墨基坐在一张小凳子上瞪着那黑色钢壳里的机械装置，就像一个坐在神像面前的请愿者或忏悔者。看见他、看见那裸露的机器，艾丽斯竟觉得有点害羞，仿佛自己刺探了某人的隐私。

"好啦。"史墨基又说了一次，但他站起来却是从盒子底部那排如槌球般大的钢球中拿了一颗出来。他把它放在盒内一个旋转轮其中一根曲臂上的凹槽里。他松开手，球的重量就压得曲臂往下转。转动的同时，其他有关节的手臂也跟着转动，其中一根咔啦咔啦地伸出来，准备接收下一颗球。

"看懂它的运作方式了吗?"史墨基悲伤地说。

"不懂。"艾丽斯说。

"这是不平衡旋转轮。"史墨基说，"你看，因为有关节的缘故，这一侧的手臂都是伸直的。但一绕到这一侧，关节就会折叠起来，让手臂紧贴着转轮。所以手臂打直的那一侧永远比较重，会一直往下掉，也就是向下转的意思，所以你若把球放在凹槽里，转轮就会转过去，让下一根手臂伸出来。接着下一颗球就会掉进下一根手臂的凹槽里，再把它往下压，以此类推。"

"哦。"他的描述方式非常平板，像叙述一个重复了太多次的古老故事或一门文法课。艾丽斯突然想起他还没吃晚餐。

"接着呢，"他继续道，"从这一侧落入凹槽的铁球重量会让这些手臂在另一侧升高、折叠起来，这时凹槽就会翻转，让球滚出去，"他用手转动轮子示范，"滚回架子上，再滚下来、掉进这一侧刚刚伸出来的手臂凹槽里，带动手臂转过去，就这样没完没了。"那根弯曲的手臂确实释放了铁球，铁球确实又滚到了下一根从转轮上咔啦咔啦伸出来的手臂上。那根手臂被铁球的重量压到了转轮底部，但接着它就静止不动了。

"真了不起。"艾丽斯平静地说。

史墨基背着双手阴郁地看着那一动不动的转轮。"这是我这辈子看过最蠢的东西。"他说。

"哦。"

"这位克劳德先生铁定是有史以来最蠢的发明家或天才……"但他想不出该如何作结，因此他低下头，"它从来没成功过，艾丽斯。这东西什么也转不动。没有用的。"

她小心翼翼地穿过那些工具和拆卸下来的油腻零件，拉住他的手臂。"史墨基，"她说，"大家都在楼下。爱丽尔·霍克斯奎尔到了。"

他看着她，接着笑出声来，是一阵挫折的笑声，因为他很荒谬地被彻底打败了。接着他龇牙咧嘴了一下，迅速按住自己的胸口。

"噢，"艾丽斯说，"你应该要吃晚餐的。"

"我不吃反而好，"史墨基说，"好像是这样。"

"走吧，"艾丽斯说，"我打赌你会搞懂这东西的。也许你可以问问爱丽尔。"她在他额头上轻吻了一下，然后赶在他前面走出拱门、走下楼梯，有种被释放的感觉。

"艾丽斯，"史墨基对她说，"就是现在了吗？我的意思是今晚。这就是了吗？"

"就是什么？"

"就是了，没错吧？"他说。

他们穿过走廊、下了楼梯朝二楼走去时，她什么也没说。她抓着史墨基的手臂，觉得有不止一种回答方式，但最后（已经没必要再拐弯抹角了，毕竟她已经知道太多，而他也一样）她只说："应该是吧，很接近了。"

史墨基按在胸口的手开始发麻，因此他叫了声"哎哟"，然后停下脚步。

他们站在楼梯顶端。他可以隐约看见下方客厅的灯光，听到人说话的声音。接着声音就化成一阵嗡嗡声，终至消失。

很接近了。如果已经很接近了，那他就输了，因为他已经落后太多。他连该怎么做都还没想出来，更遑论开工。他输了。

仿佛有个巨大的空洞在他胸口裂开，一个比他本身还要大的空洞。痛苦的感觉在外围聚集，而史墨基知道只要过了这漫长的一刻，那份痛楚就会涌进来填满这个空洞：但在那一刻过去之前，就只有一份可怕的预感和一份初生的启示而已，两者都很空洞，在他空洞的内心交战。预感是黑色的，而那份呼之欲出的启示则是白色的。他一动不动地站在原地，试着不要因为无法呼吸而恐慌，因为那个洞里没有空气，他只能体验预感与启示之间的战争、倾听耳朵里那阵悠长刺耳的嗡嗡声。那声音似乎在说：现在你明白了吧，虽然你没要求弄明白，况且你一定没料到会在这一刻、在这黑暗的楼梯上豁然开朗，但现在：接着那声音就消失了。他的心脏先是如遭重击般痛苦地跳了两下，接着就开始猛烈地稳稳跳动，仿佛愤怒无比。接着他就被熟悉而令人释然的痛楚给填满。再过一秒钟，他就能呼吸了。

"噢，"他听见艾丽斯的声音，"噢噢，这次很严重哪。"他看见她同情地抓着自己的胸口，感觉到她紧紧拉着他的左手臂。

"是啊，哇。"他终于能说话了，"噢，老天爷。"

"过去了？"

"差不多了。"被她拉着的那条左手臂一阵抽痛，一路痛到了无名指。他没戴戒指，却感觉仿佛有枚戒指被硬生生拔了下来。一个戴了很久很久的戒指，除非把神经与肌腱整个截断，否则根本不可能脱掉。"别这样、别这样。"他说，结果那感觉就真的消失了，至少是慢慢减弱了。

"好了，"他说，"好了。"

"噢，史墨基，"艾丽斯说，"你还好吧？"

"过了。"他说。他开始下楼梯，朝客厅的灯光走去。艾丽斯抱着他、支撑着他，但他并不虚弱。他甚至没生病，菲什医师和德林克沃特医师的旧医学书籍一致同意：困扰他的不是一种疾病而是一种症状，并不影响长寿，甚至不影响其他方面的健康。

一种症状，必须与之共存。那么为何它感觉像是一种启示，一种欲语还休、之后就想不起来的启示？"没错，"老菲什曾说过，"一种死亡的预感，那是心绞痛的人常有的感觉，没什么好担心的。"

但那是死亡的预感吗？当他终于得到那份启示时（假如有这么一天），内容会是死亡吗？

"很痛吧？"艾丽斯问道。

"这个嘛，"史墨基笑了，但也像是在喘气，"假如有得选择，我应该是宁愿它不要发生，没错。"

"也许这是最后一次了，"艾丽斯说。她似乎把他的发作模式看成跟打喷嚏一样：打了最后一个大喷嚏之后就不会再打了。

"哦，我打赌不是，"史墨基温和地说，"我想我们应该不希望有所谓的最后一次。不要。"

　　他们相拥着走下楼梯，进入大伙儿等待的客厅。

　　"来了，"艾丽斯说，"史墨基来了。"

　　"嗨、嗨。"他说。索菲在桌边抬起头，他的女儿们也停下手中打的毛线抬起头。他发现他的痛苦就反映在她们脸上。他的手指依然刺痛着，但还完好无缺。他那枚戴了很久的戒指还没被偷走。

　　一种病症：却像是种启示。他第一次感到好奇：他们的症状也跟他的一样这么痛苦吗？

　　"好吧，"索菲说，"我们开始吧。"她环顾周围那一张张看着她的脸，有德林克沃特、巴纳柏、伯德、弗劳尔、石东、威德家的人，有她的表亲、邻居和远亲。桌上黄铜台灯的亮光让房里其余的空间显得幽暗朦胧，仿佛她是坐在一处营火旁看着周遭黑暗中的动物，而她必须用言语唤醒它们的意识与目的。

　　"好吧，"她说，"我有了个访客。"

第三章

但你们怎能期望靠心思神游那条小径；

怎能期望借鱼儿测量月亮？

不，我的邻居们，千万别以为那条路很短；

想踏上那旅程必得具备狮子之心，因为路途遥远、海洋
深沉；

你会怀抱着惊奇走上很久，时而微笑、时而哭泣。

——阿塔尔，《鸟儿议会》

要在这个夜晚把亲戚和邻人集结在一起，比索菲原本想象的还要容易；但要做出这个决定并不容易，而决定该跟他们说什么更非易事：这么做等于是打破了一段年代久远的沉默，久远得连艾基伍德的人都忘了最初是发誓要三缄其口的。很多故事都是以这份缄默为中心，而如今它已经打破，就像敲破一个上了锁且遗失了钥匙的箱子。冬天的最后几个月他们都在忙这件事，此外就是把消息传往泥泞的农场、孤立的小屋、首都及大城，并且定出一个大家都方便的日期。

很远吗？

但几乎所有人都答应了，且奇怪的是，他们接到消息时都不大意外，仿佛他们等候这样的传唤已经很久了。这也是事实，虽然他们大部分人都是等到消息传到了才意识到这点。

很久很久以前，杰夫·朱尼珀曾把艾基伍德周围的五座城镇连成一

527

颗五角星，来告诉史墨基·巴纳柏该如何前往艾基伍德。而当玛吉·朱尼珀的小访客从那五座城镇走过时，有不止一个居民从睡梦中醒了过来，感觉似乎有什么人或什么东西经过，接着就有一份充满期待的宁静降临。是一种快乐的感觉：在他们的人生结束前，必会有一份古老的承诺兑现，或有一件伟大的事情发生，跟他们想的一样。只是春天的缘故，早上起床时他们这么告诉自己。只是因为春天到了：世界还是老样子，没什么不同，也不会有任何这样的惊奇。但接着玛吉的故事就传遍了家家户户，一路上不断被添油加醋，引起了不少推论与臆测。因此当他们接到这份召集令时，他们并不意外——只是对自己竟然不意外感到很意外。

因为他们都是这样，所有那些曾被奥古斯特影响、被奥伯龙和史墨基教过、而后索菲再以老小姐之姿轮番拜访的家庭都是如此。诺拉·克劳德姑婆也曾推测德林克沃特和巴纳柏家的人都会这样。毕竟在将近一百年前，曾经有过这样一段过去：他们的祖先因为知道一个"故事"（或因为认识说故事的人）而前来这里定居，有些人是学生，有些甚至是追随者。就像弗劳尔一家，这些人知道（或认为自己知道）一个秘密，而当中很多人都够富裕，可以成天悠闲地在他们买下来闲置的农场上思考这件事，任由毛茛花和马利筋恣意生长。尽管他们的子孙在后来的艰苦时代里都已大不如前，很多都沦落成工匠、打零工人、货车司机、贫农，通婚的对象是和他们祖父母从来没什么交集的牛奶工和杂役，但他们还是拥有很多故事，一些在别的地方都听不到的故事。他们的处境确实大不如前，他们眼中的世界已经变得冷硬、苍老、平凡无比，但他们依然是游唱诗人与英雄的后裔，曾经有过那么一个黄金时代，周围的大地生气勃勃、丰盈无比，只是眼前这时代已经粗糙得让人看不到这些东西。他们小时候都是听着这些故事入睡的，长大后更是继续追寻这些故事、把它们说给自己的孩子听。那栋大屋向来是他们闲聊的话题，他们对它的了解程度应该会令屋主讶异。他们会在餐桌上和炉火旁思索这些事，毕竟在那段黑暗的日子里没什么别的娱乐，况且他们从来没忘记（虽然会在思考过程里把它们转变成很不一样的东西）。因此当索菲的召集令传来时，他们意外地发现自己竟然完全不意外。他们放下工具、脱下围裙、为孩子穿上厚衣服、发动旧车子。他们来到艾基伍德，听说有个失踪的孩子回来了，听见一份迫切的请求，听说他们得踏上旅途。

"所以呢，有一扇门。"索菲碰了碰面前的一张牌（是"多样性"这张大牌），"就是这栋房子。然后呢，"她碰了碰下一张牌，"门边站着一条狗。"客厅里一片死寂。"接着呢，"她说，"有一条河，或一条像河的东西……"

"说大声点，亲爱的，"几乎就坐在她身旁的妈迪说，"没人听得到。"

"有一条河。"索菲几乎用喊的。她涨红了脸。在她黑暗的卧房里面对着一脸笃定的莱拉克时，一切都显得……不容易，但至少很清楚。现在结局还是很清楚，但此刻必须考虑的却是过程，而过程一点也不清楚。"有桥可以过河，或是可以涉水的浅滩，或是渡船，总之有方法可以过河就是了。河流对岸会有个老人引导我们，他知道路。"

"去哪里的路？"背后有人害羞地问了，索菲猜应该是伯德家的人。

"那里啊，"另一个人说了，"你没在听吗？"

"噢，"第一个声音说，"我以为现在这个就是议会了。"

"不，"索菲说，"议会将在那里举行。"

"噢。"

现场再次陷入寂静，于是索菲试图想起自己还知道些什么。

"很远吗，索菲？"玛吉·朱尼珀问，"我们有些人没法走太远。"

"我不知道，"索菲说，"我认为应该不可能太远。我记得它有时好像很远、有时又好像很近，但我觉得不可能太远，我的意思是不可能远到走不动。但我不知道。"

众人等待着。索菲盯着她的纸牌看，将它们换了换位置。万一太远了呢？

布洛瑟姆轻声说道："那里漂亮吗？一定很漂亮吧。"

她身旁的巴德说："不！一定很危险。而且很恐怖。有很多东西要对抗！是一场战争对吧，索菲姨婆？"

霍克斯奎尔瞧了瞧孩子，又看了看索菲。"是吗，索菲?"她问，"是场战争吗?"

索菲抬起头，两手一摊。"我不知道，"她说，"我觉得是场战争，至少莱拉克是这么说的。你也是这么说的。"她语带责怪地对爱丽尔说。"我不知道，我不知道!"她站起身，转过来看大家。"我只知道我们必须去，我们非去不可，要去帮他们。因为我们若不去，他们就会全数灭亡了。他们正一一死去，我很肯定! 再不然就是正在离去，离得远远的、躲得远远的，跟死去没什么两样，而这都是因为我们的缘故! 再想想: 如果他们一个也不剩，会变成什么状况。"

他们想了一下，或试着想了一下。每个人都得到了不同的结论，或看到了不同的东西，或什么结论也没有。

"我不知道那地方在哪里，"索菲说，"也不知道我们该怎么去、能如何帮忙，更不知道为什么该去的人是我们。但我知道我们非去不可，我们得试试! 我的意思是，我们想不想去根本就不重要，真的，你们看不出来吗，因为要不是他们，我们根本就不会在这里，这点我很肯定。若在这一刻拒绝前往，那就像……就像出生、长大、结婚、生子，接着却说'呃，我改变主意了，这一切我都不要'，但除非他已经是这样，否则根本就不会有人在那里说'我不要'。你们懂吧? 跟他们也是同样的道理。除非我们打从一开始就是那群注定要去、注定会去的人，否则我们根本无从拒绝。"

她环视大家，有德林克沃特、巴纳柏、伯德、石东、弗劳尔、威德、沃尔夫家的人，有查尔斯·韦恩和彻丽·莱克，有巴德和布洛瑟姆、爱丽尔·霍克斯奎尔和玛吉·朱尼珀，还有桑尼·努恩、年迈的菲尔·弗劳尔和菲尔的子女，奥古斯特的孙子、曾孙和玄孙。她非常想念她的克劳德姑婆，因为姑婆一定能以简洁扼要、不容争辩的方式说出这些话。黛莉·艾丽斯手托着腮，只是望着她微笑。艾丽斯的女儿平静地做着针线，仿佛索菲刚才说的话都十分清晰，虽然听在索菲自己耳里仿佛胡言乱语。她母亲充满智慧地点头，但她也可能听错了。而周遭亲戚的脸孔则是有的睿智、有的愚蠢，有的明亮、有的阴沉，有的变了、有的没变。

"我能说的都说了。"索菲无助地说，"莱拉克说的就这么多，总共有五十二个，日子是仲夏那天，这房子就是一扇门，一直以来都是。还有据我所知，那副纸牌和它们表达的信息，也就是那只狗、那条河等等的，其实是一张地图。所以呢，我们现在只要想出下一步就好。"

他们确实开始动脑筋，但当中很多人平常都不怎么习惯用脑。很多人虽然用手撑额，或把两手指尖碰在一起开始思考，但他们其实都不知不觉做起各种疯狂或平凡的臆测，不然就是陷入回忆，开始神游太虚或胡思乱想，沉浸在自己的新旧痛苦中，揣测这趟旅程会带来什么结果。再不然就是陷入沉思、再三咀嚼自己熟悉的个性，或细数古老的恐惧或忠告、回忆着往日情怀或安慰。也可能这些都不是。

"说不定很容易。"索菲狂乱地说。"这是有可能的。只要踏出一步！但也可能很难。也许，"她说，"没错，也许方法不止一种，并不是每个人都要用同一种方法，但一定有办法的，一定有。你们每个人都要努力想，发挥想象力。"

他们试着这么做。大家纷纷改变姿势、用不同的方式跷脚；他们想东想西，想这想那；想着自己是怎么到这里来的，认为倘若自己当初来此的道路是看得见的，那么这条路所延续的途径应该就能清楚浮现。就在大家安静思考的时候，传来了一种今年还没有人听过的声音：是青蛙，突然开始齐声呱呱叫。

"好吧。"索菲说着坐下来。她把纸牌全部扫在一块儿，仿佛它们的故事已经说完。"总之呢，我们一步一步来吧。我们还有一整个春天。之后我们再聚一次会，看要怎么办。我想不出别的法子了。"

"但是索菲，"泰西放下手中的针线，"倘若这栋房子就是门……"

"而且我们就在里面。"莉莉也放下她的针线。

"那么，"露西说，"我们不就已经在旅行了吗？"

索菲看着她们。这番话完全合情合理，她们说的似乎一点儿也没错。"我不知道。"她说。

"索菲。"站在门边的史墨基说了。自从他进来、自从会议开始后，他就一直没说过话。"我可以问个问题吗？"

531

"当然。"索菲说。

"我们,"史墨基说,"要怎么回来?"

他从她的沉默中听出了答案,跟他想的一样。在场每个人都料到她提及的地方是这样的。她在这阵静默中垂下了头,也没有人打破沉默。他们都听到了她的答案,听出了那个隐藏其中的真正的问题,也就是索菲始终没办法说出口的问题。

反正都是自家人,索菲心想。或者说,来到现场的都是家人,没来的就不是,如此而已。她张开嘴巴想问:你们愿意来吗?但他们那一张张各不相同的熟悉面孔却令她困窘,因此她开不了口。"好吧。"她说。他们已经在她闪烁的泪光中变得模糊难辨。"应该就这样了。"

布洛瑟姆从椅子上跳了起来。"我知道了。"她说,"大家必须手牵手,围成一个圈,这样才有力量。然后一起说:'我们愿意!'"她环顾四周。"好吗?"

有些人笑了、有些人表示反对,因此她母亲把她拉到身旁,告诉她不是所有人都想这么做。但布洛瑟姆抓起哥哥的手,开始怂恿她的表亲、叔叔和阿姨靠过来牵手,唯独避开了那个带着鳄鱼皮包的女士。接着她又认为大家如果把手臂交叉再牵手、形成一个更小的圆,那么力量也许会更强大,但大家却不断松开手,怎么也围不起来。"大家都没在听。"她对索菲抱怨。但索菲只是听而不闻地凝视着她,想着她会遭遇什么事、那些勇敢的人会遭遇什么事,却完全无法想象。就在这时候,由于根本没听到布洛瑟姆的提议,妈迪摇摇晃晃站了起来,说:"好吧。厨房里有咖啡和茶,也有别的东西,还有三明治。"圆圈这下散得更彻底了。大家纷纷挪动椅子,房里有了一阵骚动。人们朝厨房走去,一边低声交谈。

只是在假装

"来杯咖啡似乎不错。"霍克斯奎尔对身旁那位苍老的女士说。

"的确,"玛吉·朱尼珀说,"只是我不确定是否值得大费周章过去拿。你懂我的意思吧。"

"可以让我为你拿一杯吗？"霍克斯奎尔说。

"你人真好。"玛吉松了一口气。大家要把她弄到这里来，就已经够麻烦了，因此她很高兴能留在自己的椅子上不要动。

"太好了。"霍克斯奎尔说。她跟着大伙儿走出去，但又在索菲桌前停下来。索菲正手托着腮坐在那里，带着一种不知是悲伤还是惊奇的神情盯着纸牌看。"索菲。"她说。

"万一太远了怎么办？"索菲说。她抬头看着霍克斯奎尔，眼中突然浮现一丝惊恐。"万一我全弄错了呢？"

"我觉得不可能，"霍克斯奎尔说，"就某方面而言。至少以我对你那番话的理解是这样的。我知道这很怪，但没理由因为这样就认为它是错的。"她碰了碰索菲的肩膀。"其实呢，"她说，"我倒觉得这可能还不足为怪。"

"莱拉克。"索菲说。

"那个，"霍克斯奎尔说，"那个确实很怪。没错。"

"爱丽尔，"索菲说，"你来看看吧？说不定你会看出什么，看出第一步之类的……"

"不，"霍克斯奎尔向后退了一步，"这些牌我碰不得。不。"在索菲摊开来又打乱的那个牌阵里，"愚者"并未现身。"它们现在太伟大了。"

"哦，我不知道。"索菲心不在焉地把它们摊开来，"我觉得我好像都看完了，它们的信息我都看完了。也许只是我个人的问题，但它们想传达的似乎就这样了。"她站起来往旁边走去。"莱拉克说它们就是指引，"她说，"但我不知道。我觉得她只是在假装而已。"

"假装？"霍克斯奎尔跟着她走。

"只是为了让我们保持兴趣，"索菲说，"保持希望。"

霍克斯奎尔回头瞥了纸牌一眼。跟布洛瑟姆试图串起的圆圈一样，之间存在强烈的联结，就算凌乱散置也一样。都看完了……她迅速移开目光，安抚地对刚才坐在她旁边的那位老太太挥手，但对方似乎没看见。

玛吉·朱尼珀确实没看见她，但并不是因为视力退化或注意力欠佳。她只是听了索菲的话，正聚精会神地思考自己究竟要如何走到那个地方、该带什么东西（一朵压花、一条绣有同一种花的披肩、一个装有一绺黑发的小盒子，还有一封情书，里面写着一首离合诗，每一行的首字母拼起来就是她的名字，墨水已经褪成了毫无诚意的浅褐色）。她还想着出发前要如何养精蓄锐、储备体力。

　　因为她知道索菲说的是什么地方。最近玛吉的记忆力已经愈来愈不中用，意思是它已不再能够把过去的时光储存在原处，已经无法把她漫长一生中那些数不清的晨昏与时刻封锁起来。回忆冲破封缄，跟当下混在一块儿、无从分辨。随着年纪愈来愈大，她的回忆已经变得无法掌控，而她很清楚自己即将前往的地方究竟是哪里。就是八十几年前（还是只是昨天而已？）奥古斯特·德林克沃特前往的那个地方，也是他走了以后她停留的地方。当所有年轻的希望变得苍老、不再让人有感觉时，它们都是去了那里；而当故事的开端被结局取代，当结局也要退场时，也全都是往那里去。

　　夏至是吧，她心想，开始计算距离那天还有多少天、多少个周。但她已经忘记现在是哪个季节了，因此她宣告放弃。

她面对何方？

　　霍克斯奎尔在餐厅里遇到了史墨基，他在角落里闲晃着，似乎在自己的房子里迷了路、毫无头绪。

　　"巴纳柏先生，您对这一切有什么理解？"她问他。

　　"嗯？"他花了好一会儿才把注意力集中到她身上。"噢。我不理解。我根本不懂。"他耸耸肩，不像是在表示歉意，仿佛只是发现自己在面对一个问题时选了其中一边站，而另一边也有很多发挥的空间。他移开目光。

　　"那你的观星仪有什么进展吗？"由于发现没有理由继续追问下去，她换了个话题。"能动了吗？"

这个问题似乎也是错的。他叹了口气。"不会动，"他说，"全部准备好了，但就是不会走。"

"问题出在哪里呢？"

他把手插进口袋。"问题在于，"他说，"它是圆的……"

"呃，星球也都是圆的呀，"霍克斯奎尔说，"或者接近圆形。"

"我不是那个意思，"史墨基说，"我的意思是它必须靠自己运转。必须靠着自行运转来运转。你知道的。永恒的运动。那是一台永动机，信不信由你。"

"星球的运行也是这样的呀，"霍克斯奎尔说，"或几乎算是。"

"我不懂的是，"史墨基说，一想起这件事就激动起来，把裤袋里的东西抖得叮当作响，螺丝钉、垫圈、铜板，"像哈维·克劳德或哈维这样的人怎会想出这么蠢的东西。永恒运动。大家都知道……"

他看着霍克斯奎尔。"对了，你的是怎么运转的？"他说，"它靠什么转动？"

"这个嘛。"霍克斯奎尔把手中的两个咖啡杯放在边桌上，"应该跟你的不一样。毕竟我那座光学仪呈现的是不一样的天空。就很多种角度而言都比较单纯……"

"好吧，但它怎么转？"史墨基说，"暗示一下吧。"他露出微笑，而霍克斯奎尔看到他笑才想起他最近已经很少露出笑容了。她禁不住揣测他当初是怎么加入这个家庭的。

"有一件事我可以告诉你，"她说，"不管我那座现在是靠什么转动，我都很肯定它当初是设计成自行转动的。"

"自行转动。"史墨基怀疑地说。

"但它没办法，"霍克斯奎尔说，"或许是因为那片星空不对，因为它呈现的星空从来都不曾自行运转，它向来是靠意志推动的：天使的意志、众神的意志。我的是旧时代的星空。但你的却是新的、牛顿的星空，自行运动，永不止息。因此它或许真的可以靠自己运转。"

史墨基直直盯着她。"有具机械很像是动力来源，"他说，"但本身也需要被推动。它也需要动力。"

"这个嘛，"霍克斯奎尔说，"一旦设定正确……我的意思是只要让它们像星星那样移动，就势不可挡了，对吧？持续到永远。"史墨基眼中浮现一抹奇异的光芒，看在霍克斯奎尔眼里很像是痛苦。她应该闭嘴的，只是一点学识而已，要不是她觉得史墨基根本没在参与别人提议的那项她完全无意促成的计划，她就不会再补充："你很有可能想颠倒了，巴纳柏先生。推动者和被推动者。星星本身的能量就绰绰有余。"

她拿起咖啡杯，而他伸出一只手想留住她时，她把杯子亮给他看、点了点头，随即逃离现场。她无法回答他的下一个问题，除非打破古老的誓约。但她希望自己有帮上他的忙。不知为何，她觉得自己在这里需要一个盟友。她困惑地站在几条走廊的交叉口（她离开餐厅时转错了方向），看见他匆匆忙忙地上楼，希望自己不是害他白费工夫。

好了，她现在面对的究竟是哪个方位？她环视四周、左顾右盼，咖啡在她手里逐渐冷去。一阵低语声从某处传来。

一个转角、一个交会点，可以同时看见很多条路线；一个视野。没有一栋她自己的记忆之屋像这栋房子这样层层交叠，拥有这么多走廊、这么多同时身为两种空间的地方、这么乱中有序。她感觉这屋子在她周围逐渐升起，是约翰的梦想、瓦奥莱特的堡垒，既高耸又充满了房间。它占据了她的心思，就仿佛它真是由记忆建构而成的。而她发现：倘若她自己的记忆之屋是这个样子，那么她所有的结论就要全部改写了，彻彻底底改写。发现这点后，她陷入了一种令人惊恐的清醒。

她今晚一直微笑着坐在他们之间，礼貌地倾听，仿佛误闯了别人的宗教仪式、被错当成会众之一，既对他们的真诚感到尴尬、又很庆幸自己不必分享他们的情绪。或许也有那么一点点难过自己不是他们的一分子，因为用这么简单的方式理解事情似乎很好玩。但与此同时，这房子也一直包围着他们，就如同现在包围着她，散发着伟大、肃穆、笃定而不耐烦的气息：房子说事情不是这样，完全不是这样。霍克斯奎尔很懂得倾听房子说话，毕竟这是她的主要专长、她的伟大技艺，她只是猜不透自己何以这么久以来都对这巨大的声音听而不闻。而房子说：把事情想得太简单的人不是他们，不是德林克沃特、不是巴纳柏和其余

536

的人。她原本以为他们玩的那副纸牌是无意间落入他们手中的，是一个圣杯，只是荒谬地被人跟日常饮水杯放到一块儿，是一场历史意外。但这栋房子不相信意外，房子再次说她错了，而这是最后一次。她开始因拒绝承认与恐惧而微微发抖，就像一个人原本只是漠然地坐在某间不起眼的教堂里听着平凡的信众高唱陈腐的赞美诗，却亲眼看见了一场具体而可怕的奇迹或恩典：她不可能错得这么离谱，她的理智无法承受这样的事，这会把一切变成梦境然后粉碎，粉碎后她将会在某个世界里醒来，发现自己置身一栋完全陌生的新房子里……

她听见黛莉·艾丽斯呼唤她的声音，是从一个出乎意料的方向传来的。她听见手里的咖啡杯在盘子上咔啦咔啦地微微震动。她让自己恢复平静、打起精神，从那一间困住她的幻想客厅里奋力挣脱。

"你会留下来过夜吧，爱丽尔？"艾丽斯说，"虚拟卧室已经准备好了，而且……"

"不。"霍克斯奎尔说。她把玛吉的咖啡送过去给她。老太太心不在焉地接过咖啡，霍克斯奎尔觉得她似乎在哭，再不然就是刚才哭过，但也可能只是老人家眼睛充水的缘故。"不，你人真好，但我得走了。我得到北边赶一班火车。我应该现在就在车上的，但我先到这里来了。"

"呃，你难道不能……"

"不行，"霍克斯奎尔说，"那是总统专列。王侯专用的，你知道吧。他正在出巡。我不知道他为何要这么麻烦。他不是遭到枪击就是被人冷落。总之就是这样。"

宾客正纷纷离去，穿上厚厚的外套、戴上有耳罩的帽子。很多人停下来跟索菲说话。霍克斯奎尔发现有个老先生说话时也哭了，于是索菲抱了抱他。

"这么说来大家都会去了？"她问艾丽斯。

"应该是吧。"艾丽斯说，"大部分都会。到时候就知道了，对吧？"

她直视着霍克斯奎尔的那双褐色眼睛是如此清澈、充满如此平静的共谋意味，让霍克斯奎尔不得不转开目光，生怕自己也开始哭哭啼啼。"我的手提包，"她说，"我去拿，然后我就得走了。非走不可。"

刚才大家聚会的客厅已经空了，只剩下那位老太太的幽暗身影，像个上了发条的雕像般，小口小口喝着咖啡。霍克斯奎尔拿起皮包。接着她发现那副纸牌还摊在台灯底下。

是他们故事的结局。但她的可还没结束，如果她能阻止的话。

她迅速往周围瞟了一圈。她可以听见艾丽斯和索菲在前门跟客人道别的声音。玛吉已经闭起眼睛。她几乎不假思索就背过身去，打开皮包，把纸牌全部扫进去。它们像冰一样在她指尖留下灼灼的触感。她啪的一声关上皮包，转身离去。她看见艾丽斯站在客厅门口看着她。

"那就再见了。"霍克斯奎尔爽朗地说，冰冷的心脏狂跳着，感觉就像个顽皮的孩子一样无助，虽然被大人牢牢抓着，却还是无法停止胡闹。

"再见，"艾丽斯说着往旁一让，"祝你跟总统见面一切顺利。很快就会再见。"

霍克斯奎尔没看她，因为她知道自己会在艾丽斯眼中看见自己的罪行，而且会更明显，因此她更不想看见。这一切是可以逃离的，一定可以；如果用脑子想不出办法，就要用权力把它创造出来。由于现在已经太迟，她唯一能想的就只有逃离。

太简单

黛莉·艾丽斯和索菲站在前门，看着霍克斯奎尔仿佛被什么东西追赶、仓皇爬上车，发动了引擎。车子有如骏马般猛然一跃，飞也似的从门柱之间冲出去，消失在夜色与雾气中。

"要去赶她的火车。"艾丽斯说。

"但你觉得她会来吗?"索菲说。

"噢，"艾丽斯说，"会的，会的。"

她们把夜色关在门外。"可是奥伯龙，"索菲说，"奥伯龙，还有乔治……"

"没关系的，索菲。"艾丽斯说。

"可是……"

"索菲，"艾丽斯说，"你可以陪我坐一会儿吗？我不打算睡觉了。"

艾丽斯神情平静，还露出了微笑，索菲却在她话里听出一丝央求的意味，甚至还有某种恐惧。"当然啊，艾丽斯。"她说。

"去书房如何？"艾丽斯说，"不会有人去那里。"

"好啊。"她跟着艾丽斯进入那黑暗的大房间。艾丽斯用火柴点亮一盏台灯，然后把火焰关小。窗外的雾气中似乎有点点黯淡的灯光，但除此之外什么也看不见。"艾丽斯？"她说。

艾丽斯仿佛如梦初醒似的转过来面对妹妹。

"艾丽斯，我今天说的那些话你是不是老早就知道了？"

"哦，大部分是吧，我想。"

"真的吗？多久以前？"

"我不知道。某种角度而言，"她缓缓在那张皮制长沙发的一端坐下，"就某种角度而言，我似乎一直都知道，而且愈来愈清楚。只除了……"

"除了什么时候？"

"除了那段黑暗时期，就是——呃，就是事情变得跟你预料中不一样，甚至是相反的时候。就是那些——那些仿佛失去了一切的时候。"

索菲别过头去。虽然姐姐这番话说得小心翼翼，而且毫无责怪的意味，但她还是很清楚艾丽斯指的是哪一段时期，而且很后悔自己曾有那么一天、曾有那么一个小时破坏了艾丽斯的笃定。况且都这么久了！

"可是后来呢，"艾丽斯说，"当事情好像……你知道，好像又变得有意义的时候，它的意义就更大了。这时你就会觉得好笑，自己竟然曾经觉得一切都没意义了，自己竟然会被愚弄。对吧？不是这样吗？"

"我不知道。"索菲说。

"过来坐下吧，"艾丽斯说，"你的经验不是这样吗？"

"不是。"她在艾丽斯身旁坐下。艾丽斯拉过一条泰西做的彩色毛毯盖在她俩身上，这间没有生火的房里很冷。"我觉得打从我小时候开始，它就只是愈来愈没道理而已。"沉默了这么多年，要重提这件事竟是如此困难。在久远的过去，她们曾经没完没了谈个不停，尽情瞎扯、根本不在乎合不合理，把它跟她们的梦境与游戏融合在一块儿。她们非常清楚该如何去理解它，因为对她们而言，它跟对慰藉、冒险和惊奇的渴望是没有区别的。她脑中突然浮现一个回忆，鲜明完整得仿佛发生在当下，是全身赤裸的她和艾丽斯，还有伯公奥伯龙，在森林边缘的那个地方。由于她对这些东西的记忆长久以来都被奥伯龙拍的照片给取代了，是美丽、苍白而静止的，因此当她突然被如此饱满的回忆给攫获时，她蓦地停止了呼吸：那份炎热、那份笃定、那份惊奇，在童年里那深沉真实的夏日。"噢，为什么?"她说，"我们怎么不那时候就去呢，趁我们还知道怎么去的时候? 那时要去是多么容易!"

艾丽斯在毛毯底下握住她的手。"我们可以的，"她说，"我们随时想去都能去。至于我们什么时候去，就要看'故事'怎么说了。"

半晌后，她又补充："但这不会是件容易的事。"她的话让索菲一阵警觉，因此她把妹妹的手握得更紧。"索菲，"艾丽斯说，"你说是夏至那天。"

"没错。"

"但——好吧，"艾丽斯说，"只是，我恐怕得提前过去。"

索菲把头从沙发上抬起来，始终没放开姐姐的手，突然一阵害怕。"什么?"她说。

"我，"艾丽斯说，"得提前过去。"她瞄了索菲一眼然后移开目光，索菲知道这种眼神表示艾丽斯知道这件事情已经很久了，只是之前一直没说出来。

"什么时候?"索菲说，声音非常小。

"现在。"艾丽斯说。

"不是吧?"索菲说。

"今晚，"艾丽斯说，"再不然就是一大早，就是因为这样——就是因为这样我才要你陪我坐一会儿，因为……"

"但是为什么?"索菲说。

"我没办法说，索菲。"

"不，艾丽斯，不，只是……"

"没事的，索菲。"艾丽斯说，对困惑的妹妹露出微笑。"我们大家都要去，每个人都是，我只是得早一步而已。就这样。"

索菲盯着她看，突然有种怪异无比的感觉侵入她瞪大的眼睛、她张大的嘴巴和空荡荡的心：很奇怪，因为她曾亲耳听到莱拉克这样说，纸牌也是这么显示，而她也对所有的亲戚提了这件事，但她本人却是直到这一刻才真正相信。"这么说来，我们确实会去。"她说。

艾丽斯轻轻点了下头。

"一切都是真的了。"索菲说。姐姐在她眼中愈变愈大，神态平静，至少不怎么震惊，一副准备就绪的样子。"都是真的。"

"是的。"

"噢，艾丽斯。"艾丽斯在她眼前变得巨大无比，令她感到害怕。"噢，可是艾丽斯，别去。等等。别现在走，别这么快……"

"我不得不去。"艾丽斯说。

"但这样我就被丢下了，而……大家……"她掀开毛毯，站起来央求她。"不，别丢下我自己去，等等！"

"我非去不可，索菲，因为……噢，我说不出来，这么说太奇怪了，或者太简单了。我必须去，因为我若不去，你和大家就不会有什么地方好去了。"

"我不懂。"索菲说。

艾丽斯轻笑一声，听起来很像在啜泣。"我也还不懂。但是呢，很快了。"

"但你只有一个人哪，"索菲说，"你怎么行？"

艾丽斯没回应，而索菲咬了咬嘴唇，很后悔自己这么说。真勇敢！一份大爱填满了她的内心，像是一种至深的怜悯，因此她再次握住艾丽斯的手，在她身旁坐下。屋里某处传来了一阵钟响，报的是凌晨的时间，每敲一响，索菲就好像被刺了一刀。"你害怕吗？"她忍不住问了。

"只要陪我坐一会儿就好，"艾丽斯说，"离天亮也不远了。"

上方传来一阵急促沉重的脚步声。她俩都抬起头。那脚步从头顶上踩过、走下长廊，接着吵吵闹闹地从楼梯跑下来。艾丽斯捏了捏索菲的手，索菲很清楚当中的意思，但这件事却比姐姐至今告诉她的任何事都还令她震惊。

史墨基打开书房的门。看见两个女人坐在沙发上，他吓了一跳。

"嘿，还没睡呀？"他说。他气喘吁吁。索菲以为他一定会注意到她一脸震惊，但他似乎视而不见。他来到台灯前，一把抓起它，然后开始在书房里绕来绕去，看着那些黑暗沉重的书柜。

"你们不会碰巧知道星历表在哪里吧？"他说。

"什么？"艾丽斯说。

"星历表，"他抽出一本书又把它塞回去，"那本说明行星位置的红色大书。行星每天的位置，你们知道吧。"

"就是我们看星星的时候你常翻的那本？"

"正是。"他转向她们，依然微微喘着气，似乎兴奋无比。"你们不想猜猜吗？"他把灯举高。"你们一定不会相信的。"他说。"我也还不相信。但这是唯一合理的事。唯一疯狂到合理的事。"

他等着她们发问，因此艾丽斯终于说："什么？"

"那个观星仪，"他说，"可以动。"

"噢。"艾丽斯说。

"不止这样、不止这样。"他带着惊奇的胜利感说，"我认为它能做事。我认为它的功能就是要做事。简单极了！我以前一直都没想到。你能想象这个状况吗？艾丽斯，房子不会有事的！如果那东西能转，它就能带动传输带！可以推动发电机！灯光！暖气！"

他手中的灯照亮了他走样的面孔，而且改变之剧仿佛已经逼近某种危险的极限，看得索菲一阵胆战。她猜他应该看不大清楚她们俩。她瞄了依然紧紧握着她的手的艾丽斯一眼，觉得艾丽斯若有办法的话一定会热泪盈眶，只是她已经没办法了，她已经再也不会流泪了。

"真好。"艾丽斯说。

"好？"史墨基又回头找起他的书，"你认为我疯了。我也认为我疯了。但我觉得也许哈维·克劳德没疯。也许。"他从一些书底下抽出一本厚书，让上面的书哗啦掉到地上。"就是这本、就是这本、就是这本。"他说着，头也不回地往外走去。

"灯，史墨基。"艾丽斯说。

"哦。抱歉。"他刚才心不在焉地把灯也拿走了。他把灯放在桌上，对她们露出微笑，脸上的神情满意无比，令她们不得不报以微笑。他腋下夹着那本书，几乎是跑着出去的。

另一个国度

他走了以后，两个女人默默坐了一会儿。接着索菲说："你不告诉他吗？"

"不。"艾丽斯说。她张开嘴巴，也许是想说出一个理由，却欲言又止，因此索菲也不敢再说话。"反正呢，"艾丽斯说，"我也不是真的离开。我的意思是我走了没错，但我还是会永远在这里。"她觉得那是事实。她抬头看着黑暗的天花板和高耸的窗户，想着这栋房子，觉得那个呼唤她的声音虽是源自一切事物的中心点，但其实也是发自这个地方，而她心中的感觉并不是失落，她只是有时会误认成失落而已。"但是索菲，"她说，声音已变得沙哑，"你得照顾他。守护他。"

"怎么做，艾丽斯？"

"我不知道，但——呃，你必须做到。我是说真的，索菲。请帮我做这件事。"

"我会的，"索菲说，"但我这方面不怎么在行，你也知道，保护人、照顾人之类的。"

"不用太久。"艾丽斯说。这点她也很肯定，至少她是这么相信或希望的。她试图找到自己心中那份笃定，也就是她开始领悟到这一切结局时内心那份平静的喜悦、那份感激、那份狂喜。是种又害怕又有力量的感觉，仿佛自己这辈子一直是住在蛋壳里的小鸡，后来愈长愈大，终于找到了破壳而出的方法，而现在她正孵出蛋壳，即将进入一个辽阔、通风、她完全不了解的世界，但她却拥有一双在那里生存所需的翅膀，只是还没试飞过而已。她很肯定自己此刻知道的东西他们大家往后也会知道,此外还有其他更美妙的东西。但在这幽暗的黑夜尽头坐在这寒冷的旧房间里,她却不大有办法在心里感受到这一切。她想起史墨基。她感到害怕,害怕得仿佛……

"索菲,"她轻声说道,"你觉得是死亡吗?"

索菲已经睡着了,头枕在艾丽斯肩上。"嗯?"她说。

"你觉得这件事会不会就是死亡?"

"我不知道。"索菲说。她感到身旁的艾丽斯正微微发抖。"我认为不是,但我不知道。"

"我也不这么认为。"艾丽斯说。

索菲沉默不语。

"但倘若是的话,"艾丽斯说,"那么它就……跟我想的不一样了。"

"你是说死亡跟你想的不一样? 还是那个地方跟你想的不一样?"

"都有可能。"她把毛毯拉得更紧,"史墨基曾经告诉我,在印度或中国有这么一个地方。很久很久以前,如果有人被判死刑,他们都会给死刑犯吃一种药。跟安眠药很像,只是它是毒药,但作用非常缓慢,所以那个人会先睡着,陷入熟睡,开始做非常鲜明的梦。他会做很久的梦,甚至忘记自己在做梦,就这样一连好几天。他会梦见自己在旅行,或梦见自己有什么样的遭遇。接着他就死了,但因为药效太温和、他睡得太熟,所以他连自己什么时候死的都没注意到。他根本不知道自己死了,也许梦境会改变,但他甚至不知道那是一场梦。所以,他就只是继续走下去。他只是以为自己到了另一个国度而已。"

"真令人发毛。"索菲说。

"但史墨基不认为真是那样。"

"不,"索菲说,"我打赌不是。"

"他说如果这种药最后都是要致命的,那又怎会有人知道药效是这样?"

"噢。"

"我在想,"艾丽斯说,"也许这件事才是那样。"

544

"噢，艾丽斯，太可怕了，不会的。"

但艾丽斯这么说并不是为了制造可怕的效果。她觉得一个人若是被判了死刑，那么能把死亡变成一个国度根本不是什么可怕的事。她看到了这样的相似性，因为她已经察觉他们受邀前往的地方根本不是一个"地方"，这点别人都没有察觉，而索菲也只是隐约察觉而已，而且察觉得有些迟。透过自己愈来愈庞大的身躯，她已经察觉在那个地方，所谓的空间跟那里的居民是没有区别的：人口愈少，国度就愈小。而现在若要迁徙到那个国度，每一个移居者都必须自己在目的地创造一个空间，靠自己的存在创造出来。这就是她这个先锋的任务：经由她自己的死亡（或此刻看似死亡的东西）创造出一片能让其他人前往的土地。她必须长大到足以装下一整个世界，再不然就是必须把整个大世界变得够小，小得可以装进她胸中。

史墨基铁定也不会相信这种事。总之他一定很难相信。这时她才想起：这整件事他都很难接受。不管他变得多有耐心、不管他已多能顺应这种生活，他都从来不曾、也永远不会觉得这很容易。他会来吗？她最想确定的就是这件事。他能来吗？很多事情她都很肯定，唯独这件事她没把握。很久以前，她就发现自己赢得史墨基的原因可能也会是她最后失去他的原因，这个原因就是她在"故事"里的角色。交易终究是交易；此刻她还能感受到他就在一条脆弱长线的另一端，但倘若她去拉扯那条线，或那条线从她或他手中滑落，那么他俩也许就分开了。因此她将不告而别，以防这一别就成了千古。

噢，史墨基，她心想：噢，死亡。有很长一段时间她就只想着这件事，不由自主希望这不是必然的结果、不是它唯一能有的结果或唯一有过的结果。

"你要帮我照顾他，"她低语道，"索菲，你一定要把他带来。一定要。"

但索菲又睡着了，毛毯拉到了下巴底下。艾丽斯仿佛清醒过来似的环顾四周：窗外已是一片蓝色。黑夜过去了。她像个因疼痛退去而恢复清醒的人一样，把周遭世界、黎明和自己的未来收进意识中。她站起身，轻手轻脚地离开沉睡中的妹妹。索菲梦见她离去，在半梦半醒间说：

"我好了，我会来的。"接着是一串听不懂的话。她叹了口气，帮索菲盖好毛毯。

头顶上再次传来脚步声，往楼下跑来。艾丽斯在妹妹额头上吻了一下，吹熄了黯淡的灯。黄色火焰消失后，房里顿时充满了蓝色的黎明。时间已经比她所想的还晚了。她来到走廊上，史墨基匆匆忙忙地跑到她上方的楼梯转角处。

"艾丽斯！"他说。

"怎么了，小声点，"她说，"你会吵醒大家的。"

"艾丽斯，能动了。"他紧紧抓着楼梯转角处的栏杆，仿佛怕跌倒似的，"能动了，你得来看看。"

"哦？"艾丽斯说。

"艾丽斯，艾丽斯，快来看！现在没事了。现在都没事了，它能动，正在转。你听！"他往上一指。从那遥远的地方，传来一种金属的稳定嗒嗒声，在清晨的蛙鸣和鸟叫之间几乎听不出来。仿佛有一座巨大时钟正滴滴答答地走着，一座容纳着这栋房子的时钟。

"没事了？"艾丽斯说。

"没事了，我们不必离开了！"他再次狂喜地停下来倾听，"这房子不会分崩离析了。会有灯光、有暖气。我们哪儿也不必去了！"

她只是站在楼梯下往上看。

"是不是很棒？"他说。

"真棒。"她说。

"快来看。"他说，随即转头往楼上跑。

"好的，"她说，"我这就来。等我一下。"

"快。"他说了就往上走去。

"史墨基，不用跑的。"她说。

她听见他的脚步声逐渐远去。她来到大厅的镜子前，从旁边的钩子上取下她厚厚的斗篷穿上。她朝镜中瞥了一眼，身影在黎明曙光中显得很苍老。接着她来到镶着椭圆形玻璃的大门前，打开了门。

早晨非常辽阔，在她面前朝四面八方延伸而去，晨风冷冷从她身

546

旁吹进屋子里。她在敞开的门前伫立良久，想着：一步。一步，看起来似乎只有一步之遥，但其实并非如此。她很久以前就已经往彩虹里踏了一步，这一步是无法逆转的，而之后的每一步只会愈走愈远。她踏了一步。在外面的草坪上，一团团雾气之中，有只小狗朝她跑过来，兴奋地跳着、叫着。

第四章

> 他们进入古老的森林，那些高耸的野兽巢穴。
>
> ——《埃涅阿斯纪》，卷六

就在黛莉·艾丽斯忙着思索，索菲边等待边睡觉，爱丽尔·霍克斯奎尔沿着雾茫茫的乡间小路朝某个北方的车站奔去赶一班火车的同时，奥伯龙和乔治·毛斯傍着一堆小火，猜不透弗雷德·萨维奇究竟把他们带到了一个什么样的地方，也无法清楚回想起自己一路是如何走来的。

差异的风暴

他们觉得自己是在好些时日前启程的。一开始他们忙着准备，翻遍了乔治老旧的衣箱与柜子，但由于他们还不清楚自己即将面临什么样的危险与困难，因此准备工作不免随性了点。乔治把他找到的毛衣、软趴趴的背袋、毛线帽、雨鞋等一件件丢了过来。

"喂，"弗雷德把他蓬乱的头发塞进一顶帽子里，"我好久没戴这种东西啦！"

"这些到底有什么用啊？"奥伯龙站在一旁，双手插在口袋里。

"听着，"乔治说，"不怕一万，只怕万一呀。事先做好准备，抵得上三头六臂。"

"要用得上这玩意，"弗雷德高举着一件巨大的斗篷，"还真的需要六条手臂哩。"

"这一切实在蠢得可以了，"奥伯龙说，"我的意思是……"

"好啦，好啦。"乔治恼怒地说，一边挥舞着他刚刚从箱子里找到的一把大手枪，"一切就由你来决定啦，你这万事通。到时可别怪我没先警告你。"他把手枪插在腰间，接着又改变心意，将它丢回箱子里。"嘿，你们看这个怎么样?"他抓起一把二十头的万用折叠刀，"老天爷，我好几年没看见这东西啦。"

"赞。"弗雷德说，用他黄色的指甲把刀上的开瓶器扳开，"太赞了。管用得很呢!"

奥伯龙双手插在口袋里冷眼旁观，但他没再提出异议。半晌后，他连看都不看了。自从莱拉克出现在老秩序农场后，他就很难长时间置身尘世而不失神。他似乎只是在支离破碎、毫无关联的一幕幕场景中穿梭，如同置身他摸不清蓝图（或者他根本不想搞懂）的屋子里。有时他觉得自己应该是快疯了，但虽然这想法还算合理，也说得上是一个可能的解释，他却全然不为所动。一切突然有了很大的变化，这点毋庸置疑，但他却说不上来究竟是哪里不一样：或者应该说，他能指出的任何事物（一条街、一颗苹果、一个思绪、一份记忆）似乎都没什么不同，似乎始终是同一个样，但差异却还是存在。"不变的差别。"乔治常这么描述两件大同小异的事物。但对奥伯龙而言，这句话描述的却是他对一件事的感觉：那件事不知怎么地已经变得不一样了，而且这改变八成是永久的。

不变的差别。

这改变八成不是突然发生的，只是他突然间才注意到、领悟到而已（他不知道是否真的如此，但似乎很有可能）。他恍然大悟，就是这样；他突然理解到这点，就像云开见日。他带着一份轻微的战栗，预测自己总有一天会连这份差别都看不到，记不得事情曾经有什么不一样，或者没有什么不一样。接着差异的风暴将会接二连三地恣意来袭，届时他将什么也看不到。

他发现自己已经开始遗忘这个事实：他对西尔维的记忆似乎被一种类似锢囚锋的东西笼罩了。他原本以为这份回忆就跟他所有的财产

549

一样坚固不变，但如今当他碰触它们时，它们却像仙人的黄金一样变成了秋叶、变成了潮湿的泥土，变成了鹿角、蜗牛壳、羊人的蹄。

"什么？"他说。

"把这带上。"乔治给了他一把带鞘的刀。刀鞘上印着黯淡的金色字体："亚丁斯堡大峡谷"，看在奥伯龙眼里毫无意义，但他还是把它挂到了腰带上，因为他当下实在想不出一个拒绝的理由。

他仿佛恍恍惚惚地在一本缺了大量书页的小说里飘进飘出，而这点倒是有助他完成眼前的一项艰巨任务：为《他方世界》写个结局（他原本还以为永远不会有这种必要）。要为一个保证不会结束的故事写出个结局——真难！但他只要坐在差点被射杀的打字机前（这打字机还真是历尽沧桑），最后几个章节就开始以不可思议的方式，清楚而巧妙地展开，就像魔术师不断从空空的手掌中变出一条又一条彩色丝巾。一个注定不会结束的故事该如何收场？就像一场变化进驻一个在各方面都没变的世界；就像一张形状复杂的花瓶图案，瞪着够久就会变成两张面对面的侧脸，就是这样的道理。

他已经达成承诺，故事不会结束：这就是结束。就这样。

他究竟是怎么办到的，究竟用打字机上的二十六个字母等等符号打出了什么样的剧本？有哪些台词？哪些死亡？哪些诞生？他后来也记不得。它们是一个梦到自己在做梦的男子的梦，是幻想中的幻想，是一个虚无世界里发生的虚无事件。制作人会不会接受这些剧本？会的话又将对观众造成什么样的影响？形成或破除什么样的魔咒？他完全无法想象。他只是让弗雷德把那几页曾经很难构思的剧本送过去，然后笑着想起自己学生时代用过的那个伎俩。每个学童都曾用过这句话来为自己天马行空、恣意挥洒、最后落得无法收拾的狂想故事作结："然后他就醒了"。

然后他就醒了。

他跟世界之间的赋格曲句句交错在一起。他、乔治和弗雷德三个人穿着靴子全副武装地站在一个地铁入口处：那是个寒冷的春日，像一张凌乱的床，世界依然沉睡其中。

"城北？城南？"乔治问。

小心脚下

奥伯龙曾提议尝试别的入口，或是在他眼里有可能是入口的地方：一座上了锁的公园里的一座凉亭（他有钥匙），城北的一栋建筑物（那是西尔维担任迅捷信差时最后一次出差的地方），还有终点站下面的一座拱顶地下室，有四条走廊在那里交会。但这趟旅程的主导者是弗雷德。

"渡轮，"他说，"我们若要搭渡轮，就表示要过河。所以如果布朗克斯和哈勒姆区不算，垃圾掩埋场和斯派腾戴维尔这些滩涂也不算，而北方的锯木场、伊斯特和有桥的哈德逊河也不列入考虑的话，也还是有一大堆乱西八糟的河流，你们懂吧？问题只在于它们现在全变成了看不见的地下河流，上面盖满了街道、住宅、商业大楼。它们从下水道流过，变成涓滴细流，接着累积起来、注入岩层，变成了渗透水和你们所谓的地下水。但它们还是在那里，懂吧？懂吧？所以我们第一步就是要先找到该过的那条河，下一步才是过河。而如果它们大部分是在地下，我们就得往地下去。"

"好吧。"乔治说。

"好吧。"奥伯龙说。

"小心脚下。"弗雷德说。

他们小心翼翼往下走去，仿佛置身陌生之地。但他们其实很熟悉这里，就只是火车和它的隧道和月台而已，还有那些自相矛盾的疯狂指标（对迷路的人一点帮助也没有）、渗透的污水和远方那些腹鸣似的隆隆声。

奥伯龙在下楼的半途停下脚步。

"等一等，"他说，"等一下。"

"咋啦？"乔治迅速环视周遭。

"这太疯狂了，"奥伯龙说，"不可能是这样。"弗雷德已经绕过了前方的转角，正挥手要他们快点赶上。乔治站在他俩中间，看看弗雷德又抬头看看奥伯龙。

"走啦，走啦。"乔治说。

这会很难，非常困难，奥伯龙心想，一边不甘不愿地跟上他们。相较于从前喝醉酒时放任自己陷入意识不清的狼狈状态，要屈服于这件事反而困难得多。但他在那段漫长的酗酒岁月里学会的技巧却是他现在仅有的东西，是他踏上这趟探险时携带的唯一装备——懂得如何放弃自制、如何忽视羞耻心、就算引人侧目也在所不惜，如何不去质疑周遭状况、或至少在找不到答案时不感到意外。但就算具备这些能力，他也还是怀疑自己能否走到最后。而倘若没有它们，他铁定连出发都没办法的，他心想。

　　"好吧，等等我。"他跟着他们往更深处走去，"等一下。"

　　倘若他之所以会经历那段可怕的时期、经历那样的基础训练，目的就是为了让雪盲又中暑的他熬过今天这场差异的风暴、穿越这片黑暗的森林，那要怎么办？

　　不。让他踏上这条路的是西尔维，或应该说是西尔维的离去。

　　西尔维的离去。但如果是这样呢：万一西尔维的离去、万一她一开始之所以出现在他生命里，老天爷……万一她的爱情和美丽打从一开始就是设计好的，那又怎么办？也许这一切只是为了让他变成醉鬼、让他学会这些技巧、训练他探路，让他毫不自觉地在老秩序农场蛰居好几年等待消息，等待莱拉克现身、等她用承诺或谎言让他内心死灰复燃，而一切都是为了他们自己的某个目的，跟他或西尔维完全无关。

　　好吧：假设真有这个议会好了，假设那不是谎言，假设他真会跟他们面对面，那么他还真有一些问题想问，看他们能说出什么好答案。若真走到这一步，只要让他找到西尔维，他铁定要好好问问她在这一切当中究竟扮演什么角色。他可是有一堆天杀的尖锐问题要问她，只要让他找到她。只要、只要让他找到她。

　　就在他思考这些事的时候，他看见下方有个穿着蓝裙的金发女孩从弯曲的电扶梯最后一阶跳下去，在一片棕色的黑暗中显得很明亮。

　　她回头瞄了一眼，接着（知道他们看见她之后）就从一根立柱旁绕了过去，柱子上写着："抓紧帽子"。

　　"我觉得走这里没错。"乔治高呼。他们一起往下跑去，此时刚好有一列火车呼啸而过。火车掀起的疾风差点吹走了他们的帽子，但他们的手快了一步。"对吧？"乔治按着帽子隔着火车的声音大喊。

"没错，"弗雷德也抓着自己的帽子，"我才正要说呢。"

他们往下走去。奥伯龙跟上他们。不论是承诺还是谎言，他都无从选择，而他们铁定也明白这点，毕竟他们当初就是这么诅咒他的，不是吗？他清晰无比地感受到自己生命中每个场景一个接一个串连了起来，无一例外，包括此刻这肮脏的地下铁和这道往下的楼梯。它们全部联结在一块，露出真容、掐住他的脖子猛力摇晃、摇晃、摇晃，直到摇醒了他为止。

弗雷德·萨维奇抱着一堆木柴从树林回来，加到火堆里。

"那里什么鬼都有，"他满意地说，一边把木柴插进快要熄灭的火堆里，"什么鬼东西都有。"

"是吗？"乔治有些惊慌。"野兽吗？"

"有可能。"弗雷德说，一口白牙闪闪发光。头戴毛线帽、身穿斗篷的他看起来苍老无比，身形呈不规则状，像一只有智慧的老蟾蜍。乔治和奥伯龙朝微弱的火堆挨近些，竖起耳朵，环视着周围那片谜样的黑暗。

家务事

他们下了渡轮就从河畔进入森林，但没走很远天就黑了，于是弗雷德·萨维奇决定停下来。当那轧轧作响的古老灰色渡轮沿着绳索顺流而下时，他们看着红色的太阳落在依然光秃秃的大树后方，接着被矮树丛切割成一块块细碎的暗红色，终至完全隐没。一切看起来可怕又诡异，但乔治却说："我以前好像来过这里。"

"是吗？"奥伯龙说。他俩一起站在船头。弗雷德则跷着脚坐在船尾跟那个垂垂老矣的摆渡人闲聊，但对方没什么回应。

"呃，不是真的来过这里，"乔治说，"但有点像那样。"究竟是什么人曾在这条船上、在那片树林里有过惊险遭遇，而他又是怎么知道的？

老天爷,最近他的记忆力愈来愈糟,活像干枯的海绵。"我不知道。"他说,然后好奇地看着奥伯龙,"我不知道。只是……"他回头看看刚才启航的地方,接着又看看前方的彼岸,在河风中紧紧压住自己的帽子。"只是好像——我们是不是走错方向了?"

"不可能吧。"奥伯龙说。

"不,"乔治说,"不可能……"但那感觉依然存在,总觉得他们是返航而不是启航。有时当他出了地铁站进入一个陌生的社区时,他也会出现迷失感,把城南跟城北的方向弄反了,而且怎么也无法转正,连路标或太阳的方位都说服不了他,仿佛被困在一面镜子里。他认为自己此刻的感觉一定也是这么来的。"好吧。"他耸了耸肩。

但他倒是唤起了奥伯龙的记忆。奥伯龙也认得这艘渡轮:或至少听说过。他们正准备靠岸,因此摆渡人放下长竿,走到船首来绑好绳索。奥伯龙看着他光秃秃的头和灰色的胡子,但摆渡人并未抬起头。"你是不是,"奥伯龙说,"你以前是不是,"他到底该怎么说呢?"一阵子以前,你是不是雇过一个女孩,一个黝黑的女孩?"

摆渡人用长而健壮的手臂拉过渡轮的绳索。他抬起头,用天空般晦涩难解的蓝眼睛看着奥伯龙。

"一个名叫西尔维的女孩?"奥伯龙问。

"西尔维?"摆渡人说。

渡船轧轧地靠上码头然后停下。摆渡人伸出一只手,于是乔治把他带来的那枚闪亮亮的硬币放进他掌心。

"西尔维。"坐在营火旁时,乔治说了。他用手臂圈住膝盖。"你可曾觉得,"他继续道,"我的意思是我曾经觉得这似乎是某种家族事务。你没这样想过吗?"

"家族事务?"

"我是指这一切,"乔治含糊地说,"我曾经觉得也许只有这个家族的人才会卷进这一切。你知道吧,因为瓦奥莱特的缘故。"

"我确实这么想过,"奥伯龙说,"但话说回来,还有西尔维。"

"是啊,"乔治说,"我就是这个意思。"

"但是，"奥伯龙说，"我还是认为关于西尔维的一切都可能是谎言。他们什么话都说得出口。什么话都行。"

乔治盯着营火看了一会儿，然后说："嗯哼。这个嘛，我恐怕有件事要招认。"

"什么意思？"

"西尔维，"乔治说，"搞不好这真的是家族事务。"

"我的意思是，"他继续道，"她搞不好真的是家里人。我不确定，但……好吧，很久很久以前，二十五年前吧，噢，应该是更久以前，我认识了一个女人。是个波多黎各人。令人神魂颠倒。完全是个疯子，但是很美丽。"他笑了，"算是个烈性子的女人吧，那是唯一的形容词了。她跟我租房子，那时还没有农场，她租了一间小公寓。好啦，说老实话，她租的就是折叠卧房。"

"噢，噢。"奥伯龙说。

"老天，她真不简单。有一次我上楼来，她正在洗碗，还穿着一双高跟鞋。穿着一双红色高跟鞋在洗碗。接着我也不知道，我们就看对了眼。"

"嗯哼。"奥伯龙说。

"然后，好吧。"乔治叹了口气，"她还有几个孩子在其他地方。我总觉得她只要一怀孕就会发疯。用一种很安静的方式发狂，你知道吧。所以啰，嘿，我很小心。但是。"

"老天爷，乔治。"

"而她确实歇斯底里了。我也不知道为什么，但她从来都没跟我说。她就这样走了，回波多黎各去了。我从此再也没有见过她。"

"所以……"奥伯龙说。

"所以呢。"乔治清清喉咙，"西尔维确实长得很像她。她也确实找到了我的农场。我的意思是她就这样现身了，却从来没告诉我她是怎么找到这里来的。"

"我的天啊。"奥伯龙说，开始意识到这一切暗示着什么，"我的天啊，你是说真的吗？"

555

乔治诚恳地举手发誓。

"但她有没有……"

"没有。她啥也没说。姓氏不一样，但话说回来，本来就不可能一样。而且她母亲跑了，她是这么说的：'不知跑哪去了，我从来没见过她。'"

"但你铁定有……你难道没有……"

"说老实话，老弟，"乔治说，"我从来不曾仔细询问这件事。"

奥伯龙惊奇地沉默了一会儿。倘若他们的人生都是安排好的，而她也是他们一员的话，那么她的出现就真是设计好的了。他说："不知道她……我是说，不知道她是怎么想的。"

"是啊，"乔治点头，"是啊，呃，那是个好问题，对吧。一个天杀的好问题。"

"她以前常说你就像……"奥伯龙说。

"我很清楚她常说什么。"

"老天，乔治，那你怎能……"

"我又不确定。我怎能确定？她们那型的女人看起来都很像啊。"

"老天，你真的中毒很深，对吧？"奥伯龙惊奇地说，"你真的……"

"你有完没完啊，"乔治说，"我又不确定。我就想：管他呢，八成不是。"

"好吧。"两人瞪着营火。"但那倒是解释了一切，"奥伯龙说，"解释了这件事。如果真是家族因素的话。"

"我就是这么想的。"乔治说。

"是啊。"奥伯龙说。

"是吗？"弗雷德·萨维奇说。他们惊愕地抬头看他。"那我天杀的在这里干吗？"

他轮番看着他们俩，咧着嘴微笑，黯淡又生动的眼睛显得很愉快。"懂了吧？"他说。

"呃。"乔治说。

"这个嘛。"奥伯龙说。

"懂了吧？"弗雷德又说了一次，"我天杀的在这里干吗？"他的一双黄眼睛闭上又睁开，他背后树林里的诸多黄色眼睛也依样画葫芦。他仿佛百思不得其解似的摇了摇头，但他并非真的感到困惑。"我在这里干吗"这种问题他从来不曾严肃地问，他会提出来纯粹是为了看大家不安地思考这个问题。对他而言，不安以及思考本身都是奇观，因为他打从很久以前就已经不再针对脑中的世界和眼前的世界进行区分了；要让他困惑是很难的事。至于他们现在要去的这个地方，弗雷德·萨维奇也没有太大的困惑，因为他认定自己从来不曾离开那里。

"开玩笑的，"他和善地对两个朋友轻声说道，"开玩笑的啦。"

他守了一阵子的夜，再不然就是睡觉，或两者都做，或两者都不做。黑夜过去。他看见了一条小径。当蓝色的黎明来临，当鸟儿觉醒、营火烧尽时，他又在林间看见了同一条小径，但也可能是另一条。他叫醒紧紧挨在一起睡觉的乔治和奥伯龙，然后伸出关节粗大、卡着泥土的黝黑食指，对他们指出了这条路。

怀表与烟斗

乔治·毛斯环顾四周，突然一阵不安与惊奇。自从踏上弗雷德找到的那条小径后，他就一直觉得这一切对他而言都不够奇怪，或者不够陌生。而虽然这个地点跟别的地点并没有什么不同，一样长着茂密的灌丛，上方也是一样的参天巨木，他这种感觉却更强烈。他以前就来过这地方，其实他从来都不曾远离。

"等等。"他对弗雷德和奥伯龙说。他俩正跌跌撞撞地往前走去，一边寻找着小径会通往何处。"等一下。"

他们停下来回头看着他。

乔治上下左右看了一圈。右边那里，是一片林间空地，与其说是看到，还不如说他是感应到的。在那圈守护的树后面，空气比灰暗的森林更加金黄湛蓝。

那圈守护之树……

"你们知道吗？"他说，"我觉得我们其实没走多远。"

557

但另两人听不到他说的话。"走啦，乔治。"奥伯龙喊道。

乔治把自己从那个地点抽离，继续跟着他们前进。但他才走了几步就觉得有股力量想把他拉回去。

该死。他停下脚步。

很难相信一大团乱糟糟的植被会这样，但事实的确如此：森林就像一系列房间，你会不断穿过门扉，从一个空间进入另一个截然不同的空间。他只踏了五步就感觉自己脱离了刚才那个熟悉无比的地方。他想回去，他非常非常想回去。

"好啦，等一秒就好。"他对旅伴大喊，但他们没有回头，因为他们已经到其他地方去了。鸟叫声似乎比乔治自己的呼喊还大声。他左右为难，先是朝他们前进的方向踏了两步，接着又被一股压倒恐惧的好奇心给吸引，于是又跑回可以瞥见林间空地的那个地点。

看起来并不远。甚至好像有一条小径通往那里。

他沿着小径走下去，但几乎就在同时，他刚才瞥见的那圈守护之树和那方阳光就不见了。不久连那条小径也消失了。接着再过不久，乔治就完全想不起自己怎会走到这里来。

他又走了一小段路，靴子陷入柔软的泥土中，粗糙的沼泽灌木丛刮着他的外套。在哪里？为了什么？他一动不动地站着，但却开始陷进泥土，因此他逼自己继续前进。周围的森林充满了歌声，让他无法思考。乔治忘了自己是谁。

他再次停下脚步。四周既黑暗又明亮，树木似乎在瞬间冒出了淡绿色的嫩芽，春天到了。他怎么会在这里？怎会心怀恐惧地置身此地？这是什么时候，这地方是哪里？他遭遇了什么事？他是谁？他开始翻自己的口袋，不知道自己会找到什么，但至少希望能找到一点线索，告诉他自己是谁、在这里做什么。

他从一个口袋里掏出一把发黑的烟斗。他看了又看、在手中再三把玩，但它对他而言还是毫无意义。他又从另一个口袋掏出一只旧怀表。

怀表，这就对了。表面上画着一张蓄了胡子的脸，以令人窘迫的方式对着他咧嘴微笑，他看不出现在几点，但这肯定是个线索。他手里有一只表。这就对了。

他八成是吞了颗药丸（这件事他几乎有印象），一种他正在试验的新药，具有前所未闻的惊人药效。那是一阵子以前的事了，没错，从表上看来是如此，而那颗药丸夺走了他的记忆，他甚至连自己吞下药丸这件事都不记得。接着他就跑到了这个纯属幻想的地方，老天这药效还真厉害，竟然能在他脑袋里创造出一整片森林供他神游，从越橘到鸟鸣一应俱全。但还是有真实的东西贯穿着这片幻想的树林：他手中握有这只怀表，这当初就是为了计算新药的发作时间而准备的。这只怀表一直都在他手里，只是一直等到现在药效渐退了，他才开始幻想自己把它从口袋里取出来看时间——会这么幻想是因为随着药效退去，他已缓缓恢复神智，于是真实的怀表就出现在想象的森林里。只要再等片刻，这片长满树叶的可怕森林就会消失，那时他就会看见周围真实的房间，自己手里还拿着怀表：在他城市宅邸三楼的书房内，他坐在躺椅上。没错！他已经一动不动地在那里坐了不晓得多久，那颗药丸令他有种恍如隔世的感觉。而他的朋友都围在旁边，等着他回答、等着他描述整个过程。现在他们的脸随时都可能像那只怀表一样从现实中浮现：有弗朗兹、史墨基，还有艾丽斯。大伙儿都聚在他们经常坐着聊天的那个满是尘埃的旧书房里，神情紧张、欣喜又期待：怎么样，乔治？是什么感觉？但有很长一段时间他都只是摇着头发出一堆口齿不清的圆音，在完全回到现实之前根本无法开口描述。

"没错、没错，"乔治因为想起这件事而感动得几乎痛哭流涕，"我想起来了、我想起来了。"但他一边说就一边把怀表放回了口袋里，转向那片愈发苍翠的景致。"我想起来了……"他把一只脚从泥巴里抽出来，接着又抽出另一只，然后他就不记得了。

一排守护之树、一片有阳光的林间空地、一丝耕作的气息。前进吧。前进：只是他现在正跟跟跄跄地踩过长满青苔、又湿又滑的黑色石头往下走，跟跟跄跄地进入一座溪谷，有条冷冽的小溪从中流过。他吸入那潮湿的气息。那里有一座简陋的桥，大半已经颓圮，桥墩上卡着漂浮的树枝，白色的溪水在周围打转。看起来很危险，而且对面的坡很难攀爬。当他戒慎恐惧、气喘吁吁地踩上那座桥时，他就忘了自己这么千辛万苦是为了什么。再踏出下一步时（那块石头是松动的，因此他赶紧稳住身子），他就忘了自己是谁、为什么要这么辛苦。而踏出第三步来到桥中央时，他就意识到自己什么都忘了。

他为什么会站在这里瞪着溪水？这一切究竟是怎么回事？他把手伸进口袋，希望能找到一点线索。他取出一只对他而言毫无意义的旧怀表，还有一把发黑的小钵烟斗。

他把玩着那把烟斗。一把烟斗：这就对了。"我想起来了。"他含糊地说。烟斗、烟斗。没错。他的地下室。他在自己大楼的地下室发现了一个古老的贮藏柜，真是太惊人、太令人喜出望外了。真棒的东西！他用这把烟斗吸过几口草，一定是这样没错：就装在那个发黑的烟斗构里。他还看得到少许焦黑的残留物，现在这些东西都已经被他吸入了，而这个——这个！就是效果。他从来不曾体验过这么完全、这么令人忘我的药效！他整个人出了窍，已经不是站在当初那个点燃烟斗的地方了。他原本是在一座桥上，没错，是公园里的一座石桥，他在那里跟西尔维分享一口大麻。但他现在却跑到了一片诡异的树林里，真实得连气味都闻得到、忘我得仿佛已经在这片树林里走了好几个钟头甚至更久，但他其实这一刻才放下烟斗（他记得很清楚）——它还躺在他手中呢，就在他眼前。是的：这是最先浮现的东西，是他从这场无疑很短暂却十足令人狂喜的幻觉里清醒过来的第一个迹象，接下来浮现的一定是西尔维的脸，还戴着一顶黑帽子。他准备转向她（虚幻的树林消失、冬季满是垃圾的棕色公园浮现），说："嗯哼，哈，很强，小心了，非常强。"这时她一定会看着他那魂不附体的表情哈哈大笑，然后从他手中接过烟斗，一边发表西尔维式的评论。

"我知道了，我想起来了。"他说，仿佛那是个咒语。但他却有种可怕的感觉，认为这并不是自己第一次想起来。确实不是：他以前就有过一次经验了，只是那次记得的内容不一样。只有一次吗？噢不，可能有好几次，噢不、噢不。他僵在原地，想起可能有无穷无尽的一系列回忆，每个都不一样，但都是关于树林中的某个片刻：是一系列不断

560

重复的"噢，我想起来了，我想起来了"。每次都是始于这片不可思议的树林里一个非常短暂的片刻（只是转个头或踏一步的时间），接着就往后无限延伸。看出这点时，乔治觉得自己好像突然被打入了地狱——或不是突然，而是历经了极其漫长的一刻。

"救救我，"他喘着气说，"救命，噢，救命。"

他走过那座摇摇欲坠的桥，湍急的林溪从桥下流过。他厨房的墙壁上挂着一幅没镶玻璃的画，框在一个老旧的镀金画框里（但此刻乔治已经忘了这幅画的存在）。画中有一座桥，就跟眼前这座桥一样危险，两个纯真的孩子手牵着手从桥上走过，勇敢无惧，或者根本不知道自己处境的危险。是一个金发女孩和一个勇敢的黝黑男孩，还有一个天使在上空观望，随时准备在石头松脱或他们踩错位置时伸出援手：是个白色天使，头上系着一条金色发带、穿着一身薄纱袍子，面无表情，但有足够的力量保护这两个孩子。虽然不敢回过头去看，但乔治觉得自己背后就是有一股像这样的力量，因此他拉起莱拉克的手，也可能是西尔维的手，然后勇敢地踏过那些嘎吱作响的横木，抵达了对岸。

接着是一段仿佛遥遥无止的漫长时光，乔治完全记不得内容。但他最后终于爬上了溪谷顶点，膝盖都磨破了皮，双手也疲倦无比。他从两块状似膝盖的大石中间穿过，发现自己（这就对了！）置身一小片繁花盛开的林间空地，不远的前方则是那排守护之树。现在看得清楚了：那排树的后面是一道金合欢树篱，还有一两栋屋子及袅袅炊烟。"噢，这就对了，"乔治气喘吁吁地说，"噢，这就对了。"有只小绵羊站在离他不远的地方。他听见的声音不是自己狂乱的心跳声，而是这小羊的叫声。它被某种恼人的荆棘给缠住了，想把腿挣脱却弄痛了自己。

"好啦，好啦，"乔治说，"没事，没事。"

"咩，咩。"小羊说。

荆棘缠着它那脆弱的黑腿，于是乔治帮它解开。小羊向前跳跄而去，依然咩咩叫个不停——它才刚出生不久，怎么会跟母亲分开了呢？乔治朝它走去，把它从腿部抓起来、挂在自己的脖子上，握着它轻轻挣扎的腿（他看过有人这么做，却记不得是在哪里）。他来到那圈大树后方的金合欢篱笆前，小羊则转过它那又傻又悲伤的脸试图跟他面对面。大门是开的。

"哦，这就对了，"乔治站在门前说，"哦，没错，我懂了。我懂了。"

因为够清楚了。这是那栋摇摇欲坠、装有角形窗的小屋，那边是牛棚、那边是羊圈。那边是那块刚种了蔬菜的菜圃，有人在里面翻地，是个皮肤黝黑的矮小男子，一看到乔治就丢下工具咕哝着仓皇离去。护井棚和贮藏窖在那里，柴火堆也在那里，斧头还直挺挺地插在木块上。饥饿的羊群则挤在篱笆后面，抬着头等着吃东西。而这块小空地周围就是挺拔的黑森林，既冷漠又黑暗。

他不知道自己是怎么来到这里的、不晓得自己是从哪里出发的，但他现在身在何处已经很清楚：他到家了。

他把小羊放到羊群里，让它蹦蹦跳跳地过去接受妈妈的训话。乔治恨不得自己能想起一点什么，但天杀的，他这辈子不是活在这个魔咒里就是活在另一个魔咒里，再不然就是活在魔咒中的魔咒中的魔咒里。但他已经太老了，魔咒的转换对他而言已经无所谓。眼前这样就够真实了。

"天杀的，"他说，"天杀的，不过是种生活方式。"他转身关上大门、锁紧门闩，熟练地把黑森林和居住其中的生物阻挡在外。接着他搓了搓手，朝自己家门口走去。

无人之境

一个天堂，爱丽尔·霍克斯奎尔心想。在内心深处，有个不比拇指大的天堂。是神仙的岛屿花园，在那里人人都是永远的王。随着火车规律的嗒嗒声，这思绪也在她内心的轨道上不断绕圈子。

霍克斯奎尔向来不觉得行驶中的火车令人平静。反之，它折磨侵扰着她，而尽管车窗外那单调的景致似乎即将迎接一场下着雨的昏暗黎明，她却未曾合眼。她上车时确实说过她打算睡觉，但那只是为了让总统暂时不要找上门而已。当那个和善的老服务员进来为她铺床时，她先是遣走了他，接着又把他叫回来，请他帮她送来一瓶白兰地，并要求大家不要打扰她。

"确定不必帮您铺床吗，女士？"

"嗯，就这样。"总统的手下是怎么找到这些温和驼背的黑人的？就算是在她自己年轻的时候，这种人就已经又老又迟钝又稀少了。说到这个，他又是怎么找到这些豪华旧车厢的？还有相配的铁轨？

她为自己倒了白兰地，咬着牙忍受这种令人紧张的疲倦，觉得连自己最牢靠的记忆之屋都快被这火车的频率给震垮了。但她却从来没有像现在这么需要保持思路清晰完整，而不是一直绕圈子。装有那副纸牌的鳄鱼皮包就放在对面高处的行李架上。

一个内心深处的天堂，神仙的岛屿花园。是的，若真如此，倘若那真的是个天堂之类的地方，那么唯一能肯定的一件事就是：不管还有什么令人欣喜的特征，那里一定比我们抛下的这个平凡世界更加辽阔。

更加辽阔：天空更宽广，山巅更遥远，海洋更深沉、更加难以测量。

但在那里，神仙们自己一定也会做梦、会思考、会进行心灵的运动，在那个天堂里寻觅一个更小的天堂。而倘若真有一个更小的天堂存在，那么它必定又比前一个更辽阔、更宽广、更高、更宽、更深。

以此类推……"而最大的那个点，那个中心点，那片无穷之地——就是仙境，巨人般的英雄在那里骑马横越无涯的土地、航向一片又一片的海洋，可能性无穷无尽——但那个圆却小到一扇门也没有。"

是的，老布兰波也许是对的，只是他想得太简单了——或者太复杂了，扯到他那些漏斗状的异世界还有门什么的。不，没有两个世界，她用奥卡姆的老剃刀[1]就可以杀死那个理论了。世界只有一个，只是有不同的模式而已。况且"世界"又是什么东西？她在电视上看的那个《他方世界》是可以融入这个世界的，根本不必增加无谓的实体。它微小无比，但五脏俱全：它只是另一种模式而已，它是虚构的。

---

1. Occam's razor，由 14 世纪逻辑学家与神学家威廉修士（William of Ockham）提出的理论，认为"若无必要，勿增实体"。

而她表亲说她受邀前往（不，是说她必须前往！）的那个地方就存在某种类似虚构、类似假想的模式里。是的，前往，因为倘若那是一片土地，那么抵达那里的唯一方法就是旅行。

这一切都够清楚了，只是毫无帮助。

因为中国天堂跟假想世界有个共通点：不论用何种方式抵达，都是出自你自己的选择，其实要踏上这种旅程几乎都必须先经过冗长的准备，还必须拥有钢铁般的意志或梦想。但那跟眼前这种模式有什么关联？它不顾这个世界，至少是完全没有征求它的同意，就这样一点一滴地侵入，掳获一个建筑师的想象力、攻占五座城镇、侵入一栋贫民窟大楼，连终点站的天花板和首都本身都难逃它的指掌。它袭击了平凡世界的人、将他们卷走，或至少不管三七二十一地将他们吸入了它自己的浪潮里。她本以为它是神圣罗马帝国，但她错了。红胡子腓特烈皇帝只是推动时间之流的这波巨浪里的漂流物，他的睡梦遭到入侵，就像洪水冲进墓穴、把死者的尸骨冲出来。他的目的地不在这里。

除非她有办法让他掉头。她不打算流落到一个不知由谁统治的世界，毕竟他们可能会非常无法谅解她的反叛。必须让他变节，就像收买敌方的间谍。她偷那副纸牌就是为了这件事。有了这副牌，她也许就能掌控他，或至少让他讲道理。

但那个计划里却有一个极大的瑕疵。

真是个困境。她瞥了行李架上的皮包一眼。她觉得自己为了对抗这场风暴所采取的权宜之计根本毫无希望，就像被某种满不在乎、迎面冲来的庞然大物给撞上，任何行动都是可悲而无望的。艾根布里克的每一场演讲都提到这点，而他是对的，盲目的人是她。迎接它就跟反抗它一样毫无意义，因为它若要朝你攻来，它就势必得手。霍克斯奎尔很后悔自己当初那么自以为是，但她还是要逃走。她非逃走不可。

脚步声：她听出有人沿着走廊朝她门口走来，跟车轮规律的咔啦声不一样。

已经没时间把纸牌藏起来了，况且最显眼的地方就是最安全的地方。这一切都发生得太快，且她毕竟只是一个老太婆，这种事她不在行，一点也不在行。

千万不要，她告诫自己，千万不要瞥向那个鳄鱼皮包。

门被猛然推开。罗素·艾根布里克站在她面前，两手紧紧攀着门框，在晃动的火车上稳住自己。他肃穆的领带被拉得歪向一边，额头上有闪闪发光的汗珠。他狠狠瞪着霍克斯奎尔。

"我闻得到它们的味道。"他说。

这就是她计划中的瑕疵。某个下雪的夜里，她就已经在总统办公室里怀疑到这点。现在她很肯定了。这皇帝是个疯子：跟任何神经病一样疯。

"闻到什么，先生？"她平静地问。

"我闻得到它们的味道。"他又说了一次。

"你起得还真早，"她说，"来杯这个不会太早吧？"她举起那瓶白兰地。

"它们在哪？"他跟跟踉跄进入她的小房间，"它们现在在你手上，就藏在这里的某处。"

万万不可瞥向那个鳄鱼皮包。"它们？"

"那副纸牌，"他说，"你这婊子。"

"有件事我必须跟你谈谈，"她站起身，"很抱歉我昨天拖到很晚才上火车，但……"

他在房里转来转去，眼睛快速地到处瞟，鼻孔张得老大。"在哪里？"他说，"在哪里？"

"先生，"她鼓足勇气，却有一阵无望感上涌，"先生，你得听我说。"

"那副牌。"

"你选错边站了。"她冲口而出，非但没办法把话说得更高明，还很难不去瞪着行李架上他没看见的那个皮包。他在墙壁上敲来敲去，想找找看有没有什么暗柜。"你得听我说。那些对你做出承诺的人根本不打算履行承诺，他们就算想也没办法。但我……"

"你！"他猛然转向她，"你！"他捧腹大笑。"还真慷慨呀！"

"我想帮助你。"

他停下手边的动作看着她，棕色的眼睛里满是悲哀的谴责。"帮助是吧，"他说，"你，帮助，我？"

这字眼确实是选错了。从他脸上就看得出来：他很明白霍克斯奎尔从来都没打算过要帮助，而她现在也没这个打算。他也许是疯了，但他可不笨。他脸上流露的东西令她转开目光。她显然说什么都打动不了他了。现在他要的就只有那件东西，但除非有她在，否则那东西对他根本毫无用处。只是她现在连这点都不知道该如何解释。

她发现自己正盯着它们看，就在行李架上的皮包内。她几乎可以看见它们回视着她。

她慌忙移开目光，但暴君已经看见了。他把她推到一旁、往上伸出手。

"住手！"她说，往这两个字里灌注了魔力。她曾立誓只在最紧要的关头动用这种力量，且必须是为了善良的目的。皇帝停下动作。他的手还举在半空中，想用一身蛮牛似的力量反抗霍克斯奎尔的命令，但却动弹不得。霍克斯奎尔一把抓起那个鳄鱼皮包，仓皇逃出房间。

她在走廊上差点就撞上了那个弯腰驼背、动作缓慢的服务生。"准备就寝了吗，女士？"他轻声问道。

"你睡吧。"她说着从他身旁挤过去。于是他缓缓沿着墙边倒下，张着嘴巴、闭着眼睛，已经睡着了。霍克斯奎尔走进下一节车厢，听见艾根布里克发出狂暴沮丧的怒吼。她推开一道挡住去路的厚帘子，发现自己置身一节寝车内。听见艾根布里克的咆哮声，上下铺都已经有人醒来，正拉开帘子向外张望，个个睡眼惺忪、警觉而苍白。他们看见了霍克斯奎尔。她退出寝车，回到刚才的车厢。

她在墙上一个壁龛里看见了那条她搭火车时经常研究的细绳。为了好玩或恶作剧而乱拉这条绳子是会受到巨额罚款的。她从来不曾真正相信这种细绳真的能让火车停止，但由于已经听见远处车厢里传来脚步声和喧哗声，她拉下了这条绳子，迅速来到车门边，紧紧握住门把。

几秒之内，火车就在一阵剧烈晃动中嘎吱嘎吱地停了下来。霍克斯奎尔把门扯开，对自己感到惊异。

她被雨水击中。他们置身无人之境，周围是一片下着雨的黑暗树林，

566

还有最后几堆正在融化的残雪。空气冷冽无比。霍克斯奎尔惊呼一声跳下地面，心脏差点不胜负荷。她在裙子的羁绊下挣扎着爬上边坡，催促着自己前进，尽量不让自己意识到自己正在进行这么不可思议的事。

那是场灰色的黎明，苍白的晨光几乎要比黑夜更加不透明。她来到边坡顶上，气喘吁吁地站在树林里回头看着那停下来的火车，它呈一条黑暗的直线。车上的灯光正一盏盏亮起。有个男子从她跳车的那扇门跳了出来，对后面的人打了个手势。霍克斯奎尔跟跟跄跄穿过被雪覆盖的灌木丛，往树林更深处跑去。她听见背后传来呼喊声。追兵来了。

她躲到一棵大树后，背靠着它痛苦地吸入一口口寒冷的空气，一边侧耳倾听。有树枝被踩断的噼啪声，他们正展开地毯式搜索。她往周围扫视一圈，在左方远处看见一个模糊的人影，戴着手套的手里还握着枪械。

暗中处死，真是再聪明不过。

她用颤抖的手打开鳄鱼皮包，从散乱的纸牌之间翻出一个小小的摩洛哥皮革信封。她吐出来的气息在面前凝结成白雾，让她视线不清，而且她的手抖得很厉害。她打开信封，摸索着寻找里面那一小块骨头，是从一只纯种黑猫身上的上千块骨头里挑选出来的那一块。那该死的东西到哪去了？她摸到了。她用两根手指把它夹起。似乎有一阵噼啪声从近处的一棵灌木传来，她吓得猛然抬起头，结果那小小的符咒就从她指尖滑落。当它沿着她的裙子滚下去时，她差点就接住它了，但由于太过仓皇，它反而被她拨走。它就这样掉在积雪和黑色的树叶之间。霍克斯奎尔绝望地叫了一声"不"，接着又不小心一脚踩上去。

追兵的呼声低沉自信，而且愈逼愈近。霍克斯奎尔从她的藏身处逃离，瞥见了艾根布里克的另一个士兵（但也可能是同一个），总之他有武器，而他也看见了她。

她从来不曾认真想过：把灵魂安全藏匿起来之后，若是有了致命的遭遇，若是被炮弹猛烈击中、若是鲜血四溅，那么自己的肉身会怎样。她是死不了的，这点她很肯定。但身体究竟会怎样？什么？她转过头，看见他瞄准她。他射出一发子弹。她转身再次逃跑，分不清自己是被击中了还是只是被那声音吓傻而已。

被击中了。她知道自己温热潮湿的血液和冰冷潮湿的雨水有什么不同。疼痛感在哪里？她继续往前跑，绝望地踉跄前进，似乎有一条腿不能动。她从一棵大树闪到另一棵大树，听见追兵用简短的字句互相指引。他们很近了。

是有方法可以逃走的，她可以找到别的出路，这点她很肯定。但在这关键时刻，她却一种也想不起来。

想不起来！她所有的技艺都丢失了。好吧，她罪有应得，因为她侮辱了这些艺术；她撒了谎、偷了东西，在她最志得意满的时候利用它们谋取权力；她为了个人目的动用了她曾经发誓永不动用的力量。这很公平合理。她转过身，陷入了绝境。四面八方都是追兵的黑暗身影。他们无疑是想近距离开枪，这样才不会搞得鸡飞狗跳。一两枪就解决。但她会怎么样？她本以为自己不会感到疼痛，但此时痛觉正从她体内蹿起，是种非常可怕的感受。再跑也没意义了，她眼前一黑。但她还是再次转身跑开。

有一条小径。

有一条小径，在黎明中清晰可见。而那里——好吧，她可以到那里去，对吧？到林间空地上的那栋小屋去。一枚子弹让她猛然一颤，但那栋小屋却仿佛突然被一道阳光照亮似的变得更加清晰：是一栋滑稽的房子，事实上是她看过最古怪的小屋。这小屋令她想起什么？很像姜饼屋，有很多种颜色，烟囱长得像帽子，小窗里透出愉快的火光，还有一扇圆形的绿门。这扇绿门让人有种宾至如归的亲切感，而且刚好在这时候打开。一张咧着嘴微笑的脸从门口探出来欢迎她。

五十二张牌

事实上他们射了她好几枪，因为他们自己也很迷信。她看起来确实跟他们看过的其他死人一样没有生命，四肢呈现同一种洋娃娃似的瘫态，脸上的表情也同样空洞。她一动不动，嘴唇上方也没有空气凝结。他们终于满意了，其中一人抓起鳄鱼皮包，一行人随即返回火车上。

身为总统的罗素·艾根布里克边哭泣边发出粗嘎的狂笑，把那叠乱七八糟的旧纸牌（正反面都有）紧紧按在胸口，接着才终于拉下绳子，命令火车再次开动。他因害怕与狂喜而失去了理智，踉踉跄跄冲过一节节车厢，火车猛然启动时还差点摔了一跤。火车颠颠簸簸地从他的领土开过，承受着雨水的冲刷、吐出阵阵蒸汽。在桑达斯和南本德之间某处，雨水不由自主地夹杂了雪，接着又转变成雪暴。困惑的驾驶员什么也看不到。接着，一座没有灯光的隧道赫然矗立眼前，他惊呼一声，因为他知道这地方不可能有隧道，以前也从来没有过。但他还来不及采取行动（什么行动？）火车就已经隆隆冲进了那片无边的黑暗中，甚至比红胡子的胜利更嘈杂黑暗。

列车抵达下一个车站时，车上已经没有了乘客。那是一座取着印第安名字的城镇，已经好几年没有火车在这里停靠了。这时候，被霍克斯奎尔仓皇推到一边去的那个服务员醒了过来。

现在是怎么回事？

服务了四十年的他动作迟缓地爬起来，在列车上走来走去，很惊奇自己竟然会睡着，也很讶异火车怎会莫名其妙停下来，而且乘客全都不见了。

他在静悄悄的车厢里遇到了脸色惨白的驾驶员，两人商讨了一下状况，但都没说多少话。车上没有别人，也没有验票员，因为这是一班专车，车上的每个人都知道自己要去哪里。因此服务员对驾驶员说："他们知道他们要去哪里。"

驾驶员回到驾驶舱内准备使用无线电，却还没想好要说些什么。服务员则继续穿过一节节车厢，感觉毛骨悚然。他在餐车里发现了一沓复古风格的纸牌，被人狂暴地扔得到处都是，散落在空酒杯和捻熄的香烟之间。

"有人在玩捡五十二张牌[1]。"他说。

---

1. Fifty-two pickup，一种纸牌的恶作剧游戏，甲方问乙方"要不要玩捡五十二张牌？"不知情的乙方若是同意，甲方就把整叠纸牌全部扔在地上，让乙方捡起来。

他把它们捡起来，因为上面的人物（一些他从没看过的骑士、国王与皇后）似乎央求他这么做。最后一张牌卡在窗户边缘，面向窗外，仿佛正打算逃脱——可能是小丑牌，上面是个蓄着络腮胡的人，正从马背上摔到溪流里。把它们全收在一起排整齐后，他抓着它们一动不动地站在车厢内，突然深深感受到整个世界的存在，还有他自己在当中的位置，就在离中心点不远的地方。这一刻，他独自站在这里，在这无人车站里空荡荡的列车上，感觉后世将会赋予这一刻极高的价值。

因为"暴君"罗素·艾根布里克将不会被遗忘。他的子民将会面临一段漫长的艰苦时光。他离去后，那些曾经反抗他的人会转而互相讨伐；岌岌可危的共和国将会以多种不同的方式分裂而后重建。在那段漫长的战乱期里，新的一代将会忘记他们的父母在"禽兽"统治下所遭遇的考验与磨难；他们将会带着愈发强烈的怀旧之情与一种深沉痛苦的失落感回顾那些在世的人都不曾亲身经历的年代。在他们眼中，那似乎是个阳光明媚的时代。他们会说：他的大业尚未完成、他的启示尚未公告；他走了，抛下他尚未获得救赎的子民走了。

但他没死。不，他只是走了而已，消失了，在某个即将破晓的夜里从人间蒸发；但他没死。不论是在烟山还是落基山脉里、在某座火口湖深处还是在首都的废墟底下，他只是睡着了而已，执行助理们都在身边，红色的胡子愈来愈长，等待哪天（有上百个迹象预示着这件事）当子民有难时，他就会再次被唤醒。

第五章

你究竟存不存在？你是否尝到了自己的存在感？

你是在国土之内还是在边境上？

你会不会死？

——《鸟儿议会》

"我要一个干净的杯子，"疯帽匠插嘴，"大家闪边去。"

——《爱丽丝梦游仙境》

索菲预言会在门边迎接艾丽斯的那条狗就是斯帕克，这点艾丽斯不怎么意外，但她倒是完全没料到在河流对岸引导她的那个老人竟然会是她表哥乔治·毛斯。

"我从来都没把你想成个老人，乔治，"她说，"不是'老人'。"

"嘿，"乔治说，"我可比你老呢，而你自己都不是什么青春少女了，你知道吧，小家伙？"

"你是怎么跑到这里来的？"她问。

"我是怎么跑到哪儿来的？"他回答。

她的祝福

他们一起穿过黑暗的树林，聊了很多事。他们走了很长一段路，春意更加盎然，林木愈发浓密。虽然不是很确定自己真的需要向导，但艾丽斯还是很高兴有他作伴，毕竟这片树林对她而言既陌生又恐怖，而乔治拿着一根粗木棍，而且他知道路。"真茂密。"她说着突然回忆起自己的蜜月旅行：想起史墨基指着鲁迪·弗勒德家旁边的树林，问她艾基伍德是否就坐落在那片树林边缘。想起他们在那个长满青苔的山洞里度过的夜晚。想起他们穿过树林前往埃米和克里斯的家。"真茂密。"史墨基是这么说的。"受到了保护。"当时她这么回答。这些回忆和其他许多回忆纷纷在她脑海中苏醒、栩栩如生地浮现，但这似乎是艾丽斯最后一次忆起它们，仿佛它们绽放后就立刻凋零飘落。或应该说，她一旦唤起一份回忆，这份回忆就不再是一份回忆，而是不知怎的变成了一种预言：不再是已经发生过的事，而是某种艾丽斯怀抱着愉快的希望想象哪天会发生的事。

"好吧，"乔治说，"我就送你到这里了。"

他们已经来到树林边缘。过了这里，阳光明媚的林间空地如一座座水塘般往后延伸而去，道道阳光透过高耸的树木洒落其间。更远处则是一个白花花的明亮世界，但由于眼睛已经习惯了黑暗，他俩都看不清楚。

"那就再见了。"艾丽斯说，"你会来参加盛宴吧？"

"噢，当然，"乔治说，"我怎么可能不去？"

他们静静站了一会儿，接着乔治请求艾丽斯祝福他，还因从没这么做过而显得有点尴尬。她欣然同意，一一祝福了他的牲畜、他的作物、他的苍老之躯。她弯身亲吻了跪在地上的乔治，随即继续上路。

这么大

那些水塘般的林间空地，一个接着一个，延伸了很长一段距离。艾丽斯觉得这是目前为止最棒的一段路：这些紫罗兰和新生的潮湿蕨类，那些长着灰色地衣的石头和一道道和煦的阳光。"好大哟。"上千种生物停下手边的春季工作看着她经过，新生昆虫的嗡嗡声不绝于耳。"爸爸一定会喜欢这地方。"她心想。而就在她这么想的时候，她突然了解了他是如何学会（或即将学会）倾听动物的语言，因为她自己也懂了，她只要侧耳倾听就行。

有沉默的兔子和吵闹的松鸦、有打着嗝的大青蛙和说着俏皮话的松鼠——但远方那座林间空地上的是什么……用一条腿站着，先是举起一只翅膀，接着又举起另一只翅膀？是只鹳鸟，对吧？

"我是不是认识你？"进入那片空地后，艾丽斯这么问。鹳鸟吓得猛然跳走，一副既罪恶又困惑的样子。

"呃，我也不确定。"鹳鸟说。它先用一只眼睛看了看艾丽斯，接着又越过长长的红色喙子，用两只眼睛正视她，看起来有些忧虑又有点吹毛求疵，仿佛戴着夹鼻眼镜上下端详人似的。"我不是很确定。老实说，大部分的事我都不确定。"

"我应该认识你，"艾丽斯说，"你是不是在艾基伍德筑过窝，就在屋顶上？"

"有可能。"鹳鸟说。接着它开始用喙子整理羽毛，动作非常笨拙，仿佛很惊讶自己竟然有羽毛。"看得出来，"艾丽斯听见它自言自语，"这铁定会是场天大的考验。"

艾丽斯帮忙它把一根折起来的冠羽拨正。不自在地胡乱理了一阵子毛之后，鹳鸟说："不知道——不知道你介不介意我陪你走一段路？"

"当然可以，"艾丽斯说，"如果你确定你不想飞的话。"

"飞？"鹳鸟惊愕地说，"飞？"

"呃，"艾丽斯说，"我其实不是很确定我要往哪里去。我算是刚到这里吧。"

"没关系，"鹳鸟说，"我自己也是刚到，算是吧。"

于是她俩一起往前走，鹳鸟走路的方式就跟所有的鹳鸟一样，小心翼翼地迈着大步，仿佛很怕踩到什么讨厌的东西。

由于鹳鸟没再开口，于是艾丽斯问了："你是怎么跑到这里来的？"

"这个嘛……"鹳鸟说。

"你若告诉我你的故事，"艾丽斯说，"我就把我的故事也告诉你。"因为鹳鸟似乎张口欲言，但又开不了口。

"那得看你想听的是谁的故事，"最后鹳鸟终于说了，"唉，好吧。

我就不再含糊其词了。"

又停顿了片刻后，它说："很久很久以前，我本是只真正的鹳鸟。或者应该说，我，或她，就只是一只真正的鹳鸟而已。我知道我叙述得很差，但总之呢，我，或者说我们，也是一个年轻女子：一个很骄傲、很有野心的年轻女子，刚在异国从一些比她更老、更有智慧的大师那里学到了一些非常困难的法术。她根本没必要把其中一项魔法施展在一只无知的鸟身上，完全没这个必要，但她当时还很年轻、有些莽撞，而机会又刚好出现。

"她这项把戏或法术施展得很成功，因此她为自己新得到的能力狂喜不已，但那只鹳鸟究竟如何承担这件事——好吧，她，或我，恐怕没想这么多，或者应该说，身为鹳鸟的我就只想着这件事。

"我有了意识，你知道吧。但我当时并不知道那不是我自己的意识而是另一个人的意识，只是暂时借给我而已，或者应该说，为了妥善保管而被存放或藏在我身上。我，身为鹳鸟的我以为——好啦，这件事一想起来就令人痛苦，但我以为自己根本不是一只鹳鸟。我相信自己是个人类女子，只是不知被哪个家伙给恶意变成了鹳鸟，或者被困在鹳鸟的躯壳里。我没有任何身为人类女子的记忆，因为当然啦，'她'保留了那段人生和记忆，而且继续快乐地活着。丢下我自个儿苦苦思索这件事。

"好吧，我飞了很远，学到了很多事。我去了没有任何鹳鸟到过的地方。我自力更生；我养育幼鸟——没错，确实有一次是在艾基伍德——而我也有其他工作，呃，那些就不必提了，鹳鸟，你知道的嘛……总之呢，我学到或听说的事情里有这么一件：有个伟大的国王要归来了，或者再次苏醒。而他一旦自由，我自己的自由也就不远了，那时我将成为一个真正的人类女子。"

她停下来，站在那里发呆。由于不知道鹳鸟会不会哭，因此艾丽斯仔细看着她，而尽管它粉红色的眼珠里没有泪水流出，艾丽斯还是认为它确实以某种鹳鸟的方式哭了。

"所以了，"最后她终于说，"所以了，我现在已经成为那个人类女子。终于。但同时我也永远只能是从前的那只鹳鸟。"她在艾丽斯面前垂下头，准备进行悲伤的告解。"艾丽斯，你的确认识我，"她说，"我是，或曾经是，或我们曾经是，或将会是，你的表姑婆爱丽尔·霍克斯奎尔。"

艾丽斯眨眨眼睛。她曾答应自己，不管在这里遇到任何事都不要感到惊奇。而确实，错愕地仔细端详了那只鹳鸟（或霍克斯奎尔）一阵子后，她就想起自己好像确实听过这个故事，或知道这件事即将发生或曾经发生过。"可是，"她说，"哪里，我的意思是怎么会，她在哪里……"

"死了，"鹳鸟说。"死了，烂了，毁了。被杀害了。我真的，她真的没有别的地方好去了。"她张开红色喙子，接着又啪一声闭上，代表某种叹息。"好吧，算了，只是得花点时间习惯罢了，习惯那份失望，我是指鹳鸟的失望，习惯我新的——身体。"她举起一只翅膀看着它。"飞，"她说，"好啦，也许吧。"

"一定可以的，"艾丽斯把手搭在鹳鸟柔软的肩膀上，"我也相信你可以分享，我是说跟爱丽尔分享，我是说跟鹳鸟分享。你们可以互相包容。"她露出微笑，这好像在为两个吵架的孩子进行调停。

鹳鸟一语不发地走了一段路。艾丽斯搭在她肩膀上的手似乎有安抚效果，因为她不再毛毛躁躁。"说不定，"最后她终于开口。"只是——呃，永永远远，"她的声音有点哽咽，艾丽斯看到她长长的喉结颤动了一下。"好像真的很难熬。"

"我懂，"艾丽斯说。"事情的结果从来不会是你想的那样。甚至不会是你认为他们说的那样，虽然他们也许本来就是那个意思。你后来就学会习惯了，"她说，"就这样。"

"我现在后悔了，"爱丽尔·霍克斯奎尔说，"现在当然是太迟了，但我很后悔那天晚上没有接受你们的邀请，跟你们一起去。我应该接受的。"

"这个嘛……"艾丽斯说。

"我以为自己跟这场命运无关。但我自始至终都在'故事'里，对吧？跟大家一样。"

"应该是吧，"艾丽斯说，"我想应该是吧，否则你现在就不会在这里了。但告诉我吧，"她补充，"那副纸牌怎么了？"

"噢，糟糕，"霍克斯奎尔羞愧地把她的红喙子转开，"我该弥补的确实很多，对吧？"

"没关系。"艾丽斯说。她们已经走到林间空地的尽头，后方就是一片不同的景致了。艾丽斯停下脚步。"你肯定行的。我是说进行弥补。弥补你没有来的这件事。"她转头眺望前方的土地。这么大、这么大。"我想你可以帮我很大的忙，我希望可以。"

"我肯定行的，"霍克斯奎尔毅然说，"没问题。"

"因为我会需要协助。"艾丽斯说。矮树丛后方，新生的草原海仿佛绿色的波浪般在阳光下闪着银光。艾丽斯记得（或预见）那座圆丘应该就在那后面的某处，上面长着一棵橡树和一丛荆棘，两者紧紧交缠。而你若知道路，就能找到底下的那间小屋，还有一扇圆形的门，上面镶着黄铜门环。但你不必敲门，因为门会是开的，反正屋子也会是空的。接着就得开始打毛线了，还有一大堆工作，一大堆沉重的新责任……"我会需要协助，"她又说了一次，"一定会的。"

"我会帮忙，"表姑婆说，"我可以帮忙。"

就在那里的某处，在这些蓝色的山丘后方，但有多远？一扇开着的门、一栋小屋，大到足以容下这颗旋转中的地球。一张推动岁月的摇椅，还有角落里那根扫除冬季用的旧扫把。

"来吧，"鹳鸟说，"我们会习惯的，不会有事的。"

"没错，"艾丽斯说。会有人帮忙，一定会有的，因为她不可能独力完成这一切。不会有事的。但她还是没有从树林边缘跨出第一步。她在那里伫立良久，感受微风吹拂着她的脸，想起或忘记了很多事。

更多，更多得多

在很多盏电灯的温暖光晕里，史墨基·巴纳柏在他的书房内坐下，再次翻开最后一版的《乡间宅邸建筑》。所有窗户都打开了，因此他一边看书，凉爽清新的五月夜风就在屋内畅行无阻地流动。残存的最后一丝冬季气息也已经消失，仿佛被一把崭新的扫把给扫走了一样。

在遥远的顶楼，观星仪如它所呈现的星辰般静悄悄地转动着，透过许许多多上了油的黄铜装置把它微小但无法抗拒的动作传送到那二十四臂的惯性轮上，为它带来了动力。惯性轮又被放回了它的黑匣子里，但这回它已能把自己的能量传输给发电机，发电机再继而为房子提供光线与电力，而且可以持续下去，直到所有镶着宝石的轴承、所有顶级的尼龙带与皮带、所有强钢打造的接触点都磨损了为止：应该可以撑上很多很多年，史墨基猜想。这房子，他的房子，仿佛吃了补药似的振作了起来，恢复了体力、变得更强健。地下室都干了，阁楼也通了风；充斥其间的灰尘全被一台古老的强力吸尘器吸得一干二净。史墨基本就隐约知道这房子的墙壁里有台内建的吸尘器可以吸净整栋屋子，但大家都认为它已经不中用了。连琴房天花板上的裂缝似乎都在渐渐愈合，虽然史墨基始终不明所以。从前囤积的电灯泡全被搬了出来，因此在方圆好几英里之内，唯有史墨基的房子随时亮着灯，像一座灯塔或一座舞厅的入口。虽然对自己的安排感到骄傲，但史墨基这么做却不是出于骄傲，不真的是。这么做是因为他发现把这源源不绝的能量消耗掉比把它储存起来或关闭机器还容易。（反正何必储存呢？）

况且若是亮起灯来，要找到这房子可能会比较容易：让某个迷路的人或离开的人在某个没有月亮的夜里归来时比较容易在黑暗中找到它。

他翻过沉重的一页。

有个心怀恨意的降神师在这里提出了一个可憎的理论。当然，死后没有什么地狱，只有一种过程，带领你进入愈来愈高的"层次"。没有永恒的折磨，但冥顽不灵或愚蠢的灵魂却可能会经历一场艰难（或至少是漫长）的"再教育"。真慷慨，但这似乎还不足以感化那些心存怀疑的人，因此他们又想出一套理论：拒绝在这一世悟道的人到了下一世也将同样拒绝悟道或无法悟道，因此他们会永远孤单地在寒冷的黑暗中跟跄前进，相信眼前的就是一切了，殊不知在他们周围，圣人们都欢欣热闹地交谈着，还有喷泉、花朵、旋转的天空，以及逝去伟人们的英灵。

孤单一人。

他显然无法前往他们被召唤的地方，除非他的欲念跟信仰一样强烈。但除了眼前这个世界，他怎么可能想要其他世界？他一次又一次钻研《乡间宅邸建筑》里的描述，却找不到任何东西来让自己相信他可以在"那里"找到一个跟眼前这个世界一样丰富、一样深藏各种怪事但又同样熟悉的世界。

那里永远都是春天；但他也想要冬天，想要有灰色的日子和雨水。他全部都要，一件都不能少。他想要他的火炉、他悠长的记忆还有在他灵魂深处唤起记忆的那些东西；他要他的小小慰藉，甚至连烦恼他都要。他这阵子常思考死亡，而这也是他想要的东西，他想葬在先人身边。

他抬起头。书房里的点点灯光倒映在玻璃上，月亮在它们之间升起。只是一弯白色的新月，看上去很脆弱。等到满月那天，也就是夏至，他们就要走了。

天堂。一个位于他方的世界。

他并不真的介意有个漫长的"故事"发生，甚至不再抗拒自己遭它利用。他只要它继续下去就好，不要结束，想要故事背后的主导者继续没完没了地喃喃说下去，让他听着那些隐隐约约的奇闻轶事进入梦乡，就算他已长眠土下也不要停止。他不要它用这种方式攫获他，不要用那些高深、悲伤且令人痛苦的结论惊吓他，因为他无法招架。他不要它把他妻子从他身边带走。

他也不想被逼着踏进另一个他无法想象的世界；一个不可能跟这个世界一样大的小世界。

"但它确实一样大。"拂过他耳畔的微风这么说。

那里不可能有完整的四季，不可能具备所有的喜乐哀愁。不可能包含他的五种感官体验过的一切。

"但它真的有啊。"微风这么说。

这一切它不可能全部都有，而这一切就是他的世界，不只是他的世界。

"噢，不止呢，"微风说，"不止呢，还有更多。"

史墨基抬起头。窗边的帘子飘动了一下。"艾丽斯？"他说。

他爬起来，把那本厚重的书推到了地上。他来到窗前向外张望。有围墙的花园像个黑暗的门廊，墙上那扇开启的门外头就是月光照耀的草皮和雾气缭绕的暮色。

"她在远方，她到那里了。"一阵小小的微风说。

"艾丽斯？"

"她在近处，她在这里。"另一阵微风说。但不管穿越黑暗多风的花园朝他而来的是什么东西，他都没认出来。他站在那里往黑暗凝望良久，仿佛看着一张脸，仿佛它会开口跟他对话、跟他解释很多事情：他本以为可以，但他唯一听见的就只有一个名字。

月亮升到了屋顶上，消失在视线范围外。史墨基缓缓爬上楼去睡觉。大约就在月亮落下的时候，史墨基醒了过来，觉得自己好像从来没睡着过，跟失眠症患者一样。此时东方也出现了苍白的曙光，指出慵懒的太阳即将升起的位置。史墨基穿上一件早已磨损、袖口和口袋边缘都镶了绲边的旧睡袍，爬上顶楼去，一路把走廊上那些不知被哪个糊涂鬼关掉的壁灯一一扭亮。

在行星的光芒与曙光的照耀之下，那个不眠不休的系统似乎没在动，就像圆窗外那颗晨星似乎也是静止的：但它确实在运转。史墨基看着它，想起了那天晚上：他借着油灯从星历表上读出了星星上升了几度、几分、几秒，而当他把木星的最后一颗卫星也设定好之后，他就感受到它启动时那股微乎其微的震颤。接着就听到第一颗钢球自动掉进那个异想天开的不平衡旋转轮的凹槽里。得救了。他记得那时的感觉。

他把手放在旋转轮的黑匣子上，感受到它滴答滴答运转着，比他自己的心跳还稳定得多，而且更勤奋，整体而言都更可靠。他推开圆窗俯瞰着那些铺了瓦片的屋顶，让鸟叫声欢乐地涌进来。又是个美丽的日子。多难得。他发现从这高度可以一路往南看到很远的地方，可以看见田溪镇的教堂尖塔，还有平原镇的屋顶。城镇之间那些吐出绿叶的树林都蒙上了一层雾气，而出了城镇，树林就变得更加密集，形成了巨大的黑森林，艾基伍德就坐落在它边缘。它不断往南方生长，愈来愈深、愈来愈茂密，一路蔓延到眼睛看不到的地方。

只有勇者

他们来到森林中心，但那是个无人的国度。他们并没有更接近议会，也没有更接近奥伯龙寻找的那个人，而他甚至已经忘了她的名字。

"往树林里可以走多远?"弗雷德问。

奥伯龙知道答案。"只能走到半途，"他说，"再走下去就会绕出来了。"

"但这片树林可不是这样。"弗雷德说。他已经放慢脚步，每走一步就会从地上拔起一堆青苔和一把满是蠕虫的泥土。他停下脚步。

"走哪条路?"奥伯龙问。但从这里开始，每条路都是同一条路。

他看见她了，不止一次：在远处看见她，明亮的身影在森林的重重危机间移动，似乎很自在。有一次是忧郁地独自站在条纹状的树荫下（他很肯定、他几乎可以肯定那是她没错），另一次则是快步离去，脚边还跟着一群小生物。虽然与她同行的其中一个生物看了他一眼，但她始终没有转过头来看见他。那生物有着尖尖的耳朵和黄色的眼睛，脸上是个动物般面无表情的微笑。她总是一副正要前往其他地方的样子，流露着明显的目的感，但当他跟上去时，她却不在那地方。

若非想不起她的名字，他一定会呼唤她。他把二十六个字母全部跑过一遍、想唤起记忆，但她的名字却变成了潮湿的树叶，变成了鹿角，变成了蜗牛壳和羊人的蹄。这些似乎都代表她，却始终没有一个名字浮现。接着她就溜走了，根本没注意到他，而他只是跑到了森林更深处。

现在他已经到了中心点，但她也不在这里，管她叫什么名字。

棕色的乳房? 棕色的什么。月桂冠，或蜘蛛网，那一类的东西。有刺的灌木，或蜜蜂什么的，或海洋什么的。

"好啦，"弗雷德说，"看来我只能走到这里了。"他的斗篷已经变得僵硬又破烂，裤管全部磨破，脚趾从开口笑的雨靴里露出来。他试图把一只脚从地面抬起，却抬不起来。他的脚趾紧紧攀住了泥土。

"等等啊。"奥伯龙说。

"没办法了，"弗雷德说，"我头发里有知更鸟的窝，真棒啊。好吧。"

"可是拜托，"奥伯龙说，"没有你我没办法自己走下去。"

"哦，我还是会跟上的，"弗雷德说，开始长出嫩芽，"我还是会跟上、还是会引导你，我只是不走路了而已。"他变成树根的巨大脚趾之间冒出了一群褐色的香菇。奥伯龙抬头仰望着他。他的指关节变成两倍、三倍、变成好几百个。"嘿，老弟，"他说，"我整天看着上帝，你懂吧。得去晒晒太阳了，不好意思。"接着他的脸就往后一仰、消失在树干里，同时他的上千根绿色手指则朝树梢伸去。奥伯龙紧紧攀住树干。

"不，"他说，"该死，不要啊。"

他无助地在弗雷德脚边坐下。这下他真的迷路了。是什么样愚蠢疯狂的欲望促使他来到这里？来到这个没有她的地方，这个她从来不曾来过的无人国度。他在这里完全想不起任何关于她的事，只记得自己对她的欲望。他用手抱住头，开始感到绝望。

"嘿，"那棵树用一种木头般的声音开口道，"嘿，你是怎么啦。我有一些建议，听好了。"

奥伯龙抬起头。

"只有勇者，"弗雷德说，"只有勇者才能抱得美人归。"

奥伯龙站起来，泪水沿着他肮脏的脸颊流淌而下。"好啦，"他说。他拨了拨头发，抓出一堆枯叶。他也已经变得蓬头垢面，仿佛在树林里住了好几年似的，袖口发霉、胡子里沾着野莓汁、口袋里还有毛毛虫。一个被遗弃的人。

他得全部从头来过，就这样而已。他不勇敢，但他有一些技艺。毕竟他也不是什么都没学到吧？他必须掌握这一切、控制这一切。倘若这真是个无人的王国，那他就能自诩为王。只要能想出一个方法，他就不再迷失了。该怎么做？

只能靠理性。他必须"思考"。他得在这个没有秩序的地方创造秩序。他得弄清方向，列一张清单，把每样东西都标上号码、全部按照等级秩序排好。首先他必须在森林中心建立一个坐标，让他知道自己置身何处、什么是什么，接着他才可能想起自己是谁、坐在这个中心位置的人是谁，然后再去思考他在这里该做什么。他必须回头，重新来过。

他环顾四周，试着找出哪一条路才能把他带回原点。

全都可以，或者全都不行。他小心地观察着那些花叶扶疏的大道。看起来愈像是通往外面的路其实愈可能巧妙地把他带回这里，这点他还知道。树林里一片寂静，散发一种期待又讽刺的氛围，鸟儿短促地叫了几声。

他在一根倾倒的树干上坐下，然后在眼前这片林间空地中央的杂草和紫罗兰之间建立起一座小石屋或小凉亭，四面墙正对着东南西北四个方向。他在每道墙上都设定一个季节：春、夏、秋、冬。那些九弯十八拐的复杂路径都从这里辐射出去。他把它们打造成石子路，边缘嵌上漆成白色的石头，让它们往返穿梭在雕像、方尖碑、鸟屋、一座小拱桥和一片片郁金香和萱草花圃之间。接着他用四道锻铁围墙框住这一切，形成一个巨大的正方形，有着一根根箭状栅栏，还有四扇上了锁的大门供人进出。

好了。可以听见车声，虽然很遥远。他小心翼翼转换视线：围墙外有一栋古典风格的法院大楼，上面立着一排立法者的雕像。似乎有少许刺鼻的废气随着春天的空气蹿进他的鼻孔。现在他只需在这虚构的地方绕一圈，按照严谨的顺序造访每个部分，把他先前存放在那里关于西尔维的每份记忆一一提取出来。

关于谁？

虚构的公园晃动了一下，但他让它恢复原状。别乱抓、别太赶。先到第一个地方，再到第二个地方。倘若做法不对，他就永远查不出故事的结果：不知道他是找到了她、把她带了回来（带回哪里？）还是永远失去了她，还是怎样。他再次开始：先到第一处，再到第二处。

不，这根本没希望。他怎会以为自己可以把她关在这地方，如同把一个公主关在高塔里？她逃走了，她也有她自己的本事。况且他这堆破烂的回忆有什么价值？她吗？不可能的。随着时间过去，它们已经变得比当初更松散、更黯淡、更破碎了。没有用。他从公园长椅上站起来，在口袋中摸索着钥匙准备开门。当他考虑要从哪扇门出去时，在小径上玩游戏的女孩们警戒地抬头看了看他。

锁。这座该死的城市就是这么回事，他心想，一边把钥匙插入锁孔中。一道又一道的锁。所有的门周围都挂着一排排、一串串、一把把的锁，口袋里则装着如罪孽般沉重的钥匙，用来把门打开然后再锁上。他推开沉重的大门，把它像监狱门一样往旁边甩开。乡村风格的红砂岩门柱上镶着一块牌子，写着："毛斯 德林克沃特 石东，1900 年"。街道从这扇大门往前延伸而去，两侧都是相连的住宅，接着就是远方咖啡色的城北区，一座座当权已久的堡垒隐约矗立在那里，笼罩在烟雾和噪声中。

他开始走路。人们从他身旁匆匆走过。大家都有目的地，但他没有，因此他走得比较慢。这时候，西尔维从他前方的一条巷子里转上大道朝城北走去，腋下夹着一个包裹，穿着靴子的脚迅速前进。

她在这混乱的街道上显得娇小又孤单，却很有自信，毕竟这是她的地盘。也是他的地盘。她的背影愈来愈远：她依然往前迈进，而他还在后面。但他终于找对方向了。他张开嘴巴喊出了她的名字，之前就一直呼之欲出了。

"西尔维。"他喊道。

很近了

她听见了，似乎是个她认得的名字。她放慢脚步，微微侧过身但并未完全转过来。那是个名字，一个她不知何时曾在某处听过的名字。是鸟叫声吗，呼唤着它的同伴？她抬头看着日光点点的树叶。还是一只松鼠，呼唤着它的亲朋好友？她看着其中一只从一棵多瘤的橡树上蹿过然后猛然停下，接着转过来看着她。她继续前进，在高耸的林木底下显得娇小又孤单，却很有自信，没穿鞋的脚丫子快步踏在野花间。

她走了很远、走得很快，她长出来的翅膀不是真正的翅膀，但它们还是载着她前进。虽然有很多娱乐，还有很多动物央求她留下，但她始终没有停下来玩耍。"晚一点、晚一点吧。"她这么告诉大家，随即继续前进，道路夜以继日地在她面前展开。

他会来的，她心想，我知道他会在那里，一定会的。他也许不会记得我，但我会让他想起来，他会知道的。她把自己为他精心挑选的礼物紧紧夹在腋下，尽管有很多人提议代劳，她都不曾答应。

但万一他不在那里呢？

不，他会在的。对她而言，没有他就没有盛宴，而这场盛宴是承诺好的事，而他铁定是"大家"当中的一员。是的！最好的座位、最棒的食物，她会亲手喂他，只为能够看着他的脸。他一定会很惊奇！他变了吗？他是变了，但她一定认得出来。她很有把握。

黑夜驱策着她前进。渐盈的月亮升起，对她眨了眨眼睛：宴会开始啰！她现在到了哪里？她停下脚步，倾听森林的声音。近了、近了。她从没来过这里，而这就是一个迹象。若没有肯定的方位加上某些指引，她就不想前进。她的邀请函写得很清楚，她也不必听命于任何人。但是。她爬上一棵大树顶端，眺望这片月光照耀的国度。

她已经来到森林边缘。夜风从树梢拂过，吹开了树叶。在远方，或在近处，或两者皆是，总之在那座城镇的屋顶和那被月光照亮的教堂尖塔后方，她看见了一栋房子：一栋灯火通明的房子，每扇窗户都亮着灯光。她很近了。

那天晚上，昂德希尔太太看了自己黑暗整洁的房子最后一眼，发现一切都妥当了。她走出屋外，关上门，抬头看着月亮的脸。她从口袋深处掏出那把铁钥匙，锁好门，然后把钥匙放在门垫下。

让位、让位

让吧、让吧，她心想，就让位吧。现在一切都是他们的了。宴席都准备好了，而且非常漂亮，她几乎希望自己也能参加。但既然老国王终于到了，而且即将登上他高耸的宝座（至于是什么时候，她始终不怎么确定），那她就没什么事好做了。

当那个名叫罗素·艾根布里克的人下车时，他只问了她一个问题："为什么？"

"看在老天的分上，哪来的'为什么'。"昂德希尔太太说，"为什么？为什么？世界为什么需要三种性别，如果第三种根本没用的话？为什么梦境有二十四种而不是二十五种？为什么世界上的瓢虫总数一定是偶数而不是奇数？为什么看得见的星星总数一定是奇数而不是偶数？门必须被打开，裂缝必须被钻过，我们需要一个楔子，而你刚好就是。必须先有个冬天之后才能有春天，而你就是冬天。为什么？为什么世界是这个样子而不是别种样子？你若能回答这个问题，你现在就不会在这里问了。你冷静下来吧。你的袍子和皇冠都带来了吗？一切都还合你的意吗，至少没差太多吧？英明地好好统治吧，我知道你会统治很久。等他们秋天过来对你行礼时，请帮我祝福他们大家。还有不要，拜托不要问他们困难的问题，因为这么多年来他们已经遇过太多困难的问题了。"

就这样了吗？她环顾四周。她的行李都打包好了，她那些不可思议的箱子和篮子都已经请那些强健的年轻人先送过去了。她把钥匙放好了吗？是的，在门垫底下，刚刚才放好的。她真健忘。就这样了吗？

啊，她忽然想到：还有一件事。

走或留

"我们要走了。"黎明将近时，她站在树林里那座水塘边缘的大石头上说。一道瀑布注入水塘，歌唱般的流水声不绝于耳。

一道道月光在水面上粉碎。水上漂浮着新叶和花朵，随着漩涡聚集在一块儿。听到她的话，一条拥有粉红色眼睛、没有任何斑点或纹路的白色大鳟鱼缓缓浮上了水面。"走？"他说。

"你可以一起走也可以留下来，"昂德希尔太太说，"你已经在我们这一边生活了太久，现在可以任你选择了。"

鳟鱼错愕得一句话也说不出来。最后昂德希尔太太终于对他那双瞪得老大的悲伤眼睛感到不耐烦，于是厉声说道："怎么样？"

"我留下吧。"他赶紧说道。

"好啊。"昂德希尔太太说，其实他若不是这么回答，她反倒会非常惊讶。"不久，"她说，"不久就会有个少女到这里来（好啦，她现在已经是个老太婆了，但没关系，那是个你认识的女孩），而她会往这座池塘里看。她就是你等待已久的那个人，而她不会被你的外形骗倒。她会望进这座池塘，而她说出来的话将会释放你。"

"真的吗?"鳟鱼爷爷说。

"是的。"

"为什么?"

"为了爱情，你这老笨蛋。"昂德希尔太太说。她用拐杖敲了石头一下，力道大得在上面敲出了一道裂痕。一片花岗岩碎屑飘到了波光粼粼的水面上。"因为故事已经结束了。"

"噢，"鳟鱼爷爷说，"结束了?"

"是的，结束了。"

"我可不可以，"鳟鱼爷爷说，"可不可以维持原状?"

她弯下腰,端详着他在池子里黯淡的银色身影。"维持现在这样子?"她说。

"呃，"鱼说，"我已经习惯这个样子了。我完全不记得这女孩。"

"不，"思考了一会儿之后，昂德希尔太太说，"不，你恐怕不能维持原状。我无法想象。"她站直身子。"交易就是交易，"她说着转过身去，"跟我无关。"

鳟鱼爷爷心怀恐惧地退回池塘里那些长满水草的藏身处。许多回忆正不由自主地迅速袭上心头。她，但究竟是哪个她？而她来时它又能如何躲藏？她将不会命令、不会追问，只会说出那唯一一能够打动它冰冷的心的一句话（倘若它有眼皮，他一定会紧紧闭上眼睛不去面对）。但他不能离去，因为夏天已经到了，随之而来的是百万只虫子。而且春汛都已过去，他的池塘已再次成为他那熟悉的豪宅。它不会走的。它焦躁地清了清自己的鳍，薄薄的皮肤上产生某种它好几十年都没有过的感觉。它往洞里钻得更深，希望这个洞藏得住它，但又怀疑这点。

"好了。"昂德希尔太太说，曙光在她周围升起，"好了。"

"好了。"她听见她的孩子们说，有些在近处、有些在远处，大家的声音都不一样。附近那些在她裙摆周围聚集起来。她用手遮住眼睛，看见已经踏上旅程的那些，长长的队伍沿着山谷朝日出的方向走去，直到消失在视线外。伍兹先生挽起她的手。

"很长的路，"他说，"一段很长很长的路。"

是的，会很漫长，比跟随她来到这里的那些人必须走的路还漫长，但倒没那么困难，因为她至少知道路。而且那里会有泉水为他们大家解渴，还有她朝思暮想的辽阔土地。

他们费了好一番工夫才让老国王爬上他那匹气喘吁吁的坐骑，但他一坐稳就举起了一只虚弱的手，因此大家纷纷欢呼喝彩。战争结束了，而且还不只是结束而已：已经被遗忘了，而他们赢了。昂德希尔太太拄着拐杖拉起马匹的缰绳，一行人于是上路。

留下

索菲知道那是一年当中最长的一日，但为什么夏天才刚开始，就把它叫作"夏至"？也许只是因为在那一天，夏天才开始显得没有尽头，似乎不论往前或往后推都是没完没了的夏天，其他季节都被抛诸脑后、难以想象。就连纱门的弹簧被咿呀撑开的声音、她进门后咔啦关上的声音还有前厅内的夏日气息都好像不再新鲜，仿佛它们一直都是这个样子。

但这个夏天原本也有可能是不会来的。索菲很肯定这是黛莉·艾丽斯的功劳，她凭着勇气拯救了这个夏天，先到了那个地方去，确保这个日子真的会来。因此它应该是一副脆弱又不实的样子，但事实却非如此。它就跟索菲记忆中的任何夏日一样货真价实，甚至可能是她告别童年以来所经历过的唯一一个真正的夏日。它让她变得有活力，而且勇气十足。有一阵子她完全丧失了勇气，但她现在已经可以变得勇敢了，因为艾丽斯无所不在。而且她非勇敢不可，因为他们将在今天出发。

他们将在今天出发。她内心一阵雀跃，把她的编织袋抓得更紧，那是她唯一能想到要携带的行李。自从在艾基伍德召开了那场会议后，她的大部分日子都在计划、思考、希望、害怕，反而极少去感觉自己即将进行的这件事。也可以说她完全忘了去感受它。但她现在感受到了。

"史墨基？"她喊道。空荡荡的房子里，这名字在高挑的前厅内回荡着。大家都聚集在外头了，不是在有围墙的花园里就是在前廊上或公园内。人们一早就开始陆续抵达，每个人都带了自己认为该带的东西，也都认为自己已经准备就绪，不论他们各自把这趟旅程想象成什么样子。而现在已经过了中午，他们向索菲寻求某种命令或指示，因此她进屋去找史墨基。凡是这种时候，他都铁定是动作最慢的那一个，不论哪种野餐、哪种郊游都一样。

不论哪种都一样。倘若她能继续把这想成一场野餐或一场郊游，一场婚礼、一场葬礼、一个假日或任何一场她懂得如何掌握的普通外出，然后就这样继续进行该做的事、仿佛她很清楚什么是什么，那么——好吧，那么她确实能做的都做了，其余的只能留给别人去做。"史墨基？"她又喊了一次。

她在书房里找到了他，尽管一开始往里头瞄时并没有看见他。所有的窗帘都拉上了，他一动不动地坐在一张大椅子上，交握着双手，还有一本摊开的大书面朝下躺在他脚边。

"史墨基？"她不安地走进来。"大家都准备好了，史墨基，"她说，"你还好吗？"

他抬头看她。"我不去。"他说。

她困惑地杵在那里。接着她放下编织袋朝他走来。袋里装着一本旧相簿、一尊有裂痕的陶瓷小雕像（是一只鹳鸟，背上载着一个老太太和一个赤裸的小孩），此外还有一两样东西。本来应该也有那副纸牌，但是并没有。"什么？别这样，"她说，"别这样。"

"我不去了，索菲。"他说，态度十分平和，仿佛他就单只是不想去。接着他低头看着自己紧紧交握的手。

索菲对他伸出手，张开嘴巴准备劝告，但终究把话吞了回去。她在他身旁蹲下，轻声说道："怎么了？"

"噢，呃，"史墨基没看她，"总要有人留下来的，不是吗？总得有人待在这里，打理一切之类的。我的意思是以防万一……万一你们想回来、万一你们真的回来了还是怎样的。

"毕竟，"他又说了，"这是我的房子。"

"史墨基，"索菲抓住他交握的双手，"史墨基，你得来，你非来不可！"

"别这样，索菲。"

"你要来！你不能不来，那是不行的，没有你我们要怎么办哪！"

他看着她，很疑惑她为何如此激动。对史墨基而言，"没有你我们要怎么办"这句话套在他身上真是太不搭调了，因此他不知该如何回答。"总之，"他说，"我不能去。"

"为什么？"

他幽幽叹了口气。"就只是，呃，"他用手抹了抹额头，"我不知道——就只是……"

索菲等他讲完这些开场白。这令她想起许久以前的类似状况：在说出一件难以启齿的事之前，总要先挤出一些无关紧要的字眼。她咬咬嘴唇，什么也没说。

"好吧，已经够糟糕了，"史墨基说，"光是让艾丽斯走就已经够糟糕了……你看，"他在椅子上动了动，"你明白吗？索菲，我从来都不真是这当中的一分子，你知道吧？我没办法……我是说我真的太幸运了，真的。我以前从来没想过，在我小时候、在我刚到大城的时候，我真的从来没想过自己能得到这么多幸福。我天生不是那种料。但你们——艾丽斯——你——你们收留了我。那就像……就像发现自己继承了上百万元。这点我并非一直都懂——或者应该说，是的我懂，我懂，也许有时还把它视为理所当然，但我内心深处其实是明白的。我很感激。我甚至没办法形容我有多感激。"

他捏了捏她的手。"好啦，好啦。但现在呢——艾丽斯不在了。好吧，我也许一直都知道她有那样的任务，我一直都知道，但我从来都不期待它。你知道吗？而且索菲，我不适合那种事，我不是那种料。我很想尝试，我真的想。但我满脑子只有一个想法：'失去艾丽斯就已经够惨了'。而现在我连其余一切都要失去。所以我办不到，索菲，我就是办不到。"

索菲发现他眼中泛起了泪水，从他苍老的粉红色眼眶里流下来。她不记得自己看他哭过，不，她从没看过，因此她想掏心掏肺地对他说：不，他什么也不会失去，他这一走其实什么也没抛下，反而是迎向一切，特别是艾丽斯。但她却不敢说出口，因为不论这对她自己而言有多么真实，她却无法把它告诉史墨基，因为倘若这对他而言并不真实（而她也没把握这对他会是真实的），那么这番话就会是最残忍的可怕谎言。但她已经答应艾丽斯无论如何都要把他带来，她根本无法想象自己抛下他离去。然而她还是什么也说不出口。

"总之呢，"他用手擦了擦脸，"就这样。"

索菲彷徨地站起来，房中的黑暗压迫着她，令她无法思考。"可是，"她无助地说，"今天天气这么好，天气真是太好了……"她来到遮蔽天光的厚重窗帘前，将它们一把扯开。阳光刺得她的眼帘一片花白。她看见很多人在有围墙的花园里，聚集在山毛榉树下的石桌旁，有些人抬起头往上看。有个孩子从外面敲了敲窗户，要求进屋来。

索菲打开窗户。史墨基抬起头。莱拉克跨过窗台，两手叉腰看着史墨基，说："现在是怎么回事？"

"噢，感谢老天，"索菲说，因为松了一口气而瘫软无力，"噢，感谢老天。"

"那是谁？"史墨基站起来。

索菲迟疑了一下，但只有一下而已。谎言，然后是更多谎言。"是你女儿，"她说，"你女儿莱拉克。"

名为"故事"的土地

"好吧，"史墨基说，像个被逮捕的人一样举双手投降，"好吧、好吧。"

"噢，太好了，"索菲说，"噢，史墨基。"

"会很好玩的，"莱拉克说，"你去了就知道。你一定会很惊奇。"

他连最后一场拒绝都失败了，但他应该也早料到会如此。他真的争不过他们，毕竟他们有本事把走失已久的女儿带回他面前，要他想起古老的承诺。他不相信莱拉克需要他这个爸爸，他认为她八成什么东西、什么人都不需要，他却无法否认自己曾经承诺扛起父亲的责任。"好啦。"他又说了一次，不去看索菲那喜滋滋的脸。他在书房里绕了一圈，把灯全部打开。

"但你快点呀，"索菲说，"趁天还亮着。"

"快点。"莱拉克拉着他的手臂。

"等等嘛，"史墨基说，"我得拿几样东西。"

"哎，史墨基！"索菲跺了跺脚。

"等一下就好，"史墨基说，"先别急。"

他来到走廊上，扭亮所有的台灯与壁灯，然后爬上楼梯，索菲则紧跟在后。来到楼上后，他到每个房间都走了一圈，把电灯全部打开、环顾四周，弄得索菲很不耐烦。他朝窗外看了一眼，看到下方聚集了很多人，午后时光正在消逝。莱拉克抬起头朝他挥了挥手。

"好啦，好啦，"他咕哝道，"好吧。"

他来到他和艾丽斯的房间里，点亮了所有的灯，在那里站了一会儿，愤怒地喘着大气。踏上这种旅程，天杀的是要带上什么？

"史墨基……"索菲站在门边说。

"好啦，天杀的，索菲，"他说着拉开抽屉。总之带件干净的衬衫吧，还有一套内衣裤。一件斗篷，以防下雨。火柴和一把刀。一本小小的奥维德作品，从床头桌上拿来的，是《变形记》。好吧。

现在要拿什么来装？他忽然想起自己已经太多年没离开过这栋房子了，所以他什么行囊也没有。他初到艾基伍德时背的那个背包一定躺在某处，就在某个阁楼或某个地下室里，但究竟在哪里他却毫无头绪。他打开衣柜的门，这房间里有五六个衬着杉木板的巨大衣柜，他和艾丽斯所有的衣服都塞不满。他拉了拉电灯绳，绳子末梢像萤火虫一样发着磷光。他瞥见他那套发黄的白色结婚西装，杜鲁门的西装。下方的角落里——好吧，这个也许能用，真奇怪旧东西怎么都会堆在衣柜

591

角落里，他一直不知道它在这里：他把它拉出来。

是一个毡制旅行袋。一个老旧的、被老鼠咬得乱七八糟的毡制旅行袋，有一个交叉扣环。

史墨基将它打开，带一份古怪的不祥预感或后见之明望进它黑暗的内部。里头是空的。一股气味从中散发，是一股霉味，很像发了霉的叶子，或野胡萝卜，再不然就是被翻开的石头底下的泥土。"这个可以，"他轻声说道，"这个应该可以。"

他把那少少几样东西装进去。它们似乎消失在里头偌大的空间内。

还要带什么？

他把袋子开在那里思考着：一根爬藤或一条项链，一顶像皇冠一样重的帽子。粉笔，还有一支笔；一把猎枪、一瓶朗姆茶、一朵雪花。一本关于房屋的书、一本关于星星的书，一枚戒指。他突然鲜明无比地回忆起田溪和高地之间的那条路，还有黛莉·艾丽斯那天的模样，鲜明得令他痛到了心坎里。就是他们结婚旅行那天，他在树林里迷路那天。那天他听见她说"受到了保护"。

他合上袋子。

"好了。"他说，拎起包的皮革把手。很沉重，但似乎有一份安适感随着那份重量进驻他体内，仿佛他一直都背负着这个东西，若没有这份重量他就会失去平衡、无法行走。

"好了吗？"索菲在门边问道。

"好了，"他说，"应该吧。"

他们一起下楼。史墨基在大厅内逗留了一会儿，按下象牙制的电灯按钮，把前厅、前廊和地下室的灯全部点亮。接着他们就出去了。

啊……聚集在那里的每个人说。

莱拉克已经把所有人从公园、有围墙的花园、各个门廊和花坛周围全拉了过来，在房子的这一面集合。这里有个木造前廊，面对一条长满杂草的车道，通往一对石头门柱，柱子顶端有两颗圆球，像两个石橘子。

"嗨、嗨。"史墨基说。

女儿们微笑着朝他走来，泰西、莉莉和露西，她们的孩子则跟在身后。每个人都站了起来，大家都望着彼此。只有玛吉·朱尼珀依然坐在门前的阶梯上，除非确定有路要走，否则她不愿起身，因为她知道自己能踩的脚步已经不多了。索菲问莱拉克：

"你会带我们走吗？"

"走一段路。"莱拉克说。她站在这群人中央，开心但也有点敬畏。她自己也不确定这些人当中哪些能撑到最后，而她的十根手指也不够算。"走一段。"

"是往那里去吗？"索菲指向那对石头门柱。大家全转头往那里看。蟋蟀开始鸣叫，艾基伍德的雨燕从一片逐渐变成绿色的蓝天里飞过。转凉的泥土吐出阵阵雾气，让门柱后方的道路模糊一片。

是不是就在那一刻，史墨基揣测，是不是打从他第一次穿过那对门柱踏进艾基伍德的那一刻开始，他就中了魔咒、从此不曾脱身？他提着毡制旅行袋的那条手臂和手掌中传来一阵警讯般的刺痛，但史墨基没发现。

"有多远，还有多远？"巴德和布洛瑟姆手牵着手问道。

就是那天：就是他第一次踏进艾基伍德，然后就某种角度而言从此不曾再出来的那一天。

也许吧：但也可能是在那之前或之后。但重点不在于找出第一个魔咒究竟是何时侵入他的生命，或者他究竟是何时不小心撞上它的，因为下一个魔咒不久就降临了，接着又是下一个。它们按照某种自己的逻辑依序出现，每个都由上一个引发、没有一个解除得了。就连试图把它们解开都只会招致更多魔咒而已，况且它们从来都不是环环相扣，而是层层相套，像一层套一层的中国妆奁，愈往里面就愈大。而且至今尚未结束：他即将踏入一系列新的魔咒，呈不折不扣的漏斗状，无穷无尽。这无尽的变化令他惊恐，但他很高兴至少有些东西是不变的：主要是艾丽斯的爱情。他此行就是为了这个，毕竟这是唯一能够吸引他的东西。但他却觉得自己把它抛下了。但其实他始终把它带在身边。

"会有只狗来跟我们会合，"索菲说着牵起他的手，"还得过一条河。"

593

从门廊走下来时，史墨基的心脏开始产生一种撕裂感：像是一种预感，或是一种初生的启示。

大家都已拿起各自的行囊和随身物品，低声交谈着开始沿着车道走下去。但史墨基停下脚步，意识到自己没办法走出那扇大门：没办法再从他当初进入的那扇大门走出去。已经有太多魔咒涉入了。那扇大门已经不是同一扇大门，他也已经不一样。

"很远哟，"莱拉克说，拖着母亲往前走，"要走很远很远的路。"

她俩从他左右边走过，拿着行李、手牵着手，但他已经停下脚步：依然心甘情愿、依然在旅行，只是已经不再走路。

结婚那天，他和黛莉·艾丽斯曾去跟坐在草地上的众多宾客打招呼，其中很多人送了礼物，而每个人都说了"谢谢"。谢谢：因为史墨基心甘情愿，心甘情愿接下了这项任务，没有一丝反对，甘愿为了成全一些他甚至不相信存在的人物而活，耗尽资产来让一个他根本没参与的"故事"圆满结束。他已经这么做了，而且他依旧心甘情愿。但从来没理由感谢他。因为不论"他们"知不知情，他都知道不论自己是不是他们为她挑选的夫婿，她那天都会站在他身旁与他成婚，甚至会为了与他结婚而公然反抗他们。这点他很肯定。

他耍了他们。不管现在发生什么事、不论他有没有抵达那个目的地、不论他踏上旅程还是留在原地，他都有了自己的故事。已经在他手中。让它结束吧，让它结束吧。已经不可能把它从他手中夺走了。他无法前往那个大家都要去的地方，但已经没关系了，因为他一直都在那里。

那么他们大家究竟是要去哪里？

"哦，我懂了。"他说，但唇间却没发出任何声音。他胸中的裂口愈来愈大，吹进了阵阵晚风，还有雨燕和在蜀葵间飞舞的蜜蜂。这疼痛超乎一切，而且无法愈合。索菲和他的女儿们都从这里进来，他儿子奥伯龙也一样，还有很多已经去世的人。他知道"故事"的结局是什么，知道谁会在那里。

"面对面，"玛吉·朱尼珀从他身旁走过，"面对面。"但此时史墨基只听见启示之风在他体内呼啸，他这回是逃不过了。在那片进入他

594

体内的蓝光里，他看见了莱拉克，她正转过头好奇地看着他，而透过她脸上的表情，他就知道自己想的没错。

"故事"已经结束，他们的目的地就是那里，只要踏一步就能抵达，而他们已经到了。

"回头啊。"他试着说，但自己却无法转回那个方向。回头啊，他试着告诉他们，回到那栋亮着灯光等待他们的房子，还有公园、门廊、有围墙的花园、通往无穷土地的那条路，以及那扇通往夏季的门。倘若他现在能转身（但他不能，这也没关系，但总之他就是不能），他就会发现自己面对着一栋夏日的房子，黛莉·艾丽斯在阳台上迎接他，从肩上褪下她那件褐色的旧裙子，在层层树影间将赤裸的身体呈现在他眼前：黛莉·艾丽斯，他的新娘，善意女神，他们身后那片土地的女神，那片名为"故事"的土地，他们就站在它的边境上。他若能抵达那对石头门柱（但他永远不会），他就会发现自己才刚从它们之间转进来，是仲夏那天，蜜蜂在蜀葵间飞舞，还有一位老太太在门廊上玩牌。

一场守夜仪式

在一轮巨大饱满的明月照耀下，西尔维朝她看见的那栋房子前进，但她愈靠近，那房子就显得愈远。必须爬过一道矮石墙，还得穿过一片山毛榉林，最后终于出现一条小溪，或者应该说是一条大河，在月光下湍急地流动、冒着金色的泡沫。在河岸上思考了许久后，西尔维用树皮做了一艘小船，用一片巨大的叶子当帆，用蜘蛛丝充当绳索，还找来一颗橡树子的壳当水桶。虽然差点就在河流流入地下的地方被卷进一座黑暗的湖泊里，但她还是抵达了对岸。那座坚定不移、如教堂般巨大的房子矗立在那里俯瞰着她，黑色的紫杉木纷纷朝她指过来，有石柱的门廊看起来森严无比。奥伯龙还一直说那是一栋气氛愉快的房子！

她觉得自己似乎永远到不了那里，而就算到了，恐怕也已变得渺小如尘埃，一定会掉在石板路的缝隙里。就在她这么想的时候，她停下脚步倾听。在阵阵甲虫和夜鹰的叫声之间，有音乐从某处传来，庄严肃穆但又不知怎地充满了喜悦，吸引着西尔维，于是她循着乐声前进。声音逐渐增长，不是愈来愈大声而是愈来愈饱满。在灌木丛底下的朦胧黑暗中，她发现有支队伍提着灯笼在她周围聚集了起来，不然就是觉得那些萤火虫和夜花很像某种队伍，而她是其中一员。她的心被那乐声填满，疑惑地朝灯光聚集的方向前进。她穿过一扇门，很多人抬起头看着她进入。她踏上一条通道，踩在沉睡的花朵间，远方是一片林间空地，有更多人聚集在那里，也有更多人陆续抵达。在一棵开满花的树下，有一张铺着白色桌巾的桌子，座位都准备好了，中央有个位子是她的。只是这不像她原本所想的是一场盛宴，或者说不只是一场盛宴而已。这是一场守夜仪式。

她感到羞怯，也为那些哀悼者的悲伤感到悲伤（不论死者是谁），因此她站在那里观望了良久，把奥伯龙的礼物紧紧夹在腋下，倾听他们的低语呢喃。接着桌尾有个人转了过来，微微抬起戴着黑帽子的头，对她咧嘴一笑，露出一口白牙。他对她举起酒杯，挥手要她过去。看见他，她喜不自胜，于是穿过人群朝他走去，很多只眼睛落在她身上。她抱了抱他，喉咙一阵哽咽。"嘿，"她说。"嘿……"

"嘿，"乔治说，"现在大家都到齐啦。"

她搂着他环视拥挤的桌子，在场的有好几十人，或哭或笑或干杯，有些戴着皇冠、有些有毛、有些长着羽毛（一只鹳鸟或一个长得像鹳鸟的人把她的喙子伸进一个高脚杯里，一边不安地瞄着身旁一只咧嘴微笑的狐狸），但总之大家都有位子。"这些人是谁？"她问。

"家人。"乔治说。

"谁死了？"西尔维低语。

"他爸爸。"乔治指出一个驼着背坐在那里的男子，脸上盖着一条手帕，头发里还卡了一片树叶。那男子转了过来，长长地叹了口气。跟他在一起的三个女子抬起头对西尔维微笑，仿佛认识她似的，接着她们就把那男子扭过来面对她。

"奥伯龙。"西尔维说。

大家看着他们相会。西尔维说不出话，因为奥伯龙脸上依然沾着

596

悲伤的泪水，而奥伯龙也没有什么话能对她说，因此他们只是牵起手。"啊……"所有的宾客都这么说。音乐变了，西尔维露出微笑，众人因而欢呼喝彩。有人在她头上戴了一顶芬芳的白色花冠，奥伯龙也一样，是从宴会桌上方那棵洋槐树上采下的一束束洋槐花朵。大家纷纷举杯、大声祝酒，笑声四起。音乐震天响。西尔维用她戴着戒指的棕色手掌擦去了她的王子脸上的泪水。

月亮持续挪动，宴会从守夜仪式转变成婚礼，变得狂放热闹。人们站起来跳舞，接着又坐下来吃喝。

"我就知道你会在这里，"西尔维说，"我就知道。"

真正的礼物

由于已经确定她在这里，奥伯龙先前的疑惑也就一扫而空。"我也很肯定，"他说，"肯定极了。"

"可是，"他说，"为什么一阵子前 ——"他完全不知道那究竟是多久以前的事，几个钟头？几十年？"—— 当我叫你的名字时，你为什么不停下来、不转头？"

"是吗？"她说，"你有叫我吗？"

"是啊。我看到了你。你正往前走。我叫了：'西尔维！'"

"西尔维？"她既愉快又困惑地看着他。"噢！"最后她终于说了。"哦！西尔维！好吧，是这样的，我忘记了。因为实在太久了。因为这里的人从来不用那个名字叫我，他们从没用过那个名字。"

"那他们怎么叫你？"

"用另一个名字，"她说，"一个我小时候的小名。"

"什么小名？"

她告诉了他。

"哦，"他说，"噢。"

看见他的表情，她笑出声。她为他倒了一杯冒着泡沫的饮料，把杯子递给他。他喝了。"所以听着，"她说，"我要听你所有的冒险故事。

全部都要。你不想听听我的吗？"

全部都要、全部都要，他心想。那加了蜂蜜的烈酒彻底洗去了他原本的揣测，就仿佛一切都还没发生，而里面将会有他出现。一个王子和一个公主：在黑森林里。这么说来，莫非这段日子她都一直在那里，在那个王国里、在他们的王国里？而他自己呢？他自己的冒险故事又是什么呢？它们就这样消失了，就在他想起它们的同时分崩溃散成无物，变得跟阴郁的未来一样模糊而不真实，同时未来则像一段辉煌的过去般在他面前展开。

"我早该知道的，"他笑着说，"我早该知道的。"

"没错，"她说，"才刚开始呢。到时候你就知道了。"

不只是一个故事，不，不是一个故事与一个结局，而是上千个故事，而且离结束还远得很，几乎还没开始。这时她被一群嬉笑的舞者给卷走，于是他看着她离去。很多人争相对她伸出手，很多生物挤在她快速舞动的脚边，她对大家都露出坦率的微笑。他又喝了些酒，感觉全身燥热，两脚也蠢蠢欲动地想学习那滑稽的舞步。她还是伤得了他吗？他看着她思忖着。他摸了摸她送的礼物，狂欢时她已经把它套到了他头上。是一对漂亮、厚实、有着脊状突起的角，优美地朝内弯曲，像一顶皇冠般沉重华美。他想着他们的事。爱情并不善良，并不总是善良的。爱情是种具有腐蚀性的东西，烧掉了善意也烧掉了悲伤。他俩是大权在握的孩子，但他们会成长。他们若是吵架，大地就会风云变色、让鸟兽惊慌地四处逃窜，将来会这样、长久以来也都是这样，没关系的。

没关系、没关系。她阿姨是个巫婆，但他的姐姐们却是主宰空气与黑暗的女王，她们的礼物曾经帮助过他，将来也会再帮上他。他继承了父亲的困惑，但他可以从母亲那里得到力量……他看见了她数以千计的孩子，仿佛翻阅着一本没完没了、很久以前就已读过的罗曼史概论，延续好几代，大部分都是他的骨肉。他将会失去他们的消息，如陌生人般与他们重聚、爱他们、与他们共眠、跟他们对抗、忘记他们。是的！不论沉闷、欢乐或悲伤，他们的故事以及从中衍生出来的故事将会让众多记录者耗尽墨水，他们的盛宴、他们的舞会、他们的假面与争执，落在他身上的古老诅咒和她那减轻诅咒的吻，他们漫长的分离、她的消失与伪装（老太婆、城堡、鸟……他预见或回想起很多，但不是全都想得起来），他们的重逢与欢爱（或温柔或淫荡）：对大家而言，这都会是个壮丽的故事，一场永无止境的"然后"。他大笑一声，发现事情的确会如此：毕竟他有这种天赋，一种真正的天赋。

"懂了吧？"宴会桌上方那棵黑色的洋槐树说，奥伯龙头上的花冠就是从这棵树上摘的，"懂了吧？只有勇者才能抱得美人归。"

她在这里，她在近处

人们围着王子和公主跳舞，在沾着露水的草地上画出一个大圆圈。接近黎明时，莱拉克转动手指、让萤火虫绕成一个大圆，在那浓重的夜色中旋转飞舞。"啊……"所有的宾客都这么说。

"才刚开始而已，"莱拉克对母亲说，"对吧？跟我说的一样。"

"没错，可是莱拉克，"索菲说，"你骗了我，你知道吧？关于那个和平协议。跟他们面对面那些的。"

莱拉克把手肘撑在乱糟糟的桌面上，手托着腮对母亲微笑。"有吗？"她说，仿佛不记得有这回事。

"面对面啊。"索菲说着沿着长长的桌子望过去。宾客有多少？她可以数数看，但他们一直到处移动，还有一些分散到闪烁的黑暗中、无法计算。她觉得有些是自己闯来的，例如那只狐狸，或那只忧郁的鹳鸟，而这只在翻倒的酒杯间跟跄爬行、把一对触角弄得湿淋淋的鹿角锹甲虫则肯定是。她反正不必算就可以知道现场有多少。只是——"艾丽斯呢？"她说，"艾丽斯应该要在这里的。"

"她在这里、她在近处。"艾丽斯的微风这么说，穿梭在宾客间。索菲因为艾丽斯的伤痛而打了个颤。音乐再次转调，大家突然一阵悲伤、一阵安静。

"把红腹知更鸟和鹪鹩招来吧，"洋槐树说了，片片白色花瓣如泪水般落在宴会桌上，"别让我朋友公爵靠近，因为他是人类的敌人。"

微风转变为晨风，吹散了音乐。"狂欢结束了。"洋槐树叹道。艾丽斯白皙的手如云层般遮蔽了悲伤的月亮，天空愈来愈蓝。甲虫从桌子边缘跌落，瓢虫飞回家去，萤火虫熄了它们的火光。黎明到来前，杯盘纷纷如树叶般飘散。

黛莉·艾丽斯从他的坟前归来，除了她以外没有人知道他葬在哪儿。她像曙光一样翩然而至，眼泪如同泛着晨间气息的露水。他们在她面前忍住泪水与惊奇，并且准备离开，但往后的日子里，没人能说她没在他们离开时为他们露出微笑，用她的祝福逗他们开心。他们叹了口气，有些人打了哈欠，然后牵起手。他们三三两两朝她指派的地方而去，来到岩石里、田野中、溪流中、树林里，前往世界的四个角落，他们的王国刚刚诞生。

于是艾丽斯独自在那里散步，潮湿的裙摆从闪亮的草地上拖过，湿润的地面上有一圈他们跳过舞的痕迹。她觉得如果可以的话，她倒想为了他移除这个夏日，这么一天就好，但他铁定不会同意她这么做，况且她也办不到。因此她决定把这天变成她的纪念日，这是她办得到的。一个完美灿烂的日子，一个崭新的早晨、一个无尽的午后，让世界永永远远记得它。

很久很久以前

那天天亮后，史墨基在艾基伍德点亮的灯火就变得不复可见，但接下来那个夜里它们就再次发出熠熠光辉，此后的每个夜里也都是。但风雨从他们忘记关上的窗户里吹了进来；夏季的暴风雨打湿了窗帘和地毯、让纸张飞得到处都是、吹得衣柜关上了门。飞蛾和甲虫在纱窗上找到洞钻进来，快乐地死在明亮的灯泡下，再不然就是没死，在地毯和壁画里繁衍下一代。虽然仿佛是不可能的事，是一种神话、一段不足采信的谣言，但秋天还是到了。落叶堆积在门廊上，从没闩好的纱门里吹进来。纱门无助地在风中不断撞击门框，最后终于从铰链上掉了下来，不再是个屏障。老鼠跑进厨房，因为猫已经全部跑到了更好的地方。

食物储藏室成了它们的地盘，接着松鼠也来了，在发了霉的床上筑起窝。观星仪依旧转动着，是种愉快而毫不费心的动作，于是房子依然像座灯塔或舞厅的入口般灯火通明。到了冬天，它的光芒照耀在雪地上，成了一座冰宫。雪飘进房间里，堆积在它冷冷的烟囱上。前廊上的灯熄灭了。

那段日子里，出现了这样一个传说：世上有一栋亮着灯光、敞着大门、空荡荡的房屋存在。也有其他的传说，人群不断移动，他们只想听故事、只相信故事，因为人生已经变得太过艰苦。那时的人都是旅人，因此这个故事传得很远，描绘着那栋灯火通明的房子，有四层楼、七个烟囱、三百六十五道楼梯和五十二扇门。它碰上了另一个故事，是关于一个位于他方的世界、一个家喻户晓的家族，众多人口住在一栋偌大的房子里，曾经拥有无穷无尽的喜乐哀愁，只是后来结束了或停止了。很多人至今依然会像梦见自己家人一样梦见那个家族，而在他们眼里，这两个故事似乎是同一个。那栋房子是找得到的。春天来时，地下室的灯熄灭了，琴房里也有一盏灯熄灭。

移动的人群。故事始于一场梦境，由愚蠢的演员说给饥渴的观众倾听，接着又陷入寂静。故事又变回梦境，在白天里挥之不去，被人一次又一次地诉说。人们知道在某处有一栋由时光建成的房子，因此很多人前去追寻。

是找得到的。就在那里：在一条荒废的车道底端，矗立在绵绵细雨中，跟预期中完全不一样。且不论找了多久、尽管灯火通明，它永远是在你最料不到的时候出现。有一排摇摇欲坠的阶梯可以爬上去，还有一扇门可以进入。小动物早已占据了这个地方，只与风雨气候为伍。书房的地板上，在某张椅子脚边，有一本翻开的大书面朝下躺在那里，书脊已经断裂、在湿气中弯曲了起来。还有很多其他的房间，可以透过窗子看见下着细雨的花园和那座公园，老树漠然地生长着，只会愈来愈老。此外还有很多扇门可以选择，条条走廊纵横交错，每一条都通往某个地方，底端都是一扇可以出去的门。暮色提早降临，随之而来的是一份遗忘：现在究竟哪条才是进来的路、哪条才是出去的路？

选一扇门，跨出一步。许多蘑菇在湿气中冒出头，有围墙的花园里全是。暮色笼罩的花园对面还有更多光线，墙上的门是开的，可以从中瞥见银色的雨丝落在外头的公园里。那条狗是谁的？

　　灯泡一个接着一个烧尽，就像再长寿的人也有寿终正寝的一天。接着就有了一栋黑暗的房子，原本是由时光构成，现在则由天气构成，而且更加难寻。根本找不到，甚至不像它还亮着时那么容易出现在梦里。故事倒是比较持久，但纯粹只是因为它们已经变成了传说。况且那一切都是很久以前的事了。如今我们已经知道：世界就是这个样子，不是其他模样。倘若真的有过那样一个时代，存在着通道与入口、常能从开启的边界跨入异境，那么那个时代也绝对不是现在。世界比以前老了。连天气也已跟我们记忆中不同。这年头已经再也没有像我们记忆中那样的夏日，再也没有那么洁白的云、那么芬芳的青草、那么茂密而满载着承诺的绿荫，一如我们的记忆，一如它们很久很久以前的模样。

著作权合同登记号：图字 18-2019-246

图书在版编目（CIP）数据

他方世界／（美）约翰·克劳利（John Crowley）著；魏靖仪译 .-- 长沙：湖南文艺出版社，2020.6
书名原文：LITTLE,BIG
ISBN 978-7-5404-9401-8

Ⅰ.①他… Ⅱ.①约…②魏… Ⅲ.①长篇小说—美国—现代 Ⅳ.① I712.45

中国版本图书馆 CIP 数据核字（2020）第 043653 号

上架建议：外国文学·畅销小说

TAFANG SHIJIE
他方世界

作　　者：〔美〕约翰·克劳利（John Crowley）
译　　者：魏靖仪
出 版 人：曾赛丰
责任编辑：薛　健　刘诗哲
策划机构：雅众文化
策 划 人：方雨辰
监　　制：陈希颖　秦　青
特约编辑：赵　磊　孟雨慧　张　卉
营销编辑：刘易琛　吴　思
封面绘制：Moeder Lin
装帧设计：山川制本 workshop
出　　版：湖南文艺出版社
　　　　　（长沙市雨花区东二环一段 508 号　邮编：410014）
网　　址：www.hnwy.net
印　　刷：山东临沂新华印刷物流集团有限责任公司
经　　销：新华书店
开　　本：880mm×1230mm　1/32
字　　数：543 千字
印　　张：19.5
版　　次：2020 年 6 月第 1 版
印　　次：2020 年 6 月第 1 次印刷
书　　号：ISBN 978-7-5404-9401-8
定　　价：78.00 元

若有质量问题，请致电质量监督电话：010-59096394
团购电话：010-59320018